LANGE || THIELE
Probe 12

KATHRIN LANGE ‖ SUSANNE THIELE

PROBE 12

THRILLER

LÜBBE

Dieser Titel ist auch als Hörbuch und E-Book erschienen

Originalausgabe

Copyright © 2021 by Bastei Lübbe AG, Köln

Textredaktion: René Stein, Kusterdingen
Umschlaggestaltung: Massimo Peter-Bille
Einband-/Umschlagmotive: © shutterstock.com: Avesun | Sashkin
Satz: hanseatenSatz-bremen, Bremen
Gesetzt aus der Minion Pro
Druck und Einband: GGP Media GmbH, Pößneck

Printed in Germany
ISBN 978-3-7857-2755-3

2   4   5   3   1

Sie finden uns im Internet unter: luebbe.de
Bitte beachten Sie auch: lesejury.de

Wir widmen dieses Buch zwei Menschen,
ohne die es diese Geschichte nie gegeben hätte.
Felix d'Herelle, dem bekannten Phagenpionier, und
Helga Thiele-Messow, deren guter Menschenkenntnis
wir es zu verdanken haben,
dass wir uns überhaupt kennenlernten.

Kathrin Lange und Susanne Thiele

»Wir hören auf, nach Monstern unter unserem Bett zu suchen,
wenn wir begriffen haben, dass sie in uns sind.«

Charles Darwin zugewiesen (1809–1882), Naturforscher

»Man braucht nichts im Leben zu fürchten, man muss nur alles
verstehen.«

Marie Curie (1867–1934), Physikerin und Chemikerin

Montag. Tiflis.
Prolog

Die Stadt hatte Augen. So jedenfalls fühlte es sich an, wenn Georgy Anasias durch die Straßen ging.

Mit Schweiß auf der Stirn und klopfendem Herzen blieb er stehen. Die windschiefen Häuser der Altstadt von Tiflis mit ihren typischen weißen Holzbalkonen schienen sich einander zuzuneigen und miteinander zu tuscheln.

Unsinn!

Anasias zog ein Taschentuch hervor und wischte sich damit über das Gesicht. Seit mehreren Wochen schon hatte er das Gefühl, dass jemand ihn beobachtete. Es gab nur sehr subtile Anzeichen. Wenn er morgens in sein Labor kam, dann standen die Chemikalien nicht mehr exakt so, wie er sie am Abend zuvor zurückgelassen hatte. Probenröhrchen steckten anders. Seine Pipetten in der Schublade schienen von fremden Händen berührt worden zu sein. Die Leute vom Wachdienst des Instituts hatten versprochen, die Augen aufzuhalten – wie nett, schließlich bezahlte er sie ja genau dafür. Aber Anasias wusste, dass die Männer ihn für paranoid hielten. *Paranoid! Er!* Er zählte sich zu den rationalsten Menschen auf diesem Planeten. Nein, er war sich absolut sicher, dass er ausspioniert und bestohlen wurde. Irgendjemand war hinter seiner Forschung her, und das war ja auch kein Wunder …

Er steckte das Taschentuch ein. Die beiden Päckchen, die er zum Schutz vor dem Nieselregen – *und vor feindlichen Blicken* – unter seinem Mantel verborgen hatte, schienen sich in seine Brust zu brennen. Wenn er sie nur endlich los wäre!

Mit weit ausgreifenden Schritten ging er weiter. Raus aus den winkeligen Gassen, dann die Tashkentistraße hinunter in Richtung Medizinische Fakultät. Hier kannte er sich aus. Was nicht hieß, dass er sich hier sicherer fühlte. Seit Wochen fühlte er sich nirgendwo mehr sicher. Was, wenn der Unbekannte es nicht nur auf seine Forschung, sondern auch auf ihn abgesehen hatte?

Wie weit würde man gehen, um das in die Finger zu kriegen, was sich unter seinem Mantel befand?, fragte er sich.

Er hörte die kleine Versammlung schon von Weitem – das gellende Geräusch einer Handvoll Trillerpfeifen, eine durch ein Megafon verstärkte Stimme, die die Leute anwies, fleißig zu filmen und zu posten.

Die wöchentliche Demonstration der Pandemic Fighters. Dann musste heute Montag sein, dachte Anasias. Er hatte die letzten Tage fast rund um die Uhr gearbeitet und dabei jegliches Zeitgefühl verloren.

An der Kreuzung zur Vasha Pzavela Allee blieb er stehen. Rings um ihn herum standen junge Leute, die ganz offensichtlich auf dem Weg zu der Demonstration waren. Genau wie er warteten sie darauf, dass die Ampel auf Grün schaltete. Sein Herz war kurz vor dem Zerspringen.

Ein schwarzer SUV hielt neben ihm. Getönte Scheiben. Unmöglich zu sehen, wer in dem Wagen saß. Waren das seine Verfolger? Anasias wich einen Schritt zurück und rempelte aus Versehen dabei eine junge Frau an, die einen hellblauen Parka und zerrissene Jeans trug.

»Professor Anasias!« Die junge Frau schaute ihn verwundert an. »Wollen Sie mit uns demonstrieren? Wie wunderbar!« So, wie sie mit ihm sprach, war sie eine seiner Studentinnen, aber er konnte sich nicht an ihr Gesicht erinnern.

»Nein. Nein, eigentlich nicht.« Abwehrend hob er die Hände. Die Päckchen unter seinem Mantel kamen ins Rutschen, und er presste sie fester gegen seinen Körper. Mit einem flauen Gefühl im Magen spähte er an der jungen Frau vorbei in Richtung SUV.

Regentropfen rannen an dem glänzenden schwarzen Lack entlang nach unten. Eine weiße Wolke stieg aus dem Auspuff in die kühle Luft. Regungsloses Verharren.

Herzklopfen.

Dann schaltete die Ampel für die Autos auf Grün, der SUV fuhr los, bog keine anderthalb Meter neben Anasias nach rechts ab und war gleich darauf im fließenden Verkehr verschwunden.

Anasias atmete erleichtert aus.

»Geht es Ihnen nicht gut, Professor?«, fragte die Studentin. »Sie sehen sehr blass aus.«

»Alles gut.« Er zwang sich zu einem Lächeln, musste sich aber erneut den Schweiß von der Stirn wischen. »Ich bin nur ein bisschen zu schnell gegangen.« Er richtete den Blick auf die Menschen vor dem Universitätsgebäude. Knapp dreißig Demonstranten waren es mittlerweile, vermutlich wie immer hauptsächlich Medizinstudenten. Was vor der weltweiten Corona-Pandemie nur eine kleine Vereinigung von Medizinern gewesen war, hatte sich danach zu einer ernstzunehmenden Stimme des Protests erhoben. Weltweit gingen Menschen auf die Straßen, forderten die Regierenden in allen Ländern auf, etwas gegen …

Anasias kappte den Gedanken. Er hatte gerade andere Probleme. Naheliegendere. Er konzentrierte sich wieder auf seine Umgebung.

Die Blumenrabatten vor dem Unigebäude trieften vor Feuchtigkeit. In der Luft lag der Geruch, der so typisch für Tiflis war, eine Mischung aus Autoabgasen und dem würzigen Aroma der Pinien am Straßenrand. Die meisten Demonstranten hatten im Schatten eines der Bäume Schutz vor dem Nieselregen gesucht. Anasias' Blick wanderte über die selbstgemalten Schilder, auf denen teilweise schon die Farbe verlief.

Be prepared!, stand auf einem, während alle anderen Schilder in Georgisch beschriftet waren: *Infektionsforschung vorantreiben!*, *#bewarebadbugs #boostgoodbugs* und *Corona 2.0 verhindern und die Menschheit retten!* Dazu immer wieder eine fast künstlerisch anmutende Welle, die sich schäumend brach – das Logo der Pandemic Fighters.

Anasias musste lächeln, als er auf einem der Schilder die Zeichnung eines Virus entdeckte, der einer Mondlandefähre ähnelte. Die junge Frau, die das Schild hielt, erkannte er wieder. Sie war wirklich eine seiner Studentinnen. Und auch die Darstellung des Bakteriophagen auf dem Schild, eines sogenannten »Bakterienfressers«, war ihm überaus vertraut, denn die Phagenforschung war sein Spezialgebiet, sein Lebensinhalt.

Noch einmal presste er die beiden Päckchen unter dem Mantel fester an seinen Körper.

»Schön, dass ihr alle da seid«, hörte er den jungen Kerl am Megafon sagen. Er wusste, dass der Mann sich bei Ärzte ohne Grenzen engagierte und so etwas wie der Anführer der hiesigen Pandemic Fighters war.

Die Fußgängerampel sprang auf Grün um. Die Menschen ringsherum setzten sich in Bewegung, und er ließ sich mit ihnen treiben. Etliche Autos fuhren vorbei. Keiner davon war ein schwarzer SUV.

Der Anblick der Demonstranten festigte etwas in Anasias. Plötzlich wusste er wieder, warum er sich von den subtilen Anzeichen der Bedrohung nicht einschüchtern lassen durfte. Seine Arbeit war wichtig. Immens wichtig sogar.

Er starrte auf die gemalte Welle. »… die Menschheit retten«, murmelte er. Die gesamte Menschheit würde er mit seiner Forschung zwar nicht retten können, aber wenigstens einem Teil konnte er helfen.

Der junge Mann mit dem Megafon zog einen zusammengefalteten Zettel aus der Tasche und warf einen Blick darauf. »Wir haben uns hier versammelt«, begann er, »weil die Mächtigen immer noch nicht aufgewacht sind. In den Jahren 2020 und 2021 hat die Corona-Pandemie weltweit Millionen Tote gefordert und der Weltwirtschaft weitreichende und existenzielle Schäden zugefügt. Wir alle hier wissen, dass die nächste Pandemie nur eine Frage der Zeit ist, und es werden von Tag zu Tag mehr, die deswegen beunruhigt sind. Was wir nicht wissen: inwieweit diese neue Pandemie von einem bis jetzt noch unbekannten Virus ausgelöst werden wird oder von einem Bakterium. Vielleicht, und das ist in meinen Augen das beängstigendste Szenario, liebe Freundinnen und Freunde, wird es auch ein Superbug sein, der …«

Anasias hörte den weiteren Ausführungen nur mit halbem Ohr zu, denn er kannte die Forderungen der Pandemic Fighters in- und auswendig. Spanische Grippe, SARS, Aids, Schweinegrippe, MERS, Ebola und Covid-19 – das waren die Schlagworte für die Epidemien des 20. und 21. Jahrhunderts. Und sie alle hatten eine Gemeinsamkeit: Sie waren Zoonosen. Zunehmende Umweltzerstörung, Klimawandel und weltweiter Hunger führten zu immer engerem Zusammenleben von Wildtier und Mensch. Was zur Folge hatte, dass es immer wahrscheinlicher wurde, dass ein Erreger die Artengrenze überwand und auch den Menschen befiel. Corona war da nur der Anfang gewesen.

»Zoonosen sind nicht die einzige Bedrohung«, führte der junge Mann weiter aus. »Wir alle hier wissen, dass wir kurz davor stehen, in eine Post-Antibiotika-Ära zu rasseln, in der Infektionen wieder wie im Mittelalter bekämpft werden müssen. Wir wissen, dass da etwas auf uns zukommt wie ein Tsunami. Ein Tsunami, den allerdings kaum jemand wahrnimmt, weil er im Zeitlupentempo heranrollt. Das Auftauen des Permafrostes in Sibirien durch den Klimawandel …«

Anasias' Aufmerksamkeit wurde abgelenkt, als er den schwarzen SUV wiederentdeckte. Oder war es ein anderer? Diese bulligen Dinger sahen doch alle gleich aus! Langsam rollte der Wagen an ihm vorbei und behinderte dabei den fließenden Verkehr.

Anasias sah die Reflexion der Pinien über den schwarzen Lack und die getönten Scheiben huschen. Unsichtbare Gestalten dahinter. Sein Herz setzte aus, als eine der Scheiben zwei Fingerbreit hinuntergefahren wurde. Würde man jetzt auf ihn schießen?

Er konnte sich nicht rühren, wartete einfach nur auf den Schuss. Ob es wehtat, wenn sich eine Kugel ins Herz bohrte?

Doch es fiel kein Schuss. Keine Waffe erschien in dem Fensterspalt, während der SUV vorbeirollte und zwischen den anderen Wagen des Stadtverkehrs verschwand. In Anasias' Ohren rauschte es. Er hörte die Stimme des Redners, aber die Worte erreichten kaum seinen Verstand.

»… bereits vor Corona starben jährlich weltweit 700.000 Menschen an multiresistenten Keimen, aber …«

Mit dem Arm presste er die Päckchen fester an sich. Die junge Studentin, die ihn eben an der Ampel angesprochen hatte, warf ihm einen Seitenblick zu und lächelte.

Anasias wog seine Optionen ab. Er wollte diese junge Frau nicht in Gefahr bringen, aber was blieb ihm anderes übrig? »Dürfte ich Sie um einen Gefallen bitten?«, fragte er mit belegter Stimme.

»Klar.«

Anasias zog die Studentin mit sich, bis die Menge sich um sie beide schloss. Dann holte er die Päckchen unter dem Mantel hervor. Eines war mehr als dreißig Zentimeter groß und schwer, das andere kleiner. Die Adresse, die Anasias mit fahriger Hand auf beide gekritzelt hatte, befand sich im Ausland, genauer gesagt in Berlin.

»Würden Sie direkt im Anschluss an diese Demonstration diese Päckchen für mich bei der Post aufgeben?«, fragte Anasias.

Die Studentin sah ein wenig verwundert aus. »Natürlich, Professor!« Sie nahm die Päckchen, und genau wie er verbarg sie sie unter ihrem Parka, um sie vor dem Nieselregen zu schützen, der schnurgerade auf sie herabrieselte.

Sehr gut!

Anasias zog seine Geldbörse und gab der jungen Frau genug Geld, damit sie zweimal Luftfracht bezahlen konnte, und legte noch etwas drauf, sozusagen als Vergütung.

»Soll ich Ihnen die Quittung in Ihr Büro bringen?«, fragte sie.

»Das wird nicht nötig sein.« Anasias dankte der jungen Frau. Dann warf er einen letzten Blick auf den Redner und auf die Schilder mit der Welle.

Ein Tsunami in Zeitlupe, dachte er fröstelnd, während er die Demonstration verließ und sich auf den Weg zurück zu seinem Institut machte, dem *Delbrück Phage Research Center.*

TEIL 1
RIEN NE VAS PLUS

»Man findet Phagen praktisch überall, und sie sind so spezifisch, dass sie schädliche Bakterien vernichten können, ohne der natürlichen Gemeinschaft von Mikroorganismen in unserem Körper zu schaden.«

Dr. Christine Rohde, Phagen-Expertin am Leibniz-Institut DSMZ-Deutsche Sammlung von Mikroorganismen und Zellkulturen

1

Eine Woche später. Wieder Tiflis. Wieder Montag.

Das Hotelzimmer war klein und ein bisschen zu vollgestellt für Ninas Geschmack. Der Gast, der vor ihr hier gewohnt hatte, schien das *Please-do-not-smoke*-Schild auf dem Schreibtisch ignoriert zu haben. Der Raum roch unangenehm nach einer Mischung aus kaltem Rauch und dem Lavendelraumspray, mit dem das Zimmermädchen versucht hatte, den Gestank zu überdecken.

Völlig erschlagen von der Reise setzte sie die medizinische Maske ab, die sie auf Flugreisen immer noch trug, warf das Ding in den Papierkorb und ließ ihre Tasche neben dem Bett zu Boden fallen. Dann trat sie ans Fenster und riss es auf. Die Aussicht entschädigte für den Mief im Zimmer: Über die abendlich erleuchtete Altstadt hinweg konnte sie bis zum Mtatsinda blicken, dem Hausberg von Tiflis. Die kühle Luft war so klar, dass Nina sogar das von Scheinwerfern angestrahlte Riesenrad auf dem Hügel ausmachen konnte. Sie musste lächeln. Georgy war mit ihr früher oft in dem Vergnügungspark dort oben gewesen.

Bei dem Gedanken an ihren Ziehvater und Mentor zog sich ihr Herz zusammen. Seit Georgy sie vorletzte Woche angerufen hatte, machte sie sich Sorgen um ihn. Obwohl er ihr von den Fortschritten erzählt hatte, die seine Forschungsarbeit machte, hatte er bedrückt geklungen. Irgendwie atemlos. Fast gehetzt. Und das hatte überhaupt nicht zu ihm gepasst, denn gewöhnlich redete er wie ein Wasserfall, wenn er mit einer seiner Arbeiten so kurz vor dem Durchbruch stand wie gerade mit diesen neuen Super-Therapie-Phagen.

18

Besorgt hatte sie ihn gefragt, ob er krank sei, aber er hatte verneint.

Kein Wort hatte sie ihm geglaubt, darum hatte sie Maren Conrad angerufen, Georgys wissenschaftliche Kooperationspartnerin, die seit neun Jahren gemeinsam mit ihm an der Entwicklung der zwölf Superphagen arbeitete und gleichzeitig eine gute und langjährige Freundin von Nina war. Maren hatte Georgys seltsames Verhalten auch schon bemerkt, aber keine plausible Erklärung dafür gehabt. Und weil Nina gerade einen längeren Artikel für DIE ZEIT abgeschlossen hatte, konnte sie sich ein paar Tage freinehmen. Gleich am nächsten Tag hatte sie sich in einen Flieger gesetzt.

Sie kannte Georgy Anasias schon, seit sie ein kleines Mädchen war. Nachdem ihre Eltern als politisch Verfolgte aus der DDR hatten flüchten und sie zurücklassen müssen, hatte er sich zusammen mit Ninas Großmutter um sie gekümmert. Er hatte in ihr die Liebe zur Wissenschaft geweckt, sodass sie nach dem Abitur Mikrobiologie studiert hatte. Sehr zu seinem Leidwesen war sie jedoch nicht in die Forschung gegangen, sondern hatte ihre zweite große Leidenschaft, das Schreiben, mit der ersten verbunden und sich für eine Laufbahn als Wissenschaftsjournalistin entschieden. Seit einigen Jahren schrieb sie erfolgreich für mehrere angesehene Magazine. Ein Jahr vor Corona hatte sie sogar eine vielbeachtete Reportage über Antibiotikaresistenzen geschrieben und war damit für den Georg von Holtzbrinck Preis für Wissenschaftsjournalismus nominiert worden.

Gähnend wandte Nina sich vom Fenster ab und ging in das winzige, weißgekachelte Bad. Der Flug hierher war unbequem gewesen. Sie hatte keine Direktverbindung bekommen, darum war sie über Istanbul geflogen, wo sie fast vier Stunden auf den Anschluss hatte warten müssen. Sie drehte den Wasserhahn auf, gab sich zwei Portionen Flüssigseife in die Handfläche und wusch sich gründlich die Hände. Danach kehrte sie ins Zimmer zurück. Ein leichter Wind bauschte die altmodischen Gardinen und brachte den Geruch von Pinien mit sich.

Sollte sie sich gleich bei Georgy melden, oder sollte sie sich erstmal die Reisemüdigkeit aus den Knochen laufen? Nina entschied sich für Letzteres. Sie hob ihre Reisetasche auf das Bett, zog den Reißverschluss auf und nahm ihre Joggingklamotten heraus.

Als sie anderthalb Stunden später verschwitzt und zufrieden wieder im Hotelzimmer ankam, war ihr Bedürfnis, Georgys Stimme zu hören, so groß, dass sie noch in Laufklamotten nach ihrem Handy griff. »Hallo, Georgy!«, begrüßte sie ihn.

»Nina!« Er klang überrascht und euphorisch. »Wie schön, deine Stimme zu hören! Du, ich habe es dir vor lauter Arbeit noch gar nicht erzählt. Stell dir vor: Ich habe das Dutzend zusammen! Auch der zwölfte Phagencocktail arbeitet perfekt! Das Schätzchen lysiert die Bakterien zuverlässig, wie Pacman die Punkte im Labyrinth.« Er lachte. Es klang, als habe er vor langer Zeit vergessen, wie es ging, und es gerade eben wiederentdeckt.

»Das ist wunderbar!«, stieß Nina hervor. Während er ohne Punkt und Komma geredet hatte, war sie ins Bad gegangen und hatte sich halb in die Dusche gebeugt, um das Wasser anzustellen, aber jetzt richtete sie sich wieder auf. Ein Gefühl wie ein Stromstoß durchfuhr sie. Seit fast zehn Jahren arbeitete Georgy Anasias daran, gegen jene zwölf multiresistenten Bakterienstämme alternative Therapien zu finden, die von der WHO als höchstgefährlich eingestuft worden waren. Dabei hatte er sich ganz auf sogenannte Bakteriophagen, kurz Phagen, konzentriert, die in Osteuropa seit über hundert Jahren erfolgreich Verwendung fanden, um Infektionen zu bekämpfen. Schon die Soldaten der Roten Armee waren in Ermangelung teurer Medikamente wie Antibiotika mit Phagen behandelt worden, und mittlerweile erwies sich die Phagentherapie als ernstzunehmende Alternative besonders bei der Behandlung von Menschen, die auf die geläufigen Antibiotika nicht mehr ansprachen. Im Delbrück Phage Research Center, das Georgy leitete und das nach dem weltberühmten Eliava-Institut das nächstgrößere war, bewahrten sie Patienten davor, dass ihnen Arme oder Beine amputiert werden mussten, oder sie fanden Mittel, um schwerstentzündete Wunden zu heilen.

»Schätzchen?«

Georgys Stimme holte Nina aus ihren Gedanken, und sie begriff, dass sie eine Weile lang nicht richtig zugehört hatte. Während er geredet hatte, war sie ins Zimmer gegangen und hatte sich auf der Bettkante niedergelassen. Jetzt rieb sie sich die noch verschwitzte Stirn. »Ja. Entschuldige, ich bin ziemlich erschossen.«

»Ich sagte gerade, dass es so schade ist, dass du in Berlin bist. Ich würde so gern mit dir und Maren diesen Erfolg feiern!«

Sie richtete den Blick auf das Bild an der Wand neben dem Bett, ein gerahmter Druck von van Goghs Sonnenblumen. In wie vielen Hotelzimmern überall auf der Welt hatte sie das schon gesehen? »Ich bin in Tiflis, Georgy«, würgte sie den nächsten Redeschwall ihres Mentors ab.

»… eben das nächste Mal …« Er verstummte. »Was?«, fragte er verdattert.

Nina musste lächeln. »Ich bin in Tiflis«, wiederholte sie.

»Wieso das?«

Auf einmal klang er misstrauisch. Natürlich: Er vermutete, dass sie sich Sorgen um ihn machte, und genau das hasste er wie die Pest. Dass ihre Sorge groß genug gewesen war, um sie ganze neun Stunden mit Dutzenden anderer Menschen in einen engen Flieger gepfercht hierher kommen zu lassen, würde sie ihm ganz gewiss nicht auf die Nase binden. Also dehnte sie die Wahrheit ein kleines bisschen. »Ich will eine Reportage schreiben und dachte mir, dass dein aktuelles Projekt da gut reinpasst.«

»Aber Kind! Liebe Güte, warum hast du mir nichts gesagt!«

»Ich wollte dich überraschen.«

»Du weißt, dass ich keine Überraschungen mag.« Er klang beleidigt. »Sag jetzt nicht, Maren wusste Bescheid, dass du kommst.«

»Nein.«

»Gut für sie! Du hast mich um den Genuss der Vorfreude gebracht, und das nehme ich dir übel, weißt du das?«

Nina wusste, dass er sich anstrengen musste, schmollend zu klingen. »Dafür ist die Überraschung jetzt umso größer.«

»Ja. Das ist sie in der Tat.« Nina konnte leises Klirren hören. Es klang, als würde er Gläser aus einem Schrank holen, »Weißt du was? Komm her! Am besten sofort! Ich wollte eigentlich Feierabend machen, aber ich rufe Maren an und sage ihr, sie soll nochmal herkommen. Lass uns zusammen feiern, an dem Ort unseres Triumphs! Was meinst du?«

Bei dem Wort *feiern* musste Nina unwillkürlich an diverse feuchtfröhliche Episoden denken, die sie und Maren verbanden. Sie kannten sich seit Studienzeiten, in denen sie einmal kurz in denselben Mann verliebt gewesen waren. Aber beide hatten sie schnell gemerkt, dass der Typ ein Blender war. Ihrer beider Liebeskummer hatten sie einen Abend lang gemeinsam in sehr viel Alkohol ertränkt, was dazu geführt hatte, dass sie kichernd von der Polizei aufgegriffen und nach Hause eskortiert worden waren. Die Vorstellung, Maren wiederzusehen und mit ihr Georgys und ihren Triumph zu feiern, freute Nina.

»Natürlich komme ich«, sagte sie. »Aber ich war gerade joggen. Ich muss erst duschen und mich umziehen.«

»Wo wohnst du?«

Sie nannte ihm den Namen des Hotels und war froh darüber, dass er nicht schon wieder beleidigt war. Seine Wohnung lag ganz in der Nähe des Instituts, war allerdings winzig und so vollgestopft mit Büchern, dass es keinen einzigen freien Quadratmeter gab. Aus diesem Grund machte Georgy jedes Mal einen Riesenaufwand daraus, auf eigene Faust ein Hotel für Nina auszusuchen, zu buchen – und natürlich auch zu bezahlen.

»Sehr gut«, sagte er jetzt aber nur. »Nimm ein Taxi, dann kannst du in spätestens einer Stunde hier sein.«

Victor Wolkows Augen brannten vom langen Starren auf das hell erleuchtete Delbrück Phage Research Center. Er kniff sie zusammen, kurz nur, damit Misha auf dem Beifahrersitz es nicht bemerkte. Auf keinen Fall wollte er, dass sein Partner glaubte, er würde hier anfangen zu flennen. Auch wenn ihm tatsächlich danach zumute war.

Er riss sich zusammen und zwang sich, nicht an Juri zu denken. Aber es ging nicht. Das gellende Geräusch der Nulllinie überlagerte seine Gedanken, und das Bild eines blassen, mageren Kinderkörpers, der unter all diesen Kabeln fast verschwand, flackerte vor seinem geistigen Auge auf.

Victor räusperte die Enge in seiner Kehle fort. Er war Profi, Herrgott! Sein Name stand für schnelle und diskrete Ausführung jedweden Auftrags. Keine Fragen. Keine Bedenken. Und schon gar kein Gewimmer.

Er wandte sich zur Seite und schaute den Mann an, mit dem er diese Sache hier zusammen durchziehen würde: Michail Rassnow, den alle nur Misha nannten. Was in Victors Augen zwar überhaupt nicht zu seinem hünenhaften, muskulösen Aussehen passte, sehr wohl aber zu seinem hübschen Gesicht, auf das Frauen flogen wie Bienen auf den Honig. Eine Nachbarin kümmerte sich in Moskau um die drei Katzen, die Misha von der Straße aufgelesen und gerettet hatte. Victor wusste auch, dass Misha seine Geheimdienstvergangenheit gern nutzte, um die ein oder andere zweibeinige Mieze von der Straße zu locken.

Er und Misha. Ein eingespieltes Team. Mehr brauchte es nicht. Misha war, genau wie Victor selbst, in Schwarz gekleidet und hatte die Sturmhaube schon aufgesetzt, sie aber noch nicht über das Gesicht gezogen.

»Warten Sie, bis die Außenbeleuchtung abgeschaltet wird, dann ist das Institut bis auf Ihre Zielperson verlassen.« Das hatte sein Auftraggeber Victor am Telefon mitgeteilt. »Das wird gegen 20 Uhr der Fall sein.«

Jetzt schaute Victor auf die Uhr an seinem Handgelenk.

19.57 Uhr.

»Bereitmachen!«, befahl er.

Misha zog die Sturmhaube über das Gesicht, sodass im Halbdunkel des Wagens nur noch das Weiß seiner Augen zu sehen war. Victor tat es ihm gleich und ging in Gedanken noch einmal die detaillierten Anweisungen durch: Sie sollten warten, bis alle Angestellten das Institut verlassen hatten, dann dort einbrechen und einem gewissen Professor Georgy Anasias eine einzige Frage stellen: Wo sind das Buch und die zwölf Ampullen? Sein Auftraggeber hatte Victor von beidem Fotos geschickt. Das erste zeigte eine große Kladde, dunkelgrau eingebunden und mit einer Prägung auf dem Umschlag: *Laboratory Journal*. Das zweite Foto war das Bild von einem Reagenzglasständer, in dem zwölf Röhrchen mit einer klaren Flüssigkeit standen. Die Anweisung, was zu tun war, wenn sie alles in Händen hielten, war unmissverständlich. Die schwere Sporttasche im Kofferraum, deren Inhalt Misha besorgt hatte, würde dabei eine wesentliche Rolle spielen.

Eins nach dem anderen.

Am Delbrück Phage Research Center wurde die Außenbeleuchtung ausgeschaltet. Für ein, zwei Sekunden kam es Victor so vor, als falle er in einen tiefen schwarzen Brunnenschacht, dann gewöhnten sich seine Augen an die Dunkelheit.

»Los geht's!«, sagte er.

Anasias' linke Hand kribbelte, aber das lag sicher nur daran, dass er das Telefon so fest umklammert hielt.

Nina war in Tiflis! Was für ein wunderbarer Zufall. Einen Augenblick lang gestattete er sich Freude darüber. Dann aber gewannen die Unruhe und die Angst die Oberhand. Was, wenn Nina durch seine unsichtbaren Verfolger in Gefahr geriet? In den vergangenen Tagen, seit er das Laborjournal und eine Probe seiner wertvollen Phagen von der Studentin bei der Post hatte aufgeben lassen und damit in Sicherheit gebracht hatte, war das Gefühl der Beklemmung etwas geringer geworden. Was auch immer passieren mochte: Er hatte dafür gesorgt, dass sein Vermächtnis weiterleben würde. Aber trotzdem konnte diese Gewissheit seine Angst nur teilweise mildern. Noch immer fühlten sich die Schatten zu düster, fremde Menschen zu fremd und neue Situationen zu beängstigend an.

Anasias atmete durch.

Beruhig dich! Hier im Center bist du sicher!

Er wählte eine Nummer. Es dauerte nur zwei Herzschläge lang, bevor jemand dranging.

»Conrad?« Die Stimme von Maren klang verschlafen. Sie hatte in der letzten Zeit ganze Nächte durchgearbeitet und sich vermutlich heute endlich einmal früh hingelegt.

»Maren, hier ist Georgy. Habe ich dich etwa geweckt?«

»Georgy.« Maren seufzte hörbar. »Entschuldige. Nein, nein. Schon gut! Was ist?«

Anasias schob das schlechte Gewissen beiseite. »Hättest du Zeit, kurz in mein Büro zu kommen? Ich habe eine kleine Überraschung für dich.«

»Was für eine Überr…«

»Das siehst du dann«, unterbrach Anasias sie und blickte auf die drei Sektflöten, die er aus dem Schrank in der Teeküche genommen hatte. Eine Flasche Ukrainskoye hatte er schon vor Wochen gekauft und kaltgestellt. Er fühlte sich, als hätte er sie schon im Blut, und er konnte einfach nicht mehr an sich halten.

»Nina ist in Tiflis, Maren!«

»Nina?«, stieß Maren hervor.

»Ja. Ich wollte dich eigentlich damit überraschen, aber … Egal! Ich würde gern mit euch beiden hier anstoßen. Nina kommt in einer halben Stunde ins Institut, und ich …« Irgendwo im Haus ertönte ein lauter Knall. Anasias zuckte zusammen.

»Was war das?«, erkundigte sich Maren. Täuschte er sich, oder klang auch sie plötzlich angespannt?

Sofort fing Anasias' Herz wieder an zu jagen. »Ich weiß nicht.« Angestrengt lauschte er. Nichts. Stand irgendwo ein Fenster offen und war vom Wind zugeschlagen worden? Er spürte, wie seine Handflächen feucht wurden.

»Okay«, sagte Maren. »Ich bin eigentlich schon zu Hause. Aber ich mache mich gleich nochmal auf den Weg. Soll ich eine Flasche Sekt mitbringen?«

»Was?« Anasias war einen Moment lang abgelenkt gewesen. »Nein, nein. Ich habe schon eine gekauft.«

»Gut. Ich bin so schnell wie möglich da.«

Er lächelte, aber es fühlte sich falsch an. »Ich freue mich, meine Liebe.« Mit zitternden Fingern legte er auf.

Der Flur sah genauso aus, wie Victor sich eine Forschungseinrichtung vorstellte. Linoleumfußboden, die Wände in einer undefinierbaren gelbgrünen Farbe gestrichen. Zwischen den Büro- und Labortüren Bilder an den Wänden, deren Motive ihm vollkommen schleierhaft waren. Kopfschüttelnd betrachtete er die bunten Strukturen, Zellen vermutlich, mit einem Mikroskop aufgenommen. Wenn sein kleiner Juri mit Wachsmalstiften gemalt hatte, war ungefähr dasselbe dabei herausgekommen …

Mit zusammengepressten Zähnen vertrieb Victor die Erinnerung an seinen toten Sohn und warf Misha einen Blick zu. In dessen Augen stand Betretenheit, weil ihm eben diese dämliche Tür zugefallen war. Zum Glück hatte das Geräusch niemanden alarmiert.

Victor zwang seine Kiefer auseinander, er musste locker bleiben. An einer der vielen Türen blieb er stehen. *Prof. Dr. Georgy Anasias* stand auf dem kleinen Schild daneben.

Victor wechselte einen Blick mit Misha. Dann legte er die Hand auf die Klinke und drückte sie lautlos hinunter.

2

Durch das offene Fenster des Raucherraumes war der Rettungswagen schon von Weitem zu sehen. Tom Morell lehnte mit der
Hüfte an der Fensterbank, nahm einen Zug von seiner Zigarette
und beobachtete, wie der rot-weiß gestreifte Wagen am Hohen-
zollernkanal entlangfuhr und auf dem Gelände des zur Charité
gehörigen Loring-Klinikums verschwand. Nur Blaulicht, kein
Martinshorn, dafür langsame Fahrt.

Tom nahm einen letzten Zug, ignorierte das ungute Rumoren in seinem Unterbauch, weil er wusste, dass es allein von seiner Nervosität kam. Die schwere Darminfektion, die er sich vor
knapp einem Jahr als Souvenir von einer Reise nach Indien mitgebracht hatte, war vollständig ausgeheilt.

Er drückte die Zigarette aus. Der Aschenbecher war über-
voll, aber er quetschte seine Kippe noch irgendwie hinein. Dann
starrte er auf das Feuerzeug, mit dem er die ganze Zeit herum-
gespielt hatte, ein kitschiges Ding in knalligem Pink mit einem
Einhorn darauf, das ein Auge aus einem kleinen blauen Strassstein hatte. Seine Tochter Sylvie hatte ihm das Ding irgendwann
mal zum Geburtstag geschenkt, und seitdem hielt er es in Ehren, auch wenn es ihm schon manchen Spott von Freunden und
Bekannten eingebracht hatte. Mit dem Daumen strich er über
das Fabeltier, dann seufzte er und steckte das Feuerzeug in seine
Hosentasche. Der ekelige Geruch aus dem vollen Aschenbecher
vermischte sich mit dem würzigen des ersten Herbstlaubes, der
von draußen hereinwehte.

Die Klinik lag zu idyllisch für seinen Geschmack.

Tom zog einen winzigen Teddy unter seiner Lederjacke hervor. Er starrte dem Tier in die braunen Knopfaugen. »Wollen wir?«, fragte er und bewegte den Teddy so, dass es aussah, als schüttele er den Kopf. In diesem Moment wäre er überall lieber gewesen als ausgerechnet hier.

Hör auf, dir selbst leidzutun!

Seufzend steckte er den Teddy zurück in die Jacke und machte sich auf den Weg zum Krankenzimmer seiner Tochter.

Seine Frau Isabelle war natürlich schon da, als er mit Haube, hellblauem Kittel, Einweghandschuhen und Mundschutz vermummt das Zimmer betrat. Über ihren eigenen Mundschutz hinweg funkelte sie ihn an, weil er ein paar Minuten zu spät war.

Er ignorierte ihren Unmut, er war ihn gewohnt.

Betont gut gelaunt wandte er sich zuerst an seine Tochter. Täuschte er sich, oder wirkte Sylvie heute noch blasser als sonst? Dünn und zerbrechlich, wie sie war, sah sie aus wie eine Elfjährige, dabei war sie seit ein paar Monaten schon fünfzehn. Es zog Tom das Herz zusammen, als er daran dachte, wie sehr er sich Anfang Juni beeilt hatte, um es rechtzeitig zu Sylvies Geburtstagsfeier zu schaffen. Hätte er doch diesen elenden Flieger damals besser verpasst!

Aber das hatte er nicht.

Und seine Tochter zahlte jetzt den Preis dafür.

»Hey, Dikdik«, sagte er und hielt Sylvie den Teddy hin. »Guck mal, ich hab dir was mitgebracht.«

Sylvie verdrehte die Augen. Die Ringe darunter waren so tief, dass sie blau wirkten. »Paps! Ich hab dir schon hundertmal gesagt, du sollst mich nicht so nennen!«

Er hatte ihr den Spitznamen gegeben, als sie angefangen hatte zu krabbeln. Kaum größer als eine afrikanische Zwergantilope war sie damals gewesen, und damals hatte sie den Namen auch geliebt. Da war sie allerdings noch nicht in der Pubertät gewesen. Und vor allem: Früher hatte sie nicht mit einem Dutzend Schläuche und Drähte verkabelt auf einer Isolierstation gelegen und um jeden Atemzug gerungen.

Sylvies Immunsystem war zu stark geschwächt, um den Teddy auch nur anzufassen, also lehnte Tom ihn in sicherer Entfernung gegen eine leere Kaffeetasse.

»Danke«, sagte Sylvie schon versöhnlicher. »Der ist ja voll süß.«

»Er heißt Puck«, sagte Tom. »Wie in *Der Sommernachtstraum*.«

»Klar«, meinte Sylvie. »Hey, Puck.« Sie hob matt die Hand und winkte dem Teddy zu.

Tom knirschte mit den Zähnen, weil auch diese Geste ihm das Herz zerriss. Er spürte, dass Sylvie nur ihm zuliebe das Spiel mit dem Teddy mitmachte. Insgeheim fand sie sich zu alt dafür, das war ihm bewusst, und es irritierte ihn massiv.

Wann war aus seinem todkranken kleinen Mädchen eine junge Dame geworden?

Um seine Gefühle unter Kontrolle zu bringen, wandte er sich zu seiner Noch-Ehefrau um. »Hallo, Isabelle«, murmelte er.

Sie nickte knapp, dann richtete sie den Blick auf seine ausgetretenen Timberland-Boots. »Kommst du direkt aus der Sahara, oder was?«

Er konnte es unter dem blauen Kittel nicht sehen, aber er war sicher, sie trug darunter ein elegantes Kostüm. Sie trug immer Kostüme. An ihren Ohrläppchen glänzten Perlenohrringe, die er an ihr noch nie bemerkt hatte. Ob sie die von einem neuen Typen hatte? Durch ihre Einweghandschuhe erkannte er, dass sie ihren Ehering abgenommen hatte.

Die Erkenntnis war ein Stoß irgendwo dort, wo sein Herz saß.

»Schaff dir endlich vernünftige Schuhe an!«, maulte sie.

Er atmete tief durch.

Das hier war nur der Anfang einer ganzen Reihe von Vorwürfen, die gleich noch kommen würden, das wusste er aus Erfahrung. Aber er wusste auch, dass sie diese Vorwürfe brauchte, um ihm seine sehr viel größere Schuld – die an Sylvies Erkrankung – nicht ins Gesicht zu schreien. Scheingefechte, dachte er. Die beiden letzten Male am Krankenbett ihrer Tochter hatten damit geendet, dass Isabelle angefangen hatte zu weinen. Natürlich hatte sie ihm auch dafür die Schuld gegeben.

Es war der rote Faden, der sich durch ihre Ehe zog: Etwas ging schief, Isabelle gab ihm die Schuld. In den sechzehn Jahren, die sie verheiratet waren, hatte er den wachsenden Ansprüchen seiner Frau selten genügt. Manchmal hatte er das Gefühl, dass sie ihn nur geheiratet hatte, damit sie jemandem die Schuld geben konnte.

Tom knirschte mit den Zähnen. Wut war besser als Angst, auch das wusste er.

»Wieso?«, erkundigte er sich darum gespielt gleichgültig. »Was stimmt denn mit meinen Schuhen nicht?« Mit einem ebenfalls gespielten überraschten Gesichtsausdruck schaute er an sich hinab. Seine alte Lederjacke hatte er draußen an der Garderobe gelassen. Die ausgeblichene Jeans und das Hemd, das er locker über dem Gürtel trug, waren unter dem Kittel nicht zu erkennen. Nur die Boots, mit denen er schon um die halbe Welt gereist war, schauten unter dem Saum hervor.

Sylvie lachte leise. »Mama *hasst* diese Schuhe, Papa!« Sie zischte das Wort in exakt demselben Tonfall, den auch Isabelle angeschlagen hätte. Gleich darauf hustete sie angestrengt. Tom konnte das Rasseln in ihrer Lunge hören, dieses grausame Geräusch, das ihn bis in seine Träume verfolgte.

Isabelle rang hinter ihrer Maske um Fassung. Er sah die Müdigkeit in ihren Augen. Er wusste, sie schlief vor lauter Sorge um Sylvie seit Monaten kaum noch. »Pünktlich bist du auch nicht gewesen«, murmelte sie.

Darauf erwiderte Tom nichts.

Stimmt, dachte er. *Weil ich genau wie du eine Höllenangst vor dem habe, was Dr. Heinemann uns gleich zu sagen hat.*

Kriminalkommissarin Christina Voss von der Abteilung *Polizeilicher Staatsschutz* des LKA Berlin seufzte, als sie nach einem Tag voller nutzloser Klinkenputzerei in ihr Büro zurückkehrte und von der stickigen Luft in dem Raum fast erschlagen wurde. Zu gern hätte sie jetzt einfach Feierabend gemacht, aber leider hatte Tannhäuser, ihr Vorgesetzter, noch eine abendliche Teambesprechung angesetzt.

Mist, verdammter!

Voss zog ihre Jacke aus, hängte sie in den Schrank und durchquerte den Raum, riss die Fenster auf und machte sich anschließend daran, die Kaffeemaschine auf dem Aktenschrank anzuschmeißen. Sie würde wieder die ganze Nacht in ihrem Bett rotieren, wenn sie so spät noch Kaffee trank, aber sie brauchte dringend Koffein, wenn sie dieses blöde Meeting auch noch durchstehen wollte. Das Wochenende steckte ihr in den Knochen. Missmutig starrte sie auf den Aktenstapel, der sich auf ihrem Schreibtisch türmte. Obenauf lag die Anzeige gegen einen jungen Typen, der mit Neonfarbe *Bill Gates lükt* an die Wand einer U-Bahn-Station geschrieben hatte. Sie empfand das dringende Bedürfnis, ihm Nachhilfe in Rechtschreibung zu geben.

Sie schob die Akten zur Seite, ließ sich missmutig auf ihren Stuhl fallen und dachte nicht zum ersten Mal heute an ihr Date vom Samstagabend. Sie hatte sich mit einem Kollegen von der Abteilung 1 getroffen. Es war ein angenehmer Abend gewesen, sie hatten sich gut unterhalten, und Iskander hatte etwas an sich gehabt, das sie faszinierte. Trotzdem hatte sie instinktiv beschlossen, dass es kein weiteres Treffen geben würde, und ihn gestern Nachmittag angerufen, um ihm das zu sagen.

Sie schaltete den Computer an, und als er hochgefahren war, starrte sie eine Sekunde lang auf das Hintergrundbild der Desktopoberfläche. Darauf befand sich ein abgewandeltes Chandler-Zitat, das aussah wie mit einer altmodischen Schreibmaschine geschrieben. *Knallhart und hoffnungslos sentimental,* lautete es. Wie immer, wenn sie es ansah, kam sie sich albern und ein wenig melodramatisch vor, aber sie konnte sich irgendwie auch nicht davon trennen. Sie verdrängte den Gedanken an das Date mit dem verkorksten Kollegen, rief die Startseite des digitalen Aktenarchivs des Berliner LKA auf und prüfte, ob es in den Fällen, die sie zu bearbeiten hatte, neue Erkenntnisse oder Ermittlungsansätze gab.

Fehlanzeige.

Sie war schon drauf und dran, das Programm wieder zu schließen, als ihr Blick auf die rechte obere Ecke des Monitors fiel. Dort tauchten in schneller Reihenfolge Kurznachrichten über die neuesten in die Datenbank eingegebenen Polizeiberichte auf. An einer davon blieb ihr Blick hängen.

Prometheus, lautete sie.

Aus reiner Neugier klickte sie den Link an. Seit einer knappen Woche tauchten überall in Berlin sonderbare Botschaften auf – hauptsächlich in Altersheimen und Kliniken. Alle diese Botschaften waren mit einem Laserdrucker auf DIN-A4-Blättern ausgedruckt worden und enthielten einen Kupferstich von einem an einen Felsen geketteten Mann, der von Adlern umlagert wurde. Die Berliner Presse hatte sich begierig auf diese rätselhaften Flugblätter gestürzt und den Urheber *Prometheus* genannt. Prometheus war nur deswegen ein Fall für die Polizei geworden, weil eine seiner Nachrichten in einem extrem gut gesicherten Bereich des Loring-Klinikums aufgetaucht war, und zwar in der Isolierstation für hochinfektiöse Patienten.

Der neu eingegebene Bericht informierte Voss darüber, dass ein weiterer dieser seltsamen Zettel aufgetaucht war:

Vergesst nicht, dass ihr sterblich seid.

Was für ein Unsinn!, dachte sie, klickte aber trotzdem die in der Fallakte hinterlegten Fotos der anderen Botschaften an, insgesamt vier verschiedene.

Ich werde euch das Feuer der Erkenntnis bringen.

In meinem Feuer wird eure Selbstherrlichkeit brennen.

Durch das Feuer der Erkenntnis werdet ihr gereinigt werden.

Und eben die neueste mit der Erinnerung daran, dass alle Menschen sterblich waren. Zumindest Letzteres, dachte Voss, klang wie eine Drohung, aber das war es dann auch schon. Solange es keinen Hinweis auf einen bevorstehenden Anschlag oder ein anderes Verbrechen gab, galt die Maxime: Prometheus war nur ein weiterer dieser Spinner mit ausgeprägtem Sendungsbewusstsein, ein analoger noch dazu. Natürlich tauchten immer wieder Fotos von den Zetteln im Internet auf, immer verbunden mit der geraunten Frage: *Wer ist Prometheus?* Aber bisher gab es keinerlei Hinweise darauf, dass er – oder war es eine Sie? – seine seltsamen Botschaften selbst über das Netz verbreitete.

»Idiot!«, murmelte Voss, schloss die Akte wieder und schaute auf die Uhr. Gleich musste sie zu diesem bescheuerten Meeting. Sie gähnte allein bei dem Gedanken daran. Zum Glück war der Kaffee endlich durchgelaufen.

Das Taxi fuhr an der Medizinischen Fakultät der Universität von Tiflis vorbei, wo eine Straßenkehrerkolonne damit beschäftigt war, herumfliegende Handzettel und zerrissene Plakate zusammenzufegen. Nina konnte nicht erkennen, was auf den Plakaten stand, nur die Logos mit einer stilisierten Welle zeigten ihr, dass hier kürzlich eine Demonstration der Pandemic Fighters stattgefunden hatte.

Sie lächelte in sich hinein. Erstaunlich, was mit den Mitteln von Social Media heutzutage alles möglich war. Dadurch war die Fridays-for-Future-Bewegung erst riesengroß geworden, und jetzt schienen Ärzte ohne Grenzen und die Fighters, wie sie kurz und knapp genannt wurden, es tatsächlich zu schaffen, dass sich auch ihr Kampf gegen Antibiotikaresistenzen zu einer weltweiten Protestbewegung entwickelte. Zu einem Teil war das Corona zu verdanken, noch mehr aber der Tatsache, dass führende Wissenschaftlerinnen und Wissenschaftler einen beunruhigenden Anstieg von schwersten Krankheitsverläufen in Zusammenhang mit multiresistenten Erregern feststellten.

Sie presste die Lippen aufeinander, als sie an die Worte von Maria Helena Semedo dachte, der Generaldirektorin der Ernährungs- und Landwirtschaftsorganisation der Vereinten Nationen, die befürchtete, dass die nächste Pandemie eine bakterielle sein würde – und viel tödlicher.

»Unfassbar, was die für Dreck machen.«

Die brummelige Stimme des Taxifahrers riss Nina aus ihren Gedanken. Sein Georgisch hatte einen schwer verständlichen Dialekt, irgendwas Südwestliches, Adscharien oder so. Nina hatte zusätzlich zu dem Deutsch und Georgisch, die sie seit ihrer Kindheit sprach, im Laufe der Jahre vier weitere Sprachen gelernt, darunter auch Russisch. Sie hielt sich für begabt in dieser Hinsicht, aber sie musste sich trotzdem anstrengen, um den Fahrer zu verstehen.

»Die Demonstranten?«, fragte sie.

Er nickte heftig, und der Wagen machte einen kleinen Schlenker, der Ninas Herz stocken ließ. Überhaupt fuhr der Kerl ruppig und aggressiv, wie vermutlich neunzig Prozent aller Taxifahrer überall auf der Welt. Nina war schon ein wenig schlecht, aber sie hoffte, die Übelkeit würde spätestens verflogen sein, wenn sie mit Georgy anstoßen musste.

»Klar. Wer sonst?« Der Taxifahrer klang nicht so, als hege er allzu große Sympathien für die Demonstranten. »Jeden Montag treffen die sich hier und krakeelen rum, statt zu arbeiten, wie es sich für anständige Leute gehört!«

Nina überlegte kurz, ob sie sich auf eine Diskussion über die Wichtigkeit des Ansinnens einlassen sollte. Sie hatte eigentlich keine Lust dazu, aber vielleicht lenkte es sie ja von dem selbstmörderischen Fahrstil des Mannes ab. »Das Problem der Antibiotikaresistenzen ist ähnlich bedrohlich für die Menschheit wie der Klimawandel«, sagte sie.

Seine Reaktion bestand in einem höhnischen Schnauben. »Klimawandel! Antibiotikaresistenzen! Junge Leute, die keine Lust haben, zur Schule zu gehen! Das ist das Problem! Eine aufsässige Jugend, die glaubt, alles besser zu wissen! Ich kann auch nicht einfach meine Arbeit schwänzen und stattdessen irgendwelche Plakate in die Luft halten. Dabei gäbe es etliche Sachen, für die ich demonstrieren könnte. Gerechte Bezahlung zum Beispiel! Dieses verdammte Uber verdirbt uns doch ...«

Den Rest seiner schwerverständlichen Tirade blendete Nina aus und wartete darauf, dass sie in die Levan-Gouta-Straße einbogen, in der Georgys Forschungseinrichtung lag.

Als der Fahrer vor dem Institut hielt, blickte er auf das Schild vor dem Gebäude. »Delbrück Phage Research Center. Was ist das denn?« Die Frage klang ehrlich interessiert.

»Hier werden alternative Behandlungsmöglichkeiten für Krankheiten entwickelt, für die die weltweit gängigen Medikamente nicht wirken. Sogenannte Bakteriophagen.«

»Bakteriowas?«

»Bakteriophagen. Das sind nützliche Viren, die sich wie Parasiten auf Bakterien als Wirtszellen spezialisiert haben. Hier in diesem Institut schickt man sie los, wie kleine Auftragskiller, und im Körper eines Patienten ...« Ihr ging auf, dass der Fahrer schon das Interesse verloren hatte. »Na ja«, murmelte sie mit einem Schulterzucken. »Innovative Forschung, eben.«

»Ah«, sagte der Taxifahrer im vergeblichen Versuch, höflich zu sein. »Klingt wichtig.«

Leicht verlegen öffnete Nina die Tür, stieg aus und zahlte. Sie gab dem Taxifahrer ein üppiges Trinkgeld und verbuchte es auf ihrem Karmakonto zur Hälfte als Wiedergutmachung für ihre Geschwätzigkeit und zur Hälfte als Dankesopfer dafür, dass sie die Fahrt überlebt hatte.

Über den breiten Weg ging sie auf den Haupteingang des Instituts zu, bog jedoch direkt davor nach rechts ab. Von ihren früheren Besuchen wusste sie, dass es auf der Rückseite einen Hintereingang gab, der eine Klingel besaß. Seltsam, dachte sie beim Umrunden des Gebäudes. Die gesamte Außenbeleuchtung war abgeschaltet. Der kleine Garten, der sich an die Rückseite des Instituts schmiegte, lag in tiefer Dunkelheit. Nur das Murmeln der *Kura*, des in der Nähe vorbeifließenden Flusses, war zu hören – und das Geräusch des Straßenverkehrs, das jedoch von den Bäumen gedämpft wurde. Die Stille war so drückend, dass Ninas Ohren sich anfühlten, als seien sie verstopft.

Nirgendwo im Gebäude brannte Licht, außer in Georgys Büro.

In seinem matten Schimmer trat Nina an die Hintertür, klingelte und wartete. Keine Reaktion. Sie klingelte noch einmal. Dabei fiel ihr auf, dass das Geräusch der Glocke ungewöhnlich laut klang. Sie sah genauer hin.

Die Tür stand ungefähr einen Fingerbreit offen.

Die Stille drinnen wirkte noch undurchdringlicher als die draußen. Die Deckenbeleuchtung war ausgeschaltet, nur die Notausgangsschilder brannten und tauchten den Flur in unheimliches grünliches Licht. Etwas in Nina war in den Alarmmodus gegangen. Ihr Herz klopfte bis zum Hals, und das Blut rauschte in ihren Ohren.

»Georgy?« Zaghaft erhob sich ihre Stimme über die Stille. »Georgy?«, fragte sie noch einmal, lauter jetzt.

Keine Antwort.

Sie ging den Flur entlang, vorbei an der Teeküche, aus der es schwach nach Kuchen roch. An den Wänden hingen großformatige Aufnahmen, alle mit einem Elektronenmikroskop erstellt: Hanta-Virus. Grippeviren. Ebola.

Georgys Bürotür befand sich zwischen dem Marburg-Virus und der Aufnahme eines stäbchenförmigen Pseudomonas-Bakteriums, das aussah, als sei es mit Fell überzogen. Trotz ihrer Anspannung musste Nina schmunzeln. Georgy und sein Mikrobenzirkus. Die Tür zu Georgys Büro war genau wie die Eingangstür nur angelehnt. Licht fiel durch den Spalt auf den Flur und malte einen langen gelblichen Balken auf das Linoleum. Nina streckte die Hand aus und schob die Tür weiter auf. »Georgy, bist du hier irgendwo?«

Sein Büro war verwaist.

Der Monitor seines Computers war eingeschaltet, ein Bildschirmschoner lief und zeigte ein weiteres Elektronenmikroskop-Foto.

Nina näherte sich dem Schreibtisch, auf dem das für Georgy so typische kreative Chaos herrschte: Bücher, Stifte, Notizhefte und Dutzende Computerausdrucke, alles in einem wilden Durcheinander. Eine Kaffeetasse stand auf einem windschiefen Stapel Manuskriptseiten. Seinem Aussehen nach zu urteilen, war der Kaffee schon seit Stunden kalt.

Nina wandte sich ab. Vielleicht war Georgy in die kleine Institutsklinik gegangen, wo er stets eine Handvoll zahlungskräftiger Patienten mit seinen Phagen behandelte und auf diese Weise einen Teil seiner teuren Forschungstätigkeit finanzierte. Aber die Klinik lag ein paar Straßen weiter, dachte Nina. Schwer vorstellbar, dass Georgy sie eilends hierher zitierte, nur um dann das Gebäude zu verlassen.

Also gab es eigentlich nur einen Ort, wo er stecken konnte – bei der Phagensammlung.

Sie machte sich auf den Weg in den Keller.

Auch in der Phagensammlung brannte Licht, das sah sie schon von der Treppe aus. Ihre Anspannung wich, und mit schnelleren Schritten marschierte sie auf die metallene Doppeltür zu. Georgy kam oft allein hier herunter, um seine Schätze zu betrachten.

Bei der Sammlung handelte es sich um seinen ganzen Stolz, ein Archiv tiefgefrorener Phagen, das bereits eine hundertjährige Geschichte aufwies und das Georgy zusammen mit der Institutsleitung vor Jahren übernommen hatte. In diesen Kellerräumen befand sich eine der ältesten und größten Phagensammlungen weltweit. Exemplare von Tausenden der heilenden Viren wurden hier in flüssigem Stickstoff oder gefriergetrocknet aufbewahrt, wo sie auf ihren Einsatz warteten.

»Georgy?«, rief Nina, bevor sie die Tür aufzog. Sie wollte ihn nicht erschrecken. Seit er kürzlich am Telefon so sonderbar geklungen hatte, fürchtete sie, dass mit ihm gesundheitlich etwas nicht in Ordnung war. Und auf keinen Fall wollte sie, dass er einen Herzinfarkt erlitt, wenn sie sich einfach hinterrücks an ihn heranschlich.

Als sie den langgestreckten, fensterlosen Raum mit den großen Stahlschränken betrat, war es allerdings Nina, die sich fast zu Tode erschrak: Eine Frau stand vor ihr. Es war Maren. Ihr Rock, ihr Blazer und auch ihre Bluse waren in Unordnung, vor allem aber waren sie über und über mit Blut besudelt! Mit weit aufgerissenen Augen taumelte sie auf Nina zu.

»Gott sei Dank!«, ächzte sie, dann stolperte sie Nina direkt in die Arme.

Nina stieß vor Schreck einen Schrei aus und fing sie auf. »Was ist pass…« Sie unterbrach sich, als sie Männerbeine hinter einem gemauerten Labortisch hervorragen sah.

Georgy!

Sie hastete um den Labortisch herum. Und schrie zum zweiten Mal auf.

Georgy lag lang ausgestreckt da, halb auf der Seite, halb auf dem Bauch. Er war bewusstlos, aber was noch viel schlimmer war: Er war über und über bedeckt mit kleinen und größeren Schnitten! Blut sickerte aus seinen Handflächen, aus Wunden an seinen Unterarmen, seinem Hals und sogar seinem Bauch. Eine Hand hatte er in Richtung Tür ausgestreckt, als habe er sich von dort rettende Hilfe erhofft, bevor er bewusstlos geworden war. Und offenbar hatte er sich von weiter hinten bis hierher geschleppt, denn da war auch eine lange Schleifspur aus Blut.

Durch die getönten Scheiben des SUV blickte Victor zurück zum Institut. Die Außenbeleuchtung war noch immer abgeschaltet, und aus irgendeinem bescheuerten Grund war er froh darüber. Die Vorstellung, dass die klassische georgische Fassade dieses Kastens in reinem Weiß leuchtete, während drinnen dieser … seine Gedanken stockten … dieser alte Knacker da an den Wunden starb, die Misha ihm zugefügt hatte, kam ihm blasphemisch vor.

Er schüttelte die Benommenheit ab. Misha, der wie zuvor auf dem Beifahrersitz saß, war dabei, die Klinge seines mattschwarzen Butterflys von Anasias' Blut zu reinigen. Er tat es mit einer Zärtlichkeit, als liebkose er eine willige Gefährtin, dachte Victor. Ihm war ein wenig schlecht, in Mishas Augen jedoch lag ein zufriedenes Glitzern, das ihn zutiefst abstieß. Es war eine Sache, bei einem Auftrag zu tun, was nötig war. Es dann aber auch noch zu genießen …

Misha war, während er den Professor bearbeitet hatte, ja beinahe einer abgegangen. Immerhin: Seine Kreativität mit dem Messer hatte ihnen die benötigte Information geliefert, und sie wussten jetzt, wo das Laborjournal und diese Medikamentenproben waren. Gefallen würde es ihrem Auftraggeber allerdings kaum.

Victor nickte Misha zu. Der nahm ein kleines Gerät aus der

Tasche, das einer Fernbedienung ähnelte, nur dass es weniger Tasten hatte. Er tippte eine Zahlenkombination ein. Eine Diode sprang von Grün auf Rot, und Misha nickte zum Zeichen, dass es nun kein Zurück mehr gab.

Victor bezwang seine Übelkeit, dann legte er einen Gang ein und gab Gas. Wenn das Dreckszeug in Anasias' Büro in die Luft flog, wollte er nicht in der Nähe sein.

3

Dr. Heinemann empfing Tom und seine Noch-Ehefrau in seinem klimatisierten Büro in der zweiten Etage des Klinikums. Von hier aus fiel der Blick über einen Taxistand hinweg auf einen kleinen Parkplatz, der offenbar für Ärzte reserviert war. Bullige SUV, bevorzugt in den Farben Schwarz oder Anthrazit, und eine Handvoll knallbunter, flacher Sportflitzer, deren Marken Tom nicht kannte, aber er hatte sich noch nie groß für Autos interessiert. Außerdem gab es gerade sehr viel wichtigere Dinge, um die seine Gedanken kreisten.

»Danke, dass Sie beide sich Zeit für dieses Gespräch genommen haben«, sagte Dr. Heinemann, nachdem er erst Isabelle und dann Tom freundlich zugenickt hatte. Er war einer der Menschen, die es sich nach der Corona-Pandemie nicht wieder angewöhnt hatten, ihrem Gegenüber die Hand zu geben. Er war um die fünfzig, groß, schlank, und er behandelte Sylvie, seit klar geworden war, worunter sie litt. Tom und Isabelle waren also nicht zum ersten Mal in diesem Raum.

»Bitte, setzen Sie sich doch!« Der Arzt nahm hinter seinem Schreibtisch Platz.

Tom richtete den Blick auf die Schale mit Stiften, die neben der Computertastatur stand. Ein Kugelschreiber darin stammte von einer billigen Hotelkette, das war ihm schon beim letzten Mal aufgefallen.

Isabelle nahm ganz vorn auf der Kante des Stuhles Platz. Die Füße in ihren eleganten, hochhackigen Schuhen stellte sie akkurat nebeneinander, die Hände faltete sie auf dem Schoß. Tom konnte deutlich die Sehnen an ihren Handrücken sehen, so fest drückte sie zu.

Er hätte gern ihre Hand genommen, aber natürlich ließ er es bleiben.

Im vergangenen Oktober war er im Auftrag eines befreundeten Sternekochs in Indien gewesen, um ihm neues Trendfood für sein In-Restaurant in Friedrichshain zu besorgen. Das war Fehler Nummer eins gewesen. Fehler Nummer zwei war, dass er in einer der unzähligen Garküchen in Hyderabad ein indisches Curry gegessen hatte, woraufhin er eine höllische Nacht auf der Toilette seines Hotelzimmers verbracht hatte. Sein indischer Kollege, mit dem zusammen er unterwegs war, hatte ihm am nächsten Tag aus einer Apotheke Colistin besorgt, ein Antibiotikum, das in Deutschland als Notfall-Antibiotikum streng gehütet wurde, in Indien aber frei verkäuflich war. Das hatte Tom allerdings erst sehr viel später erfahren. Zunächst einmal war es ihm innerhalb von Stunden wieder besser gegangen. Er hatte keine Ahnung davon gehabt, dass in seinem Körper durch die Einnahme dieses Antibiotikums ein Darmkeim namens E. coli eine gefährliche Resistenz gegen Colistin herausbilden konnte. Und so hatte er seinen Körper in einen Brutkasten für eine Art mikrobiologische Zeitbombe verwandelt. Als er dann einige Tage später zurück nach Berlin geflogen war, um es noch rechtzeitig zum fünfzehnten Geburtstag von Sylvie zu schaffen, hatte er, ohne es zu ahnen, diesen Keim durch normalen Hautkontakt auf seine Tochter übertragen. Sylvie war eine Muko – sie litt seit ihrer Geburt an Mukoviszidose. In den Tagen nach ihrem Geburtstag dann war es ihr ziemlich schlecht gegangen, und Dr. Heinemann hatte Tom auch damals zu einem Gespräch gebeten – zunächst ohne Isabelle. Damals hatte Tom ihm sofort angesehen, dass er keine guten Nachrichten hatte. »Sie wissen, dass Sylvie mit *Pseudomonas aeruginosa* zu kämpfen hat«, hatte der Arzt mit ernster Miene gesagt, und Tom hatte genickt. Das Bakterium *Pseudomonas aeruginosa* war ein ganz typischer Keim, der sich bei Muko-Patienten mit ihren häufigen Krankenhausaufenthalten und unzähligen Antibiotikatherapien irgendwann unweigerlich einschlich, so auch bei Sylvie. Doch bis zu diesem Zeitpunkt war der Erreger einigermaßen gut behandelbar gewesen.

»Ja«, hatte er darum gesagt. »Und ich weiß auch, dass Sie eine Reihe Medikamente haben, die Sie gegen Pseudomonas einsetzen können.«

Der Arzt nickte. »Damit hätten wir Sylvie auch eigentlich jahrelang ohne Probleme behandeln können.«

»Eigentlich«, echote Tom.

Dr. Heinemann legte die Fingerspitzen aneinander. »Sylvies Pseudomonas-Stamm hatte vorher schon eine Reihe Resistenzen, die wir, wie gesagt, einigermaßen im Griff hatten. Aber leider befindet sich im Körper Ihrer Tochter jetzt auch noch das resistente Kolibakterium, Herr Morell, das sie sich von Ihnen eingefangen hat. Und es kam zu einem horizontalen Gentransfer zwischen beiden Erregern.«

»Das heißt?« Tom musste schlucken.

»Sie können sich das so vorstellen: Sylvies Pseudomonas verhält sich wie ein bakterieller Kleptomane und versucht, alle möglichen Eigenschaften von anderen Bakterienstämmen zu übernehmen. So auch bei Sylvie – der Pseudomonas hat sich die Resistenz von Ihrem Darmkeim angeeignet.« Dr. Heinemann lächelte traurig. »Die Bakterien tauschen ihre Genabschnitte wie Kinder Pokémon-Karten.«

»Ich verstehe immer noch nicht, was das bedeutet«, sagte Tom, obwohl ihm längst ein Verdacht gekommen war.

»Ich neige sonst eher dazu, vorsichtig zu formulieren«, erklärte Dr. Heinemann, »aber bei Ihnen würde ich gern ganz offen sein. Was wir hier bei Ihrer Tochter haben, ist der mikrobiologische Super-GAU.« An dieser Stelle hatte Sylvies Arzt eine bedeutsame Pause gemacht, bevor er fortfuhr. »Ich fürchte, gegen den Erreger, unter dem Sylvie leidet, hilft fast nichts mehr.«

Die Erinnerung an dieses frühere Gespräch kreiste in Toms Kopf, während er jetzt doch noch Isabelles Hand nahm und festhielt. Ihre Finger waren eiskalt. Durch seine Sorglosigkeit im Umgang mit dem indischen Colistin hatte er die Zukunft seiner Tochter zerstört, dachte er, und wenn … Ihm wurde bewusst, dass er nicht darauf geachtet hatte, was Dr. Heinemann sagte, und dass sowohl Isabelle als auch der Arzt ihn musterten.

»Wie geht es Ihnen, Herr Morell?«, erkundigte Heinemann sich bei ihm.

»Gut.« Er vermied es, Isabelle anzusehen. »Aber ich denke, wir sind nicht hier, weil Sie sich nach meinem Befinden erkundigen wollen, oder?«

Dr. Heinemann atmete tief durch. »Nein.« Er rief Sylvies Krankenakte auf, drehte seinen Monitor so, dass Tom einen Blick darauf werfen konnte, und fasste zusammen, was bisher geschehen war. »Ihre Tochter befindet sich seit dem 17. Juni mit einer Pneumonie bei uns in Behandlung. Bisher haben wir ihre Lungenentzündung mit einer Standard-Inhalationstherapie mit Colistin und Tobramycin behandelt, aber ihr Zustand hat sich unter dieser Therapie leider verschlechtert. Darum haben wir für den Erreger ein aktuelles Antibiogramm erstellt und festgestellt, dass er zusätzlich zu den bereits bekannten Resistenzen auch noch eine gegen Colistin aufweist. Das heißt, wir mussten eine Anpassung der Therapie vornehmen.« Er räusperte sich und fuhr fort. »Ich habe die Therapie dann auf neue noch mögliche inhalative Antibiotika-Kombinationen mit Aztreonam und Levofloxacin umgestellt. Da das nicht die gewünschten Ergebnisse brachte, sind wir – in Abstimmung mit Ihnen – vor zwei Wochen auf die Alternativbehandlung mittels Ciprofloxacin oral übergegangen.«

Die verschiedenen Medikamentennamen, die er seit seinem ersten Gespräch mit Heinemann wieder und wieder gehört hatte, rauschten an Tom vorbei. Er dachte daran, wie Sylvie sich über die ständigen wechselnden Medikamente beklagt hatte. Sie hatte die häufigen Inhalationen und Tabletten satt, denn sie brachten eine Menge Nebenwirkungen mit sich, und besser ging es ihr dadurch auch nicht wirklich.

Heinemann klickte in der Akte eine Seite weiter. Seine Miene verfinsterte sich zunehmend. »Leider mussten wir feststellen, dass auch Ciprofloxacin nicht zu einer gewünschten Besserung des Allgemeinzustandes Ihrer Tochter geführt hat. Im Gegenteil: Mittlerweile kam auch noch eine Harnwegsinfektion dazu. Darum habe ich eine aktuelle Erreger-Kultur anlegen lassen.« Heinemanns Mauszeiger glitt über einen Eintrag in der Akte. Ein Haufen Zahlen, die Tom nicht das Geringste sagten. »Ich fürchte, ich muss Ihnen sagen, dass uns die Optionen ausgehen.«

Einen Moment lang war es sehr still im Raum. Tom konnte hören, wie unten auf dem Parkplatz eine Autotür zugeschlagen wurde. Gleich darauf sprang ein Motor an und ein Wagen fuhr davon.

»Das bedeutet?«, brachte endlich Isabelle die Frage über die Lippen, die auch in Toms Hinterkopf hämmerte.

Heinemann sprach betont sachlich. »Das bedeutet, wir müssen jetzt davon ausgehen, dass es ein pan-resistenter Pseudomonasstamm ist, unter dem Ihre Tochter leidet.«

»Pan-resistent?«, fragte Isabelle.

»Das ist ein Erreger, der gegenüber *allen* gängigen Antibiotika resistent ist. Wir sind so gut wie machtlos dagegen.« Sylvies Arzt senkte den Kopf und rieb sich die Stirn. Für einen kurzen Moment kam seine professionelle Maske ins Rutschen, und Tom konnte die tiefe Betroffenheit dahinter sehen.

Es berührte ihn, dass augenscheinlich selbst der Profi mitlitt, aber das Gefühl wurde sofort überlagert von der Sorge um Sylvie.

»Was bedeutet *so gut wie*?«, fragte Isabelle.

Tom glaubte, die Antwort bereits zu kennen. Es fühlte sich an, als würde etwas in seinem Inneren ins Rutschen geraten. *Über-bringen Sie mir hier gerade das Todesurteil meiner Tochter?* Isabelle entzog ihm die Hand, dabei hätte er ihren Halt gerade jetzt gut brauchen können.

Heinemann fuhr sich über Mund und Kinn. »Es gibt vielleicht noch eine letzte Therapieoption. Dabei würden wir unterschiedliche Antibiotikagruppen kombinieren und intravenös verabreichen, in der Hoffnung, damit vielleicht noch irgendeine Wirkung zu erzielen. Infrage kommen dafür Tobramycin mit Ceftazidim oder Meropenem. Aber ich fürchte, die Therapie ist sehr langwierig, extrem schmerzhaft, und vor allem hat sie starke Nebenwirkungen.«

»Was könnte denn noch schlimmer sein als das, was meine Tochter schon durchgemacht hat?«, fragte Tom. Er brauchte dringend eine Zigarette. Er schob die Hand in die Tasche seiner Jeans und umklammerte das Einhorn-Feuerzeug. Der kleine Strassstein grub sich tief in seine Handfläche.

»Sie müssen mit sehr heftigen Nebenwirkungen rechnen: Nierenprobleme, allergische Reaktionen, Neurotoxizität bis hin zu Gleichgewichtsstörungen. Etwas, das ebenfalls auftreten kann, ist ein bleibender Tinnitus oder sogar der komplette Verlust der Gehörfunktion.«

Isabelle schluchzte auf.

Tom sah, wie ihre Hand in Zeitlupe zu ihrem Gesicht wanderte und sich auf ihren Mund presste. »Und wenn diese letzte Therapie auch nicht ...« Seine Stimme versagte.

Heinemann blickte ihm geradeaus in die Augen. »Wenn auch diese letzte Medikamententherapie versagt, muss ich Ihnen leider mitteilen, dass wir nichts mehr für Ihre Tochter tun können. Sie ist dann austherapiert.«

Tom wollte den Kopf schütteln, aber es ging nicht. Er hatte es doch kommen sehen, warum schockierte ihn diese Nachricht dann so sehr?

Isabelle ließ die Hand wieder sinken. »Gibt es nicht noch eine andere Möglichkeit, Doktor Heinemann? Ich meine: Wenn Antibiotika nicht mehr wirken, muss es doch andere Medikamente geben, um Sylvie …«

»Antibiotika sind in Deutschland nun mal die Standardtherapie, allerdings …« Heinemann zögerte. »Tatsächlich gibt es noch die ein oder andere Möglichkeit, aber jede einzelne davon befindet sich noch im experimentellen Status. Antikörpertherapien oder Phagen zum Beispiel sind aktuell in Deutschland nicht zugelassen.«

Isabelle fuhr halb aus ihrem Stuhl hoch. »Das ist mir völlig egal! Es geht um meine Tochter! Diese … Phagen, von denen Sie gesprochen haben, was müssten wir tun …«

»Frau Morell!«, unterbrach Heinemann sie erneut. »Selbst wenn es Phagen gäbe, die Ihrer Tochter helfen würden, würden wir sie nie im Leben in dieses Land kriegen …« Er hielt kurz inne, weil Isabelle vehement den Kopf schüttelte, sprach dann aber weiter: »Ohnehin: Lassen Sie uns doch erst einmal abwarten, wie wir mit der intravenösen Kombitherapie vorankommen. Wenn sie wirkt, brauchen wir uns keine weiteren Gedanken zu machen.« Er wechselte einen langen Blick mit Tom, der davon Magenkrämpfe bekam.

Die Teamsitzung fand wie immer in einem der Besprechungsräume im Erdgeschoss statt. Voss hatte ihren Platz so gewählt, dass sie durch das Fenster nach draußen schauen konnte. Viel zu sehen gab es allerdings nicht – abgesehen von der mehrspurigen Fahrbahn des Tempelhofer Damms und dem schier endlosen Gebäuderiegel gegenüber, der früher einmal zum Flughafen gehört hatte. Die Fensterscheiben starrten vor Staub und Schmutzschlieren, vermutlich waren sie das letzte Mal geputzt worden, als man den Bauantrag für den BER genehmigt hatte.

Sie seufzte zum bestimmt tausendsten Mal an diesem Tag.

Sie brauchte dringend Urlaub! Missmutig richtete sie den Blick auf den fetten Vogelschiss, der so exakt mittig auf der Scheibe gelandet war, als wäre es eine linksextreme Taube gewesen, die ihnen auf diese Weise ihr Missfallen bekunden wollte. Voss unterdrückte ein Lächeln.

Die anderen Kolleginnen und Kollegen, eine bunte Mischung der Dezernate 51 bis 55, trudelten nach und nach ein. Als alle versammelt waren, räusperte sich Voss' Chef, Kriminaloberrat Justus Tannhäuser. »Gut. Können wir dann anfangen?« Tannhäuser war zwar nur Leiter des Dezernats Politisch motivierte Kriminalität, aber da er als versierter Koordinator galt, hatte die Abteilungsleitung ihm die Verantwortung für die täglich abzuhaltenden dezernatsübergreifenden Besprechungen übertragen. Tannhäuser war ein fast zwei Meter großer, grobschlächtiger Mann mit einer Stimme wie ein Bär und dichtem pechschwarzem Haarwuchs an jedem sichtbaren Körperteil.

Er startete den Beamer, mit dem er direkten Zugriff auf das digitale Aktenarchiv hatte, und begann, über ihren derzeit wichtigsten Fall zu referieren. Wie gewöhnlich tat er das mit monotoner Stimme, und Voss verlor schnell die Konzentration. Vielleicht hätte sie besser noch eine zweite Tasse Kaffee in sich reinkippen sollen. Sie gähnte.

»Langweile ich dich, liebe Tina?«, wandte Tannhäuser sich an sie.

Sie setzte sich aufrechter hin und stellte einen ihrer Boots auf die Querstrebe zwischen ihren Stuhlbeinen. »Nein. Wieso?«

Tannhäuser schoss aus seinen hellbraunen Augen einen finsteren Blick auf sie ab.

Oh, oh, dachte sie. Sie kannte diesen Gesichtsausdruck. So sah ihr Chef aus, wenn er Maß nahm.

Dass der Eindruck nicht täuschte, wurde ihr klar, als Tannhäuser gleich darauf ein Bild eines anderen Falles aufrief. »Da wir in den wichtigen Dingen nun alles geklärt haben, kommen wir jetzt noch hierzu.« Das Bild stammte aus der Prometheus-Akte, es zeigte das Blatt mit dem Kupferstich und dem Satz: *Ich werde euch das Feuer der Erkenntnis bringen.*

Allgemeines Aufstöhnen ringsherum. Genau wie Voss hatten offenbar alle anderen auch gedacht, dass die Besprechung nur anberaumt worden war, weil es Dringliches im Hauptfall zu bereden gab. Dass sie so kurz vor Feierabend noch weitere Fälle durchkauen sollten, ging allen gehörig gegen den Strich.

Tannhäuser ignorierte das Murren seiner Leute und grinste Voss sardonisch an. »Ihr alle wisst, dass seit Tagen diese Botschaften überall in der Stadt auftauchen. Bisher haben wir keinen Grund zu der Annahme, dass das Ganze mehr ist als die Spinnerei von irgendeinem durchgeknallten Freak. Aber wir alle wissen, dass aus Spinnerei schnell Ernst werden kann, wenn es blöd läuft. Denken wir nur an Halle, Hanau oder letztens Schwäbisch Hall.«

Schwäbisch Hall. Das lag gerade einmal zwei Monate zurück. Ein dreißigjähriger Mann hatte in einer Arztpraxis um sich geschossen, nachdem er sich wochenlang in einschlägigen Foren und Messengergruppen von Impfgegnern herumgetrieben hatte. Zwei Menschen waren gestorben und unzählige verletzt worden, bevor die herbeigerufenen Kollegen den Täter überwältigt hatten.

»Wie dem auch sei«, sagte Tannhäuser, und Voss begriff, dass sie ihm schon wieder nicht richtig zugehört hatte. »Jedenfalls will Kriminaldirektor Kleinert, dass wir uns verstärkt um diese Sache kümmern. Tina, ich möchte, dass du das machst.«

Voss unterdrückte ein Seufzen, sie hatte es kommen sehen. »Wird erledigt«, sagte sie völlig gelassen.

Tannhäuser schien enttäuscht, dass sie sich über die bescheuerte Zusatzarbeit nicht beschwerte, und das allein war es schon wert, auf die Zähne gebissen zu haben.

»Gut.« Ihr Chef schlug mit der flachen Hand auf das Pult, sein Zeichen dafür, dass die Besprechung beendet war. Wie ungeduldige Pennäler beim Pausenläuten standen die meisten Kolleginnen und Kollegen augenblicklich auf, schwatzten drauflos und strebten dem Ausgang entgegen.

Voss blieb noch einen Augenblick lang sitzen.

Prometheus, dachte sie. *Mist, verdammter!*

Mit hämmerndem Herzen fiel Nina neben Georgy auf die Knie. War er tot? Bewusstlos? Sie konnte es nicht sagen. Sein Gesicht war wachsbleich, seine Augen geschlossen. Wo war sein Puls? Seine Atmung? Ihre Hände flatterten über seinen Körper, berührten ihn im Gesicht, an der Brust, an den Armen. Innerhalb von Sekunden waren ihre Hände rot, ihre Kleidung übersät mit Blutflecken. Sie bemerkte es kaum. So viele Wunden, und sie konnte bei keiner einzigen davon die Blutung stoppen! Hilflos presste sie die Hand auf seine Leibesmitte, wo sich die schwerste Verletzung zu befinden schien.

»Ist er …« Marens bange Frage wurde abgeschnitten, als Georgy mit einem Gurgeln einatmete, die Augen weit aufriss und in die Höhe fuhr. Vor Schreck prallte Nina zurück. Sie packte ihn, hielt ihn fest und musste miterleben, wie er anfing zu zucken und zu beben. Seine Hand krallte sich um ihren Arm. Sein Blick irrlichterte umher, fand ihr Gesicht. *Erkennt er dich?* Sie wusste es nicht. Seine Fingernägel bohrten sich in ihr Fleisch.

»Max …«, stöhnte er. Das Folgende ging in einem weiteren feuchten Gurgeln teilweise unter. »Meine Phagen … in Gefahr …« Sein Griff löste sich.

Sie packte ihn fester. »Georgy! Halt durch, du musst …«

»Max …« Diesmal verging der Name in einem tonlosen Hauch. Nur einen Sekundenbruchteil später wich das Leben aus Georgys Augen.

Seine Hand rutschte von Ninas Arm und landete auf dem Boden. Ein letztes Mal zuckten seine Finger, dann erstarrten auch sie.

»Georgy!«, wimmerte Nina.

Hinter ihr erklang ein unheimlicher, langgezogener Laut, und sie begriff nur mit Verzögerung, dass er von Maren kam. Es kostete sie Kraft, den Blick von ihrem toten Ziehvater abzuwenden und zu ihrer Freundin aufzublicken.

Maren war leichenblass, ihre Augen glänzten wie im Fieber. Sie taumelte vorwärts, prallte mit der Hüfte gegen den Labortisch und landete auf Händen und Knien neben Nina. Ihr Mund öffnete sich, aber nach dem Klagelaut eben kam kein Ton mehr heraus. Sie starrte Nina ins Gesicht, dann wanderte ihr Blick zu Georgy, wieder zu Nina – und schließlich über die Leiche hinweg zum Labortisch, hinter dem sie ihn gefunden hatten. Fassungslosigkeit und Trauer wandelten sich zu Entsetzen.

Instinktiv sah Nina dorthin, wo auch Maren hinschaute. Das Paket, das mit grauem Panzerband unter den Labortisch geklebt war, hatte sie schon einmal gesehen, allerdings im Fernsehen. Durchsichtiges Plastik, darin ein graues Zeug, das aussah wie Knete. Drähte. Zwei Dioden, die langsam vor sich hin blinkten.

»Ist das eine … Bombe?«, wisperte Maren.

Die Frage ließ die Realität rings um Nina zersplittern. »Raus hier!«, gellte sie.

4

Gemeinsam fuhren Tom und Isabelle mit dem Aufzug zurück auf Sylvies Station, und keiner von ihnen wusste, was er sagen sollte. Das Schweigen kreischte in Toms Ohren. Isabelle hatte so viel Abstand wie nur möglich zwischen sich und ihn gebracht. Ihre Augen waren feuerrot, aber trocken. Er hasste es, dass sie so beherrscht wirkte, so gefasst. *So kühl.* Es wäre ihm lieber gewesen, sie hätte ihn angeschrien, hätte ihn mit Vorwürfen überschüttet. Warum ohrfeigte sie ihn nicht, wie er es verdient hatte?

Der Fahrstuhl ruckelte leicht. Im Spiegel an der Rückwand starrte Tom sich selbst in die Augen. Sein Blick flackerte, und nur die Tatsache, dass sich die Aufzugtüren genau in dieser Sekunde öffneten, hielt ihn davon ab, sich selbst die Faust ins Gesicht zu rammen.

Als er und Isabelle die Schutzkleidung wieder übergestreift hatten und Sylvies Zimmer betraten, saß seine Tochter aufrecht in den Kissen. Sie hielt ihr Handy in diesem speziellen Winkel, der Tom zeigte, dass sie sich selbst filmte. »Oh«, sagte sie nach einem kurzen Blick auf ihn und wandte sich dann wieder der Kamera zu. »Meine Eltern kommen gerade rein, Leute. Ich halte euch auf dem Laufenden, was bei dem Gespräch mit dem Arzt rausgekommen ist. Bleibt zuversichtlich, ich bin es auch!« Es war die Standardfloskel, mit der sie jeden Beitrag ihres Vlogs beendete, den sie auf Instagram und YouTube hochlud. Sie hatte damit begonnen, um Jugendliche in ihrem Alter über Mukoviszidose aufzuklären, aber seit sie an diesem teuflischen Keim erkrankt war, drehten sich viele ihrer Beiträge darum.

Tom biss die Zähne zusammen.

Sylvie stellte ihren Beitrag online. Dann ließ sie das Handy auf die Bettdecke fallen und lächelte erst Tom und gleich darauf auch Isabelle an. »Und?«, fragte sie. »Was hat der Doc gesagt? Warum ist er nicht mit euch gekommen? Er kommt doch sonst immer ...« Sie hielt inne und betrachtete forschend ihre Mienen. »Oh, oh.«

Tom kam es vor, als hätten seine Füße Wurzeln geschlagen. Wie nur sollte er es schaffen, seiner Tochter die Hiobsbotschaft zu überbringen? Er schluckte schwer. Er hatte Sand in der Kehle. Wenn er jetzt den Mund aufmachte, würde nichts rauskommen außer einem tonlosen Krächzen.

Isabelle allerdings war stärker als er. Sie trat zu Sylvie ans Bett und nahm ihre Hand.

Tom konnte sehen, wie Sylvie die Lippen zusammenpresste. »Okay«, murmelte sie. »Wie lange habe ich noch?«

Ihr Tonfall zog Tom den Boden unter den Füßen weg. Wie konnte sie nur so sachlich sein? So schrecklich gefasst?

»Nein!«, stieß Isabelle hervor. »Nein, Schätzchen, das ... es ist nicht so, dass ... du ...«

Doch, dachte Tom. *Ist es.* Jedenfalls wenn diese verdammte letzte Medikamententherapie nicht wirkte. Er wollte etwas empfinden, aber er konnte es nicht. All seine Gefühle hatten sich von der Realität abgekoppelt. Es kam ihm vor, als hätte das hier nichts mehr mit ihm zu tun.

Isabelle wandte ihm das Gesicht zu, und ausnahmsweise war da kein Vorwurf in ihrem Blick, sondern nur ein stummes Flehen um Hilfe.

Tom überwand seine Starre und trat an die andere Seite von Sylvies Bett, sodass ihre Tochter jetzt von ihren beiden Eltern eingerahmt war. *Als würden wir sie beschützen*, dachte Tom. Er war sich der Ironie dieses Gedankens bewusst. Es war doch seine verdammte Pflicht, sein kleines Mädchen vor allem Dreck dieser Welt zu beschützen. Wie konnte es da sein, dass er machtlos war gegen …

»Sylvie …«, begann er, verstummte.

»Nicht Dikdik?« Sylvie mühte sich vergeblich um einen leichtherzigen Tonfall. »Du machst mir echt Angst, Paps!«

Er unterdrückte ein betretenes Lächeln.

»Okay.« Sylvie setzte sich noch ein bisschen aufrechter hin. Für den Videobeitrag hatte sie ihre Haare gekämmt und sie sorgfältig über ihrer linken Schulter drapiert, doch jetzt schleuderte sie sie über die Schulter nach hinten. »Die Therapie wirkt auch nicht, stimmt's? Das ist es, was der Doc euch erzählt hat: Die ganzen Torturen waren umsonst. Gut. Und jetzt? Du hast gesagt, dass ich noch nicht sterben muss, Mama. Was kommt also als Nächstes?«

Sie schwiegen beide.

»Es gibt noch eine weitere Behandlungsmöglichkeit, oder?«, flüsterte Sylvie.

Isabelle ließ sich auf die Kante des Bettes sinken.

Sylvie wurde noch blasser. »Raus mit der Sprache, Paps! Was ist es diesmal?«

Und da erzählte Tom es ihr.

Nina war wieder Kind. Sie ritt auf Georgys Knien und wurde von ihm an einer Hand und einem Fuß gehalten und wie ein Flieger im Kreis gewirbelt. Sie stand das erste Mal an einem Labortisch, vor sich in einem Metallständer die *Bunte Reihe*, eine Galerie von Reagenzgläsern mit verschiedenfarbigen Testmedien, mit denen man Bakterien über ihre Stoffwechselaktivitäten nachweisen konnte. Georgys Augen leuchteten vor Stolz. Sie sah sich selbst ein paar Jahre später, als sie ihm gesagt hatte, dass sie keine Mikrobiologin werden würde, sondern Journalistin. Auch da war der Glanz nicht aus seinen Augen gewichen. »Bist du jetzt enttäuscht?«, hatte sie ihn gefragt, und seine Antwort war ganz ruhig gekommen: »Wie könnte ich enttäuscht sein darüber, dass du gefunden hast, wofür du brennst?« Er hatte sie immer unterstützt, egal, was sie getan hatte. Selbst als sie sich als Teenager die blonden Haare, die er an ihr so liebte, knallrot gefärbt hatte, war er nicht …

Er.

Ist.

Tot.

Sie lehnte an der Wand eines Gebäudes, das dem Institut gegenüber auf der anderen Seite der Levan-Gouta-Straße lag. Wie war sie hierhergekommen? Und warum war sie hier? *Georgy!* Sie wollte zurück zu ihm, doch gerade, als sie das dachte, fiel ihr die Bombe wieder ein. Gott im Himmel! Ihre Beine. Warum trugen sie sie noch? *Brich zusammen, wie es sich gehört, verdammt!* Aber sie stand immer noch. Sie stand einfach nur da, starrte ins Leere, und da war nichts mehr, das sie fühlte.

Bis im Institut die Bombe explodierte.

Die Druckwelle erfasste sie, schleuderte sie herum und warf sie gegen die Wand. Sie badete in Schmerz. Bekam keine Luft. Schrie sie? Sie wusste es nicht. Ihre Ohren klingelten. Alles bewegte sich wie in Zeitlupe: sie selbst, als sie sich auf Hände und Knie stemmte. Maren, die sich mit hängendem Kopf aufrappelte …

Sie blutete aus einer Wunde an der Schläfe! Der Anblick brannte sich rot und grell durch Ninas Betäubung, brachte sie dazu, sich zusammenzureißen. Aufzustehen. Zu Maren zu wanken. Sie erreichte sie genau in dem Augenblick, als ihre Freundin wieder zusammenbrach, und fing sie auf. Ihr Körper protestierte mit dumpfen Schmerzen gegen das zusätzliche Gewicht, aber das war jetzt nicht wichtig.

»Hilfe!«, wisperte sie und wusste, dass niemand sie hören

würde. Aber das war auch nicht nötig, denn die Explosion schien das halbe Viertel erschüttert zu haben. In der Ferne ertönten bereits Martinshörner.

Als Nächstes bekam sie noch mit, wie jemand ihr den Arm um die Schultern legte und sagte:»Kommen Sie. Wir kümmern uns jetzt um Sie.«

In der Küche des Alten- und Pflegeheimes St. Anton herrschte Hochbetrieb. Der Lieferwagen eines Großküchenunternehmens brachte gerade das Essen für die Bewohner. Die Küchenmitarbeiterinnen waren damit beschäftigt, die auf Metalltellern angerichteten Essensportionen auszuladen und auf die Servierwagen zu schichten. Eine ältere Köchin stand mit einem Klemmbrett in der Hand dabei und sorgte dafür, dass jeder Bewohner das für ihn passende Essen bekam.

Niemand achtete auf den Mann mit der Glatze, der mit schnellen Schritten den Flur entlangeilte. Er trug einen hellgrünen Kittel wie die Pfleger des Heimes, und nur wenn man genau hinsah, hätte man merken können, dass seine militärisch anmutende Art ebenso wenig zu einem Altenpfleger passte wie der Siegelring mit dem blau-roten Kreuz des russischen Inlandsgeheimdienstes FSB, den er am kleinen Finger trug.

Aber in der Hektik des Alltags schaute niemand genauer hin. Der Glatzköpfige gelangte ungehindert in die Küche, und ebenso ungehindert steuerte er auf eine große Schüssel mit Quarkspeise zu. Die Köchin von St. Anton war stolz darauf, dass sie wenigstens das Dessert für ihre Schützlinge noch selbst zubereitete und nicht von einer Fremdfirma liefern ließ.

Der Glatzköpfige umfasste eine Spritze in seiner Kitteltasche. Er wartete einen passenden Moment ab, und als die Köchin eine der Aushilfen zur Schnecke machte und alle anderen darum den Kopf einzogen, nahm er die Spritze aus der Tasche. Mit einer geübten Bewegung zog er die Schutzkappe ab. Nur eine Sekunde später war der Inhalt der Spritze durch die Klarsichtfolie hindurch in den Quark injiziert.

Zufrieden steckte der Glatzköpfige die nun leere Spritze wieder ein. Der Blick einer Küchenhilfe, einer Frau in den Zwanzigern, fiel auf ihn, und er winkte ihr freundlich zu, woraufhin sie verlegen errötete.

Dann ging er.

Die Küchenhilfe runzelte die Stirn, hatte den Mann in der Hektik jedoch gleich darauf wieder vergessen.

Sylvie saß ungefähr fünf Minuten schweigend da. Fünf Minuten, in denen Tom sehen konnte, wie die Gedanken hinter ihrer Stirn rotierten. Fünf Minuten, in denen er sich vorkam, als würde er auf einem Hochseil balancieren und unter sich einen Abgrund gähnen sehen, dessen Boden sich in tiefster Finsternis verlor.

»Krass«, hörte er sie flüstern.

»Schätzchen …«, setzte Isabelle an, aber Sylvie ließ sie nicht zu Wort kommen.

»Nein, Mama. Schon okay. Ich habe das verstanden. Und ich …« Sie hielt inne, überlegte. Ein feines, wehmütiges Lächeln glitt über ihre Lippen. »Ich habe mich schon länger mit dem Gedanken vertraut gemacht, dass ich vielleicht meinen nächsten Geburtstag nicht mehr erlebe.« Sie hob die Hand, weil Isabelle ihr ins Wort fallen wollte. »Schon okay. Ehrlich!« Ihr Blick fiel auf ihr Handy, das unbeachtet auf der Bettdecke lag. »Meine Follower werden vermutlich traurig sein.«

Und was ist mit uns?, schrie eine Stimme in Toms Kopf. *Was ist mit mir?*

»Herrgott!«

Hatte er das laut gesagt? Offenbar, denn Isabelle wandte ihm den Kopf zu. Warum waren ihre Augen immer noch trocken? Da er sich lieber aus dem Fenster gestürzt hätte, als hier als Einziger in Tränen auszubrechen, stieß er hervor:»Entschuldigt mich bitte kurz!«

Bevor die beiden etwas erwidern konnten, floh er aus dem Zimmer. Er rannte hinaus auf den Krankenhausflur und durch die Stationstür, die sich automatisch vor ihm öffnete, dabei aber so langsam war, dass er sich fast den Schädel daran eingerammt hätte. Vor den Fahrstühlen blieb er stehen, umklammerte das Genick mit beiden Händen. Ging drei Schritte, blieb wieder stehen. Ein Mann im Arztkittel kam vorbei, schaute ihn fragend an. Tom wandte sich ab. Selbst der Blick eines Fremden war ihm unerträglich.

»Herr Morell?« Die dunkle Stimme einer Frau erklang hinter ihm.»Ist alles in Ordnung?«

Er wandte sich um. Schwester Tanja, eine der Krankenschwestern von Sylvies Station, musste gesehen haben, wie er davongestürzt war.

»Kann ich Ihnen irgendwie helfen?«, fragte sie.

Er schüttelte den Kopf. Wusste sie bereits, was Dr. Heinemann ihm und Isabelle gesagt hatte? Um ihrem mitfühlenden Blick auszuweichen, starrte er an ihrer Lockenmähne vorbei in Richtung Fahrstuhl.»Danke«, murmelte er.»Das ist sehr freundlich, aber nicht nötig.«

Da berührte sie ihn am Oberarm.»Das, was Sie und Ihre Tochter durchmachen müssen, ist nicht leicht. Aber ich bin sicher, es wird ein gutes Ende haben. Sie müssen zuversichtlich bleiben!«

Das klang so sehr nach den Worten, mit denen Sylvie stets ihre Videoblog-Beiträge beendete, dass Tom sich fragte, ob Schwester Tanja vielleicht eine von Sylvies Followerinnen war. Er zwang sich zu einem Lächeln und war froh, dass er sich selbst dabei nicht sehen konnte.»Wie gesagt: sehr freundlich von Ihnen.« Er deutete in Richtung Stationstür.»Ich gehe dann mal wieder zu ihr.«

»Ja, tun Sie das.«

Tom nickte der Krankenschwester zu, ließ sie stehen und kehrte zu seiner Frau und seiner Tochter zurück. Ungefähr eine Stunde brauchten sie, um die nächsten Behandlungsschritte gemeinsam mit Sylvie durchzugehen. Danach verabschiedeten Tom und Isabelle sich von ihrer Tochter. Beide versprachen, morgen wiederzukommen. Dann gingen sie zu Dr. Heinemann und gaben ihr Okay für die Behandlung. Sie unterschrieben die dafür nötigen Formulare und verließen danach still und bedrückt das Krankenhaus. Sie waren kaum durch den Haupteingang in die Spätsommerhitze hinausgetreten, da erstarrte Isabelle. Es sah aus, als sei in ihrem Inneren ein Mechanismus zum Stehen gekommen, der allein durch Willenskraft angetrieben worden war.

Tom schluckte die Worte herunter, die sich in seiner Kehle stauten.

Es tut mir alles so unendlich leid.

Wir dürfen die Hoffnung nicht verlieren.

Wenn ich könnte, würde ich es rückgängig machen, Isabelle!

Statt irgendwelche dämlichen Plattitüden von sich zu geben, hob er den Arm und winkte ein Taxi heran, das langsam die Föhrer Straße heruntergerollt kam. Der Fahrer hielt, und Tom öffnete die Tür zum Fond.

Isabelle rührte sich nicht.

Mehrere Sekunden verstrichen, dann stieß sie einen Laut aus, der ihn an ein sterbendes Tier erinnerte. »Wir teilen uns die Fahrtkosten«, murmelte sie in dem vergeblichen Versuch, ihre Emotionen im Zaum zu halten.

Tom jedoch spürte, dass sie ihn keine Sekunde länger in ihrer Nähe ertragen konnte. »Ich nehme die U-Bahn«, widersprach er.

Ihr Blick ruhte schwer auf ihm. »Gut«, sagte sie nur.

Er nickte ihr zu. »Wir sehen uns morgen.«

Sie nickte zurück, dann stieg sie in den Wagen. Tom schloss

die Tür hinter ihr. Der Fahrer setzte den Blinker und fädelte sich in den Verkehr ein. Das Letzte, was Tom von seiner Frau sah, war ihr blasses Gesicht hinter der schmutzigen Wagenscheibe.

»Herr Morell?« Dr. Heinemann tauchte plötzlich hinter ihm auf.

Tom drehte sich um. Der Arzt war ihm nach draußen gefolgt, offenbar hatte er ihn vom Fenster seines Büros aus gesehen. In seinem Gesicht stand noch immer Mitgefühl, aber nun waren auch noch tiefe Falten rings um seinen Mund hinzugekommen. Er machte den Eindruck, als ringe er mit sich.

»Ja?«, schaffte Tom es hervorzupressen.

Heinemann kratzte sich am Kinn. »Es gibt jemanden, der Ihnen vielleicht helfen kann, wenn sich tatsächlich herausstellt, dass die alternativen Therapien unsere letzte Hoffnung sind.«

Tom erschauderte. »Sie gehen nicht davon aus, dass diese letzte Antibiotikakombination wirkt, oder?«

»Solange wir es nicht ausprobiert haben, können wir das nicht mit Sicherheit sagen.«

Tom ahnte, dass die Antwort auf seine Frage eigentlich *Ja* lautete. Bevor er etwas erwidern konnte, reichte Heinemann ihm einen Zettel, den er von einem Notizblock abgerissen hatte. Tom griff danach. Ein paar Zähne der Perforation hingen noch daran. »Was ist das?« Er faltete den Zettel auf. Heinemann hatte einen Namen daraufgeschrieben. *Dr. Max Seifert.* Darunter stand eine Handynummer.

»Dr. Seifert ist ein sehr geschätzter ehemaliger Kollege von mir«, sagte Heinemann. »Er hat Kontakt zu einem der führenden Phagenforscher in Tiflis, und wenn es hart auf hart kommt, Herr Morell, dann bleibt Ihnen vielleicht nur, dort hinzufliegen, die entsprechenden Phagen für Ihre Tochter herzuholen oder sie dort behandeln zu lassen.« Er hielt inne. Dann fügte er hinzu: »Aber das habe ich Ihnen nie empfohlen.«

Gleich zwei Sanitäter kümmerten sich um Marens Kopfverletzung, während ein weiterer Nina zu einem der beiden Rettungswagen führte und sie drinnen auf die Trage setzte, um sie zu untersuchen.

»War ein ganz schöner Knall, würde ich sagen.« Er leuchtete ihr in die Augen, um herauszufinden, ob sie eine Gehirnerschütterung davongetragen hatte.

»Hmhm«, murmelte Nina. Nachdem sich der Schock der Explosion ein wenig gelegt hatte und ihr Kopf sich nicht mehr anfühlte, als habe ihr jemand Watte bis tief in die letzte Gehirnwindung gestopft, sprang nun auch langsam ihr Verstand wieder an. Georgy war tot. Und wenn Maren die Bombe in dem Labor nicht zufällig entdeckt hätte, wären sie beide es jetzt auch.

Eine Bombe!

Sie krümmte sich, weil ihr bewusst wurde, dass sie jetzt nicht einmal mehr einen Leichnam von Georgy hatte, den sie beerdigen konnte.

»Hey!« Der Sanitäter hielt sie aufrecht. »Alles in Ordnung?«

Sie nickte. Ihr Kopf bestrafte sie dafür mit dumpfem Dröhnen und fiesem Schwindel. »Ja«, sagte sie trotzdem. »Mir ist nur gerade klar geworden …« Sie winkte ab. »Egal!«

Der junge Sanitäter sah sie ernst an. »Sie hatten großes Glück, dass Sie nicht ein paar Meter näher am Explosionsherd waren.«

»Vermutlich.« Nina ließ den Mann ihren Kopf hin- und herbewegen und ihre Schädeldecke abtasten.

»Tut das weh?«

»Nein.«

»Sehr gut. Und das?« Während der Sanitäter weiter an ihr rumdrückte, versuchte Nina, ihre Gedanken zu ordnen.

Georgy war tot und …

Der Gedanke pulverisierte jeden Versuch, sich zu sortieren.

Sie ächzte leise. Warum eigentlich weinte sie nicht um ihren Ziehvater? Auf einmal war es, als betrachte sie sich selbst von außen. Als würde das hier nicht ihr geschehen, sondern einer völlig Fremden. *Schock führt zu emotionaler Distanzierung*, dachte sie. Es war ein Schutzmechanismus ihrer Seele. Zu furchtbar waren die Dinge, die sie gesehen und erlebt hatte. Ihr Verstand musste sie davor schützen.

Sie schloss die Augen, während der Sanitäter ihre Schürfwunden behandelte. Das Desinfektionsmittel brannte, aber der Schmerz fühlte sich ebenso fern und unwirklich an wie alles andere.

»Das war's«, sagte der junge Mann schließlich. »Sie scheinen nicht ernstlich verletzt zu sein, aber ich würde Sie gern ins Krankenhaus fahren, damit Sie dort nochmal eingehender untersucht werden können.«

»Später.« Durch die offene Tür fiel Ninas Blick auf den zweiten Rettungswagen. Bevor der Sanitäter sie daran hindern konnte, hüpfte sie von der Trage.

»He! Machen Sie auf jeden Fall langsam!«, mahnte er, aber sie achtete kaum auf ihn. Hastig kletterte sie ins Freie und ging die paar Schritte zu dem anderen Wagen, wo jetzt ein Notarzt die beiden Sanitäter abgelöst hatte. Sein Körper verdeckte Maren auf der Trage zum Teil, aber Nina konnte genug sehen, um all das Blut zu erkennen, das ihre Freundin bedeckte.

Nur ein Teil davon ist ihres, dachte sie dumpf. Und dann erneut: *Georgy!*

Sie musste sich an der Tür des Wagens festhalten, um nicht zu Boden zu gehen. »Wie geht es ihr?«, fragte sie mit kläglich piepsiger Stimme.

Der Notarzt warf ihr einen Blick zu, aber bevor er antworten konnte, erklang schon Marens Stimme: »Nina? Bist du das? Bist du okay?«

Ohne den Arzt um Erlaubnis zu fragen, kletterte Nina in den Wagen. Maren hatte bereits einen Verband um den Kopf.

»Sie hat eine ziemlich tiefe Platzwunde und vermutlich eine

schwere Gehirnerschütterung«, sagte der Arzt. »Wir bringen sie ins Krankenhaus.«

»Gleich«, murmelte Maren und streckte die Hand nach Nina aus. »Bist du ...«

»Mir geht es gut«, versicherte Nina, während sie Marens Hand ergriff. »Was ist dadrinnen eben passiert?«

Maren schloss die Augen. Sie war so blass, dass ihre brünetten Haare dagegen fast schwarz wirkten. »Keine Ahnung. Jemand hat ... das Institut ...«

In die Luft gesprengt. Eine Erkenntnis traf Nina mit der Wucht eines Vorschlaghammers: Georgys gesamte Forschung. Die Phagensammlung. Und auch seine innovativen Superphagen ... Alles war vernichtet.

»Grundgütiger, Maren!«, hörte sie sich wispern.

»Max«, sagte Maren. Im ersten Moment wusste Nina nicht, was das bedeutete, doch dann fiel ihr wieder ein, dass das die letzten Worte von Georgy gewesen waren.

Max. Meine Phagen. Und *Gefahr.*

Meine Phagen. Damit konnten nur die zwölf neuen Phagencocktails gemeint sein, Georgys hochinnovative Therapiephagen gegen resistente Superkeime, die er wie einen Schatz gehütet hatte.

Nina rann ein Kribbeln den Rücken hinunter. »Glaubst du, dass er die zwölf Cocktails bei diesem Max in Sicherheit gebracht hat?«, fragte sie.

Maren nickte, verzog schmerzerfüllt das Gesicht. »Möglich. Er hat keinem seiner Mitarbeiter verraten, wo er sie aufbewahrt hat. Nicht einmal mir.«

»Wir müssen jetzt los«, mahnte der Arzt.

Nina ignorierte ihn. »Max ist ...«

»Max Seifert«, sagte Maren.

Nina wusste, wer Max Seifert war. Er war eine Weile lang Georgys Assistent und wissenschaftlicher Mitarbeiter gewesen, bevor er sich entschlossen hatte, in die Politik zu gehen. Sie waren sich einige Male begegnet, und Nina erinnerte sich an einen eifrigen, etwas kauzigen Mann, dessen unbeholfene Flirtversuche sie anfangs ganz süß gefunden hatte, die ihr aber recht schnell auf die Nerven gegangen waren.

»Georgy hat oft mit Max telefoniert«, erklärte Maren. Sie tastete in der Tasche ihres Blazers nach ihrem Handy und zog es heraus.

»Ich muss Sie bitten …«, versuchte der Notarzt es erneut. Maren beachtete ihn nicht einmal. Sie rief einen Eintrag in ihrem Telefonbuch auf und schickte ihn an Ninas Handy. Es war eine Anschrift in Berlin. »Das sind seine Nummer und seine Adresse. Wenn Georgy Max die Phagen geschickt hat, solltest du …«

»Warum Max?«

Maren verzog das Gesicht. »Max unterstützt die Pandemic Fighters. Ich glaube, Georgy wollte die zwölf mit seiner Hilfe der Menschheit zur Verfügung stellen.«

Ja, dachte Nina. *Ja, das sähe ihm ähnlich.* Die Superphagen konnten bei der Heilung bakterieller Infektionen in Entwicklungsländern eine Menge Leben retten. Sie frei zur Verfügung zu stellen, statt sie erfolgreich zu vermarkten, hätte genau Georgys Charakter entsprochen. Ganz kurz schnitt die Trauer schmerzhaft durch den Schutzwall, den Ninas Verstand um sie errichtet hatte. Sie kämpfte dagegen an. Sie musste in Bewegung bleiben, musste etwas tun, um den Schmerz von sich fernzuhalten. »Das ist gut«, sagte sie. »Vielleicht sollte ich nach Berlin fliegen und dafür sorgen, dass sein Vermächtnis wirklich …«

»Berlin?« Eine neue Stimme ertönte von außerhalb des Rettungswagens. Ein übergewichtiger Mann in einem dunkelgrauen Wollmantel streckte den Kopf zur Tür herein. Er hatte buschige Augenbrauen und einen forschenden Blick, den er erst über Nina, dann über Maren schweifen ließ. »Sind Sie die beiden Frauen, die die Explosion miterlebt haben?«

Nina bejahte.

Der Mann zückte einen Dienstausweis, der so abgegriffen war, dass sie Mühe hatte, die georgischen Schriftzeichen darauf zu entziffern.

»Barataschwili«, stellte der Mann sich vor. »Kriminalpolizei. Ich fürchte, so schnell werden Sie nicht nach Berlin fliegen können.«

Die Pension, in der Tom wohnte, lag ganz in der Nähe vom Bergmannkiez am Südrand von Kreuzberg. Sie befand sich im obersten Stock einer alten Villa, die komplett umgebaut worden war und nur noch Fremdenzimmer beherbergte. Sämtliche Räume atmeten allesamt noch den alten Charme der meterhohen Decken und Stuckverzierungen. Tom wohnte hier, seit Isabelle ihn aus der gemeinsamen Wohnung geschmissen hatte. Er hatte sich aus mehreren Gründen für diesen Ort entschieden. Zum einen waren es von hier aus nur ein paar Minuten Fußweg bis zu seinem alten Zuhause. Darüber hinaus war hier die Miete einigermaßen bezahlbar, aber was hauptsächlich für diese Pension gesprochen hatte, war die Tatsache, dass man beim Umbau auf jeder Etage die Küche belassen hatte, die die Mieter nutzen durften. Ohne Küche hätte er es bei seiner Leidenschaft fürs Kochen und für exotische Lebensmittel aus aller Welt keinen einzigen Tag ausgehalten.

Nach seinem Gespräch mit Heinemann war er eine Weile lang ziellos durch die Stadt gestreift, darum dämmerte es schon, als er das Zimmer betrat, das von schweren Samtvorhängen und uralten orientalischen Teppichen dominiert wurde. Er hängte seine Lederjacke an die Garderobe hinter der Tür, streifte die Boots von den Füßen und tappte auf Socken ins Bad. Dort öffnete er den Wasserhahn, ließ das Wasser laufen, bis es so kalt wie möglich war, und hielt dann den Kopf darunter. Mit einem Handtuch kehrte er anschließend ins Zimmer zurück. Er kramte

Heinemanns Zettel aus der Hosentasche und rief die Nummer an.

Eine Mailbox antwortete. »Guten Tag. Sie haben die Nummer der Kommunikationsagentur *Medic Affairs* gewählt. Leider ist zurzeit niemand ...«

Tom legte auf. Eine Kommunikationsagentur? Er hatte gedacht, dass es sich bei diesem Dr. Seifert um einen Arzt handeln würde. Nachdenklich starrte er auf den alten Sekretär, auf dem neben ein paar Büchern, die er bei seinem Auszug mitgenommen hatte, auch sein Notebook stand. Er klappte es auf, um *Medic Affairs* zu recherchieren, aber ihm fehlte die Energie dazu. Eine Zeit lang blieb er wie betäubt vor dem Monitor sitzen, dachte an Sylvies Vlog und war versucht, ihren letzten Beitrag aufzurufen, den sie vorhin im Krankenhaus gedreht hatte. Aber die Gefahr bestand, dass er beim Anblick ihres blassen Gesichtes auf dem Monitor aus dem Fenster gesprungen wäre, also saß er einfach nur da und starrte auf das Desktopbild. Es zeigte ihn und Isabelle mit der dreijährigen Sylvie in ihrer Mitte. Ein Freund hatte das Foto auf einem gemeinsamen Ausflug in den Spreewald aufgenommen, und in Toms Augen war es der perfekte Beweis dafür, wie verschieden er und seine Noch-Ehefrau tickten. Während er auf dem Foto die übliche Kluft aus Jeans, Boots und Hemd anhatte, die er schon trug, seit er bei der Antifa aktiv gewesen war, hatte Isabelle auch an diesem Wochenende ausgesehen wie eine Geschäftsfrau. Zwar hatte sie ihren üblichen Bleistiftrock gegen eine praktischere Hose getauscht, aber mit der Silberkette, den passenden Ohrringen und vor allem mit dem teuren Wollmantel war sie so ziemlich das Gegenteil von ihm gewesen.

Er erinnerte sich noch gut daran, wie er ihr ein Taschentuch auf eine Bank am Wegrand gelegt hatte, damit sie sich überhaupt setzen konnte. Mit den Fingerspitzen berührte er Isabelles Gesicht auf dem Monitor und seufzte, als zu allem Überfluss auch noch sein Handy zu klingeln begann. *Ain't no Sunshine, when she's gone* von Bill Withers erklang, der Klingelton, den er in einem bescheuerten Anflug von Sentimentalität allein für Isabelles Nummer hinterlegt hatte.

Obwohl sich alles in ihm dagegen sträubte, jetzt mit seiner Noch-Ehefrau zu reden, ging er ran, weil er fürchtete, es könne etwas mit Sylvie sein. »Ja?«

»Tom?« Er konnte hören, dass sie geweint hatte.

»Was ist, Isabelle?«

Sie atmete einmal tief durch. »Ach nichts. Entschuldige! Ich dachte, es wäre eine gute Idee, dich anzurufen.« Sie legte auf, bevor er noch etwas erwidern konnte.

Fassungslos starrte er auf sein Handy, dann drückte er auf Wahlwiederholung, und wieder erklärte ihm die Automatenstimme, dass bei *Medic Affairs* niemand zu erreichen war.

Mit einem frustrierten Ruck klappte er das Notebook zu. Der Verkehr auf der Gneisenaustraße war durch die gut isolierten Fenster kaum zu hören. Das gedämpfte Rauschen erinnerte Tom an das stetige Geräusch des Orinoco, das er in einem ranzigen Hotel in Puerto Ayacucho wochenlang im Ohr gehabt hatte. Wie lange war das jetzt her? Fast zehn Jahre. Er hatte damals für einen Bekannten aus München nach Originalrezepten der kreolischen Küche gesucht, und der Mann hatte im Jahr darauf vom Guide Michelin einen Stern für seine Künste erhalten. Dieser Auftrag war der Beginn seiner Karriere als Foodhunter gewesen. Seither bereiste er die Welt auf der Suche nach immer neuen Kreationen.

Wie weit das zurücklag! Und vor allem: wie unwichtig es jetzt war. Seine Tochter würde vielleicht sterben, und er konnte nichts dagegen tun. Der Gedanke, den er die ganzen letzten Stunden verzweifelt von sich ferngehalten hatte, brach jetzt über ihn herein.

Er stand auf, ging zum Bett und nahm eine Flasche Scotch aus dem Nachtschrank, das Geschenk eines zufriedenen Kunden, das er sich eigentlich für einen besonderen Anlass hatte aufheben wollen.

Meine Tochter wird sterben.

»Wenn das kein besonderer Anlass ist …«, murmelte er.

Bevor er erneut in Schuldgefühlen ertrank, ertrank er lieber in Whisky. Er schraubte die Flasche und war kurz versucht, sie direkt an den Mund zu setzen, aber so runtergekommen war er dann doch noch nicht. Er nahm das Glas, das er immer neben seinem Bett stehen hatte, und goss den Rest Wasser darin in die peinliche Yuccapalme auf dem Fensterbrett.

Himmel, mit dem Blumentopf im Arm war er aus seiner und Isabelles gemeinsamer Wohnung geschlichen wie das personifizierte Klischee.

»Scheiß drauf!«, murmelte er. Er schenkte sich zwei Fingerbreit von dem Scotch ein, prostete der Palme zu, dann trank er.

5

»Ich sollte diesen verflixten Klingelton ändern«, sagte er anderthalb Stunden später zu sich selbst. Und dann – völlig zusammenhanglos: »Isabelle war immer diejenige, die das große Geld nach Hause gebracht hat.« Seine Frau stammte aus dem Hause einer reichen französischen Familie, deren Mitglieder es gar nicht gutgeheißen hatten, dass ihr wohlerzogenes, hochgebildetes Töchterlein sich ausgerechnet in die Unabhängigkeit und Abenteuerlust eines Vagabunden verliebt hatte. Tom hatte sie nur heiraten dürfen, weil er sich bereiterklärt hatte, ihren Nachnamen anzunehmen. Dummerweise hatte sich dann aber ausgerechnet seine Abenteuerlust als jene Eigenschaft an ihm herausgestellt, der Isabelle nicht gewachsen war. Und um das zu kompensieren, hatte sie angefangen, ihm gegenüber ihre finanzielle Überlegenheit rauszukehren und ihn kleinzumachen.

»Das Einzige, was ich mit nach Hause gebracht habe«, fuhr Tom fort, »ist dieser elende Keim, mit dem ich Sylvie …« Er hielt inne, als ihm klar wurde, dass er mit der Palme sprach.

Mit Schwung holte er aus und schmetterte das Glas an die Wand. Es zerbarst in tausend Scherben, die auf den Teppich fielen und dort glitzerten wie der gefrorene Regen in der sibirischen Tundra. Er stützte den Kopf in die Hände und verfluchte sein Hirn, weil es schon wieder anfing, über die Zeitbombe nachzugrübeln, die er in seinem eigenen Körper herangezüchtet hatte. Die Zeitbombe, die am Ende im Körper seines einzigen Kindes explodiert war …

Schluss jetzt!

Er ließ seine verkrampften Schultern kreisen. Heinemanns Zettel lag noch immer auf dem Bett. Er nahm ihn und kontrollierte, ob er sich vorhin zweimal verwählt hatte, aber das war nicht der Fall. Weil er keine bessere Idee hatte, setzte er sich erneut an das Notebook und gab den Namen *Max Seifert* in eine Suchmaschine ein. Er bekam eine ganze Reihe Hits. Einige davon führten auf Seiten von Online-Zeitungen, die über die Arbeit dieses Mannes berichteten. Den Artikeln zufolge war dieser Seifert der Inhaber von *Medic Affairs*, einer Agentur für strategische Kommunikation in der Gesundheitsbranche. Darüber hinaus war er ziemlich aktiv für die Initiative der Pandemic Fighters und organisierte in ihrem Auftrag gerade eine Gala, die in knapp drei Wochen im Rathaus von Charlottenburg stattfinden sollte.

Ein Lobbyist, dachte Tom. *Na toll!*

Er schob seine Vorurteile gegen diese Art Mensch von sich. Es ging hier nicht um seine verdammten Ideale, sondern darum, eine Behandlungsalternative für Sylvie zu finden! Mit zusammengepressten Lippen klickte er die Website von Seiferts Firma an und las sich durch die übliche großspurige Selbstdarstellung. *Wir bieten Ihnen Zugang zu Entscheidungsträgern, bla, ein internationales Netzwerk aus Wissenschaft und Politik, blablabla.* Seinem Foto nach zu urteilen, war Seifert noch recht jung. Einer von diesen dynamischen, aber leicht qualligen Typen, die Tom immer ein bisschen an Versicherungsvertreter erinnerten. Seifert war allerdings alles andere als das. Wenn man seinem Lebenslauf auf der Seite glauben konnte, hatte er mit summa cum laude promoviert, dann eine Zeitlang als Chirurg in namhaften Krankenhäusern in New York, Antwerpen und Paris gearbeitet, diesen Beruf jedoch vor ein paar Jahren zugunsten seiner jetzigen Tätigkeit an den Nagel gehängt.

»Tz«, machte Tom, nachdem er Seifert eine Weile lang in das von rotblonden Haaren umrahmte, pausbäckige Gesicht gestarrt hatte. Sein Blick wanderte zu dem Logo der Pandemic Fighters, das unten rechts am Fuße der Seite prangte. Es ähnelte einer stilisierten Welle, die sich schäumend brach und die Tom vage an dieses berühmte Kunstwerk von Kanagawa erinnerte, das sogar als Emoji existierte. Er klickte darauf und landete auf der Seite dieser Initiative, deren Informationstext er kurz überflog.

Anschließend ging er nach draußen auf den Balkon, um seine Nikotinsucht zu befriedigen. Während er den ersten Zug inhalierte, griff er zu seinem Handy und wählte zum dritten Mal Seiferts Nummer. Diesmal klingelte es bei dem Mann.

Max Seifert rieb sich die Augen, vor denen es unangenehm flimmerte. Wie lange saß er jetzt schon an diesem verflixten Eröffnungsvortrag für die Gala in drei Wochen? Allein heute waren es etliche Stunden gewesen – seit er mitten in der Nacht mit einer Idee dafür aus dem Schlaf hochgefahren war. Trotzdem war er bis jetzt noch nicht in Ansätzen zufrieden.

Seufzend gab er seiner Maus einen Schubs, sodass die idyllische Berglandschaft des Bildschirmschoners verschwand und sein Entwurf wieder auftauchte. Einige Minuten lang starrte er den Text an, der immer noch nichts weiter war als ein verdammtes, nichtssagendes Fragment.

… *die Entscheidung liegt in Ihren Händen* …

… *wir versorgen Sie mit den wichtigen Fakten* …

Und immer wieder: *die Gefahr der Antibiotikaresistenzen.*

Alles lahm, alles Mist.

Es nutzte nichts. Die zündende Idee dafür, wie er die Teilnehmer der Gala für den Kampf gegen den schleichenden Tod entflammen konnte, wollte und wollte ihm nicht kommen, und er wusste auch, warum das so war. Weil ihnen das passende Narrativ fehlte! Die Story hinter den ganzen Fakten und Zahlen, die er schön säuberlich und seriös in Tabellen und PowerPoint-Folien verpackt hatte. Aber die Leute interessierten sich nicht für Zahlen. Sie brauchten etwas, das ihnen ans Herz ging, nur das trieb sie zum Handeln.

Er hob seine Kaffeetasse an die Lippen, aber sie war leer, darum stellte er sie auf den Stapel Kopien zurück. Grübelnd biss er sich auf die Unterlippe, wo ein kleiner Hautfetzen ihn schon seit einer ganzen Weile nervte. Er klemmte ihn zwischen die Zähne, zog daran und schmeckte Blut. *Klasse.* Wie vielen Milliarden Erregern hatte er da gerade den Zutritt zu seinem Blutkreislauf gewährt?

Mit einem Schnaufen stand er auf, um sich neuen Kaffee zu machen. Auf dem Weg durch den langen Flur der Altbauwohnung, in der sein Büro lag, tupfte er sich das Blut von der Lippe. In der Küche fiel sein Blick auf das graue Laborjournal und den Brief, die auf dem Tisch lagen – zusammen mit dem Packpapier, in dem beides gestern aus Tiflis gekommen war. Die kleine Box mit Phagen, die Georgy Anasias in dem Paket mitgesendet hatte, lag vorsorglich in Max' Kühlschrank. Er hatte schon gestern versucht, den Forscher in Tiflis anzurufen und ihn zu fragen, warum er ihm die Sachen geschickt hatte, aber er hatte ihn nicht erreicht. Danach war er zu beschäftigt gewesen, um allzu viele Gedanken an die seltsame Sendung zu verschwenden.

Auch jetzt kümmerte er sich nicht darum, sondern startete den Kaffeevollautomaten, der ihn mit einem kleinen roten Lämpchen daran erinnerte, dass er schon seit Tagen gereinigt werden wollte. Mit einem leicht mulmigen Gefühl drückte Max die Meldung weg. Wer wusste schon, ob er in diesem schwarzen Kasten hier nicht genau die Mikroben heranzüchtete, die den Exitus der Menschheit noch beschleunigen würden? Na ja, seinen eigenen allerhöchstens. Aber der würde vermutlich eher durch zu viel Kaffee und zu viel Fertigpizza herbeigeführt werden.

Er stellte eine Tasse unter die Auslassöffnung, füllte den Wassertank der Maschine und drückte dann auf den Knopf für Caffè

Crema. Während die Maschine rasselnd und lärmend zu arbeiten begann, holte Max die Milch aus dem Kühlschrank. Georgys Phagen musste er dafür ein Stück beiseiteschieben. Genau in dem Moment, als er mit der Milch in der Hand die Kühlschranktür wieder schloss, klingelte im Nachbarzimmer sein Handy. Max stellte die Milch weg und ging nach nebenan.

Die Nummer auf dem Display sagte ihm nichts, aber das war nichts Ungewöhnliches. Die Fighters waren eine hochdynamische Organisation, bei der die Verantwortlichkeiten manchmal mehrmals innerhalb eines Monats wechselten.

»Seifert!«, meldete er sich und saugte dabei an seiner noch immer blutigen Unterlippe.

Der Anrufer zögerte kurz. »Dr. Seifert?«, sagte er. »Gut, dass ich Sie erreiche. Mein Name ist Tom Morell.«

»Seifert!« Die Stimme, die sich meldete, war ein wenig schrill. Darüber hinaus lag ein ungehaltener Unterton darin. Kein Wunder, dachte Tom. Es war schon spät, Seifert hatte bestimmt vorgehabt, seinen Feierabend zu genießen.

Er legte seine Zigarette auf den Rand des Aschenbechers und sammelte sich. »Entschuldigen Sie, dass ich Sie so spät noch belästige.«

»Womit kann ich Ihnen behilflich sein?« Der ungehaltene Unterton verstärkte sich noch.

Tom ignorierte ihn. »Ich bin Vater einer fünfzehnjährigen Tochter, die im Loring-Klinikum liegt und …«

»Hören Sie«, fiel Seifert ihm ins Wort. »Wenn Sie Informationen über resistente Erreger suchen, finden Sie alles Wissenswerte auf der Seite der Pandemic Fighters. Ich …«

»Ich weiß«, unterbrach Tom ihn seinerseits. »Und ich weiß auch, dass ich Ihre Zeit beanspruche, aber meine Tochter leidet an einem multiresistenten Stamm von Pseudomonas aeruginosa und wird vielleicht daran sterben.«

»Sie haben mein Mitleid, aber ich wüsste nicht, wie ich Ihnen helfen könnte. Ich bin zwar Mediziner, aber ich praktiziere nicht, sondern arbeite für ...«

»Auch das ist mir bewusst«, unterbrach Tom ihn erneut.

»Aber Dr. Heinemann – das ist der behandelnde Arzt meiner Tochter – hat mir Ihre Nummer gegeben. Er meinte, dass Sie eventuell Informationen über eine neuartige Phagentherapie haben, die ...«

»Dr. Heinemann in allen Ehren ...«

»Dr. Seifert, bitte! Werfen Sie einen Blick auf meine Tochter, bevor Sie mich abwimmeln!« In der Hoffnung, dass Seifert nicht zwischenzeitlich auflegte, nahm er das Smartphone vom Ohr und schickte den Link von Sylvies letztem Vlogeintrag an ihn.

»Herr ... Morell ...« Seifert zögerte. Dann seufzte er. »Also gut, warten Sie bitte einen Moment!« Es klang, als tippe er auf einer Computertastatur herum. Gleich darauf ertönte die Stimme von Toms Tochter, die sagte: »Hey, Leute, schön, dass ihr wieder da seid.«

Mit zusammengebissenen Zähnen hörte Tom mit an, wie Sylvie ihren Followern berichtete, was heute passiert war. »Ich hab euch ja vorhin erzählt, dass meine Eltern bei meinem Arzt waren. Tja. Ich vermute, sie haben da nicht allzu gute Nachrichten erhalten. Sieht so aus, als würde der blöde Keim in meinem Körper sich auch noch gegen die letzten Therapien wehren. Jetzt bleiben uns bald keine Möglichkeiten mehr. Ich habe euch ja neulich schon erzählt, was es heißt, wenn das passiert.«

Tod, dachte Tom dumpf. Es bedeutete, dass sie sterben würde.

»Aber wisst ihr was?«, fuhr Sylvie fort. »Es klingt vielleicht komisch, aber ich habe überhaupt keine Angst.« An dieser Stelle unterbrach Seifert die Aufnahme, und da merkte Tom erst, wie sehr er die Hand um sein Handy geklammert hielt. Die Muskeln an seinem Unterarm zitterten.

Als Seifert nun wieder das Wort ergriff, klang er sehr viel

freundlicher als zuvor. »Wie wird Ihre Tochter aktuell behandelt?«

Tom rieb sich erleichtert die Augen. »Dr. Heinemann zufolge hat ihr Pseudomonas-Stamm auch noch eine Colistin-Resistenz entwickelt und ist jetzt pan-resistent. Die Ärzte versuchen eine letzte intravenöse Kombi-Therapie. Wenn die nicht wirkt, ist Sylvie austherapiert. Wir sind also dankbar für jeden nützlichen Hinweis.« Die Zigarette im Aschenbecher war bis fast auf den Filter heruntergebrannt. Er nahm sie, sog daran und wechselte dann das Smartphone auf die andere Seite.

»Ich möchte Ihnen keine übermäßigen Hoffnungen machen«, sagte Seifert. »Die Phagentherapie, von der Dr. Heinemann Ihnen erzählt hat, ist in Deutschland nicht zugelassen. Darüber hinaus weiß ich nicht genau, wie weit man überhaupt mit der Entwicklung der für Ihre Tochter passenden Phagen ist. Aber das ließe sich eventuell herausfinden.« Er machte eine Pause und überlegte in Toms Augen überraschend lange. »Was halten Sie davon, wenn wir beide uns morgen Vormittag treffen und sehen, dass wir ein paar mehr Informationen darüber bekommen?«

Es war glasklar, dass Seifert sich von diesem Treffen etwas versprach, auch wenn Tom keine Ahnung hatte, was genau. Aber so liefen die Dinge nun mal. Eine Hand wusch die andere.

Er verzog das Gesicht. »Gern«, sagte er.

»Wunderbar!« Seifert seufzte, es klang irgendwie erleichtert. Dann gab er Tom eine Adresse. »Das ist mein Büro. Kommen Sie morgen Vormittag zu mir, dann reden wir in Ruhe über alles.«

Das Gesicht von dieser Sylvie Morell füllte den gesamten Bildschirm und bereitete Max eine Gänsehaut, die ihm vom Nacken bis hinunter zum Rückgrat rieselte. Große Augen, in denen die Schmerzen beim Atmen deutlich zu erkennen waren. Dazu dieses tapfere Lächeln.

Max streckte die Hand aus und ließ das Video weiterlaufen. Diese ruhige, fast gelassene Art, in der das Mädchen über ihre furchtbare Krankheit sprach!

»Kind«, murmelte er. »Du bist besser als Greta Thunberg.« Mit einem Lächeln öffnete er sein Mailprogramm und schrieb in die Betreffzeile:»Geschenk des Himmels?«

Innerhalb von Sekunden hatte er eine kurze Mail formuliert und den Link von Sylvies Vlog-Beitrag darunter eingefügt. Dann gab er eine Adresse ein und klickte auf *Senden*. Es dauerte nur ein paar Minuten, bevor sein Handy einen eingehenden Videoanruf meldete. Auf dem Display erschien ein Mann in den Siebzigern mit dichten weißen Haaren und markanten Falten um die Mundwinkel.

»Herr von Zeven!« Max senkte den Kopf zu einer höflichen Begrüßung.

Frederic von Zeven schien noch im Büro zu sein. Hinter ihm an der Wand konnte Seifert die beiden vertrauten Kupferstiche sehen, die Szenen aus der griechischen Mythologie abbildeten. Einer zeigte einen Mann, der einen Felsen einen Berg hinaufrollte, der andere einen, der bis zum Hals im Wasser stand und sich vergeblich nach einer Rebe mit Weintrauben reckte.

Sisyphos und Tantalos.

Max starrte auf die beiden Bilder, bevor er sich auf den Großindustriellen konzentrierte, der seit ein paar Monaten sein Gehalt bezahlte.

»Sie haben sich den Link angesehen?«, fragte er.

Die warme Luft des Spätsommers drang durch das offene Fenster von Voss' kleiner Wohnung. Mit einem Glas Cola in der Hand kletterte sie durch das Fenster hinaus auf den Balkon. Die Balkontür war seit Längerem kaputt, sodass sie diesen ungewöhnlichen Weg nehmen musste. Zu Anfang hatte es sie genervt, aber mittlerweile hatte sie sich so daran gewöhnt, dass sie immer wieder vergaß, einen Handwerker anzurufen, damit er sich um das Problem kümmerte.

Der Liegestuhl auf dem Balkon hatte den ganzen Tag in der Sonne gestanden und strahlte deren Wärme noch ab, obwohl der Balkon längst im Schatten lag. Voss stellte das Glas auf den Beistelltisch, knallte sich auf die Liege, lehnte den Kopf an und schloss die Augen.

Wenn sie bloß nicht so fertig gewesen wäre!

Sie wartete darauf, dass ihr die Augen zufielen, aber wie vermutet zirkulierte das viele Koffein durch ihre Adern und hielt sie wach. Vielleicht sollte sie laufen gehen, dachte sie. Aber sie hatte nicht die geringste Lust dazu. Ohne die Augen zu öffnen, tastete sie nach dem Glas und trank einen Schluck. Aus irgendeinem bescheuerten Grund ging ihr die Prometheus-Sache nicht aus dem Kopf.

Nachdem Tannhäuser ihr diesen Fall vorhin übertragen hatte, war sie nur kurz ins Büro zurückgekehrt, um Computer und Kaffeemaschine auszuschalten. Dann war sie auf direktem Wege hierher nach Hause gefahren. Jetzt versuchte sie vergeblich, auch ihren Kopf abzuschalten und an etwas anderes zu denken. Irgendwann gab sie es seufzend auf. Sie nahm ihr Handy heraus und programmierte einen Google-Alert für *Prometheus*. Über die meisten Einträge in der langen Liste, die ihr die Suchmaschine lieferte, ging sie hinweg, weil sie auf irgendwelche Seiten der Hauptstadtpresse leiteten, auf denen von den Botschaften berichtet wurde.

Ein Link jedoch irgendwo weiter hinten führte nicht zu einer Zeitung und auch nicht zu einem Regionalradiosender, sondern zu einem YouTube-Kanal. Sie klickte darauf.

Der Kanal schien nagelneu eingerichtet worden zu sein. Es gab nur einen einzigen Film mit Datum von heute, und der Film zeigte nichts weiter als ein Bild des bereits bekannten Kupferstichs, allerdings unterlegt mit düsterer, unheilverkündender

Musik. Voss sah sich das Ganze ungefähr zehn Sekunden lang an. Es geschah nichts. Beinahe hätte sie den Film schon weggeklickt, als schließlich doch noch ein Schriftzug erschien.

Ihr werdet lernen, mich zu fürchten.

Die geschwungenen Buchstaben leuchteten eine Weile lang dunkelrot auf dem sepiabraunen Untergrund des Kupferstichs, dann wurden sie ersetzt durch zwei Worte.

St. Anton.

Verständnislos starrte Voss den Namen an und versuchte einzuordnen, was sie von diesem Video halten sollte. Hatte dieser Prometheus sich jetzt etwa doch entschieden, seine Botschaften über das Internet zu verbreiten? Oder hatte jemand, der mit den Zetteln nichts weiter zu tun hatte, aus reiner Langeweile diese Seite eingerichtet? Voss musste nur die Ergebnisliste ihrer Google-Suche ansehen, damit ihr klar wurde, wie präsent dieser bescheuerte Kupferstich im Bewusstsein der Berliner war. Erlaubte sich hier also jemand einen Scherz? Oder war das Video echt? Eine Warnung? Eine Ankündigung gar?

Nachdenklich trank sie einen weiteren Schluck Cola. Wenn das Video echt war, warum war Prometheus dann so plötzlich von analog auf digital umgeschwenkt? Klar: Das Internet bot eine sehr viel größere Reichweite als altmodisches Papier. Aber warum dann überhaupt erst diese idiotischen Aktionen mit den Zetteln?

Sie setzte sich aufrecht hin, weil ihr ein beunruhigender Gedanke kam.

Konnte es sein, dass die Zettel nicht nur Prometheus' Botschaften enthielten, sondern dass sie selbst eine Art Botschaft *waren*? Einen YouTube-Kanal erstellen und dort seine seltsamen Thesen verbreiten konnte heutzutage jeder Spinner. Die Zettel aber waren an verschiedenen, nicht öffentlichen Orten in der Stadt aufgetaucht: in Altersheimen und Krankenhäusern. Auf einer Hochisolierstation der Charité, die man nicht ohne Weiteres betreten konnte!

Plötzlich ahnte Voss, was das bedeuten sollte: *Seht her! Ich bin in der Lage, überall hinzugelangen. Selbst in eure medizinischen Abteilungen, die am besten gesichert sind!*

Wie lautete eine der Botschaften?

Vergesst nicht, dass ihr sterblich seid!

In Voss' Ohren klang das schlagartig wie eine ernstzunehmende Drohung. Seufzend stemmte sie sich aus ihrem Stuhl hoch. *St. Anton.* Besser, sie ging mal recherchieren, was es mit diesem Namen auf sich hatte.

Das Krankenzimmer lag in abendlichem Halbdämmer, in dem die sommerlichen Temperaturen nur langsam sanken und der bläuliche Schein von Sylvies Tablet die Schatten lang und massiv wirken ließ. Vorhin, nachdem ihre Eltern geschockt nach Hause gefahren waren, hatte sie einen weiteren Vlog-Eintrag erstellt. Jetzt war sie dabei, durch all die Kommentare zu scrollen, die darunter erschienen.

»Soooo traurig«, hatte eine Nutzerin mit Namen *transsuse2003* geschrieben. »Mein Herz blutet, wenn ich mir vorstelle, wie du da in diesem Krankenhausbett liegst und Angst hast.« Dahinter hatte sie mindestens zwanzig rosa Herzchen gesetzt.

Sylvie ließ das Tablet auf die Bettdecke sinken. Vor dem Fenster fuhr ein Rettungswagen vorbei. Der rhythmische Schein des Blaulichts zuckte über Wände und Zimmerdecke. In ihren Ohren rauschte es. Sie lehnte den Kopf an und lauschte auf das gleichmäßige Klopfen ihres Herzens. Ihr Atem ging schwer, und dieser fiese Druck, der mal mehr, mal weniger auf ihrer Brust lastete, tat plötzlich wieder besonders weh. Ohne hinzusehen, griff sie über ihren Kopf und drehte den Sauerstoff ein bisschen höher, der ihr über eine Nasensonde zugeführt wurde.

Wie schockiert ihr Dad ausgesehen hatte! Sie hatte seine schuldbewussten Blicke kaum ausgehalten.

Ein Husten begann sich in ihr aufzubauen. Zuerst war es

nur ein dumpfes, kribbeliges Gefühl tief in den Bronchien, das sich anfühlte, als würden tausend Ameisen durch ihre Lungen krabbeln. Als das Kribbeln kaum noch auszuhalten war und sich endlich in erleichternden Schmerz verwandelte, war Sylvie froh. Dann wurde der Schmerz zu einem grellen Schrillen, das so wehtat, dass sie automatisch versuchte, das Husten zu unterdrücken. Keine Chance. Der Hustenkrampf schüttelte sie mit solcher Macht, dass ihr die Tränen kamen und sie zwischen zwei Anfällen aufstöhnte. Sie spürte, wie der zähe Schleim sich löste und sich den Weg aus ihren Bronchien nach oben bahnte. Wie ein Pfropf schoss er ihr die Kehle hoch, sodass sie zu allem Überfluss auch noch würgen musste. Halb blind tastete sie nach der metallenen Nierenschale, die für solche Fälle immer auf ihrem Nachtschrank stand, und spuckte einen dicken hellroten Schleimklumpen hinein. Erschrocken starrte sie darauf. Dass sie öfter mal blutige Fäden in ihrem Auswurf hatte, war normal, aber so viel hellrotes Blut? Das fühlte sich nach allem, was sie heute erfahren hatte, doppelt beunruhigend an. Weil das eklige Zeug hochansteckend war, klingelte sie nach der Schwester, und dabei fiel ihr Blick auf das Tablet, auf dem seit dem Kommentar von *transsuse2003* weitere Nachrichten eingetroffen waren. Eine davon sprang ihr ins Auge, weil der User, anders als die meisten anderen, einen Klarnamen verwendet hatte. Sie nahm das Tablet hoch und las, was ein gewisser *Max_Seifert2022* geschrieben hatte: »Liebe Sylvie. Ich bewundere dich für den Mut, mit dem du deine Krankheit erträgst. Hättest du Interesse daran, einmal mit mir zu skypen? Ich arbeite für die Pandemic Fighters, und ich könnte mir vorstellen, dass dich das, was ich dir zu sagen habe, interessieren könnte. Herzlichst, Max.«

Sie legte das Tablet weg. Wie viele Anfragen für Dates bekam sie mittlerweile? Mindestens zehn, fünfzehn am Tag, und je kränker sie wurde, umso mehr wurden es bescheuerterweise. Zögernd nahm sie das Tablet wieder auf, las die wenigen Worte noch einmal. Sie kannte die Fighters. Natürlich hatte sie schon von ihnen gehört, denn diese Leute kämpften schließlich genau gegen den Mist, mit dem sie sich rumschlagen musste.

Sie überlegte noch, ob sie *Max_Seifert2022* antworten sollte, als die Zimmertür aufging. Schwester Tanja hatte Spätdienst, und Sylvie mochte Tanja. Die Krankenschwester hatte immer einen lustigen Spruch auf den Lippen. Vor allem aber: Sie behandelte Sylvie nicht wie ein Kind, wie es die meisten der anderen Schwestern und Pfleger taten.

»Na, meine junge Königin der Nacht?« Wie jeder, der das Zimmer betrat, trug auch Tanja außer Einweghandschuhen und einem Schutzkittel auch einen Mundschutz.

»Na, Papagena«, erwiderte Sylvie. Tanja und sie benutzten diese Begrüßung, seitdem Sylvie sich neulich im Fernsehen eine Metropolitan-Aufführung der *Zauberflöte* angesehen hatte. Tanja war reingekommen, als die *Königin der Nacht* erklungen war, hatte sich zu Sylvie gesetzt und fast eine Viertelstunde gemeinsam mit ihr die Aufführung geschaut, bevor sie zu einem anderen Patienten gerufen worden war.

Seitdem mochte Sylvie sie noch mehr als vorher.

»Wie geht es dir?«, erkundigte sich Tanja.

Sylvie betrachtete ihre Einweghandschuhe, die einen hübschen Violettton hatten, aber überhaupt nicht zum Blau des Kittels passten. Beides, Kittel und Handschuhe, würde Tanja gleich im Anschluss in einem Container für hochansteckendes Material entsorgen. Sie seufzte. Wann würde sie den Leuten endlich mal wieder ohne all diese Vorsichtsmaßnahmen gegenübersitzen können?

Die Antwort auf diese Frage kam wie ein Überfall aus dem Hinterhalt, und ihr wurde schwindelig. *Nie mehr.* Weil sie an diesem elenden Keim sterben würde.

»Mir geht es gut«, behauptete sie und schob den verzweifelten Gedanken fort. Noch gab es schließlich Hoffnung. Noch hatte Dr.

Heinemann Medikamente, mit denen er sie behandeln konnte. Die Angst vor deren Nebenwirkungen verdrängte Sylvie ebenfalls.

Über ihre Maske hinweg sah Tanja sie prüfend an.

Sylvie grinste. »Guck nicht so! Mir geht es wirklich gut.«

Da nickte die Schwester. »Das ist schön.«

Sylvie verspürte den Wunsch, irgendwas Tröstliches zu sagen. »Heute Nacht gibt es wieder eine Met-Aufführung. Diesmal *Turandot*. Schade, dass du schon um zehn Feierabend hast.«

Tanjas Lächeln wanderte über den Rand der Maske bis zu ihren Augen. »Viel Spaß!« Sie nahm die Schale mit dem ekeligen Klumpen. »Ich schaue nochmal nach dir, bevor ich Feierabend mache, okay?«

»Das wäre toll!«, sagte Sylvie. Als die Tür leise hinter Tanja ins Schloss gefallen war, lehnte sie sich mit einem Seufzen in die Kissen zurück.

6

Dienstag.

Mit einer Tasse Kaffee und der Zigarettenpackung daneben setzte sich Tom am nächsten Morgen an den Küchentisch. Die ersten Minuten des Tages gehörten seiner Tochter. Mit der üblichen Mischung aus ambivalenten Gefühlen – Sorge, Liebe, Schuld – wählte er ihre Nummer. Sylvie ging nach dem dritten Klingeln ran.

»Hey, Paps!«

Klang sie bedrückt? Er konnte es nicht sagen, und das wurmte ihn. »Hey, Dikdik«, begrüßte er sie.

Sie lachte leise.

»Du lachst mich aus!«, beklagte er sich in einem scherzhaft-weinerlichen Tonfall, der ihm so schrecklich verlogen vorkam angesichts dessen, was sie am Vortag erfahren hatten.

»Nein. Ich freue mich nur.«

»Worüber?«

»Dass du den Schock von gestern so gut weggesteckt hast, dass du mich wieder Dikdik nennst.«

Er legte die freie Hand an die Kaffeetasse. Das Porzellan war warm. Wieso nur schafften es alle, so viel tapferer zu sein als er? Eigentlich müsste er doch hier der Starke sein, derjenige, der seinem kleinen Mädchen Halt und Sicherheit gab. Stattdessen war es genau umgekehrt, stattdessen …

»Paps?« Sylvies Stimme stoppte den selbstquälerischen Gedankenstrom. »Alles okay bei dir?«

Fast hätte er voller Sarkasmus aufgelacht. *Sie* fragte *ihn*, ob alles okay war? Seine Hand krampfte sich um den Becher. Das neonfarbene Mandelbrotmuster darauf flimmerte vor seinen Augen. »Ja, natürlich«, versicherte er. »Ich hatte nur einen kleinen Anflug von väterlichem Machismo.«

Sie lachte. Dann hustete sie, und sein eigener Brustkorb zog sich so heftig zusammen, als sei er es, der mit dieser langwierigen, gefährlichen Lungenentzündung zu kämpfen hatte. »Ich hab die Nacht *Turandot* gesehen«, erzählte sie. »Fand ich aber nicht so toll wie die *Zauberflöte*.«

»Aha. Und wieso nicht?« Tom hatte nicht viel Ahnung von Opern. Die Begeisterung für klassische Musik hatte Sylvie von Isabelle, und er konnte nur staunend danebenstehen, wenn die beiden sich über Orchestrierungen und Libretti unterhielten. Er selbst hörte am liebsten Rockmusik, und er mochte es, junge, noch eher unbekannte Bands zu entdecken. Wenn es nach ihm gegangen wäre, hätte er versucht, in Sylvie ebenfalls die Liebe zu dieser Musik zu erwecken. Aber wie üblich hatte Isabelle dafür gesorgt, dass sein Wille auch hierbei nicht ins Gewicht fiel.

»Keine Ahnung«, antwortete Sylvie. »Irgendwie war mir die Liebesgeschichte zwischen Turandot und ihrem Prinzen wohl zu kitschig.« Sie kicherte, und das erinnerte Tom an das kleine Mädchen, das früher auf seinen Knien geritten war. »Aber Nessun Dorma ist natürlich trotzdem toll. Fast genauso wie der Auftritt der Königin der Nacht.«

»Das klingt doch super!«

»Du hast keine Ahnung, wovon ich rede, Papa, oder?«

Er hätte sich lieber die Zunge abgebissen, als sein Unwissen zuzugeben. Mit einem Grinsen protestierte er: »Hab ich wohl! Von zwei Arien, die sich anhören, als hätte man den Sängerinnen eine lange Nadel in den Hintern gepikst.«

»Nessun Dorma von einer Sängerin? Du bist echt ein Kulturbanause, Paps!« Wieder lachte Sylvie, doch diesmal hustete sie nicht. Tom nahm sich vor, über so kleine Dinge dankbar zu sein, solange er es noch konnte.

»Du, Paps, gestern Abend hat mich über meinen Channel ein Wissenschaftler kontaktiert. Ein Max Seifert.« In Tom spannte sich etwas. »Ich habe den mal gegoogelt, der scheint ziemlich wichtig für die Pandemic Fighters zu sein.«

»Hm«, machte Tom. Es ärgerte ihn, dass Seifert sich ohne seine Erlaubnis an seine Tochter gewandt hatte. »Ja. Dr. Heinemann hat mir die Nummer von dem gegeben, und ich habe ihn angerufen. Vermutlich hat er dich danach kontaktiert.« Er presste die Lippen aufeinander. »Vielleicht hat er Kontakte, die uns helfen können. Falls … ich meine, du weißt schon …«

Sie schien nachzudenken. »Und wenn dieser Seifert nicht helfen kann, dann ist das vielleicht der Sinn, der hinter meiner Scheißkrankheit steckt, Paps! Wenn ich schon sterben muss, dann kann ich vorher vielleicht noch den Fighters helfen, etwas anzustoßen, das …«

»Stop, Dikdik!«, fiel Tom ihr ins Wort. Wie konnte sie nur so gelassen über ihren eigenen Tod reden? Er kniff sich in den Nasenrücken. Herrgott, er brauchte dringend eine Zigarette! »Es kann sein, dass Seifert uns Zugang zu einer alternativen Behandlungsmethode verschafft. Ich will mich heute mit ihm treffen.« Er wusste nicht, ob er wollte, dass sie Hoffnung empfand. Was, wenn er sie enttäuschte, wenn bei seinem Treffen mit diesem Seifert überhaupt nichts rauskam?

»Der wird eine Lösung haben«, flüsterte Sylvie. »Ich weiß es einfach!«

Tom ließ den Kaffeebecher los und griff stattdessen nach der Zigarettenpackung. Sie war fast leer, er musste sich dringend neue Kippen besorgen. »Ja«, murmelte er. »Das wird er.«

»Willkommen in Berlin! Welcome to Berlin!«

Nina registrierte die Begrüßung der Mitarbeiterin des Willy-Brandt-Flughafens nur beiläufig, als sie durch die Sicherheitskontrollen hindurch war und zusammen mit den anderen Passagieren an der *Open Sky Box* vorbeiging, einer Lichtinstallation des Künstlers Takehito Koganezawa. Der Schein des abwechselnd blau und weiß strahlenden Kunstwerks schmerzte in ihren Augen. Sie war schrecklich müde. Falsch: Sie war nicht müde, sondern total fertig. Was kein Wunder war. Schließlich hatte sie gestern eine Bombenexplosion überlebt und mit Georgy ihren Ziehvater verloren, den letzten Angehörigen, der ihr noch geblieben war. Anschließend hatte sie dann auch noch eine stundenlange Befragung durch diesen georgischen Kripobeamten Barataschwili über sich ergehen lassen müssen, bis der Kerl endlich eingesehen hatte, dass sie ihm bei der Suche nach dem Verantwortlichen für die Bombe – und den Mord – keine Hilfe war. Bis er sie endlich in Ruhe ließ, war die Nacht schon halb vorüber gewesen. Nina hatte kurz mit Maren telefoniert, die zu ihrer großen Erleichterung wirklich nur eine Platzwunde und eine Gehirnerschütterung davongetragen hatte und bald wieder gesund sein würde. Gemeinsam kamen sie überein, dass die Phagen, sofern Georgy sie wirklich zu Max geschickt hatte, sichergestellt werden mussten, und zwar von jemandem, der um ihren Wert wusste. Da Maren das Krankenhaus vorerst nicht verlassen durfte, übernahm Nina diese Aufgabe. Maren war das nicht recht gewesen, aber sie hatte eingesehen, dass es die beste Lösung war, und als Nina ihr versichert hatte, dafür zu sorgen, dass Georgys letzter Wille erfüllt wurde und die Allgemeinheit in den Besitz seiner Phagen gelangte, hatte Maren zähneknirschend nachgegeben.

Nina hatte sich schlecht gefühlt, denn Maren hatte um Georgy geweint, während sie selbst bis zu diesem Zeitpunkt noch keine einzige Träne vergossen hatte. In der Nacht dann hatte sie versucht, ein wenig in ihrem Tagebuch zu schreiben. Erst waren die Sätze hölzern und unbeholfen gewesen, aber je länger sie schrieb, umso mehr Erinnerungen taumelten durch ihr Bewusstsein, die sie Seite um Seite auf das Papier bannte. Und irgendwann, fast wie eine Erlösung, waren dann auch endlich die Tränen gekommen.

Am frühen Morgen hatte sie sich wieder in ihre selbstgestellte Aufgabe gestürzt. Sie hatte einen Flug rausgesucht, gebucht, ihre Sachen gepackt, war zum Flughafen gefahren. Hatte auf den Flieger gewartet und die Stunden in der Luft damit verbracht, zwischen Trauer, Schmerz und Schock zu schwanken.

Jetzt kam sie sich vor wie ausgewrungen. Ihre Beine waren aus Holz – steif und irgendwie Fremdkörper an ihr. Mit einer energischen Bewegung warf sie ihre Tasche über die Schulter und folgte zielstrebig der Ausschilderung zur Gepäckausgabe. Im Terminal das übliche Bild: Menschen über Menschen, Fetzen internationaler Sprachen, die Handgepäckstücke kleine Inseln zwischen den Wartenden.

Das Band lief zwar schon, aber noch ohne Gepäck darauf. Als dann ihr dunkler Trolley mit den City-Stickern ihrer Reisen nach Paris, Tiflis und Amsterdam durch den Gummivorhang gefahren kam, wuchtete sie ihn herunter und machte sich auf den Weg zum Taxistand. Kurz vor dem Ausgang umrundete sie eine Werbetafel. Ein heftiger Rempler ließ sie stolpern, und ihr Trolley schleuderte zur Seite.

»Izvinite …!«, stieß jemand auf Russisch aus. *Entschuldigung.* Vor ihr stand ein extrem großer Mann mit kurzem Bürstenschnitt und breiten Schultern. Er hatte ein ungewöhnlich feingeschnittenes, hübsches Gesicht, das nicht so recht zu seinen Muskelbergen passen wollte. Ein Frauentyp, dachte Nina, und dann fiel ihr ein, dass sie ihn schon im Flugzeug gesehen hatte. Er war ebenfalls aus Tiflis gekommen.

»Können Sie nicht aufpassen?«, brummelte sie. Die Stelle an der Hüfte, an der er sie getroffen hatte, schmerzte.

»Sorry!«, sagte er auf Englisch.

Sie bückte sich nach ihrem Koffer, aber der Mann war schneller als sie. Mit einem jungenhaften, schuldbewussten Lächeln richtete er den Koffer auf und reichte ihr den Griff. Dabei kam er ihr sehr nah. Zu nah für ihren Geschmack. Sie roch die herbe Mischung aus Deo und Schweiß, die er ausströmte. Rasch trat sie einen Schritt zurück. Der Russe lächelte breit. Er hatte hübsche Augen. Lange Wimpern. Und er wusste offenbar genau, wie gut er aussah. »Izvinite …!«, sagte er erneut, und dann folgte ein Schwall Russisch, das sie kaum verstehen konnte.

Gezwungen lächelte Nina zurück. »Es ist ja nichts passiert! Alles okay!«, fiel sie ihm ins Wort, und als er sie verwirrt ansah, wiederholte sie auf Russisch: »Nichego strashnogo.« *Nicht so schlimm.* Mit einem weiteren strahlenden Lächeln bedankte der Russe sich, dann verabschiedete er sich, und Nina sah ihm nach, als er davonging.

Sie hatte den Vorfall schon wieder vergessen, als sie an der Taxischlange ankam.

Victor sah zu, wie Misha der schlanken blonden Frau in der modernen Lederjacke den Koffer aufhob und sich wortreich bei ihr entschuldigte. Dass seine Hand dabei für den Bruchteil einer Sekunde in der Tasche ihrer Jacke verschwand, bemerkte sie nicht und strebte mit ihrem Koffer im Schlepptau völlig ahnungslos in Richtung Ausgang.

Victor war zufrieden, wie das gelaufen war. Als die Bombe das Institut in die Luft gejagt hatte, waren er und Misha drei Straßenzüge von der Levan-Gouta-Straße entfernt gewesen. Danach hatte er ihren Auftraggeber angerufen, weil er ihm mitteilen wollte, wo sich das Laborjournal und diese Medikamente laut Auskunft des Forschers befanden. Es hatte ihn einigermaßen überrascht, dass der Auftraggeber ihnen befohlen hatte, an der Sache dranzubleiben und eine gewisse Nina Falkenberg auf keinen Fall aus den Augen zu lassen – auch über die Grenzen Georgiens hinaus …

Victors Überlegungen wurden unterbrochen, als Misha wieder zu ihm stieß und zufrieden grinsend meldete: »Zielobjekt verwanzt.«

»Sehr gut.« Im gleichen Moment wurde Victor von einer kühl klingenden Stimme angesprochen.

»Victor Wolkow?«

»Ja?«, antwortete Victor ganz automatisch und drehte sich um.

Der Mann, der an ihn herantrat, war relativ klein, wirkte aber drahtig und auf den ersten Blick stahlhart. Was unter anderem an seinen fast farblosen Augen lag, aus denen er Victor geradeheraus ins Gesicht starrte. Er hatte eine spiegelnde Glatze, und am kleinen Finger der rechten Hand trug er einen Siegelring, in dessen blau-roten Stein das Kreuz des russischen Inlandsgeheimdienstes FSB eingelassen war.

Victor zwang sich zu einem freundlichen Lächeln, auch wenn ihm nicht danach zumute war. »Hallo, Jegor«, begrüßte er den Mann. Er hoffte, dass der Kerl ihm seinen Missmut nicht anmerken würde. Jegor war der Mann, der ihn engagiert hatte. Sein Auftraggeber. Warum gesellte er sich zu ihnen? Traute er ihm etwa nicht?

Jegor streckte den Arm aus und schüttelte Victor die Hand »Hattet ihr einen guten Flug?«, fragte er in fließendem Russisch, wenn auch mit einem harten deutschen Akzent.

Christina Voss bemühte sich, möglichst flach zu atmen, während sie hinter einer gewissen Frau Gunther von der Pflegedienstleitung über einen mit Linoleum ausgelegten Gang ging. In der Luft lag der säuerliche Geruch von Erbrochenem und erinnerte sie an verkorkste Abende mit zu viel Rotwein und sentimentalen Serien auf Netflix.

Nachdem sie gestern Abend den Begriff St. Anton gegoogelt hatte, war sie auf insgesamt drei Einrichtungen gestoßen, die in

Berlin diesen Namen trugen: ein Altersheim, eine Kinderkrippe und – *what the heck?* – ein heruntergekommenes Stundenhotel. Daraufhin hatte sie eine überaus unruhige Nacht gehabt und war heute Morgen gleich gegen acht im Büro erschienen, wo sie als Erstes eine Fallwand für Prometheus angelegt hatte. Sie hängte die verschiedenen Botschaften in ihren Plastiktüten daran und pinnte auch einen Screenshot des Internetvideos dazu. Über alles schrieb sie mit einem dicken Stift *Drohung?*. Dann saß sie eine Weile lang grübelnd da und fragte sich, welches St. Anton der Betreiber des YouTube-Kanals wohl gemeint hatte. Bis es ihr zu blöd wurde. Sie schnappte sich ihre Jacke und klapperte die Einrichtungen der Reihe nach ab. Das Hotel war eine heruntergekommene Bude ganz in der Nähe des Görlitzer Parks, bei der es sehr viel Fantasie brauchte, es sich als Zielobjekt für einen wie auch immer gearteten Anschlag vorzustellen. Die Kinderkrippe hatte geschlossen, also war Voss zu diesem Altersheim gefahren.

»Ich weiß ehrlich gesagt nicht, was Sie hier wollen«, erklärte Frau Gunther nun, während sie die Tür eines gläsernen Büros öffnete und Voss hineinbat.

Der Raum war vollgestellt mit zwei Schreibtischen und einem Regal mit Akten. Auf einem der Schreibtische stand ein Blumenstrauß, der die Luft mit feinem Rosenduft erfüllt hätte, hätte nicht der Geruch von Erbrochenem auch hier alles überlagert. »Warum sind Sie so nervös, Frau Gunther?«, fragte Voss.

Die Frau zögerte. »Na ja«, sagte sie. »Ich weiß nicht …« Sie verstummte wieder. Ihre Bewegungen waren fahrig. Bisher hatte sie weder Voss einen Sitz angeboten noch selbst Platz genommen.

»Hören Sie«, sagte Voss. Ihre vagen Befürchtungen mit dieser Frau zu teilen erschien ihr der kürzeste Weg, sich ihrer Kooperation zu versichern. »Ich bin hier, weil ich Grund habe zu der Annahme, dass die Bewohner Ihres Hauses Opfer eines Anschlags werden könnten, und ich würde gern verhindern ...«

»Ein Anschlag?« Wenn es überhaupt möglich war, dann wurde Frau Gunther noch blasser.

Voss nickte. Sie nahm ihr Handy heraus und rief das Prometheus-Video auf. Als Frau Gunther den Namen ihres Heimes las, musste sie sich setzen. Die Federn ihres Schreibtischstuhls ächzten unter ihrem Gewicht.

Voss sah ihr ins Gesicht. »Was denken Sie, Frau Gunther?«

Ein Muskel zuckte nervös unter dem rechten Auge der Frau.

»Sie glauben, dass die Brechdurchfälle Ihrer Bewohner damit zu tun haben könnten, oder? Woran exakt leiden Ihre Bewohner, Frau Gunther?«

»Das wissen wir noch nicht. Dr. Jesper, das ist der Hausarzt, der unsere Bewohner betreut, hat Proben genommen und an ein Labor geschickt.«

Voss atmete durch. Über einer Tür leuchtete ein rotes Licht auf, offenbar ein Zeichen dafür, dass einer der Bewohner etwas brauchte. Durch den Glaseinsatz der Bürotür sah Voss, dass eine Altenpflegerin, die bis eben bei einem anderen Bewohner gewesen war, in das Zimmer eilte. »Wenn Sie eine Vermutung über die Ursache dieses Krankheitsausbruchs anstellen müssten«, sagte sie, »auf was würden Sie dann tippen?«

Die Art, wie die Frau hastig den Kopf schüttelte, zeigte Voss, dass sie tatsächlich eine Vermutung hegte, diese aber nicht aussprechen würde.

»Frau Gunther«, sagte Voss sanft. »Noch einmal: Ich habe den Verdacht, dass jemand einen Anschlag auf Ihr Heim verübt hat. Ich glaube, Sie sollten mir sagen, was Sie denken.«

Geschlagen blies die Frau Luft durch die zusammengepressten Lippen. »Also gut. Bisher sind nur Leute erkrankt, die gestern Abend von einer Quarkspeise gegessen haben, darum gehen wir von einer Salmonellenvergiftung aus. Aber ich kann mir beim besten Willen nicht vorstellen, wie jemand hier reinkommen und … ich meine, ein Anschlag … Gott im Himmel!« Der Gedanke trieb sie auf die Füße.

»Existiert von dieser Quarkspeise noch etwas?«

»Bestimmt. Unsere Köchin macht immer viel zu viel, und den Rest gibt es meistens am nächsten Tag nochmal.«

»Gut. Sorgen Sie bitte dafür, dass das unterbleibt.« Frau Gunther nickte eifrig. »Das haben wir natürlich längst.«

»Sehr gut. Ich schicke einen Kollegen, der die Speise abholt, damit unser Labor sie untersuchen kann. Und ich brauche auch noch die Adresse und Telefonnummer von diesem Dr. Jesper.«

»Selbstverständlich.« Frau Gunther ging zum Schreibtisch und notierte ihr die Kontaktdaten des Arztes auf einem Zettel. »Bitte schön.«

»Danke. Ich schicke Ihnen jemand vom Erkennungsdienst vorbei, um eventuelle Spuren zu sichern.« Voss überlegte, ob sie auch die Erkrankten als Zeugen befragen sollte, entschied sich aber dagegen. Auf Übelkeit und Brechdurchfall konnte sie durchaus gut verzichten. Am besten, sie machte sich erstmal ein bisschen schlau über das Thema Bioterrorismus.

Max Seifert saß am Schreibtisch und las sich auf seinem Tablet durch die Schlagzeilen der Tageszeitungen, die er abonniert hatte. Es war seine übliche Morgenroutine: Süddeutsche, FAZ, Welt, dazu ein paar der übleren überregionalen Boulevardblätter, die ihm einen Überblick über den Zustand der Nation verschafften. Ein Boulevard-Undergroundmagazin brachte die Meldung, dass es vergangene Nacht in einem Berliner Altersheim namens St. Anton zu einem Ausbruch irgendeiner Krankheit gekommen war. Und in dem für dieses Magazin üblichen raunenden Sensationstonfall schrieb der Redakteur, dass man *aus einer zuverlässigen Quelle* wisse, dass in dem Heim eine weitere Botschaft von Prometheus gefunden worden war. Natürlich endete der Artikel mit einer eindringlich vorgetragenen Frage: *Droht Berlin jetzt eine Anschlagsserie?*

Max starrte noch missmutig auf die Seite, als sein Handy klingelte und Frederic von Zeven dran war. »Haben Sie das mit dem Altersheim gehört?«

»St. Anton?« Wie immer, wenn er mit seinem Auftraggeber telefonierte, setzte Max sich automatisch aufrechter hin. »Ja. Eben gerade.«

»Hoffen wir, dass es zwischen dem Krankheitsausbruch und der Prometheus-Angelegenheit keinen Zusammenhang gibt, denn das wäre für unsere Sache überaus nachteilig.«

Dem konnte Max nur zustimmen.

»Aber ich rufe Sie nicht deswegen an, sondern wegen dieses Mädchens.«

»Sylvie.«

»Genau. Ich habe mir ihren Blog eingehender angesehen. Sie haben recht: Sie ist das perfekte Gesicht für unsere Kampagne.«

»Dann habe ich Ihr Einverständnis, sie ins Boot zu holen?«

Von Zeven räusperte sich dezent. »Die haben Sie.«

Max atmete auf. »Ich treffe mich nachher mit ihrem Vater.«

»Sehr gut.« Ein Lächeln klang in von Zevens Worten mit. Er mochte es, wenn seine Leute Eigeninitiative zeigten, das wusste Max und musste selbst lächeln.

»Ich dagegen treffe mich heute noch einmal mit Herrn Griese«, sagte von Zeven.

»Wie haben Sie ihn dazu gekriegt, sich darauf einzulassen?«

Sandro Griese war Mitglied des vor einem Jahr neugewählten Bundestages und stand dort der FDP-Fraktion vor, die sich in der Opposition befand. Vor allem aber: Griese war so was wie Max' Hassgegner. Jener Mensch, der ihm bei seinem Kampf die meisten Steine in den Weg legte.

Von Zeven lächelte nun nicht mehr. »Ich gehe davon aus, dass wir ihn noch immer nicht auf unserer Seite haben?«

»Das ist richtig.« Max kratzte sich seitlich am Hals, während das, was hinter von Zevens Worten steckte, an ihm vorbeischnurrte. *Unsere Sache.* Es war so eine harmlose Bezeichnung für ihre Bemühungen, die Bundesregierung dazu zu bringen, endlich ein wirksames Antibiotikaresistenzbekämpfungsgesetz zu verabschieden, kurz ARBG. Und jetzt, nach Jahren des Bohrens extrem dicker Bretter, gab es eine vielversprechende Gesetzesinitiative, sodass ihnen das vielleicht endlich gelingen konnte.

Sandro Griese allerdings war von Anfang an ein vehementer Gegner dieser Gesetzesinitiative gewesen. Max hatte das zunächst nicht glauben wollen, es aber eingesehen, als er selbst mit Griese gesprochen hatte. Kurz nach der ersten Debatte zum ARBG war es gewesen. Volle fünf Minuten seines Redebeitrags hatte Griese in dieser Debatte zuvor der Tatsache gewidmet, dass ein Punkt dieses neuen Gesetzes den Staat dazu verpflichtete, Firmen zu subventionieren, die sich der Antibiotikaforschung verschrieben. Die Frage, ob der Staat regulierend in die Belange des Marktes eingreifen dürfe, hatte Griese mit einem ganz klaren Nein beantwortet, und die ganze Zeit über, während er redete, hatte Max mit geballten Fäusten auf der Zuschauertribüne gesessen. Darum hatte er Griese gleich darauf zur Rede gestellt.

»Sie wissen schon, dass es in der Geschichte immer die staatlich geförderten Entwicklungen und Erfindungen waren, die die Menschheit wesentlich vorangebracht haben, oder?«, hatte er gesagt.

Griese hatte ihm seinen nur mühsam unterdrückten und völlig unprofessionellen Frust auf der Stelle angehört. Mit hochgezogenen Augenbrauen hatte er zurückgefragt:»Sie fangen jetzt aber nicht wieder von Ihrer Geschichte mit dieser amerikanischen Pharmafirma an, oder?«

Max nahm die Schultern zurück.»Achaogen«, sagte er. Diese Geschichte war so etwas wie ein schmerzhafter Dorn in seinem Herzen.

Die Firma war ein geradezu klassisches Beispiel dafür, wie der Hase lief. Achaogen hatte einen genialen Kandidaten für ein neues Antibiotikum entwickelt und 2018 dafür auch die Zulassung erhalten. Absurderweise war man dann aber am eigenen Erfolg gescheitert. Die Herstellung des Medikamentes, die Qualitätskontrollen, der Vertrieb und die Vermarktung waren so teuer gewesen, dass sich immer mehr Geldgeber aus der Entwicklung zurückgezogen hatten. Als im Sommer 2018 mit Novartis dann auch noch der letzte Pharmariese, der möglicherweise die Firma und damit die Rechte am Antibiotikum hätte kaufen können, den Ausstieg aus der Antibiotikaforschung verkündete, stürzte Achaogens Aktie ins Bodenlose.

»Wir hatten das doch schonmal, Max«, sagte Griese in einem Tonfall, als rede er mit einem begriffsstutzigen Kind. »Achaogen ist nicht geeignet, um mich davon zu überzeugen, dass die Regulatorien des Marktes versagen. *Erfindet etwas Neues, aber verkauft es möglichst selten* ist eben kein funktionierendes Geschäftsmodell.« Er lächelte übertrieben freundlich.

Max brauchte einen Moment, um seinen Ärger in den Griff zu kriegen. »Sie wissen so gut wie ich, dass wir handeln müssen, wenn wir nicht sehenden Auges in die nächste Pandemie rennen wollen! Ihre religiöse Anbetung des Marktes in allen Ehren, aber in Gesundheitsfragen von solcher Dringlichkeit reichen die Mechanismen des Marktes nicht aus. Darum brauchen wir das ARBG, weil Fälle wie Achaogen für Deutschland verh…«

»Ja, ja«, hatte Griese ihn unterbrochen. »Ich bin sicher, dass Sie nur das Beste wollen. War es das jetzt? Ich habe gleich einen wichtigen Ausschusstermin.« Er hatte Max zugenickt, und bevor dieser etwas erwidern konnte, hatte Griese ihn einfach stehen gelassen.

Max hatte ihm hinterhergestarrt, genau so, wie er jetzt mit dem Telefonhörer am Ohr auf seinen Monitor starrte.

»Ich melde mich wieder«, hörte er von Zeven sagen.

»Ja. Gut.«

Sie verabschiedeten sich, und danach grübelte Max noch eine Weile lang weiter über Griese nach. »Ich kriege dich noch dazu, für das Gesetz zu stimmen«, murmelte er. Ganz sicher war er sich dessen allerdings nicht.

Das Büro von Max Seiferts PR-Firma Medic Affairs lag in Reinickendorf im Schatten des Schillerparks. Tom fuhr nicht mit seinem Uralt-Golf dorthin, sondern mit seiner Crossmaschine, dem einzigen Hobby, das er sich erlaubte. Er wunderte sich darüber, dass Seifert seine Firma in einem reinen Wohngebiet hatte und nicht wie die meisten anderen Berater- und Lobbyfirmen in einem schicken Büro in der Nähe des Bundestages.

Medic Affairs war offenbar nur winzig.

In natura sah Seifert nicht mehr ganz so jung aus wie auf dem Foto auf seiner Website, aber sein pausbäckiges Gesicht und die roten Haare waren unverkennbar.

»Herr Morell?«, begrüßte er ihn, noch während er eigenhändig die Tür öffnete. »Kommen Sie rein! Ich freue mich, dass Sie sich die Mühe gemacht haben herzukommen.« Er klang aufgeregt, fast ein bisschen übereifrig.

Etwas irritiert von der Freundlichkeit des Mannes folgte Tom ihm durch einen Flur, der vollgestellt war mit Bücherregalen, die aussahen wie von IKEA. Das Parkett im Flur war abgetreten und hätte dringend eine Renovierung benötigt. Bei einem Zimmer linker Hand stand die Tür offen, sodass Tom den Schreibtisch darin sehen konnte, der wie eine Art Empfangstresen aufgebaut war. Es saß jedoch niemand daran. Seifert schien allein zu sein. So wie es aussah, war Medic Affairs unter den Lobbyfirmen also wirklich ein absoluter Underdog.

So ziemlich das Einzige, das wenigstens ein bisschen nach Geld und Einfluss roch, war ein antiker, goldgerahmter Spiegel neben der Garderobe. Tom mied beim Vorbeigehen den Blick hinein. Er brauchte ihn nicht, um zu wissen, dass er in seinen nur nachlässig geschnürten Boots, der alten Lederjacke und mit den Schatten unter den Augen ähnlich abgerockt aussah wie das Parkett hier. Er folgte Seifert in den größten Raum der Wohnung, der vermutlich früher einmal als Wohnzimmer gedacht gewesen war. Ein antiker Schreibtisch mit gedrechselten Beinen dominierte die Einrichtung und wirkte ähnlich fehl am Platz wie der Spiegel im Flur. Auch hier rings an den Wänden hohe und ziemlich vollgestopfte Bücherregale. Eine einsame Grünlilie fristete ein trauriges Dasein auf der Fensterbank. Wie Toms Palme schien sie schon bessere Zeiten gesehen zu haben.

Mit einem Lächeln deutete Seifert auf eine Couchgarnitur in der Ecke. Auf dem niedrigen Tisch davor standen bereits Kaffeetassen, Milchkännchen und Zuckerdose.

Tom folgte Seiferts Aufforderung, sich zu setzen, und dann wartete er darauf, dass der Mann den fertigen Kaffee aus der Küche holte. Nachdem Seifert zwei Tassen vollgeschenkt hatte, setzte er sich Tom gegenüber.

»Ich muss Ihnen ein Geständnis machen«, begann er mit einem schwachen Lächeln auf den Lippen.

»Sie haben bereits mit meiner Tochter Kontakt aufgenommen«, sagte Tom.

Seifert schien überrascht, dass er das wusste. Dann jedoch nickte er. »Sie hat Ihnen davon erzählt.«

Tom beugte sich vor und nahm seine Kaffeetasse. »Hat sie.«

Seifert schien peinlich berührt. »Hören Sie, Herr Morell, mir ist bewusst, dass Ihre Tochter minderjährig ist und ich Ihre Erlaubnis einholen muss, aber ich würde Sylvie überaus gern zum Gesicht der Pandemic Fighters machen. Sie müssen verstehen, dass sie für unser Anliegen geradezu ein Gottesgeschenk ist.«

Tom trank einen Schluck. »Das kann ich mir vorstellen.«

Gewöhnlich mochte er Menschen, die gleich zur Sache kamen, aber das hier ging ihm dann doch ein wenig zu schnell.

»Es müsste doch auch in Ihrem Interesse sein, dass der Gesetzgeber endlich dafür sorgt, dass sich Resistenzen wie die, unter der Ihre Tochter leidet, sich nicht ungehindert weiter ausbreiten können.«

»Hmhm.« Sachte stellte Tom die Tasse wieder auf den Tisch. »Mein allererstes Interesse ist, wie Sie sich sicher vorstellen können, meiner Tochter das Leben zu retten.«

»Verständlich.« Seifert schien kurz irritiert von Toms plötzlicher Schroffheit, aber er fing sich wieder. »Ich bin sicher, wir finden eine Übereinkunft, die uns beide zufriedenstellt. Eine Hand wäscht die andere.«

Tom war Seiferts plötzliches Haifischlächeln unangenehm, und er ermahnte sich, den Mann nicht zu unterschätzen. »Public und Gouvernmental Affairs«, sagte er. »Was genau muss ich mir darunter vorstellen?«

»Nun. Im Grunde berate ich Politiker dabei, die richtigen Entscheidungen zu treffen.«

»Sie sind Lobbyist.«

Ein Schatten flog über Seiferts Gesicht, und Tom spürte, dass er den Mann getroffen hatte. Es war ihm egal. Er hatte eine natürliche Aversion gegen alles, was mit Lobbyismus in Zusammenhang stand.

»Genau genommen haben Sie recht«, gab Seifert zu. »Ich versuche, Politiker dazu zu bringen, die richtigen Gesetze zu machen. Aber zugleich unterstütze ich mit meiner Arbeit auch die Bewegung der Pandemic Fighters. Ich kann also kein ganz schlechter Mensch sein.«

»Was genau tun Sie für die Fighters?«

»Eine unserer gemeinsamen Initiativen war zum Beispiel, dafür zu sorgen, dass Opfer multiresistenter Keime sich organisieren. Das ist eine wesentliche Voraussetzung dafür, dass die

Politik sie überhaupt wahrnimmt. Was die dann wiederum dazu befähigt, sich dieses Riesenproblems für die Menschheit anzunehmen.«

Tom dachte an Sylvie und all das Leiden, dem sie ausgesetzt war. Dann dachte er daran, dass Fälle wie ihrer in der letzten Zeit immer häufiger vorkamen. »Sie gehen also davon aus, dass die Menschen in Zukunft noch mehr mit Antibiotikaresistenzen zu kämpfen haben werden?«

Seifert verzichtete darauf, das zu bejahen. »Kennen Sie das Bild von der Welle, die da in Zeitlupe auf uns zukommt?«

»Ein Tsunami, so haben Sie auf Ihrer Website geschrieben, wenn ich mich recht erinnere.«

Seifert nickte. »Genau. Die Corona-Pandemie 2020/21 war erst der Anfang. Wenn wir nicht umgehend handeln, wird die nächste Pandemie vielleicht von einem multiresistenten Bakterium ausgehen, und dann …«

Tom hob eine Hand, um Seifert zu unterbrechen. »Das alles ist schön und gut. Aber wenn ich ehrlich bin, würde ich mich lieber darüber unterhalten, wie ich meine Tochter retten kann. Dr. Heinemann meinte, Sie …« Er verstummte, weil es an der Tür klingelte.

Seiferts Miene zeigte Überraschung. Er entschuldigte sich kurz und huschte aus dem Raum.

Tom hörte ihn auf den Türsummer drücken und gleich darauf die Wohnungstür öffnen.

»Nina? Ich dachte, du bist in Tiflis. Was machst du hier?« Der Lobbyist klang verblüfft.

»Hallo, Max.« Die Frau an der Tür hatte eine sehr weibliche Stimme. »Entschuldige, dass ich dich einfach so überfalle. Ich wollte anrufen, aber es erschien mir besser, persönlich vorbeizukommen.«

Sie hatte schlechte Nachrichten, das konnte Tom ihr anhören, und offenbar dachte Seifert dasselbe.

»Ist was passiert? Entschuldige. Komm doch erstmal rein!«
Mit der Frau im Schlepptau kehrte er in sein Büro zurück.

Die Frau war ein wenig größer als er, schlank, aber auf eine
durchtrainierte, sportliche Art, die durch die Jeans und die
kurze schwarze Lederjacke, die sie trug, noch betont wurde.
Tom brauchte nur einen einzigen Blick in ihr Gesicht mit dem
gebräunten Teint und den zwei kleinen Leberflecken, um zu erkennen, dass sie tatsächlich mit schlechten Nachrichten kam. Sie
sah extrem erschöpft aus.
»Nina, das ist Tom Morell«, stellte Max vor. »Herr Morell:
Nina Falkenberg, eine Bekannte von mir. Sie ist Journalistin.
Herr Morell und ich planen ... ach, egal. Setz dich erstmal!« Gegen ihren Widerstand bugsierte er Nina auf den Platz, auf dem
er eben selbst noch gesessen hatte, dann beugte er sich über sie
wie ein Arzt über einen Patienten, der Schmerzen hatte. »Erzähl:
Was ist passiert? Warum bist du hier?«

Ninas Blick huschte zu Tom, scannte ihn einmal von Kopf
bis Fuß, sodass er sich vorkam wie unter einem Mikroskop. Sie
hatte blonde sehr kurze Haare und Augen, denen man ansehen
konnte, dass sie anfingen zu blitzen, wenn ihre Besitzerin lachte.
Im Moment jedoch wirkte sie voller Trauer. »Ich weiß nicht,
Max, ob ...«

Tom wusste, wann er fehl am Platze war. Er war schon drauf
und dran aufzustehen, um zu gehen, aber Nina schien jetzt los-
werden zu müssen, weswegen sie gekommen war. Sie senkte den
Kopf und kratzte sich mit ihren unlackierten, aber sorgfältig ma-
nikürten Fingernägeln an der Stirn. »Georgy ist tot, Max«, flüsterte sie.

Seifert wurde blass. »Wie bitte?«

»Tot. Er ...«, wiederholte sie, bevor ihre Stimme brach.

Das war der Moment, in dem sich Tom am liebsten in Luft
aufgelöst hätte. »Vielleicht sollte ich doch besser ...« Diesmal erhob er sich tatsächlich. Seifert wirkte verwirrt, aber er war höf-

lich genug, um Anstalten zu machen, ihn zur Tür zu begleiten. Tom wehrte ab. »Ich finde allein raus. Wir telefonieren, okay? Es tut mir sehr leid, das mit Ihrem … Bekannten.«

Er verließ die PR-Agentur, bevor Seifert oder Nina Falkenberg noch einen Ton gesagt hatten.

Nina blickte dem Mann hinterher, der im ersten Moment einen abgehalfterten Eindruck auf sie gemacht hatte. Seine abgenutzte Lederjacke, die verblichene Jeans, vor allem aber die ausgelatschten Stiefel, die er trug, sprachen entweder von langandauernder Vernachlässigung seiner selbst oder aber von schlichtem Desinteresse daran, was andere Menschen von ihm dachten. Das Auffälligste an ihm jedoch waren seine ungewöhnlich blauen Augen. Augen, aus denen der Schmerz nicht verschwand, selbst wenn ihr Besitzer lächelte.

Sie schüttelte den Eindruck ab und konzentrierte sich auf Max. Wie als Kontrast zu Morells intensiver Präsenz wirkte er auf sie plötzlich schwammig und unbeholfen. Seine Lippen bewegten sich in dem vergeblichen Versuch, Worte zu finden für das, was sie ihm soeben mitgeteilt hatte.

»Er wurde ermordet«, flüsterte sie.

»Erm…« Mit einem energischen Kopfschütteln brach Max ab. »Wie kann das sein?«

»Ich vermute, dass jemand hinter seinen Phagen her war. Du weißt von seiner Forschung, oder?«

Max stand noch ein, zwei Sekunden regungslos da. Dann rieb er sich mit beiden Händen über das Gesicht und ließ sich schwer neben Nina auf die Couch fallen. Aber nur kurz, dann sprang er sofort wieder auf. »Warte mal!« Er lief in die Küche und kehrte mit einem dicken grauen Buch und einem ebenfalls grauen robusten Kästchen zurück – einem Ampullarium, das dem sicheren Medikamententransport diente. Er reichte beides an Nina. »Das hier hat Georgy mir vor ein paar Tagen geschickt.«

»Sein Laborbuch!«, murmelte sie und war so erleichtert, dass sie ein helles, der Situation völlig unangemessenes Lachen ausstieß.

Der dunkelrote Transporter, den Victor direkt am Flughafen gemietet hatte, roch unangenehm nach Hund, worüber Misha sich vehement und ausdauernd beklagte. Zum Glück hatten sie nicht weit fahren müssen, denn Nina Falkenberg, die blonde Frau, die Misha verwanzt hatte, war in ein Taxi gestiegen und Richtung Norden gefahren, wo sie in einer von dreistöckigen Häusern flankierten Straße hatte anhalten lassen und in einem der Eingänge verschwunden war.

»Mann, ey! Die Karre stinkt wirklich!«, moserte Misha auch jetzt, als sie dem Haus schräg gegenüber am Bordstein anhielten. Diesmal saß er im Fond, denn Jegor hatte den Beifahrersitz für sich reklamiert.

»Jetzt halt endlich die Klappe!«, wies Victor Misha zurecht.

»Stimmt doch aber!«, maulte der.

Jegor, der die Füße gegen das Handschuhfach gestellt hatte und ein Tablet auf den Knien hielt, musterte Victor schweigend. Er registrierte jede einzelne Regung sehr genau, das spürte Victor. Der Kerl war also wirklich zu ihnen gestoßen, um seine Arbeit zu überwachen! Mit zusammengebissenen Zähnen sah Victor dabei zu, wie Jegor nach einem nagelneu aussehenden Samsung-Handy griff, das er neben seinem Oberschenkel auf dem Sitz liegen hatte. Er tippte auf Wiederwahl. »Wir sind an der Frau dran«, sagte er knapp und legte wieder auf.

Interessant. Offenbar war Jegor nicht das oberste Glied in ihrer Befehlskette. Er musste jemandem Bericht erstatten. Sehr interessant.

Untermalt von leisem Knistern drangen Stimmen aus dem Lautsprecher von Jegors Tablet. Drinnen in einer der Wohnungen wurde Nina von Max Seifert begrüßt. Im Flugzeug hierher hatte Victor den Mann überprüft und sich die wesentlichen Informationen über ihn eingeprägt.

»Nina, das ist Tom Morell«, hörte er Seifert sagen.

War da noch ein zweiter Mann in dieser Wohnung?

Er beugte sich vor.

»Wer zum Teufel ist Tom Morell?«, murmelte Misha.

Victor zuckte mit den Achseln. »Woher soll ich das wissen?«

Während drinnen die drei ein paar Floskeln austauschten, gab Jegor den neuen Namen auf seinem Tablet ein. »Es gibt in Berlin einen Tom Morell, der als Foodhunter arbeitet.« Er hielt das Tablet in die Höhe, damit die anderen das Porträt auf der Website dieses Typen sehen konnten. Victor starrte in ein Paar fast unnatürlich blaue Augen.

»Was hat der mit Seifert zu tun?«, fragte Misha.

»Ist vielleicht nur zufällig hier«, sagte Victor.

Jegor hob einen Finger an die Lippen, und gemeinsam hörten sie zu, was nun gesprochen wurde.

»Ich finde allein raus«, sagte der Mann namens Morell. »Wir telefonieren, okay? Es tut mir sehr leid, das mit Ihrem … Bekannten.« Dann war eine Tür zu hören, die ins Schloss fiel. Während drinnen noch Schweigen herrschte, öffnete sich die Haustür, und ein schlanker, fit aussehender Mann in Jeans und Lederjacke kam heraus. Als er die Straße überquerte und an ihrem Transporter vorbeiging, erkannte Victor ihn wieder. Es war tatsächlich der Typ von der Website.

»Er wurde ermordet«, hörte er Nina flüstern. Seifert erwiderte: »Wie kann das sein?«, woraufhin Nina von den Phagen und der Forschung des Professors sprach.

Danach war es einen Moment lang still, sodass Victor Zeit hatte, Morell mit dem Blick zu einem ziemlich dreckigen Motorrad zu folgen, das ein Stück die Straße hinunter an einem der Bäume geparkt stand. In dem Moment, als Morell sich an der Karre zu schaffen machte, sagte Seifert: »Warte mal!« Dann waren schwache Geräusche zu hören, ein Knistern, Schritte, die über einen Holzfußboden liefen. »Das hat Georgy mir vor ein paar Tagen geschickt«, sagte Max.

Und Nina wisperte: »Das Laborbuch!«

In Mishas Augen erschien ein triumphierendes Funkeln. »Volltreffer!«

Victor warf einen unsicheren Blick in Jegors Richtung, weil er nicht wusste, ob ihr Auftraggeber nun die Regie übernehmen wollte. Aber der Typ schien nicht vorzuhaben, sich in seine Arbeit einzumischen.

»Los geht's!«, befahl Victor also und griff nach der Skimaske, die er in der Mittelkonsole des Vans liegen hatte.

Tom hatte gerade den Schlüssel ins Zündschloss der Geländemaschine gesteckt, als bei dem dunkelroten Transporter, an dem er eben vorbeigekommen war, die Türen aufgingen und zwei Männer ausstiegen. Es war die absolut synchrone Art, mit der sie sich bewegten, die Tom aufblicken ließ. Als er die beiden – der eine fast zwei Meter groß, der zweite von durchschnittlicher Größe – die Straße überqueren, auf Seiferts Haus zustreben und dabei unter ihre offenen Jacken greifen sah, richteten sich in seinem Nacken die Haare auf. Er war lange genug in allzu düsteren Gegenden der Welt unterwegs gewesen. Er kannte das Bewegungsmuster von Typen, die eine Waffe trugen und vorhatten, diese auch zu benutzen.

»Fuck!«, rutschte es ihm heraus.

7

Nina starrte auf das dunkelgraue und circa zwei Zentimeter dicke Buch, und es fiel ihr schwer zu glauben, dass Georgy es vor Kurzem noch in Händen gehalten hatte.

Georgys Laborbuch – das zentrale Stück seiner Forschungen, ohne das sich keiner seiner Versuche nachvollziehen ließ. Mit den Fingerspitzen strich sie über den Einband wie über einen kostbaren Schatz. Der Inhalt dieses Buches war in der Lage, Tausenden Menschen das Leben zu retten.

Sie wandte den Blick davon ab und dem robusten Plastikkästchen zu, das Max aus seinem Kühlschrank genommen und aufgeklappt vor ihr auf den Couchtisch gestellt hatte. Es enthielt sechs ungefähr daumenlange Glasröhrchen, die mit einer klaren Flüssigkeit gefüllt und mit einem Metallsiegel verplombt waren. Im Deckel des Kästchens steckte ein Stück Karton, aus dessen Aufdruck in georgischer Schrift hervorging, dass es sich bei den Ampullen um Apothekenphagen handelte.

Sie schaute zu Max auf. »Apothekenphagen?«

»Ja, da habe ich auch eine Weile drüber nachgedacht. Ich glaube, dass Georgy die Ampullen so deklariert hat, um sie einfacher durch den Zoll zu kriegen.«

»Du denkst auch, dass das hier seine Superphagen sind, oder?«

»Du weißt davon?«

»Er hat mir erzählt, dass er für alle zwölf Erreger von der Liste der *Dirty Dozen* einen Phagenstammcocktail gefunden hat.

Kurz danach ist er …« Sie hielt inne. Tiefes, betretenes Schweigen breitete sich zwischen ihnen aus. Nina nahm eine der Ampullen und betrachtete sie. »Er hat geglaubt, dass sie in Gefahr sind.« Mittlerweile war sie ziemlich sicher, dass genau das der Grund für Georgys Anspannung gewesen war. Warum zur Hölle hatte er das für sich behalten? Bilder taumelten durch ihren Geist. Sie und Maren. Georgy. All das Blut. Dann die Flucht vor der Bombe. Die Explosion, die alles vernichtet hatte, wofür Georgy sein ganzes Leben lang gekämpft hatte. Sie blinzelte gegen die Tränen an und versuchte, die zehnstellige Buchstaben-Nummern-Kombination zu entziffern, die Georgy mit wasserfestem Stift auf die Rückseite der Ampulle geschrieben hatte. Mit der anderen Hand nahm sie ein weiteres Röhrchen aus dem Kästchen. Auch dieses war ähnlich beschriftet.

»Wieso hat er ausgerechnet dir das geschickt?«, flüsterte sie.

Max wirkte ein bisschen gekränkt, aber er zuckte mit den Schultern. »Das habe ich mich auch gefragt. Ich vermute, weil er seine Forschung und die Phagen der gesamten Menschheit zur Verfügung stellen wollte. Er hat oft darüber gesprochen, dass sie perfekt für den Einsatz in Entwicklungsländern sind, in denen das Geld für teurere Antibiotika fehlt.« Er reichte Nina einen Brief, den er die ganze Zeit in der Hand gehabt hatte. »Der lag bei der Sendung dabei.«

Sie steckte die beiden Ampullen zurück, faltete mit einem mulmigen Gefühl den Brief auseinander, und tatsächlich: Beim Anblick von Georgys Schrift fingen ihre Hände an zu zittern. Zweimal musste sie energisch blinzeln, bevor sie die wenigen, in englischer Sprache verfassten Zeilen entziffern konnte:

Lieber Max,
ich habe nicht viel Zeit, dir ausführlich zu schreiben.
Beiliegend sende ich dir die eine Hälfte meines wertvollsten
Besitzes. Die zweite schicke ich dir zur Sicherheit mit separater

Post. Du wirst dich vermutlich fragen, warum ich das tue.
Nur so viel: Ich glaube, mein Wissen ist hier nicht mehr sicher.
Du bist der Einzige, der in der Lage ist, mein Vermächtnis
in meinem Sinne zu verwalten. Ich weiß, es ist nicht nötig,
aber trotzdem erinnere ich dich noch einmal daran, was
wir besprochen haben: Die zwölf müssen der Menschheit
zugutekommen! Ich weiß, dass du alles in deiner Macht
Stehende tun wirst, um das zu bewerkstelligen.
Georgy.

Mit schwerem Herzen sah Nina hoch, und es war, als stünde ihr
Ziehvater hinter ihr. Für eine Sekunde lang wurde die Trauer zu
einem dicken, eisigen Knoten in ihrer Brust. Ihre Augen liefen
über, und sie wischte sich über die Wangen. »Ach, Georgy …«,
flüsterte sie.

Um ihr einen Moment zu geben, nahm Max seinerseits zwei
der Ampullen aus dem Kästchen und tat, als betrachte er sie.

Nina schniefte. Dann lächelte sie verlegen. »Tut mir leid!« Sie
nestelte ein Taschentuch aus der Tasche, wischte sich die Augen
trocken und putzte sich die Nase.

Tom sah zu, wie die beiden schwarzgekleideten Männer klingelten und dann warteten, bis der Türsummer betätigt wurde.
Gleich darauf waren sie im Hausflur verschwunden. Toms Blick
zuckte zu dem Transporter. Ein dritter Mann saß auf dem Beifahrersitz. Er hatte eine Glatze und auf den Knien ein Tablet, in
dessen Anblick er vertieft war.

Tom kalkulierte seine Optionen.

Die beiden Typen hatten sich bewegt wie Soldaten, das waren
erfahrene Kämpfer. Wollten sie zu Seifert?

Tom warf einen letzten Blick auf den Kerl im Transporter,
dann fasste er einen Entschluss. Er schlug einen Bogen um den
Mülltonnenverschlag des Nachbarhauses. Gleich darauf stand

er vor Seiferts Haustür, die kurz zuvor hinter den beiden Kerlen ins Schloss gefallen war. Durch das geriffelte Glas glaubte er zu sehen, wie die beiden drinnen im Flur Masken über ihre Köpfe zogen.

Verdammt, was jetzt? Tom starrte auf das Klingelbrett.

Während Max ins Treppenhaus hinaustrat, um nachzusehen, wem er soeben die Haustür geöffnet hatte, nahm Nina das Laborjournal zur Hand und schlug es auf. Sie hatte gerade die erste Seite überflogen, als Max' Stimme ertönte.

»Was kann ich für Sie …?« Er verstummte. Eine Sekunde verstrich. Dann ein Scheppern, das Nina einen Schauder den Rücken hinunterjagte. Eine Metallschüssel auf der Garderobe, in der Max seine Schlüssel aufbewahrte, war zu Boden gefallen. Gleichzeitig rief Max empört: »He!«

Erschrocken sprang Nina auf.

Sie hörte, wie Max zu Boden ging, dann erklang ein Geräusch, als würde Glas zertreten. Die Ampullen! Hatte er sie etwa noch in der Hand gehabt?

Sie warf einen Blick in den Flur. Ein hünenhafter, ganz in Schwarz gekleideter und maskierter Mann. War das eine Waffe in seiner Hand? Ninas Verstand weigerte sich, diese Frage zu beantworten. Fassungslos starrte sie in die Mündung, während ein zweiter, kleinerer und ebenfalls maskierter Mann Max grob am Arm packte und wieder auf die Füße zerrte.

»Was soll das …?«, beschwerte er sich.

»Schnauze halten!«, bellte der zweite Maskierte, und Nina brauchte einen Moment, um zu begreifen, dass er es auf Russisch sagte. Max verstand ihn nicht, aber die Geste des Typen war unmissverständlich. Benommen starrte sie auf die Stelle auf dem Parkett, wo die beiden Ampullen gelandet waren. Nichts war davon übrig außer einem feuchten Fleck und einer Menge glitzernder Scherben. Instinktiv drückte Nina das Laborjournal fest vor die Brust. Der kleinere der beiden Maskierten betrat das Büro und richtete die Mündung seiner Waffe auf Ninas Stirn.

Ihre Knie wollten nachgeben, und gleichzeitig kam es ihr vor, als passiere all das jemand anderem, nicht ihr.

»Her mit dem Buch!«, befahl der kleinere Mann. Er sprach Russisch.

Instinktiv presste sie das Buch noch fester an sich. Wich rückwärts, bis sie mit dem Rücken an der Wand stand. Georgy war für dieses Buch gestorben. War dieser Kerl hier etwa dafür verantwortlich? Aus irgendeinem Grund war sie dessen ganz sicher.

»Hören Sie!«, sagte der Mann. »Ich möchte Ihnen nichts tun, aber wenn Sie mir nicht auf der Stelle das Buch und die Ampullen geben …«, er wedelte mit der Pistole kurz zu dem Tisch, auf dem das Ampullarium lag, »… dann werde ich nicht zögern, auf Sie zu schießen.«

Ninas Blick zuckte zu Max. Panik flackerte in seinen Augen, und gleichzeitig war da eine gewisse Ratlosigkeit in seiner Miene. *Klar*, schoss es Nina durch den Kopf. Er verstand kein Russisch. Sie spürte, wie ein hysterisches Lachen in ihrer Kehle hochstieg.

»Die Phagen …«, setzte sie zu einer Erklärung an, konnte nicht weitersprechen. Räusperte sich. »Sie wollen die Phagen.«

Max glotzte sie noch immer verständnislos an, dann endlich signalisierte sein Blick, dass er verstanden hatte. In dieser Sekunde geschahen mehrere Dinge gleichzeitig.

Die Nachbarin, bei der Tom klingelte, drückte wie erhofft auf den Summer. »Fahrradkurier, Brief für Dr. Seifert«, rief er die Treppe hinauf. Sie schloss einfach ihre Wohnungstür wieder. Er liebte Berlin!

Mit wenigen langen Sätzen überwand er drei Viertel der Treppe, dann blieb er stehen. Seiferts Wohnungstür war nur angelehnt. Ein Mann redete in schnellem, hartem Stakkato auf Russisch auf jemanden ein, dann erklang Ninas gepresste

110

Stimme, ebenfalls auf Russisch. Er konnte hören, wie sehr sie in Panik war.

Er hatte sich also nicht getäuscht. Die Typen in Schwarz waren in Seiferts Wohnung.

Er packte das Treppengeländer, überwand die letzten Stufen und entschied sich für ein Überrumpelungsmanöver. »Ich bin so ein Trottel«, stieß er hervor. »Ich glaube, ich habe meinen Schlüssel vergessen.« Noch während er sprach, drückte er die Tür auf und betrat die ehemalige Wohnung, als sei er in Eile.

Und völlig ahnungslos.

Glas knirschte unter seinen Boots.

Die beiden Männer in Schwarz.

Nina.

Und Seifert.

Einer der Typen, der kleinere, schwenkte verblüfft eine Waffe zu Tom herum. In seiner Wahrnehmung verlangsamte sich die ganze Welt.

Reflexartig stieß Tom seine eigene Rechte vor und erwischte den anderen Bewaffneten, den Hünen, der zusammen mit Seifert noch im Flur stand, irgendwo zwischen den Schulterblättern. Der Mann stolperte gegen Seifert, beide schrien auf. Nina reagierte ähnlich reflexartig wie Tom. Sie schwang das dicke graue Buch herum, das sie sich vor die Brust gepresst hatte, und traf den Lauf der Waffe von dem kleineren Mann. Die Hand des Kerls wurde zur Seite geschleudert, im gleichen Moment krachte Tom in ihn.

Der Schuss klang wie ein Husten. Der Monitor auf Seiferts Schreibtisch ging mit einem satten Knall zu Bruch.

»Raus hier!«, schrie Tom. Er packte Seifert und zerrte ihn mit sich.

Nina brauchte seine Unterstützung nicht. Sie hechtete vorwärts, packte sich ein kleines graues Kästchen, das auf dem Couchtisch gestanden hatte, und zu Toms grenzenloser Verblüf-

111

fung auch noch ihre Tasche. Trotzdem war sie im Treppenhaus, noch bevor die beiden Angreifer ihre Arme und Beine sortiert hatten.

»Laufen Sie!« Tom stieß auch Seifert in Richtung Treppe.

Hinter ihm ertönte ein harscher Fluch, den er nicht verstand. Seifert war auf dem Treppenabsatz, Tom direkt hinter ihm. Ein weiterer Schuss fiel, gefolgt von einem Schlag an Toms Rippen, wiederum gefolgt von einem Aufschrei Seiferts. Tom sah den Mann straucheln und fürchtete einen schrecklichen Sekundenbruchteil lang, dass er getroffen war. Doch Seifert rappelte sich wieder auf. Tom packte ihn, zerrte ihn weiter. Seine eigene Seite fühlte sich taub an. In Erwartung des nächsten Schusses jagte er Seifert die Stufen hinunter.

Doch es fiel kein weiterer Schuss. Stattdessen erklang eine Salve von schnell hervorgestoßenen russischen Worten.

Tom verstand nur eines.

»Pridurok!«

Idiot!

Nina war schon an der Haustür und kurz davor, sie aufzureißen, als Tom der glatzköpfige Kerl einfiel, der noch im Transporter saß. Er wollte einen Besen fressen, wenn der dritte Mann im Bunde nicht auch bewaffnet war.

»Nicht!«, rief er.

Nina erstarrte.

In Toms Seite begann ein dumpfer Schmerz zu pochen. Er stützte den geschockten Seifert, bevor er mit ihm zusammen zu Nina aufschloss.

Die Wohnungstür im Erdgeschoss öffnete sich, und die alte Frau von eben streckte den Kopf heraus.

»Gehen Sie wieder rein!«, herrschte Tom sie an. Sie gehorchte augenblicklich.

Sein Blick huschte die Treppe hinauf. Wo blieben die Mistkerle? Er konnte sie oben in der Wohnung diskutieren hören, und sein mageres Russisch reichte aus, um zu verstehen, dass es darum ging, ob sie sie verfolgen sollten oder nicht. Immerhin, das verschaffte ihnen Zeit.

»Da draußen ist noch einer«, informierte er Nina, dann wandte er sich an Seifert. »Gibt es einen Hinterausgang?«

Seifert verzichtete auf eine Antwort, stattdessen machte er sich von Tom los und lief voraus, die Kellertreppe hinunter. Tom und Nina wechselten einen Blick, dann folgten sie ihm.

»Die sind sich nicht einig, ob sie uns verfolgen sollen«, erklärte Nina Tom im Laufen.

Er verzichtete darauf, ihr zu sagen, dass er Russisch konnte. Dazu war später auch noch Zeit.

Feuchte Kellerluft schlug ihnen entgegen. Absurderweise roch es hier unten nach Ballistol. Eine Waschmaschine rumpelte vor sich hin, hielt dann inne und schaltete gleich darauf in den Schleudergang. Das Geräusch war ziemlich laut, was ihnen gerade recht kam. Nina stürzte an dem schweratmenden Seifert vorbei zu einer Hintertür. Sie zerrte sie auf, und gleich darauf standen sie auf einem Innenhof, der zur Hälfte asphaltiert und zur Hälfte mit gelblichem Rasen bedeckt war. Auf der Rasenfläche stand eine uralte Teppichstange.

»Da lang!«, rief Seifert und deutete auf einen Durchgang. »Direkt auf der anderen Straßenseite ist eine U-Bahn-Haltestelle.«

Victor hatte mit Entsetzen gesehen, wie Misha der Frau und den beiden Typen hinterhergestürzt war. Und als dieser verdammte Idiot dann auch noch auf die drei geschossen hatte, war er selbst zu ihm gestürzt und hätte ihm die Knarre beinahe aus der Hand geschlagen.

»Spinnst du?«, zischte er ihn auf Russisch an. »Das Letzte, was wir gebrauchen können, sind Bullen, die sich an unsere Fersen heften!«

Aber Misha war so im Jagdfieber, dass er Victor anfuhr. »Sie hat das Buch! Wir hatten sie beinahe! Wir müssen hinterher!«

Victor warf einen Blick auf die Glasscherben und den feuchten Fleck im Wohnungsflur.

»Verdammt!«, presste er zwischen den Zähnen hervor. Wenn er sich richtig erinnerte, hatte dieses dämliche Weib das Ampullenkästchen an sich gebracht, bevor die drei entkommen waren. Er zerrte Misha zurück in die Wohnung und schloss die Tür hinter sich.

»Was hast du vor?« Eine Ader an Mishas Hals pulsierte heftig. »Wir müssen das Buch ...«

»Das Buch ist bei dieser Frau gut aufgehoben!«, fiel Victor ihm ins Wort. »Und das Medikament auch. Wir finden die Fotze wieder. Jetzt müssen wir aber erstmal sehen, dass wir hier ohne allzu viel Aufsehen verschwinden, bevor nach deiner Rumballerei noch die Bullen auftauchen.« Er öffnete die Tür vorsichtig wieder und spähte im Treppenhaus nach oben und nach unten.

Niemand zu sehen.

Er wusste, dass normale Menschen einen Schuss aus einer Pistole mit Schalldämpfer so gut wie nie als Schuss identifizierten. Für den Fall allerdings, dass ein Nachbar das Husten doch richtig eingeordnet hatte und gerade mit der Polizei telefonierte, mussten sie zusehen, dass sie von hier verschwanden.

Victor schüttelte sich, um das Adrenalin loszuwerden, das durch seine Adern rauschte wie ein Aufputschmittel. Hinter Misha her stapfte er die Treppe hinunter. An der Wand im ersten Stock befanden sich feine rote Spritzer. Dieser Tom Morell war getroffen, und trotzdem war er weitergerannt, als sei überhaupt nichts gewesen. Wie konnte das sein?

Victor biss die Zähne zusammen. Plötzlich hatte er das unangenehme Gefühl, dass dieser Mann sich zu einem Problem entwickeln würde.

Die Angst, dass die beiden bewaffneten Typen ihnen doch noch folgen würden, packte Tom im Genick wie der Griff einer kalten Hand. Ziemlich unsanft bugsierte er Seifert quer über den Bürgersteig und dann über die doppelte Fahrbahn der Müllerstraße, auf deren mittlerem Grünstreifen der Fahrstuhl zur U-Bahn-Station Rehberge nach unten führte. Nina eilte ihnen voraus.

Vor dem Fahrstuhl blieben sie stehen. Nina schlug auf den Rufknopf, und während sie warteten, ließ Tom den Blick zurückschweifen. Von den Männern in Schwarz war keine Spur zu sehen. Als der Fahrstuhl kam, stolperten sie nacheinander hinein. Die gläsernen Türen schlossen sich, und der Fahrstuhl sank in die Tiefe.

Tom atmete auf. »Scheiße«, rutschte es ihm heraus. »Was wollten die von Ihnen?« Die Hand auf seine pochende Seite gepresst, sah er zu, wie Nina ihm das graue Buch präsentierte, das sie im Laufen wie einen Säugling an sich gepresst gehalten hatte.

»Das hier.« Das graue Kästchen hatte sie kurz zuvor an Seifert weitergereicht.

»Und das hier.« Seifert hob das Kästchen in die Höhe.

Was war dadrin? Diamanten? Tom runzelte die Stirn. »Was ist das?«, fragte er, aber keiner der beiden achtete auf ihn, denn nun knallte Nina Seifert das Buch vor die Brust, sodass er es an sich nehmen musste. Dann riss sie ihm das Kästchen förmlich wieder aus der Hand und öffnete es.

Es enthielt keine Diamanten, sondern Glasröhrchen mit einer durchsichtigen Flüssigkeit darin. *Medikamente!*, schoss es Tom durch den Kopf. Er zählte vier Röhrchen, aber offenbar hatte das Kästchen einmal sechs enthalten. Zwei der Halterungen waren leer.

»Verdammt!«, flüsterte Nina bei dem Anblick. Mit einer verzweifelten Geste rieb sie sich den Nacken und drehte sich mit weiteren atemlosen »Verdammt, verdammt, verdammt!« von Tom weg.

Tom starrte erst Seifert an, dann die vier verbliebenen Röhrchen. Der Fahrstuhl hielt auf der unteren Ebene, sie stiegen aus und blieben in der Mitte des Bahnsteiges stehen. Schweigend. Eine Anzeige kündigte an, dass die nächste Bahn der Linie U6 in einer Minute kommen würde.

Tom deutete auf die Ampullen in dem Kästchen. »Was ist das?«, fragte er. »Und warum sind die Männer dahinterher?«

»Ist doch egal!«, brach es aus Seifert hervor. »Die haben uns überfallen und auf uns geschossen, Herrgott!« Seine Lippen waren weiß, so fest presste er sie aufeinander.

Der Schmerz an Toms Seite hatte sich von einem Pochen in ein Brennen verwandelt. Mit dem Finger ertastete Tom ein Loch im Leder seiner Jacke. »Warum greifen die Typen für dieses Buch zu gewalttätigen Mitteln? Und für diese … *Medikamente?*«

Das letzte Wort musste er fast schreien, weil die U-Bahn einfuhr. Bis auf ein paar Frauen mit Einkaufstaschen und einen Teenager mit pechschwarzem Undercut war sie leer. Nachdem sie alle drei eingestiegen waren und die Bahn anfuhr, fühlte Tom sich, als würde jemand alle Energie aus ihm ablassen. Fürs Erste waren sie ihren Verfolgern entkommen. Er blies Luft durch die Lippen. »Also?«, beharrte er.

Nina schüttelte den Kopf. »Ich weiß es nicht.« Sie warf sich auf einen Sitz in einer leeren Vierergruppe und fuhr sich durch die kurzgeschnittenen Haare. Tom konnte sehen, wie ihre Hände zitterten, und als würde sein eigener Körper erst jetzt begreifen, in welch brenzliger Situation er sich befunden hatte, begann es, in seinen Ohren zu kreischen. Schwindel erfasste ihn, er musste sich selbst setzen.

Die Bahn fuhr ruckelnd in eine Kurve.

Nina saß da und kämpfte mit den Auswirkungen des Schocks. Sie spürte, dass ihre Wangen kalt waren. Ihre Hände fingen wieder an zu zittern, und sie krampfte sie um den Rand ihrer Tasche. Tom, der selbst gegen den Schrecken zu kämpfen schien, sah sie besorgt an. »Ist alles okay mit Ihnen? Sie werden plötzlich ganz fahl.«

»Mir geht es gut!«, behauptete sie, aber ihre Gedanken kreisten um die zerstörten Phagen-Ampullen. Noch einmal öffnete sie das Ampullarium und starrte auf die beiden leeren Halterungen. Aus dem Brief, den Georgy Max geschrieben hatte, ging hervor, dass es wirklich seine zwölf Superphagencocktails waren. Der Verlust von zweien davon bedeutete nicht weniger als eine Katastrophe.

Tom Morell stützte sich kopfschüttelnd auf den eigenen Knien ab. »Sie haben sich das tatsächlich geschnappt, obwohl die Kerle ...« Er schien es nicht fassen zu können und richtete sich wieder auf. Seine Augen funkelten. »Und Ihre Tasche auch noch.« Zum wiederholten Male schüttelte er den Kopf. »Frauen!«

Sie wollte ihn anblaffen, aber in diesem Moment begann ein Handy zu klingeln. Es war das von Max, und zu Ninas Verblüffung ging er ran. »Es ist jetzt wirklich ganz ungünstig ...« Er hörte zu. »Ja, ich weiß. Mir ist klar, dass wir uns darum kümmern müssen ... nein, ich ... Hör doch mal zu: Auf uns ist soeben geschossen worden, verdammt!« Unwillkürlich war Max lauter geworden. Etwas leiser fuhr er fort: »Keine Ahnung, wirklich. Irgendwelche Russen oder so ... Ja, ich bin okay. Ich weiß ... Die vom Rathaus können auch noch einen Tag warten ... Wie gesagt: Ich kümmere mich um alles, versprochen!« Mit einem verlegenen Gesichtsausdruck legte er auf. »Sorry«, meinte er. »Das war meine Assistentin. Aber die wird jetzt für eine Weile Ruhe geben. Hoffe ich wenigstens.« Er grinste schief.

Nina starrte ihn an. Sein Verweis darauf, dass auf sie geschossen worden war, hallte in ihr nach, und ihr wurde schon wieder schwindelig. Toms Blick lag schwer auf ihr.

»Gut«, meinte er. »Also nochmal. Warum sind die Kerle hinter dem Buch und diesen Medikamenten her? Was sind das überhaupt für Medikamente?«

»Phagen«, sagte sie.

»Phagen.« Er sah aus, als habe er das Wort nicht zum ersten Mal gehört, aber trotzdem fragte er: »Was sind Phagen?«

»*Good Bugs*. Sozusagen.«

»Aha«, machte er.

Sie lächelte. »Hochpotente Viren, die gegen multiresistente Keime wirken, gegen die die gängigen Antibiotika nicht mehr helfen.«

Bei ihren Worten war er zusammengezuckt, auf einmal wirkte er noch aufmerksamer. »Erklären Sie mir das genauer!«, verlangte er.

Sie zögerte. »Sie müssen sich das so vorstellen: Phagen sind winzig klein. Sie haben einen kantigen Kopf, wie eine Art Mondlandekapsel, auf sechs spinnenartigen Beinen. Sie docken an ihr Wirtsbakterium an, spritzen ihre eigene DNA hinein und zwingen es dadurch, viele neue Phagenbausteine herzustellen und zusammenzubauen. Irgendwann ist das Bakterium voll mit Phagen, es platzt auf und schickt eine neue Armee davon los, die sich wiederum auf weitere Bakterien stürzen.«

»Viren«, murmelte Tom. »Okay, verstanden.«

»Phagen sind damit eine grüne Alternative zu Antibiotika, und das Gute an ihnen ist: Sie können keinen Schaden im Körper anrichten, weil sie nur ihre exakt passende Bakterienzelle zerstören und dann verschwinden.« Sie sah, wie diese Informationen Toms Kopf zum Rattern brachten. Sie wollte noch etwas ergänzen, aber für den Moment hatte sie ihm genug zum Verdauen gegeben, darum wandte sie sich wieder an Max.

»Glaubst du, dass das die Kerle waren, die Georgy umgebracht haben?«, flüsterte er.

In ihrem Kopf tanzten die Bilder. *Georgy in ihren Armen. Das
Blut. Der Schuss vorhin in Max' Treppenhaus ...*

»Das war in Tiflis«, sagte sie.

Max zuckte mit den Schultern. »Na und?«

Tom grübelte immer noch über ihre Worte nach. Mit dem
Zeigefinger rieb er sich den Nasenrücken, und Nina konnte an
seiner Hand den breiten, goldenen Ehering glänzen sehen. Sie
starrte darauf, bis Tom endlich meinte: »Okay! Gut. Ich brauche
dringend mehr Informationen über diese Phagen!«

»Wieso das?« Schlagartig keimte Misstrauen in ihr auf, und
das schien er zu spüren.

Er lächelte ein wissendes Lächeln. »Sie denken, ich gehöre
zu denen, oder?« Für einige Sekunden lang begegneten sich ihre
Blicke. Schließlich seufzte Tom. »Okay. Vorschlag! Im Bahnhof
Friedrichstraße befindet sich eine Station der Bundespolizei.
Was halten Sie davon, wenn ich Sie dorthin begleite?«

Sie senkte den Kopf zu einem schwachen Nicken. »Das wäre
großartig!«, murmelte sie.

Die U-Bahn hielt auf Gleis 1 und spuckte sie auf den Bahnsteig
aus. Sie gingen den engen Treppenaufgang hinauf und dann
durch Gänge, deren Wände mit uringelben Fliesen bedeckt waren. Ein FCK-AFD-Aufkleber an einer der Rolltreppen ließ Tom
lächeln. Als sie in der weitläufigen und modernen Einkaufspas-
sage angekommen waren, wäre Tom beinahe auf einem Fetzen
Papier ausgerutscht. Er machte einen großen Schritt über das
Ding hinweg, nur um gleich darauf auf weitere davon zu treten.
Offenbar waren es irgendwelche Flyer, die jemand hier in gro-
ßem Stil verteilt hatte.

Der Weg zur Polizeistation führe sie an einem McCafé vorbei,
und hier blieb er abrupt stehen, denn mittlerweile brannte der

Schmerz in seiner Seite so heftig, dass er sich besser mal darum kümmerte. Aus seiner aktiven Zeit bei der Antifa wusste er, dass man Verletzungen, die man sich bei Straßenschlachten mit Faschos zugezogen hatte, zunächst kaum oder gar nicht bemerkte. Erst eine ganze Weile später, wenn das Adrenalin im Blut abgebaut war, begannen sie, richtig wehzutun, und offenbar war das bei ihm gerade der Fall.

»Moment«, sagte er. »Warten Sie mal.« Er deutete auf seine Flanke. »Ich fürchte, ich muss das kurz untersuchen.«

Auf Ninas und Max' Gesicht erschien ein fragender Ausdruck, also zog er den Reißverschluss seiner Jacke ein Stück nach unten, sodass sie einen Blick auf seinen Oberkörper werfen konnten. Wie er bereits vermutet hatte, klebte das Hemd rot an seiner Haut.

Ninas Augen weiteten sich. »Sie sind angeschossen worden?«, wisperte sie.

»Ich weiß nicht. Fühlt sich nicht so an.«

»Aber Sie bluten!«

»Darum verschwinde ich mal kurz.« Er sah sich nach einem Hinweisschild für die öffentlichen Toiletten um. »Ich verspreche, ich bin gleich wieder da.«

»Den sehen wir nicht wieder«, murmelte Seifert, und Tom glaubte Nina erwidern zu hören: »Wieso das? Immerhin hat er sein Leben riskiert, um uns zu helfen.«

Gleich darauf baute er sich vor einem Waschbecken auf und starrte sich selbst in die Augen. Ein befremdliches Flackern stand darin. In seinen Ohren kreischte es noch immer.

Er öffnete den Wasserhahn und gab ordentlich Seife in seine Hände. Jemand hatte einen dieser Flyer aufgehoben und auf dem Waschbeckenrand liegen lassen. Während er sich gründlich die Hände wusch, nahm Tom eher beiläufig wahr, dass es dieser komische Kupferstich war, der in letzter Zeit überall in der Stadt auftauchte. Er trocknete sich die Hände mit einem Papierhandtuch ab, schloss sich in einer der Kabinen ein und streifte seine Lederjacke von den Schultern. Nicht nur das Hemd klebte dunkelrot an seiner rechten Seite, auch der Bund seiner Jeans war rot, allerdings nur ein paar Millimeter breit. Mit zusammengebissenen Zähnen hob Tom den Saum des Hemds an. Dicht unter dem unteren Rippenbogen befand sich eine längliche Wunde, aus der frisches Blut sickerte. Zum Glück war sie nicht besonders tief, die Kugel hatte ihn also nur gestreift. Die Wunde schien nicht schlimmer als so manche Blessur, die er sich früher bei dem ein oder anderen Fight mit den Neonazis seines Viertels zugezogen hatte. Darüber hinaus waren seine Impfungen wegen seiner vielen Reisen in alle Welt immer auf dem aktuellen Stand. Es sprach also nichts dagegen, dass er Nina und Seifert erst zur Polizei begleitete, bevor er mit dieser Verletzung zum Arzt ging. Er rollte mehrere Lagen Toilettenpapier von der Rolle ab und entsorgte sie im Toilettenbecken. In der Hoffnung, dass die Blätter darunter einigermaßen keimfrei waren, riss er sie ab und faltete sie zu einem dicken Polster, das er einen Moment lang in der Hand wog. Dann atmete er einmal tief durch und presste es sich auf die Wunde.

Der Schmerz schoss ihm in jeden Winkel seines Körpers. Tom wickelte einige weitere Lagen Klopapier um seinen Oberkörper, um den Haufen Klopapier zu fixieren. Als alles einigermaßen hielt, ließ er das Hemd wieder über den Gürtel fallen und zog die Jacke an. Die beiden Löcher, die die Kugel darin hinterlassen hatte, waren zum Glück kaum zu sehen.

Er atmete durch. »Also dann«, murmelte er und verließ die Toilettenanlage.

Nina und Seifert hatten sich an einen der Tische des Cafés gesetzt und waren dabei, über das eben Erlebte zu diskutieren. Als Nina Tom kommen sah, schaute sie auf. »Alles okay?« Wirkte sie erstaunt, dass er noch da war? Er wusste es nicht. Ihr besorgter Blick allerdings weckte in ihm das Bedürfnis, einen dummen

Scherz zu machen. »Nichts, was man nicht mit ein paar Stichen zusammenflicken kann.«

Sie runzelte die Stirn.

»Okay. Nicht witzig, stimmt. Es ist nur eine Fleischwunde, ich lasse das untersuchen, sobald wir bei der Polizei waren.«

Ihr Blick lag forschend auf ihm. Er hätte gern gewusst, was sie dachte, und für einen Moment befand sich alles auf diese sonderbare Art in der Schwebe, weil keiner von ihnen wusste, was er vom anderen halten sollte.

Tom dachte an die Männer in Seiferts Wohnung. Er dachte an das Laborjournal, das Nina offenbar in ihrer Tasche verstaut hatte und das wertvoll genug war, um ihr bewaffnete Killer auf den Hals zu hetzen.

»Bevor wir mit den Cops reden, sollten wir kurz darüber sprechen, was genau da eben passiert ist«, sagte er und setzte sich zu den beiden. »Dieser Georgy, von dem Sie gesprochen haben und den die Kerle vielleicht getötet haben: Wer ist das?«

Sie zögerte, und er konnte die Gedanken hinter ihrer Stirn wirbeln sehen. Ihre Augen waren riesengroß und voller Intensität. Ihr Blick lag einen Moment forschend auf seinem Gesicht, dann sah sie ihm so tief in die Augen, als wolle sie auf der Innenseite seines Schädels ablesen, ob sie ihm trauen konnte. Endlich seufzte sie. »Sie sind meinetwegen angeschossen worden, ich vermute, Sie haben ein Recht auf ein paar Antworten. Mein … Ziehvater …« Sie bedeckte die Augen eine Sekunde lang mit der flachen Hand. »Georgy. Professor Georgy Anasias. Er hat an diesen Phagen geforscht, als er …« Ihre Stimme kippte übergangslos weg.

Tom wartete, bis sie sich wieder gefangen hatte. »Und Sie glauben, dass der Tod Ihres Ziehvaters und der Überfall eben zusammenhängen?«

Nina kämpfte mit den Tränen, aber sie nickte. Dann schüttelte sie den Kopf. Sie wollte etwas erwidern, als Tom aus dem Augenwinkel eine Bewegung wahrnahm und ihm kalt wurde.

»Fuck!«, stieß er hervor.

Ninas und Seiferts Köpfe ruckten herum.

Direkt vor dem Café, bei einem Fahrstuhl, war einer ihrer Verfolger aufgetaucht. Er trug jetzt keine Maske mehr, aber trotzdem erkannte Tom ihn an seiner Zweimetergestalt sofort. Der Kerl schaute sich aufmerksam um, und Tom musste kein Hellseher sein, um zu wissen, dass er sie suchte.

»Wie haben die uns ...« Nina wollte aufspringen, aber Tom packte sie am Arm und zerrte sie zurück auf den Sitz, um die Russen nicht auf sie aufmerksam zu machen. Neben dem Hünen erschien der zweite Mann aus Seiferts Wohnung – und gleich darauf auch noch der dritte, der Glatzkopf, der im Auto gewartet hatte. In der Hand hielt der Kerl schon wieder das Tablet, auf das er konzentriert starrte.

»Los, weg hier!«, sagte Tom. »Aber langsam! Auf keinen Fall rennen!« Er zog Nina auf die Füße und trieb sie und Seifert vor sich her zum Hinterausgang des McCafés. Zwischen seinen Schulterblättern begann es zu prickeln, als ihm klar wurde, dass er sich mitten in der Schusslinie befand, sollten ihre Verfolger sie entdecken.

Doch sie hatten Glück. Sie erreichten den rückwärtigen Ausgang, bevor die Russen den Laden von vorn betraten. Vorbei an ein paar Schließfächern eilten sie zwischen einem Fahrstuhl und einer Rolltreppe hindurch zum Ausgang Richtung Friedrichstraße, wo Tom stehen blieb. Der Schmerz strahlte von seiner Seite bis hinunter in sein Bein, aber er hatte keine Zeit, sich jetzt um seine Verletzung zu kümmern. »Wir müssen in eine U-Bahn«, drängte er. »Und zwar bevor die uns wiederhaben.«

Zwischen Ninas Augenbrauen war eine Falte erschienen. »Woher wussten die überhaupt, dass wir hier sind?«, fragte sie.

Es gab eine sehr plausible Antwort auf Ninas Frage. Tom dachte an das Tablet in der Hand des dritten Russen.

»Erkläre ich Ihnen gleich«, sagte er. »Aber erstmal müssen

wir so schnell wie möglich in die nächste U-Bahn und von hier verschwinden!«

Durch einen anderen Eingang führte Tom Nina und Max wieder ins Innere des Bahnhofs und dann eine Treppe hinunter zum Bahnsteig der U6 Richtung Tegel, wo ein Zug abfahrtbereit am Gleis stand.

»Einsteigen!«, befahl Tom, und Nina folgte Max in einen der Waggons. Tom war dicht hinter ihr. Direkt hinter ihm schlossen sich die Türen, und die Bahn fuhr an. Tom ging zu einer der Sitzbänke, ließ sich darauf fallen und krümmte sich.

Nina glitt neben ihm in die Bank. »Wie geht es Ihnen?«

Tom richtete sich wieder auf. Er war ein wenig blass, aber er wirkte nicht, als sei er kurz vor einer Ohnmacht. »Geht schon.«

»Sie glauben, dass die mich verwanzt haben, oder?«

»Oder Ihnen zumindest einen Peilsender verpasst, ja. Das würde erklären, wie sie uns finden konnten.«

Unwillkürlich tastete Nina die Taschen ihrer Jacke ab, aber da war nichts. Oder? Als sie allerdings in die Brusttasche fasste, ertasteten ihre Finger etwas Kleines, Hartes. Sie zog es hervor und hielt es hoch. Es war schwarz und ungefähr so groß wie der Radiergummi an einem Bleistift.

Tom nahm ihr das Ding ab.

»Das … das heißt, die haben uns nicht nur verfolgt, sondern auch …« Sie verstummte, weil Tom warnend den Kopf schüttelte.

»Wo zum Henker sind Sie da reingeraten?«, fragte er.

Sie wusste es nicht. Ihr schwirrte der Kopf. Die hatten sie verwanzt, ohne dass sie es gemerkt hatte? Was waren das denn für Geheimdienstmethoden?

Tom stand auf und ging in den nächsten Waggon. Durch den Glaseinsatz in der Tür konnte Nina sehen, wie er dort den Sender in die Ritze zwischen zwei Sitzen steckte. Als er zurückkam, grinste er, aber das spöttische Funkeln in seinen Augen konnte nicht überdecken, dass er in Alarmbereitschaft war. »Das war eine Wanze«, erläuterte er. Nina blieb die Luft weg.

»Geben Sie mir Ihre Jacke!«, verlangte er.

Sie zog das Ding aus, reichte es ihm und sah zu, wie er mit geschickten Fingern noch einmal jede Tasche und jeden Saum abtastete.

»Wann haben die das gemacht?«, flüsterte sie. Ihre Gedanken ratterten zurück zu Georgys Institut, das in hellen Flammen stand. Da? Unmöglich! Da hatte sie diese Jacke nicht getragen. Der Überfall in Max' Wohnung? Vorher? Ein Frösteln überfiel sie, als ihr ein Gedanke kam. Einer ihrer Verfolger ... er war riesig ... Der Zusammenstoß mit diesem großen, gutaussehenden Russen in der Flughafenhalle ... War das derselbe Mann gewesen? In Max' Wohnung hatte er eine Maske aufgehabt, aber eben, als er vor dem McCafé aufgetaucht war ... Da hatte sie ihn allerdings nur von hinten gesehen.

Mechanisch nahm sie ihre Jacke zurück, als Tom sie ihr reichte. Er hatte keine weitere Wanze gefunden. Sie zog die Jacke wieder an, aber das Frösteln ließ nicht nach.

Ein paar Teenager mit Basecaps starrten schon seit einer Weile in ihre Richtung, und auch ein altes Ehepaar ein paar Bänke weiter tuschelte über sie.

Tom ignorierte sie alle. »Ihnen ist eingefallen, wann die Sie verwanzt haben, oder?«

Nina starrte auf den Boden vor ihren Füßen und hatte keine Ahnung, was sie fühlte. Erleichterung? Schrecken? Wut? Sie räusperte sich. »Ein Zusammenstoß am Flughafen ...« In knappen Worten erzählte sie Tom davon.

»Klingt, als könnte es so gewesen sein. Sie haben vorhin gesagt, dass die Typen vielleicht auch Ihren Ziehvater auf dem Gewissen haben.«

»Ich weiß es nicht.« Sie musste ein paar Sekunden lang gegen den Schmerz anatmen. Dann nahm sie ihr Herz und ihre Trauer in beide Hände und erzählte Tom von Georgy und der Art und Weise, wie er gestorben war. Ihre Augen brannten, aber sie schaffte es, die Tränen zurückzuhalten. »Sie haben ihn gefoltert und dann ermordet. Und anschließend haben sie sein Institut … in die Luft gesprengt.« Die Worte fühlten sich an wie Rasierklingen, die man ihr zum Schlucken gegeben hatte.

Tom rang mit dem Mitgefühl, das Ninas Worte hervorriefen. »Und Sie sind sicher, dass all das mit diesem Buch und diesen Medikamenten zu tun hat?«

»Es sind wichtige Forschungsergebnisse, die einigen viel Geld wert sind.«

»Offenbar«, sagte er. Seit sie ihm von der Wirkungsweise dieser Phagen erzählt hatte, gingen ihm Dr. Heinemanns Worte nicht mehr aus dem Kopf.

Wenn es hart auf hart kommt, dann bleibt Ihnen vielleicht nur, nach Tiflis zu fliegen und die Phagen für Ihre Tochter herzuholen …

Wie sehr er hoffte, dass das gar nicht nötig war!

Max schien seine Gedanken lesen zu können. »Ja«, mischte er sich ein. »Die Dinger könnten Sylvie vielleicht helfen. Sieht ganz so aus, als würde das Universum es gut mit Ihnen meinen, würde ich sagen.«

Nina blickte verständnislos von einem zum anderen. »Sylvie?«

Tom nickte. »Meine Tochter. Sie leidet an einem pan-resistenten Pseudomonas-Keim. Ich war bei Dr. Seifert, weil ich gehofft habe, er könnte mir dabei helfen, alternative …«

Ihm entging nicht, dass sich Ninas Hände fester um die Ränder ihrer Tasche krampften, in der sie nicht nur das Laborjournal, sondern auch das graue Plastikkästchen mit den Ampullen verstaut hatte. »Einer der Phagencocktails meines Ziehvaters wirkt gegen Pseudomonas-Stämme«, sagte sie. Sie war auf der Hut, das sah er deutlich, und er hätte gern irgendwas getan, um ihr zu beweisen, dass sie vor ihm keine Angst haben musste. Seiferts Worte sandten ein Hochenergiekribbeln durch seinen ganzen Körper. *Sieht ganz so aus, als würde das Universum es gut mit Ihnen meinen …*

»Okay«, murmelte er. »Okay. Aber kümmern wir uns zuerst um diese Mistkerle.«

Der Zug hielt an der Station Wedding. Das alte Ehepaar stand auf und stieg aus. Nina blickte ihnen nach, wie sie Hand in Hand die Treppe hochstiegen. Die Waggontüren schlossen sich, und die Bahn fuhr wieder an. Nina zog die Tasche noch fester an sich.

»Was genau schlagen Sie vor?«

»Wir lassen den Sender hier in der Bahn und geben den Typen damit eine nette Nuss zu knacken. Inzwischen informieren wir die Bul… die Polizei, und anschließend gehen wir irgendwohin, wo die Russen uns nicht finden können. Aber vor beidem müssen wir unbedingt erst noch was anderes machen.«

8

Die nächste Station war Leopoldplatz. Hier scheuchte Tom Nina und Seifert aus der Bahn und zu einer der Toiletten, die an dieser Station noch nicht hinter einer Bezahlschranke einer internationalen Sanitärfirma lagen, sondern wie in den guten alten Zeiten hinter einer schlichten Metalltür in einem versifften Gang. Zwischen den Türen mit den Symbolen für Männer und Frauen stand ein Campingtisch mit einem Untersetzer für Münzen. Der Stuhl daneben war verwaist, was Toms Vorhaben zugutekam.

Ohne Umschweife begleitete er Nina in die Damentoilette und vergewisserte sich, dass sie leer war. Dann deutete er auf die vordere der Toilettenkabinen. »Gehen Sie da rein«, bat er, baute sich vor dem Eingang auf und blockierte ihn, sodass niemand hereinkommen konnte. »Ziehen Sie sich Stück für Stück aus, und reichen Sie mir die Sachen über die Abtrennung.«

»Alle?« Eine leichte Röte überzog Ninas Gesicht.

Er war nicht sicher, ob es wirklich nötig war, sie bis auf die Unterwäsche zu filzen, aber sie hatten keine Ahnung, was für Mittel ihre Verfolger hatten. Und auf keinen Fall wollte er ein Risiko eingehen und die Russen demnächst wieder am Hals haben. »Die Kerle sind mit modernsten Mitteln ausgestattet, und Sie haben gesehen, wie klein die Wanze war, die man Ihnen in die Tasche geschoben hat! So ein Ding kann man überall verstecken. Auch in der Spitze Ihres BHs.«

»Meine BHs haben keine …« Verlegen schluckte Nina den Rest des Satzes hinunter.

Trotz ihrer verfahrenen Lage musste Tom lächeln. »Machen Sie einfach! Ich verspreche auch, meine Fantasie im Zaum zu halten.«

»Klar.« Sie schnaubte spöttisch, aber dann tat sie, was er verlangte. Sie begann mit ihren Schuhen, braunen Ankle-Boots, die im Gegensatz zu seinen eigenen Dingern neu und vor allem teuer aussahen. Er untersuchte sie sorgfältig und gab sie ihr zurück. Das gleiche Spiel wiederholte sich mit ihrer Jeans, ihrem Shirt, ihrem Top. Obwohl er versprochen hatte, seine Fantasie zu zügeln, war er sich natürlich der Tatsache, dass sie nur noch in BH und Höschen kaum eine Armeslänge von ihm entfernt stand, überaus bewusst. Er fragte sich, was für eine Figur sie wohl hatte. Schlank war sie, aber war sie in Form oder eher mager? Und ob sie irgendwo tätowiert war?

Isabelle hatte einen kleinen Schmetterling am linken Knöchel und den winzigen Schriftzug *Sylvie* direkt über ihrem Herzen. Es half ein bisschen, sich auf seine Noch-Ehefrau zu konzentrieren, um die Regungen seines Körpers unter Kontrolle zu behalten.

»BH und Höschen?«, fragte er.

Durch die Abtrennung konnte er sie schnaufen hören. »Und wenn die Welt in einer Zombieapokalypse untergeht, ich werde Ihnen nicht meine Unterwäsche zeigen!«

Er unterdrückte ein Schmunzeln. »Ziehen Sie die Sachen aus und tasten Sie sie Zentimeter für Zentimeter ab. Wenn da eine weitere Wanze ist, können Sie sie so fühlen.«

Während sie das tat und er die Vorstellung von ihrem nackten Körper gewaltsam aus seinem Kopf vertrieb, fragte sie: »Woher können Sie solche Sachen? Ich meine, vor bewaffneten Verfolgern flüchten lernt man ja wohl kaum auf der Uni.«

Nein, aber als Jugendlicher im Straßenkampf. Und manchmal auch in den hintersten Winkeln dieser Welt, wenn man wieder mal zu leichtsinnig in das falsche Viertel marschiert ist. »Ich war nie auf einer Uni«, erwiderte er. »Aber dafür bin ich ein bisschen in der Weltgeschichte rumgekommen.«

»Aha. Was machen Sie beruflich?« Es war deutlich, dass sie ihn ablenken wollte.

»Ich bin Foodhunter.«

»Was ist das denn?«

»Ich reise im Auftrag von Restaurants oder Köchen in der Welt rum und suche nach neuen, ungewöhnlichen Lebensmitteln. In Erde fermentierter Seeteufel zum Beispiel oder bisher unbekannte Wildgrasarten aus Südamerika.«

»Klingt spannend«, sagte sie.

»Ist es manchmal. Den Rest der Zeit tue ich etwas Ähnliches wie Sie: Ich schreibe Reiseartikel, allerdings nur selten für Zeitungen und Magazine, eher für einen Blog, den ich führe.«

»Kann man davon leben?«

»Vom Schreiben? Nein. Als Foodhunter? Einigermaßen.«

Sie klopfte leicht gegen die Innenseite der Toilettenwand. »Okay. Die Unterwäsche ist sauber – ich meine: keine Wanzen.«

Er lachte über die Doppeldeutigkeit, und Nina lachte mit.

Unter der Abtrennung hindurch sah er, dass sie anfing, sich wieder anzuziehen. Sie schlüpfte in ihre Unterwäsche, dann in die Jeans. Als Letztes zerrte sie das Shirt vom Rand der Abtrennung, wo er es ihr hingelegt hatte, und zog auch das wieder an. Auf Nylons kam sie aus der Kabine und schlüpfte vor seinen Augen in ihre Stiefel.

»Darf ich?«

Als sie zögerlich bejahte, kontrollierte Tom ihre Tasche und sicherheitshalber auch ihre Lederjacke noch einmal. Keine weiteren Wanzen. Vielleicht hatten sie die Russen überschätzt. »Die haben Sie vermutlich im Vorbeigehen verwanzt«, sagte er und reichte ihr die Tasche zurück.

Erleichtert drückte sie sie an sich. »Wie gesagt: Ein Mann hat mich angerempelt, als ich meinen Koffer vom Transportband am Flieger geholt habe.« Sie schlug sich mit der flachen Hand vor die Stirn. »Mein Koffer!«

»Was ist damit?«

»Er steht noch bei Max im Flur.«

»Den holen wir später«, versprach Tom. »Jetzt müssen wir erstmal zusehen, dass wir abtauchen.«

Nina stellte die Tasche auf das Waschbecken vor sich und warf einen prüfenden Blick in den schmutzigen Spiegel. Mein Gott, sah sie fertig aus! Ihre kurzen blonden Haare standen ihr wirr vom Kopf ab, ihr Gesicht war blass, ihre Augen glitzerten noch von der überstandenen Angst, und ein bisschen von ihrer schwarzen Mascara hatte sich unter ihren Augen verteilt.

»Eine Million für eine Dusche!« Sie drückte auf den Seifenspender und wusch sich gründlich die Hände. Mit nassen Fingern rieb sie erst die schwarzen Schlieren unter den Augen fort und versuchte dann, ihre Haare in eine wenigstens einigermaßen passable Frisur zurückzuverwandeln. Ein paar Strähnen allerdings blieben widerspenstig.

Im Spiegel begegnete sie Toms Blick. Er stand noch immer an der Tür, hatte sich aber mittlerweile mit dem Rücken dagegengelehnt und die Arme vor der Brust verschränkt. Das Deckenlicht brach sich in seinem goldenen Ehering.

Konnte sie ihm trauen? Sie dachte an die Dinge, die er ihr erzählt hatte. Foodhunting. Das hatte sie noch nie gehört, aber nach dem, was er gesagt hatte, war er viel in der Welt herumgekommen. Bestimmt hatte er Länder gesehen, die sie nur vom Namen her kannte. Und möglicherweise war der Job auch nicht ganz ungefährlich. Sie schauderte unwillkürlich, als sie daran dachte, wie schnell er den Peilsender in ihrer Jacke entdeckt hatte. Und dann war da noch diese Sache mit seiner Tochter, stimmte die oder diente die Geschichte nur dazu, sie in eine Falle zu locken?

Sie hielt seinem Blick im Spiegel stand. Sie sah Gespenster, schalt sie sich. Wenn er zu den Russen gehörte, was ihr ziem-

lich unwahrscheinlich vorkam angesichts der Tatsache, dass einer von denen auf ihn geschossen und ihn sogar verletzt hatte …
wenn er also hinter dem Laborjournal und den Phagen her wäre, dann hätte er sie ihr doch längst wegnehmen und damit verschwinden können. Stattdessen war er hier und half ihr, nach Wanzen zu suchen.

Ihr wurde bewusst, dass der Wasserhahn noch lief, und mit einer energischen Bewegung drehte sie ihn zu. »Wie geht es jetzt weiter?«

»Wie gesagt, wir sollten zur Polizei …«

Jemand versuchte, die Tür aufzustoßen, aber sie ging nur wenige Millimeter auf und wurde dann von Toms Stiefelsohle gestoppt. »Was soll das?«, erklang eine weibliche Stimme von draußen.

»Besetzt!«, schnitt Tom ihr das Wort ab, und er warf Nina einen amüsierten Blick zu, als die Frau vor der Tür mit einem empörten »Scheiß Transgendertypen!« abzog.

Nina musste lächeln, und es fühlte sich paradox an, dass sie sich in Toms Gegenwart für einen kurzen Moment völlig sicher fühlte, obwohl sie ihm eben noch misstraut hatte. Sie musterte ihn mit seiner abgenutzten Lederjacke, der Jeans und den ausgetretenen Boots. Es fiel ihr schwer, ihn sich hinter dem Schreibtisch vorzustellen, wo er seine Blogeinträge schrieb. »Danke«, sagte sie.

»Wofür?«

»Dafür, dass Sie Max und mich gerettet haben. Und dafür, dass Sie mir helfen.« Es freute sie, dass er lächeln musste. Es stand ihm gut. Besser jedenfalls als dieser gequälte Ausdruck in seinen Augen, wenn er von seiner Tochter sprach.

Jemand klopfte an die Toilettentür. »Was machen Sie dadrinnen?« Eine andere Stimme als eben. Die Toilettenfrau, vermutete Nina. »Warum ist die Tür blockiert?«

Bevor Tom etwas sagen konnte, griff sie selbst ein. »Ich bin gleich fertig«, rief sie. »Ich musste mich vor dem Spiegel kurz ausziehen, darum habe ich die Tür verkeilt.«

Tom zog bei der Flunkerei leicht die Augenbraue hoch, nickte aber anerkennend.

Die Toilettenfrau murmelte etwas Unverständliches, gab sich vorerst allerdings zufrieden.

»Fertig!«, sagte Nina.

Tom wandte sich um, wollte nach der Türklinke greifen und krümmte sich mit einem Ächzen zusammen.

Sie schaute ihn besorgt an. »Alles okay?«

»Es ist nichts.« Seine Hand lag auf der Seite, wo der Schuss ihn getroffen hatte.

»Sie sind doch schlimmer verletzt, als Sie gesagt haben, oder?«

»Ich ...«

»Lassen Sie mich mal sehen!«, forderte Nina ihn auf. Sie streckte die Hand nach ihm aus, versuchte, sein Hemd anzuheben, aber er wehrte ab. »Nicht nötig!«

Sekundenlang starrte sie ihn an. »Wenn Sie jetzt sagen, das ist nur ein Kratzer, dann kriegen Sie meine Faust aufs Auge!«

Er grinste. Zusammen mit dem Schmerz in seinem Blick ließ es ihn verflixt verwegen aussehen.

Wieder klopfte es an der Tür, und jemand versuchte, reinzukommen. Ohne den Blick von Ninas Gesicht zu lassen, hinderte Tom ihn daran, indem er die Tür zuhielt.

Nina wurde unangenehm warm.

»Jetzt machen Se aber endlich mal hin!«, beschwerte sich die Toilettenfrau.

»Sie können mich bald ausgiebig verarzten, versprochen.« Er gab die Tür frei und ließ Nina den Vortritt. Die Gesichtszüge der Toilettenfrau entgleisten, als sie Tom direkt hinter ihr aus der Toilette kommen sah. Man musste nicht besonders viel Fantasie haben, um zu wissen, was sie dachte.

Mit hochrotem Kopf nickte Nina ihr zu, und es ärgerte sie maßlos, dass Tom leise auflachte.

Voss war von ihrem Ausflug in das Altersheim zurück und las sich durch ein paar Informationen zum Thema Bioterror, als es ein wenig schüchtern an ihrer Tür klopfte.

»Herein!«, sagte sie.

Die Tür wurde geöffnet und einer der jungen Polizeikommissaranwärter stand im Rahmen. Es war ein schlaksiger Kerl mit einer halben Tonne dunkelblonder Locken auf dem Kopf und einem Gesicht, in dem noch Idealismus und Eifer glühten.

»Ähm, Frau Voss?« Da er sich in seiner eigenen Behörde befand, hatte er seine Mütze nicht auf, aber er machte auf Voss den Eindruck, dass er sie nervös geknetet hätte, hätte er sie zur Hand gehabt.

»Ja?« Sie machte eine einladende Kopfbewegung. »Kommen Sie ruhig rein. Ich beiße nicht, egal, was die Kollegen Ihnen über mich erzählt haben.« Sie grinste, aber der Scherz perlte an ihm ab wie an einer nagelneuen Teflonbeschichtung.

Er trat einen Schritt näher. »Natürlich. Ich …«

Sie kniff die Augen zusammen, um das Namensschild an seinem Revers entziffern zu können. L. Lau. Stimmt. Lukas, so hieß dieser Grünschnabel. Lukas Lau.

Als Tannhäuser die neuen Anwärter vor ein paar Monaten vorgestellt hatte, hatte sie gedacht, dass sein Name klang, als würde er direkt aus Entenhausen stammen.

Jetzt lächelte sie Lau an. »Was kann ich für Sie tun?«

»Na ja, ich dachte mir … ähm. Die Vorschriften besagen doch, dass Ermittlungen nicht von einem Beamten oder einer Beamtin allein ausgeführt werden dürfen. Mir ist aufgefallen, dass Sie aber die ganze Zeit allein ermitteln.«

Voss lehnte sich auf ihrem Stuhl zurück. »Und?« Was wurde das hier? Eine Warnung, dass er eine Dienstaufsichtsbeschwerde einreichen wollte? Dann war er bei ihr an der falschen Stelle, denn nicht sie hatte es zu verantworten, dass sie meistens allein ermittelte, sondern Tannhäuser. Mithin die ganzen elenden Sparmaßnahmen in der Hauptstadt.

Ein paar dunkelrote Flecken erschienen in Laus Gesicht. »Ich dachte mir, Sie könnten vielleicht Hilfe gebrauchen, und da habe ich ... ähm ... Kriminaloberrat Tannhäuser gefragt, ob es ... ähm, eventuell möglich ist, Ihnen als Anwärter zugeteilt zu werden.«

»Und was hat Kriminaloberrat Tannhäuser zu Ihrem Vorschlag gesagt?«

»Er meinte, ich soll Sie fragen.«

Kluger Mann!, dachte Voss und unterdrückte ein Grinsen. Tannhäuser und sie kannten sich zu lange, als dass er ihr einfach einen Hosenscheißer wie Lau ungefragt zur Seite gestellt hätte.

»Ich brauche keine Hilfe bei diesem Fall«, sagte sie. »Wir wissen ja noch nicht einmal, ob es überhaupt ein Fall ist.«

»Ich weiß.« Mit diesem Einwand schien er gerechnet zu haben. Er hob den Blick und schaute ihr zum ersten Mal direkt ins Gesicht. »Aber ich dachte mir, es wäre gut, wenn ich mich schon ein bisschen einarbeite – für den Fall, dass dieser Prometheus ernst macht.« Er lächelte verlegen. »Und wir schnell reagieren müssen.«

Er hatte hübsche graugrüne Augen mit langen, verblüffend dunklen Wimpern. *Wie Bambi*, schoss es ihr durch den Kopf.

»Sie sind auf ein bisschen Action aus«, sagte sie ihm auf den Kopf zu.

Seine Wangen glühten noch roter.

»Ich glaube, dass Prometheus dabei ist, seine Messer zu wetzen«, hörte sie sich sagen.

Er nickte. »Das glaube ich auch.«

»Aha. Und wieso?«

»Na ja. Wer macht einen solchen Aufwand? Erst die ganzen Zettel in den Altersheimen. Jetzt diese Flyer ...«

»Was für Flyer?«

Er grinste, und sie ahnte, dass er glaubte, sie in der Tasche zu haben. Sie beschloss, ihn ein bisschen zappeln zu lassen. »Was für Flyer?«, wiederholte sie.

»Eben habe ich mit einem … ähm … Kollegen vom Streifendienst telefoniert. Er hat erzählt, dass jemand im Bahnhof Friedrichstraße tonnenweise Flyer verteilt hat, auf denen dieser Kupferstich abgebildet ist.« Er nestelte sein Handy hervor, rief irgendeine App auf und drehte das Ding so, dass sie draufschauen konnte. Das Display zeigte den Kupferstich und denselben Spruch wie in dem Internetvideo.

Ihr werdet lernen, mich zu fürchten.

Allerdings hatten sie es hier nicht mit einem ausgedruckten Blatt zu tun wie bisher, sondern mit einem vermutlich über irgendeinen Onlinedienst gedruckten Pamphlet im Lang-DIN-Format.

Voss starrte es sekundenlang an. Dann reichte sie Lau sein Handy zurück. »Wenn Sie mit mir arbeiten wollen«, sagte sie so kühl wie möglich, »dann lügen Sie mich nie wieder an!«

Er zuckte zusammen, und die Haut rings um die roten Flecken auf seinen Wangen wurde blass. »Ich … ähm … lügen?«

»Sie haben behauptet, ein Kollege hat Ihnen von den Flyern erzählt. Aber Sie haben geschluckt, als Sie das sagten. Und das Foto«, sie wies auf das Handy, »hat Ihnen eine gewisse Mona geschickt. Ist das Ihre Freundin? Ihre Schwester? Auf jeden Fall jemand, der weiß, dass Sie liebend gern in diesem Fall mit mir ermitteln würden. Liege ich richtig?«

Erneut schluckte er, und dann tat er das einzig Richtige. Er nickte. »Ich weiß schon, warum ich unbedingt mit Ihnen arbeiten will.«

Sie konnte ein zufriedenes Lächeln nicht unterdrücken. »Also gut. Wenn Sie in der Lage sind, meine Launen auszuhalten, soll es mir recht sein. Sagen Sie das Tannhäus… ich meine natürlich *Kriminaloberrat* Tannhäuser.«

»Das … ähm … mache ich.« Ein Strahlen brach durch Laus Maske der bemühten Professionalität, und es kam Voss fast rührend vor.

Bambi, dachte sie erneut. »Aber, Lau«, grummelte sie. »Eine Regel gilt von jetzt an.«

»Natürlich. Welche?«

»Wenn Sie nochmal *ähm* sagen, trete ich Ihnen in den Arsch!«

»Ä…« Er klappte den Mund gerade noch rechtzeitig zu. »Natürlich, Frau Voss«, murmelte er.

Nach dem peinlichen und seltsam intensiven Intermezzo auf der Toilette fuhren sie alle drei zur Polizeistation in der Oudenarder Straße und erstatteten Anzeige, aber das Ganze erwies sich als verblüffend unbefriedigend. Als Tom zusammen mit Nina und Seifert dem diensthabenden Beamten von dem Überfall auf Seiferts Büro berichtete und davon, dass dieser Überfall vielleicht in Zusammenhang stand mit einem Mordfall in Tiflis, nahm der Mann ihre Anzeige zwar auf und trug auch überaus sorgfältig ihre drei Namen und Kontaktdaten in sein Onlineformular ein. Darüber hinaus allerdings hielt sich sein Arbeitseifer in Grenzen. Abgesehen davon, dass der Beamte ihnen versicherte, dass sich jemand bei ihnen melden und die Polizei der Sache weiter nachgehen würde, passierte nichts.

»Klassisch«, sagte Tom, nachdem sie wieder auf der Straße standen.

»Was meinen Sie?«

»Na, dieses Gefühl von Kontrollverlust. Die dadrinnen haben jetzt unsere Daten in ihrem System, aber wir haben keinen Einfluss mehr darauf, wie es von nun an weitergeht.«

Nina musterte ihn einen Moment lang, bevor sie ihm auf den Kopf zusagte: »Sie haben nicht die besten Erfahrungen mit der Polizei gemacht, oder?«

Er wollte grinsen, aber es misslang. Damit sie ihn nicht für einen Kriminellen hielt, beschloss er, ihr einen eigentlich gut verborgenen Teil seiner Jugendzeit zu enthüllen. »Antifa-Vergangenheit. Ist allerdings schon 'ne ganze Weile her. Mittlerweile bin ich seriös geworden.«

Nina schürzte die Lippen. »Verstehe.« Er hatte Sorge gehabt, dass sie die Antifa-Sache missbilligen würde, aber sie sah eher aus, als zweifele sie seinen Sinneswandel an.

Toms bester Freund hatte sich in all den Jahren, die er schon in Deutschland lebte, noch immer nicht daran gewöhnt, dass man hier erst den Vor- und dann den Nachnamen schrieb. *Wang Bo* stand mit filigranen Buchstaben in schwarzer Tinte auf dem Türschild, obwohl Wang sein Nach- und Bo der Vorname war. Das Tastenfeld neben dem Schild glänzte silbern und blitzsauber. Tom tippte die sechsstellige Zahlenkombination ein, die Bo ihm vor ein paar Monaten genannt hatte. *Für Notfälle*, hatte er gesagt. Tom war sich relativ sicher, dass er dabei nicht an Situationen wie diese gedacht hatte. Bo war unfähig, sich vorzustellen, dass ein Mann es mit nur einer Frau aushalten konnte.

Das kleine Lämpchen neben der Tastatur blieb rot. Irritiert gab Tom die Zahlen noch einmal ein. Hatte er sich vertippt?

Hatte er nicht. Offenbar hatte Bo die Kombination geändert und vergessen, es ihm zu sagen. *Shit!* In der Hoffnung, dass es etwas nützen würde, drückte Tom auf den Klingelknopf.

Die Kamera über der Tür glotzte ihn mit blankem Auge an. Während er wartete, fiel sein Blick auf Seifert, der sein Handy am Ohr hatte und schon wieder telefonierte, diesmal allerdings offenbar nicht mit seiner Assistentin, sondern mit einem Mann, den er überaus höflich, fast unterwürfig ansprach. So genau wie möglich setzte er ihn über die Ereignisse der letzten Stunde in Kenntnis. Tom war sich nicht sicher, ob das eine gute Idee war. Um sich von seinem unguten Gefühl abzulenken, ließ er seinen Blick die ruhige, vorortartige Straße entlangschweifen. Von ihren Verfolgern keine Spur, trotzdem ließ seine Unruhe nicht nach.

Die Russen können nicht wissen, dass du hier bist!, sagte er sich, aber es kostete Energie, es auch zu glauben. Sein Unterbewusstsein war in diesem Alarmmodus, in dem es den Feind dämonisierte.

Ninas und Seiferts Blicke ruhten auf ihm.

Seine Seite schmerzte.

»Tom?«, drang endlich Bos Stimme aus der Gegensprechanlage. Gleichzeitig sprang ein kleiner Monitor neben dem Tastenfeld an, auf dem nun Bos Gesicht erschien. »Hey, Alter! Wie geht's?«

Tom warf einen letzten Blick in beide Richtungen, dann konzentrierte er sich auf seinen Freund, der sich den Geräuschen nach zu urteilen in einem Zug befand. Bos Stimme war überlagert von dem eintönigen Rattern von Zugrädern, die über unebene Schienen holperten. »Hast du deinen Türcode geändert?«, fragte Tom statt einer Begrüßung.

Bo schaute betreten. »Stimmt. Ja. Hatte neulich ein paar Probleme mit einer allzu anhänglichen Lady, die meinte, in mir den perfekten Ehemann gefunden zu haben. Sorry, hab vergessen, es dir zu sagen.«

Tom unterdrückte das klebrige Gefühl, das ihn so oft überkam, wenn Bo von seinen Frauengeschichten erzählte. »Kein Problem. Lässt du mich trotzdem rein? Ich brauche die Wohnung vermutlich für ein paar Tage als Rückzugsort.«

»Oha. Ärger mit Isabelle?«

Ja, dachte Tom. *Aber schon länger.* Er beschloss, diese willkommene Erklärung zu nutzen. »Leider.« Er grinste. »Wäre übrigens gut, wenn du den Schlüssel, den ich dir gegeben habe, in der nächsten Zeit nicht benutzt. Ich wohne für 'ne Weile nicht mehr zu Hause.« Er warf einen Seitenblick auf Nina, die mit ausdrucksloser Miene zuhörte.

»Geht klar. Hey, das renkt sich bestimmt wieder ein. Ihr beide seid doch das perfekte Traumpaar.« Bo grinste. »Ich schicke dir gleich den neuen Türcode. Dann bleibst du so lange, wie du musst.«

»Danke.« Hinter Bo fingen mehrere Menschen an, lautstark miteinander zu diskutieren. Tom hatte die Sprache, die sie benutzten, noch nie zuvor gehört. »Wo treibst du dich gerade rum?«

Bo warf einen Blick über die Schulter. Kurz wackelte sein Handy und zeigte einen ziemlich vollen Zug mit altmodischen Sitzpolstern und Menschen, die ostasiatisch aussahen. »Auf dem Weg nach Dschengisch«, erklärte Bo.

»Wo ist das denn?«

»Östlichstes Kasachstan. Ich bin mit einem Kamerateam von *National Geographic* unterwegs.«

»Cool!«

»Warte einen Augenblick.« Der Bildschirm wurde dunkel, es sah aus, als habe Bo das Handy auf dem Oberschenkel abgelegt. Toms Handy piepste und zeigte an, dass er eine Nachricht erhalten hatte. Gleich darauf war Bo wieder zu sehen. »Das ist der Türcode. Ich fürchte, der Kühlschrank ist leer, weil ich für mehrere Wochen unterwegs bin. Aber im Vorratsschrank dürften ein paar Lebensmittel sein, die ihr nutzen könnt.«

Ihr?, fragte sich Tom. Dann erst wurde ihm bewusst, dass Nina dicht genug hinter ihm stand, sodass Bo sie sehen konnte. »Ich schulde dir was«, sagte er.

»Spinn nicht rum!« Bo grinste breit. »Wechselt einfach die Bettwäsche, wenn ihr abhaut.«

Nina glaubte, ihren Ohren nicht zu trauen, als sie Zeugin dieses Wortwechsels wurde.

Das war ja wohl das Allerletzte!

Sie funkelte Tom an, aber bevor ihr einfiel, was sie ihm an den Kopf knallen konnte, eskalierte der Streit hinter Bo. Jemand schlug so heftig gegen seine Rückenlehne, dass sein Kopf nach vorne geschleudert wurde. »Ich muss jetzt aufhören. Alles Gute für dich und …« Er verschluckte den Rest.

Tom nickte. »Danke. Bis bald.«

Immerhin war er rot geworden, dachte Nina. Der Anblick versöhnte sie ein wenig. Und als er auflegte und es danach vor Verlegenheit sogar vermied, ihr in die Augen zu sehen, starrte sie auf den Ring an seinem Finger. Er und seine Frau hatten Probleme, hatte er gesagt … Sie hatte den Mund schon auf, um ihm eine spitze Bemerkung um die Ohren zu hauen, aber er kam ihr zuvor.

»Wenn Sie auch nur einen Mucks dazu sagen«, warnte er, »dann erzähle ich Dr. Seifert, wie Sie die Klofrau schockiert haben!«

Zu ihrem eigenen Ärger wurde nun auch sie rot. »Ihr Freund arbeitet für National Geographic?«, fragte sie und hätte sich selbst ohrfeigen können für den unbeholfenen Themenwechsel.

Tom jedoch nickte einfach. Er schien sich jetzt wieder gefangen zu haben. Der Türcode gab die Eingangstür frei, und Tom ließ Nina den Vortritt. »Bo ist freier Journalist, wie Sie.«

Bevor sie eintrat, blickte sie kurz an dem freistehenden Einfamilienhaus in die Höhe, dann in den Eingangsbereich, der mit schwarzem Marmor gefliest war. »Er scheint um einiges besser zu verdienen als ich«, konstatierte sie. Die Einrichtung bestand aus Chrom und Glas, und allein die Wohnzimmergarnitur hatte so viel gekostet, wie Tom in manchem Jahr verdient hatte.

Seifert, der Bos Wohnung als Letzter betrat, pfiff leise durch die Zähne. »Ich glaube, ich habe den falschen Beruf.«

Tom schloss die Haustür und zog seine Lederjacke aus. »Das Haus stammt aus einer glücklichen Scheidung. Bo war ungefähr ein halbes Jahr lang mit einem Model verheiratet, bevor sie ihn mit einem Kollegen betrogen hat.«

»Aha.« Ninas Röntgenblick lag auf ihm, und er hätte gern gewusst, was sie dachte. Sie hatte natürlich mitbekommen, dass Bo von Isabelle geredet hatte. Aber warum kümmerte ihn das eigentlich? Die Umstände hatten ihn und Nina zusammengeführt, und sie war vielleicht der Schlüssel zu Sylvies Rettung. Kein Wunder also, dass sie ihn auf gewisse Weise interessierte.

Er ging voran durch den Wohnbereich in Bos offene Designerküche. Die Arbeitsplatte aus Naturstein war fast leer, nur eine Metallschale mit einem Granatapfel und einem schrumpeligen Stück Ingwer stand darauf – und zwei Flaschen ziemlich teuren Rotweins. Wenn es etwas gab, das sein Freund immer im Haus hatte, dann war es Alkohol. Tom holte tief Luft, als ihm bewusst wurde, dass seine Hand schon wieder schützend auf seiner verletzten Seite lag.

»Wo ist das Badezimmer?«, erkundigte Nina sich.

Er zeigte ihr den Weg in den rückwärtigen Teil des Hauses. Aber statt dorthin zu verschwinden, packte sie ihn am Oberarm, drehte ihn in die entsprechende Richtung und kommandierte: »Los!«

Im ersten Moment wollte er sich wehren, ließ es dann aber bleiben. Gegen Ninas Willen wäre er im Leben nicht angekommen. Er ließ sich von ihr in das ganz in Schwarz gehaltene und extrem protzig aussehende Bad führen.

»Schick!«, kommentierte sie trocken.

»Echt?« Unschlüssig, was nun passieren würde, blieb Tom mitten im Raum stehen. Seine Füße versanken bis zu den Knöcheln in einem schwarzen Badewannenvorleger. Die Luft roch wie in einem teuren Spa nach einer Mischung aus Lilien und Zimt.

»Natürlich nicht«, murmelte Nina und schoss einen Blick auf ihn ab, der ihm beinahe die Augenbrauen versengte. »Wo ist die Hausapotheke?«

»Keine Ahnung. Dadrin vielleicht.« Er deutete auf einen der

schmalen Schränke. Nina öffnete ihn und kramte in einer ganzen Batterie von Medikamenten herum, bis sie gefunden hatte, was sie suchte. Mit einer Flasche Wunddesinfektion und mehreren Päckchen Wundauflagen wandte sie sich zu Tom um. »Ihr Freund ist gut ausgestattet.« Sie legte alles auf die Ablagefläche neben dem Waschbecken.

Tom zuckte die Achsel. »Er ist viel unterwegs, und manchmal geht es da, wo er arbeitet, ziemlich rau zu.«

»Hat man gesehen, ja.« Mit dem Kinn deutete sie auf Toms Körpermitte. »Lassen Sie mich sehen!«, befahl sie.

Er war angespannt genug, um auf ihren forschen Tonfall mit einem blöden Scherz zu reagieren. »Sie gehen ganz schön ran, Frau Doktor.«

Statt darauf etwas zu erwidern, sah sie ihn nur finster an, und schlagartig kam er sich albern vor. Seufzend hob er sein Hemd. »Ist wohl nur gerecht, nachdem Sie sich vorhin vor mir ganz ausgezogen haben.«

Sie schaute mit einem Blick zu ihm auf, in dem mindestens genauso viel Verlegenheit wie Spott lag. »Träumen Sie weiter!« Sie zog sein Hemd hoch und bekam große Augen, als sie das Toilettenpapier sah, das er um seinen Leib gewickelt hatte. »Das ist nicht Ihr Ernst!« Entsetzt starrte sie ihn an. »Sie haben die Wunde nicht mit Toilettenpapier versorgt!«

»Sauberes Verbandsmaterial war gerade nicht im Angebot.«

»Wissen Sie eigentlich, wie viele Keime sich in öffentlichen Toiletten befinden? Ein Spülgang schleudert mal locker 600.000 Bakterien durch die Luft, und die landen auch auf dem Toilettenpapier. Kolibakterien, Salmonellen, Hepatitisviren …« Ruppig riss sie den Toilettenpapierwickel durch. Ein Teil davon klebte an seiner Seite fest, und Tom zog Luft durch die Zähne, als sie es von seiner Haut zupfte.

»Seien Sie doch nicht so rabiat!«

»Und stellen Sie sich nicht an wie ein kleines Mädchen, Sie

Held!« Sie nahm eine Pinzette aus dem Schrank und löste auch die letzten Reste des Papiers von seiner Wunde.

»Das ist nur ein Streifschuss«, sagte er.

»Es ist tief genug, um sich zu infizieren.«

Sie roch gut, stellte er fest, und ihm wurde warm, als sie zu dem Desinfektionsmittel in Bos Schrank griff. »Sie hatten großes Glück. Die Kugel hat Sie wirklich nur gestreift. Mit der entsprechenden Versorgung sollte das in ein paar Tagen verheilt sein.«

Tom nickte. Der großzügig bemessene Sprühstoß aus der Desinfektionsmittelflasche, den sie ihm verpasste, jagte glühend heißen Schmerz durch seinen Körper. Ein Teil von ihm war froh darüber. Der Schmerz sorgte wenigstens dafür, dass sich bestimmte Teile von ihm nicht auf überaus peinliche Weise regten.

Nina sah, wie Toms Lippen blass wurden, als sie seine Wunde desinfizierte. Im Großen und Ganzen hielt er sich aber recht tapfer für einen Mann, dachte sie, während sie einen Verband um seinen Bauch wickelte. Um zu verdrängen, wie nah sie ihm dabei kam, zwang sie sich, an die Frauen zu denken, mit denen er offenbar früher schon in diese Wohnung gekommen war.

Ob seine Probleme mit dieser Isabelle daher kamen? *Was geht es dich an?* Mit einem verlegenen Räuspern verknotete sie die Enden des Verbandes, dann stellte sie die Desinfektionsmittelflasche zurück in den Schrank. »So. Fertig.«

»Danke.« Er ließ sein Hemd wieder über den Gürtel fallen. Die ringförmige Deckenleuchte spiegelte sich in seinen Augen und brachte deren Blau zum Strahlen.

»Kein Thema.« Sie atmete durch. »Wollen wir jetzt …« Ihre Stimme brach, und in der ersten Sekunde begriff sie nicht, was mit ihr geschah. Eine Art Schwindelgefühl erfasste sie, wieder fingen ihre Hände an zu zittern. Rasch wandte sie sich ab, um es vor Tom zu verbergen, doch sie war nicht schnell genug.

»Alles okay?«, fragte er, und als sie nicht antwortete, berührte er sie behutsam an der Schulter. Es war diese zögerliche Empfindung der Wärme seiner Haut, die den Damm brechen ließ. Auf einmal krachte alles, was passiert war, wie eine riesige Ladung eiskaltes Wasser auf sie nieder. Raubte ihr den Atem. Brachte ihr Herz zum Rasen.

Mühsam versuchte sie, Luft zu bekommen. Ein sonderbarer Laut entrang sich ihrer Kehle. Ein Wimmern. Gleichzeitig drohten ihre Beine unter ihr nachzugeben.

Tom fing sie auf. »Ganz ruhig!«, sagte er, während er die Arme um sie schlang und sie an seine Brust zog, als sei es das Selbstverständlichste der Welt. »Keine Angst, das sind nur die Nachwirkungen Ihres Schocks.« Mit diesen Worten hielt er sie umfangen, sodass sie sich an ihn lehnen und sich ganz darauf konzentrieren konnte, gegen die Enge in ihrer Brust anzuatmen. Schwach ging von ihm noch der Geruch des holzigen Aftershaves aus, das er heute Morgen benutzt hatte, und sie sog ihn ein, so tief sie konnte. »Geht gleich ...«

»Lassen Sie sich Zeit«, murmelte er in ihr Haar. Sein Atem strich über ihren Scheitel.

Sie schloss die Augen, überließ sich den Bildern, die durch ihren Geist taumelten ... die schwarze Mündung einer Pistole, das laute Krachen des Schusses in Max' Hausflur, der Anblick und der Geruch von Georgys Blut, die Explosion im Institut ... Ein Schluchzen wollte in ihr aufsteigen. Mit zusammengebissenen Zähnen kämpfte sie dagegen an, und Toms Hände strichen ihr dabei über den Rücken. Wieder und wieder. Bis sie sich berappelt hatte und aus seiner Umarmung freimachte. Mit beiden Händen wischte sie sich über ihre Wangen. Wie peinlich! Sie hatte nicht einmal gemerkt, dass sie die ganze Zeit wie ein Schlosshund geheult hatte.

»Ich habe Ihr Hemd ganz nass ...« Sie wich seinem Blick aus, war dankbar, als er auflachte.

»Völlig egal!« Er ging leicht in die Knie, um ihr von unten ins Gesicht blicken zu können. »Geht es wieder?«

Plötzlich war ihr seine Nähe unangenehm. Sie straffte die Schultern. »Ja. Danke.« Sie wich zurück. »Entschuldigung. Ich ... Ach, verdammt!« Die Scham über ihren Zusammenbruch verwandelte sich in Ärger über sich selbst. Um sich nicht mehr ganz so blöd vorzukommen, trat sie noch einmal vor Bos Medikamentenschrank und kramte eine Packung Ibuprofen daraus hervor. Mit ihr in der Hand drehte sie sich zu Tom um. »Die sollten Sie nehmen«, sagte sie, verzweifelt um einen möglichst sachlichen Tonfall bemüht.

Er schüttelte den Kopf. »Lieber nicht!«

Sie glaubte, ihren Ohren nicht zu trauen. »Wer sind Sie? Superman, oder was? Ihre Verletzung muss doch höllisch weh...«

»Ich bin nicht Superman«, fiel er ihr ins Wort. Sein leicht verlegenes Lächeln erreichte seine ernsten Augen nicht. »Nur allergisch gegen Ibuprofen.«

Max starrte auf die Badezimmertür, die er von seinem Standpunkt in der offenen Küche aus sehen konnte. Was machten die beiden dadrinnen so lange?

Er bezähmte seine Fantasie – diesem Morell traute er einiges zu, undurchsichtig genug dazu war er schließlich. Aber Nina war viel zu rational und spröde, um jetzt schon auf den rauen Charme dieses Typen anzuspringen, oder?

Ihm wurde bewusst, dass ihm immer noch die Hände zitterten. Der Schock saß tief, dachte er. Vermutlich versuchte sein Verstand, ihn deshalb mit Gedanken über die beiden dort im Bad abzulenken. Um nicht allzu sehr in die schmutzigen Untiefen seiner Fantasie abzudriften, nahm er eine der Weinflaschen von diesem Bo und betrachtete sie.

Der Mann hatte einen erlesenen Geschmack. Weine in dieser Preiskategorie bekam er selbst nur zu trinken, wenn er mit den ganz Großen aus Politik und Wirtschaft zu tun hatte – und vor allem, wenn Frederic von Zeven mit von der Partie war.

Er seufzte beim Gedanken an den Großindustriellen und die Gala, die schon in drei Wochen über die Bühne gehen sollte und von der so vieles abhing.

Das Schicksal der gesamten Menschheit … So hatte es von Zeven einmal in einem seiner seltenen Anfälle von Pathos genannt.

Max selbst hatte dem Mann widersprochen, denn im Grund waren sie beide viel zu sachlich und vor allem wissenschaftlich zu erfahren, um ihre Aufgabe mit solch pseudoreligiösen Motiven zu rechtfertigen. Er stellte die Weinflasche weg und nahm die andere zur Hand.

Es ging nie um die ganze Welt, außer in der Fantasie irgendwelcher zweitklassiger Drehbuch- oder Thrillerschreiber – und eben in den Köpfen der Anführer der Pandemic Fighters, die damit ihrem Kampf eine heroische Note zu geben versuchten. Genauso wahr war aber auch: Es ging um Menschenleben, weltweit gesehen um viele Menschenleben, und wenn er es nicht schaffte, dass diese Gala ein Erfolg wurde …

Er zwang sich, nicht weiter darüber nachzudenken und Hände und Füße stillzuhalten. Heute konnte er sowieso nichts mehr ausrichten. Besser also, er kriegte sich wieder ein.

9

Voss lehnte sich auf ihrem Schreibtischstuhl zurück und verschränkte die Arme hinter dem Kopf. Ihr Schädel dröhnte von der Routinearbeit, die Tannhäuser ihr und Lukas aufgebrummt hatte, solange sie auf die Laborergebnisse dieser Quarkspeise aus dem Altersheim warteten: die Sichtung von Zeugenaussagen in einem gerade noch verhinderten Amoklauf in einem Einkaufszentrum. Die meisten Zeugen hatten so gut wie nichts gesehen. Genervt stoppte Voss die Aufnahme, die sie gerade anschauten, und ging stattdessen ins digitale Aktenarchiv, um zu checken, ob es im Fall *Prometheus* irgendwelche neuen Entwicklungen gab.

Die gab es tatsächlich. Zwei Kollegen von der Streife hatten einen Bericht online gestellt. »Offenbar wurden nicht nur am Bahnhof Friedrichstraße diese Flyer verteilt«, informierte sie Lukas, »sondern auch am Bahnhof Zoo und im Hauptbahnhof.« Sie ließ ihren Blick über die Meldung wandern. »Und zwar offenbar zeitgleich.«

»Das bedeutet?«

Sie verglich die in den Berichten angegebenen Zeiten. Sie stimmten so weit überein, dass es unmöglich nur ein Einzelner gewesen sein konnte, der die Flyer an allen drei Stellen ausgekippt hatte. »Das bedeutet zumindest, dass Prometheus nicht allein arbeitet. Es sei denn, er beherrscht die Kunst der Teleportation.«

»Oder die der mythischen Bilokation.«

Voss starrte Lukas kurz verständnislos an, bis er verlegen den

Blick senkte und »Sorry«, murmelte. Sie verspürte einen Anflug von Enttäuschung, weil er so schnell klein beigab. Na ja. Das würde schon noch werden.

»Sehr witzig«, brummelte sie und machte sich im Kopf eine Notiz, dass hinter Prometheus kein Einzeltäter, sondern eine Gruppe stecken könnte. Dann klickte sie die Berichte zu. Sie beendete ihre fruchtlose Arbeit an den Zeugenaussagen, schrieb eine Mail an die Kollegen, die den Fall bearbeiteten, und griff zum Telefonhörer, um Dr. Jesper anzurufen, den Hausarzt, der die Heimbewohner von St. Anton betreute. Als sie ihn am Apparat hatte, fragte sie ihn, ob er schon wusste, was die Symptome der Altenheimbewohner hervorgerufen hatte.

»Bisher noch nicht. Es könnte alles Mögliche sein. Salmonellen wäre meine erste Vermutung. Oder Listerien. Das sind die beiden häufigsten Keime, die diese Form von Durchfall und Erbrechen verursachen.«

»Wie können solche Erreger in einer Quarkspeise landen?«, fragte sie.

»Na ja, bei Salmonellen braucht es nicht viel. Ein bisschen Unaufmerksamkeit und schlechte Hygiene in der Küche. Und Listerien entwickeln sich gerne in alten, länger nicht benutzten Wasserleitungen, aber das dürfte auf St. Anton kaum zutreffen. Das Heim ist vor wenigen Monaten erst eröffnet worden.«

»Könnten die Keime absichtlich dem Quark beigemengt worden sein?«

»Sie meinen als terroristischer Akt?«

»Könnten sie oder könnten sie nicht?«

»Hm. Möglich ist alles.«

Voss bedankte sich bei dem Arzt und legte auf. Danach klopfte sie eine Weile nachdenklich mit einem Kugelschreiber gegen ihr Kinn und ging die Infos über Bioterror durch, die sie sich angelesen hatte. All diese fiesen Stoffe, mit denen man Menschen in Angst und Schrecken versetzen konnte …

»Was denken Sie?«, fragte Lukas.

»Keine Ahnung. Die Tatsache, dass der Name dieses Altenheimes in diesem Video aufgetaucht ist, und zwar Stunden, *bevor* es in dem Heim den ersten Krankheitsfall gegeben hat, beunruhigt mich. Aber Salmonellen oder Listerien? Man sollte denken, dass Terroristen einen Anschlag mit etwas Größerem durchführen würden. Ebola oder Pest oder so. Oder Milzbrand zum Beispiel.«

»Anthrax?« Lukas schüttelte sich unwillkürlich.

»Genau. Und dann gibt es da auch noch die sogenannten Toxine. Rizin zum Beispiel. Eingeatmet löst es Husten und Lungenödeme aus, und wenn man es isst, innere Blutungen.«

»Gruselig«, murmelte Lukas.

Worauf du Gift nehmen kannst, dachte Voss und warf den Kugelschreiber auf ihren Schreibtisch.

Als Tom und Nina aus dem Badezimmer zurück in die Küche kamen, stand seine gesamte Seite in Flammen, aber er hatte schon genug Blessuren überstanden, um zu wissen, dass diese hier keine größeren Probleme bereiten würde. Seifert lehnte an der Arbeitsplatte und hielt eine von Bos Weinflaschen in der Hand. »Ihr Freund hat einen ziemlich guten Geschmack«, sagte er. »Meinen Sie, er hat was dagegen, wenn wir die köpfen?«

Tom schüttelte den Kopf. Er konnte selbst einen Tropfen gebrauchen. »Gläser sind in dem Schrank neben der Abzugshaube.«

Während Seifert die Gläser hervorholte und begann, in den Küchenschubladen nach einem Korkenzieher zu kramen, wandte sich Nina an Tom. »Jetzt sind Sie dran. Erzählen Sie mir mehr von Ihrer Tochter!«

Er konnte spüren, wie peinlich ihr ihr Zusammenbruch im Bad gewesen war, darum tat er ihr den Gefallen und reagierte, als habe es den kurzen Moment der körperlichen Nähe nicht gegeben. Er setzte sich auf einen der Hocker am Küchentresen. Statt Nina einen langen Vortrag über Sylvie zu halten, nahm er sein Handy heraus und rief den Vlog seiner Tochter auf. Erst wollte er Nina den gleichen Beitrag zeigen, den er auch Seifert gezeigt hatte, aber dann entschied er sich für einen anderen. »Hallo, Leute«, ertönte die Stimme seiner Tochter. Die Worte zu hören zog ihm wie immer den Boden unter den Füßen weg. Er stützte die Ellenbogen auf den Tresen und verbarg das Gesicht in den Händen. Seifert hörte auf, in den Schubladen zu kramen, während sie alle drei Sylvies flacher Stimme lauschten. »Wie ihr ja wisst, liege ich seit einiger Zeit mit einer Lungenentzündung in der Klinik. Ich meine zusätzlich zu dieser blöden Mukoviszidose. Tja. Leider hat sich rausgestellt, dass es sich dabei um einen ziemlich fiesen Keim handelt, Pseudomonas. Ihr kennt das vielleicht unter dem Namen *Krankenhauskeim*. Sieht so aus, als würde der meine Lunge angreifen, darum bin ich in der letzten Zeit auch immer so schlapp und brauch schon zusätzlich Sauerstoff.« Sie deutete auf die Nasensonde. »Na ja. Sie testen jetzt, welches Mittel dagegen hilft, und ich denke mir einfach, es ist eben nur ein weiterer kleiner Tritt von diesem Arschloch, das das Schicksal manchmal ist. Ich halte euch auf dem Laufenden darüber, wie es weitergeht, okay? Bleibt zuver...«

Nina stoppte die Aufnahme mitten im Wort. »Ihre Tochter leidet unter Mukoviszidose?«

»Seit ihrer Geburt, ja.« Er deutete auf das Handy. »Wenn Sie mehr wissen wollen, müssen Sie die nächsten Einträge abspielen.«

Sie tippte ein paarmal auf den Pfeil, der sie zu dem jeweils folgenden Video führte, und entschied sich dann für eines davon. Wieder begann Sylvie mit »Hallo, Leute!«. Tom glaubte, ein leises Zittern in ihrer Stimme zu hören. Allein an der Art, wie Sylvie atmete, erkannte er, welchen Eintrag Nina ausgewählt hatte.

»Sie haben mir heute die Ergebnisse dieser DNA-Analyse gesagt. Ihr erinnert euch noch, oder? Sie haben Proben von meiner Spucke und meinem Blut genommen, um rauszufinden, unter welchem Stamm des Keims ich leide. Man macht das, um die Therapie besser abstimmen zu können. Na ja. Und wie es aussieht, hat sich das Mistding, das da in meinem Körper wütet, zu einem der widerstandsfähigsten Scheißkerle entwickelt, die es auf der Welt gibt. Es ist fast unangreifbar. So richtig viele Antibiotika wirken offenbar nicht mehr dagegen, aber wisst ihr, was noch viel schlimmer ist?« An dieser Stelle hatte Sylvie eine lange Pause gemacht. Obwohl Tom nicht auf das Handy sah, wusste er, dass sie die Kamera kurz von sich weggedreht hatte. Das Bild zeigte einen Ausschnitt des Krankenzimmers, genau achteinhalb Sekunden lang. Man sah einen Stuhl, ein Stück der hellgelb gestrichenen Wand und einen Kunstdruck mit Lilien darauf. Tom krampfte die Finger um seinen Schädel, während diese achteinhalb Sekunden verstrichen. Dann sprach Sylvie weiter: »Sie sind jetzt sicher, dass mein Vater mir dieses Mist-Resistenz-Gen samt Keim irgendwie aus Indien mitgebracht hat.« Sie seufzte schwer. »Ich kann mir kaum vorstellen, was das mit ihm gemacht hat, als Dr. Heinemann ihm das gesagt hat, Leute. Ich …«

Erneut stoppte Nina das Video. Ihr Blick lag schwer auf Tom.

Nina bedauerte Tom. Es passierte immer häufiger, dass aus Indien resistente Keime nach Deutschland kamen. Keime, die sogar gegen die hier noch zurückgehaltenen Reserveantibiotika unempfindlich waren. In Gedanken ging sie durch, was sie genau zu diesem Thema kürzlich für einen Artikel recherchiert hatte.

In den Gewässern rund um die Pharmafabriken im indischen Hyderabad existierten Bakterien, die sich mit einer Vielzahl von Antibiotika nicht mehr töten ließen. Auf den Wiesen neben diesen Gewässern weideten die Inder ihre Schafherden, wodurch die Bakterien auch in die Nahrungskette gelangten. Mehr als siebzig Prozent der Touristen brachten mittlerweile resistente

Erreger aus Indien mit. Sie erkrankten daran nicht, trugen die gefährlichen Keime aber im Körper und gaben sie weiter. Welch ein unglücklicher Zufall, dass Tom ausgerechnet seine immungeschwächte Tochter mit so einem resistenten Keim angesteckt hatte.

Nina fröstelte. Toms Augen waren plötzlich rot, und der ernste Ausdruck in ihnen trieb ihr einen schmerzhaften Dorn ins Herz. Es war wirklich kaum vorstellbar, wie er sich fühlen musste.

»Gott, das tut mir so schrecklich leid!«, sagte sie und warf einen Blick in Max' Richtung, der ähnlich betroffen wirkte wie sie. Tom jedoch wehrte ihr Mitgefühl ab. »Lassen Sie uns einfach sehen, ob Sie ihr helfen können.«

Sie verstand, wieso er auf Distanz ging. Solange man die Dinge nicht zu dicht an sich ranließ, kam man einigermaßen klar. Aber in dem Moment, in dem jemand einem sein Bedauern zeigte, brach man schneller auseinander, als man es für möglich halten würde. Sie hatte es ja selbst vorhin im Badezimmer bewiesen.

»Natürlich. Wissen Sie, womit man Sylvie derzeit genau behandelt?«

Er zückte sein Handy und öffnete die Notizen-App, in der er sich die Namen notiert hatte. »Eine Kombination von Tobramycin und Ceftazidim oder Meropenem intravenös.«

Sie biss die Zähne zusammen, weil sie genug Artikel über das Thema Antibiotikaresistenzen geschrieben hatte, um die extremen Nebenwirkungen dieser Therapie zu kennen. »Okay. Moment.« Sie holte ihre Tasche, legte das Laborjournal auf den Tresen und das Ampullarium daneben. Behutsam klappte sie es auf, und ganz kurz schoss ihr ein beängstigender Gedanke durch den Kopf. Was, wenn dieser Russe unter seinem Stiefel ausgerechnet den Phagencocktail zermalmt hatte, der Sylvie retten konnte?

Sie zog eines der intakten Röhrchen aus der Halterung und

starrte auf den zehnstelligen Code, den Georgy mit der Hand auf die Rückseite des Röhrchens geschrieben hatte. Es war einer seiner persönlichen Codes, das erkannte sie, aber sie wusste nicht, wie sie ihn entschlüsseln sollte. Sie biss sich auf die Unterlippe, steckte die Ampulle wieder weg und zog das Laborjournal heran.

Tom beobachtete sie dabei, wie sie es aufschlug und sich durch all die kaum leserlichen Aufzeichnungen blätterte, bis sie zu einer Seite ziemlich weit hinten kam. Dort hatte Georgy eine Liste mit einem Dutzend Zahlen notiert, deren Endziffern von 1 bis 12 durchnummeriert waren. Und tatsächlich: Die letzte der zwölf Kombinationen gehörte tatsächlich zu Pseudomonas aeruginosa! Georgys Phagencocktail Nummer 12 konnte Sylvie eventuell helfen. Ninas Herzschlag beschleunigte sich. Rasch verglich sie die einzelnen Einträge der Liste mit den Zahlen auf den vier verbliebenen Ampullen.

Keine davon trug die Nummer, die Georgy dem zwölften Cocktail in seiner Liste zugeordnet hatte, doch ihr Ziehvater hatte ja die Phagen in zwei verschiedenen Sendungen an Max geschickt. »Wo ist Georgys zweites Paket, Max?«

Max hatte mittlerweile den Korkenzieher gefunden und die Flasche geöffnet, den Wein aber noch nicht eingegossen, weil er schon wieder Nachrichten auf seinem Handy tippte. Er blickte nur kurz davon auf. »Bisher nicht angekommen.«

Tom, der sich während der vergangenen Minuten etwas aufgerichtet hatte, schien wieder in sich zusammenzusinken.

»Aber das kann durchaus sein«, fügte Max hinzu und legte das Handy weg. »Die Sendungen mussten beide durch den Zoll. Die erste musste ich da selbst abholen, weil sie bioaktive Substanzen enthalten hat.« Er grinste schmal. »Als ich den Typen beim Zoll erklärt habe, dass es sich um ›Apothekenphagen‹ handelt, haben sie mich wahrscheinlich für einen Esotrottel gehalten, der mit harmlosem Zeugs dealt. Aber vielleicht kommt uns das zugute. Ich habe nämlich beim Zoll angerufen, als ich Georgys

Brief gelesen hatte, und die zweite Sendung angekündigt. Man hat mir versichert, dass man sie an die Post übergibt, ohne dass ich da eigens nochmal antanzen muss.«

Tom wandte sich an Max. »Aber wo ist diese zweite Sendung dann? Wissen Sie das?«

Max goss den Wein in die Gläser. »Wenn sie schon in der Post ist, kann sie eigentlich nur in meinem Postfach in den Schönhauser Allee Arcaden sein.«

Victor saß auf dem Hotelbett, hatte den Kopf gegen die Wand gelehnt und ein Knie angewinkelt. Auf seinem Oberschenkel ruhte ein einzelnes Blatt Papier. Er hatte es in Seiferts Wohnung aufgehoben, kurz bevor er und Misha sie wieder verlassen hatten. Jetzt glitt sein Blick noch einmal über die für ihn unleserlichen lateinischen Buchstaben. Jegor hatte ihm gesagt, dass es ein Brief von diesem Anasias an Seifert war. Er war in Englisch geschrieben und besagte unter anderem, dass Anasias die Phagensammlung zur Sicherheit in zwei verschiedenen Päckchen von Tiflis nach Berlin gesandt hatte.

Victor schloss die Augen und seufzte. Er konnte nur hoffen, dass ihnen diese Information irgendwie dabei weiterhelfen würde, diese Nina Falkenberg wiederzufinden. Zu blöd auch, dass diese kleine Schlampe den Sender entdeckt, ihn in dem U-Bahn-Waggon versteckt und sie damit gehörig an der Nase herumgeführt hatte. Sie hatten eine ganze Weile gebraucht, um zu kapieren, dass das Miststück ihnen entkommen war.

Jetzt waren sie gezwungen zu improvisieren, und er hasste Improvisation.

Das Hotel, in dem sie sich eingemietet hatten, lag nur fünf Gehminuten vom Bahnhof Friedrichstraße entfernt. Es war ein anonymes Kettenhotel, eins von dieser Sorte, bei der man per Handy einchecken konnte, ohne sich an der Rezeption melden zu müssen. Wenn ein Auftrag ihn in eine fremde Stadt führte, bevorzugte Victor diese Art Absteigen, weil sie nicht viel teurer waren als die meisten Pensionen, in denen er sich vorkam wie ein zweitklassiger Auftragskiller. Hier, in dem seelenlosen, aber modernen Ambiente mit hellem Holz, dunkelblauem Teppichboden und Kopfkissen, in die das Hotellogo gestickt war, konnte er sich einreden, ein ganz normaler Geschäftsreisender zu sein.

Er öffnete die Augen wieder und sah Jegor zu, der an dem winzigen Schreibtisch saß, sein Tablet vor sich aufgebaut hatte und in einer Tour darauf herumtippte und -wischte. Misha war unterwegs, um für sie alle etwas zum Abendessen zu besorgen, und Jegor hatte versprochen, die Schlampe und die Phagen wiederzufinden. Victor hatte keine Ahnung, wie er das anstellen wollte, aber er hatte nicht danach gefragt. Jegor hatte ihm nicht zum Vorwurf gemacht, dass die Fotze ihnen entkommen war, und darüber war er immer noch froh. Der Typ war ihm irgendwie unheimlich.

Und er war immerhin sein Auftraggeber.

Da Jegor sich seit über einer Stunde kaum gerührt hatte, wandte Victor den Blick von ihm ab und blickte aus dem Fenster, von dem aus man auf eine winzige Parkanlage schauen konnte, kaum mehr als eine Rasenfläche mit ein paar Bäumen und Büschen ringsherum. Zwei Kinder – kleine Jungs ungefähr in dem Alter, in dem Juri jetzt auch gewesen wäre – spielten Fußball, während ihre Mutter auf einer Bank saß und auf ihr Handy starrte. Darja hatte Juri nie aus den Augen gelassen.

Ja, aber am Ende hat auch sie nichts gegen den Krebs tun können …

Der Gedanke kam unvermittelt und so schmerzhaft, dass Victor Luft durch die Zähne zog.

Jegor blickte kurz auf, kümmerte sich dann aber um seinen eigenen Kram.

Victor verlegte sich wieder darauf, die beiden Jungs zu beobachten.

Eine Weile später stieß Jegor ein leises »Na also!« aus. Er tippte irgendeinen Link an und drehte das Gerät so, dass Victor einen Blick auf eine lange Liste mit Namen und Adressen werfen konnte.

Victor runzelte die Stirn. »Was ist das?«

»Eine Kundenliste.«

»Und? Wie hilft uns die weiter?«

Jegor lächelte, aber das Lächeln erreichte seine Augen nicht. »Das ist eine Kundenliste von der Deutschen Post«, sagte er. »Genauer gesagt, eine von ihren Postfachkunden.«

Victor wartete.

Auf Jegors Gesicht zeigte sich sein kaltes Lächeln. »Wir haben in Seiferts Büro alles durchsucht. Die zweite Phagensendung war nirgends. Was, wenn sie sich noch in seinem Postfach befindet?«

Es versetzte Tom in unerträgliche Rastlosigkeit, dass das Postamt bereits geschlossen hatte. Wie nur sollte er es schaffen, bis zum nächsten Morgen zu warten, bevor er erfuhr, ob sich die Medikamente, die seiner Tochter das Leben retten konnten, wirklich in Seiferts Postfach befanden? Aber es gab eine Menge zu besprechen, bevor sie die Phagen überhaupt brauchten, also fasste er sich mühsam in Geduld und hörte zu, wie Seifert und Nina über die medizinischen Aspekte von Sylvies Therapie diskutierten. Er verstand kaum ein Wort, was er aber sehr wohl spürte, war Seiferts Anspannung: Der Medizinlobbyist war von einer ähnlichen Unruhe gepackt wie er selbst. Seit einer Weile schon lief er ruhelos an der Küchenzeile auf und ab.

»Wenn eine Phagentherapie bei Sylvie tatsächlich anschlägt, wäre das eine Sensation! Wir könnten sie vielleicht auf der Gala nicht nur als Case study präsentieren, sondern sogar als Beweis für die Wirksamkeit von Phagen! Das würde die Zauderer unter den Abgeordneten mächtig zum Nachdenken bringen.«

Es ärgerte Tom, dass Seifert mehr an seinen eigenen Nutzen

in dieser Sache dachte als an Sylvie. Bevor er ihn allerdings unterbrechen konnte, kam Nina ihm zuvor. »Stopp!«, sagte sie. »Nicht so schnell! Bevor wir überhaupt mit den ersten Tests anfangen können, brauchen wir nicht nur die Phagen aus der zweiten Sendung, sondern auch ein Labor, das uns hilft. Wir müssen Sylvies Arzt …«

»Ein Labor ist gar kein Problem!« Seifert strahlte regelrecht. »Ich kenne eins, das sich eignen würde. Es gehört Ethan Myers, er sympathisiert mit den Pandemic Fighters. Frederic von Zeven hat einiges Geld in seine Firma gepumpt, und ich bin sicher, wenn er hört, dass Sylvie unsere Sache unterstützt, wird Ethan uns sofort helfen. Wenn ihr wollt, kann ich ihn gleich anrufen.«

Es störte Tom, mit welcher Selbstverständlichkeit er davon ausging, dass Sylvie sich als das Gesicht seiner Bewegung zur Verfügung stellen würde, aber er beschloss, diesen Gedanken für sich zu behalten. Solange Seifert mit seinem Netzwerk dazu beitragen würde, Sylvie das Leben zu retten, sollte es ihm recht sein. Nach ihrer Genesung das ein oder andere Interview zu geben war schließlich ein geringer Preis. Oder?

»Die ganzen Tests und die Vermehrung und Aufbereitung von Klinikphagen sind extrem aufwändig«, sagte Nina.

Seifert winkte ab. »Egal! Wenn ich von Zeven bitte, ein gutes Wort für uns einzulegen, stellt uns Ethan auf jeden Fall zur Verfügung, was wir brauchen. Ich rufe ihn gleich mal an!«

Nina jedoch bremste ihn erneut. »Erstmal müssen wir wissen, wie wir vorgehen müssen.« Sie griff zum Telefon und wählte eine Nummer. Seifert hatte ihr mittlerweile ein Glas Wein auf den Küchentresen gestellt, aber sie hatte es noch nicht angerührt. Mit den Fingerspitzen drehte sie es im Kreis, während sie darauf wartete, dass die Verbindung zustande kam.

»Maren«, sagte sie, als am anderen Ende der Leitung jemand ranging. »Ich bin's. Wie geht es dir?«

Die Antwort konnte Tom nur als unverständliches Murmeln verstehen.

»Da bin ich erleichtert«, erwiderte Nina, dann hörte sie einen Moment nur zu. »Ja. Ich habe es hier vor mir liegen.« Sie berührte das Journal. »Georgy hat es tatsächlich in Sicherheit gebracht, Maren! Und die Phagen auch. Wie wir vermutet haben, hat er alles an Max geschickt. Und ich sitze hier gerade mit ihm zusammen. Warte mal, ich stelle dich laut.« Sie schaltete die Lautsprecherfunktion an und legte das Handy auf den Tresen.

»Hallo, Max«, sagte eine rauchige Frauenstimme.

»Hallo, Maren«, grüßte Max zurück. »Schön zu hören, dass du wieder wohlauf bist.«

»Danke. Warum ist Max bei dir, Nina? Sag nicht, du vergräbst dich schon wieder in deine Arbeit!«

Nina trank einen Schluck Wein. »Nein oder vielleicht doch. Georgy wollte die Phagen wirklich der Allgemeinheit zur Verfügung stellen, Maren. Ich glaube, dass die Kerle, die ihn umgebracht haben, das verhindern wollten. Es kann sein, dass sie auch hinter mir her sind.«

»Wie bitte?« Maren klang alarmiert.

»Sie sind bei Max aufgetaucht und haben mich bedroht.«

»Um Gottes willen! Und das sagst du jetzt erst? Bist du in Ordnung?«

»Ja. Ja, mir fehlt nichts und Max auch nicht. Wir hatten Hilfe.« Sie tauschte einen längeren Blick mit Tom, und er glaubte, so was wie Dankbarkeit in ihren Augen zu sehen. »Aber darum rufe ich im Moment nicht an, Maren. Der Mann, der uns geholfen hat, ist nämlich gerade hier bei uns. Sein Name ist Tom Morell, und es kann sein, dass er im Gegenzug jetzt deine Hilfe braucht.«

»Meine Hilfe? Klar. Hallo, Herr Morell.«

»Hallo, Frau …«

»Conrad. Ermitteln Sie in dieser Sache?«

Sie hielt ihn für einen Polizisten. Klar. Das lag wohl nahe.

»Nein«, sagte er.

»Tom ist kein Polizist«, erklärte Nina. »Er ist der Vater von …
einem Mädchen, dem wir mit den Phagen vielleicht helfen können.«

Es ging Tom nahe, dass sie *wir* sagte. Er suchte ihren Blick,
aber sie war zu sehr auf das Gespräch fokussiert, also betrachtete er ihre schlanken Finger und das Glas darin. Die Farbe des
Weines war verblüffend hell dafür, dass er intensiv nach Pflaume
und fast ein bisschen erdig roch.

»Wie das?«, fragte Maren.

Nina wandte sich an Tom. »Maren ist … *war* Georgys wissenschaftliche Kooperationspartnerin, und gleichzeitig ist sie eine
gute Freundin von mir. Sie war dabei, als Georgy … starb.« Es
schmerzte sie sichtbar, den Namen ihres Ziehvaters laut auszu-
sprechen. »Maren wurde bei der Explosion ziemlich schwer verletzt, aber es geht ihr schon wieder besser.«

»Wenn man davon absieht, dass ich diesen elenden Kranken-
hausfraß satthabe«, scherzte Maren. »Aber morgen komme ich
raus. Also raus mit der Sprache: Womit kann ich euch helfen,
Nina?«

»Sylvie, das ist Toms Tochter, leidet an einem pan-resistenten
Pseudomonas und ist leider so gut wie austherapiert. Ich habe
gesehen, dass einer von Georgys Cocktails gegen Pseudomonas-Stämme wirkt. Glaubst du, dass er dem Mädchen helfen
könnte?«

»Um das sicher zu prüfen, bräuchte man das aktuelle klinische
Isolat des Stammes. Und gut wäre auch die Gen-Sequenzierung
des Erregers. Ich würde aber denken, die Chancen sind groß, ja.
Pseudomonas ist einer von den Dirty Dozen, und Georgy hatte
aktive lytische Phagen für alle zwölf zusammengestellt.«

Die Chancen sind groß … Die Worte fluteten Tom mit einer
Zuversicht, die er sofort wieder einzufangen versuchte. Er durfte

nicht zu optimistisch sein, ermahnte er sich selbst. »Was sind die Dirty Dozen?«, fragte er.

»Man spricht bei den zwölf am weitesten verbreiteten multiresistenten Erregern von den sogenannten Dirty Dozen«, erklärte Nina. »Das sind die Erreger, gegen die am dringendsten neue Antibiotika entwickelt werden müssten. Die WHO hat 2017 definiert, welche zwölf Bakteriengruppen dazugehören. *Pseudomonas aeruginosa* ist eine von ihnen.« Ein trauriges Lächeln hob ihre Mundwinkel um einen Millimeter, und sie tippte auf das Ampullarium. »Georgy hatte es sich zur Lebensaufgabe gemacht, gegen jeden dieser Keime die wirksamsten Phagen zu finden und zu einem potenten Cocktail zu kombinieren.«

So langsam bekam Tom einen Eindruck davon, warum die Russen hinter diesen Phagen her waren. Wenn es stimmte – wenn die unscheinbare Flüssigkeit in diesen Ampullen wirklich gegen die zwölf weltweit häufigsten multiresistenten Keime wirkten –, dann hielten sie hier einen wahren Schatz in Händen. Eine Art Fieber erfasste ihn, das er ganz ähnlich auf seinen Reisen verspürte.

»Was brauchen wir, wenn wir die Phagen haben?«, wandte sich Nina wieder an ihre Freundin.

Maren zögerte. »Hä? Hast du nicht eben gesagt, du hättest sie vor dir liegen?«

»Die Hälfte ja, aber Georgy hat sie in zwei Paketen verschickt. Die zweite Hälfte holen wir morgen früh.«

»Ihr wisst, wo sie sind …« Maren klang erleichtert. Sie schwieg eine Weile, und Tom stellte sich vor, wie sie über Ninas Frage nachdachte. »Okay. Wie gesagt, ihr braucht aktuelle Proben vom Pathogen des Mädchens und den Gen-Code des klinischen Isolates des Keims. Und dann braucht ihr jemanden, der sich mit der Phagenvermehrung in einem Fermenter oder im Hochdurchsatz auf Mikrotiterplatten auskennt. Ganz wichtig ist, dass ihr aktive lytische Phagen habt und keine temperenten.«

Tom verstand nur die Hälfte von dem ganzen Kram. Er umklammerte sein Glas, das er bisher kaum angerührt hatte.

»Eine Firma, die uns einen Fermenter zur Verfügung stellt, haben wir«, warf Max ein.

»Es könnte sein, dass wir auch noch ein paar passende Phagen zusätzlich isolieren müssen«, sagte Maren. Und bevor sich Tom darüber wundern konnte, dass auch sie plötzlich von *wir* sprach, fügte sie hinzu: »Du weißt, wie das geht, Nina. Klinikabwässer sind die besten Orte dafür. Ihr müsst … Wisst ihr was? Mein Forschungsvisum für Deutschland ist noch ein paar Monate gültig. Am besten komme ich nach Berlin und helfe euch!«

»Das können wir nicht …«

»Red keinen Unsinn! Jetzt, wo das Institut in die Luft geflogen ist, hält mich nichts mehr hier in Tiflis, und sobald ich aus diesem Drecksspital raus bin, könnte ich den nächsten Flieger nehmen und zu euch kommen, was meinst du?«

In Ninas Augen glitzerte es. »Das würde Georgy gefallen«, flüsterte sie.

Seifert hingegen war jetzt regelrecht Feuer und Flamme. »Du könntest den ganzen Prozess begleiten, Nina! Eine Reportage darüber schreiben. Ich könnte mir vorstellen, dass die großen Zeitungen sich darum reißen werden, wenn wir erst …« Wieder merkte er zu spät, wie sehr er voranpreschte. Seine Wangen glühten.

Tom brauchte einen Moment, bis er kapierte, in welcher Weise ihm hier gerade Hilfe angeboten wurde. »Ich bezahle Ihnen natürlich den Flug«, sagte er zu Maren, aber die lachte nur.

»Glauben Sie mir, Tom: Wenn wir mit Georgys Phagen tatsächlich das Leben Ihrer Tochter retten können, dann wäre das genau das, was Georgy gewollt hätte.«

Nina schloss bei diesen Worten die Augen. Tom hätte sie am liebsten an sich gezogen und festgehalten.

10

Es war weit nach Mitternacht, als Tom den Versuch zu schlafen aufgab, sich seine Jeans überstreifte und sich eins von Bos langärmligen T-Shirts borgte, weil sein eigenes Hemd mit Blut getränkt war. Er schnappte sich Feuerzeug und Zigaretten und ging raus auf die Terrasse vor Bos Wohnzimmer, um eine zu rauchen. Die Nacht war mild, es roch intensiv nach den riesigen trompetenförmigen Blüten einer Kübelpflanze, deren Namen Tom nicht kannte.

Er setzte sich auf einen der Gartenstühle, deren gebürstetes Aluminium sich kühl anfühlte, schüttelte eine Zigarette aus der Schachtel, steckte sie zwischen die Lippen und zündete sie an.

»Nettes Feuerzeug«, ertönte Max' Stimme hinter ihm.

Tom ließ das Feuerzeug sinken und betrachtete das Einhorn darauf. Der kleine Strassstein glitzerte im schwachen Licht, das durch die Terrassentür nach draußen fiel und offenbar aus Bos Schlafzimmer kam. Tom selbst hatte kein Licht gemacht. »Hat meine Tochter mir geschenkt«, sagte er.

»Dachte ich mir irgendwie.« Max trat ein Stück vor. Auch er hatte sich Hose und Hemd übergezogen, aber genau wie Tom auf Schuhe verzichtet. »Irgendwie bin ich ja ein bisschen neidisch auf Sie.«

»Das können Sie nicht ernst meinen«, erwiderte Tom.

»Du«, sagte Seifert spontan, und er wiederholte es, als Tom nicht gleich reagierte. »Du. Leute, die sich zwischen mich und eine Kugel geworfen haben, dürfen mich Max nennen.«

»Gut. Tom.« Tom nickte Max zu. »Also: Das kannst *du* nicht ernst meinen.« Mit halb zusammengekniffenen Augen wartete er auf eine Erwiderung.

»Doch.« Max deutete auf das Feuerzeug. »Du gehörst zu der Sorte Mann, die sogar so ein Ding benutzen können und immer noch cool wirken.«

»Echt?« Tom legte das Feuerzeug zu den Zigaretten auf den Tisch. Er fühlte sich alles andere als cool. »Liegt vermutlich daran, dass mir egal ist, was die Leute von mir denken.«

»Kann sein.«

Tom hielt seine Kippe in die Höhe. »Willst du auch eine?«

Max schüttelte den Kopf. »Danke.« Er nahm sich einen der anderen Stühle und setzte sich. »Du kannst auch nicht schlafen, oder?«

»Nein.«

»Muss heftig sein. Das mit deiner Tochter, meine ich.«

Tom bewegte die Schultern, die sich irgendwie plötzlich verkrampft hatten. »Hmhm«, machte er nur.

»Nina und Maren werden ihr helfen, da bin ich ganz sicher. Und wie gesagt, ich stelle dir mein ganzes Netzwerk zur Verfügung! Alles, was ich tun kann.«

»Danke«, murmelte Tom.

»Sylvie ist …«

»Lass uns bitte im Moment nicht über Sylvie reden«, fiel Tom ihm ins Wort.

»Ich … oh. Na klar. Was immer du willst.«

Die Stille zwischen ihnen war erfüllt vom Duft der Blüten und von Beklommenheit. Tom wünschte sich, Max würde wieder reingehen.

Was Nina wohl gerade machte? Er und Max hatten sich für Gästezimmer und Wohnzimmercouch entschieden und Nina das Schlafzimmer überlassen. Hoffentlich konnte wenigstens sie schlafen, dachte er. Die Ereignisse des Tages hatten sie ausgelaugt, das hatte er ihr deutlich angesehen. Und trotzdem – oder vielleicht gerade deswegen – hatte sie sich wie eine Besessene in die Rettung von Sylvie gekniet. Sein Herz zog sich zusammen. Ihm wurde bewusst, dass er schon eine ganze Weile an seinem Ehering herumdrehte. Da Max keine Anstalten machte, wieder reinzugehen, und das Schweigen langsam unangenehm wurde, sagte Tom: »Als ich bei dir war, hast du gesagt, dass du die Fighters in ihrem Kampf gegen Antibiotikaresistenzen unterstützt. Du hast deine Hände bei diesem Gesetz im Spiel, oder?«

»Das ARBG? Ja.«

Tom hatte in den vergangenen Wochen nicht mit dem Kopf im Sand gesteckt. Natürlich hatte er die Berichterstattung über das Antibiotikaresistenzbekämpfungsgesetz mitbekommen, und soweit er es verstanden hatte, ging es darum, dass die Bundesregierung mit diesem Gesetz die rechtlichen Voraussetzungen für den Kampf gegen Antibiotikaresistenzen schaffen wollte. Was genau beschlossen werden sollte, hatte er allerdings nicht in Ansätzen verstanden.

»Worum geht es dabei?«, fragte er.

»Sagt dir die DART 2021 was?«

»Nie gehört.«

»Im Grunde ist das eine dieser wachsweichen Absichtserklärungen der Bundesregierung. Mehrere tausend Wörter aneinandergereiht, die zusammengefasst nur eins aussagen: Man müsste etwas tun.« Max rümpfte die Nase, als könne er riechen, wie faul solche Papiere waren. »Die ursprüngliche Strategie wurde 2015 vom Bundeskabinett verabschiedet und beinhaltet sechs Punkte. Einer davon lautete, alle entsprechenden Forschungsbereiche in der Human- und Veterinärmedizin zu stärken. Nach einem spektakulären Therapieerfolg von 2019, bei dem in Großbritannien ein lungenkrankes Mädchen durch Phagen geheilt wurde, ist es uns gelungen, die Förderung der Phagentherapie als zusätzlich angestrebtes Mittel in diesen Punkt mit aufzunehmen. An der Harmlosigkeit des ganzen Papiers hat das natürlich nichts geändert. Aber dann kam Corona. Dadurch ist die Gefahr der Antibiotikaresistenzen stärker ins Bewusstsein der Menschen geraten.«

»Wieso das?«

»Erinnerst du dich an diese unsägliche Debatte, ob Menschen *mit* oder *an* Corona sterben?«

»Klar.«

»Dahinter steckt genau unser Problem. 91 Prozent der Intensivpatienten damals mussten mit Antibiotika gegen bakterielle Sekundärinfektionen behandelt werden. Und die verlaufen natürlich umso dramatischer, wenn die verabreichten Antibiotika nicht mehr wirken. Corona hat unseren Blick sozusagen wie durch ein Brennglas auf die Antibiotikaresistenzen gerichtet. Und diese Entwicklung verschärft sich gerade sogar noch. Wenn wir jetzt nichts tun, und es kommt eine neue Pandemie, wirken Antibiotika vielleicht überhaupt nicht mehr.«

Tom schloss die Augen. Das war ein wirklich beängstigender Gedanke.

»Sorry«, murmelte Max und sprach eilig weiter. »Wie dem auch sei. Corona hat zur Bildung einer neuen Kleinpartei geführt, der GPD, der Gesundheitspartei Deutschlands, die es auf Anhieb geschafft hat, in den Bundestag einzuziehen, wenn auch nur mit extrem knapper Mehrheit.«

All das wusste Tom natürlich auch. Die GPD rund um ihren Frontmann Volker Ahrens war auf der Bildfläche erschienen, noch während in Deutschland die ersten Impfzentren gegen Corona errichtet worden waren. Durch geschicktes Agieren und mit der ein oder anderen – natürlich ordnungsgemäß angemeldeten – Finanzspritze von Frederic von Zeven war es ihr nicht nur auf Anhieb gelungen, in den Bundestag einzuziehen. Sie hatte sich dort auch innerhalb weniger Wochen als Königsmacher entpuppt, indem sie einer schwarz-grünen Koalition die zur Regierungsmehrheit fehlenden Prozentpunkte geliefert hatte. Ein in der Geschichte der Bundesrepublik einmaliger Vorgang, der für reichlich Wirbel im politischen Berlin gesorgt hatte.

Kurzzeitig hatte es Befürchtungen gegeben, dass mit der GPD eine neue antidemokratische Partei entstanden war, doch diesen Verdacht hatten Volker Ahrens und seine Truppe durch Worte und Taten direkt nach der Wahl geschickt ausgeräumt.

»Der Druck von der Straße, den die Fighters ausüben«, erklärte Max weiter, »hat dazu geführt, dass die großen Parteien den Kampf gegen Antibiotikaresistenzen auf ihre Agenda gesetzt haben. Zusammen mit der GPD wurde ein Gesetz ausgearbeitet, das Punkt sechs der DART in anwendbares Recht umwandeln soll. Mit anderen Worten: Wenn das ARBG durchkommt, ist die Bundesregierung in Zukunft verpflichtet, Mittel in ihrem Haushalt zur Verfügung zu stellen, und zwar von der Grundlagenforschung über klinische Forschung und Forschung zu Public-Health-Fragen bis hin zur Forschung in Zusammenarbeit mit Land- und Lebensmittelwirtschaft. Und noch eines muss dann endlich angegangen werden: die massenhafte Verfütterung von Antibiotika in der industriellen Tiermast.«

Darüber hatte Tom sogar selbst schon einmal in einem Artikel seines Foodblogs geschrieben. In der Massentierhaltung weltweit wurden mehr Antibiotika eingesetzt als für Heilungszwecke bei Menschen, und was noch viel schlimmer war: In der Geflügelmast griff man immer noch zu sogenannten Reserveantibiotika, Medikamenten also, die eigentlich nur in äußersten Notfällen beim Menschen eingesetzt werden sollten – wenn kein anderes Mittel mehr wirkte. Profitstreben und Gier, dachte Tom. Eigentlich lief es immer wieder auf das Gleiche hinaus.

»Wie dem auch sei«, fuhr Max fort. »Wir haben da bereits eine Menge investiert. Durch den Druck, den die Fighters auf die Straße getragen haben, hat sich die Bundesregierung genötigt gesehen, die Abstimmung über das Gesetz zur Gewissensfrage zu erklären, was uns zugutekam.« Max seufzte. »Allerdings sieht es aktuell trotzdem so aus, als würde dieses Gesetz scheitern.«

»Warum?«

»Das liegt an unserem föderalen System. Der Entwurf ist glatt durch die erste Lesung gekommen. Blöderweise hat der Bundesrat ihm dann aber die Zustimmung verweigert.« Max setzte zu einer längeren Erklärung an, in der die Worte *Einspruchsgesetz, Vermittlungsverfahren* und *Einfluss der FDP in Länderparlamenten* vorkamen und auf die Tom sich nicht so recht konzentrieren konnte. »Blöderweise fallen uns jetzt zwei Sachen auf die Füße: das mit den Phagen und die Aufhebung der Fraktionsdisziplin bei den Grünen. Eben weil wir die DART um Phagen ergänzt haben, passt sie plötzlich ein paar Abgeordneten der Grünen nicht mehr in den Kram. Da geht es um die Befindlichkeiten der grünen Basis.«

Tom dachte daran, was Nina heute in der U-Bahn gesagt hatte. »Wieso nicht? Wenn Phagen die grüne Alternative zu Antibiotika sind, müssten gerade die das doch toll finden.«

»So einfach ist es leider nicht. Du hast gehört, was Nina erklärt hat: Phagen sind Viren, und da liegt das Problem. Es geht um Ressentiments gegen virengestützte Therapien, Medikamentensicherheit, Gentechnik und so. Lauter komplizierter Kram, der am Ende darauf hinausläuft, dass wir jetzt zusehen müssen, wo wir die Mehrheit für die Überstimmung des Bundesrates herbekommen.«

»Wenn es nicht gelingt, dass der Bundestag den Einspruch des Bundesrates überstimmt, ist das Gesetz vom Tisch, oder?«

»Genau, obwohl das Verfahren sehr kompliziert ist. Kurz gesagt: Ein Einspruch des Bundesrates kann vom Bundestag überstimmt werden, aber dazu braucht es dann die gleichen Mehrheiten. Beschließt der Bundesrat den Einspruch mit absoluter Mehrheit zum Beispiel, kann der Bundestag ihn nur mit absoluter Mehrheit überstimmen. Legt der Bundesrat den Einspruch mit einer Zweidrittelmehrheit ein, braucht es, vereinfacht gesagt, im Bundestag eben zwei Drittel der abgegebenen Stimmen. Zum Glück ist das in unserer Sache nicht der Fall.«

»Du brauchst eine absolute Mehrheit, um das Gesetz durchzukriegen«, sagte Tom.

»Genau. Kommt die nicht zusammen, weist der Bundestag also den Einspruch nicht zurück, ist das Gesetz gescheitert, und das würde bedeuten: alles auf Anfang. Erneutes, zähes Ringen um einen neuen Gesetzestext. Endlose Monate, vielleicht sogar Jahre, die verschwendet werden und die die Bevölkerung angesichts der Bedrohung vielleicht nicht mehr hat.« Max sah ein bisschen verzweifelt aus. »Aus diesem Grund hat von Zeven mich engagiert, darauf hinzuwirken, dass entweder die Leute von den Grünen ihre Sorge vor Phagen verlieren – oder die FDP rund um Sandro Griese der Gesundheit der Bevölkerung den Vorrang gibt vor ihrer Sorge um den freien Markt.«

»Klingt wie der Kampf gegen Windmühlen«, sagte Tom. »Ein bisschen so wie bei Naturschutz und Klimawandel.«

»Tatsächlich ist das Problem ähnlich groß und überlebenswichtig wie der Klimawandel. Und beides hängt sogar eng zusammen. Guck dir nur Corona an. Da ist ein Virus vom Tier auf den Menschen übergesprungen, und das kann jederzeit wieder passieren. Vielleicht aber wird die nächste Pandemie auch von einem multiresistenten Bakterium verursacht – zum Beispiel von einem, das jetzt schon in den oberen Schichten des auftauenden Permafrostbodens auf uns lauert.«

Tom fröstelte. »Klingt alles nicht sehr optimistisch.«

»Genau deswegen kam von Zeven auf die Idee, mich diese Gala organisieren zu lassen, zu der wir Berlins versammelte Prominenz eingeladen haben. Wir hoffen, dass durch deren Agieren in den sozialen Medien genug Aufmerksamkeit für das Thema erzeugt wird, sodass die nötigen Abgeordneten die in unseren Augen richtige Entscheidung treffen.«

»Und an dieser Stelle kommt meine Tochter ins Spiel.«

»Genau.«

Hinter ihnen in der Wohnung knackte es, aber es war offenbar nur ein Deckenbalken. Der Garten lag dunkel und duftend vor ihnen.

»Eins kapiere ich nicht«, hörte Tom sich sagen. »Wenn die Gefahr durch Antibiotikaresistenzen so groß ist und sich darüber alle einig sind, warum tut dann niemand etwas dagegen?«

»Ganz einfach. Weil Antibiotikaforschung kein gutes Geschäftsmodell ist. Du forschst ewig, bis du einen Durchbruch erzielst und einen wirksamen Kandidaten findest. Du stellst die klinischen Studien an, die nötig sind für die Zulassung des Stoffes als Medikament. Das kostet Unsummen, und damit hört es ja noch lange nicht auf. Sind die klinischen Studien erfolgreich, brauchst du nochmal viel Geld, um die Produktions- und Vertriebsmaschine anzuwerfen. Und dann kannst du dein Produkt am Ende eventuell nicht einmal verkaufen, weil es als Reserveantibiotikum eingestuft wird und für schlimme Zeiten in den Giftschrank wandert.«

»Ich verstehe«, sagte Tom. *Profitstreben und Gier.* »Kein wirtschaftlich denkendes Unternehmen geht so hohe Risiken ein, wenn die Gefahr besteht, dass sie sich nicht auszahlen.«

»Genau. Wenn wir also wollen, dass neue Antibiotika entwickelt werden – oder meinetwegen auch alternative Heilmethoden gefördert –, kann das nur über staatliche Steuerung und Förderungen gehen. Über eine Refinanzierung der Pharmafirmen durch die öffentliche Hand. Zum Mäusemelken ist ja, dass die Verantwortlichen damals, unter Corona, auch handeln mussten und plötzlich vieles möglich war, was vorher völlig undenkbar erschien.« Max' Gesicht lag fast vollständig im Schatten. »Ich hege ja irgendwie den Verdacht, dass das auch daran lag, dass die da oben immer dann am schnellsten etwas entscheiden, wenn sie von den Auswirkungen selbst betroffen sind. Hat man ja auch damals bei dem Mord an Walter Lübcke gesehen. Da haben die Politiker dann auch endlich mal kapiert, wie es sich anfühlt, wenn Rechtsradikale das eigene Leben bedrohen. Vorher haben das ja nur unwichtige Ausländer und Migranten zu spüren bekommen, und ...«

»Was macht ihr, wenn ihr scheitert?«, unterbrach Tom ihn, weil das ein Thema war, über das er sich stundenlang den Kopf heißdiskutieren konnte.

Max schnaufte. »Tja. Gute Frage. Vielleicht überlege ich mir dann, einen multiresistenten Superkeim freizusetzen und eine neue Pandemie zu verursachen, damit die Verantwortlichen endlich aufwachen.« Er grinste düster, und Tom glaubte, neben Sarkasmus auch eine Spur Entschlossenheit aus seinen Worten herauszuhören. »Wäre natürlich Terrorismus, aber es würde vermutlich helfen.« Max überlegte. »Vielleicht würde es aber auch reichen, nur den Bundestag zu verseuchen. Wenn die Typen mal sehen, wie es sich anfühlt, selbst in Gefahr zu sein, schaffen sie es vielleicht, die richtigen Entscheidungen zu treffen.«

Tom nahm einen so tiefen Zug an seiner Zigarette, dass sich die Wunde an seinem Rippenbogen meldete. »Klingt ziemlich unangebracht.«

Max schnaufte. »Stimmt. Sorry.«

»Ich denke, der Weg, den du beschritten hast, ist der bessere.« Tom meinte wirklich, was er sagte, auch wenn er eigentlich sonst wenig von diesem ganzen Lobbyismus-Zeug hielt. »Und all das, von dem du eben gesprochen hast, also deine ganze Arbeit, finanziert dieser von Zeven?«

»Yep.«

»Was treibt ihn an? Ich meine, das muss doch Millionen kosten. Ich vermute mal, du bist mit deiner kleinen Firma nicht der einzige Lobbyist, der für ihn arbeitet.«

»Stimmt. Frederic von Zeven hat ein Kind verloren, und zwar an MRSA. Das ist übrigens auch einer von den Dirty Dozen, von denen Nina und Maren vorhin gesprochen haben. Seitdem stellt von Zeven sein gesamtes Vermögen und einen Großteil seiner Manpower in den Dienst unseres Kampfes.«

»Ein Kind verloren ...« Tom lehnte den Kopf gegen die obere Kante der Rückenlehne. Ein leichter Windstoß wehte den Geruch der Blüten in seine Richtung und vertrieb kurz den Zigarettenrauch. Er schloss die Augen. Das Nikotin hatte ihn wenigstens ein bisschen entspannt. Vielleicht sollte er wieder schlafen gehen.

Er spielte ein paar Sekunden lang mit diesem Gedanken, und dann fragte er sich, warum er schon wieder an Nina denken musste.

Nina war in einen unruhigen Schlaf gefallen, kaum dass ihr Kopf das Kissen berührt hatte, aber dann hatte sie einen wirren Albtraum, in dem Georgys blutüberströmte Leiche, explodierende Bomben und eine Menge auf sie gerichtete Waffenmündungen vorkamen. Im Traum hatte sie die ganze Zeit den Eindruck, dass jemand hinter ihr stand, der ihr helfen wollte, aber jedes Mal, wenn sie sich umdrehte, war niemand zu sehen. Mit einem Knoten aus Trauer und Verzweiflung in der Brust schreckte sie hoch und fühlte sich unfassbar einsam.

Wenn Maren doch schon hier wäre! Dann hätten sie über alles reden – und vielleicht auch gemeinsam um Georgy weinen können. Georgy. Neunundneunzig Prozent von dem, wofür er gelebt hatte, waren unwiederbringlich zerstört. Tausende von wertvollen Therapiephagen, die zu finden und deren Wirkung zu untersuchen Dutzende von Wissenschaftlern mehr als hundert Jahre gebraucht hatten, waren bei der Explosion des Instituts in Flammen aufgegangen. Allein der Gedanke drehte Nina den Magen um.

»Ach, Georgy«, flüsterte sie und konnte die Trauer, die wie eine Scherbe in ihrem Herzen steckte, kaum ertragen.

Immerhin: Der größte Teil seines wichtigsten Schatzes war gerettet. Zehn von zwölf Superphagencocktails existierten noch. War das ein Trost? Irgendwie schon. Toms Gesicht erschien vor Ninas geistigem Auge. Nach ihrem Gespräch heute Abend am Küchentresen war sie sich ziemlich sicher, dass sie ihm trauen konnte. Sie dachte an den Ring an seinem Finger und daran, was dieser Bo zu ihm gesagt hatte. Es gab Probleme mit seiner Frau ...

Sie nahm ihr Handy, öffnete den Browser und googelte Tom Morell. Sein Blog war gespickt mit Fotos exotischer Schauplätze, und auf einigen davon war er selbst zu sehen, stets in Jeans und diesen ausgelatschten Boots. An einem der Bilder blieb ihr Blick hängen. Tom hielt darauf einen ziemlich hässlichen Fisch in die Kamera, und sein Gesicht verschwand fast hinter der warzigen, rötlichen Haut des Tieres. Aber seine Hand mit dem Ring war im Vordergrund deutlich zu erkennen.

Seufzend klickte sie weiter, und bei einem Videointerview, das er vor ein paar Jahren gegeben und online gestellt hatte, blieb sie erneut hängen. »Ihre ganzen Reisen«, hörte Nina die Stimme einer Reporterin aus dem Off. »Sie sind doch bestimmt gefährlich, oder?«

Toms Lippen verzogen sich zu einem Lächeln, und weil sich damals dieser ernste Ausdruck noch nicht in seinen Augen befunden hatte, wirkte es verblüffend jungenhaft. »Für manche Menschen ist Gefahr nichts weiter als ein Mittel, sich lebendig zu fühlen.«

Der Spruch rührte Nina völlig unerwartet an, und sie konnte sich nicht so recht erklären, warum. Eigentlich stand sie nicht auf solches Machogehabe. Bevor sie sich klar wurde, was sie tat, rief sie einen Messenger auf und schrieb eine Nachricht an Maren: *Sieht irgendwie so aus, als stehe ich auf den Kerl.*

Trotz der späten Stunde kam Marens Antwort prompt: *Was für ein Kerl?*

Tom.

Diesmal ließ Maren sich Zeit mit dem Schreiben. *Ooookay,* textete sie dann und setzte einen Zwinkersmiley dahinter.

Ach! Quatsch!, schrieb Nina. *Ist vermutlich nichts weiter als ein stressbedingter Hormonstau …*

Wieder dauerte es etwas, bis Maren zurückschrieb. *Du meinst: Beziehungen, die aus extremen Erfahrungen hervorgehen, sind nicht von Dauer?* Es war ein Scherz, den sie früher ab und zu gemacht hatten, nachdem sie beide in einem Biologieseminar über das Thema Hormone und zwischenmenschliche Beziehungen gesessen hatten. *Möchtest du telefonieren?,* fragte Maren.

Nicht nötig! Wollte das nur kurz mit dir teilen. Muss jetzt schlafen. Gute Nacht!

Nina wartete, bis Maren ihr ebenfalls eine gute Nacht gewünscht hatte. Dann warf sie das Handy auf den Nachttisch, lehnte sich zurück und verbannte Tom aus ihren Gedanken. Stattdessen dachte sie über Max' Vorschlag nach, eine Reportage aus Sylvies Geschichte zu machen. Sie würde die vermutlich sogar richtig gut verkauft bekommen, und doch sperrte sich etwas in ihr dagegen. Auf keinen Fall wollte sie, dass Tom glaubte, sie wolle aus dem Leid seiner Tochter persönlichen Nutzen ziehen. Andererseits würde sie mit einem solchen Text mithelfen, das Thema der Antibiotikaresistenzen noch stärker ins Bewusstsein der Bevölkerung zu rücken. War das nicht wichtiger als ihre Sorge, Tom könne sich von ihr ausgenutzt fühlen? Sie grübelte über diesem Dilemma, bis sie endlich wieder müde wurde.

Als sie einschlief, kehrte der Traum von vorhin zurück.

TEIL 2
NESSUN DORMA

»Die Entdeckung der Antibiotika war eine der wichtigsten Errungenschaften im 20. Jahrhundert. Dass uns diese Waffen gegen Bakterien jetzt zum Teil wieder abhandenkommen, stellt eine globale Gefährdung dar. Wir müssen daher unsere Aktivitäten in der Wirkstoffforschung deutlich intensivieren.«

Prof. Mark Brönstrup, Leiter der Abteilung Chemische Biologie am Helmholtz-Zentrum für Infektionsforschung

Mittwoch.

1

Als Christina Voss an diesem Morgen ins Büro kam, checkte sie zuerst ihre Mails. Noch gab es keine Rückmeldung vom Labor, ob die Quarkspeise tatsächlich verseucht worden war, aber dafür eine Nachricht von Frau Gunther, der Pflegedienstleitung des Altenheims St. Anton. Zwei der Senioren waren im Laufe der Nacht aufgrund des Durchfalls wegen starker Dehydrierung ins Krankenhaus eingeliefert worden. Sie befanden sich im Moment noch in einem kritischen Zustand.

Voss biss sich auf die Innenseite der Wange und starrte aus dem Fenster. Dann nahm sie sich die Beweismitteltüten vor, die sie vorsorglich in ihrem Aktenschrank eingeschlossen hatte. Gestern Abend noch hatte sie sich Lukas geschnappt und war mit ihm zu allen drei Bahnhöfen gefahren, um einige der Flugblätter sicherzustellen. Jetzt lagen insgesamt drei verschiedene Versionen vor ihr. Das Bild war auf allen dreien das gleiche, aber die Parolen variierten.

Bevor sie sich näher damit befasste, stand sie auf und schenkte sich eine Tasse Kaffee ein. Genau in dem Moment, als sie die Kanne zurück unter den Ausguss schob, kam Lukas herein. Er atmete etwas zu schwer. »Du auch einen?«, fragte sie ihn. Sie hatte heute Morgen im Bett entschieden, dass sie den Grünschnabel auch genauso gut duzen konnte. Mal sehen, wie lange er brauchte, bis er genug Mut fasste und sich das auch bei ihr traute.

Er schüttelte den Kopf, rang ein letztes Mal um Luft und hängte dann seine Jacke auf. »Ich vertrage keinen Kaffee.«

»Echt?« Mit dem Becher in der Hand ging sie zu ihrem Platz und nahm den ersten der drei Flyer zur Hand.

Ihr werdet lernen, mich zu fürchten.

Lukas setzte sich ihr an einem zweiten Schreibtisch gegenüber. Er wirkte nicht unbehaglich mit ihrem Schweigen, ganz im Gegenteil. Er schien einfach geduldig darauf zu warten, dass sie ihre Gedanken zu Ende führte und ihn an ihren Überlegungen teilhaben ließ.

Kurz darauf war es Zeit für Tannhäusers Morgenbesprechung. Voss setzte die Kollegen über den Krankheitsausbruch in St. Anton in Kenntnis und auch darüber, dass der Name des Altersheims zuvor in einem Internetvideo aufgetaucht war. Tannhäuser gab Anweisung, das im Auge zu behalten und ihm sofort Bescheid zu geben, wenn die Laborergebnisse der Quarkspeise vorlagen. Nachdem auch alle anderen Kollegen das Team in ihren jeweiligen Fällen auf Stand gebracht hatten, verteilte Tannhäuser die neu hinzugekommenen Fälle.

»Wir haben gestern eine Anzeige von einem gewissen Dr. Max Seifert reinbekommen. Er gibt an, in seinem Büro von drei Männern osteuropäischer Herkunft überfallen worden zu sein. Seifert arbeitet als Lobbyist, und er hat enge Kontakte zu etlichen Bundestagsabgeordneten.« Was ausreichte, dass der Polizeiliche Staatsschutz den Fall an sich gezogen hatte, dachte Voss.

»Du bist sowieso schon in den Prometheus-Fall eingearbeitet«, wandte Tannhäuser sich an sie.

Irgendwie hatte sie es kommen sehen. »Ich übernehme das also auch noch.«

Tannhäuser zuckte mit den Schultern. »Ja. Dieser Seifert war gestern Nachmittag auf der Polizeistation in Abschnitt 17. Bei ihm waren zwei weitere Zeugen, eine gewisse Dr. Nina Falkenberg. Und ein Mann namens ...« Er musste nachsehen. »Tom Morell. Offenbar ist geschossen worden. Und soweit die Kollegen es bisher aufgenommen haben, geht es um irgendwas mit Mikrobiologie und Medikamenten.«

Voss nickte. »Ich kümmere mich drum.« Sie würde Lukas damit beauftragen, während sie sich weiter um Prometheus kümmerte.

Als sie und der junge Polizist zurück im Büro waren, befahl sie ihm, sich mit dem neuen Fall vertraut zu machen.

»Viel geht aus diesen Zeugenaussagen nicht hervor«, sagte er, nachdem er damit fertig war. »Eigentlich nur das, was Tann… Kriminaloberrat Tannhäuser schon gesagt hat.«

»Gut. Bevor wir Kontakt mit den dreien aufnehmen, überprüf sie bitte routinemäßig.«

Auch das tat er schnell und effizient. »Weder diese Falkenberg noch Dr. Seifert tauchen in unseren Akten auf. Aber Tom Morell …« Er klickte einmal, dann las er vor: »Als Teenager ein paarmal in Verbindung mit linksextremistischen Straftaten aktenkundig geworden.«

»Aha. Was genau?«

»ACAB-Schmierereien. Offener Straßenkampf. Körperverletzungen, alles Prügeleien, offenbar mit Neonazis.«

»Sympathischer Kerl«, kommentierte Voss, und sie sah Lukas an, dass er ihre Worte für eine sarkastische Bemerkung hielt. Sie beließ es dabei.

»Frau Falkenberg hat angegeben, dass der Überfall ihrer Meinung nach mit dem Mord an einem georgischen Wissenschaftler in Tiflis zusammenhängt. Georgy Anasias.« Noch bevor sie es Lukas auftragen konnte, googelte er auch diesen Namen. »Hier. Anasias. Er ist Mikrobiologe und Arzt. Leitet ein Institut in Tiflis.«

»Mikrobiologe«, murmelte Voss. »Und die zwei anderen?«

Diesmal brauchte Lukas ein wenig länger für die Suche. Voss kramte unterdessen in ihrer Schublade nach etwas Essbarem. Sie fand einen Schokoriegel, aß ihn und betrachtete die Prometheus-Flyer, solange Lukas recherchierte.

»Die Falkenberg scheint freie Journalistin zu sein, schreibt unter anderem für den SPIEGEL und DIE ZEIT. Max Seifert ist PR-Manager. Wenn ich es richtig sehe, dann arbeitet er an einer Kampagne für irgend so ein neues Gesetz.«

»Was für ein Gesetz?«

»Moment. Das Antibiotikaresistenzbekämpfungsgesetz, kurz ARBG.«

»Gut. Sehen wir mal zu, dass wir die drei ans Telefon kriegen.« Sie ließ sich von Lukas die Nummer von Dr. Seifert diktieren. Bevor sie ihn jedoch anrief, versah sie den Aktenvermerk über die Anzeige der drei mit ihrer Kennung. Dadurch wurde allen anderen Abteilungen signalisiert: Dieser Fall, und damit sowohl Nina Falkenberg als auch Max Seifert und Tom Morell, waren von Interesse für den Polizeilichen Staatsschutz.

Max verspürte eine Art Kribbeln am ganzen Körper. Nach dem Gespräch mit Tom hatte er den Rest der Nacht nur kurz und unruhig geschlafen. Heute Morgen drängte ihn etwas raus an die frische Luft, er musste laufen.

Er kannte das schon, es überkam ihn kurz vor wichtigen Terminen oder Veranstaltungen. Es war ein Warnsignal seines Körpers, der ihm sagen wollte, dass es nicht mehr lange dauern würde, bis es genug war. Bis der Stress so zunahm, dass er sich kaum noch davon erholen würde und gar ein Burn-out drohte.

Die Erfahrung hatte ihn gelehrt, auf die Signale zu reagieren und Sport zu treiben, um den Stress zu bekämpfen. Heute Morgen jedoch schien es undenkbar, eine Runde zu joggen, mal ganz abgesehen davon, dass er keine Laufbekleidung dabeihatte. Der Gedanke, dass sie fast den ganzen Tag gestern vor bewaffneten Killern geflohen waren, steckte in seinem Verstand wie etwas Scharfkantiges, und dementsprechend nervös fuhr er zusammen, als sein Telefon klingelte. Auf dem Display erschien eine ziemlich lange Berliner Festnetznummer.

»Seifert?«, meldete er sich. Er stand in Bos Küche und versuchte vergeblich herauszufinden, wie die Kaffeemaschine funktionierte.

»Dr. Seifert, mein Name ist Kriminalkommissarin Tina Voss vom LKA Berlin. Ich rufe Sie an wegen der Anzeige, die Sie gestern Abend aufgegeben haben.«

»Ah«, machte Max. »Okay. Sie sind schneller, als ich gedacht habe, muss ich gestehen.«

»Können wir uns deswegen treffen? Ich hätte dazu einige Fragen an Sie.«

»Natürlich. Wann?«

»Von mir aus gleich.«

Max warf einen Blick auf die Uhr am Herd. Es war kurz vor halb neun, und auf keinen Fall wollte er Tom und Nina allein zu seinem Postfach gehen lassen. »Ich fürchte, ich habe gleich einen wichtigen Termin. Geht es heute Mittag oder am Nachmittag?«

»Natürlich. Sagen wir gegen drei Uhr?«

»Das müsste ich schaffen, ja.«

»Perfekt. Können Sie in das Dienstgebäude Tempelhofer Damm kommen?« Die Kommissarin gab ihm eine Zimmernummer und eine kurze Beschreibung, wie er in dem weitläufigen Gebäude dorthin finden konnte. Max notierte sich alles auf einem Stück Papier, das er in einer Schublade fand. Er wollte sich schon verabschieden, als Frau Voss meinte: »Ich werde gleich auch noch Dr. Falkenberg und Herrn Morell anrufen.«

»Das wird nicht nötig sein, die sind gerade bei mir. Sollen die beiden zu dem Termin gleich mitkommen?«

»Das wäre gut.«

»Ich frage sie«, versprach Max.

»Vielen Dank. Bis nachher.«

Nachdem die Kommissarin aufgelegt hatte, massierte Max sich die Stirn und seufzte. Bis die Post aufmachte und sie die Phagen holen konnten, war noch Zeit. Aber es gab so vieles, um das er sich vorher kümmern musste!

Er rief seine Assistentin an und hinterließ ihr eine Anweisung auf dem AB, wie der Saal bei der Gala bestuhlt werden sollte. Danach ging er ins Internet und checkte auf seinen Social-Media-Accounts, ob er auf irgendetwas reagieren musste.

Ein Tweet von Sandro Griese war das Erste, das in seiner Timeline aufploppte, das übliche Gewäsch, wenn auch rhetorisch geschickt verpackt, mit dem Griese die Pandemic Fighters in die Nähe von Linksextremisten rückte. Nichts Neues also. Max scrollte weiter, allerdings nicht schnell genug. Sein Puls war schon wieder auf hundertachtzig geschossen. »Griese, du Arsch!«, murmelte er.

»Alles okay? Du siehst gestresst aus.« Tom stand in der Tür des Gästezimmers. Wie in der Nacht auch hatte er sich offenbar nur schnell seine Jeans übergestreift. Sein langärmeliges T-Shirt sah aus, als hätte er darin geschlafen.

Max zuckte mit den Schultern, und Tom kam zu ihm an den Tresen, um sich einen Kaffee zu machen. »Wer ist Griese?«

»Ein Bundestagsabgeordneter. FDP.«

»Oha.« Tom grinste, während er sich eine Tasse aus einem der oberen Schränke nahm.

»Griese ist ein Idiot.« Allein über diesen Kerl zu reden, verursachte Max einen dumpfen Druck im Hirn. »Er versucht alles, um unsere Bemühungen zu hintertreiben, dieses verdammte Gesetz durchzubringen.«

»Lass mich raten«, meinte Tom. »Freier Markt und so?«

Nun musste Max wider Willen grinsen. »Genau.« Tom gefiel ihm von Stunde zu Stunde besser. »Wie geht es der Wunde?«, erkundigte er sich in dem Versuch, das Thema von Griese wegzulenken.

Morell jedoch ignorierte die Frage. »So wie du auf den Mann zu sprechen bist, ist er einer derjenigen, deren Stimme du für dein Gesetz brauchst, oder?«

»Es ist nicht mein Gesetz, aber im Grunde ja. Griese ist Fraktionsvorsitzender der FDP, und anders als CDU und Grüne haben die Liberalen die Fraktionsdisziplin nicht aufgehoben. Wenn ich ihn also von dem Gesetz überzeugen könnte, wäre es egal, ob einige Grüne dagegenstimmen.«

»Verstehe.« Tom stellte seine Tasse unter die Auslassöffnung von Bos High-End-Kaffeevollautomaten. »Tja.« Er drückte auf das Display, wählte irgendeine der vielen kryptischen Einstellungen, und das Gerät fing tatsächlich gehorsam an zu arbeiten.

Max sog den Duft des Kaffees ein. »Griese ist ein Arsch! Er bezeichnet die Fighters als weltfremde Irre.«

»Und das empfindest du als persönliche Beleidigung.« Tom grinste. »Du identifizierst dich ganz schön mit denen.«

Max rümpfte die Nase. »Frederic von Zeven ist für Griese ein gefährlicher Spinner.«

»Immerhin denkt er nicht, dass von Zeven das Blut von Kindern trinkt.«

»Immerhin das!« Max lachte trocken. Dann fiel ihm sein Telefonat mit Kommissarin Voss ein. »Übrigens hat die Polizei sich eben bei mir gemeldet, wegen unserer Anzeige. Wir haben nachher um drei einen Termin bei denen.«

»Gut«, sagte Tom, sah aber nicht besonders begeistert aus.

Die Filiale, in der Max sein Postfach hatte, öffnete Punkt neun. Sie lag im Erdgeschoss der Schönhauser Allee Arcaden im Stadtteil Prenzlauer Berg, einer der üblichen Malls mit den üblichen Geschäften. Ungefähr eine Viertelstunde nach neun und nachdem sie ihre Handynummern getauscht hatten, fuhr Tom zusammen mit Nina und Max in Bos silbernem Audi auf einen Parkplatz vor der Mall. Er hatte sich den Wagen ebenso geborgt wie das Langarmshirt, das er schon in der Nacht übergestreift hatte, und es noch durch einen von Bos Hoodies ergänzt, den er unter seiner Lederjacke trug.

Die Post besaß einen Zugang von der Greifenhagener Straße

aus und einen weiteren durch die Passage, das wusste Tom, weil er früher ab und zu mit Isabelle hier einkaufen gewesen war. *Shoppen*, dachte er, während er den Motor des Wagens abstellte. Isabelle nannte es *Shoppen*, nicht *Einkaufen*.

Er blieb eine Sekunde lang hinter dem Steuer sitzen, dann gab er sich einen Ruck und stieg aus. Max und Nina taten es ihm gleich, und Nina warf ihm über das Wagendach hinweg einen Blick zu. Er grinste sie an und hatte dabei das ungute Gefühl, dass sie innerlich die Augen verdrehte.

Auf dem Weg zum Eingang wich er dem Kinderwagen einer Frau aus, die ihn nicht bemerkte, weil sie im Gehen mit einem kleinen Jungen an ihrer Hand schimpfte. Allein Toms schneller Reaktion war es zu verdanken, dass der Wagen ihn nur streifte, die Berührung reichte allerdings, um die Wunde an seiner Seite protestierend aufjaulen zu lassen. Tom zog Luft durch die Zähne. Die Frau schaute ihn mit einer Mischung aus Verwunderung und Ärger an.

»Mama?«, fragte der Junge. »Was hat der Mann?«

Sie gab ihm keine Antwort, sondern zerrte ihn einfach weiter.

»Alles okay?«, fragte Nina. Die Frage hatte sie ihm bereits nach dem Aufstehen gestellt, und da hatte er sie mit einem schlichten Ja beantwortet.

»Klar«, meinte er jetzt. Er hatte sich heute Morgen den Verband gewechselt und war relativ zufrieden gewesen damit, wie die Wunde sich entwickelt hatte. Trotzdem hatte er auf dem Weg hierher bei einer Apotheke gehalten, sich eine Packung mit Diclofenac-haltigen Schmerztabletten gekauft und zwei davon genommen.

Zusammen mit Nina folgte er Max, der bereits auf die Post zumarschierte. Seine Blicke schweiften dabei über den Parkplatz und die schmale Straße entlang. Es war sonnig und schon relativ warm und dementsprechend viele Menschen waren unterwegs. Er sah Familien mit Kindern, Business-Leute, die mit überaus gestresst aussehenden Mienen von A nach B hasteten, ein altes Ehepaar auf dem Weg in die C&A-Filiale.

Keine Spur von den Russen.

Trotz der frühen Stunde war es auch in der Postfiliale voll. An drei von vier Schaltern standen bereits Leute an. Ungefähr ein Dutzend Werbeaufsteller und eine Reihe brusthohe Regale mit Büromaterialien und Briefumschlägen teilten die große Halle in mehrere nur schwer einsehbare Zonen.

»Hey, jetzt machen Se mal hin!«, hörte Tom eine Frau schimpfen. »Dit hier is Berlin und nich die Bernauer Hochalm!«

Eine junge Frau, die einen Koffer hinter sich herzog, hätte Tom angerempelt, wenn er diesmal nicht schneller gewesen wäre als bei der Mutter mit dem Kinderwagen.

Max hatte sich nach rechts gewandt, wo sich eine mehrere Meter lange Wand aus postgelben Schließfächern befand. Eine grauhaarige Frau stand davor und war dabei, etliche großformatige und ziemlich dicke Briefe aus einem davon zu nehmen und sie mit der Geschwindigkeit einer Wanderdüne in eine violette Kiste zu sortieren. Sie nahm jeden Brief einzeln aus dem Fach und behandelte ihn dabei so vorsichtig, als sei er zerbrechlich. *Antiquariat Stockhausen* stand in weißen Buchstaben auf der Seite der Kiste. Tom atmete aus.

Ninas Kopf wanderte zu ihm herum, aber sie schwieg. Er hätte gern gewusst, was in ihr vorging. Kurz vor dem Morgengrauen hatte er sie in ihrem Zimmer unruhig auf und ab wandern hören. Er war sich nicht ganz sicher gewesen, aber er hatte den Eindruck gehabt, dass sie in der Nacht auch leise geweint hatte.

»Okay«, sagte er und wandte sich an Max. »Beeil dich.«

Max steuerte zielstrebig auf eines der kleineren Fächer zu. Er schloss es auf und zog ein paar Briefe und ein Päckchen heraus, das dick genug war, um ein Ampullarium zu enthalten. »Bingo!«, sagte er und zeigte Nina die mit der Hand geschriebene Anschrift und den Absender.

»Er ist wirklich von Georgy!«, hauchte sie.

Toms Herz schlug schneller. Er ahnte, dass der Anblick des Päckchens sich wie ein Boxhieb in ihre Magengrube anfühlen musste. Mit zitternden Händen nahm sie es Max ab, und bevor Tom sie daran hindern konnte, riss sie es auf. Er schob sich schützend zwischen die Wartenden und sie, um sie vor fremden Blicken abzuschirmen.

»Da sind sie!«, flüsterte sie. Sie hielt ein zweites Kästchen in die Höhe, das dem in ihrer Tasche zum Verwechseln ähnlich sah. Mit fliegenden Fingern zerrte sie das Laborjournal heraus und drückte es Tom in die Hand. »Halten Sie mal!«

Während er gehorsam als ihr Stehpult fungierte, damit sie die Nummern der Ampullen mit denen im Journal vergleichen konnte, wuchs in ihm der Wunsch, von hier zu verschwinden. Sein Blick huschte beunruhigt durch die Halle, aber niemand schenkte ihnen auch nur die geringste Aufmerksamkeit. Die grauhaarige Frau von dem Antiquariat sortierte immer noch ihre Post.

»Nina …«, sagte er, aber sie war ganz auf die Ziffernkombinationen konzentriert. Er sah zu, wie die Antiquarin ihre Kiste hochhob, sie mit schmerzverzerrter Miene wieder abstellte und die Hände gegen ihren Rücken presste.

»Da ist es!« Triumphierend blickte Nina von dem Journal auf und tippte auf eines der Röhrchen in dem neuen Kästchen. Es war das ganz rechts in der Reihe, und die beiden letzten Ziffern seiner Kennnummer lauteten 12. Schlagartig hatte Tom alles andere ringsherum vergessen. Da vor ihm, direkt vor seinen Augen, befand sich das Medikament, das Sylvies Leben retten konnte! Vor Erleichterung wäre er beinahe in die Knie gegangen. Er wollte etwas sagen, aber ein in seiner Jugend und auf den entlegensten Märkten der Welt geschulter Instinkt sorgte dafür, dass sich die Haare in seinem Nacken aufstellten. Er fuhr herum.

Draußen vor der automatischen Tür der Postfiliale stieg einer der Russen aus einem dunkelroten Van.

Fuck!

Hastig packte Tom sowohl Nina als auch Max und zog sie zu sich hinter einem der Regale in Deckung.

Ninas Augen weiteten sich. »Was ist?«

»Die Russen sind hier.« Vorsichtig spähte Tom um das Regal herum. Der Mann, der soeben aus dem Van gestiegen war – es war der Typ mit dem Tablet und der Glatze –, steuerte direkt auf den Eingang der Postfiliale zu. Der Hüne, der Nina auf dem Flughafen verwanzt hatte, folgte ihm.

Die beiden unterhielten sich. Die Antiquarin versuchte erneut vergeblich, ihre schwere Kiste hochzuheben. Tom konnte ihr leises Ächzen hören.

Glatzkopf und der Hüne betraten die Post.

»Scheiße!«, hörte Tom Max wispern. »Woher wissen die, dass wir hier sind?«

Tom beobachtete, wie die beiden Männer sich umschauten, und plötzlich war er heilfroh über die vielen Menschen. »Wissen sie nicht«, murmelte er. »Sie vermuten es nur.«

Linker Hand drängte sich der Hüne an der Menschenschlange vor den Schaltern vorbei. Sein Blick schweifte durch die Halle, und er ging dabei unglaublich methodisch vor. Nicht zum ersten Mal wurde Tom bewusst, dass die Männer Profis waren. Er war sicher, dass irgendwo da draußen auch noch der dritte Kerl lauerte, derjenige, der Nina in Max' Wohnung die Waffe unter die Nase gehalten hatte.

Glatzkopf drehte ihnen den Rücken zu und entfernte sich von ihnen. In Tom verkrampfte sich alles. Die Russen durften die Phagen auf keinen Fall bekommen, sonst war auch noch Sylvies letzte Hoffnung zunichtegemacht.

Er wartete den Moment ab, in dem zwei über Eck aufgestellte Werbebanner ihren Verfolgern die Sicht versperrten.

»Laufen Sie!«, flüsterte er und deutete auf den rückwärtigen Eingang der Post.

Nina reagierte augenblicklich. Sie schob das Ampullarium in die Tasche ihrer Jacke, packte Max' Hand und zerrte ihn mit sich. Ziemlich geschickt achtete sie darauf, dass die Menschenschlangen sie vor den Blicken des Hünen verbargen.

Der Glatzkopf war stehen geblieben. Er drehte sich langsam um die eigene Achse, aber zu Toms Erleichterung in die falsche Richtung, weg von Nina und Max. Der Hüne kniff suchend die Augen zusammen, und Tom wusste, dass ihm nicht mehr viel Zeit blieb, bis er entdeckt wurde.

Mit einer schnellen Bewegung zog er sich die Kapuze des Hoodies über den Kopf. Dann huschte er geduckt zu der Antiquarin, die sich gerade daranmachen wollte, einen Teil ihrer Briefe zurück in das Postfach zu räumen. »Warten Sie«, sprach er sie leise an. »Ich helfe Ihnen.« Und bevor sie protestieren konnte, beugte er sich über ihre schwere Kiste und verbarg das Laborjournal zwischen den Umschlägen. Dann schnappte er sich die Kiste und trug sie zum Ausgang, wobei er darauf achtete, dass er den Russen den Rücken zuwandte.

Die alte Frau folgte ihm irritiert.

Ninas Herz jagte, als sie und Max durch den rückwärtigen Eingang der Postfiliale in die Mall hinausstolperten. Ihr Blick zuckte nach rechts, dann nach links. Wohin sollten sie? Nur ein paar Meter voraus befand sich ein Seitenausgang, durch den man auf einen Vorplatz gelangen konnte. Nina war schon auf halbem Wege dorthin, doch dann blieb sie wie angewurzelt stehen. Vor der doppelflügeligen Schwingtür stand ein Mann. Er trug Lederjacke und hatte beide Hände tief in den Taschen vergraben, aber es war deutlich zu sehen, dass er jemanden suchte. War das der Typ, der gestern mit einer Maske über dem Kopf in Max' Büro gestürmt war und ihr die Waffe unter die Nase gehalten hatte?

Nina packte Max am Arm und zerrte ihn hinter sich her in den Lifestyle-Laden direkt neben der Postfiliale. Der süßliche Duft von Raumparfüm stieg ihr in die Nase.

»Was soll …«, keuchte Max, doch sie ließ ihn nicht ausreden. Sie stieß ihn hinter einen der pyramidenförmigen Warentische, der wie eine Insel im Laden aufragte und gefüllt war mit Kochtöpfen, Pfannenwendern und allerlei überteuerten Gewürzen. Um die Ecke der Pyramide herum spähte sie nach draußen.

Der Russe blieb direkt vor der Ladentür stehen und drehte sich suchend um seine eigene Achse. Ninas Herz stockte, als sie dabei für einen Sekundenbruchteil unter seiner Lederjacke den Griff einer Waffe sah.

Atemlos suchte sie nach einem Fluchtweg. Die rückwärtige Ladentür führte direkt nach draußen ins Freie. Sorgsam peilte Nina die Lage. Wenn sie sich in gerader Linie zurückzogen, würde die Pyramide sie die meiste Zeit vor den Blicken ihres Verfolgers verbergen. Nur auf den letzten zwei Metern nicht, da mussten sie einen der niedrigeren Präsentationstische umrunden, der genau zwischen ihnen und dem rettenden Ausgang lag. Das Ding war vollgestellt mit ganzen Batterien von Raumduftdiffusoren und Glasflaschen mit Rattanstäbchen. In einem Aufsteller entdeckte Nina Samtetuis mit kleinen Glasfläschchen, allesamt Nachfüllpackungen für die Duftöle.

Sie biss sich nachdenklich auf die Lippe.

»Los«, sagte sie zu Max. »Raus hier!«

Die Wunde an Toms Seite protestierte gegen das Gewicht der Bücherkiste, aber er spürte den Schmerz kaum. Das Adrenalin ließ seine Ohren kreischen.

»Da ist er!«, stieß der Glatzkopf hervor.

Tom unterdrückte einen Fluch. Er hatte gehofft, dass die Kapuze und die Begleitung der Antiquarin ihn ein bisschen länger unsichtbar für seine Verfolger sein lassen würden. Blitzschnell musste er eine Entscheidung treffen. Er würde seine Verfolger von dem Laborjournal weglocken. »Sorry!«, stieß er hervor, ließ die Kiste auf den Boden krachen und drängte sich durch die Menschenmenge in Richtung Ausgang.

Glatzkopf schrie etwas, diesmal auf Russisch.

Toms Herz raste. Er sprintete aus dem Laden und hastete über die Greifenhagener Straße. Ein weißer Mercedes stoppte mit quietschenden Reifen nur Zentimeter vor seinen Beinen. Toms Hände krachten auf die Motorhaube.

»Hast du sie noch alle?«, schrie der Fahrer aus dem offenen Fenster.

Tom rannte weiter. Eigentlich wollte er zu Bos Audi, aber als er den Streifenwagen sah, der am Straßenrand geparkt war, verlangsamte er seine Schritte. Der Polizist am Steuer hatte seinen Beinaheunfall gesehen. Er öffnete die Tür des Streifenwagens und stieg aus.

»Kann ich Ihnen irgendwie helfen?«, fragte er Tom.

In diesem Moment hatten auch die Russen sich durch die Menge in der Post gekämpft und kamen nach draußen gerannt. Als sie sahen, dass Tom vor einem Polizisten stand, wandten sie sich abrupt ab und verschwanden um eine Ecke.

Tom atmete auf. »Nein, danke«, sagte er zu dem Polizisten und wollte ihn schon stehen lassen.

»Hallo?« Der Polizist versperrte ihm den Weg, indem er ihm den Arm quer über die Brust legte.

Reflexartig wich Tom zurück.

»Sie haben sich da eben ganz schön verkehrswidrig verhalten, wissen Sie das?«

Echt jetzt?, dachte Tom, aber statt dem Polizisten zu antworten, sah er zu, wie die Antiquarin mit ihrer vollen Bücherkiste im Arm auf den Bürgersteig hinauswankte und sie in einen klapperigen VW-Bus wuchtete. *Antiquariat Stockhausen* stand auf der Seite des Wagens, genau wie auf der Postkiste, und darüber prangte die stilisierte Darstellung eines alten Tierkreiszeichens, eines Steinbocks.

»Hallo!« Der Polizist klang jetzt verärgert. »Ich rede mit Ihnen!«

Arschloch, dachte Tom, verscheuchte diesen kurzen Anflug von Antifa-Attitüde aber gleich wieder. Er hatte jetzt andere Sorgen, als sich über die Herablassung des Mannes zu ärgern, er musste diese Frau daran hindern, mit dem Laborjournal wegzufahren! »Ähm«, machte er. »Ja, tut mir leid. Ich hatte es ein bisschen eilig.« Der Polizist hatte einen gestickten Aufnäher an der Brust. *M. Heller*, stand darauf. Tom kannte sich mit den Rangabzeichen an seiner Uniform gut genug aus, um zu erkennen, dass er einen Polizeiobermeister vor sich hatte.

Hinter ihm wurde der VW angelassen. Die Antiquarin fädelte sich in den laufenden Verkehr ein und war gleich darauf um eine Ecke verschwunden.

Tom zwang sich, ruhig zu bleiben. Das Buch war bei der Frau in Sicherheit, denn wo wäre es wohl besser aufgehoben als ausgerechnet bei jemandem, der den Wert von Büchern kannte, weil er damit handelte? Er würde sich das Laborjournal also leicht wiederbeschaffen können. So viele Antiquariate mit Namen Stockhausen konnte es in Berlin schließlich nicht geben.

Vorher musste er allerdings an Polizeiobermeister Heller vorbei. Und der schien nicht vorzuhaben, ihn so schnell ziehen zu lassen.

»Ich möchte bitte einmal Ihren Ausweis sehen«, sagte er.

Tom wusste, dass es die Sache nur verkomplizieren würde, wenn er sich weigerte, und da er keine Lust hatte, wegen Widerstands gegen die Staatsgewalt mit aufs Revier genommen zu werden, zog er seinen Ausweis und reichte ihn dem Beamten.

Der warf einen Blick darauf. »Tom Morell«, sagte er zu seiner Kollegin, die noch auf dem Beifahrersitz des Streifenwagens saß.

»Check mal, ob wir gegen jemanden dieses Namens was vorliegen haben.«

»Echt jetzt?«, entfuhr es Tom.

Seine Kollegin nahm ein Tablet aus dem Handschuhfach des Streifenwagens und gab Toms Namen ein. »Marc?«, sagte sie gleich darauf und hielt das Tablet so, dass Heller einen Blick darauf werfen konnte.

Seine Miene verfinsterte sich.

In Toms Magen verkrampfte sich etwas. Aus irgendeinem bescheuerten Reflex heraus konnte er der Versuchung nicht widerstehen, einen dummen Spruch zu machen. »Was ist los? Sehe ich einem Linksradikalen ähnlich, den ihr sucht, oder was?« Er grinste, aber Heller warf ihm nur einen warnenden Blick zu.

Gleich darauf gab er Tom seinen Ausweis zurück. »Wir haben Anweisung, Sie mit uns auf die Polizeiwache zu nehmen. Die Kollegen vom Staatsschutz möchten mit Ihnen reden.«

»Staatsschutz?« Tom steckte den Ausweis weg. Was zum Henker wollte der Staatsschutz von ihm? Sein Blick huschte umher. Von den Russen war keine Spur mehr zu sehen. Hoffentlich waren Nina und Max entkommen. »Was will der Staatsschutz von mir? Ist das wegen des Überfalls?«

»Ich bin nicht informiert über einen Überfall.«

»Hören Sie«, sagte Tom. »Ich habe nachher sowieso einen Termin mit dieser Kommissarin, einer gewissen Tina Voss, und ich ...«

»Umso besser«, fiel Heller ihm ins Wort. »Dann haben Sie sicher nichts dagegen, uns sofort zu ihr zu begleiten.«

Tom sah ihm direkt in die Augen. »Bin ich festgenommen, oder was?«

Heller schüttelte den Kopf. »Die Kollegen möchten Ihnen nur ein paar Fragen stellen.«

Seine Miene war entschlossen und kompromisslos, also

seufzte Tom. Er senkte den Kopf, presste die Fingerspitzen gegen die Stirn. »Okay. Hören Sie. Es gibt keinen Grund, mich wie einen Terroristen zu behandeln, ich …«

»Sind Sie denn einer?«

Die Frage kam so unvermittelt, dass Tom sich fast an seiner eigenen Spucke verschluckte. »Das war doch ein Scherz, Mann!«

»Passen Sie bitte auf, in welchem Tonfall Sie mit mir reden!« Hellers Hand befand sich für Toms Geschmack etwas zu nah am Griff seiner Waffe. Mittlerweile war seine Kollegin ausgestiegen. Auch sie wirkte angespannt.

Schlagartig fühlte Tom sich in eine Aufführung von *Der Staatsfeind Nr. 1* versetzt. »Gut. Also gut. Ich komme mit Ihnen, aber ich muss erst einer … Bekannten Bescheid geben. Ich bin mit ihr hier, und sie …«

»Das alles ist sehr interessant«, sagte der Polizist. »Aber bitte steigen Sie jetzt auf der Stelle in dieses Auto, bevor wir Zwangsmaßnahmen anwenden müssen!« Mit diesen Worten trat er an Tom vorbei und öffnete den Fond des Streifenwagens.

Arsch! Jetzt gestattete sich Tom diesen Gedanken. Aber er gehorchte und stieg ein.

Victors Atem ging gleichmäßig, obwohl er diese Schlampe und ihren Begleiter aus den Augen verloren hatte.

Wo waren die beiden bloß?

Er blickte zurück zur Postfiliale, dann in den Eingang des Lifestyle-Ladens daneben, in dem es in seinen Augen lauter nutzloses Zeug zu kaufen gab. Kurz hatte er den Eindruck gehabt, die beiden wäre darin verschwunden, aber er konnte keine Spur von ihnen entdecken. Er wollte sich schon abwenden, als drinnen in dem Laden eine empörte Stimme aufschrie: »Hey!«

Und da sah er sie, die dämliche Schlampe und diesen Seifert. Sie rannten zur rückwärtigen Tür.

Victor lief los, fuhr mit der Hand unter die Jacke, umfasste den Griff seiner Waffe, zog sie aber nicht. Zu viele Menschen. Zu viel Aufsehen.

Er beschleunigte, als die Frau und der PR-Typ den gegenüberliegenden Ausgang fast erreicht hatten. Mit der Schulter rempelte er gegen einen hoch aufgeschossenen Kerl, stieß ihn grob zur Seite. Der Mann schrie auf Deutsch irgendwas hinter ihm her, aber Victor beachtete ihn nicht. Er sah zu, wie die Frau an einem dieser Warentische vorbeischlidderte, kurz das Gleichgewicht verlor und sich dann wieder aufrappelte. Im nächsten Moment waren sie und der PR-Typ draußen.

Victor rannte ihnen nach.

Nina fiel förmlich durch die Ladentür ins Freie. Eine Gruppe von Studenten stand bei einer Reihe Fahrradständer zusammen und diskutierte. Mehrere Köpfe fuhren verwundert zu ihr herum, als sie an ihnen vorbeirannte.

Ein paar Tauben flatterten auf, sie glaubte zu spüren, wie eine davon sie mit der Flügelspitze an der Wange streifte.

Max. Wo war Max?

Da hörte sie ihn dicht hinter sich. Er keuchte. Ihr eigenes Herz jagte vor Panik. Sie wollte um eine Ecke sprinten, aber ihr Verfolger hatte nun genug von dem Spiel.

»Stehen bleiben!«, hörte sie seine gepresste Stimme auf Russisch rufen. Und gleich darauf erklang ein dumpfes Ploppen, das ihr das Blut in den Adern gefrieren ließ. Splitt spritzte dicht neben ihr auf und traf sie am Hosenbein.

Er hat auf mich geschossen!

Schlagartig war ihr Kopf leer. Sie stolperte, fing sich nur mühsam. Ihre Tasche, deren Riemen ihr im Laufen von der Schulter gerutscht war, hielt sie mit einem Arm schützend gegen die Brust gepresst. Die andere hatte sie zu einer Faust geschlossen. Langsam drehte sie sich um.

»Was …?«, hörte sie Max wimmern.

Der Russe war ebenfalls stehen geblieben. Er hatte die Hand noch immer in der Jacke, aber Nina war sich ganz sicher, dass er geschossen hatte, und vor allem, dass der Lauf seiner Waffe in seiner Tasche direkt auf ihre Brust wies.

Ihre Knie wurden weich.

Max ächzte leise. Dann fing er sich. »Was wollen Sie von …«

»Klappe halten!«, fuhr ihr Verfolger ihn auf Russisch an, und auch wenn Max den genauen Wortlaut nicht verstehen konnte: Der Sinn erschloss sich ihm allein aus dem Tonfall und aus dem Gesichtsausdruck seines Gegenübers, das war deutlich zu erkennen.

Die Studenten bei den Fahrradständern hatten ihre Diskussion unterbrochen und sahen gespannt zu, was als Nächstes geschah. Der Russe trat vor Nina hin. »Umdrehen«, sagte er leise. »Und dann vorwärts. Kein Aufsehen.«

Ihr Verfolger zwang sie in eine Nische zwischen der Mall und einem offenbar leerstehenden Nachbargebäude. Ein paar krüppelige Büsche standen hier, es roch streng nach Urin und Schimmel. Würde es das Letzte sein, was sie in ihrem Leben wahrnahm? Sie wechselte einen Blick mit Max. Er war totenbleich, und vermutlich sah sie nicht besser aus.

Der Russe streckte die Linke aus und deutete auf den Gegenstand, den sie in ihrer Faust hielt. »Hergeben!«

Nina schüttelte den Kopf. Wenn sie wollte, dass der Plan funktionierte, den sie eben dadrinnen im Laden innerhalb von Sekundenbruchteilen gefasst hatte, durfte sie nicht zu schnell nachgeben.

Der Russe verlieh seiner Forderung ein wenig mehr Nachdruck. »Hergeben!«

»Nina!«, keuchte Max. »Gib ihm, was er will, um Himmels willen!«

Sie setzte zu einem weiteren Kopfschütteln an, aber der Russe war jetzt mit seiner Geduld am Ende. Seine Hand schoss auf sie zu, packte ihren Arm und riss ihn herunter. Gleichzeitig nahm er die Waffe aus der Jackentasche und richtete sie auf sie. »Loslassen!«, befahl er.

Und da gehorchte sie. Sie öffnete die Faust. In ihr lag ein schwarzes Samtetui. Der Russe schaute ein wenig verwundert, aber er nahm es an sich und lächelte.

Gut so!, dachte Nina, aber zu ihrem Entsetzen befahl er: »Und jetzt auch noch das andere! Und das Buch!«

Sie wich zurück, aber die Wand in ihrem Rücken stoppte sie. Der Geruch nach Schimmel wurde stärker, als sie mit dem Fuß auf ein Stück blanke Erde geriet.

»Ich habe das Buch nicht«, flüsterte sie. Sie präsentierte ihm die offene Tasche, um zu beweisen, dass sie die Wahrheit sagte. Sekundenlang starrte der Russe auf ihr Mininotebook und auf das Chaos aus Kosmetika, Taschentuchpackungen und anderem Krimskrams. Er kramte alles zur Seite und fand das erste Ampullarium, das sie vorhin beim Verlassen von Bos Wohnung sorgsam ganz auf dem Boden der Tasche verborgen hatte. Mit einem Lächeln nahm er es an sich, das Samtetui steckte er ein. Nina knirschte mit den Zähnen.

»Dieser andere Typ hat das Buch, oder?«, schnaufte der Russe.

Sie nickte schwach.

Er nahm das Handy heraus und wählte. Es dauerte einen Augenblick, dann sagte er auf Russisch: »Euer Typ hat das Buch.« Er lauschte auf das, was sein Gesprächspartner sagte. Nina konnte ihn leise »Scheiße« murmeln hören. »Kümmert euch drum!«, befahl er knapp und legte auf.

Dann starrte er Nina direkt in die Augen, biss die Zähne zusammen.

Jetzt erschießt er uns!, dachte sie.

Heller gab über Funk durch, dass sie einen gewissen Tom Morell aufgegriffen hatten und nun zum Tempelhofer Damm bringen würden. Währenddessen saß Tom im Fond des Streifenwagens und starrte auf die Kopfstütze vom Beifahrersitz. Obwohl die Beamten ihm keine Handschellen angelegt hatten, überkam ihn das Gefühl, dass er soeben verhaftet worden war. Und dieses Gefühl wuchs noch, als er Nina anrufen wollte und Heller es ihm verbot. »Bitte unterlassen Sie es, hier drinnen zu telefonieren!«

»Erklären Sie mir mal, was hier eigentlich los ist?«, brauste Tom auf. »Ich meine, Sie nehmen mich einfach so in Gewahrsam, und ich ...«

»Wie gesagt, die Kollegen vom Staatsschutz möchten mit Ihnen reden. Mehr wissen wir auch nicht.«

Mit einem frustrierten Laut schlug Tom die flache Hand gegen die Kopfstütze. Wann war er vom normalen Bürger zum Terroristen mutiert? In Gedanken ging er sein Gespräch mit den beiden Beamten nochmal durch. Vergebens. Soweit er es sah, hatte er nichts gesagt oder getan, was diese Reaktion rechtfertigen würde – na ja, bis auf den blöden Spruch mit dem Linksextremisten vielleicht. Aber der war erst gefallen, nachdem die Polizistin irgendwas über ihn auf ihrem Tablet gelesen hatte. Wenn er nur gewusst hätte, was das war! Grübelnd starrte er auf seine Hände, ballte sie zu Fäusten, entspannte sie wieder, ballte sie erneut.

Hoffentlich machte Nina sich keine allzu großen Sorgen, wenn er sich nicht meldete.

Heller fuhr die Wichertstraße entlang in Richtung Osten. Als sie nach rechts in die Prenzlauer Allee einbogen, fiel Tom auf, dass er sehr viel häufiger als normal in den Rückspiegel schaute.

Er wandte sich um. Direkt hinter ihnen fuhr ein dunkelroter Van. Ihm blieb die Luft weg. Es war derselbe, der gestern vor Max' Büro gestanden hatte. Derselbe, aus dem eben vor der Post die Russen ausgestiegen waren.

»Der Wagen da …« Tom verstummte, als die Polizistin sich zu ihm umwandte und ihn warnend ansah.

Heller steuerte den Streifenwagen am Planetarium vorbei. An einer Ampel mussten sie halten. Der Van hielt hinter ihnen. Wieder wandte Tom den Kopf, aber blöderweise stand die Sonne so, dass sie sich in der Scheibe des Vans spiegelte.

Heller warf Tom im Rückspiegel einen Blick zu.

Die Ampel sprang auf Grün. Heller gab Gas.

Der Van ebenfalls. An der nächsten Ampel scherte er aus und hielt auf der Spur rechts neben dem Streifenwagen. Der Fahrer war tatsächlich der Typ mit der Glatze und dem Tablet. Von seiner Position auf dem Rücksitz aus sah Tom mit an, wie die Schiebetür des Vans aufgezogen wurde. Seine Gedanken überschlugen sich, während die Welt in Zeitlupe verfiel.

Der Hüne sprang aus dem Van und war bei der Beifahrertür des Streifenwagens, bevor Heller ein »He!« über die Lippen gebracht hatte. Die Tür wurde aufgerissen. Zweimal schnell nacheinander machte es dumpf Plopp, und die Innenseite des Fahrerfensters war plötzlich voller Blut. Schlagartig wurde Toms Welt fahl und zweidimensional. Bevor er begriff, was geschehen war, wandte sich der Hüne der Hintertür auf seiner Seite zu, zog sie auf, packte ihn und zerrte ihn aus dem Wagen. Er erhielt einen brutalen Schlag auf den Hinterkopf und fast zeitgleich einen Stoß zwischen die Schulterblätter. Die Ladefläche des Vans raste auf ihn zu, und weil er zu benommen war, um sich abzustützen, knallte er mit dem Gesicht auf. Dann wurde die Tür hinter ihm zugeworfen.

Die ganze Aktion hatte keine fünf Sekunden gedauert, dachte Tom, als er in der Tasche sein Handy klingeln hörte. Es war sein vorletzter Gedanke, und der letzte war: Hier riecht es ganz schön nach Hund.

Dann war alles dunkel.

Nina starrte in die Mündung der Waffe. Sie presste ihre Tasche wie einen Schutzschild an die Brust, aber sie war noch klar genug im Kopf, um zu wissen, dass das dünne Material eine Kugel nicht aufhalten würde. Zitternd atmete sie ein. *Ruhig bleiben!* Täuschte sie sich, oder bebte die Hand ihres Verfolgers? Sie spähte an ihm vorbei, auf der verzweifelten Suche nach jemandem, der ihnen helfen konnte. Aber die Nische, in die der Russe sie gedrängt hatte, führte tief zwischen die Gebäude, und sein Körper versperrte den Durchgang komplett. Nina schluckte. Sie konnte um Hilfe rufen, aber bevor jemand reagieren würde, wäre sie längst tot. Und Max auch.

»Hören Sie …«, krächzte sie und dachte in ihrer Panik nicht daran, es auf Russisch zu tun.

»Zatknis'!«, stieß der Russe hervor. *Maul halten!* Er hob das Ampullarium in seiner Hand und betrachtete es.

Nina verspürte den irrationalen Wunsch, es ihm zu entreißen, egal, was dann geschehen würde.

Die Mündung der Waffe schwang zu Max herum.

Nina reagierte reflexartig. Ihr Arm schoss vor, ihre Tasche traf die Hand ihres Verfolgers und schlug sie mitsamt der Waffe zur Seite. Der Schuss klang wie ein dumpfes Krachen. Sie hörte den Querschläger davonjaulen, hörte Max aufschreien. Die Gedanken in ihrem Schädel kreischten panisch. Mit einem wütenden und verzweifelten Schrei rammte sie dem Russen das Knie genau zwischen die Beine. Er schrie nicht, er ächzte nur und klappte zusammen. Nina warf sich gegen ihn und brachte ihn zu Fall.

»Lauf!«, brüllte sie Max zu und kickte die Waffe mit aller Kraft davon. Das Ding schlidderte über das Pflaster und blieb irgendwo zwischen den Büschen liegen.

Nina gab dem Russen einen letzten Tritt, der ihn endgültig zu Boden gehen ließ. Das Ampullarium entglitt ihm und landete auf dem Boden. Nina schnappte es sich, presste ihre Tasche an sich und stürzte davon. Sie musste weg hier, sofort.

2

Ihre Tasche vor die Brust gedrückt, rannte Nina eine schmale Gasse entlang, fort von dem Kerl und seiner Waffe. Ein rauschartiges, ja fast schon triumphales Gefühl überflutete sie: Sie waren entkommen! Sie waren am Leben! Und dieser Mistkerl würde heute Abend Eier in der Farbe von Pflaumen haben.

Sie konnte nicht anders: In vollem Lauf lachte sie laut heraus. Es fühlte sich vollkommen irre an.

Max, der ihr dicht auf den Fersen war, keuchte.

Sie rannten, bis sie an einer kleinen Backsteinkirche und einem überfüllten Kinderspielplatz vorbei waren und sicher sein konnten, dass der Russe sie nicht verfolgte. Vor einem Café mit weiß-goldener Inneneinrichtung blieben sie stehen.

»Das ...« Max konnte nicht weitersprechen. Sein Atem ging stoßweise. »Das ... war ... Wahnsinn!«, stieß er hervor.

Nina wusste nicht, ob er es bewundernd oder tadelnd meinte. Es war ihr auch egal. Auf einmal konnte sie Tom verstehen und auch diesen Spruch aus seinem Interview, dass Gefahr für ihn eine Methode war, sich lebendig zu fühlen. Genau das war es, was auch sie gerade empfand: unbändige Lebendigkeit!

Sie drehte eine Pirouette. Lachte erneut. Dann schlang sie den Riemen ihrer Tasche über die Schulter und packte Max am Arm. »Komm!« Ohne auf seinen Protest zu achten, zog sie ihn in das Café, dessen Räumlichkeiten sich lang und schmal bis tief in das Gebäude zogen. Die hinteren Tische waren alle unbesetzt und von der Straße aus nicht einzusehen.

Nina ließ sich an einen davon fallen. Das Ampullarium stellte sie auf den Tisch. Und in derselben Sekunde verflog das Hochgefühl und wurde von einem heftigen Zittern ersetzt. Sie umschlang sich selbst mit den Armen und wartete, bis es wieder ging. Max saß ihr gegenüber und schüttelte unablässig den Kopf. Wieso zitterte er nicht?

Er hatte nicht direkt in den Lauf der Waffe geguckt, oder doch? Sie wusste es nicht. Sie wusste es einfach nicht mehr. Sie atmete so tief ein, wie sie konnte.

Die Bedienung hatte sie mittlerweile wahrgenommen und machte Anstalten, zu ihnen zu kommen.

»Okay.« Nina stieß die Luft wieder aus. »Okay.« Sie nahm ihr Handy heraus und wählte Toms Nummer. Es klingelte. Sekunden verstrichen, dann schaltete sich eine Mailbox an.

»Hey. Hinterlasst eine Nachricht!«

Sie legte wieder auf. »Er geht nicht ran.«

»Vielleicht hat er das Klingeln nicht gehört.« Es war offensichtlich, dass Max sie nur beruhigen wollte. Er selbst wirkte ebenso beunruhigt wie sie.

»Ja. Vielleicht.« Oder aber Tom war noch immer auf der Flucht vor den Russen. Oder sie hatten ihn längst … Ihn und das Laborjournal … Der Gedanke fühlte sich an wie Stacheldraht, der durch ihre Gehirnwindungen gezogen wurde. Tom war in Gefahr, wie konnte sie sich da nur um das blöde Journal sorgen?

Sie warf sich gegen die Stuhllehne und versuchte noch einmal, ihn zu erreichen, mit demselben Ergebnis. Entmutigt legte sie das Handy auf den Tisch. »Er ist entkommen«, sagte sie mit Nachdruck. Etwas anderes zu denken kam einfach nicht infrage.

»Was machen wir jetzt?«, wollte Max wissen. »Gehen wir nochmal zur Polizei?«

Die Bedienung kam. Nina legte eine Hand auf das Ampullarium, während ihre Bestellung aufgenommen wurde. Die Bedienung ging wieder. Nina ließ die Hand, wo sie war.

»Was würde das bringen?«, fragte sie.

»Nina, der Typ hat uns schon wieder mit einer Waffe bedroht! Er verfolgt uns, und offenbar weiß er immer noch jederzeit, wo wir sind!«

Ja, das war ihr auch schon durch den Kopf geschossen. Woher hatten die Russen von dem Postfach gewusst? Gab es da immer noch eine Wanze? Unwahrscheinlich. Dazu hatten Tom und sie zu genau nachgesehen.

Tom, der sich jetzt nicht mehr meldete. War er doch ein Komplize der Russen? Schwachsinn, denn wenn das der Fall gewesen wäre, dann wären die Kerle doch schon in der Nacht in Bos Wohnung aufgetaucht. Oder? Nicht unbedingt, wenn Tom erst sichergehen wollte, dass er auch noch die zweite Phagensendung in die Finger bekam.

Das. Ist. Völliger. Schwachsinn!

Die Russen wollten Georgys Vermächtnis. Tom brauchte es aber ebenfalls, und zwar dringend, um seine Tochter zu retten. Nein, es musste also eine andere Erklärung dafür geben, dass die Russen sie in der Postfiliale aufgespürt hatten. An Tom jedenfalls lag es nicht.

»Hey! Hörst du mir überhaupt zu?« Max wedelte vor ihren Augen herum, und ihr wurde bewusst, dass sie völlig in Gedanken versunken war. »Ich habe gesagt, dass wir der Polizei unbedingt von diesem Kerl berichten müssen.«

»Stimmt«, murmelte Nina. Sie dachte daran, dass sie heute Nachmittag sowieso diesen Termin mit der Kommissarin hatten. Wenn sie jetzt auf eine andere Polizeistation gingen, um den Überfall zu melden, würden sie warten müssen, bis diese Frau Zeit für sie hatte. Sie schüttelte den Kopf. »Wir gehen nicht zur Polizei.«

Max quollen die Augen hervor. »Wieso …?«

Sie erklärte ihm ihren Gedankengang, und es schien ihm einzuleuchten. »Und was willst du stattdessen tun?«

»Das, was wir sowieso vorhatten. Wir fahren zu diesem Ethan und versuchen, Sylvie das Leben zu retten.«

»Echt jetzt? Nach dem, was eben passiert ist, denkst du schon wieder an die Arbeit? Du hast sie ja nicht mehr alle!« Ihm schien etwas einzufallen. Er öffnete das Ampullarium auf dem Tisch und betrachtete die vier Ampullen darin und auch die beiden leeren Halterungen, in denen die beiden zerstörten Glasröhrchen gesteckt hatten. Bevor Nina dagegen protestieren konnte, schnappte er sich ihre Tasche und durchwühlte sie.

»He!«

Er stellte die Tasche wieder auf den Boden. »Wir haben das zweite Ampullarium nicht mehr«, stellte er nüchtern fest.

»Doch. Haben wir.« Nina lehnte sich zur Seite und zog das zweite Ampullarium aus der Jackentasche. Behutsam stellte sie es neben dem ersten auf den Tisch. Die beiden ähnelten sich wie ein Ei dem anderen.

»Aber …« Max' Gesichtsausdruck verwandelte sich in Verblüffung. »Wie … Aber du hast dem Typen doch irgendwas gegeben! Er hat es eingesteckt, das habe ich genau gesehen.«

Aber offenbar warst du zu sehr auf die Waffe konzentriert, um genau hinzusehen, dachte Nina und lächelte. Das Gefühl des Triumphes kehrte zurück und verdrängte für einen kurzen, kostbaren Augenblick die Sorge um Tom und das Journal. Diese schwarzen Samtetuis, in denen der Laden seine Duftöle verkaufte, sahen normalen Ampulletuis wirklich zum Verwechseln ähnlich. »Die werden sich schön wundern, warum ihre Phagen nach Vanille duften.«

Victor stand mit beiden Fäusten an die Mauer gestützt da und atmete gegen den Schmerz an, der in Wellen durch seinen Unterkörper raste.

Diese Fotze!

202

Es fühlte sich an, als hätte sie ihm die Eier bis hoch zum Kehlkopf gerammt. Zu allem Überfluss hatte sie auch noch das eine Kästchen mit den Ampullen wieder an sich gebracht und war damit abgehauen. Wenn er die in die Finger kriegte ...

Als der Schmerz endlich so weit abgeklungen war, dass er sich aufrichten konnte, betrachtete er das Etui mit dieser dämlichen Medizin in seiner Hand. Wenigstens das hatte die dumme Kuh nicht auch noch mitnehmen können! Er schüttelte das samtene Ding.

Es war ziemlich leicht. Er öffnete es, aber es befanden sich nur drei Glasfläschchen darin, und die sahen auch noch ganz anders aus als die in dem grauen Kasten.

Was zum ...

Er kniff die Augen zusammen und versuchte, die Schrift auf den Fläschchen zu entziffern. Die Buchstaben waren Lateinisch, aber das war im Grunde egal, denn unter ihnen prangte das vielsagende Bild einer hellgelben Blüte. Sein Kopf ruckte hoch, als er begriff. Diese elende ... Sie hatte ihn verarscht!

»Miststück!« Mit einem zornigen Aufschrei schleuderte er das Etui samt Inhalt gegen die Mauer. Der intensive Geruch von Vanille stieg ihm in die Nase.

Tom erwachte mit rasenden Kopfschmerzen. Er lag mit der Wange auf hartem, kaltem Blech und wusste nicht genau, was mehr wehtat: sein Jochbein, mit dem er seinen Sturz gebremst, oder sein Hinterkopf, wo ihn der Schlag getroffen hatte.

Stöhnend wälzte er sich auf die Seite. Er tastete seinen Hinterkopf ab und fühlte klebriges Blut. Auch über seine Wange rann etwas Blut, das aus einer Platzwunde an seinem Jochbein sickerte. Stöhnend wischte er sich mit dem Handrücken über das Gesicht.

Der Nebel in seinem Verstand lichtete sich nur langsam. In seiner Erinnerung sah er den riesenhaften Russen noch einmal aus dem Van springen, hörte diese beiden unerträglichen, dumpfen Laute. Er sah die Wolke aus rotem Nebel, die die Seitenscheibe traf.

Er würgte. Erste Fragen schälten sich durch den Schmerz: Was wollten die von ihm? Das war einfach. Das Laborjournal. Warum hatten sie ihn nicht erschossen, genau wie die beiden Polizisten? Ebenfalls einfach. Sie mussten geahnt haben, dass er das Laborjournal nicht mehr hatte, dass er aber wusste, wo es sich befand.

Wie lange war er ohnmächtig gewesen? Offenbar nicht allzu lange. Er lag nach wie vor auf der Ladefläche des Vans, und offenbar fuhren sie auch noch.

Jemand sagte etwas auf Russisch, das er nicht verstand.

Er hob den Kopf. Der Hüne beobachtete ihn durch eine schmale Tür zwischen Fahrerkabine und Ladefläche. In seiner Hand lag eine Waffe, die Mündung war direkt auf Toms Stirn gerichtet.

Tom stemmte sich auf die Ellenbogen hoch.

»Lizhi! Ne dvigaysya!«, befahl der Hüne, und diesmal verstand Tom sein Russisch. *Liegen bleiben! Nicht bewegen!*

Er gehorchte nicht, sondern wälzte sich so herum, dass er die beiden Männer im Auge behalten konnte, ohne sich den Hals zu verrenken. Der Kerl mit der Glatze fuhr den Wagen. Er warf Tom über die Schulter hinweg nur einen kurzen Blick zu und schaute dann wieder auf die Straße.

»Sie sollten besser auf ihn hören«, sagte er auf Deutsch. Durch die Windschutzscheibe konnte Tom sehen, dass sie durch ein Industriegebiet fuhren, das sich überall in Berlin befinden konnte. Er sah leerstehende Lagerhäuser und dazwischen immer wieder einzelne Backsteingebäude aus dem 19. Jahrhundert. Sie fuhren einige Minuten lang kreuz und quer durch immer enger werdende Gassen, bis sie schließlich vor einem Gebäude hielten. Der Hüne zog die Tür des Laderaums auf, und Tom hatte das Gefühl, ziemlich weit draußen zu sein. Hier war kein Verkehrslärm zu hören, dafür aber Vogelgezwitscher und ein paar Grillen, die im Gras lärmten.

Der Hüne beugte sich in den Wagen, packte Tom und zerrte ihn nach draußen. Schwindel erfasste Tom, als er so unvermittelt in die Senkrechte gezwungen wurde. Er taumelte, fing sich aber, während der Hüne ihn grob abtastete, ihm das Handy abnahm und es dem Glatzkopf gab.

Dieser starrte es kurz an, bevor er es einsteckte. »Wo ist das Buch?«, fragte er.

»Hab ich nicht mehr.«

Glatzkopf trat vor ihn hin und bohrte den Blick in seinen. »Wo ist es?« Er hatte Augen, die einem einen Schauder über den Rücken jagten.

Sachte schüttelte Tom den Kopf.

In der nächsten Sekunde rammte der Dreckskerl ihm die Faust in den Magen. Tom klappte zusammen. Heißer Schmerz fuhr ihm durch den Körper, und bittere Galle schoss in seiner Kehle hoch. Er holte so tief Luft, wie es ging, und richtete sich wieder auf.

Nina hatte ihm vergangene Nacht mehr als deutlich gemacht, dass das Buch und vor allem dieser Phagencocktail mit der Nummer 12 vielleicht Sylvies allerletzte Chance waren. Er würde also den Teufel tun und diesen beiden Arschlöchern hier die Medikamente auf dem Silbertablett präsentieren. Er sandte ein kurzes Stoßgebet gen Himmel, dass Nina und Max mit den Phagen entkommen sein mochten, und als der Glatzkopf dem Hünen befahl, ihn ins Innere des verlassenen Gebäudes zu schaffen, machte er sich auf eine harte Zeit gefasst.

Der Typ mit der Glatze hieß Jegor, das bekam Tom mit, als der Hüne ihn beim Betreten des alten Backsteingebäudes mit Namen anredete. Die beiden führten ihn eine Treppe hoch und in einen von mehreren Räumen im Obergeschoss. Bis auf einen wackeligen Schreibtisch in einer Ecke und einen alten Stuhl mitten im Raum wies nicht mehr viel darauf hin, dass diese Räume früher mal als Büros gedient hatten.

»Halt ihn fest!«, befahl Jegor dem Hünen. Dann schlug er genau einmal zu. Während Tom japsend in die Knie ging und er von dem Hünen aufrecht gehalten werden musste, nahm Jegor sein eigenes Handy raus und rief einen gewissen Victor an, vermutlich den Dritten in ihrem Team.

»Eto ya«, sagte er. *Ich bin's.* So weit reichten Toms Russischkenntnisse noch. Vom Rest des Redeschwalls verstand er allerdings kaum ein Wort – abgesehen von der Tatsache, dass der Hüne offenbar Misha hieß.

Misha, dachte Tom dumpf. *So siehst du aus.*

Dann lauschte Jegor, was dieser Victor ihm sagte. Er wurde dabei erst ein wenig blass, dann knallrot. Seine nächsten Worte klangen hart und wütend wie ein Schnellfeuergewehr, und in Tom erwachte ein Anflug von Hoffnung. Hatte Victor etwa gerade gesagt, dass ihm Nina und Max entwischt waren?

»Da«, beendete Jegor das Gespräch schließlich knapp. *Ja.* »Do skorogo.« *Bis gleich.*

Dann legte er auf, wandte sich wieder an Tom. Der wehrte sich einmal kurz gegen den Griff des Hünen, gab es aber auf, als Jegor seine Waffe zog und auf ihn richtete. »Also nochmal von vorn: Wo ist das Buch?«

Tom schwieg.

Jegor wartete. Der rot-blaue Siegelring an seinem kleinen Finger sah albern aus, die Mündung der Waffe hingegen wirkte alles andere als albern. Sie schien Tom groß genug, um hineinzustürzen. Er schwitzte. Sein Handy in Jegors Jackentasche klingelte und verstummte wieder. Klingelte erneut. Nina? In seinem Hirn kreiste es, die Wunde an seinem Hinterkopf schmerzte, die Platzwunde in seinem Gesicht ebenso, genau wie seine malträtierten Rippen.

Jegor ignorierte das Klingeln. »Ich frage nur noch einmal«, sagte er. »Wo ist das Buch?«

»Ich weiß es nicht.« Toms Gedanken stolperten. »Die Frau hat es, oder?« Für den Bruchteil einer Sekunde rieselte es kalt durch Toms Adern. Doch als Jegor hinzufügte: »Diese Nina Falkenberg?«, da begriff Tom, dass er nicht die Antiquarin meinte.

Er schüttelte den Kopf. »Sie hat es mir gegeben. Ich habe es verloren, als ihr mich verfolgt habt.«

»Bullshit!«, spuckte Jegor und befahl Misha, Tom loszulassen und zur Seite zu treten. Misha gehorchte auch diesmal. Jegor senkte die Waffe von Toms Brust auf sein Knie.

Er schießt nicht!, durchzuckte es Tom. *Er will nicht, dass man es hört!*

Das dumpfe *Plopp* der Waffe war wie ein Schock. Kein Schmerz. Dafür grenzenlose Erleichterung. Jegor hatte knapp an seinem Bein vorbei in den Boden geschossen.

Tom schalt sich einen Idioten. Die Russen hatten auf offener Straße zwei Polizisten hingerichtet. Jegor war es vermutlich scheißegal, ob jemand die Schüsse hörte. Tom schwankte. Dachte an Sylvie. Sie brauchte diese Therapie mit den Phagen. Er musste sich verdammt nochmal endlich was einfallen lassen. Langsam hob er den Kopf wieder, diesmal sah er Jegor in die Augen. Unmöglich zu sagen, wie dieser eiskalte Typ reagieren würde.

»Die nächste Kugel trifft«, sagte Jegor.

Tom biss die Zähne zusammen, und Jegor spannte den Hahn.

»Jegor«, sagte Misha.

»Was?«

Das nun folgende stakkatoartige Russisch hätte genauso gut Chinesisch oder auch Klingonisch sein können. Nur dass mehrmals der Name *Victor* fiel, konnte Tom verstehen. Aus der Art, wie die beiden diskutierten, schloss er, dass dieser Victor verboten hatte, ihm etwas anzutun.

Jegor schien damit nicht einverstanden. Er schüttelte trotzig den Kopf, aber er sicherte die Waffe und steckte sie ein.

Vor Erleichterung sackte Tom ein Stück in sich zusammen.

Voss und Lukas füllten die Zeit bis zu ihrem Treffen mit Dr. Seifert und den beiden anderen Zeugen damit, in einem anderen Fall zu ermitteln. Irgendwann im Laufe des Vormittags klingelte ihr Telefon. Am Apparat war ein Mann mit einem schwach hörbaren Berliner Dialekt. »Runge. Hey Voss.« Kriminaloberkommissar Jens Runge war ein Kollege von ihr, der zum Dezernat für Linksextremismus gehörte und nur wenige Türen weiter saß. Den Geräuschen nach zu urteilen, war er im Moment allerdings irgendwo in der Stadt unterwegs.

»Hey Jens«, grüßte Voss ihn. Sie mochte ihn, hauptsächlich deswegen, weil er einer der wenigen ihrer männlichen Kollegen war, der sie mit Nachnamen anredete. Die meisten anderen hingegen nannten sie Christina oder gar bei ihrem Spitznamen, Tina.

»Ich habe gesehen, dass du einen Aktenvermerk über einen gewissen Tom Morell für unsere Abteilung erstellt hast«, sagte er.

»Ja. Morell ist ein Zeuge in einem Fall, den Tannhäuser mir übertragen hat. Warum fragst du?« Noch während sie sprach, glaubte sie, im Hintergrund Martinshörner zu hören, die sich näherten.

»Wir haben hier einen Doppelmord«, sagte er. »Und ich könnte mir vorstellen, dass du dir das gern ansehen würdest.«

»Wieso das?«

»Die Opfer sind zwei Kollegen.«

Zwei ermordete Polizisten? Das erklärte, warum der Fall Runge zugeteilt worden war. Bei Polizistenmorden wurde in Berlin seit einiger Zeit standardmäßig vom Polizeilichen Staatsschutz ermittelt – seit es während der Corona-Krise eine Reihe linksradikaler Angriffe auf die Privatwohnungen mehrerer Kollegen gegeben hatte.

»Die beiden haben kurz vorher deinen Tom Morell aufgegriffen«, sagte Runge. »Und ich fresse einen Besen, wenn dein Mann nicht unser Täter ist.«

Toms Hände kribbelten. Nachdem Jegor mit diesem Victor telefoniert hatte, hatte er Misha den Befehl gegeben, ihm mit Kabelbindern die Hände auf dem Rücken zu fesseln. Misha hatte das überaus sorgfältig erledigt, dann hatte er Tom auf dem morschen Stuhl niedergedrückt, und dort hockte er jetzt.

Jegor tigerte unruhig im Raum auf und ab. Tom war sich mittlerweile sicher, dass Victor tatsächlich verlangt hatte, nichts zu unternehmen, nur das erklärte seiner Meinung nach, warum Jegor ihn nicht weiter bearbeitete. Gut, das verschaffte ihm eine kleine Atempause. Die Frage war nur, für wie lange. Noch während er sich das fragte, klingelte sein Handy in Jegors Jacke erneut.

Jegor nahm es heraus, dann grinste er Tom an. »Nina? Kein Nachname?«, sagte er. Dann drückte er auf den roten Button auf dem Display.

Der Ton, der signalisierte, dass ihr Anruf abgelehnt worden war, gellte in Ninas Ohren.

»Was ist?« Über den Tisch hinweg sah Max sie an. Die vergangene knappe Dreiviertelstunde hatte er mit ihr darüber diskutiert, ob sie nicht doch noch sofort zur Polizei gehen sollten. Die ganze Zeit hatte Nina dabei ungeduldig auf einen Anruf von Tom gewartet. Doch dieser Anruf war nicht gekommen, darum hatte sie es noch einmal bei ihm versucht.

»Ich weiß nicht«, murmelte sie nun. »Er hat mich weggedrückt.« Vor ihrem geistigen Auge spielten sich wilde Szenen mit Tom ab, der noch immer auf der Flucht vor den Russen war. Sie starrte ihr Telefon an, widerstand aber dem Versuch, erneut seine Nummer zu wählen. Wenn er in Sicherheit war, würde er sich bei ihr melden. Sie war im Besitz der Medikamente, die seiner Tochter das Leben retten konnten. Er würde sich melden. Und ihr dann auch das Laborjournal bringen.

Wenn sie ihn nicht vorher umbrachten oder er zu den Russen …

Okay. Schluss damit!

Sie legte beide Hände um die noch nicht angerührte Tasse mit Kaffee, die die Kellnerin irgendwann vorhin vor sie hingestellt hatte. »Können wir uns dann endlich um Sylvie kümmern?«

Max schien endlich bereit dazu. Er hatte die Ellenbogen auf dem Tisch aufgestützt und die gefalteten Hände an die Lippen gelegt. Im Gegensatz zu Nina hatte er seinen Kaffee längst ausgetrunken.

Sie rief die Website des Loring-Klinikums auf, in dem Sylvie lag. Dr. Heinemann hieß der behandelnde Arzt des Mädchens, das hatte Tom gesagt. Sie suchte die Nummer seiner Station heraus, rief dort an und wurde zu ihrer Überraschung ohne Umschweife durchgestellt.

»Heinemann?« Die Stimme des Arztes klang kompetent und vertrauenswürdig.

»Dr. Heinemann, mein Name ist Falkenberg«, sagte Nina. »Ich fürchte, das hier ist ein etwas ungewöhnlicher Anruf, aber ich rufe Sie im Auftrag von Tom Morell an. Er hat mich gebeten, für eine alternative Therapie für seine Tochter zu recherchieren. Ich weiß, dass Sie Sylvie derzeit mit einer Kombination von Tobramycin und Ceftazidim oder Meropenem behandeln, und ich hoffe sehr, dass diese Behandlung anschlägt, aber für den Fall, dass sie das nicht tut, müssen wir …«

»Was ist Ihre Alternative?«, fiel Heinemann ihr ins Wort.

Sie hatte Unmut erwartet, darum überraschte sie sein sofortiges Interesse. »Eine Therapie mit hochspezialisierten Phagen.«

»Für welches Institut arbeiten Sie?«

Sie musste die Augen schließen, um den Namen hervorzubringen. »Dr. Georgy Anasias ist …«

»Hmhm«, machte er. Es klang, als würde ihm das etwas sagen. Irritiert wartete sie darauf, dass er etwas hinzufügte, aber er schien das nicht vorzuhaben. Eine unangenehme Lücke entstand in ihrem Gesprächsfaden.

Nina krampfte die Hand um das Telefon. »Damit wir Sylvie helfen können ...«

Wieder unterbrach Heinemann sie. »Nicht so schnell, Dr. Falkenberg. Ich begrüße es, dass Sie versuchen, Sylvie zu helfen, aber ich kenne Sie nicht, und leider habe ich keinerlei Anweisungen der Eltern des Mädchens, mit Ihnen zu kooperieren. Wenn Herr Morell ...«

»Herr Morell ist zurzeit leider verhindert.« Auch das kam ihr nur schwer über die Lippen.

»Nun. Dann sagen Sie ihm doch, wenn Sie ihn das nächste Mal sprechen, dass er mir bestätigen soll, dass Sie in seinem Sinne agieren.«

Weil sie nicht wusste, wie sie Heinemann Toms Lage erklären sollte, stieß sie hervor: »Können Sie mir wenigstens eine kurze Einschätzung geben, wie viel Zeit wir für die Vorbereitung einer Phagentherapie ungefähr haben?«

»Wie gesagt, ich darf Ihnen ohne Einwilligung der Eltern keine Informationen geben. Aber wenn wir von einem hypothetischen Fall und einem hypothetischen Mädchen reden würden, würde ich Ihnen raten, sich mit Ihren Vorbereitungen zu beeilen, Frau Kollegin.«

Die Worte ließen Nina schlucken. »Ich werde Herrn Morell kontaktieren und dann wieder auf Sie zukommen.«

»Tun Sie das.«

»Danke, Dr. Heinemann.«

»Gern geschehen. Viel Glück«, schob der Arzt nach, dann legte er auf.

Einen Moment lang saß Nina völlig regungslos da. Es war also ein Wettlauf gegen die Uhr, die längst gegen Toms Tochter tickte. »Dieser Ethan Myers, von dem du gesprochen hast«, sagte sie zu Max. »Glaubst du, er würde uns sofort helfen?«

»Das würde er, ja.« Max schien sich ganz sicher zu sein.

Victor erschien in dem verlassenen Gebäude, kurz nachdem Jegor Ninas Anruf weggedrückt hatte. Er betrat den Raum mit dem eigenartig steifen Gang eines Mannes, der kurz zuvor einen Tritt in die Eier gekriegt hatte. Tom konnte sich des Eindrucks nicht erwehren, dass Nina dafür verantwortlich war.

»Warum grinst du so blöd?«, raunzte Jegor ihn an, und da erst wurde ihm bewusst, dass er tatsächlich kurz gelächelt hatte. Er fühlte sich völlig irre. Als befände er sich im freien Fall und würde das Kribbeln der Schwerelosigkeit nur deswegen genießen, weil sein Verstand einfach noch nicht realisiert hatte, dass am Ende unausweichlich der Tod stand.

Victor besprach sich kurz mit den beiden anderen, dann trat er vor Tom hin. »Wo ist das Laborjournal?«, fragte er auf Russisch und so langsam, dass Tom ihn gut verstehen konnte.

»Wie oft soll ich das noch sagen: Ich weiß es nicht!«, antwortete er auf Deutsch. Sollte dieser Jegor doch übersetzen!

Dazu allerdings kam er nicht.

Victors Hand explodierte in Toms Gesicht, sodass die Wunde an seiner Wange noch weiter aufriss. Für einen Moment verschwamm alles vor Toms Augen, und er blinzelte abwechselnd. Links konnte er kurz darauf wieder klar sehen, rechts blieb sein Blick etwas länger unscharf, aber trotzdem erkannte er, dass Victor bleich geworden war vor Ärger. Mit einer herrischen Bewegung wandte der Russe sich an Misha. Aus den schnellen russischen Worten, die er ihm um die Ohren schlug, konnte Tom nur eines – *Post* – herausfischen.

Misha rührte sich nicht. Sein Blick wanderte zu Jegor, und das bestätigte Tom in der Vermutung, dass zwischen dem Deutschen und Victor eine Art Kompetenzstreit im Gange war.

Victor deutete auf die Tür. »Vy idote vdvoyem.« *Ihr geht beide.*
Zwei, drei Sekunden verstrichen, in denen Victor und Jegor
sich wortlos anstarrten. Endlich nickte Jegor. Um seine Lippen
spielte ein kühles Lächeln dabei.

»Deystvuyem!«, sagte er zu Misha. *Also los!*

Tom blickte den beiden nach, als sie den Raum verließen,
und auch Victor stand da und starrte ihnen hinterher. Bis Toms
Handy plötzlich *Ain't no Sunshine, when she's gone* von Bill
Withers spielte. Überrascht blickte Tom über die Schulter. Er
hatte sein Handy immer noch in Jegors Jackentasche vermutet,
aber offenbar hatte der es irgendwo schräg hinter ihm auf eine
Fensterbank gelegt.

»Das ist meine Frau«, informierte Tom Victor.

Der Russe nickte nur.

»Wenn sie anruft, geht es wahrscheinlich um meine Tochter. Sie ist sehr krank. Bitte, wenn meine Frau anruft, ist es was
Schlimmes mit meiner Tochter. Ich muss da rangehen!«

Victors Mund öffnete sich leicht. Mit der Zungenspitze fuhr
er sich über die Unterlippe.

Oha!, dachte Tom. *Du bist offenbar nicht so hart, wie du
denkst.* Er legte einen flehenden Ausdruck in seine Miene.

»*I know, I know, I know, I know …*«, jammerte Bill Withers.

Victor schüttelte den Kopf. »Später«, sagte er.

Billy hörte mitten im Wort auf zu singen. Isabelle hatte aufgelegt.

Tom bewegte seine inzwischen völlig gefühllosen Hände.

Dann begann Billy von vorn mit seinem jammervollen Song.
Diesmal kam er bis zur Hälfte der ersten Strophe, bevor Victor
es nicht mehr aushielt. Er marschierte an Tom vorbei, riss das
Telefon von der Fensterbank und ging ran. »Da?«, fragte er absurderweise auf Russisch.

»Wer sind Sie?« Isabelles Stimme drang aus dem Hörer wie
ein Summen.

Victor starrte ihn an. Langsam zog er seine Waffe, hielt sie ungefähr in Toms Richtung. »Kein falsches Wort!«, murmelte er, dann hielt er Tom das Telefon ans Ohr.

Auf diese Gelegenheit hatte Tom nur gewartet. Er sprang auf die Füße und rammte den Russen mit aller Gewalt. Der taumelte rückwärts, ein Schuss löste sich und schlug im Betonfußboden ein. Gleichzeitig prallte das Handy zu Boden. Tom fing sich schneller als Victor, suchte festen Stand, riss sein Bein hoch und traf den Russen mit voller Wucht vor die Brust. Der Kerl wurde rückwärtsgeschleudert und schlug der Länge nach hin.

»Tom?«, drang Isabelles Stimme aus dem Handy. In langen Sätzen jagte Tom in Richtung Tür, war draußen auf dem Gang, bevor der Russe sich wieder aufrappeln konnte. Er wollte gerade die ersten Stufen der Treppe nehmen, als er die Gestalt wahrnahm, die einen Absatz weiter mit verschränkten Armen an der Wand lehnte.

Jegor.

Tom warf sich herum. Vergeblich. Mit seinen gefesselten Händen war er vielleicht schnell genug für einen Russen mit gequetschten Eiern, aber definitiv zu langsam für diesen Kerl. Er wurde gepackt und mit voller Wucht gegen eine Wand gerammt. Seine Hüfte, sein Kopf, sein gesamter Körper schrie schmerzgepeinigt auf.

»Hiergeblieben«, sagte Jegor überaus liebenswürdig in sein Ohr.

Die Kreuzung am Zeiss-Großplanetarium war als Tatort eines Gewaltverbrechens weiträumig abgesperrt, und die Kollegen von der Verkehrspolizei gaben ihr Bestes, um den Verkehr um das Hindernis herumzuleiten. Trotzdem hatten sich auf beiden Straßen lange Staus gebildet. Voss, die allein in ihrem Wagen saß, weil Lukas nicht rechtzeitig aus der Mittagspause zurückgekehrt war, musste das Magnetblaulicht auf das Dach ihres

Wagens setzen und dann mit zwei Rädern über den Bürgersteig in der Stargarder Straße fahren. An einer Ampel, die auf gelbes Blinklicht geschaltet war, hielt sie an. Die Feuerwehr hatte Sichtschutzwände aufgestellt, sodass die mittlerweile eingetroffenen Gaffer nichts von dem Tatort zu sehen bekamen. Als Voss anhielt und ausstieg, blickte sie in Dutzende frustrierter Gesichter. Sie warf einem jungen Mann, der mit seinem Handy filmte, einen finsteren Blick zu. Er ließ das Gerät kurz sinken, aber schon als Voss weiterging, hob er es wieder an.

Sie hätte ihm nur allzu gern die Meinung gegeigt. Stattdessen konzentrierte sie sich auf die Kollegen, die innerhalb der Polizeiband-Absperrung standen und miteinander diskutierten. Einen davon erkannte sie als Ben Schneider vom KTI, der sich gewöhnlich um Computerkriminalität kümmerte. Sie trat hinzu und nickte grüßend in die Runde.

»Voss! Gut, dass du da bist.« Der Kollege, der sie ansprach, war schlank bis zur Askese und trug einen schmal geschnittenen schwarzen Anzug mit weißem Hemd, in dem er aussah, als sei er direkt aus *Men in Black* von der Leinwand geklettert. Es war Kriminaloberkommissar Jens Runge. Sein sorgsam gestylter Dreitagebart roch nach Bartöl.

»Hallo«, grüßte sie ihn und wandte sich an Ben Schneider. »Hey Ben. Bist du versetzt worden?«

Schneider trug wie immer sandfarbene Kleidung, die gut mit seinen ebenfalls sandfarbenen Haaren harmonierte. Seine extrem blauen Augen faszinierten Voss schon, seit sie ihn kannte, aber heute erinnerten sie ihn an diesen Tom Morell, der offenbar der Auslöser für das ganze Chaos hier war.

»Nein«, antwortete Ben. »Wieso?«

Sie zuckte mit den Schultern. »Dachte nur. Was gibt es denn hier Computertechnisches zu untersuchen?«

Schneider deutete auf die wartenden Autos. »Dashcams? Handyvideos? Du würdest dich wundern, wie viele Leute heutzutage eine Tat aufnehmen und das Video dann ins Internet stellen, statt es uns zu schicken.«

Voss grinste matt. Dann deutete sie in die Richtung zurück, aus der sie gekommen war. »Dahinten ist so ein Idiot, den du dir gleich mal vornehmen kannst.«

Er folgte ihrem Fingerzeig. »Mache ich.«

Voss wandte sich an Runge. »Okay. Da bin ich also. Worum genau geht es?«

Runge straffte sich. »Zwei Kollegen von der Streife hatten Morell aufgegriffen und waren mit ihm auf dem Weg zu uns.«

»Das hast du schon gesagt, ja.«

»Ich denke, den Rest siehst du dir besser selbst an.« Mit einer einladenden Geste führte er sie hinter die Sichtschutzwände.

Der Streifenwagen stand in erster Reihe an der blinkenden Ampel. Die Beifahrertür stand offen, die Tür dahinter ebenfalls. Das Fenster an der Fahrerseite und auch Teile der Windschutzscheibe und des Armaturenbretts waren mit einem roten Sprühnebel aus Blut bedeckt.

»Das waren regelrechte Hinrichtungen«, sagte eine junge Streifenpolizistin, die als Wache neben dem Wagen postiert war. Voss schaute kurz in ihre Richtung.

Runge nickte ihr knapp zu. »Ich denke, die Kollegin Voss will sich selbst ein Bild machen, danke.«

Betreten wich die Polizistin einen halben Schritt zurück, während Voss den Wagen umrundete und durch die offenen Türen einen Blick hineinwarf. Hinter ihrem Solarplexus hatte sich ein fester, schmerzhafter Knoten gebildet. Die uniformierte Frau auf dem Beifahrersitz war nach vorn gesunken und wurde nur von ihrem Sicherheitsgurt in halbwegs aufrechter Position gehalten. Ihre Haare hingen ihr ins Gesicht. Dort, wo sich eigentlich ihre Ohrmuschel hätte befinden müssen, klaffte ein blutiges Loch. Von dort, wo sie stand, konnte Voss die andere Seite des Kopfes nicht sehen, aber der Menge an versprühtem Blut und

Hirnmasse nach zu urteilen, die sich über den zweiten Toten auf dem Fahrersitz ergossen hatte, war von der Schädelwand nicht mehr viel übrig.

Voss betrachtete den Fahrer. Gleiche Uniform. Selber Dienstgrad. Polizeiobermeister. Seine Leiche war gegen die Seitenscheibe gesunken. Ihn hatte das Projektil mitten ins Gesicht getroffen. Das Einschussloch befand sich unter seinem linken Auge, sein Hinterkopf war weggeplatzt. Ein paar Haare klebten in dem Blut an der Seitenscheibe, die von dem austretenden Geschoss gesprungen, aber wundersamerweise nicht zersplittert war.

Die Kugel musste sich also noch irgendwo im Wageninneren befinden, dachte Voss sofort.

»Die beiden Opfer sind Marc Heller und Monika Oberau«, hörte sie Runge sagen.

Sie schluckte schwer. »Du glaubst, dieser Morell ist unser Täter?«

»Sicher bin ich nicht«, sagte Runge. »Aber er hat sich bei ihnen im Wagen befunden, als es passiert ist, und jetzt ist er verschwunden.« Er gab Voss noch ein wenig Zeit, die Szene auf sich wirken zu lassen. »Was denkst du?«, fragte er dann.

Sie deutete auf die Frau. »Sie wurde zuerst getroffen. Heller hat es mitgekriegt, darum hat er zu ihr rübergesehen, bevor ihn das zweite Projektil im Gesicht getroffen hat.«

»Es muss alles extrem schnell gegangen sein.« Runge deutete auf den Rücksitz, dorthin, wo Morell gesessen haben musste. Kein Blut dort, abgesehen von ein paar Spritzern, die vermutlich von Heller stammten.

Mit zusammengekniffenen Augen nahm Voss das gesamte Innere des Wagens in den Blick. »Morell hat nicht geschossen.« Sie deutete auf die Eintrittswunde bei der Kollegin Oberau. »Morell hat auf dem Rücksitz gesessen. Der Schuss ist aber von der Seite gekommen.« Sie betrachtete die offen stehende Tür. »Von jemandem, der vorher die Tür aufgerissen hat.«

»Stimmt«, wandte Runge ein.

»Glaubst du, dass er Komplizen hatte, die ihn befreit haben?«

»Die Vermutung liegt nahe, oder?«

Voss war sich da nicht so sicher. Sie dachte an die Anzeige, die Morell aufgegeben hatte. Drei Männer osteuropäischer Herkunft hatten ihn und die beiden anderen überfallen. Da lag der Gedanke irgendwie nahe, dass dieselben Männer auch für das Massaker hier verantwortlich waren.

»Wir haben einen Zeugen, der mit seinem Auto direkt hinter dem Streifenwagen gestanden hat«, erklärte Runge. »Er hat ausgesagt, dass ein roter Van neben den beiden gehalten hat und dass die Schüsse von jemandem aus diesem Van kamen. Der Mann sagt aus, dass Morell mit dem Schützen zusammen weggefahren ist.«

»Weggefahren?«, wiederholte Voss.

»Weggefahren hat er gesagt, ja.«

»Okay. Hören wir uns den Zeugen nochmal genauer an.«

Jegor überließ es Misha, Tom wieder in das leerstehende Büro zu schleifen und zurück auf den Stuhl zu bugsieren. Diesmal nahm der Hüne zwei weitere Kabelbinder zur Hand und wand je einen davon um Toms Fußknöchel und die Stuhlbeine. Mit einem harten Ruck zog er sie fest und vergewisserte sich, dass Tom diesmal nicht mehr entkommen konnte. Als er zufrieden war, richtete er sich auf.

»Okay«, sagte Tom. »Was jetzt?«

Jegor schoss einen finsteren Blick auf ihn ab. Während Misha Toms Handy aufhob und ausschaltete, wandte Jegor sich an Victor und fauchte ihn auf Russisch an. Victor hielt dagegen. Mehr als einmal schüttelte er wütend den Kopf, aber irgendwann war es ihm zu viel. Entnervt warf er die Arme hoch und wandte sich ab, als sei das Gespräch für ihn beendet.

Tom sah es kommen.

Der Revolver tauchte plötzlich in Jegors Hand auf, zusammen mit einem entschlossenen Ausdruck in seinen Augen. Reflexartig riss Tom den Mund auf, um Victor zu warnen, aber es war zu spät. Mit einer Bewegung, die hundertmal geübt aussah, setzte Jegor Victor den Revolver an den Hinterkopf.

Und drückte zweimal schnell nacheinander ab.

3

Der Zeuge, der in seinem Wagen schräg hinter Hellers und Oberaus Streifenwagen gestanden hatte, erwies sich als nicht besonders hilfreich. Zwar wiederholte er seine Aussage, dass ein dunkelroter Van neben den Kollegen gehalten hatte, dass ein Mann ausgestiegen war und dass dieser dann zweimal geschossen hatte. Auf Runges Nachfragen hin war er sich allerdings auf einmal nicht mehr sicher, ob der Schütze Morell wirklich aus dem Streifenwagen befreit oder ob er ihn nicht vielmehr in seine Gewalt gebracht hatte.

Runge dankte ihm und bat einen der anwesenden Streifenpolizisten, die Aussage des Mannes aufzunehmen. »Also gut, was hast du zu dieser ganzen Scheiße beizutragen?«, wandte er sich danach wieder an Voss.

Sie konnte den Frust in seiner Stimme hören. »Bisher nicht viel. Ich weiß lediglich, dass es gestern offenbar einen Überfall auf Morell und zwei weitere Personen gab. Ich wollte mich nachher um fünfzehn Uhr mit den dreien treffen.«

»Na. Daraus wird wohl nichts«, kommentierte Runge trocken. Er straffte sich. »Okay. Ich gebe eine Fahndung nach einem dunkelroten Van raus und eine nach Morell. Wenn wir ihn haben, gebe ich dir Bescheid.«

»Ja. Tut das.« Sie bedankte sich, ging zu ihrem Wagen zurück, nahm das Blaulicht ab und verstaute es im Fußraum vor dem Beifahrersitz.

Als sie später in ihr Büro kam, saß Lukas an seinem Schreibtisch und scrollte sich gelangweilt durch das digitale Aktenarchiv. »Wo waren Sie denn?«, maulte er. »Ich bin nur eine Minute zu spät aus der Mittagspause gekommen, und Sie waren einfach weg!« Seine Empörung amüsierte Voss ein wenig, und die erschöpfte Benommenheit, in die der Kollegenmord sie gestürzt hatte, nahm etwas ab. Sie setzte sich und erzählte in knappen Sätzen, was passiert war.

Lukas wurde blass. »Zwei Polizisten, getötet?«

»Ja.« Voss lehnte sich zurück und umklammerte ihren Nacken. Keine Chance, den Anblick der beiden toten Kollegen aus ihrem Kopf zu verbannen. Das Bild hatte sich grell in die Rückseite ihrer Augenhöhlen gebrannt und blitzte jedes Mal auf, wenn sie blinzelte. Um irgendwas gegen ihre Übelkeit zu tun, checkte sie ihre Mails. Eine davon enthielt den Laborbericht zu der Quarkspeise aus dem Altersheim St. Anton.

In der Masse wurde eine hohe Konzentration an Listeria monocytogenes festgestellt, hatte der zuständige Labortechniker geschrieben und netterweise gleich ergänzt: *Diese Listerien sind unempfindlich gegen gängige Desinfektionsmittel (Benzalkoniumchlorid) und multiresistent (gefährlich, aber behandelbar!).* Und weiter schrieb er: *Darüber hinaus befand sich in der Klarsichtfolie, mit dem die Schüssel abgedeckt war (s. beigefügtes Foto), ein Einstichloch, das der Größe nach zu urteilen von einer Einwegnadel stammen könnte.*

Voss öffnete das erwähnte Foto. Es zeigte ein auf einer schwarzen Fläche ausgebreitetes Stück Klarsichtfolie. Ziemlich genau in der Mitte befand sich tatsächlich ein winziges, aber deutlich sichtbares Loch. Sie griff zum Telefon und rief den Labortechniker an. »Danke für Ihren Bericht. Was bedeutet *gefährlich, aber behandelbar?«*

»Multiresistent bedeutet, dass diese Listerien nicht mehr mit allen Antibiotika behandelbar sind, das macht sie gefährlich. Aber Listerien sind grampositiv, da stehen also noch einige Antibiotika zur Verfügung, sodass wir es hier nicht mit einem der ganz üblen Dreckskeime zu tun haben. Darum eben: gefährlich, aber behandelbar.«

Voss bedankte sich erneut und legte auf.

»Listerien«, informierte sie Lukas. »In der Quarkspeise waren nachgewiesenermaßen Listerien, und zwar offenbar eine multiresistente Form.«

»Okay.« Lukas begann, auf seiner Tastatur herumzutippen, und währenddessen nahm Voss die eingetüteten Flyer zur Hand und las zum gefühlt hundertsten Mal die Botschaften darauf.

»Ihr werdet lernen, mich zu fürchten«, murmelte sie. »Kannst du mal googeln, was grampositiv bed…«

»Oh, oh.« Lukas' Worte ließen sie innehalten. »Gehen Sie mal auf den YouTube-Kanal von den Typen!«

Der Kanal war noch in ihrem Browserverlauf gespeichert, sodass sie ihn innerhalb von Sekunden gefunden hatte. Als sie ihn aufrief, schnappte sie nach Luft. Es gab ein neues Video, und das trug den Titel: *Listerien*.

»Scheiße!«, murmelte sie.

Sie klickte das Video an, das genau wie das erste offenbar mit einfachsten Mitteln zusammengezimmert worden war. Es zeigte Bilder mehrerer Elektronenmikroskop-Aufnahmen von stäbchenartigen Bakterien, die in schreiendem Pink eingefärbt waren. Zwischen die Bilder geschnitten waren einzelne Wörter, die einen Satz bildeten:

Listerien
sind
überall

Das letzte Wort wurde überblendet mit einem kurzen Film eines jungen Mannes, der sich spektakulär übergab.

»Wie ekelig!«, hörte Voss Lukas murmeln. Das Bild fror mitten in der Bewegung ein, und dann erschienen nach und nach weitere Worte, die zusammen eine Frage ergaben:

Was wäre, wenn wir uns nicht mehr dagegen wehren könnten?

Die Frage blieb ungefähr zwanzig Sekunden lang auf dem Bildschirm stehen, dann erschien das Prometheus-Bild und damit endete das Video.

»Scheiße«, wiederholte Voss.

Dann war jetzt also der Moment gekommen, vor dem sie sich insgeheim gefürchtet hatte. Von jetzt an jagten sie nicht einfach nur einen Typen, der aus einer paranoiden Verschwörungsgläubigkeit heraus die Welt mit seinen wirren Pamphleten nervte. Jetzt hatten sie diesen Nadeleinstich in der Folie. Resistente Listerien in einer Quarkspeise. Und dazu diesen elenden Film.

Eine Weile lang kämpfte Voss gegen den Druck in ihrem Magen an. Der Anschlag war mit keinem bioterroristisch relevanten Erreger erfolgt, sondern mit einem relativ harmlosen Keim.

»Resistent hin oder her«, sagte Lukas. Er drehte seinen Monitor so, dass Voss die Informationen darauf überfliegen konnte. Er hatte das Stichwort *Listerien* gegoogelt. »Listerien verursachen bei normal gesunden Menschen höchstens ein bisschen Durchfall. Hier steht, sie sind nur für bestimmte Leute wirklich gefährlich – Ältere, Schwangere und Menschen mit einem geschwächten Immunsystem wie Krebspatienten, Leute mit einer Organtransplantation oder einer HIV-Infektion. Symptome sind Fieber, Durchfall, Erbrechen. Es kann aber bis zur Sepsis oder eitrigen Meningitis kommen. Von den Risikopatienten überleben bis zu dreißig Prozent eine Infektion mit Listerien nicht.«

Voss dachte an die beiden Senioren in St. Anton. Ob sie noch im Krankenhaus waren?

»Vielleicht ist ja der Anschlag mit Listerien nur der Anfang«, mutmaßte Lukas. Zwischen seinen Brauen war eine tiefe Falte erschienen. Seine Bambiaugen wirkten doppelt so groß wie normal. »Ich meine: erst diese Zettel überall, dann die Flut von Flyern in den Bahnhöfen. Was, wenn der Typ es ganz langsam eskalieren lassen will? Was, wenn es weitere Anschläge gibt, und die dann mit gefährlicherem Zeug?«

Es rann Voss kalt den Rücken hinunter, ihn genau das sagen zu hören, was ihr selbst auch soeben durch den Kopf gegangen war. »Möglich ist alles«, sagte sie. Sie würde Tannhäuser informieren müssen. Heute noch.

Sie bat Lukas, die Kaffeemaschine anzuwerfen. Während er das tat, lehnte sie sich zurück, schloss die Augen und verfluchte Tannhäuser dafür, dass er ihr auch noch diese Überfallsache bei Dr. Seifert aufgebrummt hatte. Eigentlich reichte ihr der Prometheus-Fall schon, aber sie musste sich nun mal auch darum kümmern. Sie sah auf die Uhr. Noch war ein bisschen Zeit bis zu ihrem Treffen mit Dr. Seifert und Dr. Falkenberg. Hoffentlich erschienen sie überhaupt.

Und dann würde sie von ihnen ja vielleicht etwas erfahren, das Runge bei dem Kollegendoppelmord half.

Da das Taxi auf ihrem Weg zum Tempelhofer Damm einen kleinen Umweg nehmen musste, fuhr es durch den Kreisel am Straußberger Platz und dann weiter die Karl-Marx-Allee entlang.

Nina, die neben Max auf der Rückbank saß, betrachtete durch die Scheibe die hoch aufragenden Gebäude, die zu DDR-Zeiten gebaut worden waren, aber sie nahm sie kaum wahr. Ihre Finger krampften sich um ihr Handy, spielten damit, berührten immer wieder Toms Eintrag in ihrem Telefonbuch, wählten aber nicht. Je mehr Zeit verging, ohne dass er sich meldete, umso größer wurde ihre Angst, dass ihm etwas Schlimmes passiert war.

»Hey.« Sachte berührte Max sie am Oberschenkel, nahm seine Hand aber gleich wieder weg. »Tom ist am Leben! Da bin ich ganz sicher.«

224

Der Taxifahrer warf ihnen im Rückspiegel einen Blick zu. Zum Glück gehörte er nicht zu der geschwätzigen Art seiner Zunft. Nina senkte den Kopf und begann, ihre Schläfen zu massieren. »Klar«, sagte sie.

Max seufzte und hielt sein eigenes Handy hoch, auf dem er soeben vergeblich versucht hatte, Frederic von Zeven zu erreichen. »Ich kriege ihn nicht an die Strippe. Aber das ist nicht schlimm. Wenn ich Ethan sage, dass von Zeven seine Hilfe befürworten würde, ist er mit an Bord.«

Hoffentlich!, dachte Nina. Sie fühlte sich seltsam träge, so als hätten der überstandene Schrecken und die Sorge um Tom ihr auch noch den letzten Rest Energie abgesaugt, der ihr nach Georgys gewaltsamem Tod geblieben war. Gut, dass sie gleich nach ihrem Gespräch mit dieser Kommissarin eine drängende Aufgabe haben würde, auf die sie sich konzentrieren konnte. Die Vorstellung, jetzt zur Ruhe zu kommen und die traumatischen Erlebnisse wieder und wieder durchleben zu müssen, war gespenstisch. Besser, sie blieb in Bewegung. Und ihr Verstand auch.

Verdrängung hat noch nie jemandem gutgetan, flüsterte eine Stimme in ihr. Sie verbot ihr den Mund.

Kommissarin Voss erwies sich als eine schlanke Person mit sehr langem und dickem blondem Haar, das sie zu einem Pferdeschwanz gebunden trug. Sie und ihr noch sehr jung aussehender Kollege empfingen Nina und Max in ihrem Büro, aber da es dort zu eng für eine Unterredung zu viert war, führten sie sie in einen kleinen Besprechungsraum, in dem es nach Leberwurst roch. Als Nina und Max den beiden Polizisten gegenüber Platz genommen hatten, kam die Kommissarin sofort zur Sache.

»Tom Morell?«, fragte sie.

»Wir wissen nicht, wo er ist«, antwortete Max.

Nina musste sich beherrschen, um nicht auszurufen: *Die Typen, die uns überfallen haben, haben ihn!*

»Können Sie mir das erklären?«, fragte Kommissarin Voss.

Max erzählte ihr, wie sie zu dritt in der Postfiliale erneut überfallen worden waren. »Wir mussten uns trennen, um den Kerlen zu entkommen. Danach haben wir Herrn Morell nicht wiedergesehen.«

»Aha.« Die Kommissarin tippte gedankenverloren mit den Fingerspitzen gegen ihren Unterkiefer, und Nina hatte den Eindruck, dass sie etwas wusste, über das sie nicht sprechen wollte.

»Sie wissen, wo er ist, oder?«, fragte sie mit zittriger Stimme.

Voss ging darauf nur indirekt ein. »Alles der Reihe nach. Zuerst mal meine Fragen. Sie haben gestern Anzeige gegen drei Männer erstattet, die Sie in Ihrem Büro, Dr. Seifert, überfallen haben.«

»Das ist korrekt«, sagte Max.

»Bitte erzählen Sie mir noch einmal genau, was passiert ist.«

Nina übernahm das Reden. In allen Einzelheiten schilderte sie das Geschehen, angefangen von ihrem Eintreffen in Max' Büro bis hin zu den Ereignissen in der Postfiliale heute Morgen.

»Ich fasse zusammen«, sagte die Kommissarin. »Sie beide und Herr Morell wollten diese zweite Sendung mit Medikamenten aus dem Postfach holen, dabei tauchten dieselben Männer auf, die Sie gestern überfallen und die Herausgabe ebendieser Medikamente verlangt haben. Sie mussten sich trennen, um ihnen zu entkommen, und jetzt ist Herr Morell verschwunden?«

Nina nickte angespannt. »Sie wissen etwas über ihn, oder?«

Diesmal reagierte Voss gar nicht auf die Frage. »Könnten wir Phantombilder der drei Männer anfertigen lassen?« Sie sah Nina an.

Nina war sich alles andere als sicher. Zwar war sie dem Hünen auf dem Flughafen kurz begegnet, aber dabei hatte sie sich sein Gesicht nicht gemerkt, und auch vorhin in der Postfiliale hatte sie alle drei Männer nur kurz gesehen. Immerhin, dem Kerl, dem sie das Vanilleduftöl angedreht hatte, hatte sie eine ganze Weile von Angesicht zu Angesicht gegenübergestanden. Sie versuchte, sich wenigstens dessen Gesicht ins Gedächtnis zu rufen, aber es wurde in ihrer Erinnerung überlagert von der Panik, die sie in diesem Augenblick empfunden hatte. Achselzuckend meinte sie: »Ich versuche es, aber versprechen kann ich nichts.«

Auch Max schüttelte den Kopf. »Geht mir genauso, wenn ich ehrlich bin.«

»Okay, aber ich lasse trotzdem einen Kollegen kommen, der die Bilder mit Ihnen anfertigt.« Die Kommissarin nickte ihrem jungen Kollegen zu, und der verließ den Raum. »Sie bitte ich bis dahin, mir die Männer so genau wie möglich zu beschreiben. Alles, an das Sie sich erinnern, zählt. Größe, Geruch, Stimmen ...«

»Moment!«, entfuhr es Nina. Sie war auf den Beinen, bevor ihr bewusst wurde, dass sie aufgesprungen war. »Ich beantworte hier keine einzige weitere Frage mehr, bevor Sie uns nicht gesagt haben, was Sie über Tom wissen!«

Voss klopfte leicht alle zehn Fingerspitzen gegeneinander. »Also gut. Sie haben vermutlich ein Recht, es zu erfahren. Herr Morell wurde von zwei meiner Kollegen gebeten, sie hierher zu begleiten, weil ich ihm Fragen zu dem Überfall stellen wollte, aber leider kam er nie hier an.« Ein Ausdruck erschien in ihren Augen, der in Nina alle Alarmglocken schrillen ließ.

»Was ist passiert?«, flüsterte sie.

»Wir wissen es nicht genau. Es gab einen Angriff auf den Streifenwagen.« Voss' Miene verdüsterte sich. Ihr junger Kollege kehrte zurück, und sie wartete, bis er wieder saß. »Die beiden Kollegen wurden erschossen. Von Herrn Morell fehlt seitdem jede Spur.«

»Erschossen ...« Mit dem Gefühl, auf einmal neben sich zu stehen, ließ Nina sich wieder auf ihren Sitz sinken. »Und was heißt, von ihm fehlt jede Spur?«

»Sagen Sie es mir!«

»Haben die Russen ihn entführt?«

Voss' Miene blieb ausdruckslos, aber irgendwie hatte Nina

das Gefühl, dass die Kommissarin genau diese Vermutung auch schon gehegt hatte.

»Worum geht es hier genau, Frau Falkenberg?«, fragte Voss.

»Ich meine, zwei bewaffnete Überfälle, tote Polizisten …«

»Woher soll ich das wissen?« Nina klammerte sich an der Tischkante fest. War es wirklich wahr? Hatten die Russen Tom? Und wenn das stimmte: Lebte er noch?

Kommissarin Voss blies Luft durch die Nase. »Niemand bringt zwei Polizisten um, noch dazu am helllichten Tag und auf einer vielbefahrenen Kreuzung, wenn es dabei nicht um etwas sehr Großes geht, Frau Falkenberg!« Zum ersten Mal griff sie jetzt nach einem schmalen Aktenordner, den sie mit in das Besprechungszimmer genommen hatte. Sie schlug ihn auf und schaute hinein. »Noch dazu kommt Ihre Aussage, dass Sie glauben, das Ganze hängt mit einem Anschlag auf ein medizinisches Institut in Tiflis zusammen.« Sie ließ das Gesagte einen Augenblick lang wirken. »Gut. Wenn ich Ihrem Tom helfen soll, brauche ich mehr Informationen über diese Medikamente, um die es hier geht. Worum genau handelt es sich dabei?«

»Um Phagen.«

»Bitte was?«

Nina hatte das Gefühl, Phagen in den letzten Tagen halb Berlin erklären zu müssen. »Hochinnovative alternative Heilmittel«, sagte sie.

»Die sehr wertvoll sind, vermute ich.«

»Ja.«

»Und Ihr Mentor, dieser Professor Anasias aus Tiflis, der ermordet wurde, hat diese Phagen hergestellt?«

»Genau genommen kann man Phagen nicht herstellen, sie kommen in der freien Natur vor, daher muss man sie dort aufspüren. In Abwässern zum Beispiel. Und wenn man einen passenden Phagen gefunden hat, kann man ihn mit Wirtsbakterien vermehren.«

228

»Okay. Also Professor Anasias hat solche Phagen gefunden und vermehrt.«

»In seinem Institut lagerte eines der größten Phagenarchive der Welt, ja.«

»Gut. Sie haben ausgesagt, dass Herr Morell Ihnen zur Hilfe geeilt ist, als die Männer Sie gestern überfallen haben.«

»Das stimmt, ja. Er wurde dabei angeschossen.«

»Sie gehen also nicht davon aus, dass er mit denen unter einer Decke steckt?«

Sie schüttelte den Kopf, und auch Max verneinte dieselbe Frage, als Voss sie an ihn richtete.

Dann wechselte die Polizistin abrupt das Thema. »Sie sind Wissenschaftsjournalistin mit dem Fachgebiet Mikrobiologie, Frau Dr. Falkenberg, oder?«

»Ja. Warum?«

»Was sind grampositive Listerien?«

Was war das denn für eine komische Frage?, dachte Nina, aber sie antwortete, ohne sich ihre Irritation anmerken zu lassen. »Listerien sind Erreger einer lebensmittelbedingten Infektion. Grampositiv bedeutet, dass sie sich bei der Analyse im Labor, der sogenannten Gram-Färbung, blau färben.«

Voss sah nicht aus, als habe sie das wirklich verstanden. Dennoch klopfte sie mit beiden Zeigefingern auf die Tischkante. »Ich denke, das war es erstmal.« Sie machte Anstalten, sich zu erheben.

»Was ist mit Tom?«, fragte Nina.

Voss setzte sich noch einmal. »Wir ermitteln in alle Richtungen«, versprach sie. »Wir haben Ihre Beschreibungen der Männer, und Sie helfen jetzt erstmal bei der Erstellung dieser Phantombilder. Ich schicke ein Team zu Ihnen, Dr. Seifert, um das Geschoss sicherzustellen, das Herrn Morell gestreift hat. Und wir werden Kontakt mit den Behörden in Georgien aufnehmen. Vielleicht führt uns einer dieser Ansätze zu einem Ergebnis.«

»Es kann auch sein«, ergänzte Lukas, »dass die Entführer sich mit Forderungen melden.«

Nina spürte, wie etwas in ihr ins Rutschen kam. Das Laborjournal. Und die Superphagen. Dahinter waren die Mistkerle her.

»Und wenn sie sich nicht melden?«

Statt darauf zu antworten, erhob sich Kommissarin Voss nun endgültig. »Ich danke Ihnen für Ihre Kooperationsbereitschaft«, sagte sie. »Der Zeichner kommt gleich, und wenn Sie mit ihm fertig sind, können Sie gehen.«

»Was sollte die Frage nach den Listerien?«, erkundigte sich Lukas, nachdem Voss mit ihm in ihr Büro zurückgekehrt war.

Voss warf sich auf ihren Drehstuhl. »War nur so eine Idee. Ich dachte mir, wenn die Frau Mikrobiologin ist, kann sie uns ein bisschen mehr über dieses Dreckszeug sagen.«

»Sie haben sie getestet, oder? Sie wollten sehen, ob sie mit den Anschlägen was zu tun hat.«

»Stimmt.« Voss grinste.

»Und? Was glauben Sie?«

Sie beugte sich vor, nahm einen Kugelschreiber und ließ ihn zwischen den Fingern tanzen. In Gedanken ging sie noch einmal das ganze Gespräch von eben durch. Nina Falkenberg hatte sehr besorgt um diesen Morell gewirkt, was einfach zu erkennen gewesen war, denn obwohl sie versuchte, beherrscht zu wirken, hatte diese Frau eine extrem ausdrucksstarke Mimik. Was für Voss aber noch viel wichtiger war: Nina Falkenberg war überrascht gewesen von der Erwähnung der Listerien. Und in ihrer Antwort hatte sich kein einziges Indiz dafür gezeigt, dass sie auch nur ahnte, warum Voss diese Frage gestellt hatte. Das Gleiche bei Max Seifert.

Wenn sie hätte wetten müssen, hätte sie eine ziemliche Stange Geld darauf gesetzt, dass diese beiden nichts mit dem Anschlag auf St. Anton zu tun hatten. Wäre ja auch zu einfach gewesen. Dann mussten es jetzt also die Laborfuzzis richten.

Seufzend warf Voss den Kugelschreiber auf den Schreibtisch und griff zum Telefon, um den Erkennungsdienst damit zu beauftragen, die Kugel in Seiferts Haus sicherzustellen.

YouGen, die Firma von Ethan Myers, lag in einem Areal, das früher einmal eine Kaserne gewesen war. Nach dem Gespräch mit der Polizei und einer wie erwartet eher unbefriedigenden Sitzung mit deren Zeichner nahmen Nina und Max sich ein weiteres Taxi und diskutierten auf der Fahrt dorthin, was die sonderbaren Fragen der Kommissarin zu bedeuten gehabt hatten. Sie kamen zu keinem Ergebnis, aber die Diskussion wühlte Nina auf und ließ sie in doppelter Sorge um Tom zurück.

Die Gebäude, in denen YouGen residierte, waren dreistöckig, aus Beton und mit langen Fensterbändern durchzogen. Auf den ersten Blick konnte man erkennen, dass die Anlage in moderne Working Spaces unterteilt worden war, und auch die unterschiedlichen Firmenschilder wiesen darauf hin.

Das Logo von YouGen bestand aus einem stark stilisierten Mikroskop in einem abgetönten Blauton. Der Anblick milderte die Anspannung in Nina etwas, denn in ein Labor zu gehen bedeutete, dass sie ab jetzt wieder Herrin des Geschehens war.

Das Start-up belegte den gesamten Gebäudeteil rechts vom Treppenhaus und zog sich über alle drei Etagen. Der Eingang bestand aus einer Wand aus mattiertem Sicherheitsglas, in die das Firmenlogo eingeätzt worden war. Die Tür führte in ein Entree, das Nina an die Google-Zentrale in Kalifornien erinnerte. Der Empfangstresen aus blauem Kunststoff sah aus wie eine Installation von Jeff Koons. Das YouGen-Logo war in die Wand dahinter eingeätzt, aber irgendein Spaßvogel hatte einen Kunstdruck von Michael Bedards *Sitting Ducks* darübergeklebt, der es halb verdeckte. Die Köpfe der drei Enten auf dem Bild waren durch ausgeschnittene Fotos von Donald Trump, Jair Bolsonaro und Alice Weidel ersetzt worden.

In einem Raum, der rechter Hand vom Empfang abging, standen eine verwaiste Tischtennisplatte und ein Kicker, an dem zwei junge Männer sich gerade ein heftiges Match lieferten. Keiner von beiden nahm Notiz von Nina und Max, der von der Frau hinter dem Empfang mit einem herzlichen »Hallo, Herr Seifert!« begrüßt wurde.

»Hallo, Sandra«, grüßte er zurück. »Ich fürchte, ich müsste mal kurz mit Ethan sprechen.«

Es war schon weit nach Feierabend, als Voss endlich alle Informationen aus der Befragung von Frau Falkenberg und Herrn Seifert in die Fallakte eingegeben und sich die nicht besonders aussagekräftigen Phantombilder angesehen hatte. Lukas hatte sie schon eine ganze Weile zuvor nach Hause geschickt, aber ihr eigener Feierabend würde noch etwas auf sich warten lassen, denn zu ihrem Verdruss klingelte trotz der fortgeschrittenen Stunde ihr Telefon.

»Guten Abend, Frau Voss«, erklang eine etwas gehetzt klingende Männerstimme. »Mein Name ist Gruber, ich bin der Heimleiter von St. Anton. Eben waren Ihre Leute bei mir und haben nach Spuren gesucht, der …« Der Mann verstummte, als müsse er um die passenden Worte kämpfen.

»Sprechen Sie ruhig weiter«, ermunterte Voss ihn.

»Ich, ich habe mich nicht getraut, den Männern … Ach Mist! Vielleicht wäre es besser, wenn Sie herkommen. Ich muss Ihnen dringend etwas zeigen.«

Ungefähr eine halbe Stunde später empfing Gruber sie in einem Büro, das im dritten Stock des Altersheimes lag und einen schönen Blick über einen kleinen Park preisgab. Der Heimleiter war ein dicklicher Mann mit einer Nase, die aussah, als wäre sie vor langer Zeit mehrmals gebrochen worden. Und er wirkte auf Voss ungewöhnlich nervös, was sie auf der Stelle neugierig machte.

Nachdem Gruber ihr die Hand geschüttelt hatte, wies er auf den Monitor auf seinem Schreibtisch, machte aber nicht Platz, sodass sie sich anschauen konnte, was darauf zu sehen war. »Ich, ähm ...«, stammelte er. Noch einmal schien er mit sich zu ringen, und schließlich stieß er hervor: »Kruzifix! Egal! Als Ihre Leute vorhin hier waren, wurde mir klar, dass es hier nicht um einen Fall von Lebensmittelhygiene geht. Stimmt's?«

Vorsichtig schüttelte Voss den Kopf. »Wir gehen aktuell nicht davon aus, nein.«

»So, wie Ihre Leute vorgegangen sind, ist hier ein Verbrechen passiert?«

»Auch davon gehen wir aus, ja.«

»Das denke ich auch.« Jetzt endlich trat Gruber zur Seite, sodass Voss hinter seinen Schreibtisch gehen und einen Blick auf seinen Monitor werfen konnte. Sie sah ein Standbild der Küche, das offenbar von einer Überwachungskamera auf einem Regal stammte. »Ich wollte das eigentlich nicht ... na ja, ich habe die Kamera heimlich angebracht, weil immer wieder Lebensmittel aus der Küche verschwunden sind, und ich wollte meine Mitarbeiter ...« Er verstummte und lächelte Voss um Entschuldigung heischend an.

Ein Kribbeln hatte sie erfasst. Der Aufnahmewinkel der Kamera war groß, das Bild farbig und verblüffend scharf. Im Vordergrund war eine Anrichte zu sehen, und darauf stand eine große Schüssel, die mit Klarsichtfolie abgedeckt war.

»Ich weiß, ich hätte meine Mitarbeiter informieren müssen, dass ...«

»Ihre illegal angebrachte Kamera ist mir egal!«, fuhr Voss dem Heimleiter aufgeregt über den Mund. »Zeigen Sie mir, was Sie haben!«

Erleichtert beugte er sich vor und ließ die Aufnahme laufen. Man sah das typische Gewusel einer Großküche, in der gerade Dutzende Essen vorbereitet wurden. Im Hintergrund war eine offene Doppelflügeltür zu sehen, hinter der die Ladeklappe eines Transporters zu erahnen war. Voss konzentrierte sich auf die Quarkspeise im Vordergrund. Es dauerte ungefähr eine Minute, dann kam ein Mann ins Bild. Er trug einen Kittel wie ein Pfleger, aber er wirkte nicht wie einer. Seine Bewegungen kamen Voss zackig und sparsam vor, als gehöre er zu einem Sondereinsatzkommando oder wäre Soldat. Das Licht der Deckenbeleuchtung spiegelte sich in seiner Glatze und in einem Paar kalter Augen. Und was das Beste war: Er hatte keine Ahnung von der Existenz der Kamera! Voss hätte Gruber küssen können. Sie sah zu, wie der Kerl sich umschaute, einen günstigen Moment abpasste und dann eine Spritze aus der Tasche zog.

»Yes!«, entfuhr es ihr, als Mr. Glatze die Spritze durch die Folie stach und den Kolben herunterdrückte. Sie nahm Gruber die Maus weg. In einem günstigen Moment hielt sie das Bild an, sodass das Gesicht ihres Attentäters frontal zu erkennen war. »Hab ich dich!«, murmelte sie.

Ethan Myers sah auf den ersten Blick weniger wie ein erfolgreicher Mikrobiologe aus als vielmehr wie ein kalifornischer Surfer. Er war gut einen Kopf größer als Nina, hatte ein breites Kreuz, und seine braunen Haare fielen ihm bis auf die Schultern. Er trug ausgebleichte Jeans, die dem Schnitt nach zu urteilen sehr teuer gewesen sein musste. Darüber ein Hemd, das ebenfalls exklusiv wirkte, aber ungebügelt war.

»Alter!«, begrüßte er Max, nachdem die Empfangsdame ihn aus den hinteren Räumen herbeitelefoniert hatte. »Ich dachte, du bist bis über beide Ohren mit der Orga für diese oberwichtige Gala beschäftigt!« Er schüttelte Max herzlich die Hand, aber sein Blick wanderte dabei bereits in Ninas Richtung. »Und wen hast du mir da mitgebracht?«

»Das ist Dr. Nina Falkenberg«, stellte Max vor. »Wir kommen, weil wir deine Hilfe brauchen.«

Myers Blick wanderte einmal an Nina hinauf und wieder hinab. Sie fühlte sich taxiert, aber mit den ersten Worten, die er an sie richtete, versöhnte er sie sofort. »Dr. Falkenberg! Ich habe Ihren letzten Artikel im SPIEGEL gelesen. Sehr spannend, was Sie da geschrieben haben.« Er deutete auf Max. »Ich vermute, er hat Sie deswegen für die Fighters rekrutiert?«

Ninas Gefühlslage wechselte von Überraschung darüber, dass er ihre Artikel kannte, zurück zu Missmut. »Mich rekrutiert niemand«, sagte sie kratzbürstiger, als sie beabsichtigt hatte.

Er lächelte einfach über ihren schroffen Ton hinweg und bat sie in einen Besprechungsraum, der neben dem Freizeitzimmer lag. Das Gelächter der beiden Kickerspieler und das harte Klacken, wenn der Ball getroffen wurde, waren durch die Wand hindurch deutlich zu hören.

»Setzt euch erstmal!« Myers wies auf einen ovalen Tisch mit acht Stühlen. Ein kleines Tablett mit Mineralwasser- und Saftflaschen sowie vier umgedrehte Gläser standen in der Mitte, ein Tablett mit Kaffeetassen, Milch und Zucker daneben. »Bitte bedient euch. Kaffee kommt gleich.« Er wartete, bis sie Platz genommen hatten, dann setzte er sich so, dass er ihnen beiden gegenübersaß. Mit einer gemessenen Bewegung faltete er die Hände auf der Tischplatte. »Und jetzt erzählt! Was kann ich für euch tun?«

Tom musste unentwegt auf Victors Blut starren. Nachdem die beiden Schüsse gefallen waren, hatte er sekundenlang keine Luft bekommen. Er hatte zugesehen, wie Misha auf Jegors Befehl hin Victors Leiche aus dem Raum geschafft hatte, und die blutige Schleifspur hatte für Tom alle Farbe aus dem Rest der Welt gesaugt, sie fahl und flach gemacht. Mittlerweile begann das Blut zu trocknen und nahm einen dunklen Rostton an. In der Luft lag immer noch der Geruch der beiden abgefeuerten Schüsse. Und es fühlte sich immer noch so an, als hätte Tom einen Herzinfarkt erlitten.

Ihm war kotzübel.

Was würde jetzt als Nächstes geschehen? Jegor hatte vorerst darauf verzichtet, seine Befragung nach dem Verbleib des Laborjournals fortzusetzen. Tom vermutete, dass der Dreckskerl demnächst Nina anrufen würde, um sie zur Übergabe der Phagen zu zwingen. Wie in Dauerschleife malte sich sein Gehirn eine katastrophale Szene nach der nächsten aus: wie er und Nina im Fadenkreuz der Entführer auf irgendeiner abgelegenen Brücke standen. Wie die Übergabe schiefging und Nina und er selbst durch die Kugeln der Russen starben. Und – was die schlimmste aller Vorstellungen war – wie die Phagenlösung, die vielleicht die letzte Rettung für seine Tochter war, zerstört wurde …

Er senkte den Kopf und schloss die Augen. Noch war es nicht so weit. Noch hatte er ein Ass im Ärmel. Nur er wusste, wo sich das Laborjournal befand. Solange er dessen Verbleib nicht verriet, würde man ihn wenigstens am Leben lassen.

Er hörte, wie Jegors Handy klingelte, dann erklang das leise Piepsen des angenommenen Anrufs. Zwei, drei Sekunden lang hörte Jegor zu, dann sagte er: »Victor ist tot.« Er lauschte. »Wie ich gesagt habe: Er war wirklich nicht der richtige Mann für diesen Auftrag. Wenn er klüger agiert hätte, hätten wir die Phagen längst, und dafür kann ich mich nur … Ja. … Nein, das ist doch Unsinn! … Okay. Ich verspreche, ich hole aus Morell raus, wo sich das Journal … Ja. Es war nötig, die beiden Polizisten zu erschießen. Du musst schon mir überlassen, wie ich das regele. Misha und sein Messer haben bisher noch jeden zum Reden … Was? Ja, das kann ich verstehen. Natürlich.« An dieser Stelle schien Jegors Gesprächspartner zu einer längeren und offenbar verärgerten Rede anzusetzen. Tom hätte ein Vermögen dafür gegeben zu erfahren, worum es ging, aber Jegors Schritte entfernten sich, gleich darauf fiel eine Tür hinter ihm ins Schloss und schnitten seine Worte ab.

Tom hob den Kopf.

Misha hatte es sich in der leeren Fensterbank bequem gemacht. Obwohl Tom sich wegen seiner Fesseln keinen Millimeter bewegen konnte, hielt der Hüne die Pistole locker auf dem Schoß. Er grinste, als sich ihre Blicke begegneten.

Tom überlegte noch, ob Misha eine ähnliche Schwachstelle besaß wie Victor mit der Kindersache, als Jegor wieder hereinkam. Er hatte eine Tasche dabei, die er vermutlich aus dem Van geholt hatte, ließ sie vor Tom auf den Boden fallen, zog den Reißverschluss auf und kramte darin herum. Er sah missmutig aus, so als sei es ihm überhaupt nicht recht, was der Typ am Telefon ihm um die Ohren gehauen hatte.

Hat er dir etwa verboten, Hand an mich zu legen?, dachte Tom in einem Anflug von Hoffnung.

Aber als Jegor sich wieder aufrichtete, hatte er in der einen Hand ein gläsernes Fläschchen mit einer klaren Flüssigkeit. In der anderen hielt er eine Spritze, die er aufzog.

Toms Körper wurde zu Eis. »Was hast du vor?«

Jegor legte das Fläschchen wieder in die Tasche, dann kontrollierte er, ob sich Luft in der Spritze befand, und baute sich vor Tom auf.

»Jetzt plaudern wir ein bisschen«, sagte er und setzte ihm die Spritze an den Oberarm.

Die abendlichen Schatten krochen durch das Fenster des Krankenzimmers, aber der bläuliche Schimmer, der sich auf das Bettzeug legte, kam von dem Fernseher unter der Zimmerdecke, auf dem eine Vorabend-Quizshow lief. Es war so ziemlich die einzige Sendung, auf die Sylvie sich noch konzentrieren konnte.

Der Moderator fragte die Kandidatin gerade nach der korrekten Schreibweise des Wortes *brillant*, als die Zimmertür sich öffnete und Dr. Heinemann in Schutzkleidung hereinkam.

»Mit nur einem i«, murmelte Sylvie, tastete nach der Fernbedienung und schaltete den Fernseher stumm.

Dr. Heinemann warf einen stirnrunzelnden Blick auf den Bildschirm. »Wenn ich solche Fragen sehe, bin ich froh, dass ich so eine Arzthandschrift habe«, sagte er mit einem Lächeln. »Damit sieht man die Rechtschreibfehler nicht.«

Sylvie lachte. »Deutsch war eher nicht Ihr Lieblingsfach, oder?«

Er trat an ihr Bett. »Nein. Wirklich nicht.«

Sylvie setzte sich ein wenig aufrechter in die Kissen. »Warum sind Sie noch hier? Ich meine, haben Sie nicht längst Feierabend?«

»Ich wollte nur noch einmal kurz nach dir sehen, bevor ich nach Hause gehe.«

Seine Stirn lag in ziemlich beunruhigenden Falten, fand Sylvie. »Und?«, fragte sie so leichthin, wie sie konnte. »Wirken die neuen Medikamente schon?« Ihr Herz war ein zitternder kleiner Vogel in ihrer Brust.

Dr. Heinemann rieb sich über den Mund. »Es ist noch zu früh, etwas zu sagen. Ich hatte dir ja erzählt, dass man Erfolge erst nach ungefähr einer Woche sehen kann.«

Das hatte er wirklich. Sie hatte allerdings heute den ganzen Tag über etwas weniger gehustet und das für ein gutes Zeichen gehalten – bis Schwester Tanja eben gerade ihre aktuelle Körpertemperatur gemessen hatte.

»Ich hab achtunddreißig neun Fieber«, sagte sie leise und forschte dabei in Dr. Heinemanns Gesicht nach Anzeichen für seine Gedanken.

Er hatte jedoch ein echtes Pokerface aufgesetzt. Sogar seine Stirnfalten glätteten sich jetzt, und das machte Sylvie erst richtig Angst.

»Ja«, murmelte er. »Ich weiß.« Er streckte die Hand aus und berührte sie am Arm. Ihre Angst wuchs ins Unermessliche. Sonst berührte er sie nur, wenn er es im Zuge irgendeiner Untersuchung musste. »Ich wollte dir einfach nur eine gute Nacht wünschen.«

Klasse, dachte sie. Nach diesem Auftritt würde sie vermutlich gar nicht mehr schlafen können.»Danke.« Das Lächeln zerrte an ihren Mundwinkeln.

»Also.« Er tätschelte sie noch einmal, dann wandte er sich zum Gehen.»Gute Nacht, Sylvie.«

»Gute Nacht«, murmelte sie. Als er fort war, starrte sie auf den stummen Fernseher, wo inzwischen ein anderer Kandidat an der Reihe war. Die Frau davor hatte nicht gewusst, wie man *brillant* richtig schrieb. Sylvie wollte den Ton wieder anschalten, aber ihr schossen Tränen in die Augen, und sie brauchte all ihre Kraft, um sie zurückzudrängen.»Dreh bloß nicht durch!«, murmelte sie.

Selbst wenn auch diese letzte Behandlung fehlschlagen sollte, immerhin war ja ihr Vater noch irgendwo da draußen einer alternativen Heilmethode auf der Spur. Und dass er damit ziemlich beschäftigt war, zeigte ihr die Tatsache, dass er seit vorgestern nicht mehr bei ihr gewesen war. Sie wischte sich über die feuchten Wangen. Sie vermisste ihn. Und sie wollte zurück in die Zeit, in der sie sich ganz sicher gewesen war, dass ihr Dad sie jederzeit beschützen konnte. Er würde das auch jetzt tun, redete sie sich ein, aber es kostete Mühe, es zu glauben.

Die Hoffnung stirbt zuletzt. Was für ein blöder Spruch!

Seufzend schaltete sie den Ton des Fernsehers wieder an und hörte zu, wie der neue Kandidat daran herumrätselte, wer den Roman *Das Glasperlenspiel* geschrieben hatte. Um ihre zitternden Hände mit irgendwas zu beschäftigen, nahm sie den Joghurt, der vom Abendessen noch übrig war, und zog den Aludeckel ab. Künstliches Erdbeeraroma stieg auf. Sie rümpfte die Nase, aber sie nahm den Löffel, tauchte ihn in die rosafarbene Masse und steckte ihn in den Mund. Der Joghurt schmeckte scheußlich.

Sylvie nahm sich vor, ihre Mutter darum zu bitten, ihr beim nächsten Besuch Schokolade mitzubringen. Wenn diese beschissene Krankheit einen Vorteil hatte, dann den, dass ihre Eltern ihr erlaubten, alles zu essen, worauf auch immer sie Lust hatte.

Der Abendhimmel über Berlin hatte die Farbe von altem Blei. Nina stand am Fenster einer der Wohnungen, die YouGen für Wissenschaftler aus anderen Städten oder Ländern bereithielt. Ethan hatte ihr angeboten, für ein paar Tage dort einzuziehen. Da sie gerade keinen Kopf für die Suche nach einem geeigneten Hotel hatte, hatte sie dankbar angenommen. Max hatte die zweite Wohnung erhalten, denn sie alle befürchteten, dass die Russen ihn bei sich zu Hause abpassen würden.

Nachdem sie Ethan vorhin von Sylvies aussichtsloser Notlage erzählt hatten, hatte Nina ihren Bericht mit den Worten geendet: »Um es kurz zu machen, Sie wären mit Ihrem Labor eine wirkliche Hilfe für uns. Wenn der intravenöse Antibiotika-Mix auch nicht mehr gegen den Erreger wirkt, ist das Mädchen austherapiert. Die letzte Hoffnung ist dann eine Ultima-Ratio-Behandlung mit einem passenden Cocktail aus Therapiephagen.«

Ethans Blick war düster geworden. Ganz in Gedanken griff er nach der Wasserflasche und öffnete sie mit einer schnellen Drehung, sodass es zischte.

Nina ahnte, wie es hinter seiner Stirn arbeitete, und sie hätte gern gewusst, was er dachte.

»Hör zu, wenn du willst, kontaktiere ich von Zeven«, ergriff Max das Wort. »Er kann die Behandlung für Sylvie bestimmt finanzieren, und …«

»Es geht nicht um die Finanzierung!«, fiel Ethan ihm ins Wort.

Max wirkte verblüfft. »Sylvie wäre das perfekte Gesicht für unsere Gala, Ethan! Wenn die Abgeordneten sie sehen – und vielleicht sogar schon einen ersten Behandlungserfolg mit Georgys Phagen –, dann mindert das die Bedenken der Grünenfraktion vielleicht weit genug, dass sie für das Gesetz …«

»Schon gut!« Ethan betrachtete die Wasserflasche in seiner Hand wie die Glaskugel eines Wahrsagers.

Max ließ sich so schnell nicht aus dem Konzept bringen.

»Nina könnte eine Reportage über das Ganze für den SPIEGEL schreiben, das würde ...«

»Ich helfe euch ja!«, fiel Ethan ihm ins Wort. »Aber ich fürchte, mit Phagen kenne ich mich null aus. Welche Laborausrüstung braucht ihr genau?« Er goss sich ein Wasserglas voll und hob die Flasche in Ninas Richtung.

Sie lehnte dankend ab. Dann suchte sie Max' Blick, und als er aufmunternd nickte, griff sie in ihre Tasche und stellte die beiden Ampullarien auf den Tisch. Sie öffnete sie und drehte sie so, dass er hineinsehen konnte. »Das ist alles, was wir haben!« Das Licht der tiefstehenden Sonne brach sich in der klaren Flüssigkeit in den Glasröhrchen.

Behutsam nahm Ethan eine der Ampullen aus der Halterung, betrachtete sie eingehend, bevor er sie wieder zurücksteckte. Seine Miene war noch immer undurchdringlich. »Die zu vermehren ist wahrscheinlich kein Problem. Ein Labor und einen Fermenter kann ich euch auf jeden Fall zur Verfügung stellen, falls ihr das Zeug in größeren Mengen braucht. Aber was macht euch so sicher, dass dieser, hm, Cocktail dem Mädchen helfen wird?«

Nina überlegte, wie viel sie ihm von den innovativen Forschungen Georgys erzählen sollte. Ihr Instinkt riet ihr, vorsichtig zu sein. »Wir haben Grund zu der Annahme«, sagte sie nur.

Ethan schüttelte den Kopf. »Ich habe in meinem ganzen Team niemanden, der sich mit Phagen auskennt. Aber wir brauchen die nötige Expertise – und vermutlich doch auch ein Wirtsbakterium.«

»Für die Expertise sorgen wir.« Nina nahm ihr Handy heraus und wählte Marens Nummer. Ihre Freundin ging nach dem zweiten Klingeln ran.

»Nina!«

»Hallo, Maren. Wie geht es dir?«

»Gut. Sie haben mich entlassen, und ich bin auf dem Weg

nach Hause, um meinen Koffer zu packen. Ich habe einen Flug morgen ganz früh bekommen. Ich simse dir noch, wann ich lande.«

Eine Welle von Zuneigung und Dankbarkeit durchflutete Nina. Im Grunde war sie sicher gewesen, dass Maren ihr Versprechen herzufliegen einhalten würde. Aber trotzdem war sie irgendwie erleichtert. »Das ist super!« Sie schaltete den Lautsprecher an. »Hör mal, Sylvies Arzt hat durchblicken lassen, dass ihr die Zeit wegläuft. Ich würde gern schon etwas tun, aber ich weiß nicht, was.«

»Hat sich dieser Labormensch schon bereit erklärt, euch zu helfen?«, fragte Maren.

»Der Labormensch heißt Ethan«, sagte Ethan. »Ja, hat er.« In seinen Augen glitzerte leichter Spott.

»Ah.« Maren schien irritiert.

»Das war Ethan, Maren«, informierte Nina sie. »Wir sitzen in seinem Labor zusammen und überlegen, wie wir schon mal anfangen können.«

»Du hast demnach die zweite Phagensendung?«

»Habe ich.«

Maren ächzte vor Erleichterung. Sie schwieg mehrere Sekunden lang, dann stieß sie hervor: »Das ist wunderbar! Georgys Vermächtnis ist also gerettet?«

Nina dachte daran, dass sie das Laborjournal nicht hatten, aber bevor sie eine entsprechende Bemerkung machen konnte, sprach Maren schon weiter. »Gut. Ihr könntet schon mal die Phagen im Cocktail zur Vermehrung ansetzen. Wenn es dieser Sylvie so schlecht geht, bedeutet das, dass der Keim bereits größere Teile ihres Organismus angegriffen hat. Das wiederum heißt, dass ihr vermutlich große Mengen an Phagen benötigt, die noch dazu aufgereinigt werden müssen, damit man sie intravenös verabreichen kann. Aber dabei kann ich euch dann helfen, wenn ich da bin.«

»Ich sagte eben schon, ich bin kein Experte für Phagen«, warf Ethan ein. »Aber für die Vermehrung brauchen wir doch ein Wirtsbakterium, oder? Habt ihr irgendwo dokumentiert, welches?«

»Ja«, antwortete Maren. »Das steht alles in Georgys Laborjournal. Aber für die Vermehrung der unterschiedlichen Phagen im Cocktail müsst ihr nicht unbedingt den speziellen Keim des Mädchens haben. Verschiedene Pseudomonas-aeruginosa-Stämme, die ihr vorrätig habt, gehen auch. Ich gebe euch gleich eine Liste der Spezies durch, die wir hier erfolgreich verwendet haben.«

»Perfekt!«, sagte Ethan. »Mein Labor macht Analysen für ein paar Berliner Kliniken. Da haben wir oft mit Pseudomonas zu tun, die haben wir also zur Verfügung.«

»Gut! Aber ihr solltet trotzdem sehen, dass ihr an das Isolat und die Daten des Mädchens kommt. Ihr müsst auf jeden Fall vorab Tests machen, ob der Cocktail wirklich passgenau wirkt. Die Phagen sind sehr wählerisch in ihrem Appetit …«

Das alles hatten sie direkt nach Ninas und Max' Ankunft bei YouGen am Nachmittag besprochen.

Jetzt, während Nina in der Wissenschaftlerwohnung stand und an dieses Gespräch zurückdachte, spürte sie wieder die Sorge um Tom – und, ja, auch um das Journal. Beides hatte sich seit dem Gespräch mit Kommissarin Voss in ein nagendschmerzhaftes Gefühl verwandelt, das kaum auszuhalten war.

Sein Telefon war immer noch ausgeschaltet, das hatte sie inzwischen noch ein paarmal überprüft. Um den Abend irgendwie zu nutzen und nicht durchzudrehen, entschloss sie sich, ein paar erste Notizen für ihre Reportage zu machen. Sie wandte sich vom Fenster ab, nahm ihr Mininotebook aus der Tasche und machte sich an die Arbeit.

Donnerstag.

4

Für Voss begann der nächste Tag damit, dass sie und Runge bei Tannhäusers morgendlicher Besprechung im Mittelpunkt der Aufmerksamkeit standen, und das lag natürlich an dem Doppelmord an den beiden Kollegen.

Runge trug auch heute wieder einen seiner figurbetonten Anzüge, allerdings diesmal einen in Dunkelblau. Dazu spitze Stiefel, die gegelte Frisur und den sorgsam getrimmten und geölten Bart. Voss hatte nicht zum ersten Mal das Gefühl, dass er besser in eine Werbeagentur gepasst hätte. Sie schob diesen Gedanken fort und hörte zu, was er über den Tod von Marc Heller und Monika Oberau zu sagen hatte. »Wir bekamen gestern mehrere Anrufe von Passanten, die meldeten, an einer Kreuzung in der Nähe des Planetariums sei es zu einer Schießerei gekommen. Zwei Streifen fuhren sofort hin und fanden den Dienstwagen von Heller und Oberau mit laufendem Motor und beiden Türen auf der Beifahrerseite offen vor. Heller und Oberau waren tot, getötet durch je einen gezielten Schuss in den Kopf.« Er projizierte Tatortbilder und Bilder der Leichen an die Wand. Voss hörte die Umstehenden leise ächzen. Jemand fluchte lästerlich. Sie biss sich auf die Innenseite der Wange, um es nicht selbst auch zu tun.

»Wir wissen, dass zum Tatzeitpunkt dieser Mann im Fond des Streifenwagens saß.« Die Tatortfotos wurden ersetzt von dem Porträt des lachenden, ziemlich gutaussehenden Mannes mit wirren Locken und Fünftagebart, das Voss auch schon im

Internet gesehen hatte. »Das ist Tom Morell. Er arbeitet als Food-blogger – fragt mich nicht, was das genau ist – und Reisejournalist. Hellers Meldung zufolge haben er und die Kollegin ihn bei den Schönhauser Allee Arcaden aufgegriffen. Sie wollten ihn hierherbringen, weil die Kollegin Voss ihm ein paar Fragen zu einem ihrer Fälle stellen wollte. Dazu kommen wir gleich. Zum Tathergang selbst haben wir widersprüchliche Zeugenaussagen, obwohl die Tat am helllichten Tag und auf einer belebten Kreuzung passiert ist. Sicher scheint, dass die beiden Morde dazu dienten, Morell zu befreien, aber bisher wissen wir nicht, ob sie ihn entführt haben oder ob er zu ihnen gehört, denn seit der Tat ist Morell verschwunden. Wir waren bei der Adresse, unter der er gemeldet ist, aber offenbar lebt er in Scheidung. Seine Frau konnte uns nicht sagen, wo er zurzeit wohnt, vermutet aber – O-Ton – *in irgendeiner abgeranzten Bude.* Sie ist ganz offensichtlich nicht besonders gut auf ihn zu sprechen, hat auch nur seine Handynummer, um ihn zu erreichen, und das Handy ist seit gestern ausgeschaltet.« Zu Morells Bild gesellte sich ein weiteres, diesmal war es ein Screenshot eines Akteneintrags. »Morell hat nur einen Tag, bevor die beiden Morde passiert sind, zusammen mit zwei anderen Zeugen einen Überfall von drei Männern osteuropäischer Herkunft angezeigt, deren Identität wir nicht kennen. Demnach wurden er, eine gewisse Dr. Nina Falkenberg und ein Dr. Max Seifert in Seiferts Büro von mehreren Bewaffneten überfallen. Der Aussage von Dr. Falkenberg und Dr. Seifert zufolge wurde auch dabei auf sie geschossen und Morell leicht verwundet.« Mit einer Handbewegung überließ Runge Voss das Wort.

»Ich konnte sowohl mit Frau Falkenberg als auch mit Herrn Seifert sprechen. Laut deren Aussage waren die drei Männer, die den Überfall begangen haben, hinter einem innovativen Medikament her, das sich in Frau Falkenbergs Besitz befindet. Wir gehen aktuell davon aus, dass dieser Überfall und der Mord an den

Kollegen sowie Morells vermutliche Entführung von denselben Männern begangen wurden. Die ballistischen Untersuchungen der Geschosse von beiden Tatorten laufen allerdings noch.«

»Gut.« Tannhäuser hustete in die Hand. »Kommen wir dann zu unserem Prometheus-Fall, der seit gestern Nachmittag kein Lulli-Fall mehr ist.«

Lulli-Fall? Wie alt bist du?, dachte Voss, nickte aber. »Stimmt. Das Labor hat multiresistente Listerien in einer Quarkspeise im Altenheim St. Anton gefunden, die nachweislich mit einer Spritze dort eingebracht worden sind.«

»Resistent?«, fragte jemand aus der Runde.

Voss nickte. »Ja. Multiresistent sogar. Wir müssen davon ausgehen, dass wir es mit einem bioterroristischen Anschlag zu tun haben, zumal es mittlerweile auch im Internet so was wie ein Bekennervideo gibt.« Sie nickte Ben Schneider zu, der auf seinem Platz am Fenster die ganze Zeit aufmerksam zugehört hatte. Jetzt kam er nach vorn und rief den YouTube-Kanal auf. Während die beiden ersten Bekennervideos liefen, wurde es unter den Anwesenden unruhig, und Voss konnte nachempfinden, was die Kolleginnen und Kollegen dachten. Der Fall nahm langsam einen gruseligen Verlauf.

»Aber wir haben noch mehr«, fuhr Ben fort. »Darf ich vorstellen: Prometheus.« Er warf das Standbild an die Wand, das sie dank Grubers illegal installierter Kamera besaßen. Voss starrte in das Gesicht des Mannes mit der Glatze. »Das ist unser Attentäter«, stellte Ben vor. »Der Mann, der die Quarkspeise mit den Listerien verseucht hat.«

»Sehr gut«, sagte Tannhäuser. »Wir geben den Mann zur Fahndung raus. Tina, prüf nach, ob wir den Kerl irgendwo in unserem System haben. Und lass die Schüssel und die Quarkspeise auf DNA-Spuren untersuchen, vielleicht bringt uns das weiter. Dieser Videokanal, mit dem dieser Prometheus das Attentat für sich reklamiert? Kommen wir da weiter, Ben?«

»Aktuell versuchen wir gerade rauszufinden, von wem der Kanal erstellt wurde, aber das kann ein bisschen dauern.« Ben wollte zu einer längeren technischen Erklärung ansetzen, aber er wurde unterbrochen, weil Voss' Handy anfing zu klingeln.

Der Anruf kam von einem anderen Revier, das sah sie an der Kennung. Sie ging ran, murmelte »Moment!« und verließ mit einem entschuldigenden Lächeln in Bens Richtung den Raum.

»Reiffenberg«, sagte eine Männerstimme, kaum dass sie auf dem Flur angekommen war. »Du bist die Kollegin, die im Prometheus-Fall ermittelt, oder?«

»Ja«, sagte Voss.

»Gut oder besser gesagt: nicht gut. Wie es aussieht hat es einen weiteren Anschlag auf ein Altersheim gegeben.«

Ein spitzes, nervenzerfetzendes Geräusch schälte sich aus der Dunkelheit, aus der Toms Geist langsam an die Oberfläche taumelte. Er konnte es nicht einordnen, aber es malträtierte seine Ohren, seinen Kopf, seinen Verstand. Die weiteren Empfindungen setzten nur Stück für Stück ein.

Er lag auf dem Rücken.

Etwas Spitzes bohrte sich in die Gegend seiner Nieren.

Er wälzte sich herum. Sein Körper protestierte mit Schmerzen. Er stöhnte. Der Geruch von feuchter Erde stieg ihm in die Nase. Seine Jeans fühlte sich klamm und kalt an, und er begriff, dass er auf dem Boden lag. Er glaubte, ein Flattern zu hören. Das spitze Geräusch, das bei seiner Bewegung kurz verstummt war, setzte wieder ein, und jetzt erkannte er es: Es war das Gezeter von Spatzen, die ganz in der Nähe herumhüpfen mussten.

Sehen konnte er sie nicht.

Waren seine Augen auf? Er war sich nicht sicher. Er gab sich den Befehl, die Lider fest zusammenzukneifen und dann aufzureißen. Dunkelheit. Nein, Nebel. Nichts als graues Wabern, aus dem sich nur langsam Farben und Formen schälten.

Das Tschilpen der Spatzen fühlte sich an wie Fingernägel, die über die Innenwände seines Schädels schrammten.

Dann, endlich, klärte sich sein Blick so weit, dass er die Tiere erkennen konnte. Nur eine Armlänge von ihm entfernt hüpften sie auf dem Boden herum und pickten an etwas, das aussah wie eine Pommestüte von McDonald's.

Tom stöhnte erneut.

Was war geschehen? Das Letzte, an das er sich erinnern konnte, war Jegor, wie er Victor zwei Kugeln in den Schädel gejagt hatte. Da war das Bild einer roten Blutwolke, die kurz in der Luft gestanden und sich dann als feiner Nebel auf dem Fußboden verteilt hatte … und danach … ein kurzer, brennender Schmerz an seinem Oberarm … Eine Spritze? Ja. Er erinnerte sich daran, wie sich etwas Warmes von seinem Oberarm aus durch seinen gesamten Körper den Weg gebahnt hatte.

Und danach …?

»Wo ist das Laborjournal?« Jegor hatte ihm diese Frage gestellt, wieder und wieder und wieder.

»Der Ziegenfisch hat es«, hörte er sich selbst lallen. Er hatte den Satz auch dann noch wiederholt, als Jegor noch einmal nachgespritzt und sich das warme Glühen in seinen Adern in ein schmerzhaft grelles Brennen verwandelt hatte.

Die Erinnerung vertrieb auch noch die letzten wallenden Nebel vor Toms Augen. Er zwängte die Arme unter seinen Oberkörper und stemmte sich hoch. Wo waren diese Dreckskerle, die ihm all das angetan hatten? Und warum war er nicht mehr gefesselt?

Die Fragen stolperten übereinander, ließen ihn noch einmal zu Boden gehen. Er gab sich ein paar Minuten Zeit. Dann stemmte er sich zum zweiten Mal hoch und schaffte es, sich hinzusetzen. Sein Kopf schmerzte. Er betastete seinen Nacken und sein Gesicht, fand die bereits vertraute Wunde kurz über dem Haaransatz, dann die Platzwunde auf seinem Jochbein. Er tastete weiter. Keine neue Verletzung. Sie hatten ihn also nicht ein weiteres Mal k. o. geschlagen. Vermutlich hatte das Mittel, das Jegor ihm gespritzt hatte, ihm den Rest gegeben.

Ein gruseliger Gedanke sprang ihn an.

Hatte er ihnen den Aufenthaltsort des Laborjournals verraten? An dieser Stelle bestanden seine Erinnerungen nur aus weißem Rauschen. Sein Verstand allerdings funktionierte jetzt wieder einwandfrei, und er konnte sich selbst die Antwort auf die Frage geben.

Sie lautete nein.

Wenn er den Dreckskerlen gegeben hätte, was sie wollten, dann wäre er kaum noch am Leben. Und vor allem: Er wäre immer noch gefesselt, wofür es in seinen Augen nur eine einzige Erklärung gab: Seine Entführer hatten einen Plan B. Sie hofften, dass er sie zu dem Journal führen würde.

Tja ... und nun? Immer schön einen Schritt nach dem anderen.

Zuerst einmal musste er herausfinden, wo er eigentlich war. Er sah sich um. Die Spatzen hatten sich in die Büsche zurückgezogen, aber jetzt kamen sie wieder näher. Einer hüpfte neugierig bis auf wenige Zentimeter an Tom heran und legte das Köpfchen schief, als wollte er fragen: *Alles okay mit dir?*

»Ging mir nie besser«, erklärte Tom ihm und rappelte sich auf die Füße. Sein Magen revoltierte, hielt aber stand. In seinem ganzen Körper gab es keinen Knochen und keinen Muskel, der nicht wehtat.

»Scheißkerle«, murmelte er, während er sich einmal um die eigene Achse drehte. Er sah geborstene Mauern voller Graffiti, die ihm bekannt vorkamen. Kurz glaubte er, sich auf dem Gelände der 2015 abgebrannten Flugzeugfabrik in Karlshorst zu befinden, auf dem er als Junge oft gespielt hatte. Aber dann fiel ihm ein, dass es dieses Freigelände nicht mehr gab, seit dort ein neues Mustergefängnis gebaut worden war. Er wartete, dass die Übelkeit nachließ, und zählte seine Atemzüge. Als er bei hundert angekommen war, ging es ihm besser.

Als Jegor mit der Spritze angekommen war, war es bereits dämmerig geworden, aber jetzt war heller Tag. Die Russen hatten ihn also mindestens eine Nacht hindurch in der Mangel gehabt.

Er zermarterte sich das Hirn, um weitere Erinnerungsfetzen aus der Dunkelheit zu zerren, aber da war nichts weiter als immerzu nur Jegors Bellen – »Wo ist das Buch?« – und sein eigenes Lallen. Ein Eindruck blitzte in ihm auf, mehr ein Gefühl als eine Erinnerung. Er hatte den Kopf in den Nacken geworfen und lachte. Dann ein anderes Bruchstück: etwas Kaltes, das gegen seine Stirn gepresst wurde. Flache, fast hasserfüllte Worte.

»Sei froh, dass wir dich noch brauchen.«

Er ächzte leise. Dann tastete er seine Taschen ab. Verblüfft stellte er fest, dass sie ihm sein Handy wiedergegeben hatten. Mit schwirrendem Schädel nahm er es heraus. Schaltete es an. Überlegte.

Die Anruferliste zeigte einundzwanzig Anrufe, drei davon von einer Nummer, die er nicht kannte, die meisten anderen von Nina. Sie hatte die ganze Nacht über versucht, ihn zu erreichen. Und Isabelle hatte auch angerufen, allerdings nur zweimal gestern am späten Abend.

Er biss die Zähne zusammen, als ihm aufging, dass Nina verzweifelt auf ein Lebenszeichen von ihm warten musste. Er war schon drauf und dran, sie anzurufen, aber dann nahm er den Daumen wieder von der Tastatur.

Seine Entführer hatten genug Zeit gehabt, sein Handy zu präparieren. Er ließ seine Blicke umherschweifen. Niemand war zu sehen, aber er wurde das Gefühl nicht los, dass die Kerle ganz in der Nähe waren und darauf warteten, dass er sie zu dem Laborjournal führte. Oder zu Nina und den Phagen. Oder zu beidem.

Also gut. Wollen wir doch mal sehen, wer von uns raffinierter ist, dachte Tom grimmig.

Die Spatzen hatten inzwischen entschieden, dass er uninteressant war, und waren davongeflogen. Tom ließ seinen Blick ein letztes Mal über die Büsche und die Ruinen wandern und ignorierte dabei das irritierende Gefühl von fremden Blicken zwischen seinen Schulterblättern.

Dann rief er Google Maps auf und suchte nach einer Straßenbahnstation in der Nähe.

Das Polizeigebäude von Abschnitt 26 der Landespolizeidirektion 2 befand sich in der Rudolstädter Straße. Voss hatte schlechte Laune, als sie zusammen mit Lukas dort ankam. Vor dem Dienstgebäude am Tempelhofer Damm hatte ihr eine Reporterin aufgelauert, die einige interne Informationen über ihre Fälle gehabt hatte. Zwar hatte sie die Frau mit einem vernichtenden Blick und ihrer ganz eigenen Version von »Kein Kommentar!« abblitzen lassen, aber die Begegnung lag ihr trotzdem im Magen. Presse. Alles Aasgeier!

»Okay«, sagte sie zu Lukas. »Gucken wir mal, was die Jungs haben.« Sie wandte sich an den Pförtner am Eingang, stellte sich vor und fragte nach Oberkommissar Reiffenberg, dem Kollegen, den sie vorhin am Telefon gehabt und der sie herzitiert hatte. Der Pförtner beschrieb ihr lang und umständlich den Weg zu Reiffenbergs Büro, das sich als eine weitere typische deutsche Amtsstube herausstellte.

Reiffenberg selbst war ungefähr so groß wie Voss, wog aber mindestens das Doppelte. Sein hellblaues Hemd, das ihm über den Gürtel hing, sah aus, als habe er es in der Zeltabteilung gekauft. Als er ihr die Hand gab, bemerkte sie das Aroma von Weichspüler, das von ihm ausging. Spontan fragte sie sich, ob er seine Klamotten selbst wusch.

»Voss«, stellte sie erst sich vor und dann Lukas.

Reiffenberg musterte Lukas nur kurz. »Gut, dass ihr so schnell gekommen seid.« Er wies auf die beiden Besucherstühle vor seinem Schreibtisch. Im Gegensatz zu Voss hatte er ein Einzelbüro,

251

das allerdings durch eine Zwischentür mit dem Nachbarraum verbunden war. Aus dem Gedächtnis heraus begann er zu berichten. »Das Ganze ist ziemlich mysteriös. Wir erhielten heute Morgen einen Anruf vom Heuerschen Hof, das ist ein ziemlich exklusives Seniorenwohnheim hier in Charlottenburg. In der Station Wiesenblick haben sie dieses Schreiben an einem der Wasserspender gefunden.« Er schob Voss ein DIN-A4-Blatt hin, das in eine Beweismitteltüte eingepackt war. Es zeigte den mittlerweile vertrauten Kupferstich von Prometheus. Der Spruch darunter lautete:

Prometheus wurde für die Ewigkeit an seinen Felsen gekettet.
Sorgt Euch nicht, Ihr werdet nur wenige Tage leiden.

Voss drehte das Schreiben so, dass Lukas es anschauen konnte. Ohne dass sie ihn dazu auffordern musste, öffnete er YouTube auf seinem Handy. Auch diesmal gab es einen neuen Film auf Prometheus' Kanal. Er bestand aus mehreren hintereinandergeschnittenen Aufnahmen von Friedhöfen. Daruntergelegt war eine verzerrte Stimme. Und was sie mitzuteilen hatte, war an Eindeutigkeit nicht zu überbieten.

»Prometheus hat den Menschen das Feuer der Erkenntnis gebracht. Und das sehe ich auch als meine Aufgabe an. Ich will, dass ihr in Panik geratet. Die Menschheit steht am Abgrund, weil die Regierenden sich weigern, die Bedrohung ernst zu nehmen. Stellt euch vor, ihr schneidet euch beim Abendbrotmachen in den Finger und sterbt an dieser kleinen Wunde. Stellt euch vor, euer Kind kommt ein paar Wochen zu früh zur Welt, und die Ärzte können es nicht retten! Stellt euch vor, ihr bekommt eine Lungenentzündung, und sie ist euer Todesurteil!« Jedes dieser Beispiele wurde von entsprechenden drastischen Bildern begleitet, die am Ende in die Darstellung eines frischen Grabes mündeten. Einige Sekunden lang schwieg die Stimme, um dann zu enden: »All das wird passieren, wenn wir nicht endlich etwas tun. Steht auf! Ihr habt ein Recht auf Leben! Sorgt dafür, dass die Verantwortlichen endlich handeln!«

»Okay«, meinte Voss. »Damit wissen wir endlich sicher, was dieser Typen antreibt. Der ist ein Ökoterrorist.«

Reiffenberg tippte auf das Blatt in der Beweismitteltüte. »Was an der ganzen Sache so ungewöhnlich ist: Außer diesem Schreiben haben wir oben auf dem Wasserspender auch noch eine aufgezogene Spritze gefunden.«

»Eine *aufgezogene* Spritze?«, echote Voss.

»Ja Er hat den Wasserspender offenbar nicht verseucht, sondern die Spritze einfach nur obendrauf gelegt.«

»Er will uns zeigen, wozu er fähig ist«, murmelte Lukas. »Er hält sich für einen Menschenfreund. Er will nicht unnötig Menschen verletzen.«

Voss dachte an den glatzköpfigen Kerl von dem illegalen Überwachungsvideo. In ihren Augen sah der nicht gerade so aus wie ein Menschenfreund. Ob er wirklich ihr Prometheus war? Oder war er einfach nur ein Handlanger, der die Drecksarbeit erledigte?

»Den Gedanken hatten wir auch schon«, sagte Reiffenberg. »Da wir nicht wussten, was wir davon halten sollen, haben wir den Kampfmittelräumdienst gerufen und sowohl die Spritze als auch den Wasserspender sichergestellt.« Er rief das Beweismittelfoto einer mehr als doppelt daumendicken Spritze auf. Die Nadel wirkte robust, die Flüssigkeit in dem Glaskolben war durchsichtig.

In Voss' Genick begann es zu jucken. »Weiß man schon, was dadrin ist?«

Reiffenberg schüttelte den Kopf. »Aber wir haben die Kollegen im Labor gebeten, es so schnell wie möglich rauszufinden.«

»Gut«, meinte Voss. Ökoterror. Okay. Ihre Gedanken kreisten um all diese verdammten potenziellen Bioterrorstoffe. Anthrax. Pest. Ebola. Was, wenn sie es jetzt mit einem dieser Stoffe zu tun hatten?

Ethan hatte Nina angeboten, sie zum Flughafen zu fahren, auf dem in einer knappen Stunde Maren ankommen würde. Sie saß auf dem Beifahrersitz seines Sportwagens und versuchte zu verbergen, wie sehr die Sorge um Tom sie beschäftigte. Aber an der Art, wie er beim Fahren immer wieder kurz zu ihr herüberschaute, erkannte sie, dass er sehr wohl spürte, wie es ihr ging.

Sie war ihm dankbar, dass er es nicht thematisierte. Sie hatten heute Morgen gleich nach dem Aufstehen kurz darüber geredet, dass Tom immer noch verschwunden war, und dabei waren Nina so unvermittelt Tränen in die Augen geschossen, dass sie es nicht geschafft hatte, es vor Ethan zu verbergen. Er hatte so getan, als merke er es nicht.

»Danke«, sagte sie jetzt in die unangenehme Stille hinein, die durch die fröhlichen Stimmen aus dem Autoradio eher noch verstärkt als gemildert wurde.

»Wofür?« Ethan wechselte die Spur und überholte einen klapperigen VW Käfer. Er fuhr schnell, aber sehr sicher, sodass Nina sich einigermaßen wohlfühlte, obwohl sie eigentlich lieber selbst hinter dem Steuer saß. Sie hasste den Kontrollverlust auf dem Beifahrersitz.

»Für alles«, sagte sie. »Ist ja nicht selbstverständlich, dass du uns einfach so deine Labors zur Verfügung stellst. Und jetzt fährst du mich auch noch zum Flughafen.«

Er grinste. »Mache ich gern, ehrlich!«

Nina musterte ihn. Er wirkte lässig und gleichzeitig auf eine Art und Weise zielstrebig, die sie bewundernswert fand. Vielleicht kam beides von seinen amerikanischen Eltern, dachte sie.

»Diese Maren. Erzähl mir ein bisschen von ihr«, bat er, bevor sie wieder in bedrückendes Schweigen abglitten.

»Sie ist eine sehr gute Freundin. Wir haben zusammen studiert.‹ Den Rest der Fahrt verbrachte Nina damit, Ethan von ihrer Studienzeit und all den Eskapaden zu berichten, die sie und Maren damals ausgeheckt hatten. Ethan lachte ehrlich und herzlich bei jeder einzelnen, und er schaffte es auf diese Weise, dass auch Nina für eine Weile ihre Sorgen vergaß.

In der Ankunftshalle des Flughafens herrschte reger Betrieb. Ein Summen lag in der Luft, das aus den unzähligen Stimmen der Menschen bestand und aus den Geräuschen, die die Klimaanlage und die Anzeigetafel mit den aktuellen Ankunftszeiten machten. Der Flieger aus Tiflis war gerade gelandet.

Nina reckte den Hals, konnte Maren in der Traube von Menschen die aus Richtung des Gates strömten, aber nicht auf Anhieb ausmachen.

»Da ist sie!« Sie deutete auf Maren, die hinter einer Familie mit zwei Kindern auftauchte und auf das Kofferband zustrebte. Gott sei Dank war ihre Freundin wohlauf! In ihren sorgenvollsten Augenblicken hatte Nina sie von Kopf bis Fuß bandagiert oder gar im Rollstuhl gesehen. Dass sie nur ein Pflaster an der Stirn hatte und ansonsten von der Bombenexplosion völlig genesen zu sein schien, nahm ihr wenigstens eine Sorge ab.

Während die ersten Koffer auf dem Transportband erschienen, entdeckte Maren Nina hinter der Scheibe. Ein Strahlen glitt über ihr Gesicht, und sie winkte.

Nina winkte zurück. Sie sah Ethan an, auf dessen Zügen ein beseeltes Lächeln lag, und glaubte zu wissen, was er dachte. Maren sah mit ihren zwölf Zentimeter High Heels, dem Kostüm und dem cremefarbenen Wollmantel, den sie über dem Arm trug, nicht wie die typische Wissenschaftlerin aus, sondern eher wie ein Model oder eine Schauspielerin.

Nina grinste Ethan an. »Sie ist eine ziemliche Erscheinung, oder?‹

»Kann man wohl sagen«, gab er offensichtlich beeindruckt zurück.

»Sie gehört zu den gefragtesten Phagenforschern in Europa. Ihr Studium hat sie mit magna cum laude abgeschlossen.«

Ethan blinzelte. »Du hättest mich vorwarnen können«, sagte er trocken, aber seine Augen glitzerten dabei.

Maren, Maren! Du hast noch kein Wort mit ihm gewechselt und ihm trotzdem schon den Kopf verdreht. So war es immer gewesen, dachte Nina. Die Männerherzen flogen Maren reihenweise zu, während sie selbst dabei oft am Rand gestanden hatte. Seltsamerweise hatte das ihrer Freundschaft aber nie einen Abbruch getan. Die besten Zeiten hatten sie gehabt, wenn wieder einmal eine von Marens vielen Beziehungen in die Brüche gegangen war und sie abends im Studentenheim Eis direkt aus der Packung gelöffelt und über Gott und die Welt im Allgemeinen und über Männer im Speziellen geschimpft hatten.

Endlich erschien Marens Koffer, ein verblüffend kleines Ding, dessen Teleskopgriff sie mit einer effizienten Bewegung herauszog. Sie passierte die Zollabteilung und steuerte direkt auf Nina zu.

»Nina!«, rief sie schon von Weitem. Mehrere Männerköpfe drehten sich zu ihr um, aber sie bemerkte es nicht einmal. Sie blieb vor Nina stehen, musterte sie von Kopf bis Fuß und zog sie dann in die Arme. »Du siehst furchtbar aus, Süße«, flüsterte sie ihr ins Ohr. »Was ist passiert?«

Nina war drauf und dran, ihr von Tom zu erzählen, aber sie fürchtete, dass alles, was seit ihrem letzten gemeinsamen Telefonat geschehen war, in einem einzigen wirren Wortschwall aus ihr herausbrechen würde. Darum schüttelte sie nur knapp den Kopf. »Nicht hier. Schön, dass du da bist.« Sie machte sich los und deutete auf Ethan. »Das ist Ethan Myers. Er war so freundlich, mich hierherzufahren.«

Maren blickte Ethan an, vier Sekunden lang schien die Welt für die beiden angehalten zu haben. Nina wusste, dass ihre Freundin innerhalb von Augenblicken entschied, ob es ein Typ wert war, sich mit ihm abzugeben, oder nicht. Bei Ethan schien sie ein wenig länger zu brauchen. Dann aber hatte sie offenbar entschieden, dass er in ihr Beuteschema passte. Mit einem strahlenden Lächeln reichte sie ihm die Hand und sagte:»Hallo, Ethan! Ich darf doch Ethan sagen?«

»Logisch!« Er ließ seine Zähne aufblitzen.»Ich freue mich, dass du da bist. Wie war der Flug?«

»Holperig, aber okay.« Maren wollte ihren Mantel über den anderen Arm legen, aber Ethan nahm ihn ihr ab, und er entwand ihr auch den Koffergriff.

»Ich bringe das schon mal zum Auto, dann habt ihr kurz Zeit für ein paar private Worte.« Bevor eine von ihnen darauf auch nur reagieren konnte, war er schon verschwunden.

Maren sah ihm einen Moment zu lange hinterher. Dann seufzte sie und wandte sich an Nina.»Raus mit der Sprache! Wie geht es dir? Du siehst aus, als hättest du seit Tagen nicht geschlafen! Deine Haut ist fahl wie bei einer Wasserleiche.«

»Na, vielen Dank«, murmelte Nina, aber die Fürsorge, die hinter Marens ruppigen Worten steckte, trieb ihr doch tatsächlich schon wieder die Tränen in die Augen.

»Oh, Süße!« Entsetzt griff Maren nach ihren beiden Händen, drückte sie und zog Nina noch einmal in die Arme.»Es ist wegen Georgy, oder?«

»Ja. Ich müsste mich eigentlich um die Trauerfeier kümmern.«

»Das kannst du erst, wenn die Polizei seine sterblichen Überreste freigegeben hat.«

Die ganzen aufgestauten Gefühle der letzten Tage und Stunden quollen als zusammenhangloser Strom von Worten einfach aus Nina heraus.»Georgys Laborjournal. Tom. Ich … Er ist verschwunden, Maren, und ich weiß nicht … ich bin so …«

»Scht«, machte Maren. Ihr Atem war warm an Ninas Ohr und irgendwie tröstlich.»Ganz ruhig!« Sie packte Nina, zog sie zu einer Sitzbank und drückte sie darauf nieder. »Erzähl ganz in Ruhe und vor allem der Reihe nach!«

Und das tat Nina. Sie erzählte Maren, wie sie Georgys zweite Phagensendung aus dem Postfach geholt hatten, wie die Russen dort aufgetaucht waren, wie Max und sie sich von Tom getrennt hatten, um ihre Chancen auf ein Entkommen zu erhöhen. »Tom hat das Journal genommen und ist damit weg, Maren, und danach ist er … verschwunden, und ich versuche seit gestern, ihn anzurufen, aber sein Handy ist aus. Ich habe Angst, dass …« Die Tränen strömten ihr jetzt ungehindert über die Wangen, und mehrere Menschen, die vorbeikamen, wandten peinlich berührt den Blick ab.

Maren war blass geworden. »Angst, dass …?«

»Dass das Journal verloren ist. Das war mein erster Gedanke, als Tom sich nicht gemeldet hat, Maren!« Sie wollte sich krümmen. »Was bin ich nur für ein furchtbarer Mensch! Tom wollte helfen, und er ist vielleicht von diesen Typen umgebracht worden, und das Einzige, an das ich denken kann, ist das Journal …« Das stimmte doch überhaupt nicht, was erzählte sie da? Sie umklammerte sich mit den Armen, um nicht vollständig auseinanderzufallen.

Maren zog sie an sich, und Nina war ihr unendlich dankbar dafür, dass sie einfach gar nichts sagte, obwohl der Verlust des Laborjournals sie bestimmt mindestens ebenso schockte. In dem Buch waren die Ergebnisse von neun Jahren Arbeit. Fast Marens gesamtes Forscherinnenleben in Georgys Team steckte darin …

Ach, Tom …

Zitternd holte Nina Luft, wartete, bis ihre Tränen langsam versiegten und sie sich wieder in den Griff bekam. »Tut mir leid, diese Heulerei – ich kenne das gar nicht von mir.«

»Kann es sein, dass dieser Tom endlich mal ein Mann ist, der den Panzer, den du um dich gelegt hast, durchdringen kann?«

»Quatsch! Ich würde mich auch um jeden anderen Menschen

sorgen, wenn er wie Tom ...« Sie spürte, dass sie sich etwas vormachte, und verstummte. Ihre Wangen glühten. Sie legte die Hände daran. »Mein Gott, ich bin unmöglich!«

Da verzog Maren das Gesicht zu einem spöttischen Grinsen. »Es gibt da etwas, das du vermutlich noch nicht weißt. Niemand ist perfekt, Süße. Nicht mal du.«

Es war genau der trockene Tonfall, den Nina jetzt brauchte. Unter Tränen musste sie lächeln. »Ach, Maren!«

»Wie, *ach, Maren*? Ist das alles, was ich kriege, weil ich mir dein absolut ekeliges und völlig unpassendes Geflenne anhöre?«

Diese Karikatur ihrer verknoteten Gefühle brach endlich den Rest des Bannes, der über Nina lag. »Wenn ich dich nicht hätte ...«, murmelte sie.

Maren erhob sich mit einer federnden Bewegung. »Dann hättest du niemanden, der dabei helfen könnte, dieses Mädchen zu retten.«

5

Tom hatte mit der alten Flugzeugfabrik gar nicht so sehr danebengelegen, denn er befand sich zwar nicht auf deren ehemaligem Gelände, aber dennoch in Karlshorst, und zwar in einer ehemaligen Kleingartenanlage, die im Zuge des Gefängnisbaus aufgegeben worden war und nun vor sich hin rottete. Ringsherum sah er verfallene Gartenlauben, niedergetrampelte Zäune, windschiefe Schuppen. Ein Gerüst für Stangenbohnen stand absurderweise noch völlig unversehrt und aufrecht da, als wollten die meterlangen Stäbe dem Verfall eine Nase drehen.

Die S-Bahn-Haltestelle Karlshorst war nur wenige hundert Meter weit entfernt. Die ersten Meter auf dem Weg dorthin humpelte Tom noch etwas, aber mit jedem Schritt erwärmte sich seine Muskulatur, und auch die Schmerzen wurden erträglicher. Als er an der Unterführung an der Treskowallee ankam, fuhr gerade eine Straßenbahn ab. Der Bahnsteig blieb so gut wie leer zurück, und das gab ihm Gelegenheit, sich nach Verfolgern umzusehen.

Nur eine gebeugte Obdachlose, die die Mülleimer nach Pfandflaschen durchsuchte, und eine Mutter mit zwei kleinen Kindern in einer Zwillingskarre. Beide sahen sie nicht so aus, als arbeiteten sie für die Russen.

Tom scannte die Autos, die man durch die gläsernen Wände der Bahnstation sehen konnte, und versuchte, sich ihr Aussehen so gut wie möglich einzuprägen. Zwei schwarze SUVs. Ein 911er in Knallgelb. Ein weißer Kastenwagen mit der Aufschrift *Feinkost Simon*. Und ein blauer BMW. Neueres Modell.

Keine Spur von einem dunkelroten Van.

Aber würden Jegor und Misha so dämlich sein und ihn ausgerechnet in dem Auto verfolgen, in dem sie ihn entführt hatten? Schwer vorstellbar. Er musste also umsichtig sein. Auf Wagen achten, die auffällig oft in seiner Nähe auftauchten. Wenn man jemanden verfolgte, bewegte man sich auf spezielle Weise, das wusste er. Die Anzeichen waren zwar subtil, aber jemand, der geübt darin war, konnte sie erkennen. Die Frage war nur: War er geübt genug?

Seine Entführer hatten schließlich sehr deutlich zu erkennen gegeben, dass sie Profis waren, und das hier war etwas anderes, als auf exotischen Märkten in den hintersten Ecken der Welt oder im Regenwald nach neuen, ungewöhnlichen Lebensmitteln zu suchen.

Ihm fiel auf, dass die Mutter ihn misstrauisch beobachtete, und da erst ging ihm auf, was für einen Anblick er bieten musste, verdreckt und blutig und zusammengeschlagen, wie er war. Sie brachte ein paar Meter mehr Abstand zwischen sich und ihn. Er konnte es ihr nicht verdenken.

Er zog die Kapuze über den Kopf und tief ins Gesicht und drehte der Frau den Rücken zu. Hoffentlich verständigte sie nicht die Polizei, dachte er spontan. Aber warum eigentlich nicht? Er hatte schließlich nichts getan. Er war das Opfer einer Entführung geworden. Dass die Dreckskerle dabei zwei Menschen kaltblütig erschossen hatten, war nicht seine Schuld.

Unschlüssig, was er als Nächstes tun sollte, scannte er erneut seine Umgebung. Die beiden SUVs waren weg. Der gelbe Porsche stand ebenso wie der Kastenwagen und der BMW noch immer da, aber zumindest er war wohl kaum geeignet für eine unauffällige Verfolgung.

Mit kreisenden Bewegungen versuchte Tom, seine verspannten Muskeln zu lockern.

Die Bahn kam, es war eine dieses ganz neuen Typs, die in

Berlin erst seit wenigen Monaten fuhren. Sie sah mehr wie ein futuristischer Fernzug aus als wie eine normale Straßenbahn, fand er. Sie hielt direkt vor ihm, und er ging auf dem Bahnsteig bis zum Ende des Zugs. Auf diese Weise konnte er sämtliche Passagiere beobachten, die einstiegen. Er selbst wartete, bis die Türen anfingen, warnend zu piepen, und sprang erst in der allerletzten Sekunde in die Bahn.

»Gutes Manöver, Mann.« Ein junger Typ, der sich breitbeinig auf einen Zweiersitz gefläzt hatte, nickte ihm anerkennend zu. »Bist wohl auf der Flucht vor deiner Ex, wa?«

Tom konnte es nicht verhindern, dass seine Gedanken kurz zu Isabelle drifteten. »Immer.«

Der Typ lachte. Er trug Jeans, Turnschuhe und einen dunkelblauen Hoodie, der dem, den Tom anhatte, relativ ähnlich sah. Dazu lange blonde Dreadlocks, die zu einem Zopf gerafft waren. Wie um ein Klischee zu erfüllen, ging von ihm der schwere, süßliche Duft von Shit aus.

Die Straßenbahn fuhr an.

»Die hat dich aber nicht so zugerichtet«, konstatierte der Typ.

Tom ließ sich in die Vierersitzgruppe auf der anderen Seite des Ganges fallen. »Stimmt.«

Der Typ grinste. Die Straßenbahn beschleunigte. Tom schaute aus dem Fenster, um nach Autos zu suchen, die ihn verfolgten, aber die Bahn fuhr jetzt zwischen Schrebergärten hindurch, und er verlor die Straße aus dem Blick.

Er stand wieder auf, ging zu der Bordtoilette, die es nur in den neuen Zugtypen gab, und schloss sich darin ein. Ein paar Sekunden lang stützte er sich auf dem Rand des Waschbeckens ab und starrte sich ins Gesicht. Er bekam eine Ahnung davon, was für einen Eindruck er auf die Menschen machte. Das Blut aus der Platzwunde an seiner Wange, das er sich nur unzureichend abgewischt hatte, war lange getrocknet und mit Dreck von der Stelle vermischt, an der er vorhin aufgewacht war. Immerhin: Die Erde verbarg die violett schillernde Prellung an seinem Jochbein zur Hälfte. Mit zusammengebissenen Zähnen zog Tom sein Shirt und den Hoodie hoch. Jegors Faust hatte eine weitere fette Prellung auf der rechten Seite seines Brustkorbs hinterlassen, aber alle Rippen schienen noch heil zu sein.

Er hob den Blick und sah sich selbst in die Augen.

»Sahst schon mal besser aus, Kumpel«, murmelte er und kontrollierte als Letztes auch noch den Streifschuss an seiner Seite. Der hatte bei der rüden Behandlung durch die Russen wieder angefangen zu bluten, aber auf dem Verband, den er sich heute morgen angelegt hatte, prangten nur ein paar nadelgroße rote Punkte. Tom schickte einen kurzen Dank an Nina dafür, dass sie ihn so gut verarztet hatte.

Dann wusch er sich das Blut und die Erde aus dem Gesicht.

Als das erledigt war, begann er, sich Stück für Stück auszuziehen und seine Klamotten genauso nach einem Sender abzusuchen, wie er und Nina das bei ihr getan hatten. Er fand nichts, darum nahm er sein Handy aus der Tasche und öffnete das Akkufach. Keine Wanze, aber was, wenn sie sein Handy geklont hatten? Er kannte sich mit Technik nicht gut genug aus, um zu wissen, was es dafür brauchte, aber mittlerweile traute er den Russen fast alles zu. Er biss die Zähne zusammen.

Besser, er wurde das Telefon los.

Er setzte den Akku wieder ein, rief das Telefonbuch auf und prägte sich erst Ninas und dann auch Max' Nummer sorgfältig ein. Dann nahm er den Akku erneut heraus und warf ihn durch den schmalen Schlitz des Mülleimers. Die SIM-Karte allein war ungefährlich, also steckte er sie in die Münztasche seiner Jeans. Das Telefon selbst zermalmte er unter dem Absatz, wickelte die Trümmer in ein Papiertaschentuch und warf es auf seinem Weg zurück zu seinem Sitzplatz aus einem der Fenster.

Als er sich wieder setzte, beobachtete der Typ mit den Dreadlocks ihn dabei. »Wenn du rot pinkelst, solltest du ins Krankenhaus fahren.« Er klang, als hätte er einiges an Erfahrung mit solchen Dingen.

»So schlimm ist es nicht.«

Der Typ grinste schon wieder.

Dein Gemüt möchte ich haben, dachte Tom und fügte belustigt hinzu: *Oder den Stoff, den du geraucht hast.*

Die nächste Haltestelle wurde angesagt. Tom entschied sich, noch sitzen zu bleiben. Wenn das Handy wirklich getrackt war, hatte er gerade dafür gesorgt, dass seine Verfolger sein Signal verloren hatten. Er hoffte, dass sie davon ausgingen, dass er bei der nächstmöglichen Gelegenheit versuchte, seine Spur zu verwischen. Und genau aus diesem Grund würde er das Gegenteil tun und auf der einmal eingeschlagenen Route bleiben. Jedenfalls vorerst.

Er blieb sitzen, während der Zug an der Haltestelle Rummelsburg hielt, und konzentrierte sich auf die Umgebung. Ein blauer BMW fiel ihm auf. Unwillkürlich setzte er sich gerader hin. War es der gleiche wie eben an der anderen Haltestelle?

Der Typ folgte seinem Blick zu dem BMW. »Sitzt er dadrin?«

»Hm?«, machte Tom.

»Na, der Neue.« Weil Tom immer noch nicht verstand, schob der Typ hinterher: »Der von deiner Ex, Mann! Der dich so vermöbelt hat.«

»Kann sein«, murmelte Tom.

»Wenn du willst, helfe ich dir, ihn loszuwerden.« Er zupfte an seinem Hoodie. »Wir sehen uns ziemlich ähnlich. Ich könnte an der nächsten Station aussteigen und den Kerl von dir ablenken. Wenn ich die Kapuze über den Kopf ziehe und den Blick gesenkt halte, merkt der das erst, wenn du …«

»Kommt nicht infrage!«, unterbrach Tom ihn. Die Vorstellung, Jegor und seine locker sitzende Waffe auf diesen unbedarften Kerl anzusetzen, bereitete ihm eine Gänsehaut.

»Wieso nicht, Mann, ich könnte …«

»Nein!«, sagte Tom scharf.

Der Typ klappte den Mund zu. Tom dachte schon, er wäre jetzt beleidigt, aber das war er nicht. »Ist der Drecksack etwa so gefährlich?«

»Gefährlich genug.«

»Ja. So siehst du tatsächlich aus«, meinte der Typ. Die Bahn fuhr wieder an. Der BMW blieb zurück. Tom behielt ihn im Blick, bis sich ein Gebäude zwischen ihn und den Wagen schob.

Immer wenn Jegor zornig war, bekam die Welt einen seltsamen Schimmer. Es sah dann aus, als wären alle Konturen von einem schwachen rötlichen Flimmern umgeben. Seine ganz persönliche Art des Rotsehens, dachte er oft.

Mit zusammengebissenen Zähnen marschierte er in der verlassenen Industrieanlage auf und ab und ging in Gedanken noch einmal das Gespräch durch, das er gestern Nacht mit Prometheus geführt hatte. Man hatte ihn zurückgepfiffen! Er konnte es noch immer nicht glauben, dass seine Auftraggeber ein Labor in die Luft gejagt haben wollten und eine ganze Anschlagsserie planten, aber Skrupel hatten, aus einem einzelnen Mann die Information rauszuholen, wo sich dieses elende Laborjournal befand.

Doch die Anweisungen, die er erhalten hatte, waren eindeutig gewesen: Morell nicht nur am Leben, sondern ihn sogar laufen zu lassen.

Er knirschte mit den Zähnen, weil das seinem selbst auferlegten Ehrenkodex so sehr zuwiderlief. Er ließ sich nicht so einfach ausbooten, und schon gar nicht ließ er sich von einem einmal angenommenen Auftrag abziehen. Auch nicht von seinen eigenen Auftraggebern, und das wussten die auch: Wenn er einmal eine Sache angenommen hatte, dann führte er sie zu Ende! Alles andere wäre nicht gut für seinen Ruf gewesen, und darum hatte er auch zu dem Wahrheitsserum Pentothal gegriffen. Seine Auftraggeber mussten ja nicht wissen, dass er sich damit ein Hintertürchen offen gelassen hatte. Wenn er sich selbst in den Besitz des Laborjournals brachte, eröffnete ihm das alle Möglichkeiten, weiter im Spiel zu bleiben.

Blöd nur, dass die Droge nicht so gewirkt hatte, wie er sich das vorgestellt hatte. Alles, was dieser Mistkerl Morell von sich gegeben hatte, war unverständliches Gestammel gewesen. Und dieses bescheuerte eine Wort.

Ziegenfisch.

Was auch immer damit gemeint war.

Gedankenverloren starrte Jegor auf die Blutspur, die Victors Leiche auf dem Betonboden hinterlassen hatte, und drehte dabei an dem Siegelring an seinem Finger. Wie konnte sich ein Mann nur als so zäh gegenüber einer solchen Menge Pentothal erweisen? Herrgott nochmal, er hatte mit diesem altbewährten Teufelszeug schließlich schon aus ganz anderen Typen die Dinge herausgeholt, die er wissen wollte! Doch dieser beschissene Foodhunter hatte sich als sehr viel zäher erwiesen, als Jegor es sich jemals erträumt hätte. Er musste entweder einen ungewöhnlich starken Willen besitzen oder hochmotiviert sein, sein Wissen für sich zu behalten. Als er die Dosis erhöht hatte, hatte Jegor sogar kurz gefürchtet, dass Morell sich ins Lalaland verabschieden würde. Aber Morell war nicht gestorben. Und er hatte nicht geredet.

Seufzend griff Jegor zu seinem Tablet und machte sich daran, der gequirlten Kacke, die Morell unter dem Einfluss des Mittels von sich gegeben hatte, irgendeinen Sinn zu entlocken. Er rief eine Suchmaschine auf, gab den Begriff Ziegenfisch ein und erfuhr, dass dies eine alte Bezeichnung für das Tierkreiszeichen des Steinbocks war.

Weiter brachte ihn diese Erkenntnis jedoch nicht. Er kombinierte Ziegenfisch mit dem Stichwort Berlin.

Nichts.

Er versuchte es mit Steinbock und Berlin und bekam Autofirmen, Bestattungsunternehmen und eine Werbeanzeige für den Berliner Zoo angezeigt. Nichts davon schien in geringster Weise mit Phagentherapie oder auch nur mit Medizin zu tun zu haben.

Mit einem gemurmelten Fluch rief Jegor einen Algorithmus auf, mit dessen Hilfe er die üblichen und meist nicht sehr zielführenden Bildersuchen der gängigen Suchmaschinen miteinander abgleichen und nach selbstgewählten Kriterien verfeinern konnte. Dann startete er in drei verschiedenen Suchmaschinen eine Bildersuche mit dem Stichwort Steinbock und ließ alle drei unter dem Stichwort Berlin durch seinen Algorithmus laufen. Die Ergebnisliste war noch immer mehrere hundert Einträge lang.

Er scrollte ohne große Hoffnung hindurch, bis sein Blick bei einem Foto hängen blieb. Er tippte auf den Link dazu.

Die dazugehörige Seite verwies auf ein Antiquariat in Prenzlauer Berg. Es hatte einen stilisierten Steinbock im Logo. Und er war darauf aufmerksam geworden, weil er genau dieses Bild schon einmal gesehen hatte!

Die Frage war nur, wo.

Er schloss die Augen und versuchte, sich zu konzentrieren, sodass vor seinem geistigen Auge die Szenen in der Postfiliale noch einmal abliefen. Morell, der direkt vor ihnen in die Arme der Polizisten gerannt war. Da hatte er das Buch schon nicht mehr gehabt. Er musste es also irgendwo versteckt haben. Aber wo? Auf Victors Befehl hin hatten Misha und er die Filiale gestern noch einmal aufgesucht und sämtliche Regale durchforstet. Vergeblich.

Das Journal musste woanders sein.

In Gedanken spulte Jegor seinen inneren Film vorwärts und wieder zurück. Diese auffällige violette Farbe des Antiquariatslogos. Woher kannte er sie? Und dann hatte er es: die alte Frau in der Postfiliale! Ihre Kiste hatte genau diese Farbe gehabt. In seinem geistigen Film folgte er der Frau nach draußen auf die Straße. Dort hatte ein Lieferwagen gestanden … Er konzentrierte sich auf die Erinnerung, bis sich ein bestimmtes Bild daraus hervorschälte: Auf der Seite des Lieferwagens hatte genau dieses Logo geprangt, das er jetzt hier auf dem Tablet vor sich hatte.

Er grinste zufrieden über die Präzision, mit der sein jahrelang trainiertes Gedächtnis funktionierte.

»Bingo!«, murmelte er genau in dem Moment, in dem Misha von seinem Auftrag, Morell nach Karlshorst zu fahren, zurückkehrte.

Der Hüne warf ihm einen fragenden Blick zu, und Jegor drehte das Tablet so, dass er das Logo sehen konnte.

»Antiquariat Stockhausen?«, fragte Misha.

Jegor nickte. »Kann sein, dass wir da dieses verfickte Buch finden!«

»Es gibt etwas, das ich dir erzählen muss«, sagte Maren, als sie in Ethans Sportwagen saßen und er vom Flughafenparkplatz fuhr. Sie und Nina hatten gemeinsam im Fond Platz genommen. »Die georgische Polizei war mehrmals bei mir. Sie haben eine ganze Abteilung auf die Explosion im Institut angesetzt, und der Kommissar, der alles leitet, hat mich kurz vor meinem Abflug noch gebeten, ihn in Georgys Wohnung zu begleiten.« Sie hielt inne und forschte in Ninas Gesicht.

Nina verspürte einen leichten Stich, weil nicht sie es gewesen war, die nach Georgys Tod als Erste seine persönlichen Sachen sichten konnte.

»Ich konnte einen Blick in seine Tagebücher werfen«, sprach Maren weiter. »Besonders die letzten Wochen waren, hm, interessant.« Ihr Blick und der von Ethan begegneten sich im Spiegel. »Offenbar hat Georgy schon wochenlang gewusst, dass er verfolgt wird.«

Nina wusste nicht genau, was diese Information mit ihr

machte. Sie dachte an die Atemlosigkeit ihres Ziehvaters, seine gedrückte Stimmung, die sie für ein Problem mit seinem Herzen gehalten hatte. Warum nur hatte er sich ihr nicht anvertraut? Weil er sie nicht hatte beunruhigen wollen? Ähnlich gesehen hätte es ihm. Warum hatte er sich Maren nicht anvertraut? »Ist er mit diesem Verdacht bei der Polizei gewesen?«, fragte sie.

Maren schüttelte den Kopf. »Ich fürchte nicht.«

Nina senkte den Blick auf ihre Hände. Seit wann hatte sie sie so sehr verkrampft, dass ihre Knöchel weiß hervortraten?

»Gott!«, stieß Maren hervor. »Wenn ich das alles doch bloß früher geahnt hätte!« Sie lehnte den Kopf an. »Ich fühle mich so schuldig!«

»Du konntest es nicht ahnen.«

Mit wildem Blick starrte Maren Nina an. »Ich habe jahrelang eng mit ihm zusammengearbeitet! Und ich merke nicht, dass er Todesängste aussteht?« Sie schnaubte höhnisch.

Nina nahm ihre Hand. »Ich habe es auch nicht gemerkt, und er war Familie für mich.«

Darauf erwiderte Maren nichts, aber Nina wusste, dass sie sie nicht überzeugt hatte. Sie war froh, dass ihr Handy klingelte und sie von weiteren Selbstbeschuldigungen ihrer besten Freundin ablenkte.

Zu Toms Erleichterung gab sich der Typ mit den Dreadlocks damit zufrieden, dass er nicht den Helden spielen durfte. Und tatsächlich war er wirklich nicht beleidigt deswegen. Schon eine gute Minute später, als sie die Station Berlin Ostkreuz wieder verließen, siegte seine Neugier.

»Ist der Kerl zu Recht sauer auf dich?«, wollte er wissen und deutete auf Toms Ehering. »Ich meine, hast du wirklich eine andere geknallt?«

Tom lachte trocken. »Und wenn, ginge es dich nichts an.« Seine

Gedanken wanderten allerdings plötzlich zu Nina. Sie musste vor Sorge um ihn nahezu wahnsinnig sein. *Vor Sorge um das Laborjournal*, wisperte eine Stimme in seinem Hinterkopf. Wie auch immer: Irgendwie musste er sie benachrichtigen, dass es ihm gutging und dass er das Buch in Sicherheit gebracht hatte. Max würde das mit Sicherheit auch wissen wollen. »Kann ich mir mal kurz dein Handy leihen?«, wandte er sich an den Dreadlocktypen.

Der fingerte ein älteres Modell eines Smartphones aus der Tasche und reichte es Tom. »Sperrcode ist viermal die Sechs.«

»Viermal sechs.«

Der Typ grinste. »Bin jetzt aber nicht so 'n Teufelsanbetertyp. Ist nur praktisch so.«

»Klar«, meinte Tom, entsperrte das Telefon und tippte Ninas vorhin auswendig gelernte Nummer ein. Hoffentlich ging sie ran, wenn sie den Anrufer nicht kannte.

Sie ging ran. »Ja?«, fragte sie. Er konnte hören, dass sie in einem Auto saß.

»Nina, ich bin's!«

»Tom!« Ihre Stimme schraubte sich in solche Höhen, dass er das Telefon vom Ohr wegnehmen musste. »Gott sei Dank! Wie geht es Ihnen? Wo sind Sie? Sind Sie okay?« *Drei Fragen*, dachte er. *Keine davon nach dem Journal.*

Ein warmes Gefühl entstand in seiner Leibesmitte. »Es geht mir gut. Die Russen hatten mich …« Er hüstelte. *… in ihrer Gewalt* hatte er sagen wollen, aber das kam ihm zu krass vor. »Ich habe eine Weile gebraucht, um den Russen zu entkommen«, versuchte er es erneut.

»Russen?«, fragte der Dreadlocktyp dazwischen, aber seine Frage wurde überlagert von Ninas Stimme in Toms Ohr.

»Eine Weile? Tom, ich bin vor Angst fast gestorben! Die Polizei war bei mir. Sie haben gesagt, dass Sie entführt wurden, und Sie waren die ganze Nacht …«

»Ich weiß, Nina. Ich …«

»Haben Sie das Laborjournal?«

Also doch. Er hob die Hand und massierte sich die Stelle zwischen den Augenbrauen. Das Gesicht des Dreadlocktypen spiegelte Neugier wider, zu viel Neugier für Toms Geschmack. Er deutete auf das Handy an seinem Ohr. »Ich bringe das gleich wieder.« Er stand auf und entfernte sich weit genug von dem Kerl, damit der nicht mehr mithören konnte. »Ich habe es in Sicherheit gebracht, ja. Aber wie geht es di… Ihnen? Sind Sie okay?« Fast hätte er sie mit dem vertrauteren Du angeredet, aber sie siezte ihn nach wie vor, und er war in dieser Hinsicht ziemlich altmodisch. Er fand, die Frau müsste das Du anbieten.

»Mir geht es gut, ja. Max und ich konnten diesem Russen entkommen. Ich habe ihm das Knie in die Eier gerammt.«

»Autsch.« Es tat gut, sie das sagen zu hören. »Ist Max auch okay?«

»Ja. Und wir haben die Phagen, Tom. Auch die aus dem Postfach. Jetzt fehlt nur noch das Journal. Wo ist es?«

Ein Instinkt riet ihm, das nicht am Telefon zu besprechen. »Ich hole es und dann bringe ich es Ihnen, versprochen! Aber vorher muss ich einen kleinen Abstecher machen.« Über seinem Kopf hing ein Plan der U-Bahn-Linie. Der übernächste Halt war am Ostbahnhof.

»Wohin?«, fragte Nina.

»Zur Polizei. Es ist dringend an der Zeit, dass diese Russen gestoppt werden.«

»Wie gesagt, die Polizei war bei mir, Tom. Eine Kommissarin Voss. Ich habe das Gefühl, sie war nicht sicher, ob Sie zu den Russen gehören.«

Es schmerzte, den Anflug von Zweifel auch in ihrer Stimme zu hören. »Ich denke, ich habe ein paar Beweise, die das Gegenteil belegen«, sagte er und legte eine Hand auf seine schmerzenden Rippen.

»Das ist gut.« Klang sie erleichtert? Er wollte, dass es so war. »Wir haben die Phagen bereits zur Vermehrung angesetzt, um Zeit zu sparen, für den Fall, dass sie wirken sollten. Aber wir kommen bald nicht mehr weiter, weil wir Sylvies Isolat des Keims brauchen. Da kommen wir ohne Ihr Einverständnis nicht ran.«

Die U-Bahn fuhr in eine Kurve, und er musste Halt an der Waggonwand suchen. »Sie wissen noch nicht, ob die Phagen wirken?«

»Nein. Wir brauchen, wie gesagt, eine frische Probe von Sylvies Pseudomonas-Stamm mit den aktuellen Resistenzen, um die Wirksamkeit der Phagen zu ermitteln. Ich habe mit Dr. Heinemann gesprochen, aber er darf sie natürlich nicht rausgeben, ohne dass Sie es ihm erlauben.«

»Ich kümmere mich drum«, versprach Tom.

»Das ist gut. Aber Tom? Sie sollten sich beeilen. Dr. Heinemann hat durchblicken lassen, dass Sylvie die Zeit wegläuft.«

Er hörte sie atmen. Er selbst konnte es plötzlich nicht mehr.

»Tut mir leid«, flüsterte sie.

»Die Antibiotika wirken nicht?«

»Es ist noch zu früh, das sicher zu sagen, aber ja, ich würde vermuten, darauf läuft es hinaus. Doch wie gesagt: Dr. Heinemann gibt mir nicht genug Informationen …«

»Ich kümmere mich!«, wiederholte Tom. Er drehte sich um und bemerkte, dass der Typ mit den Dreadlocks aufgestanden war. Die U-Bahn wurde langsamer. »Ich muss Schluss machen«, sagte er und nickte dem Typen zu.

»Passen Sie auf sich auf!«, sagte Nina.

»Sie auch.« Mit einem Gefühl von Verlorenheit legte er auf und reichte das Handy seinem Besitzer zurück.

Der hob die Hand zu einem High Five. Tom schlug ein. »Alles Gute, Mann!«, murmelte der Typ, dann stieg er aus. Tom sah ihm hinterher, wie er auf den Bahnsteig an der Warschauer

Straße trat, und seltsamerweise traf ihn das, was Nina eben gesagt hatte, erst jetzt mit voller Wucht.

Die Antibiotika wirken nicht …

Er fuhr noch eine Station weiter und fand sich kurz darauf im Gewimmel in der großen Halle des Ostbahnhofs wieder. Aufmerksam ließ er seine Blicke schweifen. Kein Gesicht, das ihm bekannt vorkam oder schon einmal aufgefallen war. Und keine Spur von Jegor oder Misha.

Ohnehin waren die beiden in der Sekunde nicht mehr sein Problem, in dem er durch die Tür der Polizeistation getreten war, dachte er. Der Gedanke ging ihm irgendwie gegen den Strich. In seinem bisherigen Leben war er sehr gut klargekommen, ohne die Hilfe von Cops in Anspruch zu nehmen. Aber alles hatte eben mal ein Ende, und heute offenbar auch seine Anti-Bullen-Haltung.

Achselzuckend suchte er nach einem Hinweis auf die Polizeistation. Er befand sich direkt neben einem dieser Bildschirme, die hier überall herumhingen und auf denen gerade ein Werbespot für ein Shampoo lief. Dann wechselte das Bild, und die Nachrichtensprecherin eines Regionalsenders erschien. Die Schlagzeilen am unteren Rand des Bildes lauteten: *Polizei vereitelt Terroranschlag in Seniorenheim.* Und: *Tödlicher Überfall auf zwei Polizisten.* Die Sprecherin sagte ein paar Sätze, dann erschienen über ihrer rechten Schulter zwei Porträts. Eins davon zeigte ein Gesicht, das Tom nur zu gut kannte: Jegor. Das andere jedoch zog ihm komplett den Boden unter den Füßen weg. Seit ein paar Wochen hatte er es auf seinem Blog stehen. Es war am Loch Rannoch in Schottland aufgenommen worden, nach einer mehrtägigen Wanderung durch die Highlands. Völlig fassungslos starrte er sich selbst ins Gesicht, bevor er näher herantrat, sodass er hören konnte, was die Sprecherin sagte.

»… aus gut informierten Kreisen, dass die beiden Polizisten, die gestern auf offener Straße erschossen wurden, offenbar kurz vorher diesen Mann verhaftet hatten. Es handelt sich dabei um Tom M. Es scheint, dass der tödliche Überfall auf die beiden Polizisten dazu diente, diesen Mann zu befreien, aber man hüllt sich diesbezüglich in Schweigen.«

Tom spürte, wie ihm der Unterkiefer herunterklappte. »Scheiße, Leute«, murmelte er. »Ich bin das *Opfer*!« Schlagartig fühlten sich die Blicke sämtlicher Passanten bedrohlich an. Beobachtete die Frau in der Tür des Parfümladens dahinten ihn etwa misstrauisch? Und der junge Mann mit dem Skateboard? Starrte der ihn nicht schon seit ein paar Minuten an?

Hatten sie ihn erkannt?

Mit zusammengebissenen Zähnen richtete Tom den Blick wieder auf den Bildschirm. Dort war jetzt zu sehen, wie die Reporterin eine Frau mit hochgeschlagenem Hemdkragen und dickem blonden Pferdeschwanz ansprach. *Kriminalhauptkommissarin Christina Voss äußert sich zu den Vorfällen,* stand unter dem Bild. Tom konnte der Frau ansehen, dass sie von dem Mikrofon unter ihrer Nase überrascht und nicht besonders angetan war.

»Uns liegen Informationen vor«, sagte die Reporterin, »dass Sie im Fall des Doppelmordes an den beiden Polizisten gegen Tom M. ermitteln. Können Sie das bestätigen?«

»Ich habe nicht die geringste Ahnung, woher Sie immer Ihre Informationen bekommen, aber sollte ich Ihre Quelle jemals erwischen ...«, antwortete Christina Voss. Tom fand sie auf Anhieb sympathisch, obwohl ihm das bei Polizisten eigentlich sonst nicht so ging. Und die Kommissarin war noch nicht fertig. Mit ruhiger Stimme fügte sie hinzu: »Und Sie schieben sich Ihre krankhafte Sensationsgier sonst wohin!«

Die war auf Zack, dachte Tom amüsiert. Er wandte sich von dem Bildschirm ab und war froh darüber, dass er noch immer die Kapuze tief ins Gesicht gezogen hatte. Wie es aussah, waren jetzt also nicht nur seine Entführer hinter ihm her, sondern offenbar auch die Gegenseite.

Er verschränkte die Arme im Nacken. Um sich den Blicken der Passanten nicht länger auszusetzen, ging er zu den Schließfächern am Ende der Bahnhofshalle. In ihrer Deckung blieb er stehen. Zwei Münzfernsprecher hingen hier, die vermutlich seit Jahren niemand mehr benutzt hatte.

Er wandte sich an einige Passanten und schnorrte sich ein paar Münzen zusammen.

Also gut. Dann würde er jetzt mal telefonieren.

Im Fernseher lief eine dieser Nachmittagssendungen, bei denen Sylvie immer nicht genau wusste, ob die Macher sich über die Darsteller oder doch eher über ihr Publikum lustig machten. Diesen unsäglichen gescripteten Müll konnte man doch einfach nicht ernst nehmen! Trotzdem war sie bei einem Beitrag hängen geblieben, in dem es darum ging, dass eine zu blonde Frau mit zu langen, rosa lackierten Fingernägeln ein Nagelstudio auf Ibiza aufmachen wollte und dabei grandios scheiterte. *Alda* schien ihr Lieblingswort zu sein.

Kopfschüttelnd schaltete Sylvie auf einen Stadtsender um, weil sie die Regionalnachrichten sehen wollte. Aber die hatten noch nicht angefangen. Es lief noch irgendeine uninteressante Polittalk-Sendung, und darum stellte sie den Ton ab und war drauf und dran, nach ihrem aktuellen Roman zu greifen, als die Zimmertür aufging und ihre Mutter reinkam. »Hallo, Mama«, begrüßte Sylvie sie und legte das Buch wieder hin.

Ihre Mutter trat ans Bett. »Hallo, Schatz!«, sagte sie mit diesem angespannten Lächeln, das sie immer hatte, seit Sylvie so krank war. In der hellblauen Schutzkleidung sah sie seltsam schmal und blass aus, fand Sylvie.

Sie wollte etwas sagen, aber in diesem Moment war die Talksendung vorbei und machte den Lokalnachrichten Platz. Mit weit aufgerissenen Augen starrte Sylvie auf das vertraute Gesicht auf dem Fernsehschirm.

»Papa?«, rutschte es ihr heraus.

»Das ist doch …« Ihre Mutter war totenblass geworden. Sie nahm die Fernbedienung an sich und schaltete den Ton an, und gemeinsam hörten sie, wie die Reporterin von Mord sprach.

Sylvie wollte rausschreien, was sie dachte. *Papa ein Mörder? Niemals!* Die Worte blieben ihr jedoch im Halse stecken. Sie sah zu, wie ihre Mutter sich auf den Besucherstuhl sinken ließ und ihr Gesicht mit den Händen bedeckte. »Ach, Tom!«, sagte sie durch die Finger hindurch in einem Tonfall, der Sylvie einen kalten Schauder den Rücken hinunterjagte.

Ihre Mutter klang ja geradeso, als wüsste sie schon länger Bescheid darüber, dass die Polizei hinter Paps her war!

Really?

6

Toms Finger bebten, als er sie dem Tastenfeld näherte. Er schüttelte sie, dann tippte er Isabelles Nummer ein. Er hatte sie eben in der U-Bahn nicht auswendig lernen müssen wie die von Nina oder Max, denn er hatte sie immer im Kopf für den Fall, dass er irgendwo in der Sahara oder im Dschungel kein Handy, dafür aber einen uralten Münzfernsprecher zur Verfügung hatte. Er hoffte, Isabelle würde rangehen. Was für eine Nummer wurde einem eigentlich angezeigt, wenn man einen Anruf von einer Telefonzelle erhielt? Er stellte fest, dass er keine Ahnung hatte. Wann hatte er das letzte Mal hier in Deutschland von einem öffentlichen Fernsprecher aus telefoniert? Auch das wusste er nicht.

»Nimm ab!«, murmelte er durch zusammengebissene Zähne. »Mach schon!«

Es klingelte viermal, fünfmal, sechsmal. Nach dem neunten Klingeln würde der Anruf auf Isabelles Sprachbox umgeleitet werden.

»Ja?«

Die Stimme seiner Frau ließ sein Trommelfell schmerzen. »Isabelle! Gott sei Dank!«

»Tom!« Sie stieß einen sonderbaren, kleinen Laut aus. »Was zur Hölle ...«

»Isa, hör zu!« Er stützte den Ellenbogen gegen die Wand und kniff sich in den Nasenrücken. Isa. So hatte er sie früher immer genannt. Als ihre Beziehung noch intakt gewesen war.

»Was ist los bei dir?«, stieß sie hervor. »Du wirst von der Polizei gesucht!«

Scheiße. Er hatte gehofft, dass sie es noch nicht wusste und er sie leicht dazu bringen würde, Dr. Heinemann anzurufen und ihn über Nina zu informieren. Wie er seine Frau allerdings kannte, würde das jetzt schwierig werden. Ihm wurde gleichzeitig heiß und kalt, als ihm noch ein Gedanke durch den Kopf schoss: Isabelle würde vermutlich bald zu Sylvie fahren. Oder war sie sogar schon dort? Wusste Sylvie es etwa auch schon …?

Der Gedanke ließ seine Knie weich werden. Er stützte sich neben dem Telefon an der Wand ab. »Es ist eine Verwechslung, Isabelle! Ich habe nichts mit irgendwelchen Morden zu tun, im Gegenteil!«

»Was heißt *im Gegenteil*?«, zischte sie, ein scharfes, bedrohliches Geräusch. »Die Polizei war gestern Abend bei mir und hat nach dir gefragt! Ich versuche seitdem andauernd, dich zu erreichen!«

Andauernd? Ganze zwei Mal hast du es versucht, während Nina … Isabelles Stimme rauschte in diesen Gedanken und zerpulverte ihn.

»Und nun das, Tom? Mord? In was für eine Sache bist du jetzt schon wieder verstrickt?«

Natürlich. Für seine Noch-Ehefrau war er Staatsfeind Nr. 1. Tom bezähmte seine Verdrossenheit nur mit Mühe. »Keine Ahnung, ehrlich!«

»Klar.« Sie klang sarkastisch.

»Scheiße, du hältst mich nicht im Ernst für einen Mörder? Denkst du …«

»Ich weiß nicht, was ich denken soll, Tom! Alles, was ich weiß, ist, dass du versprochen hattest, deine kranke Tochter zu besuchen, und seit Tagen nicht da warst und dass du von der Polizei gesucht wirst.« Sie schwieg plötzlich, und er wusste, dass sie neuen Anlauf nahm. »Ich habe deine ständigen Eskapaden so was von satt, Tom! Deine Tochter ist schwer krank, und du jagst da draußen … was immer es auch ist nach …«

»Isa…«

»Nein, Tom! Du …« Ihr ging die Luft aus. Die Stille in der Leitung zwischen ihnen knisterte.

Er fasste sich ein Herz. Er musste zumindest versuchen, sie auf Dr. Heinemann anzusetzen. »Isa, ich muss dich um einen Gef…« Er verschluckte sich fast an dem letzten Wort. Direkt neben ihm stand plötzlich jemand. *Die Russen?* Sein Herz machte einen Satz, doch es war keiner seiner Verfolger, sondern ein Obdachloser, der sich an einem Mülleimer zu schaffen machte. Als der Mann bemerkte, dass Tom ihn musterte, schaute er auf und grinste ihn konspirativ an. Unwillkürlich schaute Tom an sich herunter, an seiner zerschundenen Gestalt und seinen schmutzigen Klamotten. Er sah selbst wie ein Penner aus.

Er drehte dem Mann den Rücken zu. »Du musst mir einen Gefallen tun, Isabelle!«

»Ich wüsste nicht, wieso!«

»Doch Isa, du musst Dr. Hein…« Diesmal schnitt das Schrillen des Wähltons ihm das Wort ab.

Isabelle hatte aufgelegt.

Fassungslos starrte Tom den Hörer an. »Fuck!«, schrie er. Eine ältere Frau, die gerade an ihm vorbei zu den Schließfächern gehen wollte, blieb erschrocken stehen. Er lächelte ihr beruhigend zu, dann wählte er noch einmal Isabelles Nummer. Diesmal ging sie nicht mehr ran.

Er brauchte einige Minuten, bis er es schaffte, sein jagendes Herz zu beruhigen. Gut. Das war nichts gewesen. Also Plan B. Er steckte einen Euro in den dafür vorgesehenen Schlitz des Telefons, überlegte kurz, bis ihm die seit Ewigkeiten nicht mehr benutzte Nummer der Auskunft einfiel. Eine Frauenstimme fragte ihn, womit sie helfen könne, und er bat darum, mit Dr. Heinemanns Institut in der Loring-Klinik verbunden zu werden. Nur Sekunden später hatte er eine zweite Frau am Apparat, die ihm allerdings erklärte, dass Dr. Heinemann im Moment unabkömmlich wäre, weil er gerade operierte. »Richten Sie ihm bitte etwas von mir aus«, bat Tom.

»Natürlich.«

»Ich habe eine gewisse Dr. Nina Falkenberg gebeten, für meine Tochter Sylvie nach alternativen Behandlungsmethoden zu suchen …« Heinemanns Sekretärin kommentierte das mit einem leisen »Tz«, um keinen Zweifel aufkommen zu lassen, was sie von solchen Abweichungen von der Schulmedizin hielt. Tom ignorierte es. »Wenn Dr. Falkenberg sich meldet, möchte ich, dass Sie ihr alle verlangten medizinischen Unterlagen meiner Tochter zukommen lassen.«

»Wie ich bereits sagte, befindet sich Dr. Heinemann gerade im OP, und alternative Behandlungsmethoden sind …«

»Gute Frau!«, fiel Tom ihr ins Wort, weil ihn ihre Art zu mauern nervte. »Dr. Heinemann persönlich hat mir geraten, Alternativen zu suchen. Sagen Sie ihm bitte …« Er hielt inne, als ihm bewusst wurde, dass er den Arzt damit möglicherweise reingeritten hatte. *Das haben Sie nicht von mir*, hatte der gesagt, als er Tom kürzlich auf die Phagentherapie angesetzt hatte. *Verdammt!*

Die Stimme der Frau wurde noch ein wenig kühler. »Vielleicht versuchen Sie es einfach später noch einmal und sprechen dann direkt mit ihm.«

Das war doch unfassbar! Tom musste sich beherrschen, um die arrogante Ziege nicht anzufauchen. »Es ist …« Auf dem öffentlichen Monitor erschien erneut der Nachrichtenbeitrag mit seinem Foto, und Tom blieb bei dem Anblick der Atem weg. »Vergessen Sie 's!«, knurrte er. »Ich melde mich wieder.« Er wartete die Antwort der Frau nicht ab, sondern knallte den Hörer so fest auf die Gabel, dass es krachte.

Nina war gerade vor YouGen aus dem Auto gestiegen, als ihr Handy klingelte und eine private Nummer anzeigte. »Schalten Sie den Fernseher an!«, sagte Tom, bevor sie sich melden konnte. Er nannte ihr den Namen eines Regionalsenders.

Sie wandte sich an Ethan. »Hast du einen Fernseher?«

»Klar. In unserem Freizeitraum.«

»Warten Sie«, sagte sie zu Tom. Mit dem Telefon am Ohr folgte sie Ethan die Treppe hinauf. »Was ist denn eigentlich los?«, fragte sie.

»Machen Sie einfach diesen Scheiß-Sender an!«

Das klang nicht gut! Nina stolperte bei Toms angespanntem Tonfall fast über die Kante einer Treppenstufe, konnte sich aber gerade noch fangen. Maren nahm ihre Hand und hielt sie fest. Nina versuchte sich an einem Lächeln, das allerdings kläglich misslang.

Max stand in dem Freizeitraum am Kicker, als habe er gerade eine Partie gespielt und sei dabei von einem Anruf unterbrochen wollen. Er hatte das Handy am Ohr. »Himmel!«, polterte er. »Ich habe Ihnen jetzt schon dreimal gesagt, dass die Fighters nichts dafür können, dass ein paar fehlgeleitete Typen unsere Initiative für ihre terroristischen Zwecke missbrauchen …« Sein Blick fiel auf Ethan und Nina und Maren in seinem Schlepptau. Fragend schaute er sie alle drei an.

Ethan marschierte wortlos an ihm vorbei zum Fernseher, griff nach der Fernbedienung. »Welcher Sender?«

Nina nannte ihm den Namen.

Er schaltete ein, und sie blickte direkt in Toms lachendes Gesicht. Das Bild gehörte zu einem Beitrag über den Doppelmord an den zwei Polizisten, von dem Kommissarin Voss ihr erzählt hatte. Offenbar wurde Tom verdächtigt.

»Shit!«, hörte sie Max murmeln, und das war exakt das, was sie selbst dachte.

Ethan drückte auf die Pausentaste, und das Bild der Kommissarin mit dem Mikro vor der Nase fror ein.

»Was hat das zu bedeuten, Tom?«, flüsterte Nina. Ihre eigene Stimme kam ihr fremd vor.

Maren, die ihre Hand beim Betreten der Firmenräume wieder losgelassen hatte, berührte sie jetzt an der Schulter. Ihr Gesichtsausdruck war voller Empathie, doch Nina kam es vor, als hätte das nichts mit ihr zu tun. Es war, als liefe rund um sie ein Film auf einer Leinwand ab. Alles schien plötzlich flach und zweidimensional.

»Ich habe Sie gebeten, sich das anzusehen, weil ich Ihnen beweisen will, dass ich auf Ihrer Seite bin«, sagte Tom. »Hören Sie zu, das ist jetzt wichtig. Die Russen …« Sie konnte ihn leise ächzen hören. »… haben die beiden Polizisten ermordet, um mich in die Finger zu bekommen. Ich bin auf dem Weg zur Polizei, um die Sache klarzustellen, aber es kann sein, dass mich das für eine ganze Weile außer Gefecht setzt. Ich gebe Ihnen jetzt die Nummer meiner Frau Isabelle. Bitte rufen Sie sie an und reden Sie mit ihr. Sie muss Dr. Heinemann sagen, dass er mit Ihnen und Max kooperieren soll. Haben Sie das verstanden?«

»Ja. Ja, natürlich.« Nina griff nach der Hand von Maren auf ihrer Schulter, klammerte sich daran fest. Wieder ächzte Tom unterdrückt, und sie stellte sich vor, wie er sich krümmte. Was hatten die mit ihm gemacht?

»Die ganze Sache ist offenbar noch viel größer, als wir gedacht haben, Nina! Wenn diese Russen wirklich die Kerle sind, die Ihren Ziehvater auf dem Gewissen haben, dann haben sie mittlerweile drei, nein vier Morde …« Er verstummte mit einem Geräusch, das wie ein Würgen klang.

»Bist du okay?«, wisperte sie. Plötzlich hatte sie den Wunsch, ihm nahe zu sein, und ihr alberner Versuch, ihn sich auf Abstand zu halten, indem sie ihn immer noch siezte, kam ihr völlig bescheuert vor.

Er schwieg einen Augenblick, und sie hätte zu gern gewusst, was er dachte.

»Ja«, sagte er dann schlicht.

»Was wirst du jetzt tun?«

»Diese Kommissarin aus dem Interview. Ich werde sie anrufen und ihr erklären, was wirklich passiert ist. Du musst irgendwie meine Frau dazu bringen, dass sie Heinemann anruft und ihm die Erlaubnis gibt, euch Sylvies Daten und Proben zum Testen zu geben.«

Sie schluckte. »Du solltest das selbst ...«

»Hab ich probiert. Sie hat aufgelegt und geht nicht mehr ran.«

»Okay. Ich versuche es.«

»Danke.« Er gab ihr Isabelles Nummer. »Ich melde mich wieder«, sagte er.

In ihrem Büro streckte Voss ihren schmerzenden Rücken und unterdrückte ein Gähnen. Nach dem Treffen mit Oberkommissar Reiffenberg waren sie und Lukas zurück zum Tempelhofer Damm gekehrt.

Dort hatte sie einen Bericht der Ballistik vorgefunden. Die Projektile, mit denen Heller und Oberau getötet worden waren, stammten aus einer anderen Waffe als die Kugel, die man im Putz des Treppenhauses von diesem Dr. Seifert gefunden hatte. Immerhin: Beide Waffen hatten dasselbe ungewöhnliche Kaliber: 9x21, das seit ein paar Jahren in russischen Armeepistolen verwendet wurde.

Russland.

Sie sah nach, ob sie schon eine Reaktion auf ihr internationales Amtshilfeersuchen bei den Kollegen in Tiflis hatte. Natürlich nicht. Dann rief sie Ben an, und er erklärte ihr, dass die Gesichtserkennung keinen Treffer geliefert hatte. Sie hatten den Glatzkopf, der die Quarkspeise vergiftet hatte, nicht in ihrem System.

Wäre ja auch zu einfach gewesen, dachte Voss.

Der Ring an dem Finger des Typen. Das blau-rote Symbol darauf, das hatte Lukas recherchiert, war das Zeichen des FSB, des russischen Geheimdienstes. Wieder Russland. Gab es die Pandemic Fighters auch da?

Steht auf! Ihr habt ein Recht auf Leben! Sorgt dafür, dass die Verantwortlichen endlich handeln!

Die Worte von Prometheus' Bekennervideo klangen genau so wie die allgegenwärtigen Forderungen der Pandemic Fighters. Voss biss sich auf die Lippe. Während sie noch über einen möglichen Zusammenhang zwischen den Morden, ihren beiden Altenheim-Attentaten und den Fighters nachdachte, stand Runge in der Tür. Er wirkte so müde, wie sie sich fühlte. Mit dem Unterarm lehnte er sich in den Rahmen. »Hey. Was ist mit deinem zweiten Anschlag?«

Sie erzählte ihm die Einzelheiten und spielte ihm den neuen YouTube-Film vor.

»Ein Typ mit Agenda also. Das sind die Schlimmsten.«

»Hmhm.«

»Der Kerl klingt, als käme er aus den Reihen dieser Möchtegernweltverbesserer, oder?«

»Die Pandemic Fighters«, murmelte Voss. »Wo soll man da, bitte schön, anfangen?«

»Das Labor hat noch keine Ergebnisse, was in der Spritze war, vermute ich?«, fragte Runge.

»Ist noch viel zu früh dafür.«

»Die Gesichtserkennung bei dem Glatzkopf?«

»Nichts. Wir kontaktieren gerade sämtliche Firmen, die Flyer drucken, aber wie es aussieht, läuft das ins Leere. Die Typen sind nicht doof. Und sie scheinen gut organisiert zu sein. Man kann solche Flyer mittlerweile überall im europäischen Ausland drucken lassen, und wir können unmöglich da überall Amtshilfe erbitten, um das Tracking-Dots-Muster des verwendeten Farblaserdruckers zurückzuverfolgen.« Sie fluchte unterdrückt. »Und bei euch?«

»Das Gleiche wie bei euch: Mühsam ernährt sich das Eichhörnchen. Wir haben inzwischen sämtliche Zeugen befragt, die den Mord an Heller und Oberau mit angesehen haben, aber du kannst es dir denken: Ihre Aussagen widersprechen sich.«

Logisch, dachte Voss. Das war polizeilicher Alltag. Die Leute waren sich nicht einmal einig darüber, welche Farbe der Himmel hatte, wenn man sie im Zuge einer Mordermittlung befragte.

»Bisher ebenfalls nichts zu dem dunkelroten Van.«

»War zu erwarten.« Sie stellte sich vor, wie in den vergangenen Stunden alle Kolleginnen und Kollegen dort draußen jeden dunkelroten Van überprüft hatten. Wie viele von diesen Kisten gab es in Berlin? Sie hatte nicht die geringste Ahnung. Vielleicht sollte sie sich das auf ihre Visitenkarten drucken lassen.

»Wir werden morgen nochmal mit der Ehefrau von diesem Morell reden, vielleicht hat er sich in der Zwischenzeit bei ihr gemeldet.«

Wohl kaum, dachte Voss, wenn die Kerle, die in Seiferts Büro rumgeballert hatten, ihn entführt hatten. »Die Ergebnisse der Ballistik sind unbrauchbar«, erklärte sie. »Zwei verschiedene Waffen. Immerhin beide mit einem russischen Kaliber.«

»Russland.« Überrascht hoben sich Runges Augenbrauen.

»Sieht so aus.«

»Dieser Morell. Ich habe ein bisschen tiefer gegraben. Er war früher bei der Antifa. Hat Wände mit ACAB besprüht und antikapitalistische Parolen von sich gegeben, dass hinter jedem großen Vermögen ein großes Verbrechen steckt und so 'n Zeug.«

Sie sprachen kurz über diese neue Erkenntnis, die sie aber auch nicht weiterbrachte, dann verließ Runge Voss' Büro, und sie rief im Labor an. Ein Mann, der sich mit Dr. Peters meldete, ging ran. Seine näselnde Stimme war ihr sofort unsympathisch.

»Ich brauche die Testergebnisse im Fall Heuersche Höfe«, sagte sie. »Das ist die Spritze, die die Jungs vom Kampf...«

»Ich bin nicht senil!«, unterbrach Peters sie kühl.

»Schön für Sie. Haben Sie schon Ergebnisse?«

»Moment.« Mit einem ohrenbetäubenden Krachen legte er den Hörer hin. Er musste nachsehen, was Voss spontan ein wenig entspannte. Wenn er wirklich Pest oder etwas Ähnliches gefunden hätte, würde er sich wohl daran erinnern, oder?

Mit einem weiteren hässlichen Krachen wurde der Hörer wieder aufgenommen. »Wir haben den Inhalt der Spritze untersucht, die der Kampfmittelräumdienst gebracht hat«, sagte Peters, als habe sie ihn nicht eben genau danach gefragt. Dann verstummte er, als wolle er gebeten werden weiterzusprechen.

Voss hatte keine Zeit und vor allem keine Nerven für solche Mätzchen. »Reden Sie, Herrgott!«, knurrte sie.

Er grinste, das konnte sie seinen nächsten Worten anhören. »Also gut. Wir haben ein paar PCR-Schnelltests gemacht. Soweit wir es bis hierher sagen können, waren in der Spritze Salmonellen.«

Salmonellen? Kein Anthrax oder Ebola. Keine Pest. »Aha«, sagte Voss.

»War's das?«

»Nein. Moment noch. Salmonellen sind nicht so gefährlich wie Listerien, oder?«

»Wer bin ich, Ihr persönlicher Biologieprofessor, oder was?« Ohne ein weiteres Wort legte Peters auf.

»Arschloch!«, murmelte Voss.

Also. Erst Listerien. Dann Salmonellen. Warum wählte Prometheus beim zweiten Anschlag ein harmloseres Mittel als beim ersten? Stimmte etwa ihre Vermutung nicht, dass er die Sache eskalieren lassen wollte? Oder lag sie mit etwas anderem falsch? Waren Salmonellen vielleicht doch gefährlicher als Listerien, und sie verwechselte da was? Verflixt, sie wusste einfach zu wenig über diesen ganzen Bioscheiß! Ihr schwirrte der Kopf. Sie verschränkte die Arme auf der Platte des Schreibtischs und legte die Stirn darauf. Vielleicht sollte sie langsam Feierabend machen. So matschig, wie ihr Hirn war, konnte sie es noch so sehr ausquetschen, es würde keine brauchbaren Ergebnisse mehr liefern. Eine heiße Dusche, ein Happen zu essen, dann ein paar Stunden Schlaf, und morgen würde sie wieder klarer sehen.

Sie unterdrückte ein Seufzen, sie kannte sich: Bevor sie nicht in dieser Salmonellen-Listerien-Sache Klarheit hatte, würde sie kein Auge zumachen, also suchte sie sich Nina Falkenbergs Nummer aus der Akte. Noch während sie blätterte, klingelte ihr Festnetztelefon.

»Voss?«, meldete sie sich.

Am Apparat war ein Kollege aus der Zentrale. »Wir haben hier jemanden, der behauptet, Tom Morell zu sein.«

Im ersten Moment schoss ihr Adrenalin bis in die Haarspitzen, aber gleich darauf dachte sie: Ja, klar! Das war vermutlich wieder einer dieser Spinner, die sich aus welchen Gründen auch immer mit fremden Taten brüsten mussten.

»Er meint, er würde Ihnen gern persönlich erzählen, wer den Kollegen je eine Kugel in den Kopf gejagt hat«, erklärte der Kollege aus der Zentrale.

Das Adrenalin schoss aus ihren Haarspitzen zurück, rann ihr als elektrisches Kribbeln bis hinunter zum Steißbein. Dass die Kollegen Heller und Oberau mit Kopfschüssen hingerichtet worden waren, hatten sie als Täterwissen zurückgehalten.

»Stellen Sie den Mann durch!« Auf einmal war sie wieder hellwach. Sie öffnete Morells Porträt auf ihrem Rechner. Sein lachendes Gesicht erschien vor ihren Augen gleichzeitig mit einer angenehm sonoren Stimme an ihrem Ohr. »Hallo, Frau Voss. Mein Name ist Tom Morell.«

»Ich höre«, sagte sie und in dieser Sekunde bedauerte sie es, dass Lukas schon Feierabend hatte. Wäre er noch da gewesen, hätte sie ihm durch ein Zeichen befehlen können, den Anruf zurückzuverfolgen.

Morell hüstelte. »Ich würde gern mit Ihnen reden.«

»Nur zu! Reden Sie!«

»Nicht am Telefon.«

Voss wartete.

»Ich weiß, dass Sie versuchen, diesen Anruf zurückzuverfolgen«, sagte Morell. »Aber das ist nicht nötig. Ich bin am Ostbahnhof. Ich warte bei Ihren Kollegen von der Bundespolizei auf Sie.« Bevor sie noch etwas sagen konnte, hatte er aufgelegt. Fassungslos starrte sie sein Bild an. Dann legte sie selbst auf, aber nur für eine Sekunde. Sie wählte die Nummer der Abteilung *Operative Dienste*, und als am anderen Ende abgehoben wurde, sagte sie: »Ich brauche ein SEK am Ostbahnhof.«

»Wann?«

»Jetzt sofort.«

»Das ist aber nicht Ihr Ernst, oder?«

Voss bewegte die Schultern, um die Anspannung zu lockern. »Klinge ich, als wäre mir zum Scherzen zumute? Ich ermittle in einem Fall, der in Verbindung mit den Morden an den beiden Kollegen heute Morgen steht.« Sie wusste, dass das dem Kerl zuverlässiger Beine machen würde als alles andere, was sie hätte sagen können. Drohende Terrorgefahr eingeschlossen.

Wie erhofft seufzte er. »Also gut. Wir brauchen ungefähr eine halbe Stunde, dann machen wir uns auf die Socken. Wo treffen wir uns?«

»In der Polizeistation dort.«

»Wir kommen.«

»Gut. Danke.« Voss klickte Morells Bild zu, und der dämliche Spruch auf ihrem Desktop wurde sichtbar.

Knallhart und hoffnungslos sentimental …

Sie schnaubte. Dann informierte sie Runge über die unerwartete Wendung in ihrem Fall.

Die scharfzüngige Polizistin aus dem Fernsehbeitrag brauchte keine Stunde, bis sie da war. Tom sah sie durch die offen stehende Tür des kleinen Besprechungsraumes, in den die Bundesbeamten ihn gebeten hatten. Die Kommissarin war in Begleitung eines geschniegelten Typen, der einen schmalen dunkelblauen Anzug und affig spitze Stiefel trug. Sein sorgsam gestylter Dreitagebart ließ ihn eher wie einen Werbefuzzi als wie einen Kripobeamten aussehen. Tom fand ihn auf den ersten Blick unsympathisch, und das war nichts Neues für ihn. Schließlich fand er die meisten Polizisten unsympathisch. Was seltsamerweise für die Kommissarin aus dem Fernsehen nicht zutraf. Ihre taffe, hemdsärmelige Art, mit dem Bundesbeamten zu reden, weckte in ihm schon wieder so etwas wie Sympathie für sie. Er schnaufte. Jetzt wurde er wirklich langsam alt. Er hatte das kaum gedacht, da verflog jeder Anflug von positiven Gefühlen, denn die Kommissarin und der geschniegelte Typ hatten allen Ernstes ein SEK im Schlepptau. Tom glaubte, seinen Augen nicht zu trauen: Während Kommissarin Voss und ihr Lackaffenkollege den Besprechungsraum betraten, baute sich in der Tür ein Kerl in schwarzer Kampfmontur und mit Maschinengewehr in der Hand auf. Ein zweiter blieb inmitten der Polizeistation stehen.

»Sie haben wirklich die Kavallerie mitgebracht?«, rutschte es Tom heraus. Auch der Beamte hinter dem Tresen war überrascht. Nachdem Tom sich ihm vorgestellt hatte, hatte der Mann ihn freundlich gebeten, in dem Besprechungsraum zu warten, und er hatte ihn dort die ganze Zeit allein gelassen.

Tja, dachte Tom. *Vielleicht solltest du dein Terroristenradar ein bisschen neu justieren.* Der Gedanke amüsierte ihn irgendwie.

Die Kommissarin ging über seine verblüffte Frage hinweg. »Sind Sie Tom Morell?«

»Er hat keinerlei Anstalten gemacht …«, setzte der Bundesbeamte an, verstummte jedoch, als Mr. Lackaffe ihm zunickte.

Tom richtete den Blick erst auf das Maschinengewehr des SEK-Mannes, dann auf Voss' linke Jackenseite, unter der er ein Waffenholster vermutete. Schließlich schaute er ihr ins Gesicht.

Durch ihre Anspannung hindurch war Erschöpfung zu sehen, während Mr. Lackaffe ziemlich energiegeladen wirkte.

»Ich habe Ihre Kollegen nicht erschossen«, sagte Tom zu ihm.

»Wir werden sehen«, sagte Mr. Lackaffe.

Voss tauschte einen stummen Blick mit dem SEK-Beamten. Dann musterte sie die Blessuren in Toms Gesicht. Er ahnte, wie es hinter ihrer Stirn arbeitete.

»Die stammen von den Kerlen, die Ihre Leute erschossen haben.« Er lächelte, um die Situation ein wenig zu entkrampfen. Es funktionierte nicht im Mindesten. »Sie haben mich entführt. Dabei wurden Ihre Kollegen getötet.«

»Gut«, sagte Mr. Lackaffe und setzte sich Tom gegenüber. Um der Form Genüge zu tun, stellte er sich als Kriminaloberkommissar Runge vor. »Sie haben am Telefon gesagt, dass Sie reden wollen. Also: Reden Sie.« Auch unter seiner Achselbeuge konnte Tom eine Waffe ausmachen.

Er legte beide Hände auf den Tisch vor sich und nickte bedächtig. »Die Männer, die Ihre Leute erschossen haben, waren dieselben, die gestern Max Seiferts Büro überfallen haben.«

»Erzählen Sie genau, was passiert ist.«

»Je eine Kugel. Bei der Frau auf dem Beifahrersitz ein aufgesetzter Schuss in die Schläfe, bei dem Fahrer ein Schuss aus kurzer Distanz mitten ins Gesicht. Der Schütze stand an der Beifahrertür. Er ist kurz vorher aus einem dunkelroten Van gesprungen, in den die Kerle mich dann gezerrt haben.«

Der SEK-Mann straffte unwillkürlich die Schultern. Toms Blick wanderte zu seiner matt schimmernden Waffe. Er schluckte. Und ärgerte sich darüber.

»Und Sie?«, ergriff Kommissarin Voss das Wort. »Wo waren Sie, als die Schüsse fielen?« Sie klang konzentriert und kühl. Äußerlich wirkte sie regungslos, aber Tom hatte das Flackern in ihren Augen gesehen, als er die Schüsse erwähnt hatte. *Du bist weitaus empathischer, als du dir selbst eingestehen willst*, dachte er.

»Auf dem Rücksitz. Ihre Kollegen …« Er legte den Kopf schief und versuchte, sich an ihre Namen zu erinnern.» … Heller, nicht wahr?« Der Name der Frau fiel ihm nicht mehr ein. Typisch.

»Ja«, sagte Runge und zog das Gespräch damit wieder an sich. »Heller hatte mich kurz vorher in der Schönhauser Allee aufgefordert, mit ihm zu kommen. Er sagte mir, ich sei nicht festgenommen, aber sie wollten mir einige Fragen stellen, und dann …« Er unterbrach sich, wandte die Handflächen nach oben.

Voss' Unterkiefer verhärtete sich. Sie hatte einen klaren Blick. Hellgraue Augen mit blonden Wimpern. Kein Make-up. Ihre Haare waren lang und dicht.

»Hören Sie«, sagte Tom.»Ich habe keine Ahnung, was genau hier vorgeht. Aber ich möchte Ihnen helfen, die Mörder zu finden.«

»Das ist gut. Das Beste wird sein, Sie folgen uns jetzt erstmal auf unser Revier.« Runge gab dem SEK-Mann einen Wink. Der Mann trat vor und machte Anstalten, unter Toms Achsel zu greifen.

Tom wehrte ab. Langsam erhob er sich.»Sie müssen mich nicht fest …«

»Herr Morell!«, fiel Runge ihm ins Wort.»Sie werden Verständnis dafür haben, dass wir Sie nicht in ein polizeiliches Fahrzeug setzen, ohne dafür zu sorgen, dass Sie gut bewacht und handlungsunfähig sind.« Ein feines Lächeln glitt über sein Gesicht.

Tom forschte in Voss' Gesicht nach Anzeichen dafür, was sie über die Maßnahme dachte. Vergeblich. Ihre Miene war undurchdringlich.

»Sehen Sie es einfach als Schutzmaßnahme, damit Ihre Entführer Sie nicht erneut rausholen.« Runge nickte dem SEK-Mann zu.

»Drehen Sie sich um!«, befahl der und Tom unterdrückte den absurden Impuls,»Yes, Sir!« zu bellen. Mit zusammengebissenen Zähnen gehorchte er. Ein leises Ratschen ertönte, dann wurde ihm etwas um die Handgelenke geschlungen und festgezogen. Sehr fest.

Er musste an sich halten, um keinen Schmerzenslaut auszustoßen. Es war das zweite Mal innerhalb kurzer Zeit, dass ihn jemand fesselte, und seine Handgelenke waren noch von dem Kabelbinder der Russen wund und empfindlich. Er wurde am Arm gepackt und ruppig wieder herumgedreht. Ein saftiger Fluch lag auf seiner Zunge.

Die letzten achtundvierzig Stunden waren ziemlich beschissen gewesen. Und wie es aussah, würden auch die kommenden nicht besonders angenehm werden. Gut, dass er Nina gebeten hatte, sich um Isabelle und Dr. Heinemann zu kümmern.

»Park irgendwo in einer Seitenstraße!«, befahl Jegor Misha, als sie an dem Antiquariat Stockhausen vorbeirollten. Auf das Schaufenster war dieselbe stilisierte Darstellung eines Steinbocks gemalt, die er schon auf dem VW der alten Frau und auch auf ihrer Website gesehen hatte.

Sie bogen um eine Ecke.

»Halt da am Bordstein!« Jegor konnte das Unbehagen in Mishas Augen sehen, diese leise Beklommenheit, die die Leute oft in seiner Gegenwart zeigten. Er verscheuchte die kurze, schwächliche Empfindung von Einsamkeit, die damit einherging. Er hatte früh und auf die harte Tour gelernt, dass es besser war, wenn die Menschen ihn fürchteten. *Angst verbreiten ist besser, als Angst haben.* Kapiert hatte er das, als er sich das erste Mal gegen seinen Vater, diesen versoffenen, prügelnden Mistkerl, gewehrt hatte. Die Zeit vor diesem einen alles verändernden Tag waren in seiner Erinnerung nur ein verschwommener Nebel aus Angst, aus dem ab und zu der blau-rote Siegelring seines Vaters hervorblitzte. Und der Geschmack von Blut auf den Lippen. Aber dieser eine Tag, diese eine Sekunde, als er zum ersten Mal nicht vor seinem geifernden alten Herrn zurückgewichen war, an diesen Augenblick erinnerte er sich glasklar. Genauso wie an die Dämmerung in den Augen seines Alten. An seine Verblüffung. Und dann an seine Angst. Es hatte sich geradezu berauschend angefühlt, dass der Alte endlich Angst vor ihm hatte statt umgekehrt. Er war an diesem Tag gerade zwölf geworden, und sein Leben hatte sich von da an völlig verändert ...

Jegor wurde bewusst, dass er an dem Siegelring drehte. Sein Alter hatte einfach beschissen schmale Finger gehabt, dachte er, darum musste er das Ding wie eine Tunte am kleinen Finger tragen ...

Misha hatte den Wagen in eine Parklücke bugsiert und wartete geduldig darauf, dass Jegor aus seinen Grübeleien auftauchte.

Energisch wischte Jegor die Erinnerungen an die Jahre nach seinem zwölften Geburtstag fort, und auch die an den Schlagring, den er sich mit vierzehn gekauft hatte. Er hatte hier einen Job zu erledigen. Besser, er blieb konzentriert. Er nickte Misha zu, und gemeinsam stiegen sie aus.

Er tastete in seiner Jackentasche nach der Maske und war zufrieden, als seine Finger den warmen Strickstoff berührten. Seit er vierzehn war, hatte er alles im Griff.

Er lächelte.

Misha warf ihm im Gehen einen sonderbaren Blick zu.

Jegor konnte nicht anders. Er zwinkerte ihm zu, und er hätte fast aufgelacht, als er Mishas Kehlkopf zucken sah. Es stimmte. Angst verbreiten war wirklich besser, als Angst haben. Mit dem Kinn deutete er auf die Ladentür des Antiquariats. »Wenn ich richtigliege«, sagte er, »dann hat Morell das Laborjournal hier in Sicherheit gebracht.«

Das Antiquariat war leer, das ließ sich mit einem Blick durch das kleine, mit alten Schinken vollgestellte Schaufenster feststellen. Jegor sammelte sich, dann betraten sie nacheinander den kleinen, staubig riechenden Laden. Eine Glocke über der Tür bimmelte, die Tür selbst machte ein trockenes Flüstergeräusch, als sie wieder ins Schloss fiel und sich der Geruch nach Papier und Staub um Jegor schloss.

Er konnte nichts dagegen tun, dass sich sein Magen verkrampfte. Im Arbeitszimmer seines Vaters hatte es genauso gerochen wie hier. Er schob die Hand in seine Hosentasche und tastete nach dem Griff des Schlagrings. Wie immer ging es ihm auf der Stelle besser.

Leichte Schritte ertönten, und Jegor wandte sich dem rückwärtigen Teil des Ladens zu. Ein Vorhang wurde zur Seite geschoben und eine schmale, ältliche Frau stand vor ihm. Er erinnerte sich an ihr Gesicht. Sie war gestern an den Postfächern gewesen. Sie lächelte ihn freundlich an. »Was kann ich für Sie tun?«

Jegors Hand in der Tasche krampfte sich um den Schlagring.

Freitag.

Der Raum, in den sie Tom am nächsten Morgen führten, hatte keine Ähnlichkeit mit den klinischen, klaustrophobischen Verhörräumen, die man aus Film und Fernsehen kannte. Er sah eher aus wie eine normale, spießig deutsche Amtsstube. Ein Schreibtisch stand darin, zwei Besucherstühle davor. Der Computer stammte offenbar noch aus den späten Neunzigern. Darüber hinaus gab es einen Aktenschrank mit einem massiven Schloss und ein Waschbecken, das ganz offensichtlich schon sehr viel bessere Zeiten gesehen hatte. Der Fliesenspiegel hatte die Farbe von alten Zähnen und war überzogen mit einem Netz aus feinen schwarzen Rissen. Wasserflecken prangten auf dem grauen Bezug des Schreibtischstuhls.

Der einzige Hinweis darauf, dass es sich hier nicht um ein normales Büro handelte, waren die Gitter vor den Fenstern, die den Ausblick auf das langgestreckte ehemalige Flughafengebäude Tempelhof in schmale senkrechte Streifen schnitten.

Tom knirschte mit den Zähnen. Er war nicht zum ersten Mal in diesem Raum: Gestern Abend, direkt nach seiner Festnahme, hatten die beiden Beamten vom SEK ihn schon einmal hierhergebracht. Eine junge Polizistin hatte unter ihrer Aufsicht ein paar Untersuchungen an ihm vorgenommen, unter anderem hatte sie einen Alkoholtest gemacht, über den er sich sogar noch lustig gemacht hatte. Den Schmauchspurentest allerdings hatte er schon viel weniger lustig gefunden. Nachdem alle Formalitäten erledigt waren, hatte man ihm versichert, dass *die Kollegin Voss* und *der*

Kollege Runge gleich kommen und mit ihm reden würden. Und danach hatte er fast zwei Stunden lang untätig dagesessen und gewartet, bis irgendwann ein weiterer Uniformierter gekommen war und ihm mitgeteilt hatte, dass sich seine Befragung verzögern würde und er über Nacht hierbleiben müsste. Alles Protestieren hatte nichts genützt. Man hatte ihn freundlich, aber bestimmt darauf hingewiesen, dass die deutsche Polizei das Recht hatte, ihn ohne Anweisung eines Haftrichters bis Mitternacht des auf seine Ergreifung folgenden Tages festzuhalten. Man hatte ihn gefragt, ob er einen Anwalt anrufen wolle, und das hatte er verneint.

Heute Morgen war er sich da allerdings nicht mehr so sicher. Die Nacht in der Zelle hatte ihn zermürbt und all die Erfahrungen seiner Jugendzeit in ihm hochgespült. Er fühlte wieder dieselbe Hilflosigkeit wie damals. Das Ausgeliefertsein an einen Apparat, auf den er keinerlei Einfluss hatte. Und vielleicht war das ja genau der Sinn der ganzen Sache gewesen: Er sollte verunsichert werden. Er versuchte, sich zu entspannen, und vertrieb die düsteren Gedanken damit, aus dem vergitterten Fenster zu schauen. Der Streifenpolizist, der ihn heute anstelle des SEK-Beamten bewachte, war auch nicht viel gesprächiger als dieser.

Gegen halb neun endlich erschienen Voss und Runge. Voss trug Jeans und die gleiche Lederjacke wie gestern, Runges Anzug war heute grau. Er hatte die obligatorische Aktenmappe in der Hand und setzte sich mit ihr hinter den Schreibtisch, während Voss sich dafür entschied, stehen zu bleiben. Sie hatte einen braunen Karton dabei, den sie auf den Aktenschrank stellte. Mehrere Sekunden lang starrte Runge Tom schweigend an. Als er merkte, dass das keinen Eindruck machte, zuckte er die Achsel. Er sah blass und übernächtigt aus.

»Vielen Dank für die Gastfreundschaft des deutschen Staates«, ergriff Tom das Wort. Ärgerlicherweise schaffte er es nicht, so spöttisch zu klingen, wie er es gern getan hätte. Die Wut darüber, wie man ihn hier behandelte, nagte an ihm.

Runge schlug seine Akte auf und blätterte darin herum. Tom suchte Voss' Blick, aber ihre Miene war ausdruckslos. Wie Runge auch wirkte sie, als hätte sie in der Nacht nur sehr wenig geschlafen.

»Es gibt keinerlei Notwendigkeit, mich hier stundenlang festzuhalten«, sagte Tom durch zusammengebissene Zähne. »Ich habe mich an Sie gewandt, weil ich Ihnen helfen will, die Mörder Ihrer Kollegen zu fangen.«

Runge blickte von der Akte auf. »Schon klar. In Ihrer idealen Welt hätten wir Sie nach Ihrer vorläufigen Festnahme sofort befragt.«

»In meiner idealen Welt hätten Sie schon längst ...« Tom winkte ab, weil Runge finster die Augenbrauen zusammenzog. »Vergessen Sie es!«

Runge nahm ein paar Fotos aus seiner Mappe und legte sie der Reihe nach vor ihn hin. Die ersten zeigten Heller und seine Kollegin, beide in Nahaufnahme und beide mit furchtbaren Löchern im Schädel. *Oberau*, dachte Tom betäubt, so hatte die Polizistin geheißen. Einen Teil der Nacht hatte er damit verbracht, über ihren Namen nachzugrübeln und sich bizarr schuldig dafür zu fühlen, dass er ihn vergessen hatte.

Er rang die Übelkeit nieder. »Ich kenne diesen Anblick«, hörte er sich sagen. »Ich war dabei, als es passiert ist.«

»Monika Oberau«, sagte Runge und tippte auf das Bild der Frau. »Altmodischer Name für eine so junge Frau, oder?«

Tom unterdrückte ein Seufzen. Er war sich relativ sicher, dass es keinen Sinn hatte, sich gegen Runges Spielchen aufzulehnen, also entschied er sich dafür mitzuspielen.

Fürs Erste.

»Ja«, sagte er.

»Sie hat einen kleinen Sohn«, erklärte Runge.

Schon dieser hochmanipulative Satz zerpulverte Toms gute Vorsätze. »Hören Sie«, brauste er auf. »Ich sagte doch schon …«

»Ich weiß, was Sie sagten, Herr Morell! Sie haben der Kollegin Voss gegenüber am Telefon behauptet, diese beiden Menschen nicht erschossen zu haben, sondern selbst Opfer einer Entführung zu sein.« Betont lässig lehnte Runge sich zurück und verschränkte die Arme vor der Brust. »Ich bin ganz Ohr. Erzählen Sie mir noch einmal Ihre Version der Geschichte.«

Tom wusste, dass der Mann versuchte, ihn in einen Widerspruch zu verwickeln, darum unterdrückte er den Impuls, darauf hinzuweisen, dass er das gestern Abend bereits getan hatte.

»Ich habe Ihre Kollegen …«

»… nicht umgebracht. Ja. Das sagten Sie bereits mehrfach. Nehmen wir doch einfach an, Sie erzählten mir gern noch mal, was Ihrer Meinung nach passiert ist.«

Was bist du nur für ein Arschloch, dachte Tom. Tief atmete er durch, bezähmte seinen Frust.

»Ihre beiden Kollegen haben mich hm … gebeten« – er malte mit den Fingern Anführungszeichen um das letzte Wort – »sie zu begleiten, als ich sie bei den Schönhauser Allee Arcaden getroffen habe. Keine Ahnung, warum.« Er hielt inne in der absurden Hoffnung, dass Runge ihm eine Erklärung liefern würde. Aber natürlich kam der nicht mal auf die Idee.

»Was ist passiert, nachdem der Kollege Heller und die Kollegin Oberau mit Ihnen in den Streifenwagen gestiegen sind?«, fragte er.

Resigniert liefert Tom ihm einen erneuten ausführlichen Bericht der Dinge. »Die Typen haben mich in den Van gezerrt und nach einer Weile in irgendeinem verlassenen Gewerbegebiet eingehender … befragt«, endete er.

»Was wollten sie von Ihnen?«

»Ein Laborjournal.«

»Ein Laborjournal.«

»Ja. Das ist ein Buch, in dem Wissenschaftler Aufzeichnungen zu ihren Forschungen machen. Versuchsanordnungen, Ergebnisse, so 'n Zeug.«

»Was für Forschungen?«

»Medizinische.«

»Aha.« Ein Moment des Schweigens entstand, in dem Runge und Voss einen längeren Blick tauschten. »Und warum wollten diese Männer dieses Laborjournal?«, fuhr Runge anschließend mit der Befragung fort.

»Keine Ahnung«, log Tom aus einem Instinkt heraus, den er nicht unterdrücken konnte.

Runges Augenbrauen hoben sich minimal. Voss runzelte die Stirn. Beide hatten die Lüge sofort erkannt. *Mist!* »Die Forschung, die es enthält, ist ...«

»Lassen wir das für den Moment. Ein Gewerbegebiet, sagten Sie. Irgendeine Idee, wo das sein könnte?«

»Nein.«

»Nachdem Ihre Entführer Sie in dieses Gebäude gebracht haben, was ist dann passiert?«

»Sagte ich doch schon: Sie haben mich befragt.« Um zu demonstrieren, was für eine Befragung das gewesen war, zog er seinen Hoodie und das Shirt darunter ein Stück hoch.

Voss beugte sich interessiert vor, wich dann aber zurück. Runge betrachtete Toms Prellung mit zusammengezogenen Brauen. »Und weiter?«

Tom ließ Shirt und Hoodie wieder fallen, zuckte die Achsel.

»Nachdem man Sie also befragt hat«, ergriff Voss das Wort, »wie sind Sie danach entkommen?«

»Die Männer haben mich unter Drogen gesetzt, damit ich ihnen sage, wo das Laborjournal ist. Aber das habe ich nicht, darum haben sie mich betäubt und in Karlshorst in einem alten Schrebergarten liegen lassen. Ich vermute, sie haben gehofft, dass ich sie zu dem Journal führe.«

»Was Sie nicht getan haben.«

»Nein. Ich konnte ihnen entkommen.« Er hätte beinahe gelächelt.

»Aha. Und wie genau?«

»Indem ich mein Handy zerstört habe.« Er erzählte ihnen,
wie er es gemacht hatte.

Runge ließ sich nicht anmerken, ob er ihm glaubte oder nicht.
»Nachdem Sie also auf diese Weise entkommen sind, was haben
Sie dann gemacht?«

»Ich habe Frau Voss angerufen und mich gestell… ihr meine
Kooperation angeboten.« Die Entscheidung, die Anrufe bei Isabelle und Nina zu verschweigen, hatte Tom ganz automatisch getroffen. Ein alter Reflex, der vermutlich noch aus seinen Antifa-
Zeiten stammte. *Sag den Bullen nur das Allernötigste.*

»Dieses Laborjournal«, fragte Runge. »Wo ist es jetzt?«

»Ich habe es versteckt.«

»Aha.«

»Was für Forschungsunterlagen enthält es genau?«, fragte Voss.

Tom erklärte es ihr, zumindest so weit, wie er es verstanden
hatte.

»Forschungsergebnisse für alternative Heilmittel gegen an-
tibiotikaresistente Bakterien«, fasste Voss zusammen. Während
Tom gesprochen hatte, hatte sie sich mit verschränkten Armen
an die Wand gelehnt.

»Genau.«

»Ist ja ein Riesenthema in den Medien gerade. Dieser ganze
Zirkus um dieses neue Gesetz und so.« Ohne ihn aus den Augen
zu lassen, nahm sie den unbenutzten Besucherstuhl, stellte ihn
neben Runge und setzte sich Tom gegenüber. Sie sah aus, als be-
lauere sie ihn. Was wollte sie, dass er jetzt sagte?

Fast beiläufig schlug Runge die Akte erneut auf. »Sie haben
etwas gegen die Polizei, oder?«

»Worauf wollen Sie hinaus?«

»Mehrere Anzeigen wegen Sachbeschädigung. Die erste im Alter von fünfzehn. Dazu Anzeigen wegen Körperverletzung im Zuge mehrerer Prügeleien.«

Tom glaubte seinen Ohren nicht zu trauen. »Das sind Tatbestände aus meiner Jugendakte! Wieso wurden die nicht längst gelöscht, wie es rechtens wäre?«

»Sie kennen sich gut mit Ihren Rechten aus.«

»Beantworten Sie mir verdammt noch mal meine Frage! Jugendstrafsachen müssen nach fünf, spätestens zehn Jahren aus dem Bundeszentralregister gelöscht werden. Warum …«

»Wie gesagt«, fiel Runge ihm ins Wort. »Sie kennen sich gut aus.« Er warf einen weiteren Blick in Toms Akte. »*Hinter jedem großen Vermögen steckt ein großes Verbrechen*«, las er vor. Dann blickte er Tom direkt in die Augen. »Das und ACAB an Hauswände zu sprühen ist nicht gerade die originellste Art, seine Verachtung für die öffentliche Hand zu bekunden, finden Sie nicht? Und sich mit Neonazis prügeln … nun ja …«

In diesem Moment begriff Tom. »Darum sind die Einträge nicht gelöscht, nicht wahr? Weil sie einen linksextremistischen Hintergrund haben.«

»Sind Sie immer noch linksextrem, Herr Morell?«

Die Frage ließ rote Punkte vor Toms Augen tanzen. »Halten Sie auch rechtsradikale Jugendsünden im Zentralregister vor, oder gilt das nur für Antifa-Strafsachen?«

»Was wollen Sie uns damit unterstellen, Herr Morell?« Während Runge die ganze Zeit kühl und beherrscht gesprochen hatte, klang jetzt eine ärgerliche Schärfe in seinen Worten mit.

Tom warf Voss einen Blick zu und konnte sich des Eindrucks nicht erwehren, dass sie beinahe gelächelt hatte. Er beschloss, Runges letzte Frage zu überhören. Es war in seiner derzeitigen Lage vermutlich nicht die klügste Idee, den Mann damit zu konfrontieren, dass er die Polizei für auf dem rechten Auge stockblind hielt. Also verschränkte auch er die Arme vor der Brust.

Voss ließ ihre sinken.

»Hängen Sie immer noch linksradikalen Theorien an?«, fragte Runge erneut.

»Und wenn?« Tom seufzte. »Ich bin bei der Antifa raus, ungefähr als ich zwanzig geworden bin. Die Antwort auf Ihre Frage ist also: nein. Ich bin kein Linksradikaler. Und ich bin auch niemand, der Terroranschläge plant und durchführt. Das ist es doch, was hinter all Ihren Fragen steckt, oder?« Er hatte diese Worte mit solcher Wut hervorgestoßen, dass Voss sich genötigt sah einzugreifen.

»Okay. Kommen wir doch nochmal zu der Frage, wie Sie in den Besitz dieses Journals gekommen sind. Aber vorher erzählen Sie uns doch bitte noch einmal genau, wie Sie es vor den Männern, die Sie entführt haben, in Sicherheit gebracht haben.«

Er erzählte, wie er das Buch in der violetten Kiste der Antiquarin versteckt hatte und es anschließend nicht mehr zurückholen konnte, weil er Heller und Oberau in die Arme gelaufen war.

Während er sprach, beugte Runge sich vor und nahm ein weiteres Foto aus der Mappe. Er hielt es jedoch so, dass Tom nicht sehen konnte, was darauf war. »Erinnern Sie sich an den Namen dieses Antiquariats?«

»Stockhausen, glaube ich.«

»Antiquariat Stockhausen?«, wiederholte Runge. Sein Zeigefinger tippte auf die Kante des Fotos.

»Ja.«

Runge legte das Foto auf den Schreibtisch und drehte es zu Tom um. Es zeigte eine Schaufensterscheibe, auf deren oberes Drittel ein violettes Logo mit einem Steinbock-Symbol abgebildet war.

»Das ist es, ja«, bestätigt Tom. In seinem Magen rumorte etwas. *Was kam jetzt?*

»Wir konnten uns gestern Abend nicht sofort um Sie kümmern«, sagte Runge, »weil wir zu einem weiteren Mord gerufen wurden.« Er zog noch ein Foto hervor, betrachtete es angelegentlich.

Aus dem Rumoren in Toms Magen wurde ein schmerzhafter Krampf. Er wusste, was nun passieren würde.

Runge drehte das Foto um. Es zeigte eine grauhaarige Frau. Ihr Blick ging starr und leblos ins Leere, und genau auf ihrer Stirn prangte ein Einschussloch wie ein kreisrundes rotes Bindi. Tom erstarrte. Er kannte die Frau. Es war die Antiquarin, der er das Journal untergeschoben hatte.

Nina betrat das S2-Labor in einem weißen Kittel mit YouGen-Logo, der so sehr gestärkt war, dass er knisterte. Im Raum war es ein bisschen zu kühl für ihren Geschmack. Eine Zentrifuge lief und erfüllte die Luft mit ihrem leisen Brummen.

Maren war dabei, mit einer Impföse Material aus einer Petrischale zu nehmen und es auf mehrere große, quadratische Agarplatten auszuplattieren.

Nina trat hinter sie und deutete auf das rote Nährmedium in der Petrischale. »Sind das die Proben von Sylvie Morells Rachenabstrich?«

Maren schaute von ihrer Arbeit auf und nickte.

Nina war erleichtert. Wie Tom gebeten hatte, hatte sie gestern Abend seine Frau angerufen und um ihre Mithilfe gebeten. Es war ein zähes Gespräch gewesen, in dem Nina versucht hatte, Isabelle Morell davon zu überzeugen, dass es auf keinen Fall schaden konnte, bei Sylvies Behandlung parallel zu Dr. Heinemanns Bemühungen auch noch einen alternativen Weg zu beschreiten. Als Nina aufgelegt hatte, war sie nicht sicher gewesen, ob es ihr gelungen war. Aber wie es aussah, hatte Isabelle den Arzt ihrer Tochter tatsächlich informiert.

Maren deutete auf eine Styroporkiste mit dem Logo des Loring-Klinikums. »Der Kurier hat Sylvies Proben gestern gebracht, und wir haben Rachenabstrich und Sputum gleich ausgestrichen und inkubiert, damit wir schöne Reinkulturen für die weiteren Tests haben.«

Nina nahm eine der Petrischalen und hielt sie ins Gegenlicht. Der typische Drei-Impfösen-Ausstrich mit seinen überlappenden parallelen Strichen hatte tatsächlich schöne Einzelkolonien hervorgebracht. Zufrieden stellte sie die Schale wieder weg und nahm stattdessen eine der quadratischen Agarplatten, auf denen über Nacht Sylvies Pseudomonas zu einem grünlichen Rasen heranwachsen würde. An dem würden sie dann im nächsten Schritt testen, ob die Phagen Sylvies Keim wirklich zu Leibe rückten.

Sie warf einen Blick durch die offene Tür in den Nebenraum, wo zwei mittelgroße silberne Fermenter standen. Ethan hatte in ihnen bereits vorgestern die Phagen zur Vermehrung angesetzt. Heute früh dann hatte Maren die ersten davon für die Labortests geerntet und abzentrifugiert.

Ninas Haut kribbelte vor Aufregung, wie immer, wenn eine Sache in den richtigen Bahnen lief. Bisher hatte einfach alles perfekt funktioniert! »Ist Ethan auch schon da?«, fragte sie.

»Der bereitet gerade die molekulargenetischen Tests vor.« Mit einer Kopfbewegung deutete Maren zu einer Tür, die in das Sequenzier-Labor direkt nebenan führte.

Nina wusste, dass Ethans Leute modernste mikrobielle Diagnostikmethoden anwandten: Damit würden sie die Bakterienart verifizieren und außerdem die bekannten Resistenzgene nachweisen. Dass Ethan den dazu nötigen PCR-Test allerdings selbst durchführte, verwunderte sie ein wenig. Das hätte auch seine Laborassistentin gekonnt, dachte sie mit einem Anflug von Belustigung.

Sie ging nach nebenan, wo sie Ethan an der Laborbank vorfand. »Hey«, begrüßte sie ihn.

Über die Schulter warf er ihr einen Blick zu. »Hey! Guten

Morgen!«Er stand im Kittel mit blauen Handschuhen und La-borschutzbrille vor dem PCR-Analytik-Gerät und bediente das Display.»Sylvies Stamm ist wirklich ein kleines Arschloch.«

Sie spürte, dass er auf eine Nachfrage ihrerseits wartete, und tat ihm den Gefallen.»Wieso?«

»Seine Antibiotikaresistenz kann sehr unterschiedliche mole-kulare Grundlagen haben. Das können wir nur rausfinden, wenn wir eine Komplettsequenzierung durchführen.«

Sie stellte sich neben ihn und betrachtete, wie er routiniert die Probenträger bestückte.»Ich hätte nicht gedacht, dass du sol-che Arbeiten noch selbst machst. Immerhin bist du Geschäfts-führer von YouGen.«

Er grinste.»Zirkuspferde können eben das Tanzen nicht lassen. Ich stehe ganz gern ab und zu noch selbst an der Labor-bank.«

Sein Blick glitt in Richtung Tür, und Nina konnte sich des Eindrucks nicht erwehren, dass eigentlich Maren der Grund dafür war, dass er hier mitarbeitete. Von der ersten Sekunde an – also bereits auf dem Flughafen – war etwas zwischen ih-rer Freundin und Ethan gewesen, ein spürbares Knistern. Nina kannte das schon. Maren taxierte Männer beim Kennenlernen meist sehr schnell, und wenn ihr einer gefiel, ließ sie ihn das auch sofort merken. Und in diesem Fall schien die Anziehung gegenseitig zu sein, jedenfalls der Art nach zu urteilen, wie Ma-ren und Ethan ständig die Nähe des anderen suchten.

Nina nahm sich vor, ihre Freundin bei nächster Gelegenheit darauf einmal anzusprechen.

8

Tom sprang auf. Das Brennen in seinem Magen hatte sich in grelle Übelkeit verwandelt. Er hob die Arme, umklammerte seinen Hinterkopf und marschierte die zwei Schritte bis zur Wand, um dem Entsetzen zu entkommen, das ihn beim Anblick der toten Frau ergriffen hatte.

Die Antiquarin, der er das Laborjournal untergeschoben hatte. Sie war tot. Jemand hatte sie auf dieselbe Weise umgebracht wie die beiden Polizisten.

Ihm wurde übel. War es seine Schuld? Wenn er dieser Frau nicht das Journal untergeschoben hätte … Seine Beine drohten unter ihm nachzugeben, und er stützte sich an der Wand ab.

»Setzen Sie sich wieder«, hörte er Voss sagen.

Er ließ den Kopf zwischen den Armen hängen.

»Setzen Sie sich wieder.« Ihr Tonfall war ruhig, aber bestimmt. Unter seiner Achsel hindurch warf Tom ihr einen Blick zu.

»Bitte, Herr Morell«, sagte sie.

Er kam ihrer Bitte nach. »Ich habe diese Frau nicht …«

»Das wissen wir«, fiel Runge ihm ins Wort.

Tom versuchte, in seiner Miene zu lesen, aber vergeblich. Ein saurer Geschmack stieg in seiner Kehle auf. Er krümmte sich. Und dann schoss ihm ein schockierender Gedanke wie Eiswasser durch den gesamten Körper. »Das Laborjournal … wo …?«

Voss stand auf und nahm einen großen Plastikbeutel aus dem Karton, den sie beim Eintreten auf den Aktenschrank gestellt hatte. In dem Beutel befand sich das Laborjournal.

Erleichterung ersetzte Toms Schock. Es fühlte sich an, als würde in seinem Inneren alles nachgeben.

»Wir haben es in dem Tresor von Frau Stockhausen gefunden«, erklärte Voss und erntete dafür einen strafenden Blick von Runge. »Die Männer, die Frau Stockhausen erschossen haben, haben es nicht an sich bringen können, weil ein Nachbar gehört hat, dass etwas nicht stimmte, und uns angerufen hat. Leider kamen die Kollegen zu spät, um den Mord an der Frau zu verhindern. Sie konnten die Männer, die das getan haben, auch nicht dingfest machen.«

Die Übelkeit verging und machte kalter Betäubung Platz. Tom wusste aus Erfahrung, dass es sich so anfühlte, wenn man zu viel Schlimmes auf einmal zu verarbeiten hatte. »Frau Falkenberg braucht das Buch, um meine Tochter zu retten!«, krächzte er.

Ohne darauf einzugehen, zog Runge ein weiteres Foto aus seiner Mappe. Es zeigte in Farbe einen Kerl, bei dessen Anblick sich Toms Herzschlag beschleunigte.

»Sie kennen diesen Mann?«, fragte Runge.

Tom deutete auf die Blessuren in seinem Gesicht. »Ihm verdanke ich das hier.«

»Die Verletzungen, die Sie bei Ihrer angeblichen Entführung davongetragen haben?«

»Es war keine angebl…«

»Bitte beantworten Sie mir meine Frage: Sie kennen den Mann auf diesem Foto?« Runge tippte auf das Bild.

Tom nickte mit zusammengebissenen Zähnen. »Sein Name ist Jegor. Er ist der Kerl, der mich entführt hat, und sein Partner hat Ihre beiden Kollegen erschossen.«

Voss konnte einen triumphierenden Ausruf nur mit Mühe unterdrücken. Das Attentat in St. Anton und der Doppelmord an Heller und Oberau – in beides war derselbe Mann verstrickt! Sie betrachtete Morell. Er tat ihr schon die ganze Zeit über leid.

Runge und sie drehten ihn hier durch die Mangel, während er versuchte, damit klarzukommen, dass diese Antiquarin tot war. Der Schock, der sich in seiner Miene spiegelte, konnte auf keinen Fall gespielt sein. Scheiße, der Mann war so fahl, als hätte er keinen Tropfen Blut mehr in den Adern! Und in seinen Augen konnte sie sehen, wie verzweifelt er versuchte, nicht in die Knie zu gehen. In ihr wuchs die Neugier, wie er in einen Fall wie diesen hineingeraten war.

Sie betrachtete das Foto von diesem Jegor, das von Grubers illegal installierter Kamera stammte. Der Überfall auf Max Seiferts Büro, die Ermordung von Heller, Oberau *und* die Anschläge von Prometheus hatten eine Verbindung.

Und diese Verbindung war Jegor.

War er Prometheus?

Das würden sie herausfinden müssen. Sicher war an dieser Stelle allerdings eines: Morell war wirklich ein Opfer und nicht ihr Täter.

Sie wechselte einen längeren Blick mit Runge und wusste, dass ihr Kollege genau das Gleiche dachte. Aber sie wusste auch, dass in seinem Kopf noch immer Morells Antifa-Vergangenheit herumgeisterte. Runge gehörte zu jenen Polizisten, die eine Mitgliedschaft bei der Antifa – und sei sie auch nur eine lang zurückliegende Jugendsünde – nicht so einfach beiseitewischen konnten.

Tom sah mit an, wie Voss und Runge sich eine Weile lang schweigend anstarrten.

»Okay«, ergriff schließlich Runge wieder das Wort. »Wir wissen, dass Sie Frau Stockhausen nicht getötet haben, weil Sie sich da schon in unserem Gewahrsam befanden.«

Tom schnaubte höhnisch. »Da bin ich ja froh!«

Runge ließ sich von seinem Sarkasmus nicht beeindrucken. »Und die Blutspurenanalyse in dem Streifenwagen zeigt, dass Sie auch die beiden Polizeibeamten nicht erschossen haben.«

Tom hatte den Mund schon auf, um etwas zu erwidern, was erneut sarkastisch gewesen wäre. Aber diesmal entschied er sich dagegen. »Warum sitze ich dann noch hier?«

Als Reaktion auf diese Frage flippte Voss ihm Jegors Bild über den Tisch. »Sagt Ihnen Prometheus etwas?«

»Der Typ, der überall diese Botschaften verteilt? *Ihr werdet lernen, mich zu fürchten*, und so? Glauben Sie etwa, dass Jegor dieser Prometheus ist?«

Voss tippte auf das Foto. »Durch Sie wissen wir jetzt nicht nur, dass dieser Mann mit der Ermordung unserer beiden Kollegen zu tun hat, sondern wir haben auch den Beweis dafür, dass er verantwortlich ist für einen bioterroristischen Anschlag auf ein Berliner Altersheim.«

»Oha«, sagte Tom.

»Ich denke, Sie verstehen jetzt, Herr Morell.« Sie tippte erneut auf das Foto. »Wir müssen diesen Mann schnellstens stoppen. Und *Sie* können uns dabei vermutlich helfen.«

Toms Mundwinkel hoben sich zu einem düsteren Lächeln.

»Na da bin ich aber froh, dass Sie das endlich einsehen«, sagte er trocken.

»Na dann«, murmelte er, als er sich eine Viertelstunde später wieder setzte. Nachdem Voss vor ihm die Hosen runtergelassen hatte, hatte er eine Pause verlangt, um auf die Toilette gehen und eine rauchen zu können. Es war ihm gewährt worden, und jetzt, das wusste er, würde die Befragung noch eine ganze Weile weitergehen – auch wenn er nicht mehr als Verdächtiger, sondern nur noch als Zeuge galt. Als er sich wieder auf seinen alten Platz gesetzt hatte, stellte ein sehr jung aussehender Polizist ihm einen Becher Kaffee hin.

»Also gut.« Voss wies auf das Foto auf dem Schreibtisch. »Sie sagten, der Name dieses Mannes ist Jegor«, begann sie noch einmal von vorn.

»So haben die anderen ihn genannt, ja.«

»Die anderen?«

»Ja. Der Typ, der mich in den Van gezerrt hat. Misha. So haben die beiden sich angeredet. Jegor und Misha. Misha spricht Russisch, genau wie der Dritte im Bunde, ein Mann namens Victor.« Er straffte sich unwillkürlich, als er daran dachte, wie Jegor Victor mit zwei aufgesetzten Schüssen ermordet hatte. Noch eine Hinrichtung. Er vermied den Blick auf das Foto der Antiquarin, das noch immer vor ihm auf dem Tisch lag.

Voss bemerkte, was in ihm vorging. Sie nahm Frau Stockhausens Foto und drehte es um.

Tom unterdrückte ein Gefühl der Dankbarkeit. *Lass dich nicht einwickeln!*, flüsterte sein alter Antifa-Instinkt. »Victor ist tot. Jegor hat ihn erschossen.« Er berichtete in möglichst detaillierten Einzelheiten, was geschehen war. Ihm wurde immer wieder schlecht dabei, aber er kämpfte gegen den Brechreiz an. »Sie müssten Spuren von alldem in diesem Gewerbegebiet finden, in dem die Kerle mich festgehalten haben.«

»Das Gewerbegebiet«, murmelte Voss. »Können Sie uns sagen, wo das ist?«

»Nicht wirklich, nein. Ich war betäubt, als sie mich da hingebracht haben, und auch, als sie mich nach Karlshorst gef…« Er unterbrach sich, weil ihm eine Idee kam. Er beugte sich zur Seite und nestelte die SIM-Karte aus der Münztasche seiner Jeans. Der Beamte, der ihn gestern Abend in die Zelle verfrachtet hatte, hatte ihm zwar alle persönlichen Dinge abgenommen, aber beim Abtasten seines Körpers hatte er die winzige Karte nicht bemerkt, und Tom hatte schlichtweg nicht an sie gedacht. Jetzt legte er sie auf die Kante des Schreibtisches und schnippte sie zu Voss hinüber. »Die stammt aus meinem Handy. Sie können damit doch bestimmt ein Bewegungsprofil von mir anstellen, oder? Sie müssen einfach nur nachsehen, wo ich in der Nacht von Mittwoch auf Donnerstag gewesen bin.«

Voss nahm das winzige Ding und starrte es an. Dann starrte sie ihm ein paar Sekunden lang in die Augen, als versuche sie herauszufinden, was sie von ihm halten sollte.

Er zuckte die Achsel. »Ich habe von Anfang an gesagt, ich möchte Ihnen helfen.«

Sie griff zum Telefon. »Ben! Ich habe hier eine SIM-Karte, von der ich so schnell wie möglich wissen muss, wo sie in der Nacht von Mittwoch auf Donnerstag war.« Sie hörte kurz zu. »Ja, danke«, bestätigte sie dann und legte auf. »Er schickt gleich jemanden vorbei, der das Ding abholt.« Erneut wandte sie sich an Tom. »Gut. Gehen wir das Ganze nochmal von vorne durch.«

Tom unterdrückte ein Seufzen. Warum hatte er das kommen sehen?

Nina war gerade dabei, einen SPIEGEL-Artikel über die Gesundheitspartei Deutschlands und ihren Frontmann Volker Ahrens zu lesen, als ihr Handy klingelte. Maren war dran.

»Bist du gerade mit was Wichtigem beschäftigt?«, fragte sie.

Nina klappte das Magazin zu. »Nicht wirklich, warum?« Wenn sie ehrlich mit sich selbst war, hatte sie von dem Artikel kaum etwas kapiert, weil ihre Gedanken immer wieder zu Sylvie – und auch zu Tom – abgeschweift waren.

»Du könntest ins Labor kommen und zusehen, wie wir die Kultur mit den Phagen impfen.«

Als Nina kurz darauf das Labor betrat, war nicht nur Maren da, sondern auch Ethan und zwei seiner Labortechnikerinnen, deren Namen Nina sich nicht gemerkt hatte.

»Danke, dass du Bescheid gesagt hast!« Sie trat zu Maren, die gerade die am Morgen präparierten Agarplatten aus einem der Brutschränke nahm. Ein schwacher Geruch nach Lindenblüten strömte aus dem kühlschrankgroßen Gerät – der typische Geruch von Pseudomonas in Kultur. Nina faszinierte es jedes Mal wieder, dass ein potenziell so gefährlicher Keim so lieblich riechen konnte.

Mit den Platten in der Hand ging Maren zu einer der Clean-Benches, einem speziellen Labortisch mit einer gläsernen Abzugshaube darüber, auf dem es möglich war, die Platten steril zu öffnen.

Nina reckte den Hals und sah, dass die gelbliche Agarsubstanz mit einem dünnen grünlichen Bakterienrasen bewachsen war.

Maren öffnete ein weiteres steriles Gefäß, in dem sie bereits vorher runde Scheiben aus Filterpapier vorbereitet hatte. Mit einer Pinzette legte sie die fingernagelgroßen Papiere auf den Bakterienrasen, griff zu einer Pipette und tropfte ebenfalls vorbereitete Phagenlösung darauf.

Ethan nickte zufrieden. »So«, meinte er. »Jetzt müssen wir nur abwarten, ob die Schätzchen ihren Job machen.«

Er sah zuversichtlich aus, und Nina hoffte, dass der Optimismus, den er ausstrahlte, berechtigt war. Wenn alles gut lief, dachte sie, wenn die Phagen tatsächlich gegen Sylvies Keim wirkten, dann sahen die Platten bald aus wie ein Schweizer Käse – gespickt mit Löchern.

Tom atmete tief durch, als er nach endlosen Stunden endlich das piefige Gebäude des LKA am Tempelhofer Damm verlassen konnte.

Er ging ein Stück in Richtung Süden, bis die tiefstehende Sonne zwischen den Gebäuden auftauchte. Mit geschlossenen Augen genoss er die Wärme auf der Haut und überlegte, was er jetzt machen sollte. Die Nacht in der Zelle und das darauffolgende stundenlange Gespräch mit Voss und Runge hatten sein Nervenkostüm in hauchdünne Fetzen verwandelt, auch wenn er am Ende von dem Vorwurf des Doppel- oder gar Dreifachmordes entlastet worden war. Trotzdem fühlte es sich an, als hätten die beiden Kommissare ihn erfolgreich durch den Fleischwolf gedreht. Er kam sich schmutzig vor und auf seltsame Art und Weise elend. Verunsichert, dachte er. Und voller Schuldgefühl.

Er hasste es, verunsichert zu sein.

Im Grunde wollte er jetzt nur noch in sein eigenes Bett. Er wollte sich die Decke über den Kopf ziehen und eine Weile lang nichts und niemanden mehr sehen ...

Mit einem Ruck riss er die Augen wieder auf. Dann suchte er sich eine Telefonzelle und rief Nina an. »Die Polizei hat mich laufen lassen«, war das Erste, was er sagte.

»Tom! Endlich! Geht es dir gut?« Er konnte hören, wie Stuhlbeine über Fliesen schrammten.

»Ja. Ich bin in Ordnung«, log er. »Ich konnte die Polizisten davon überzeugen, dass ich mit den Morden nichts zu tun habe.«

Es dauerte mehrere Sekunden, bis Nina antwortete. »Ich habe es nie geglaubt, Tom.«

Ihm wurde bewusst, dass er die Luft angehalten hatte. »Das ist gut.« Plötzlich war da etwas zwischen ihnen, das er nicht deuten konnte. Er hatte den Drang, zu Nina zu fahren und sie in den Arm zu nehmen. Und gleich darauf spürte er das Bedürfnis, Abstand zu ihr zu halten. »Wo bist du?«

Sie erzählte ihm irgendwas von einem Industriepark und dem Start-up dieses Ethan Myers, von dem Max in Bos Wohnung gesprochen hatte. Und dann erzählte sie ihm, dass Dr. Heinemann ihnen Sylvies Proben geschickt hatte und sie schon dabei waren zu testen, ob die Phagen seiner Tochter helfen würden.

Tom hätte sie küssen können. »Danke.«

»Sei nicht albern!« Er konnte sie atmen hören. »Was ist mit dem Laborjournal?«, erkundigte sie sich.

Er musste sich an eine Hauswand lehnen, weil das Bild der toten Antiquarin vor seinem geistigen Auge aufblitzte. »Ich fürchte, die Polizei hat es beschlagnahmt.«

Nina zog Luft durch die Zähne. »Das ist nicht gut! Zum Glück brauchen wir es aber für Sylvies Therapie im Moment nicht.«

»Kommissarin Voss hat mir versprochen, dass du es wiederbekommst, sobald der Fall gelöst ist.«

»Dann hoffen wir das Beste.« Eine Pause entstand. »Tom?«, fragte Nina dann.

»Ja?«

»Du klingst maximal erschöpft. Warum fährst du nicht nach Hause und ruhst dich aus? Im Moment kannst du hier nichts tun.« Zögern. Wollte sie, dass er widersprach? Er wusste es nicht, und das verunsicherte ihn zusätzlich. »Ich komme morgen, okay?« Er hatte es nicht sagen wollen, aber als die Worte raus waren, fühlten sie sich richtig an. Er starrte auf seinen Ehering und legte die Hand dann auf den Rücken.

»Okay.« Sie nannte ihm die Adresse und verabschiedete sich. »Pass auf dich auf, Tom!«

Er hielt den Hörer noch volle zehn Sekunden in der Hand, bevor er es schaffte, ihn zurück auf die Gabel zu legen.

Kurz darauf stoppte er ein Taxi. Er nannte dem Mann am Steuer die Adresse seiner Pension, und der Fahrer warf ihm im Rückspiegel einen Blick zu. »Harte Nacht gehabt?«

Tom konnte nicht anders, er musste grinsen. Es fühlte sich an, als habe er urplötzlich den Verstand verloren. »Sie machen sich keine Vorstellung.«

Er war drauf und dran, den Taxifahrer zu bitten, ihn zu seiner Tochter ins Krankenhaus zu fahren, aber als er bemerkte, wie skeptisch der Fahrer seine Erscheinung musterte, entschied er sich dagegen. Er ließ den Taxifahrer bei einem dieser türkischen Telefonläden anhalten, die beinahe rund um die Uhr geöffnet hatten, besorgte sich ein neues Telefon samt Vertrag, und zurück in seinem Zimmer rief er auf der Station seiner Tochter an.

Eine Schwester versicherte ihm, dass es Sylvie den Umständen entsprechend gut ginge und dass sie gerade schlafe. Während er den Worten der Frau lauschte, starrte Tom auf sein eigenes Bett. Der Sehnsucht, sich darauf fallen zu lassen, widerstand er, denn dann wäre er die nächsten Stunden nicht mehr aufgestanden, nicht einmal, um sich Stiefel und die verdreckten Klamotten auszuziehen. Also zwang er sich, ins Bad zu wanken, wo er sich vorsichtig auszog.

Die Prellungen in seinem Gesicht und an den Rippen hatten sich mittlerweile dunkelviolett verfärbt. Vorsichtig betastete Tom eine nach der anderen. Seine Augen waren gerötet und eines fühlte sich unangenehm sandig an. Eine Nachwirkung von Jegors unsanfter Behandlung. Er konnte es nicht verhindern, dass er lachen musste, auch wenn er nicht wusste, wieso.

Nachdem er sich vollständig entkleidet hatte, stellte er sich unter die Dusche und ließ heißes Wasser auf sich niederprasseln.

Danach fühlte er sich zwar sauberer, aber immer noch wie durch den Fleischwolf gedreht. Gerade noch schaffte er es, sich abzutrocknen und zum Bett zu stolpern. Der Schlaf, in den er sank, glich einer Ohnmacht.

Als er von innerer Unruhe erfüllt hochschreckte, zeigte ihm ein Blick auf die Uhr, dass er ein paar Stunden geschlafen hatte. Mittlerweile war es dunkel draußen. Was hatte ihn geweckt? Da war das vage Gefühl, dass jemand an die Tür geklopft hatte. Lauschend lag er da und starrte in die Dunkelheit.

Nach ein paar Sekunden klopfte es erneut.

Mit einem Ächzen rollte er sich aus dem Bett. Wer wollte um diese Zeit etwas von ihm? Mit seinem vernebelten Verstand hatte er schon die Hand an der Klinke, bevor ihm bewusst wurde, dass er noch immer völlig nackt war. »Moment!«, brummelte er, zerrte eine Boxershorts und ein T-Shirt aus dem Schrank und streifte beides über.

Als er die Tür einen Spalt breit öffnete, weiteten sich seine Augen.

»Isabelle!«, entfuhr es ihm.

Die Decke über dem Bett in Ethans Gästewohnung bestand aus weißen Paneelen, in die winzige, dimmbare Spots eingelassen waren. Nina hatte die Lämpchen so weit wie möglich heruntergedreht, und nach einer Weile begann sie, Sternbilder in den Lichtpunkten zu sehen. Seufzend legte sie sich auf die Seite und schloss die Augen. Wie viele Stunden versuchte sie jetzt schon zu schlafen?

Sie verzichtete darauf nachzuschauen.

So langsam und tief, wie sie konnte, atmete sie ein. Hielt die Luft an. Atmete wieder aus. Ein. Pause. Aus. Wie immer hielt sie das nur ein paar Minuten lang durch, dann wurde es ihr zu blöd, und das Gedankenkarussell, das sich in ihrem Kopf drehte, nahm wieder Fahrt auf.

Tom hatte wirklich extrem erschöpft geklungen, als er sie vorhin angerufen hatte. Am liebsten hätte sie ihn gefragt, ob sie kommen und sich um ihn kümmern sollte. Aber natürlich hatte sie es nicht getan. Da war schließlich immer noch dieser Ring an seinem Finger ... Mit einem unterdrückten Fluch griff sie nun doch nach dem Handy. Das Ladekabel war zu kurz, darum musste sie sich bis an den Rand der Matratze rollen, um einen Blick auf die Uhrzeit zu werfen.

Halb eins.

Seufzend drehte sie sich wieder auf den Rücken. Ihre Gedanken kehrten zu Tom zurück, dann zu Sylvie und zu der Frage, ob es ihnen gelingen würde, das Mädchen zu retten. »Verflixt nochmal!«, murmelte sie und schlug sich gegen die Stirn. Zehn Minuten später schickte sie eine Nachricht an Maren.

Schläfst du?

Offenbar. Im Gegensatz zu der Nacht in Bos Wohnung antwortete Maren diesmal nicht. Ob sie gerade bei Ethan war? So wie Nina ihre Freundin kannte, war das durchaus möglich. Sie dachte daran, wie die beiden ständig die Nähe des anderen suchten, aber auch dieser Gedanke wurde überlagert von der Erinnerung an Toms Augen. Dieser ernste Ausdruck in ihnen, der so gar nicht zu den Scherzen passte, die er ständig machte. Sie verschränkte die Arme hinter dem Kopf und starrte gegen die Lichtpunkte an der Decke.

Verdammt!

9

Samstag.

»Alter! Papa!« Sylvies Stimme drang hinter der Sauerstoffmaske hervor. Sie klang entsetzt und gleichzeitig fasziniert. »Wie siehst du denn aus?«

Tom schloss die Zimmertür hinter sich. Weil es schon immer am besten gewirkt hatte, seine Tochter durch Albernheiten abzulenken, machte er einen Buckel und schlurfte wie Quasimodo ein Bein nach sich ziehend auf ihr Bett zu. Der Schatten, der über Sylvies Gesicht huschte, machte ihm klar, dass dies vermutlich nicht der beste aller Scherze gewesen war. Er richtete sich auf und straffte sich. »Sieht schlimmer aus, als es ist.«

»Echt? Kann ich mir irgendwie nicht vorstellen.« Sie blinzelte mehrfach, und er wusste, sie wollte nicht, dass er die Tränen in ihren Augen sah. Sie war schrecklich bleich. »Dr. Heinemann hat mir erzählt, dass du unterwegs bist, weil du vielleicht eine neue Heilmethode für mich gefunden hast?«

Das klang, als sei er auf der Jagd nach einem seiner exotischen Lebensmittel, dachte er. Er nickte und klammerte sich an die Plastiktüte, die er in Händen hielt. Und an die Hoffnung, dass Nina und die anderen erfolgreich sein würden.

»Bist du dabei so verletzt worden?«, fragte Sylvie.

Was sollte er darauf antworten? Er zuckte mit den Schultern, und da lächelte sie wehmütig.

»Mein Papa, der Superhero! Ich kann echt nicht verstehen, warum Mama das nicht sieht.«

Statt darauf zu reagieren, zog er sich einen Stuhl ans Bett,

318

setzte sich aber noch nicht. Er wollte jetzt nicht über seine kaputte Ehe reden und schon gar nicht darüber, wie sehr Sylvie hoffte, dass er und Isabelle wieder zusammenkommen würden. »Superhelden taugen nicht besonders gut zum Familienvater«, sagte er so leichthin wie möglich.

»Du bist ein toller Vater, Paps!« Das Kompliment klang in seinen Ohren beängstigend, und darum zog er mit einem Lächeln das neueste Buch ihrer derzeitigen Lieblingsreihe aus der Plastiktüte und legte es auf den Nachttisch. Er hatte den Band eigens heute Morgen besorgt und die Plastikfolie, in die es eingeschweißt war, draußen auf dem Flur sorgfältig desinfiziert.

Sylvie betrachtete das Cover. »Danke!« Sie bemühte sich, begeistert zu wirken, aber es gelang ihr nicht so recht.

»Magst du die Reihe etwa nicht mehr?« Sein hellblauer Kittel knisterte, als er sich setzte.

»Doch! Doch, es ist nur ...« Sie presste die fahlen Lippen aufeinander. »Es ist nur so, dass ich mich kaum noch aufs Lesen konzentrieren kann«, sagte sie leise. Es fuhr ihm schmerzhaft durch die Brust, doch bevor er wieder Luft bekam, meinte sie: »Es wäre schön, wenn du mir was vorlesen könntest.«

Mit wundem Herzen nahm er das Buch zur Hand und schlug es auf. »Erstes Kapitel«, las er und musste sich räuspern, bevor er weitersprechen konnte.

Sylvie schloss die Augen. Ein fernes Lächeln glitt über ihre Lippen. »Mama hat mir die letzten Tage auch immer vorgelesen.«

Tom krampfte die Hände um die Seiten des Buches. Natürlich. Seine Frau hatte hier genauso verzweifelt gesessen wie er in diesem Moment. Er dachte an die vergangene Nacht, als Isabelle vor seiner Zimmertür gestanden und er sie angestarrt hatte. Daran, wie er hervorgestoßen hatte: »Woher weißt du, wo ich wohne?«

Sie hatte ganz kurz gelächelt, aber dann war das Lächeln einem Ausdruck von Schrecken gewichen. »Oh Gott, Tom!«, stieß sie hervor. »Wie siehst du aus?«

Er ließ sie ein, sie betrat das Zimmer und wandte sich zu ihm um. Sie wollte die Platzwunde in seinem Gesicht berühren, aber er drehte den Kopf zur Seite, und sie zuckte zurück, als habe er nach ihrer Hand geschlagen. »Die Polizei hat mir verraten, dass du in einer Pension wohnst. Na ja, und da ich weiß, welche Art von Etablissement du bevorzugst, habe ich einfach der Reihe nach ein paar angerufen und nach dir gefragt.«

»Okay«, sagte er gedehnt. Es fiel ihm schwer zu atmen. Die Mühe, die sie sich seinetwegen machte, berührte etwas in ihm. Darum gab er auch nach, als sie darauf bestand, ihn in eine Notaufnahme zu fahren und bei ihm zu bleiben, bis alle Untersuchungen abgeschlossen waren. Bis ein Arzt erklärt hatte, keine von Toms Verletzungen würde bleibende Schäden hinterlassen und auch die leichte Hornhautverletzung, die ihm die Prügel der Russen beschert hatte, würde wieder heilen. Zurück in der Pension, zu der Isabelle ihn zu allem Überfluss dann auch noch zurückfuhr, standen sie sich ein paar äußerst unbehagliche Sekunden lang gegenüber und sahen sich in die Augen. Und dann war es einfach passiert. Isabelle hatte ihn geküsst. Er hatte sie mit einem gierigen Ruck an sich gezogen, sie gegen die Wand gepresst und … von diesem Moment an erinnerte er sich nur noch an den Geruch von Isabelles Parfüm, an das Gefühl ihrer Haut unter seinen Händen, ihr Haar, das durch seine Finger rann … der Schweiß zwischen ihren Brüsten … Die vertraute Wärme ihres Körpers an seiner Seite, die die Albträume ferngehalten hatte …

»He, warum liest du gar nicht mehr?« Sylvies schläfrige Stimme ließ die Bilder zerstieben.

Er kehrte aus seinen Erinnerungen zurück in das Krankenzimmer, senkte den Blick auf das Buch und konzentrierte sich auf die Geschichte. Schon kurz darauf jedoch war Sylvie eingeschlafen, und er wachte an ihrem Bett, bis Isabelle kam. Die Begrüßung zwischen ihnen war kurz und so voller Befangenheit, dass Tom beinahe froh war, als seine Frau ihn bat zu gehen. Er verließ das Krankenhaus, schwang sich auf seine Crossmaschine und machte sich auf den Weg zu dem Start-up, dessen Adresse Nina ihm gestern Abend gegeben hatte. Als er vor dessen stylischen Empfangstresen trat, musste er der jungen Frau dahinter nicht sagen, zu wem er wollte, denn zufällig kam Nina genau in dieser Sekunde aus einem der Räume.

Als sie ihn sah, wurde sie blass. »Tom! Um Himmels willen!« Sie trat vor ihn hin, streckte die Hand nach seiner Wange aus, und anders als bei Isabelle drehte er bei ihr den Kopf nicht weg. Ein feines Kribbeln ging von ihren Fingerspitzen aus, als sie ihn berührte. »Haben die Russen dir das angetan?« Ihre Pupillen waren dunkel und so weit, dass er fürchtete hineinzustürzen.

»Sieht schlimmer aus, als es ist.« Seine Mundwinkel weigerten sich zu lächeln. Genau das Gleiche hatte er vorhin auch zu Sylvie gesagt.

»Red keinen Unsinn!« Nina wollte etwas hinzufügen, aber sie überlegte es sich anders. Sie schüttelte ihre Betroffenheit ab, und dahinter blitzte Eifer auf. »Komm!«, meinte sie. »Wir sind gerade dabei nachzusehen, ob die Phagen wirken!« Sie packte ihn am Arm und zog ihn zu einem der Labore, wo sie einen Laborkittel vom Haken nahm und Tom bat, ihn überzuziehen. Anschließend führte sie ihn in das Labor. Die Luft, die ihn umfing, war kühl und roch nach irgendwas Gekochtem. Kurz hatte Tom die Assoziation von Fleischbrühe. Lange Reihen gefliester Labortische teilten den Raum. Mehrere große Kühlschränke mit gläsernen Fronten flankierten die Tische. Ein Gerät summte in einem hohen Ton vor sich hin.

An einem der Labortische standen eine Frau, unter deren Kittel ein Kostüm hervorschaute, und ein sportlich wirkender blonder Mann, dessen gepflegter Vollbart rötlich schimmerte. Die Frau war dabei, mehrere übereinandergestapelte flache Schalen mit durchsichtigen Deckeln zu begutachten. Auf ihren Lippen lag ein zufriedenes Lächeln.

Als Tom und Nina sich näherten, stellte sie die Schale, die sie gerade in der Hand hatte, auf dem Labortisch ab. »Das sieht alles sehr gut aus, Nina!«

»Wirklich?« Nina strahlte.

Tom reckte den Hals. Der grüne Belag in den Dingern sah aus wie Götterspeise in der Farbe von Limettensorbet. Kleine, runde Papierstücke lagen darauf, und um sie herum hatten sich in dem Belag durchsichtige Kreise gebildet.

Nina zeigte darauf. »Das Grüne ist Sylvies Pseudomonas, auf dem Filterpapier befindet sich der Phagencocktail, mit dem wir die Kultur geimpft haben. Überall, wo du diese hellen Kreise siehst, haben die Phagen den Keim lysiert.« Sie bemerkte seine Irritation und ergänzte: »Das bedeutet, die Phagen zerstören die Bakterien.«

Hoffnung schoss Tom durch den Körper. »Heißt das …«

»Dass die Phagen gegen Sylvies Erregerstamm wirken, ja!« Ninas Augen leuchteten sehr viel intensiver, als er es für möglich gehalten hätte.

»Das sind gute Neuigkeiten«, murmelte er und fühlte sonderbarerweise auf einmal gar nichts mehr außer großer Betäubung.

Nina lachte auf. »Und was für gute Neuigkeiten!«

»Lasst uns realistisch bleiben!«, mahnte der bärtige Mann. »Das ist erst der Anfang. Wir haben noch viel zu tun.« Er wandte sich an Tom. »Sie müssen unser strahlender Held sein!« Er wirkte frisch und voller Energie, geradeso, als habe er sich kurz zuvor an einer Steckdose aufgeladen. Tom fand ihn unsympathisch. Ihn störte das Generöse in der Haltung des Mannes, seine selbstbewusste Herablassung, das strahlende, aber irgendwie aufgesetzt wirkende Lächeln.

»Zu viel der Ehre.« Er ergriff die ausgestreckte Hand des Mannes und erwiderte den eine Spur zu kräftigen Händedruck. »Tom Morell.«

»Ich weiß. Ethan Myers. Der Eigentümer all dieser kleinen,

hm, Spielsachen hier.« Er umschrieb das Labor und alles andere mit einer weit ausgreifenden Armbewegung.

Tom konnte sich des Eindrucks nicht erwehren, dass die Geste auch die Frauen mit einschloss. »YouGen«, sagte er. Myers grinste breit. »Ja. Ich wollte die Firma eigentlich My-Gen nennen, Sie verstehen schon, wegen Myers, aber dann dachte ich mir, wir forschen hier ja nicht für mich, sondern für die Menschen.«

Klar, dachte Tom. *Immer schön bescheiden bleiben. Genau so siehst du aus!* Aber weil hier vor ihm der Mann stand, der dabei mithalf, seiner Tochter das Leben zu retten, verbiss er sich eine spöttische Bemerkung und wandte sich der Frau im Kostüm zu. Auch sie reichte ihm die Hand. »Ich bin froh, dass es Ihnen gutgeht«, sagte sie. Er erkannte sie an der Stimme – und an der Platzwunde an ihrer Stirn, die man dreifach geklammert hatte.

»Dr. Conrad, oder?«, fragte er so überrascht, dass sie auflachte.

»So, wie Sie gucken, haben Sie nicht geglaubt, dass ich wirklich kommen würde.«

Er grinste schwach. »Ertappt!«

Bevor er es verhindern konnte, tätschelte sie seine Wange. »Glauben Sie mir: Selbst wenn Sie Nina nicht das Leben gerettet hätten, würde ich mich darum reißen, bei dieser Sache dabei zu sein. Wenn es uns nämlich gelingt, Ihre Tochter zu heilen – und die lysierten Bakterienrasen in diesen Schalen deuten darauf hin, *dass* uns das gelingen könnte –, dann ist es genau das, was Dr. Anasias gewollt hätte.« Sie war nicht ein bisschen peinlich berührt, dass er vor ihrer Berührung zurückgezuckt war. Sie tat einfach so, als sei es nie geschehen.

Tom wusste nicht, was er erwidern sollte, also sagte er: »Danke.« Und dann, nach einer kurzen, unbehaglichen Pause: »Wie geht es nun weiter?«

»Wir müssen noch ein paar Tests machen«, erklärte Maren. »Und wir experimentieren parallel schon mit der Aufreinigung der Phagen.«

»Aufreinigung?«

»Ja, damit wir Sylvie die Phagen intravenös verabreichen können, muss der Endotoxin-Level runter, sonst riskieren wir, dass Ihre Tochter mit einem septischen Schock reagiert.«

Tom war schon drauf und dran, erneut nachzufragen, wovon Maren sprach, aber Nina kam ihm zuvor. »So schlecht, wie es Sylvie zurzeit geht, müssen wir ihr die Phagen intravenös verabreichen, wenn sie wirken sollen. Intravenöse Phagen sind so was wie ein Heiliger Gral der Medizin, aber ihre Herstellung ist aufwändig und kostet Zeit.«

»Wieso?«, fragte Tom.

Nina lächelte. »Weißt du noch, was ich dir in der U-Bahn erzählt habe? Über Phagen und dass sie wie Viren agieren?«

Er nickte. »Phagen kapern Bakterien und manipulieren sie, sodass sie in ihrem Inneren so lange neue Phagen bauen, bis sie platzen.«

»Genau. Und wenn die Bakterien platzen, hinterlassen sie einen Haufen Müll: tote Zellwand-Bestandteile. Um die Phagen in hoher Dosis herzustellen, haben wir sie zusammen mit verschiedenen Pseudomonas-Stämmen in unseren Fermentern angesetzt.« Sie deutete auf einige silberne Säulen im Nachbarraum, die durch eine offen stehende Tür zu sehen waren und die in Toms Augen aussahen wie kleine Raketen. »Pseudomonas dient in diesen Fermentern also quasi als Futter für die Phagen. Das ist natürlich nur im übertragenen Sinne gemeint. Jedenfalls schwimmt in der Lösung außer unseren benötigten Phagen auch ein Haufen Zellmüll.«

»Die Endotoxine«, warf Tom ein.

»Genau. Die wollen wir natürlich Sylvie nicht mit spritzen, darum müssen wir sie erst aus der Lösung entfernen, und das dauert, weil wir nach den Arzneimittelvorgaben der Zulassungsbehörden vorgehen müssen.«

»Verstehe. Und wie lange genau wird das dauern?«

An dieser Stelle zögerte Nina, darum gab ihm Ethan die Antwort: »Im Grunde weiß keiner genau, wie rein die Phagen wirklich sein müssen, um intravenös verabreicht zu werden. Je höher der Reinheitsgrad, desto besser natürlich! Better safe than sorry or dead!« Er sah Tom direkt in die Augen bei dem letzten Satz.

Tom kam um eine Antwort herum, weil Ninas Handy klingelte.

Nina verspürte eine seltsame Erleichterung, dass sie das Labor kurz verlassen konnte, um den Anruf anzunehmen. Der Anblick von Toms Blessuren hatte sie stärker mitgenommen, als sie sich eingestehen wollte. Und die Tatsache, dass keiner von ihnen wusste, ob sie mit der Aufreinigung der Phagen schnell genug sein würden, um Sylvie wirklich das Leben zu retten, fühlte sich an wie ein Stachel in ihrem Herzen. Es war ein nahezu unerträglicher Gedanke, dass sie Sylvie vielleicht doch noch verloren, obwohl sie mit Georgys Phagencocktail das Mittel in der Hand hielten, um sie zu retten.

»Falkenberg!«, meldete sie sich.

»Frau Dr. Falkenberg, hier ist Kommissarin Tina Voss. Wo sind Sie gerade?«

Nina hob den Blick und schaute direkt auf das Bedard-Gemälde mit den Politikerköpfen hinter dem Empfangstresen. »In einem Labor«, antwortete sie ohne zu zögern. »YouGen. Warum?«

Kommissarin Voss schwieg einen Augenblick lang. »Ich würde gern noch einmal mit Ihnen sprechen. Um ehrlich zu sein: Ich könnte Ihre Expertise gebrauchen. Gibt es eine Möglichkeit, einen Videocall zu machen? Ich muss Ihnen was zeigen.«

»Natürlich.«

Gleich darauf saß Nina in einem Besprechungsraum vor ihrem Notebook, auf dem das Gesicht der Kommissarin zu sehen war. Voss hielt ihr zwei Laborberichte vor die Kamera, bei denen sie die Fallnummer und Namen abgedeckt hatte, sodass Nina nur die reinen wissenschaftlichen Fakten lesen konnte. Sie studierte beide Berichte. »Der eine besagt, dass die Proben, die untersucht wurden, mit Listerien verseucht waren. Bei dem anderen sind es Salmonellen.«

»Salmonellen sind weniger gesundheitsgefährdend als Listerien, oder?«

Diesmal hatte Nina den Eindruck, dass die Kommissarin sie testete. Hatte sie deshalb einen Videocall vorgeschlagen? »Es geht um die Anschläge in den beiden Altenheimen, nicht wahr?«, sagte sie Voss auf den Kopf zu.

»Ja.« Voss seufzte. »Also gut. Was wir uns fragen, ist: Warum verwendet der Attentäter bei seinem ersten Anschlag potenziell gefährlichere Erreger als beim zweiten? Gewöhnlich gehen Terroristen so vor, dass ihre Taten immer schlimmer werden, um die maximale Wirkung zu erzielen.«

»Darf ich die Berichte nochmal sehen?«

»Natürlich.« Voss hielt die beiden Blätter erneut in die Kamera.

Nina betrachtete beide jetzt genauer. »Er hat zuerst die Listerien eingesetzt?«

»Ja. Wir fragen uns, warum so harmloses Zeug und nicht Ebola oder so.«

»Oh«, meinte Nina. »So harmlos, wie Sie denken, sind die beiden Erreger nicht. Beide Bakterienstämme zeigen Multiresistenzen gegen die gängigen Antibiotika. Und was Ihre Eskalation angeht: Ihr Attentäter hat den zweiten Anschlag tatsächlich mit einem gefährlicheren Stoff durchgeführt, weil Salmonellen zu der Gruppe der gramnegativen Erreger gehören.«

»Ja, das habe ich gelesen. Können Sie mir erklären, was das genau bedeutet?«

Nina nickte. »Natürlich. Bakterien unterscheiden sich in grampositive und gramnegative. Erinnern Sie sich? Wir haben schon einmal kurz darüber gesprochen. Sie müssen sich das so vorstellen: Bei der Analyse im Labor werden die Bakterien mit der sogenannten Gram-Färbung blau eingefärbt, damit man sie unter dem Mikroskop besser untersuchen kann. Vereinfacht gesagt: Je nach Aufbau der Zellwände lassen sich Bakterien besser oder schlechter einfärben. Die, die sich gut blau färben lassen, nennt man grampositiv, die, die die Farbe nur schlecht annehmen, gramnegativ. Sie erscheinen unter dem Mikroskop rötlich. Das Ergebnis ist wichtig, um die Wirksamkeit von Antibiotika einzuschätzen. Die Zellwände von grampositiven Bakterien sind gut durchlässig für Antibiotika. Gramnegative Bakterien sind sehr schwer zu bekämpfen, da ihre Zellwand so anders aufgebaut ist – dagegen gibt es also viel weniger verfügbare Antibiotika als gegen grampositive.«

»Aha.« Voss brauchte einen Moment, um die Informationen für sich zu sortieren. »Das heißt also, Prometheus hat sich doch gesteigert in der Wahl seiner Waffen?«

»Ja. Er hat sich von noch gut bekämpfbaren resistenten Bakterien zu einem multiresistenten gramnegativen Erreger gesteigert.« Nina fröstelte, während sie das sagte.

Voss sah sie schweigend an, und auf einmal war Ninas Eindruck, sie würde hier auf den Prüfstand gestellt, völlig weg. Offenbar hatte sie gerade wirklich irgendeinen Test bestanden.

»Wenn Sie einen Tipp abgeben müssten«, fragte Voss, »was, glauben Sie dann, ist der nächste Schritt von Prometheus?«

»Ich habe keine Ahnung. Ein Erreger vielleicht, gegen den wir nichts mehr in der Hand haben, also ein pan-resistentes Pathogen?«

Diesmal war es Voss, die schauderte. »Es scheint ihm aber wohl nicht primär um das Töten zu gehen«, sagte sie. »Ich habe mich erkundigt: Nach dem Anschlag in St. Anton mussten zwei der Bewohner auf die Intensivstation, aber es ist gelungen, sie zu retten. Und die Salmonellen in dem zweiten Altersheim hat er nicht eingesetzt, sondern sie uns nur provokant oben auf einen Wasserspender gelegt.«

»Klingt, als wolle er Ihnen zeigen, dass er töten *könnte*.«

»Das ist auch unsere Vermutung.«

»Multiresistente Salmonellen sind keine Allerweltsware, die man im Kaufhaus kriegt«, sagte Nina. »Wenn Sie mich fragen, weist das auf jemanden hin, der im Forschungsumfeld unterwegs ist und mikrobiologische Expertise hat.«

»Was für eine Ausrüstung braucht man, um dieses Zeug in ausreichender Menge herzustellen?«

»Ein gut ausgerüstetes Labor der Sicherheitsstufe zwei. Dann Clean-Benches, das sind Labortische, an denen man unter sterilen Bedingungen arbeiten kann, Mikroskope, Brutschränke, Kulturmedien für die Anzucht …« Ninas Stimme verebbte. Während sie die Dinge aufzählte, starrte sie gegen die Wand des Besprechungsraumes, und ihr wurde bewusst, dass sich direkt dahinter – in den Laboren von YouGen – all die Dinge befanden, von denen sie hier gerade sprach.

»Hey!« Ben Schneider steckte einen leicht verstrubbelten Kopf durch den Spalt der Bürotür. »Hab ich mir doch gedacht, dass du kein Wochenende machst. Hast du mal 'ne Minute?« Er wedelte mit dem Ausdruck eines Fotos, das einen blonden Mann mit rötlichem Bart, Surferblick und unnatürlich weißem Lächeln zeigte.

»Klar«, sagte Voss nicht besonders enthusiastisch. Sie stand vor der Wand mit den Fotos und Ermittlungsergebnissen des Prometheus-Falles und starrte schon seit einer Weile diesem Jegor in die unheimlichen Augen. Das Gespräch mit Dr. Falkenberg soeben hatte ihr Magenschmerzen bereitet. Die Vorstellung, dass Prometheus da draußen hockte und seinen nächsten Schritt mit einem weiteren resistenten Zeug plante, war unheimlich.

Was, wenn er sich entschied, das richtig gefährliche Zeug auszupacken und einzusetzen?

Ein pan-resistentes Pathogen, hatte Frau Falkenberg gesagt ...

»Ui. Du sprühst ja vor Begeisterung.« Ben betrat den Raum und strahlte dabei so sehr, dass Voss die Nase rümpfte.

»Hör auf, so ekelig energiegeladen zu sein, und sag lieber, wer der Typ auf deinem Foto ist!«

»Wie wäre es mit einem Verdächtigen?« Er gab ihr das Foto, stellte sich breitbeinig hin und verschränkte die Arme vor der Brust.

»Echt? Wer? Warum?« Sie wandte sich von Jegor ab und starrte stattdessen dem Mann auf Bens Bild in das lachende Gesicht.

Ben grinste. »Ich habe mal ein bisschen recherchiert, was man braucht, um diese beiden Bakterienkulturen herzustellen. Neben mikrobiologischem Expertenwissen ist das vor allem die Möglichkeit, an solch gefährliches Zeug ranzukommen.«

Genau das Gleiche hatte eben auch Dr. Falkenberg gesagt, dachte Voss. Vor ihrem Anruf hatte sie die Frau auf Herz und Nieren durchleuchtet und keinerlei Hinweise darauf gefunden, dass sie irgendwie mit Prometheus zusammenhing. Aber trotzdem hatte sie Nina Falkenberg ins Gesicht sehen wollen, während sie mit ihr sprach. Und während sie das getan hatte, war sie von Sekunde zu Sekunde sicherer gewesen, dass sie ihrem Gefühl vertrauen konnte: Diese Frau hatte nichts mit Prometheus zu tun. Zufrieden hörte Voss zu, was Ben zu sagen hatte.

»Die Spezialisten vom Labor meinen, wir suchen jemanden, der ein Studium der Mikrobiologie oder Biochemie hat. Und Zugang zu einem Sicherheitslabor mit der entsprechenden Ausrüstung.« An dieser Stelle reckte er den kleinen Finger in die Höhe. »Das wären die Mittel, diese Anschläge zu begehen.« Er klappte den Ringfinger neben dem kleinen hoch. »Das Motiv ist klar, weil es aus unserem Bekennervideo hervorgeht: Wir haben es mit ganz klarem Ökoterrorismus zu tun. Ich habe mir also das Ding nochmal angesehen und es auf Tonfall und Wortwahl untersucht, dabei hat sich rausgestellt, dass beides mit dem Duktus korrespondiert, den die Pandemic Fighters gewöhnlich haben.«

»Prometheus stammt aus den Reihen der Fighters«, murmelte Voss. Dieser Gedanke lag nahe, und natürlich war er ihr auch schon gekommen. »Aber damit laufen wir direkt vor eine Wand, schließlich sind die Fighters eine Riesenorganisation.«

»Stimmt. Darum habe ich mich auf Punkt drei aus dem Handbuch des kleinen Ermittlers konzentriert. Die Gelegenheit.« Er klappte kleinen und Ringfinger wieder ein und stieß stattdessen den Zeigefinger wie ein Ausrufezeichen in die Luft. »Erst dachte ich, das bringt nichts, schließlich kann jeder einigermaßen unbehelligt in ein Altersheim marschieren und da sogar in die Küche, wie unser guter Jegor ja eindrucksvoll bewiesen hat. Aber einen Punkt habe ich dann doch gefunden, an dem ich ansetzen konnte. Die Botschaft, die Prometheus in der Hochisolierabteilung der Charité hinterlassen hat.«

Dieser erste A4-Zettel, dachte Voss, der am Anfang dafür gesorgt hatte, dass die Polizei in dieser Sache überhaupt ermittelte. Gespannt wartete sie, wie es nun weiterging.

»Ich habe einen kleinen Algorithmus geschrieben, der einen Abgleich verschiedener Datenbanken und Adresspools macht. Das war ein bisschen kompliziert, weil Biowissenschaftler offenbar keine eigene unabhängige Interessenvertretung haben und es mehrere Berufsverbände gibt, in denen sie sich organisieren können. Aber letztendlich war es kein allzu großes Problem, deren Mitgliederverzeichnisse abzugleichen mit den Namen von Leuten, die in der letzten Zeit für die Fighters in die Öffentlichkeit getreten sind. Das wiederum habe ich – Tusch, bitte! – abgeglichen mit jenen Personen, die in den letzten Wochen irgendwie Zutritt zur Hochisolierstation der Charité hatten.«

Je länger Ben redete, umso kribbeliger wurde Voss. Sie wandte sich jetzt endgültig von ihrer Fallwand und dem Foto Jegors ab.

»Und? Wie viele Namen hast du bekommen?«

»Einen.« Er deutete auf das Foto in ihrer Hand.

Voss spürte, wie sich ein Grinsen nun auch auf ihrem Gesicht ausbreitete. »Wie heißt der Typ?« Sie konnte die Ungeduld in ihrer Stimme hören.

»Ethan Myers«, sagte Ben. »Er leitet eine Biotech-Firma hier in Berlin.«

Nachdem Ben ihr den Namen genannt hatte, folgte Voss ihm in sein Reich. *In seine Höhle*, dachte sie, als sie sich in dem weitläufigen Kellerraum umsah, in dem Bens technische Abteilung residierte. Alles war mit Regalen vollgestellt, in denen sich elektronische Geräte, Kabel und Anschlüsse aller Arten knäuelten. Mehrere leistungsstarke Rechner liefen, und an zweien davon arbeiteten Männer, die nicht einmal aufsahen, als Voss sie grüßte.

In der Luft lag der süße, aber künstliche Geruch von Kirschen, und Voss wusste nicht, ob er von dem Energydrink kam, den einer von Bens Kollegen trank, oder aus der Teetasse auf Bens Schreibtisch.

Ben warf sich auf einen ausladenden Gamingstuhl und tickte die Maus neben seiner Tastatur an. Zwei Monitore, beide zusammen ungefähr so groß wie die Grundfläche von Voss' Badezimmer, erwachten zum Leben. Auf dem rechten erschien das Foto, das Voss schon kannte: Ethan Myers, blond, vollbärtig, strahlend.

»Da haben wir ihn«, murmelte Ben. Mit dem Fuß schob er Voss einen Stuhl zu, wartete, bis sie sich gesetzt hatte, und begann dann zu referieren: »Ethan Myers, Inhaber eines 2016 gegründeten Biotech-Start-ups namens YouGen. Geboren 1981 in Dallas als Sohn eines Immobilienmaklers und einer deutschstämmigen Labortechnikerin. Mit seiner Mutter im Alter von acht Jahren nach Deutschland gekommen, als die Eltern sich scheiden ließen. Mittelmäßiger Schüler. Den Informationen auf der YouGen-Website zufolge hat er sein Faible für die Mikrobiologie erst spät entdeckt, es dann aber innerhalb von wenigen Jahren zu wahrer Genialität auf diesem Sektor gebracht.«

Voss beugte sich vor, um mitzulesen. »Was genau machen sie bei YouGen?«

»Hauptsächlich hochinnovative Antibiotikaforschung, Zeug, das seltsamerweise nicht viel einbringt, weswegen ein gewisser Frederic von Zeven offenbar eine Menge Geld in seine Firma gepumpt hat. Wenn ich diesen ganzen Biotech-Kram richtig verstanden habe, ist YouGen spezialisiert auf die gentechnische Veränderung von Mikroorganismen, macht aber auch Laboruntersuchungen für mehrere Krankenhäuser in der Stadt.«

»Er hätte also wirklich die Mittel und das Know-how für die Anschläge.«

»Definitiv!« Ben holte ein anderes Fenster in den Vordergrund. Es zeigte mehrere Zeitungsausschnitte und Internetartikel. Auf jedem war Myers Gesicht zu sehen. »Das sind alles Berichte darüber, wie Myers sich für die Pandemic Fighters einsetzt. Wenn man seiner Geschichte Glauben schenken kann, dann hat von Zeven ihn noch auf der Uni entdeckt und sein Potenzial erkannt und gefördert.«

»Von Zeven, das ist dieser Großindustrielle, der eine Tochter verloren hat und danach zum Philanthropen wurde, oder?«

»Genau. Emma von Zeven ist im Alter von neun Jahren an den Folgen einer Infektion mit einem MRSA-Keim gestorben. Danach hat ihr Vater große Teile seines Vermögens in die Erforschung von Strategien gegen Antibiotikaresistenzen gesteckt.«

»Könnte von Zeven selbst Prometheus sein?«

»Er hat keinerlei naturwissenschaftliche oder medizinische Expertise. Möglich natürlich, dass er der Finanzier des Ganzen ist, das musst du rausfinden. Dürfte aber vermutlich nicht einfach sein, an den Kerl ranzukommen. Er ist extrem gut vernetzt in die allerhöchsten politischen und wirtschaftlichen Kreise. Der hetzt dir ein Dutzend Anwälte auf den Hals, wenn du auch nur in seiner Nähe auftauchst.«

Voss rümpfte die Nase. Wie sie solche Typen hasste! »Konzentrieren wir uns erstmal auf Myers. Was muss ich noch über den Typen wissen?«

»Ich konnte einige Verbindungen zwischen ihm und Max Seifert finden. Offenbar kennen die beiden sich gut.«

»Okay.« Im Grunde hatte sie damit mehr, als sie brauchte, um diesem Myers einen Besuch abzustatten. Sie stand auf. »Danke!«

»Ich schicke dir alles, was ich habe«, versprach Ben.

Voss bedankte sich erneut. »Passt auf, dass ihr nicht quadratische Augen kriegt, Jungs!«, riet sie den beiden anderen Computerspezialisten. Nur einer von ihnen reagierte überhaupt darauf. Ohne den Blick von seiner Arbeit abzuwenden, zeigte er Voss den Mittelfinger.

Lachend verließ sie Bens Höhle. Auf dem Weg zurück in ihr Büro klingelte ihr Handy.

Runge war dran. »Morells SIM-Karte hat uns tatsächlich zu einem Gewerbegebiet geführt. Leider keine Spur von unserem Jegor, dafür haben die Kollegen von der Streife eine Leiche gefunden.«

Obwohl die Sonne durch die Fenster des Abbruchhauses fiel, hatten die Tatortermittler starke Lampen aufgestellt, die die Szene beleuchteten. Das Licht ließ das Blut auf dem Boden unecht und grell aussehen und alle anderen Farben ringsherum fahl. Die Gegenstände warfen scharf konturierte schwarz-weiße Schatten. *Fast wie in einem Frank-Miller-Comic*, dachte Voss.

Der metallische Geruch in der Luft prickelte auf ihrer Zunge wie Batteriesäure. Sie schluckte mehrmals, während sie erst den Toten betrachtete und mit dem Blick dann der breiten Schleifspur folgte, die aus diesem Zimmer hinaus und rüber in ein anderes führte.

»Sie haben die Leiche von einem Raum in einen anderen gezogen«, erklärte einer der Tatortermittler. »Warum auch immer.«

»Genau wie Morell ausgesagt hat«, murmelte Runge. Er stand neben Voss und betrachtete den Tatort mit zusammengekniffenen Augen.

Alles war so, wie Morell es ihnen erzählt hatte, korrigierte Voss in Gedanken. *Jedes einzelne Detail.* »Demnach ist das also hier Victor.« Sie kniete sich neben den Toten und blickte ihm ins Gesicht. Der Mann war durchschnittlich groß und schwer gewesen. Seine Haut sah aus wie Wachs. »Was glaubst du, warum die ihn erschossen haben?«

Runge zuckte mit den Schultern. »Morell meint, dass sie sich über die Vorgehensweise nicht einig waren. Der Typ, den er Jegor genannt hat, scheint beschlossen zu haben, den Platz als Anführer zu übernehmen.«

»Victor«, murmelte Voss. Der leere Blick des Toten war auf etwas gerichtet, das sie lieber nicht ergründen wollte. Mit einer federnden Bewegung stand sie auf.

Ein Mann von der Rechtsmedizin, der zurückgewichen war, als Voss und Runge den Tatort betreten hatten, räusperte sich vernehmlich. »Kann ich weitermachen?«

»Todeszeitpunkt?«, fragte Runge.

»Soweit ich es bis hierhin sagen kann, vor mindestens zwei Tagen. Aber das ist nur eine grobe Schätzung, die auf dem Grad der beginnenden Verwesung basiert.«

Zwei Tage. Auch das schien mit Morells Aussagen übereinzustimmen. Voss unterdrückte ein Seufzen.

»Sehen wir uns den Wagen an?«, fragte Runge.

Eine Minute später standen sie Seite an Seite im Innenhof des Gewerbegebietes, wo ein dunkelroter Van unter den ausladenden Ästen einer alten Linde geparkt stand. Auch hier waren bereits die Kollegen vom Erkennungsdienst dabei, Fotos zu machen und Spuren zu sichern.

Eine ganz in einen weißen Schutzanzug gehüllte Frau trat vor sie hin. »Wir haben Blut auf der Ladefläche gefunden.«

Runge bedankte sich für die Information und hörte sich an, was die Ermittlerin noch zu sagen hatte, während Voss sich den Wagen genauer ansah. Es war eindeutig jener, den sie auf dem Video der Dashcam gesehen hatten. Also gehörte das Blut darin vermutlich Morell. Sie würden ihn um eine DNA-Probe zum Abgleich bitten müssen.

»Dass sie den Wagen hier stehen gelassen haben, bedeutet das, dass sie jetzt mit einem anderen unterwegs sind?«, fragte Runge.

Vermutlich, dachte Voss. Sie wandte sich an den Kollegen von der Streife, der als Erster am Leichenfundort gewesen war. Es war ein gestandener Polizist in den Fünfzigern, den Voss schon bei früheren Fällen ab und an getroffen hatte. Sein Name war Stefan Zweig, das wusste sie noch, weil er sich ihr damals mit den Worten »Sie verstehen schon? Schachnovelle?« vorgestellt hatte.

»Schon klar«, hatte sie erwidert. Jetzt wandte sie sich an den Mann. »Haben wir irgendwelche Zeugen? Ein Nachbar, der vielleicht in der Nacht von Mittwoch auf Donnerstag etwas Ungewöhnliches gesehen oder gehört hat?«

Zweig schüttelte den Kopf. »Hier in der Gegend wohnt niemand – abgesehen vielleicht von Ratten und ein paar Hasen.« Er schnaufte. Seine Gesichtsfarbe sah nach nahendem Herzinfarkt aus. »Aber wir haben die Aussage eines Obdachlosen. Der Mann hat ausgesagt, dass die Typen, die mit dem Van gekommen sind, noch einen anderen Wagen hatten, so einen dunkelblauen BMW, offenbar allerneuestes Modell. Das Kennzeichen lautet, Moment ...« Er zog einen Zettel aus der Uniformtasche und las ein Berliner Kennzeichen davon ab.

Vielleicht half ihnen das ja weiter. »Geben Sie den Wagen zur Fahndung raus!«, befahl Voss.

Gelangweilt warf Misha den Kopf gegen die Nackenstütze des gestohlenen BMW und fluchte leise vor sich hin. Über den leeren Beifahrersitz hinweg starrte er auf das Gebäude der Tankstelle in der Nähe des Schönefelder Sees, die Jegor angesteuert hatte.

Wie lange war der Kerl jetzt schon in diesem elenden Laden? So lange konnte es doch nicht dauern, pinkeln zu gehen!

»Mann!«, murmelte Misha, umklammerte das Lenkrad und rüttelte daran. »Mach hin, Alter!«

Immer wieder zog es seine Gedanken zurück zu der Antiquarin, zu der Sekunde, als sie die näher kommenden Martinshörner gehört und Jegor, ohne zu zögern, abgedrückt hatte … Misha schluckte. Es war eins, einem alten Knacker wie Anasias mit dem Messer ein paar Informationen aus dem Leib zu kitzeln, aber diese zierliche, ältere Dame rücklings stürzen zu sehen, mit einem kreisrunden Loch in der Stirn, hatte etwas mit ihm gemacht. Mehr sogar noch als Victors Hinrichtung, die schon ein Schock gewesen war.

Seit Jegor die Antiquarin getötet hatte, fror er.

Vielleicht sollte er einfach den Motor anlassen und von hier verschwinden, bevor der Mistkerl wiederkam! Er legte die Hand auf den Startknopf des Wagens, doch dann ließ er sie wieder sinken.

Weitere Minuten verstrichen.

Der Wagen war nagelneu. Er roch nach Fabrik. Tief sog Misha das Aroma von Geld und Macht ein. Früher hatte er oft davon geträumt, sich so eine Karre leisten zu können. Irinas beeindruckte Miene zu sehen, wenn er damit bei ihr zu Hause vorfuhr. Ihr Bruder, dieser arrogante Schnösel, würde dann nicht mehr behaupten, dass Misha ein Versager war. Misha fuhr sich mit der Zunge über die Zähne und stellte sich Irinas schlanke Taille und ihre kleinen, festen Brüste vor. Das Bild vertrieb für einen Augenblick das der toten alten Frau, also hielt er sich daran fest.

Leise summte er das Lied, das er und Irina früher immer gehört hatten – damals, als sie noch Teenager gewesen waren und in seinem Kinderzimmer auf dem Bett geknutscht hatten. Mit einem Lächeln registrierte er, dass er einen Steifen kriegte. Er zog sein Handy aus der Tasche. Er hatte eine Playlist mit all den alten Titeln seiner wilden Zeit darauf, und nach ein bisschen Scrollen fand er das Lied. Als er es ablaufen ließ, klang die Musik aus dem kleinen Lautsprecher des Telefons allerdings blechern. Gar nicht so, wie er sie in Erinnerung hatte. Er knirschte mit den Zähnen. Sein Blick fiel auf das Radio, das wie in jedem modernen Auto eine Bluetooth-Schnittstelle hatte.

Sollte er?

Was konnte es schon schaden?

Er schaltete das Radio ein, und als er die Bluetooth-Einstellungen seines Handys aufrief, zeigte es ihm das neu erkannte Gerät sofort an. Er klickte auf *Connect*.

Auf dem blau leuchtenden Display des Radios erschienen Worte in deutscher Sprache. Misha starrte verständnislos auf die fremden Buchstaben. Selbst russische Schrift konnte er nur mühevoll lesen, laut Irinas Bruder war das der Beweis dafür, dass er ein Schwachmat war. Aber er war nicht dumm, nur weil er eine Leseschwäche hatte! Er kam sogar ganz gut zurecht, denn er hatte sich ein paar Strategien zurechtgelegt.

Die Symbole auf dem Monitor waren die gleichen wie zu Hause in Russland. Grüner Haken für *Annehmen*. Rotes Kreuz für *Ablehnen*.

Kurz schwebte Mishas Finger über dem grünen Haken, doch erneut zögerte er. Besser, er ließ die Finger von dieser Sache. Wer wusste schon, was dieses dämliche Auto ihn da gerade fragte? Er schaltete das Radio wieder aus und begnügte sich mit dem blechernen Ton des Handylautsprechers. Leise summte er mit und rieb sich dabei mit der Hand verträumt über den Schritt.

Er hatte das Lied zweimal durchlaufen lassen, und sein

Schwanz war kurz vor dem Platzen, als Jegor endlich wieder aus der Tankstelle trat. Er hatte sein Telefon am Ohr und im Gesicht diesen konzentrierten, etwas unterwürfigen Ausdruck, den er nur bekam, wenn er mit ihren Auftraggebern redete.

Eilig nahm Misha die Hand aus der Hose und stoppte die Playlist. Auf keinen Fall wollte er, dass Jegor auch nur einen Ton von Irinas Lieblingslied hörte.

Jegor blieb neben dem Wagen stehen und beendete das Gespräch. Dann öffnete er die Beifahrertür und glitt auf den Sitz. »Wir sind raus aus der Sache«, erklärte er.

Misha runzelte die Stirn. »Wir haben weder das Buch noch …«

»Halt's Maul!« So heftig fuhr Jegor ihn an, dass Misha erschrocken den Mund zuklappte.

»Schon gut! Was also jetzt?«

»Jetzt fahren wir zum Flughafen«, sagte Jegor. Er steckte das Handy weg, während Misha den Wagen startete. Als Misha auf der Beschleunigungsspur Gas gab und wieder auf die Autobahn fuhr, fiel Misha auf, dass Jegor die Hand noch nicht wieder aus der Tasche gezogen hatte.

Er dachte sich nichts dabei.

Anderthalb Wochen später. Dienstag.

10

Voss kam gerade von ihrer morgendlichen Joggingrunde, als ihr Handy klingelte.

Ben war dran. »Guten Morgen. Du klingst, als wärest du einen Marathon gelaufen.«

Voss atmete durch. »Nur zehn Kilometer.« Sie war auf dem Weg zum Kühlschrank, um sich eine Wasserflasche rauszunehmen.

»Irgs«, machte Ben. »Und das vor dem Dienst!«

Voss warf einen Blick auf die Küchenuhr. Es war erst halb sieben. Wieso zum Henker war Ben schon bei der Arbeit? »Schläfst du eigentlich in deiner Höhle, oder was?«

»Nö, wieso?«

»Egal! Du hast mich bestimmt nicht zu Hause angerufen, weil du mit mir über die Vorzüge von Sport reden willst, oder?«

»Stimmt. Ich habe was für dich – Moment!« Ein schrilles Piepsen ertönte, und Ben knallte den Hörer auf die Tischplatte. »Bin gleich wieder da!«, hörte sie ihn rufen.

Kopfschüttelnd nahm sie einen Schluck von dem eiskalten Wasser, während sie wartete, bis Ben wieder an den Apparat kam. Der Durchbruch, an den sie alle nach der Ermittlung von Ethan Myers und dem Auffinden des roten Vans samt Victor Wolkows Leiche geglaubt hatten, war keiner gewesen. Im Gegenteil. Danach waren ihre Ermittlungen ins Stocken geraten. Weder hatten sie eine Spur von dem neuen Fluchtwagen der Täter gefunden, diesem blauen BMW, noch war es ihr gelungen, Ethan

339

Myers eine Verbindung zu den Attentaten nachzuweisen. Das Gespräch, das sie mit dem Mann geführt hatte, war nicht nur unergiebig, sondern darüber hinaus auch äußerst unerfreulich gewesen. Myers hatte auf der Stelle seine freundlich-unverbindliche Attitüde abgelegt, als ihm klar geworden war, dass er verdächtigt wurde, etwas mit Prometheus zu tun zu haben. Dass er das Wissen und die Geräte für solche Anschläge hatte, war kein Beweis für seine Täterschaft, ebenso wenig wie sein Engagement für die Pandemic Fighters. Auch beides zusammen, das hatte er ihr überaus selbstsicher und kühl klargemacht, sagte nicht das Geringste aus. Womit er natürlich recht hatte. Und sogar für seinen Zutritt zur Hochisolierstation des zur Charité gehörenden Loring-Klinikums hatte er eine gute Erklärung gehabt. Wie es aussah, machte sein Labor mikrobiologische Diagnosen für dieses Krankenhaus, und manchmal fuhr er selbst dorthin und holte Probenmaterial ab. Als Voss ihn bewusst provokant gefragt hatte, warum er als Geschäftsführer von YouGen solche Botengänge selbst machte, hatte er maliziös gelächelt. »Weil ich an diesem Tag eine Besprechung mit der Klinikleitung hatte«, hatte er gesagt. »Da erschien es nur folgerichtig, die Proben gleich mitzunehmen und keinen meiner Mitarbeiter dafür von seiner Arbeit abzuziehen.«

Am Ende dieses frustrierend unergiebigen Verhörs hatte Voss Myers unverrichteter Dinge ziehen lassen müssen. Seitdem waren anderthalb Wochen vergangen.

Zum Glück hatte es keine weiteren Anschläge gegeben, was einerseits natürlich gut war, ihr auf der anderen Seite aber auch keine neuen Ansatzpunkte lieferte. Tannhäuser hatte auf ihr Drängen hin eine Handvoll Leute zur Verfügung gestellt. Voss hatte zusammen mit dem Team alle auch nur indirekt mit dem Fall in Verbindung stehenden Personen erneut befragt, darunter auch Max Seifert, der ihnen von sich aus eine Liste seiner Kontakte zu den Pandemic Fighters gegeben hatte. In akribischer

Kleinarbeit hatten sie jeden einzelnen Namen auf dieser Liste überprüft, aber niemanden gefunden, den sie nachweislich mit den Anschlägen in Verbindung bringen konnten. Auch die Suche nach anderen Motiven für die Terroranschläge – hohe Schulden, radikal-nihilistische Weltsicht, Kontakte in gewaltbereite Milieus von ganz rechts bis ganz links und sogar in die islamistische Szene – hatte nichts ergeben, aber das war Voss sowieso von vornherein klar gewesen. Die beiden Bekennervideos wiesen viel zu deutlich auf eine Herkunft der Täter aus Fachkreisen hin.

Voss selbst hatte mehrfach versucht, an diesen Frederic von Zeven ranzukommen, auch das bisher völlig aussichtslos. Entweder er ließ sich von seiner Sekretärin verleugnen, oder aber der Mann war wirklich extrem umtriebig. Jedes Mal, wenn Voss vorstellig wurde, hieß es, von Zeven sei sehr beschäftigt und werde sich auf jeden Fall melden.

Was nichts anderes bedeutete als: *Lecken Sie uns gepflegt am Arsch* … Mit einem krachenden Geräusch nahm Ben endlich den Hörer wieder auf und riss Voss damit aus ihren Gedanken.

»Sorry, musste da eben nur einen Algorithmustestlauf für was anderes checken. Wo war ich? Ach so, ja: Sieht so aus, als hätten wir den Wagen gefunden, den deine drei Russen kürzlich geklaut haben.«

»Den BMW?« Voss stellte die Flasche auf die Arbeitsplatte und lehnte sich gegen den Kühlschrank. Der Schweiß an ihrem Rücken begann zu trocknen und juckte auf ihrer Haut.

»Ja. Hat auf einem abgelegenen Parkplatz am Flughafen gestanden, darum wurde die Flughafenaufsicht erst aufmerksam, nachdem das Parkticket abgelaufen war. Und jetzt halt dich fest!« Ben machte eine seiner üblichen dramatischen Pausen. »Ich habe das selbst gerade erst erfahren, aber im Kofferraum lag eine weitere Leiche! Tod durch aufgesetzten Kopfschuss, genau wie bei allen anderen. Nur dass bei diesem Typ auch noch etliche schwere stumpfe Traumata und Knochenbrüche festgestellt wurden. Sieht ganz so aus, als hätte da jemand gehörig Frust abgelassen, bevor er dem Kerl das Licht ausgeblasen hat.«

Das Jucken zwischen Voss' Schulterblättern wurde zu einem Kribbeln. »Die Waffe?«

»Vermutlich die gleiche wie bei der Antiquarin. Die Kollegen haben den Toten als einen gewissen Michail Rassnow identifiziert. Warte, ich schicke dir sein Foto auf das Handy.«

Es piepste. Voss rief das Foto auf. Es zeigte ein Gesicht, das wohl ehemals gut ausgesehen hatte, feingeschnittene Züge. Bürstenhaarschnitt. Die Augen waren hellblau und leer.

»Man kann das auf dem Foto nicht sehen«, warf Ben ein, »aber der Typ ist riesig! Zwei Meter mindestens.«

Nummer zwei von den Typen, die Seifert und Nina Voss überfallen und Morell in die Mangel genommen hatten, dachte Voss. »Wenn das so weitergeht, brauchen wir bald gar nichts mehr zu unternehmen, weil die sich alle gegenseitig umgepustet haben.«

»Ja. Blöd nur, dass der Typ, der die beiden umgepustet hat, sich kaum selbst eine Kugel in den Kopf jagen wird.«

»Stimmt auch wieder.« Voss dachte an das Bild von diesem Jegor an ihrer Fallwand im Büro.

»Die Jungs vom Erkennungsdienst nehmen den Wagen gerade auseinander«, sagte Ben. »Ich melde mich, sobald ich mehr habe, okay?«

»Okay.« Voss war skeptisch, ob das Team vom Erkennungsdienst irgendwas Verwertbares finden würde. Sie hatten die Gesichter der Täter nicht im System, vermutlich galt das ebenso für ihre Fingerabdrücke. »Danke«, sagte sie.

»Da nich für«, gab Ben zurück.

Mühsam schlug Sylvie die Lider auf, weil sie spürte, dass jemand bei ihr im Zimmer war. Die Umgebung war verschwommen, die Sonnenstrahlen, die durch das Fenster fielen, sagten ihr, dass es früher Vormittag sein musste.

»Guten Morgen!« Die fröhliche Stimme einer der Schwestern. Sylvie wandte den Kopf. Obwohl sie die ganze Nacht über geschlafen hatte und auch nach dem Frühstück wieder weggedämmert war, fühlte sie sich immer noch müde. Ihr ganzer Körper war schwer wie Blei. Das Atmen tat weh. »Guten Morgen«, murmelte sie. Ihre Lippen waren trocken und rissen beim Sprechen auf. Sie fuhr sich mit der Zunge über die kleine Wunde. Das Blut schmeckte bitter, und ihr wurde schlecht. Ihr war schrecklich heiß und gleichzeitig furchtbar kalt.

Die Schwester trat an ihr Bett. In Kittel, Haube und Mundschutz … sah sie aus wie … *wie ein* … der Gedanke entglitt ihr. Erschöpft schloss sie die Augen, versuchte, Luft zu bekommen. Ihr Vater kam ihr in den Sinn, und sie erinnerte sich daran, dass er erst vor Kurzem hier gewesen war und ihr vorgelesen hatte. Ganz besorgt hatte er ausgesehen, und das, obwohl die Leute, die ihm halfen, eine Therapie für sie zu entwickeln, offenbar gut vorankamen. Jedenfalls hatte er das gesagt. Hatte er sie angelogen, um ihr keine Angst zu machen? Gewöhnlich ärgerte es sie, wenn ihr Vater sie anlog, um sie vor irgendwas zu schützen. Heute jedoch war ihr das irgendwie egal. Es fühlte sich weit weg an. Alles fühlte sich weit weg an, als würde diese Welt sie kaum noch etwas angehen.

Ist es so, wenn man stirbt?

Sie wusste nicht, wie lange sie die Augen geschlossen hatte, aber als sie sie wieder öffnete, war die Schwester immer noch da. Die Sonne allerdings war ein gutes Stück weitergewandert.

»Mein Vater ist kein Mörder«, murmelte Sylvie und wusste nicht genau, woher sie das hatte.

Eine Hand legte sich auf ihre Schulter. Tröstlich. »Natürlich nicht«, sagte die Schwester. Sylvie fiel partout ihr Name nicht ein. *Turandot*, dachte sie zusammenhanglos.

Sie wollte nicken, aber selbst das war plötzlich zu mühsam. Ein dumpfer Druck baute sich in ihrer Lunge auf, sie versuchte, sich aufzurichten, um besser Luft zu kriegen.

»Warte«, sagte die Schwester. »Ich helfe dir.« Sie stellte das Kopfende des Bettes ein Stück hoch und gab ihr ein Papiertaschentuch.

Sylvie fühlte sich wie unter Wasser. Und dann, mit einem explosionsartigen Husten, krümmte sie sich, presste das Taschentuch vor den Mund. Als sie es sinken ließ, glänzte darin ein großer dunkelroter Fleck.

»Oh je!«, sagte die Schwester und nahm ihr das Taschentuch ab. Mühsam hob Sylvie den Blick. Der kleine Teddy, den ihr Vater ihr geschenkt hatte, verschwamm vor ihren Augen. Was passierte mit ihr …?

Sie krallte sich mit beiden Händen in das Bettlaken, aber sie konnte nicht verhindern, dass die Welt ins Rutschen geriet. Eines der vielen Geräte, an die sie angeschlossen war, fing an, schrill zu piepsen. Und sie hörte, wie die Schwester erschrocken »Scheiße!« ausrief.

Dann wurde es erneut dunkel um sie. Und diesmal auch sehr still.

Heilende Viren

Die Phagentherapie könnte der Durchbruch im Kampf gegen Erreger sein, bei denen kein Antibiotikum mehr hilft.
Von Nina Falkenberg

Die fünfzehnjährige Sylvie droht an einem multiresistenten Krankenhauskeim zu sterben. Ihre Ärzte setzen ihre letzte Hoffnung auf eine Therapie mit speziellen Viren – eine in Deutschland nicht zugelassene Heilmethode.

»Bleibt zuversichtlich, ich bin es auch«, so verabschiedet Sylvie Morell seit Monaten die Follower ihres Vlogs. Sie sitzt dann meist in ihrem Klinikbett, ein iPad auf den Knien. Sylvie wirkt etwas zu erwachsen für ihr Alter, liebt gute Bücher und Opernmusik. Und sie hat von Geburt an eine chronische Lungenkrankheit, über die sie regelmäßig bloggt. »Ich möchte anderen Betroffenen Mut machen und zeigen, dass sich auch ein Leben mit Mukoviszidose lohnt – trotz aller Strapazen und Antibiotikatherapien«, sagt sie.

Am 17. Juni 2022 dann wurde sie mit einer komplizierten Lungenentzündung in die Klinik eingeliefert und ihr Gesamtzustand verschlechterte sich zunehmend. Der Krankenhauskeim *Pseudomonas aeruginosa*, der Mukoviszidose-Patienten bei der langwierigen Therapie häufiger befällt, war plötzlich mit sämtlichen verfügbaren Antibiotika nicht mehr behandelbar. Selbst Reserveantibiotika versagten. Ein Schock für die Eltern und die Ärzte. Was war passiert?

»Der Vater von Sylvie hat von einem Indienaufenthalt einen multiresistenten Darmkeim mitgebracht, und dieser hat mittels Gentransfer seine Resistenz auf den Krankenhauskeim des Mädchens übertragen«, erklärt Dr. Heinemann, Sylvies behandelnder Arzt und Leiter der Infektiologie am Loring-Klinikum in Berlin. In Indien sind sowohl Verschreibepraxis von Antibiotika als auch Umweltschutz lax, Antibiotika gelangen in die Abwässer, und mehr als siebzig Prozent der Reisenden bringen Keime mit verschiedensten Resistenzen von dort mit. Bakterien sind in der Lage, Resistenzgene über die Artgrenze hinweg auszutauschen. Dadurch, dass Sylvie sich mit dem Darmkeim ihres Vaters angesteckt hat, wurde der ohnehin schon multiresistente Pseudomonas-Erreger in ihrem Körper zu einem gefährlichen Superbug – einem pan-resistenten Keim, der mit keinem der gängigen Medikamente mehr behandelbar war, nicht einmal mit dem Reserveantibiotikum Colistin.

»Wir waren hilflos – keine unserer Antibiotika-Kombitherapien schlug noch an. Das Mädchen war für uns austherapiert«, erklärt Heinemann mit ernster Miene die damalige Situation …

Nina unterbrach sich bei der Lektüre ihres eigenen Artikels. Vor ein paar Tagen hatte sie ihrem zuständigen Redakteur in der Hamburger Redaktion des SPIEGEL von der Reportage über Sylvies Fall erzählt, die sie machen wollte, und er war so begeistert gewesen, dass er sogar eine ganze Serie vorgeschlagen hatte. Darum hatte sie gestern einen Rohentwurf für den ersten Teil geschrieben, und zwar im Flugzeug. Sie war ein paar Tage in Tiflis gewesen und hatte dort eine Trauerfeier für Georgy organisiert. Außerdem hatte sie sich mit dem georgischen Polizisten getroffen, der sie direkt nach der Explosion im Institut befragt hatte, Kommissar Barataschwili. Er hatte ihr erzählt, dass eine Kommissarin Voss aus Berlin Kontakt mit ihm aufgenommen hatte und man mittlerweile durch die gemeinsamen Ermittlungen und vor allem anhand von DNA-Spuren nachweisen konnte, dass die beiden Russen, die in Berlin tot aufgefunden worden waren, das Labor in die Luft gejagt hatten.

Der Mord an Georgy war also aufgeklärt und der Überfall auf Max' Wohnung damit auch zum Teil. Nur dieser Jegor war immer noch auf freiem Fuß, aber Kommissarin Voss war sicher, dass sie ihn früher oder später ebenfalls erwischen würden …

Alles in allem fühlte sich das verblüffend unbefriedigend an, dachte Nina.

Seufzend beendete sie vorläufig die Arbeit an dem Artikel und klappte ihr Notebook zu. Vielleicht sollte sie einmal ins Labor gehen und nachsehen, wie der Stand der Dinge war.

»… ich kann schließlich auch nichts dafür, dass die Vorgaben der EMA für die Aufreinigung der Phagen nur bedingt taugen, Maren! Da hat bisher keiner ausreichend Erfahrung!«

Eine Hand schon auf der Klinke der Labortür, blieb Nina stehen. Ethans Stimme hatte ärgerlich geklungen, und das wunderte sie. Bisher hatte er noch nie ein scharfes Wort gegen Maren gerichtet, ganz im Gegenteil.

346

Hatten die beiden sich etwa gestritten?

Nina zögerte, das Labor zu betreten, aber dann gab sie sich einen Ruck und stieß die Tür auf. Tatsächlich standen sich Ethan und Maren wie zwei Kampfhähne gegenüber. Als sie Nina bemerkten, fuhren sie auseinander wie ertappte Schulkinder.

»Oha«, rutschte es Nina heraus. »Streitet ihr etwa?«

Maren wirkte fahrig und verblüffend blass dafür, dass sie gewöhnlich nicht so leicht einzuschüchtern war. Sie schüttelte den Kopf. »Nein. Nein, natürlich nicht.« Ihre Augen waren weit und glitzerten verdächtig.

Ethan schnaubte nur. Dann riss er sich sichtlich zusammen. »Wir haben nur über das YouGen-Endotest-Verfahren diskutiert. Wir waren uns nicht sicher, ob wir die Parameter richtig gewählt haben, und darüber haben wir uns in die Haare gekriegt.«

Maren bestätigte seine Worte mit einem Nicken, das seltsam zerrissen wirkte – zum Teil erleichtert, zum Teil aber auch zutiefst verwirrt.

Dass ein Typ gegenhält, ist eine ganz neue Erfahrung für dich, oder?, dachte Nina. Ihre Freundin tat ihr allerdings leid, darum behielt sie diese Überlegung lieber für sich. Das YouGen-Endotest-Verfahren war eine innovative Methode, die Ethans Team innerhalb kürzester Zeit für Sylvies Phagenlösung entwickelt hatte und bei der ein paar sauteure Geräte zum Einsatz kamen. Mit deren Hilfe konnten die Endotoxine aus der Lösung entfernt werden. Nina wusste, womit Ethan und Maren die letzten Tage vor allem gekämpft hatten: Je höher der Reinheitsgrad der Phagen war, umso instabiler wurden sie auch. Ethan und sein Team machten hier also sozusagen eine Gratwanderung unter hohem Zeitdruck.

»Und? Wie kommt ihr voran?« Nina hatte das Bedürfnis, das unbehagliche Schweigen zu durchbrechen, das sich zwischen ihnen breitgemacht hatte.

Übergangslos verwandelte sich Marens Miene in ein breites,

strahlendes Lächeln. »Wir konnten das Endotoxin-Level innerhalb der letzten vierundzwanzig Stunden um das Hundertfache
senken!«

Auch Ethan grinste breit. »Und wie es aussieht, sind die Phagen trotzdem stabil!«

»Aber das ist doch wunderbar!«, rief Nina aus. Sie hob die
Rechte, sodass Maren zu einem High Five einschlagen konnte.
»Warum zur Hölle streitet ihr dann noch?« Sie erhielt keine Antwort, aber das war jetzt auch egal. »Dann können wir demnächst
mit Sylvies Behandlung anfangen?«

»Können wir«, bestätigte Ethan. »Ich lasse meine Leute die
reine Phagenlösung gerade auf Eis legen und zum Preppen in
die Klinikapotheke schicken. Und du solltest deinen Tom anrufen, Nina. Er und seine Frau müssen sich noch um die Formalitäten kümmern.«

Tom saß in seinem Zimmer in der Pension beim Frühstück, als
der Anruf kam. Er hatte sich beim Bäcker um die Ecke ein Crois-
sant und einen Kaffee geholt, beides auf den winzigen Schreibtisch am Fenster gestellt und die Zeitung daneben aufgeschlagen,
die er sich auf dem Rückweg am Kiosk gekauft hatte. Er las eine
Reportage über Prometheus. In den vergangenen Wochen hatte
es keine weiteren Anschläge gegeben, und der Journalistin, die
den Artikel geschrieben hatte, war deutlich anzumerken, wie
verzweifelt sie versuchte, das Erregungspotenzial dieser Story
hochzuhalten. Es war nur noch eine Frage der Zeit, bis andere
Katastrophen und Verbrechen Prometheus in den Hintergrund
drängen und er schließlich ganz aus den Zeitungen verschwinden würde. Völlig anders allerdings lief es zu Toms Verwunderung in den sozialen Medien. Dort kreisten noch immer jede
Menge Gerüchte über die Anschläge – und neuerdings auch eine
Art Verschwörungstheorie, die von Tag zu Tag an Wucht gewann.
Es ging um die böse Pharmaindustrie und ihren Plan, die Bevöl-

kerung aus blinder Profitgier krank zu machen. Jedes Mal, wenn Tom online ging, staunte er darüber, mit welcher Geschwindigkeit sich die These dank Hashtags wie #Prometheus, #waswennesdirgeschieht und #StopSuperbugs verbreitete. Der Gedanke, dass das Ganze eine gesteuerte Kampagne war, kam ihm an diesem Morgen nicht zum ersten Mal.

Er starrte auf das Datum in der Kopfzeile der Zeitung. Anderthalb Wochen waren vergangen, seit Ethan angefangen hatte, die rettenden Phagen für Sylvie aufzubereiten. Jeden einzelnen Tag davon war Tom in der Klinik gewesen, hatte auf dem Weg dorthin angstvoll überlegt, ob es Sylvie wohl wieder schlechter ging, war erleichtert gewesen, wenn das nicht der Fall war, und zutiefst verzweifelt, wenn doch. Dieses ständige Schwanken zwischen Hoffnung, Angst und Resignation zermürbte ihn bis auf die Knochen.

Das Buch, das er für Sylvie gekauft hatte, hatte er mittlerweile fast bis zu Ende vorgelesen. Gestern allerdings hatte sie ihn gebeten, es liegenzulassen und stattdessen einfach nur ihre Hand zu halten. Jede einzelne Sekunde hatte sich in endlose Länge gezogen. Jede qualvolle Pause zwischen zwei Atemzügen hatte Tom gefürchtet, es könne Sylvies letzter gewesen sein.

Aber sie hatte weitergeatmet, immer weiter und weiter. Seine tapfere, kleine Tochter …

Er zuckte zusammen, weil das Handyklingeln ihn aus seinen Grübeleien riss. Auf dem Display erschien die Nummer von Dr. Heinemann.

War jetzt der Moment gekommen …?

Seine Hände zitterten, als er den Anruf annahm. »Doktor …«, krächzte er.

Die Stimme des Arztes war betont neutral. »Sie sollten sofort herkommen. Sylvie ist vor einer halben Stunde ins Koma gefallen. Der Keim hat auf wichtige innere Organe übergegriffen, und ihr droht ein Multiorganversagen. Wir mussten lebenserhaltende Maßnahmen einleiten, und …« Den Rest hörte Tom nicht mehr.

Der Kaffeebecher rutschte ihm aus der Hand und zerschellte auf dem Boden.

Sie hatten Sylvie auf eine andere Station verlegt, und zusätzlich zu all den Kabeln und Schläuchen, die sowieso schon die ganze Zeit an seiner Tochter gehangen hatten, hatten sie sie jetzt auch noch intubiert und beatmeten sie.

Der Anblick ihrer schmalen, durchscheinenden Gestalt, die in dem Intensivbett regelrecht winzig wirkte, zerriss Tom das Herz. Isabelle war schon da gewesen, als er angekommen war, und auch Dr. Heinemann stand schweigend mit im Raum.

»Wenn Sie wollen, dürfen Sie sie in den Arm nehmen«, sagte der Arzt leise.

Tom starrte ihn an. Die ganzen letzten Wochen hatten die Ärzte es ihnen streng verboten, Sylvie zu umarmen. Wie oft hatte er damit gehadert? Und jetzt? Jetzt durfte er es auf einmal? Wenn er noch ein Zeichen dafür gebraucht hätte, dass sein kleines Mädchen im Sterben lag, hätte er es jetzt gehabt.

Er ballte die Fäuste. *Es ist aus!*, dachte er. *Wir haben versagt.*

All seine Bemühungen waren völlig vergeblich. Sie waren nicht schnell genug gewesen: Diese Vermehrung der Phagen, die Aufbereitung und was noch alles dazugehörte – das alles hatte einfach zu lange gedauert. Er wollte schreien. Er wollte sich in eine Ecke verkriechen. Es fühlte sich an, als würde er ertrinken.

Nur am Rande bekam er mit, wie Heinemann mit Isabelle redete. »… die Klinikapotheke bringt sie gleich hoch, dann verabreichen wir Sylvie natürlich die erste Dosis.«

Die Worte zerrten Tom aus seiner Verzweiflung zurück an die Oberfläche. »Wovon reden Sie?«

»Von der Phagenlösung«, antwortete Dr. Heinemann. Ein Blick in Toms Gesicht zeigte ihm, dass er nicht zugehört hatte.

»YouGen hat sie vor einer Stunde geliefert, und wir haben sie in Rekordzeit für die Injektion aufbereitet.«

»Dann gibt es Hoffnung?«

Über Heinemanns Gesicht glitt ein Schatten. »Solange Sylvie am Leben ist, gebe ich sie zumindest nicht auf.« Er lächelte matt. »Darum habe ich alle Hebel in Bewegung gesetzt und eine Sondergenehmigung für die Therapie von der europäischen Zulassungsbehörde erwirkt.«

Tom sah Isabelle an. Sie weinte nicht, aber ihre Augen waren knallrot. Ihr Blick hing an ihm, als wolle sie sich an ihm festklammern.

»Gut«, krächzte er. »Wann fangen Sie ...«

»Sobald Sie ein paar Unterlagen unterzeichnet haben.« Dr. Heinemann verzog entschuldigend das Gesicht. »Eine ganze Menge Unterlagen, fürchte ich.«

11

In seinem Büro bat Dr. Heinemann Tom und Isabelle, auf den Besucherstühlen vor seinem Schreibtisch Platz zu nehmen.

Wie oft hatten sie hier schon gesessen? Hatten auf gute Nachrichten gehofft und waren bitter enttäuscht worden?

»Gut.« Mit einem tiefen Seufzen setzte der Arzt sich ebenfalls. »Ich hatte Ihnen bereits erklärt, dass Sie uns schriftlich geben müssen, dass wir diese Behandlung bei Sylvie durchführen dürfen. Es gibt dazu ein längeres Papier, das wir für Sie vorbereitet haben und das Sie sich bitte gründlich durchlesen.« Er nahm einen Stapel DIN-A4-Seiten von der Schreibtischplatte und reichte ihn Tom. »Ich hätte Ihnen das hier gern unter weniger dramatischen Umständen zugemutet, aber dass es Sylvie so rapide schlechter geht wie in den letzten Stunden, war nicht abzusehen. Wir können froh sein, dass YouGen gerade noch rechtzeitig fertig geworden ist.«

Tom griff nach den Blättern.

»Wenn Sie etwas nicht verstehen, fragen Sie bitte«, fügte Dr. Heinemann hinzu und lehnte sich zurück, um abzuwarten.

»Machen wir.« Tom warf einen Blick auf die eng beschriebene erste Seite und war sich nicht sicher, ob er in seiner aufgewühlten Lage das ganze Zeug überhaupt verstehen würde. Doch die Informationen waren in relativ einfachen Sätzen verfasst. Er überflog die ersten.

Wir verstehen, dass unsere Tochter eine lebensbedrohliche Infektion mit einem pan-multiresistenten Pseudomonas-aeruginosa-

Stamm hat. Wir verstehen, dass sie trotz aller Bemühungen, diese Infektion mit Antibiotika zu behandeln, schwer krank und mit den zur Verfügung stehenden Standardtherapien nicht weiter zu behandeln ist ...

Er hob den Blick und schaute Isabelle an, die ihn mit riesengroßen, glitzernden Augen beobachtete. Obwohl er wusste, dass sie erwartete, er würde sich um diese Sache kümmern, kippte er das Blatt so, dass sie mitlesen konnte.

Sie verstand die stumme Aufforderung, die ganze Verantwortung nicht ihm allein zu überlassen. Schweigend senkte nun auch sie den Blick auf das Formular.

Wir wollen, dass die Infektion unserer Tochter mit Bakteriophagen behandelt wird. Wir verstehen, dass Bakteriophagen beschrieben werden können als ›Viren, die Bakterien attackieren‹, und dass die Erfahrungen, Infektionen bei Menschen und Tieren mit diesen Organismen zu behandeln, unter experimentellen Bedingungen gesammelt wurden.

Wir verstehen, dass Bakteriophagen in Deutschland für den klinischen Gebrauch nicht zugelassen sind.

Wir verstehen, dass Ärzte und Wissenschaftler des Loring-Klinikums und der Firma YouGen zusammengearbeitet haben, um die Phagen und ihre Wirkung zu identifizieren. Wir verstehen, dass sowohl die Klinik als auch YouGen bei der Suche nach den Phagen und bei ihrer Herstellung größte Sorgfalt walten lassen haben und dass diese Arbeiten – einschließlich der Entwicklung einer völlig neuen Methode der Phagenaufreinigung zur Entfernung von Endotoxinen – unter größtem zeitlichen Druck stattgefunden haben ...

Tom wartete, bis Isabelle ebenfalls unten auf der Seite angekommen war, und blätterte um. Schweigend lasen sie weiter. Und weiter. Auf der letzten Seite schließlich standen nur noch wenige Absätze.

Uns ist bewusst, dass die Behandlung unserer Tochter mit Bak-

*teriophagen zu einer Verschlechterung ihres Zustands oder zu ih-
rem Tod führen kann ...*

An dieser Stelle ächzte Isabelle leise.

Es folgten noch ein paar rechtliche Floskeln und darunter
dann die Linien, auf denen er und Isabelle unterschreiben mussten.

»Haben Sie alles verstanden?«, fragte Dr. Heinemann.

Tom nickte. Bis auch Isabelle sich dazu durchgerungen hatte,
starrte er auf den billigen Werbekugelschreiber, der noch immer
in der Stifteschale des Arztes lag. »Geben Sie mir das Ding.«

Mit dem Handy am Ohr lehnte Max sich auf seinem Bürostuhl
zurück und legte die Füße auf die Ecke seines Schreibtisches. Der
Monitor, den er vor anderthalb Wochen gekauft hatte, roch noch
immer neu und irgendwie plastikartig, wenn man ihn einschal-
tete. In Gedanken ging Max die Reihe der Weichmacher durch
und zählte auf, was für Auswirkungen sie auf den menschlichen
Organismus haben konnten.

Diabetes. Asthma. Unfruchtbarkeit beim Mann ...

Er schluckte und konzentrierte sich lieber auf seine Arbeit.

»Büro Dr. von Zeven?« Der Anschluss, den er gewählt
hatte, wurde von einer Sekretärin bewacht, bei deren heiserer
Stimme er immer an die Darstellung des Charon aus einem alten
Schwarz-Weiß-Film denken musste. Das kam vermutlich daher, dass Frederic von Zeven auf griechische Mythologie stand,
dachte er manchmal.

»Seifert«, meldete er sich. Mehr musste er nicht sagen, denn
die Sekretärin wusste, dass es Zeit war für seinen täglichen Sta-
tusbericht. Frederic von Zeven bezahlte nicht nur den Großteil
der Gala am kommenden Wochenende, sondern er finanzierte
auch Max' Betätigung für die Fighters. Und wenn jemand, der
sechsstellige Beträge in die eigene Arbeit steckte, täglich einen
Bericht wollte, dann bekam er ihn eben.

»Ich stelle Sie sofort durch«, sagte die Sekretärin mit ihrer Flüsterstimme. »Er telefoniert aber gerade noch mit Boston, es kann also sein, dass Sie ein paar Minuten warten müssen.« Boston. Die Stadt an der Ostküste der USA, in dem das MIT lag.

»Kein Problem«, meinte Max, und als die Melodie der Warteschleife ertönte, drehte er den Stuhl so, dass er nach draußen schauen konnte. Jemand hatte in die Äste des Baumes vor seinem Fenster ein gutes Dutzend pinkfarbener Schleifen gebunden. Max hatte keine Ahnung, was das bedeuten mochte, vermutete aber irgendeine Social-Media-Aktion dahinter. Vielleicht tauchten ähnliche Schleifen demnächst überall in Berlin auf.

Endlich wurde am anderen Ende der Leitung abgenommen. »Max«, erklang von Zevens sonore Stimme.

»Herr von Zeven.«

»Wie geht es Ihnen?« Der Milliardär fragte immer zuerst nach dem Befinden seines Gegenübers, und nie hatte Max das Gefühl, dass es eine Floskel war. Frederic von Zeven war ein Mann, der in all den Jahren seines immensen Geschäftserfolgs nie das Interesse an seinen Mitmenschen verloren hatte. Nach ein wenig Small Talk kam der Milliardär zur Sache. »Wie kommen Sie voran?«

»Gut. Leider ist Sylvie Morell ins Koma gefallen, aber ich hatte genug Gelegenheit, sie vorher aufzusuchen und einige Interviews mit ihr führen. Im Moment sind wir dabei, aus dem Material eine Präsentation zusammenzuschneiden. Ich habe dafür die Multimedia-Agentur beauftragt, die Sie mir empfohlen haben.«

»Dann sind Sie zuversichtlich, dass unser Plan aufgeht?«

»Ich bin zuversichtlich, ja.«

»Dr. Heinemann ist weiterhin im Boot?«

»Er ist fest entschlossen. Er hat mich vorhin informiert, dass sie heute noch mit der Phagenbehandlung beginnen.«

Im Hintergrund bei von Zeven ertönte ein Martinshorn, das kurz lauter wurde und dann wieder leiser. Max stellte sich vor, wie der Milliardär in seinem luxuriös ausgestatteten Arbeitszimmer saß, das er selbst nur ein einziges Mal betreten hatte. Von Zeven zog es vor, bei offenem Fenster zu arbeiten. Er hatte sich das während der Corona-Pandemie angewöhnt und diese Gewohnheit nie wieder abgelegt.

Als das Geräusch vollständig verklungen war, sagte von Zeven:»Das ist gut.«

Max wartete. Es würde noch etwas kommen, das wusste er aus Erfahrung, und er täuschte sich nicht.

»Diese Gala, Max, sie ist für unsere Ziele überaus wichtig, das muss ich Ihnen natürlich nicht sagen.« Ein Lächeln klang in von Zevens Stimme mit. »Ich tue es aber trotzdem.«

»Ich weiß, Herr von Zeven. Und es wird alles nach Plan laufen, das verspreche ich Ihnen.« Er verabschiedete sich und legte auf.

Dann bewegte er die verkrampften Schultern. Es gab noch so viel zu tun.

Nina hatte sich entschlossen, in die Klinik zu fahren, um für ihre Reportage live mitzuerleben, wie Sylvie die erste Dosis der Phagen verabreicht wurde. Ihr war klar gewesen, dass sie dort auf Tom treffen würde, aber als sie ihn nun zusammen mit einer schlanken, überaus elegant gekleideten Frau und Dr. Heinemann den Gang entlangkommen sah, stockten kurz ihre Schritte. Sie war froh, dass er keine Ahnung davon hatte, wie sehr sich ihr Puls bei seinem Anblick beschleunigte.

Sie hatte im Vorfeld mit Tom besprochen, dass sie bei der Behandlung dabei sein durfte, aber offenbar hatte er seiner Frau nicht davon erzählt. Oder aber sie hatte es wieder vergessen, jedenfalls fragte sie noch im Näherkommen und mit reichlich kühler Stimme:»Wer ist das?«

»Das ist Dr. Falkenberg«, stellte Tom sie vor. »Du hast mit ihr telefoniert.«

Isabelle nickte, aber ihre Miene wurde nicht freundlicher. Ganz im Gegenteil. Nina fühlte sich von ihren Blicken geradezu aufgespießt.

Tom hingegen wandte sich mit einem schwachen Lächeln an sie. »Nina, das ist Isabelle, meine Frau.«

»Guten Tag, Frau Morell.« Nina streckte Isabelle die Hand hin. Kurz fürchtete sie, die andere Frau würde sie einfach ignorieren, aber das tat sie nicht. Sie reichte ihr ebenfalls die Hand. »Ich danke Ihnen für das, was Sie für meine Tochter getan haben«, sagte sie, schaffte es aber nicht, ihrer Stimme auch nur den Hauch von Wärme zu geben.

Armer Tom!, durchfuhr es Nina. »Das habe ich sehr gern getan.«

»Nina und ich haben abgemacht, dass sie bei Sylvies Behandlung dabei sein darf, um sie zu dokumentieren.«

Wenn es überhaupt möglich war, wurde Isabelles Blick noch eine Spur eisiger, und Nina konnte es ihr nicht verdenken.

Sie vermied es, Tom in die Augen zu sehen, aus Angst, er würde ihr ihre Gefühle anmerken. So professionell, wie sie nur konnte, sagte sie: »Ich danke Ihnen für die Erlaubnis.«

Isabelles schmale Nasenflügel bebten.

»Können wir dann?« Dr. Heinemann unterbrach das stumme Duell zwischen ihnen. Er deutete auf eine Krankenschwester, die mit einem Infusionsbeutel den Gang entlangkam, und gleich darauf betraten sie der Reihe nach Sylvies Krankenzimmer.

Der Anblick des Mädchens bereitete Nina einen Schock. Das leise, rhythmische Zischen der Beatmungsmaschine, das stetige Piepsen der Überwachungsgeräte, die leisen Stimmen, mit denen Dr. Heinemann und die Schwester sich über die Vorgehensweise verständigten – all das schuf eine Atmosphäre unendlicher Bedrückung in dem kleinen Raum.

Nina sah, wie Toms Kieferpartie sich verhärtete, während er beobachtete, wie die Schwester den Infusionsbeutel aufhängte. Dr. Heinemann schloss den Schlauch an Sylvies Venenkatheter an. Er warf einen fragenden Blick in Toms und Isabelles Richtung – die beiden nickten.

Dann drehte der Arzt die Infusion auf. »Jetzt können wir nur warten«, sagte er leise, während mit jedem Tropfen mehr von der Phagenlösung in Sylvies Blutbahn gelangte. »Wenn Ihre Tochter in den nächsten vierundzwanzig Stunden keinen septischen Schock erleidet, können wir uns erlauben zu hoffen.«

Tom schluckte schwer. Nina hätte am liebsten seine Hand ergriffen und festgehalten. Sie wusste, dass in diesem Moment in Sylvies Körper ein komplexes Zusammenspiel zwischen der Phagenaktivität und dem Immunsystem begann. Es kam nicht nur darauf an, dass Sylvie keinen septischen Schock erlitt, sondern auch darauf, wie schnell sich die tödlichen Bakterien nach dem Angriff der Phagen wieder vermehrten und ob diejenigen, die den Angriff überlebten, neue Resistenzen bildeten.

»Wenn Sie wollen, können Sie beide jetzt eine Weile bei Ihrer Tochter bleiben«, sagte Dr. Heinemann.

Die Schwester war schon gegangen, und Nina hatte bereits die Hand nach der Türklinke ausgestreckt, als Isabelle die Stimme erhob. »Ich bleibe allein hier!«

Das Zischen der Beatmungsanlage klang plötzlich noch lauter in Ninas Ohren.

Auch Tom schien seinen Ohren nicht zu trauen. »Was soll …?«

»Ich will, dass du gehst, Tom!«, verlangte Isabelle kalt.

Hilflos suchte Nina Dr. Heinemanns Blick, aber der Arzt schien froh, den Raum verlassen zu können. »Ich lasse Sie dann mal allein«, murmelte er verlegen und war gleich darauf verschwunden.

Isabelles Kinn ruckte in Ninas Richtung. »Du kannst mit deiner neuen Freundin nach Hause fahren. Das ist es doch sowieso, was du willst! Ich bleibe allein bei unserer Tochter!«

»Isabelle …«

»Verschwinde, Tom!« Plötzlich schrie sie. Tom stand da wie vom Donner gerührt. Kurz wirkte er, als wolle er den Fehdehandschuh aufheben, den seine Frau ihm hinwarf, aber dann fiel sein Blick auf Sylvie. »Ruf mich an, wenn sich was ändert«, bat er. Seine Stimme klang leise, gebrochen.

»Natürlich.« Als sei es immer noch nicht genug, drehte Isabelle ihm nun auch noch den Rücken zu.

Den Weg durch die Gänge des Krankenhauses gingen Tom und Nina schweigend. Zu gern hätte Nina etwas Tröstendes gesagt, aber sie wusste einfach nicht, was. Also blieb sie an Toms Seite, bis die gläserne Tür des Haupteingangs sich vor ihnen öffnete und sie sich auf dem Wendehammer vor der Klinik wiederfanden.

»Es tut mir so leid«, murmelte sie.

Tom starrte einige Sekunden lang auf das Pflaster zu seinen Füßen, dann gab er sich einen Ruck und hob den Kopf. Seine Augen waren feuerrot, aber da waren keine Tränen. »Danke.«

»Was hast du jetzt vor?«

»Keine Ahnung.« Er rieb sich die Stirn. »Warten.«

»Wenn du möchtest, können wir irgendwo hingehen. Einen Kaffee trinken. Reden. Oder auch einfach nur schweigen, wenn dir das lieber ist.« Sie biss sich auf die Lippe.

»Danke«, sagte er erneut. »Ich glaube, ich komme zurecht.« Er wandte sich in die Richtung, in der die nächste U-Bahn-Station lag.

»Sicher?«, rief Nina ihm nach.

»Sicher.«

»Sag mir wenigstens, wo ich dich finden kann!«

Da blieb er noch einmal stehen. Er zögerte, und sie sah ihm an, wie er mit sich rang. Aber schließlich nannte er ihr die Adresse einer Pension in Kreuzberg.

Tom war sich nicht sicher, ob es klug gewesen war, Nina seine Adresse zu geben. Als sie ihn eben gefragt hatte, ob er mit ihr einen Kaffee trinken gehen wollte, hätte er beinahe Ja gesagt. Doch dann war ihm aufgegangen, dass er damit Isabelles Verdacht, er habe was mit Nina angefangen, nur genährt hätte. Er war zu gleichen Teilen erleichtert und traurig, aus Ninas Nähe zu entkommen.

Er fuhr mit der U-Bahn nach Hause oder vielmehr dorthin, wo jetzt sein Zuhause war: in einer Pension, bei deren Anblick er sich erbärmlich vorkam. Dort angekommen, überfiel ihn die Verzweiflung mit solcher Wucht, dass er die Yuccapalme packte und vom Fensterbrett fegte. Mit einem Krachen flog der Topf gegen die Wand, zerbarst und hinterließ einen Haufen Scherben und schwarze Erde auf dem Boden. Der Anblick ließ Tom so laut auflachen, als sei er nicht mehr bei Sinnen.

Er warf sich aufs Bett, bedeckte die Augen mit der Armbeuge und versuchte, zur Ruhe zu kommen. Aussichtslos.

Irgendwann rief Max ihn an. »Nina hat mir erzählt, dass Sylvie ins Koma gefallen ist, bevor ihr die Behandlung einleiten konntet«, sagte er ohne Begrüßung oder Einleitung. »Es tut mir unendlich leid, Tom. Ich kann mir vorstellen, wie es gerade in dir aussieht. Aber wir müssen zuversichtlich sein. Die Phagen werden wirken, da bin ich ganz sicher!«

»Klar«, krächzte Tom. Sekundenlang summte die Leitung in seinem Ohr. Er musste sich auf die Bettkante setzen, weil alles um ihn herum sich zu drehen begann.

»Vielleicht ist das der Sinn, der hinter meiner Scheißkrankheit steckt«, flüsterte er.

»Wie bitte?«

»Das hat Sylvie gesagt, nachdem du dich bei ihr gemeldet hattest. ›Wenn ich schon sterben muss, dann kann ich vorher vielleicht den Fighters helfen, etwas anzustoßen.‹«

»Oh, Tom!« Max zögerte, doch schließlich fragte er: »Soll ich die Präsentation zu den Akten legen?«

»Wieso das?«

»Na ja, ich meine, wenn … wenn Sylvie … du weißt schon! Ach, Scheiße, Tom!«

Tom senkte den Kopf und massierte sich die Stirn. Seine Augen brannten, besonders das eine, das von den Misshandlungen durch die Russen noch immer in Mitleidenschaft gezogen war. »Hör zu, Max«, zwang er sich zu sagen. »Ich möchte, dass du das Interview mit Sylvie auf dieser Gala zeigst, egal, wie auch immer das hier ausgeht! Versprich mir das! Bring die Politiker dazu, dieses verdammte Gesetz durchzuwinken, auch wenn … wenn es nicht gut für Sylvie enden sollte.«

Erneut schwieg Max, unerträglich lange diesmal. »Das werde ich.«

Ungefähr eine Stunde nach diesem Telefonat stand Tom am offenen Fenster, rauchte die vorletzte Zigarette seiner aktuellen Packung und starrte auf das Einhornfeuerzeug in seiner Hand, als es an der Zimmertür klopfte. Seufzend drückte er die Kippe aus. Dann steckte er das Feuerzeug in die Hosentasche und ging aufmachen.

»Nina!«

Sie wirkte verlegen. »Ich dachte mir, ich …«

Er empfand eine unerträgliche Mischung aus Freude und Beklommenheit. Einerseits war da das heftige Bedürfnis, sie an sich zu ziehen, sich an ihr festzuklammern und dadurch den freien Fall, in dem er sich befand, wenigstens zu verlangsamen. Er wollte in dem Duft ihrer Haare und ihrer Haut versinken und wenigstens für eine Weile alles andere vergessen. Auf der anderen Seite aber fühlte es sich falsch an, das auch nur zu denken. Da waren seine Empfindungen für Isabelle, die noch schwerer zu deuten waren, je öfter sie ihn behandelte wie eine Kakerlake. Und dann waren da auch noch all die Schuldgefühle, die er mit sich rumschleppte. Hatte er das Recht, auch nur einen Teil von diesem ganzen Ballast auf Nina abzuladen?

Vermutlich nicht.

Aber sie war hier. Bei ihm. Sie hatte sich freiwillig entschieden herzukommen.

Ein schwaches, fast schüchtern aussehendes Lächeln hob ihre Mundwinkel. »Darf ich reinkommen, oder bleiben wir noch eine Weile lang hier so stehen?«

»Ich … Klar.« Mit dem vielschichtigen Gefühl, ein Idiot und Glückspilz zu sein, machte er ihr die Tür frei. »Natürlich. Komm rein.«

Sie betrat das mit seinen billigen Nussbaumfurniermöbeln altertümlich eingerichtete Zimmer und sah sich um. »Schick.«

Er zwang sich zu einem Lächeln. »Ja, oder? Wenn man die Augen zusammenkneift, kann man sich vorstellen, man wäre in einer Folge von Berlin Alexanderplatz.«

»Hmhm. In einem der Dienstbotenzimmer, ja.« Ihr Lächeln wurde breiter, verblasste jedoch wieder, als sie die traurigen Überreste der Yuccapalme auf dem Fußboden sah.

Er bot ihr den einzigen Stuhl im Zimmer an. »Möchtest du irgendwas trinken?« Er hatte die Frage schon gestellt, als ihm aufging, wie gähnend leer sein Fach in dem Gemeinschaftskühlschrank in der Küche war. »Ich fürchte allerdings, außer Leitungswasser habe ich nur Bier und ein Stück alten Cheddar.«

»Für Bier ist es noch ein bisschen früh, fürchte ich.« Sie setzte sich. »Und Cheddar mag ich nicht. Also entscheide ich mich spontan für Leitungswasser.«

Er nickte und ging in die Küche, um ihr das Gewünschte zu holen. Als er außerhalb ihres Sichtfeldes war, atmete er zweimal tief durch, und als er ihr das Wasserglas gereicht hatte und sich selbst auf die Bettkante setzen wollte, nahm sie seine Hand und hielt sie fest.

Er erstarrte.

Kurz betrachtete sie den Ring an seinem Finger, dann stand sie auf. Ganz dicht vor ihm blieb sie stehen. Er roch ihr Parfüm und konnte es nicht verhindern, dass sein auf Aromen trainiertes Foodbloggergehirn den Duft einordnete. Honig, Orange und ein Anflug von Amber. Ninas Augen waren weit und schimmerten feucht, und es war dieser Ausdruck von Mitgefühl, der ihm ebenfalls Tränen in die Augen schießen ließ.

»Ach, Scheiße!«, murmelte er und wollte sich abwenden. Nina jedoch hinderte ihn daran.

»Tom ...«

Das war der Moment, in dem alles über ihm zusammenbrach: sämtliche Ereignisse der vergangenen zwei Wochen, die er mit reiner Willenskraft von sich ferngehalten hatte und gegen die er doch nicht ankam. Die ständig kreisenden Bilder in seinem Kopf – das Blut der beiden Polizisten, die Kugeln, die Victor in den Hinterkopf getroffen hatten, die toten Augen dieser Antiquarin, die völlig unschuldig gewesen war und nur seinetwegen jetzt tot.

Und seine Tochter. Sein kleines Mädchen.

Auch an ihrem Tod würde er schuld sein ... Der Gedanke zog erst sein Herz zusammen. Dann seinen Hals. Und gleich darauf schoss es ihm heiß und bitter in der Kehle hoch. Er schaffte es gerade noch rechtzeitig ins Bad, bevor er sich übergeben musste.

12

Mittwoch.

»Nada bei Fingerabdrücken und Faserspuren.« Anders als gestern kam Ben heute sofort zur Sache, als er Voss am Telefon von den Fortschritten berichtete, die die Untersuchung des BMW machte. Sie konnte ihm anhören, dass gleich etwas kommen würde.

»Aber?«, fragte sie. Sie war seit einer Viertelstunde im Büro, hatte sich gerade erst einen Kaffee gemacht und dabei festgestellt, dass ihre Milch sauer geworden war. Sie würde Lukas losschicken müssen, um neue zu besorgen.

»Wie wäre es mit einer Handynummer?« Bens gute Laune kam ihr übertrieben vor, denn selbst wenn sie wirklich die Nummer von Jegors Handy hatten, hieße das noch lange nichts. Zwar standen der Polizei Möglichkeiten der Standortermittlung zur Verfügung, aber Voss glaubte nicht daran, dass Jegor so dumm war, das nicht zu wissen. »Wie seid ihr an Jegors Handynummer gekommen?«, fragte sie dennoch.

»Nicht Jegors Handy.« Ben machte eine dramatische Pause, um den Effekt zu steigern. »Na ja, zumindest nicht, wenn er nicht Prometheus ist.«

»Kapiere ich nicht.«

Bens Begeisterung war sogar durch die Leitung hindurch zu spüren. »Ist doch nicht so schwer zu verstehen: Wir glauben, wir haben Prometheus' Handynummer.« Er räusperte sich.

»Wie …« Voss schüttelte den Kopf, weil ihr mehrere Fragen gleichzeitig durch das Hirn taumelten. »Wie seid ihr daran gekommen?«

»Das Auto hat sie uns gesagt.«

»Das Auto …«

»Hör zu«, unterbrach Ben. »Runge hat mich gebeten, dir Bescheid zu geben. Er und Tannhäuser versammeln gerade das gesamte Team, um die Details zu besprechen. Wenn du dich beeilst, erfährst du alles.«

Keine dreißig Sekunden später betrat Voss den Besprechungsraum, in dem offenbar kurz zuvor jemand gefrühstückt hatte. In der Luft lag der Geruch von Putzmittel und Käsebrot. Voss drehte sich der Magen um.

Runge, der zusammen mit Ben und Tannhäuser vorn am Pult stand, sah auf, als er sie bemerkte. Er grüßte sie mit einem Nicken, dann räusperte er sich und begann zu reden.

»Guten Morgen. Wie ihr alle bereits wisst, haben wir gestern den blauen BMW gefunden, der laut Zeugenaussage vor anderthalb Wochen von den Mördern der Kollegen Heller und Oberau gestohlen wurde. Wir konnten dem KTI ein bisschen Feuer unter dem Hintern machen, sodass die Untersuchung des Wageninneren bevorzugt gehandhabt wurde.« Ein grimmig-zufriedener Ausdruck begleitete seine Worte. Über sein mit dem Beamer verbundenes Tablet warf er ein Foto des blauen BMW an die Wand. Der Wagen stand auf einer Bühne, alle vier Türen waren geöffnet, und im Hintergrund konnte man ein Stück eines Manns in dem typischen weißen Overall des Erkennungsdienstes sehen. »Leider hat unser Täter sämtliche Fingerabdruckspuren verwischt. Die Faser- und DNA-Spuren befinden sich aktuell im Abgleich mit den Proben, die uns der Eigentümer des Wagens von sich und seiner Familie gegeben hat. Das dürfte eine Weile dauern, aber wir gehen davon aus, dass die Analysen uns nicht wesentlich weiterhelfen werden, da sich laut Gesichtserkennung keiner unserer Verdächtigen in unserem System befindet.« Runge ergänzte das Bild des Wagens durch die beiden Fotos von Victor

Wolkows und Michail Rassnows Leichen sowie das Bild, das die illegale Überwachungskamera in St. Anton von Jegor gemacht hatte. »Ich habe euch zusammengetrommelt, weil wir aber möglicherweise trotzdem eine vielversprechende Spur gefunden haben. Dazu kann euch Ben mehr sagen.« Mit einer Kopfbewegung erteilte er Ben das Wort und überließ ihm das Pult.

Mit einer kurzen Wischbewegung auf der Tabletoberfläche ließ Ben die Fotos der drei Männer und auch das des BMW verschwinden und ersetzte sie durch ein Bild der Mittelkonsole eines modernen Autos.

»Das ist das Connectivity-Modul unseres Tatortwagens«, erklärte er. »Der Wagen ist ausgestattet mit der allerneuesten Internet- und Bluetooth-Technologie. Steigt sein Besitzer ein, verbindet sich dessen Handy automatisch mit dem System des Wagens. Man kann auf diese Weise telefonieren, Musik hören, Apps aufrufen, alles per Sprachsteuerung.« Ben ersetzte das Foto durch eines, das nur noch den Bildschirm des Wagens zeigte. Eine Liste war darauf zu sehen, die aus insgesamt sechs Einträgen bestand.

Voss' Blick blieb an den letzten beiden hängen. *Yandex_357892* lauteten sie. Und *Samsung Device*.

»Die ersten Einträge stammen von den Mobiltelefonen von dem Eigentümer des Wagens, seiner Frau und seinen beiden erwachsenen Söhnen. Die letzten beiden Einträge hingegen, das hat uns der Eigentümer bestätigt, gehören niemandem aus seiner Familie, und da er uns darüber hinaus versichert hat, dass der Wagen nur von diesen vier Personen gefahren wurde, gehen wir davon aus, dass es sich bei den beiden um die Smartphones von unseren Tätern handelt.«

Einer der anwesenden Beamten hob die Hand. »Wieso seid ihr da so sicher? Ich meine: Ich kenne mich mit so einem System ein bisschen aus. Man muss sein Handy anmelden, bevor der Wagen sich damit verbindet. Und die Täter werden doch kaum so dämlich sein …«

»Warte es ab«, erwiderte Ben und grinste wölfisch. »Wir sind sicher, ja. Denn zum einen ist Yandex eine führende russische Handyfirma, und da es sich bei unseren Tätern um Russen handelt, halten wir das nicht für einen Zufall. Aber uns kommt noch etwas anderes zugute, nämlich die Tatsache, dass das Connectivity-Modul von diesem Wagen mit einem kleinen, aber hübschen Bug ausgeliefert wurde: Ruft man nämlich den Anmeldebildschirm auf, über den man ein Handy mit dem Wagen verbinden kann, und schließt diesen Bildschirm gleich wieder, startet eine Art automatischer Verbindungsvorgang. Kurz gesagt: Der Wagen verbindet sich danach ohne Umschweife mit jedem Handy, das sich in unmittelbarer Reichweite befindet.« Ben blies die Wangen auf. »BMW hat uns diesen *harmlosen Fehler* bestätigt und versichert, dass nur eine Handvoll Wagen damit ausgeliefert wurden.«

»Und wie genau führt uns das nun zu unseren Tätern?«, fragte Voss.

»Na ja. Ganz so harmlos, wie die Firma behauptet, ist der Bug in Wirklichkeit nicht. Denn der Wagen verbindet sich nicht nur automatisch mit den Handys, sondern er speichert auch ungefragt deren Anruferlisten. Der datentechnische Super-GAU.« Ben griente von einem Ohr bis zum anderen und rief eine zweite Liste auf. »Voilà, meine Damen und Herren. Das ist die Anruferliste des Samsung-Handys. Und damit hatten wir eine Telefonnummer, mit der wir was anfangen konnten.«

Mit einem kribbeligen Gefühl im Magen setzte Voss sich aufrechter hin.

Prometheus' Nummer, hatte Ben gesagt. Und: *Der Wagen hat sie uns verraten.*

An dieser Stelle übernahm Runge wieder. »Kriminaloberrat Tannhäuser hat die Genehmigung für eine stille SMS erwirkt. Der Besitzer des Samsung-Handys, mit dem unsere Doppelmörder mehrfach telefoniert haben, befindet sich zu dieser Sekunde exakt hier.«

Auf sein Zeichen hin rief Ben ein letztes Foto auf. Es zeigte ein Satellitenbild von Berlin, auf dem eine typische tropfenförmige Markierung ein einzelnes Gebäude kennzeichnete. Das Bild zoomte ran, bis eine in ein Gewerbegebiet umgebaute Kaserne zu sehen war. Und dann zoomte das Bild auf einen der Eingänge. Auf dem Logo neben der Tür war ein stilisiertes Mikroskop zu sehen.

Darunter stand ein Name: YouGen.

Tom erwachte an diesem Morgen früh, und sein erster Griff ging zum Handy. Keine Nachricht, weder aus dem Krankenhaus noch von Isabelle. War das ein gutes Zeichen? Er konnte es nur hoffen. Er wandte den Kopf. Nina lag auf der anderen Seite des Bettes, ihr kurzes blondes Haar war vom Schlaf verstrubbelt, und zwei kleine Muttermale an ihrem Hals hoben sich deutlich sichtbar von ihrer hellen Haut ab.

Der Anblick berührte etwas in ihm, und seine Gedanken wanderten zu der vergangenen Nacht zurück. Wie peinlich es ihm gewesen war, dass er schweißgebadet und panisch das Essen von gefühlt zwei Wochen in die Toilettenschüssel gekotzt hatte! Er erinnerte sich noch gut an seine Verwunderung, weil Nina immer noch da gewesen war, selbst nachdem er ausgiebig geduscht und sich die Zähne geputzt hatte. Und auch an den Rest dieser überaus sonderbaren Nacht erinnerte er sich. Daran, wie er mehrmals vergeblich versucht hatte, Isabelle zu erreichen und von ihr zu erfahren, wie es Sylvie ging. Daran, wie Nina dabei missbilligend die Lippen zusammengepresst hatte. Anschließend hatten er und sie stundenlang geredet. Nina hatte auf dem Bett gesessen und er auf dem Fußboden davor, weil der einzige Stuhl in seinem Zimmer zu unbequem war für langes Sitzen. Als ihm mehrmals nacheinander vor Müdigkeit der Kopf auf die Brust gesunken war, hatte Nina ihn ziemlich direkt gefragt, ob sie gehen sollte.

Er hatte es verneint, indem er wortlos zu ihr auf das Bett geklettert war, sich neben sie gelegt und sich von ihr in den Arm hatte ziehen lassen. Woraufhin er nahezu augenblicklich in einen unruhigen Schlaf gesunken sein musste. Mitten in der Nacht, das war seine letzte Erinnerung, war er zweimal aus unfassbar blutigen Albträumen aufgeschreckt, und beide Male hatte Nina ihm leise ins Ohr geflüstert.

»Alles ist gut.«

Jetzt, da er sie seinerseits beim Schlafen beobachtete, flutete ein tiefes Gefühl von Zuneigung seinen Brustkorb, und sein Unterleib machte sich mit einem verräterischen Pochen bemerkbar. Er zog den Arm unter seinem Körper hervor und starrte auf seinen Ehering.

Irgendwann schlug Nina die Augen auf. Ihr Blick war verschleiert, aber sie lächelte. »Guten Morgen.« Sie setzte sich auf, blickte an sich hinab. »Tz«, machte sie.

Genau wie er war sie vollständig angezogen.

Er lehnte sich gegen die Wand am Kopfende des Bettes und wartete darauf, was sie sagen würde. Ging sie davon aus, dass er wenigstens jetzt einen Versuch startete, mit ihr zu schlafen? Er wusste es nicht.

Wollte er mit ihr schlafen?

Gewisse Teile seines Körpers gaben ihm eine ziemlich eindeutige Antwort auf diese Frage, und kurz flackerte ein Wunschbild in ihm auf: Nina unter ihm, die ihn in sich aufnahm und dabei lustvoll stöhnte.

Er versuchte, in ihrer Miene zu lesen, was sie dachte, aber vergeblich. Sie war ein Rätsel für ihn, und zum ersten Mal seit Jahren kam er sich wieder so unerfahren und linkisch vor wie als Teenager.

Ihr schien es nicht anders zu ergehen, denn sie lachte verlegen auf. »Irgendwie haben wir uns in der Nacht zurück in Fünfzehnjährige verwandelt, oder?«

Er spürte, wie sich ein Lächeln auch auf seine Züge legte. »Knutschen und Fummeln, aber nichts weiter?«

»Wir haben nicht geknutscht.« Ein Schatten flog über ihre Miene, und wieder wusste er nicht, was sie dachte.

»Stimmt.« Er atmete tief ein, dann wieder aus und fügte hinzu: »Danke.«

»Wofür?«

»Fürs Dasein.«

»Das habe ich gern gemacht.« Sie erhob sich von der Bettkante. »Ich glaube, ich gehe dann mal.«

»Ja«, sagte er und biss sich auf die Lippe, weil er eigentlich *Bitte nicht!* hatte sagen wollen.

Als Nina vor dem Gebäude von YouGen aus dem Taxi stieg, wunderte sie sich über mehrere Polizeiwagen vor der Tür.

Sie überwand die wenigen Stufen zum Eingang mit zwei großen Schritten. Im Empfang blieb sie überrascht stehen. Sämtliche Mitarbeiter von Ethan standen auf dem Flur. Ein uniformierter Polizist befand sich bei ihnen. Wie ein Aufpasser hatte er hinter dem verwaisten Tresen Aufstellung genommen. Die Empfangsdame hingegen stand bei den Wissenschaftlern. Die ganze Versammlung machte auf Nina spontan den Eindruck einer verwirrten Schafherde.

»Was geht denn hier vor?«, erkundigte sie sich.

Der Polizist am Empfang wandte sich zu ihr um. »Arbeiten Sie hier?«

Sie war zu überrascht, um ihre etwas komplizierte Funktion in diesem Laden zu erklären, darum nickte sie einfach.

»Dann stellen Sie sich bitte zu den anderen«, verlangte der Polizist.

Nina gehorchte mit einem ungutem Gefühl. Sie sah in lauter Gesichter, die alle Formen von Emotionen widerspiegelten – von Ärger über Ratlosigkeit bis hin zu Schrecken. Maren, die bis eben dicht neben Ethan gestanden hatte, schob sich an den anderen vorbei und brachte den Mund verschwörerisch dicht an Ninas Ohr. »Die gleichen Klamotten wie gestern?«

Nina schoss augenblicklich Farbe ins Gesicht. »Was ist hier los?«, wich sie aus.

Etwas enttäuscht, weil Nina nicht auf ihre anzügliche Frage einging, zuckte Maren mit den Schultern. »Die sind hier plötzlich aufgetaucht, haben mit einem Beschluss rumgewedelt und durchwühlen gerade alle Räume und Labors.«

»Weswegen?«

»Keine Ahnung. Offenbar suchen sie irgendein Handy.«

Auf der anderen Seite von Nina gesellte sich nun auch Ethan zu ihnen. »Sie suchen ein Handy, das im Zuge ihrer Ermittlungen gegen Prometheus aufgetaucht ist.« Er gab sich alle Mühe, seinen Schock zu verbergen, aber Nina konnte ihm ansehen, dass ihm das Herz bis zum Hals schlug.

Kein Wunder. Die Polizei in Mannschaftsstärke in die eigene Firma einfallen zu sehen war keine Erfahrung, die man gern machte.

Nina reckte den Hals, um in eines der Labors zu schauen, wo zwei Uniformierte dabei waren, die Schränke und Schreibtische zu durchsuchen. Eine Frau in Zivil war bei ihnen und überwachte die Aktion. Es war Kommissarin Voss.

»Als sie hier angekommen sind, haben sie allen befohlen, ihre Handys rauszunehmen, und sie hat eine Nummer gewählt«, erklärte Maren. »Aber offenbar ist das Telefon, das sie suchen, ausgeschaltet. Darum filzen sie jetzt die gesamte Firma.«

»Und halten uns von unserer Arbeit ab!«, fügte Ethan grummelnd hinzu. Sein Unterkiefer bildete eine harte Linie, und seine Augen funkelten aufgebracht.

Nina beugte sich zu ihm herüber. »Weißt du schon was wegen Sylvie?«

Noch immer grummelnd schüttelte er den Kopf.

Sie wollte nachhaken, aber sie ließ es bleiben, weil Kommissarin Voss aus dem Labor kam und ihre Blicke sich trafen. »Frau Dr. Falkenberg.« Voss wirkte überrascht.

»Sie ist eben dazugekommen«, informierte der Beamte am Empfang sie.

Die Kommissarin nickte. »Aha. Wo waren Sie davor?«

Nina presste die Lippen aufeinander, entschloss sich dann aber, ehrlich zu sein. »Bei Herrn Morell.« Sie ignorierte Marens Feixen und erklärte: »Seiner Tochter geht es sehr schlecht. Ich dachte mir, dass sich jemand um ihn kümmern muss. Ihn nicht allein lassen und so.«

»Aha«, machte Voss erneut.

Nina spürte, dass ihre Wangen schon wieder rot anliefen. »Halt bloß die Klappe!«, zischte sie Maren zu, aber die grinste nur.

»Wem gehört dieses Handy hier?«, fragte in diesem Moment ein älterer Polizist, der ebenso wie Voss in Zivil war.

Betretenes Schweigen machte sich breit. Die Hälfte der Anwesenden starrte auf den Boden, die andere Hälfte schaute sich fragend um. In vielen Gesichtern las Nina Irritation.

Kommissarin Voss jedoch trat vor Ethan hin. »Wenn ich dieses Telefon auf Fingerabdrücke untersuchen lasse, werde ich dann Ihre finden?«

Ethans Lippen teilten sich. Pressten sich aufeinander.

»Das Telefon wurde in einem Versteck in Ihrem Büro gefunden, Dr. Myers. Soweit ich das sehe, reicht das jetzt aus, um Sie mit den Anschlägen von Prometheus in Verbindung zu bringen. Ich nehme Sie hiermit also vorläufig fest.«

13

Nachdem Nina fort war, kam Tom das Zimmer nochmal so leer und trostlos vor wie zuvor. Wie in der Nacht versuchte er, Isabelle zu erreichen, aber sie hatte ihr Handy immer noch ausgeschaltet. Also rief er im Krankenhaus an und erfuhr, dass Sylvies Zustand unverändert war. Es gab weder eine Verbesserung noch eine Verschlechterung, und er wusste nicht, ob das gute oder schlechte Nachrichten waren. Er duschte, zog sich neue Klamotten an. Dann holte er Handfeger und Kehrblech aus der Gemeinschaftsküche, kehrte Blumentopfscherben, Erde und die traurige Palme mit den raschelnden Blättern auf und warf alles zusammen in den Mülleimer.

Einige Sekunden lang starrte er danach auf den Erdfleck an der Wand. Isabelle wollte ihn nicht im Krankenhaus haben. Er knirschte mit den Zähnen. *Scheißegal!* Heute würde er sich nicht von ihr vom Bett seiner Tochter verjagen lassen. Er schnappte sich seine Lederjacke und machte sich auf den Weg.

Isabelle war da, als er Sylvies Zimmer betrat. An den tiefen Schatten unter ihren Augen und an dem Kostüm unter ihrem Krankenhauskittel, das das gleiche wie gestern war, erkannte er, dass sie die ganze Nacht am Bett ihrer Tochter gesessen haben musste. Er machte sich darauf gefasst, erneut von ihr angegangen zu werden, aber zu seiner Verwunderung war sie heute Morgen versöhnlicher gestimmt.

»Keine Veränderung«, sagte sie statt einer Begrüßung.

»Ja.« Er trat an Sylvies Bett. »Ich weiß. Ich habe vorhin auf Station angerufen.«

Sie verstand den versteckten Vorwurf – *warum hast du dein Handy aus?* –, aber wieder verwunderte sie ihn. Sie ging nicht zum Angriff über. Im Gegenteil. »Es tut mir leid, dass ich gestern so aggressiv war.«

Er verbiss sich einen spöttischen Spruch, aber auch ein *Schon gut* kam ihm nicht über die Lippen. Alles, was er zuwege brachte, war ein knappes Nicken. Das Bett seiner Tochter kam ihm vor wie ein unüberwindlicher Abgrund zwischen ihnen. Noch nie hatte er sich seiner Frau ferner gefühlt.

Irgendwann kam Dr. Heinemann herein. Er begrüßte erst Isabelle, schließlich Tom und untersuchte dann Sylvies Vitalwerte. »An ihrem Herzschlag hat sich nichts geändert. Die weißen Blutzellen haben zugenommen und der Hämoglobinwert geht etwas runter.« Er lächelte matt. »Das bedeutet, Sylvies Immunsystem hat einen Eindringling erkannt.«

»Ist das gut oder schlecht?«, fragte Isabelle.

»Es macht Hoffnung.«

Schwester Tanja kam herein. Auf Heinemanns Anweisung hin maß sie Sylvies Temperatur.

»Achtunddreißig Komma neun«, verkündete sie. »Keine Veränderung zu den Werten in der Nacht.«

Tom schloss die Augen. Als er sie wieder öffnete, sah Heinemann ihm direkt ins Gesicht. »Wir wussten, dass hier Geduld gefragt ist. Wir werden noch etwas warten müssen, bis wir wissen, wer in der Schlacht die Oberhand behält, die Phagen oder die Bakterien.« Er sah Isabelle in das erschöpfte Gesicht. »Sie sollten jetzt besser gehen. Die Schwester hat mir erzählt, dass Sie die ganze Nacht hier waren …«

Isabelle schien ihn nicht gehört zu haben. Sie reagierte jedenfalls nicht, sondern starrte weiter auf Sylvies blasses, eingefallenes Gesicht. Tiefe Falten hatten sich um ihre Mundwinkel gegraben, und ihre Haut wirkte so dünn, dass die violetten Schatten unter ihren Augen Tom so vorkamen, als hätte jemand sie geschlagen.

»Wollen Sie Ihre Frau nicht nach Hause bringen, Herr Morell?«, fragte Dr. Heinemann. »Sie können Sylvie in diesem Kampf nicht helfen, und es nützt niemandem etwas, wenn einer von Ihnen beiden uns hier zusammenklappt.«

Widerwillig nickte er. Sein Kopf tat weh, sein Herz auch. Eigentlich sein gesamter Körper. Er umfasste Sylvies Hand, hatte Mühe, sie wieder loszulassen.

Schwester Tanja berührte ihn am Ellenbogen. »Wir werden Sylvie ein bisschen Musik anmachen, das erweist sich oft als unterstützend bei Menschen, die im Koma liegen. Sie mag die Zauberflöte, nicht wahr?«

»Turandot«, warf Isabelle ein. »Sie liebt besonders Nessun Dorma.«

Schwester Tanja nickte. »Dann also Turandot.«

Tom dachte an das Gespräch zurück, das er mit Sylvie über diese beiden Opern geführt hatte. Hatte sie da nicht gesagt, dass die *Königin der Nacht* ihr Lieblingslied war? Er wusste es nicht mehr genau, darum hielt er lieber den Mund.

Das Beatmungsgerät presste einen weiteren Atemzug in die malträtierte Lunge seines Mädchens. Er schwankte kurz. Dann umrundete er das Bett und nahm Isabelle am Arm. »Dr. Heinemann hat recht: Du musst dich ein bisschen ausruhen.«

Als habe sie keinen eigenen Willen mehr, ließ Isabelle sich von ihm auf die Beine helfen. Er verabschiedete sich von dem Arzt, bat noch einmal darum, sofort angerufen zu werden, sobald sich der Zustand seiner Tochter änderte, und führte Isabelle dann nach draußen.

Vor dem Haupteingang der Klinik blieb sie stehen wie eine Puppe, deren Mechanismus abgelaufen war. »Ich will, dass sie gesund wird«, hörte Tom sie flüstern. Plötzlich waren ihre Wangen tränenüberströmt.

Der Anblick stürzte Tom in noch tiefere Hilflosigkeit. Ein älteres Pärchen ging vorbei, die Frau warf ihm einen mitleidigen Blick zu. Tom hätte am liebsten irgendwas zertrümmert. »Komm«, sagte er zu Isabelle. »Ich bringe dich nach Hause.«

Anders als die letzten Male widersprach sie ihm diesmal nicht. Sie ließ sich von ihm bis in die Wohnung führen, wo er ihr einen starken Kaffee machte. Während die Maschine ihre Arbeit aufnahm und aromatischer Geruch die makellos aufgeräumte Küche flutete, rief Tom mit Isabelles Handy ihre Schwester Valérie an.

»Kannst du kommen?«, fragte er ohne jegliche Begrüßung. Valérie wusste Bescheid darüber, dass man gestern mit Sylvies Behandlung den Weg der allerletzten Hoffnung beschritten hatte.

»Natürlich«, sagte sie sofort. »Ich bin in zehn Minuten da.«

Tom nutzte die Zeit, um Isabelle aus der Jacke zu helfen, ihr den Kaffee zu reichen und darauf zu achten, dass sie ihn auch trank. Er hatte sie auf das Sofa gesetzt. Mittlerweile hatte sie die Schuhe abgestreift und die Füße untergeschlagen. Der Anblick erinnerte ihn an die junge Frau, die er vor einer halben Ewigkeit kennengelernt hatte.

Es mochten fünf Minuten vergangen sein, als sein Handy klingelte. Er erkannte Ninas Nummer, aber er ging nicht ran, auch nicht, als es nur Sekunden später noch einmal klingelte. Dann signalisierte das Gerät mit einem Vibrieren, dass er eine Nachricht erhalten hatte.

Bitte ruf mich umgehend zurück, hatte Nina geschrieben. *Bei YouGen ist was Schlimmes passiert.*

Er zögerte. Beim Lesen der Nachricht hatte er darauf geachtet, dass Isabelle nicht auf das Display schauen konnte, aber er hatte sie unterschätzt. Sie war nicht dumm.

Mit einem letzten leisen Schniefen sagte sie: »Ist sie das?«

»Wer sie?«

»Na, diese Nina. Deine Neue.«

Es zog ihm den Boden unter den Füßen weg, dass sie jetzt

damit anfing. Wut und Scham ballten sich in seiner Brust und machten ihm das Atmen schwer. Er dachte an die vergangene Nacht, daran, dass zwischen ihm und Nina nicht das Geringste passiert war. Warum zum Teufel hatte er trotzdem so ein schlechtes Gewissen?

Die Antwort war einfach: weil er gewollt hatte, dass etwas passierte.

Isabelle stieß ruckartig das Kinn vor. »Na los! Ruf sie an! Das ist es doch, was du willst!«

»Hör auf, Isabelle!« Er konnte nicht verhindern, dass er aggressiv klang, und auch dafür schämte er sich. Er wusste schließlich, dass Isabelle dazu neigte, Nebenkriegsschauplätze zu eröffnen, wenn ihr etwas auf der Seele lag. Zu seiner grenzenlosen Erleichterung klingelte es an der Wohnungstür, bevor die Sache eskalieren konnte.

Valérie war da.

Sie begrüßte Tom mit derselben kühlen Verachtung, die sie ihm gegenüber schon immer an den Tag gelegt hatte. Dann rauschte sie an ihm vorbei und kniete sich vor seiner Frau auf den Teppich. »Isa, ma petite!«

Tom sah noch mit an, wie sie Isabelle an sich zog. Gleich darauf jedoch verließ er die Wohnung. Die Tür zog er lautlos hinter sich ins Schloss.

Er musste erst ein paar hundert Meter Entfernung zwischen sich und die Wohnung bringen, bevor er es schaffte, Nina anzurufen. *Bei YouGen ist was Schlimmes passiert …*

»Was …?«, wollte er fragen, aber sie ließ ihn nicht ausreden.

»Sie haben Ethan verhaftet«, würgte sie hervor. »Sie glauben, er ist Prometheus.«

Ein Streifenwagen kam Tom entgegen, als er in die Straße einbog, in der YouGen lag.

Sie haben Ethan verhaftet, hallten Ninas Worte in ihm wider.

Er hastete die Stufen hoch und durch die Sicherheitsglastür, die nicht schnell genug zur Seite glitt, sodass er sich die Schulter anstieß.

Mehrere Laborangestellte standen in der Empfangshalle und auf dem angrenzenden Flur. Sie wirkten ratlos und geschockt und unterhielten sich leise miteinander.

»Ich kann es einfach nicht glauben!«, hörte Tom eine junge Frau sagen, deren Augen hinter einer Brille riesengroß waren.

»Tom!« Nina stand in der Tür des vorderen Besprechungsraumes. Er eilte auf sie zu, aber bevor er sie erreichte, machte sie kehrt und betrat den Raum. Tom folgte ihr. Maren saß auf einem der Stühle und wiegte sich ruckartig vor und zurück.

Tom wandte sich an Nina. Sie war bleich.

»Sie haben ihn mitgenommen«, murmelte sie. »Sie sagen, er ist Prometheus! Wenn das stimmt, Tom, hat er … all diese Menschen in dem Altersheim vergiftet … Und offenbar ist er auch verantwortlich für den Tod dieser beiden Polizisten und … und …« Die Stimme versagte ihr, und da zögerte er nicht mehr. Er zog Nina an seine Brust. In derselben Sekunde begann sie zu zittern. Sie lehnte die Stirn gegen seine Schulter, und er konnte die Wärme spüren, die von ihr ausging.

Über sie hinweg ließ er den Blick zu Maren gleiten. Deren Augen glänzten vor ungeweinten Tränen, und er dachte daran, wie Nina bei ihren langen Gesprächen vergangene Nacht auch über sie geredet hatte. Maren wäre sonst eher der flatterhafte Typ, hatte sie gesagt. Aber das mit Ethan schien was Besonderes zu sein …

Die Kollegen brachten Ethan Myers in einen Verhörraum am Tempelhofer Damm, in dem Voss ihn über seine Rechte als Beschuldigter aufklärte und ihn fragte, ob er einen Anwalt wolle. Lukas brachte unterdessen das gefundene Handy ins KTI.

»Ich brauche keinen Anwalt. Ich bin nicht Prometheus, das

habe ich Ihnen kürzlich schon gesagt.« Myers legte beide Hände flach auf die Tischplatte, als er das hervorpresste.

Voss wechselte einen Blick mit Runge.

»Das Handy, das wir gefunden haben«, begann sie ihre Befragung. »Ist das Ihres, Dr. Myers?«

Er zuckte die Achsel.

»Sagt Ihnen der Name Jegor etwas?« Sie hoffte auf ein Zeichen des Erkennens, ein winziges Blinzeln oder Stutzen oder irgendetwas anderes, das ihr verraten würde, dass er Jegor kannte, aber so einfach war er nicht zu knacken.

»Nein«, sagte er. Er schien jetzt sein inneres Gleichgewicht wiedergefunden zu haben. Gelassen lehnte er sich zurück und sah ihr geradeaus ins Gesicht.

Was ein Arschloch, dachte sie spontan, entschied sich aber, völlig ruhig und freundlich weiterzufragen. »Wir wissen, dass Sie von diesem Handy aus mehrfach mit einem Mann namens Jegor telefoniert haben. Wir wissen auch, dass dieser Jegor in Zusammenhang steht mit der Ermordung von insgesamt fünf Menschen, zwei davon Polizeibeamte. Was hatten Sie und Jegor so oft zu besprechen, Dr. Myers? Haben Sie ihm Anweisungen gegeben, wen er und seine Partner als Nächstes erschießen sollen?«

Die einzige Reaktion, die Myers auf diesen Frontalangriff zeigte, war ein weiteres Achselzucken. »Wie ich bereits sagte: Ich kenne niemanden mit Namen Jegor.«

»Gut. Gehen wir das Ganze mal von einer anderen Seite an. Sie sind Inhaber einer Firma, in deren Labors mit biologischem Material gearbeitet wird. Wenn wir in Ihren Schränken nachsehen, finden wir dort dann auch Listerien und Salmonellen?« Sie öffnete die Akte, die sie vor sich hingelegt hatte, und warf einen Blick hinein. »Genauer gesagt: multiresistente Listeria monocytogenes und Salmonella enterica.«

»Vermutlich. Wir sind ein Analyselabor für mehrere Ärzte

und Krankenhäuser in der Stadt, und diese Bakterienstämme liegen sicherlich als Referenzstämme bei uns vor.«

»Finden wir auch gefährlichere Stoffe in Ihrer Firma?«

»Wovon genau reden Sie?«

Voss ging nicht auf diese Rückfrage ein. Sie konnte förmlich sehen, wie es hinter Myers Stirn arbeitete. Sie wartete und machte sich in Gedanken eine Notiz, eine Genehmigung, diesmal für die Suche nach diesen Stoffen, zu beantragen.

Eine Minute verging in Schweigen.

»Sie engagieren sich für die Pandemic Fighters«, setzte Voss nach.

»Auch das hatten wir bereits, ebenso wie Ihre Frage danach, was ich auf der Hochisolierstation der Charité zu suchen hatte.«

»Sind Sie Prometheus?« Die Frage schoss sie förmlich auf ihn ab.

Er zuckte nicht einmal mit der Wimper. »Nein«, antwortete er. »Ich bin nicht Prometheus.«

Voss blätterte die Akte um. Irgendwann in den vergangenen anderthalb Wochen hatte sie Lukas gebeten, das Bekennervideo zu verschriftlichen und einen Ausdruck davon zu machen. Dieser Ausdruck hatte die ganze Zeit an ihrer Fallwand gehangen, aber im Vorfeld dieser Befragung hatte sie ihn abgenommen und in die Akte gelegt.

Jetzt las sie Auszüge daraus vor. »*Prometheus hat den Menschen das Feuer der Erkenntnis gebracht. Und das sehe ich auch als meine Aufgabe an. Ich will, dass ihr in Panik geratet. Oder: Stellt euch vor, ihr schneidet euch beim Abendbrotmachen in den Finger und sterbt an dieser kleinen Wunde. Stellt euch vor, euer Kind kommt ein paar Wochen zu früh zur Welt, und die Ärzte können es nicht retten, weil Antibiotika nicht mehr wirken! Stellt euch vor, ihr bekommt eine Lungenentzündung, und sie ist euer Todesurteil!* Oder: *Sorgt dafür, dass die Verantwortlichen endlich handeln!*« Sie machte eine Pause. »Stammt das von Ihnen?«

Er starrte sie nur an. Zwischen seinen Augenbrauen stand eine steile Falte. Seine ganze Haltung war mittlerweile die eines Mannes, der hochgradig angepisst war.

Ungerührt legte Voss nach. »Sie engagieren sich für die Pandemic Fighters. Unsere Linguisten konnten nachweisen, dass der Duktus dieses Bekennervideos den Pressemitteilungen der Initiative ähnelt.«

»Na und?«

»Haben Sie Jegor den Auftrag gegeben, im Altersheim St. Anton eine Quarkspeise mit resistenten Listerien zu verseuchen?«

»Nein.«

»Oder eine Spritze mit Salmonellen in den Heuerschen Höfen zu platzieren?«

»Nein.«

»Was ist Ihr Ziel?«

An dieser Stelle hob Myers den Blick. Kam jetzt ein Geständnis? Wohl kaum. Myers schwieg.

Voss zitierte weitere Sätze aus dem Video. »*Steht auf! Setzt euch ein für euer Leben und eure Rechte! Sorgt dafür, dass die Verantwortlichen endlich handeln!*«

»Klingt doch überaus vernünftig«, sagte Myers trocken.

Voss hätte ihn am liebsten gepackt und geschüttelt. »Hatten Sie weitere Anschläge geplant?«, fragte sie.

Schweigen.

Sie beschloss, ihre Taktik zu ändern. Sie nahm Fotos von ihren beiden toten Kollegen, von Victor Wolkow, Michail Rassnow und der Antiquarin heraus. Eines nach dem anderen legte sie vor Myers hin. »Der Mann, mit dem Sie so oft telefoniert haben, ist dafür verantwortlich.«

Es klopfte an der Tür. Runge, der die ganze Zeit aufmerksam zugehört und Myers dabei nicht aus den Augen gelassen hatte, stand auf und wechselte durch den Türspalt hindurch ein paar Worte mit jemandem. Als er zurück an den Tisch kam, sagte er: »Das war einer vom KTI. Sie haben die Fingerabdrücke auf dem Handy mit denen von Herrn Myers verglichen. Sie stimmen überein.«

Zu ihrer Überraschung lächelte Myers plötzlich. Mit der Zunge fuhr er sich über die Lippen, und es sah aus, als sei er kurz davor, etwas Wichtiges zu sagen.

Genau das tat er auch. »Ich glaube, ich will jetzt doch einen Anwalt.«

Tom stand am offenen Fenster seines Zimmers und starrte in die Abenddämmerung hinaus. Die Zigarette, die er sich angezündet hatte, war zur Hälfte verglommen, ohne dass er einen einzigen Zug gemacht hatte.

»Ich muss Isabelle anrufen«, sagte er. Seine Finger kribbelten ebenso wie die Haut in seinem Genick.

Hoffnung, dachte er. *So fühlt sich Hoffnung an.*

Vor fünf Minuten hatte Dr. Heinemann angerufen und ihm mitgeteilt, dass Sylvies Fieber leicht runtergegangen war und sie immer noch keine Anzeichen eines septischen Schocks zeigte. Tom wollte sich an diesen guten Zeichen festklammern, wollte wenigstens für eine Weile ein bisschen weniger Angst haben. Aber er wusste nur zu gut, wie schnell sich Hoffnungen zerschlagen konnten. Und einen danach in noch tiefere Verzweiflung stürzten.

Eine Bewegung hinter seinem Rücken ließ ihn den Kopf wenden. Nina trat an ihn heran, legte die Arme um ihn und schmiegte die Wange an seinen Rücken. Nachdem sie sich vergewissert hatte, dass ihre Freundin Maren mit der Verhaftung ihres Geliebten klarkommen würde, hatte sie darauf bestanden, ihn hierher zu begleiten. Jetzt ihre Berührung zu spüren – ihre vor seinem Bauch verschränkten Hände, ihren warmen Körper an seinem Rücken – ließ das Verlangen, dem er vergangene Nacht nicht nachgegeben hatte, neu aufflackern.

Er räusperte sich.

Sie lachte auf.

»Was?«, fragte er und drückte die unberührte Zigarette im Aschenbecher auf der Fensterbank aus.

»Nichts. Aber du wirkst ein bisschen so, als wäre ich eine Schwarze Witwe, die vorhat, dich nach der Begattung aufzufressen.«

Himmel!, schoss es Nina durch den Kopf. Das war einer dieser strunzdummen Biologensprüche, die ihr früher manchmal rausgerutscht waren, wenn sie mit einem schüchternen Kommilitonen ins Bett gegangen war. Hier bei Tom kamen ihr die Worte unendlich dämlich vor. Und peinlich dazu.

»Nicht dass ich …« Sie verstummte, bevor sie alles nur noch schlimmer machte.

In ihrem Arm drehte er sich um. »Nicht dass du … was?«

Sie musste den Kopf in den Nacken legen, um ihm ins Gesicht zu sehen. Ein Lächeln spielte um seine Mundwinkel, und sie wünschte sich, es würde auch seine ernsten Augen erreichen. Sie spürte, wie ihre Wangen rot wurden.

Tom lachte leise. Dann hob er eine Hand, berührte Nina mit dem Daumen sanft am Kinn. Ein Kribbeln übertrug sich von seiner Haut auf ihre, rann ihren Körper entlang und schoss ihr tief in den Unterleib. Behutsam legten sich seine Hände um ihr Gesicht. Er beugte sich zu ihr herab, zögerte.

Mach schon!

Er rührte sich nicht. Sie ahnte, dass sie ihm entgegenkommen musste, und genau das tat sie. Sie küsste ihn. Es war ein Gefühl wie ein Stromschlag, der ihre Knie weich werden ließ.

Tom ahnte, dass sie taumeln würde. Er ließ ihr Gesicht los, zog sie in seine Arme und erwiderte den Kuss. Seine Hände suchten und fanden den Weg unter ihr Shirt, und als sie ihm seines aus dem Hosenbund zerrte, drängte er sie rückwärts bis zum Bett.

»So sieht also die Zombieapokalypse aus«, sagte Tom sehr viel später. Er lag auf der Seite, hatte den Ellenbogen aufgestellt und den Kopf in die Hand gestützt.

»Ich verstehe nicht«, flüsterte sie. Sie fühlte sich noch zitterig von seinen Küssen, von seinen Händen auf ihrer Haut, seinem Körper auf ihrem. In ihrem. Ihr Herz jagte, und der Luftzug, der durch das angekippte Fenster hereindrang, strich über ihren schweißnassen Bauch.

Toms Blick ging über sie hinweg zu dem Stuhl, auf und um den verstreut ihre Kleidung lag, ihr nachtblaues Seidentop und das Höschen obenauf. Ein jungenhaftes Lächeln hob seine Mundwinkel, und für den Moment war der ernste Ausdruck aus seinen Augen verschwunden. »*Und wenn die Welt in einer Zombieapokalypse untergeht, ich werde Ihnen nicht meine Unterwäsche zeigen!* Das hast du in dieser Toilette gesagt, als wir nach den Wanzen gesucht haben.«

Sie wurde schon wieder rot, obwohl es völlig bescheuert war, nachdem sie ihm kurz zuvor mit begehrlicher Hast die Klamotten vom Leib gerissen und ihn auf sich gezerrt hatte. »Stimmt.« Sie schloss die Augen und lauschte in sich hinein. Gerade war alles warm und wohlig und so gut, dass sie den Scherz hinunterschluckte, der ihr schon auf der Zunge lag.

Tom neben ihr bewegte sich.

Als sie die Augen wieder öffnete, sah sie, dass er den Kopf auf den angewinkelten Ellenbogen gelegt hatte, sie aber immer noch anblickte. Seine Pupillen waren so weit, dass sie das Gefühl hatte, bis in die Tiefe seiner Seele zu sehen. Sie drehte sich gleichfalls auf die Seite, sodass ihre Gesichter nur Zentimeter voneinander entfernt waren. Sein Atem streifte über ihre Stirn.

»Ich habe mich an dem Tag schon gefragt, ob du welche hast und vor allem, wo.« Mit dem Zeigefinger tippte er auf das kreisförmige Tattoo, das sie auf den Rippen dicht beim Herzen trug. Es zeigte einen Baum mit verschlungenem Wurzel- und Blattwerk.

»Jetzt weißt du es.«

»Stimmt. Es ist das einzige.« Er grinste. »Ich habe ziemlich gründlich nachgesehen.«

Ihr wurde warm bei diesen Worten. Sie lächelte. »Wohl wahr.«

Er schwieg einen Moment, streichelte über das Tattoo. »Wofür steht es? Es sieht ein bisschen aus wie eine nordische Weltenesche.«

»Es ist ein Baum des Lebens. Für uns Biologen steht er symbolisch für die Evolution.«

»Du musst deinen Beruf sehr lieben, dass du ihn in der Nähe des Herzens trägst.«

Ein feines, aber sehr schmerzhaftes Gefühl von Traurigkeit erfasste sie, und sie wollte es nicht. Nicht jetzt.

Da hielt er mit dem Streicheln inne, und etwas sagte ihr, dass er den Grund für ihre plötzliche Traurigkeit entdeckt hatte. In den Wurzeln des Baumes war ein Name verborgen. *Georgy.* Sie sah Tom schwer schlucken. »Er war dein Fundament, oder?«

Sie wollte jetzt nicht über Georgy reden, wollte die Trauer nicht in dieses Bett lassen, dazu fühlte sie sich mit Tom viel zu wohl. »Du hast keins«, sagte sie. »Und ich habe auch ziemlich genau nachgesehen.«

»Stimmt.« Er lachte leise. Das Geräusch ging ihr durch und durch.

»Das finde ich ungewöhnlich.«

»Weil ich der Typ bin, zu dem Tattoos gehören?«

Es war ihr ein bisschen peinlich, aber irgendwie war es wohl genau das, was ihr spontan durch den Kopf geschossen war. Ihr

Lächeln kehrte zurück. »Vielleicht habe ich mir vorgestellt, wie du dir irgendwo in Indonesien eins hast machen lassen. In so einem finsteren Hinterhof.«

»Wenn schon, dann in einem Knast in Hyderabad.« Er versank eine Weile lang in seinen Gedanken. Dann fragte er: »Du hältst mich für einen ziemlichen Abenteurer, oder?«

»Bist du das nicht?«

Diesmal war er es, der schluckte, und sie spürte, dass das Gespräch in eine Richtung lief, die ihn schmerzte. Beide hatten sie offenbar in ihrer Vergangenheit eine Menge Minen vergraben. »Warum hast du keins?«, kehrte sie zu ihrem Thema zurück.

Er zuckte mit den Schultern. Auch er war schweißnass, und sie konnte den Blick einfach nicht von ihm lassen. »Vielleicht bin ich zu feige, mich dem Schmerz zu stellen.«

»Sagt der Mann, der sich für Max eine Kugel eingefangen hat.« Sie richtete sich halb auf und tastete nach der Stelle an seinen Rippen, die mittlerweile so weit verheilt war, dass nur noch zwei Klammerpflaster sie bedeckten.

Er hielt ihre Hand fest. »Es war nur ein harmloser Streifschuss, Nina.«

Auf einmal standen die Dinge, die sie gemeinsam erlebt hatten, im Raum und nahmen ihnen beiden den Atem. Nina biss die Zähne zusammen. »Also?« Sie versuchte, so leichthin wie möglich zu klingen. »Kriege ich dann mal eine Antwort auf meine Frage?«

»Ich hatte mal vor, mir eins stechen zu lassen. Kurz nach Sylvies Geburt. Da wollte ich mir ihren Namen hierhin tätowieren lassen.« Er deutete auf die Stelle dicht über seiner linken Brustwarze.

»Warum hast du es nicht getan?«

Er zögerte. Als er schließlich wieder sprach, klang es, als müsse er über eine Klippe springen. »Ich konnte nicht. Ich hatte zu der Zeit einen Freund, der schwer krebskrank war, und ich wollte mir nicht die Möglichkeit verbauen, ihm Knochenmark zu spenden.«

Okay, Nina. Na, herzlichen Glückwunsch! Plötzlich war sämtliche Leichtigkeit dahin. Sie verspürte einen Fluchtreflex, den unbändigen Wunsch, zu leichteren Themen zurückzukehren, aber es kam ihr feige vor, einfach über diese Sache hinwegzugehen.

»Und?«, fragte sie leise.

»Mein Knochenmark war dann nicht passend.«

»Dein Freund?« Sie wusste, was kam, bevor er es gesagt hatte.

»Ist gestorben.«

»Das tut mir leid!« Sie berührte ihn an der Wange.

Er nahm ihre Hand und küsste ihre Fingerspitzen. »Ist schon eine Ewigkeit her.« Er richtete sich auf und beugte sich über sie. »Themawechsel«, murmelte er und küsste ihr Tattoo.

»Woran denkst du?«, fragte Tom, nachdem sie sich zum zweiten Mal geliebt hatten.

»An Ethan«, sagte sie und schenkte ihm ein entschuldigendes Lächeln. »Tut mir leid! Ich möchte die ganze Zeit froh sein, dass alles vorbei ist. Die beiden Typen, die meinen Ziehvater umgebracht haben, sind tot. Ethan sitzt im Gefängnis. Prometheus ist gefasst. Es ist vorbei.«

»Du klingst, als würdest du das nicht glauben.«

Sie zuckte die Achsel. »*Ist* es vorbei, Tom?«

Er wusste es nicht.

Nina seufzte. »Ich kann einfach nicht glauben, dass Ethan Menschen mit gefährlichen Keimen infiziert haben soll, um auf diese Antibiotikaresistenzen aufmerksam zu machen. Ich meine: Er hatte doch zusammen mit Max alle Möglichkeiten, das Thema anders zu transportieren.«

»Kommissarin Voss scheint es zu glauben«, sagte Tom behutsam. »Und du kennst ihn erst seit Kurzem.«

»Ja. Ja, ich weiß.« Sie seufzte. »Arme Maren! Da hat sie endlich mal einen Mann gefunden, für den sie ehrlich was empfindet, und dann stellt sich raus, dass er ein Terrorist ist!«

Tom biss sich auf die Zunge, weil ihm bewusst wurde, dass ihm Ethans Taten ziemlich egal waren. Er war nur froh darüber, dass Voss den Mann erst verhaftet hatte, nachdem es ihm gelungen war, die Phagenlösung für Sylvie herzustellen.

Nachdem Myers einen Anwalt verlangt hatte, musste Voss das Verhör abbrechen und sich gedulden, bis der Mann vor Ort war. Und natürlich ließ dieser Winkeladvokat sich jede Menge Zeit.

Schlecht gelaunt kehrte sie in ihr Büro zurück, wo Lukas auf sie wartete. Er hatte Myers' Handy in einer Beweismitteltüte aus dem KTI abgeholt und es auf ihren Schreibtisch gelegt.

»Ist sauber«, sagte er. »Die Jungs haben alle Spuren gesichert, Sie können es also anfassen.«

Sie nahm es heraus und öffnete die Anruferliste. Sie war leer.

»Myers war vorsichtiger als Jegor«, sagte sie. »Er muss die Liste nach jedem Telefonat gelöscht haben.«

»Das bedeutet, wir haben keinerlei Hinweise, ob er außer mit diesem Jegor noch mit anderen Gleichgesinnten Kontakt gehabt hat.«

»Exakt.« Voss seufzte. »Wenn du mich fragst: Myers ist nicht der Typ einsamer Wolf.«

Lukas reagierte mit einem skeptischen Blick, aber je länger sie darüber nachdachte, umso stärker wuchs in ihr der Verdacht, dass Myers dadrinnen in diesem Verhörzimmer viel zu ruhig und selbstsicher wirkte. Was, wenn der Grund dafür war, dass er nicht allein agierte?

Sie stand auf und trat an ihre Fallwand. Sekundenlang starrte sie Jegor in die Augen. Der Kerl lief immer noch frei da draußen herum. Sie nahm einen Stift, malte einen Kreis um Jegors Bild und von dort aus eine Linie zu einer freien Stelle auf der Wand. Dorthin schrieb sie:

Gibt es weitere Mitglieder von Prometheus?

Lukas schluckte, als er die Worte las.

»Ruf Ben Schneider an und stell auf laut«, befahl sie. »Ben!«, stieß sie hervor, nachdem Ben sich gemeldet hatte. Sie stand noch immer vor ihrer Fallwand. »Kannst du versuchen, die Genehmigung zu bekommen, bei Myers' Provider nach seinen Telefondaten anzufragen?«

»Du willst wissen, mit wem Myers noch telefoniert hat?«

»Exakt.«

Er versprach, sich zu kümmern, aber an seiner Stimme hörte sie, dass er nicht besonders optimistisch war.

»Das läuft sich tot«, erklärte Voss, nachdem Ben aufgelegt hatte.

Lukas wirkte verwundert. »Wieso das?«

»Der Richter wird ihm die Genehmigung nicht geben.«

»Aber wieso? Immerhin ermitteln wir in einem Terrorfall!«

»Stimmt. Aber das Auslesen einer Anruferliste berührt immer Persönlichkeitsrechte von Menschen, die mit der Sache gar nichts zu tun haben. Daten- und Persönlichkeitsschutz so.« Sie sah, wie sich Lukas' Miene verfinsterte. Wie die meisten ihrer Kollegen haderte er damit, dass der deutsche Staat die Privatsphäre seiner Bevölkerung gut schützte – auch vor seinen eigenen Beamten.

»Es geht um Verhältnismäßigkeit«, erklärte sie. »Wir könnten geltend machen, dass wir weitere Anschläge verhindern wollen, aber erstens wissen wir nicht, ob das stimmt. Zweitens haben wir es hier nicht mit Ebola zu tun, was dem Richter vielleicht Beine machen würde. Die bisherigen Anschläge waren ja eher überschaubar. Und drittens, und das ist vermutlich der wesentliche Punkt: Wir haben Myers in Gewahrsam und können die nötigen Informationen dazu aus ihm rausholen. Kein Richter wird Ben die Genehmigung für die Einsicht der Anruferliste beim Provider erteilen.«

»Okay«, meinte Lukas gedehnt. »Was bleibt uns dann noch?«

»Zunächst mal, einen Durchsuchungsbeschluss für die Labore von YouGen zu beantragen, der uns mehr erlaubt, als nur nach einem Handy zu suchen. Irgendwie brauchen wir Beweise, dass dort die Listerien und Salmonellen für den Anschlag hergestellt wurden.«

Lukas krauste skeptisch die Nase. »Das ist ein Hightech-Biolabor! Selbst wenn wir diese Stoffe da finden, es ist Teil seiner täglichen Arbeit.«

Egal, dachte Voss. Sie würde diesen Beschluss trotzdem beantragen. Vielleicht fanden sie ja etwas, das sich nicht mit Myers' *täglicher Arbeit* erklären ließ. Sie seufzte. »Erstmal warten wir darauf, dass der Anwalt und Myers sich zu Ende besprochen haben und wir ihn weiter befragen können.«

»Das Ganze ist ganz schön mühsam!«, beklagte Lukas sich.

Voss grinste ihn an. »Willkommen im Alltag eines Polizisten.« Sie nahm den Filzschreiber wieder zur Hand und umkringelte den letzten Satz auf der Fallwand mehrmals.

Hat Prometheus weitere Mitglieder?

TEIL 3
DARWINIAN DANCE

»Gentlemen, es sind die Mikroben, die das letzte Wort haben werden.«

Louis Pasteur (1822–1895), Pionier der Infektionsforschung

Sonntag. Der Abend der Gala.

1

Voss stand mit dem Rücken gegen den kühlen Marmor des Charlottenburger Rathauses gelehnt und beobachtete die Gäste, die nach und nach auf der Gala eintrudelten. Lauter Prominenz aus Politik und Kultur, die allesamt unterstrichen, wie wichtig das Anliegen war, um das es hier heute ging.

»Überaus wichtig für die Menschheit.« Das hatte Dr. Seifert ihr gesagt, als sie mit ihm über die Möglichkeit gesprochen hatte, die Gala aus Sicherheitsgründen abzusagen. Natürlich hatte er es abgelehnt, auch nur einen Gedanken an eine Absage zu verschwenden.

Voss seufzte.

Ihr Blick glitt über eine Handvoll Stars und Sternchen aus dem Film- und Fernsehbusiness, einen deutschlandweit bekannten Schriftsteller und etliche Leute, die sich verhielten, als seien sie Berühmtheiten, die sie jedoch noch nie zuvor gesehen hatte. *Influencer*, dachte sie. Junge Männer und Frauen, die den lieben langen Tag nichts anderes taten, als vor der Kamera zu posieren.

»Krass!«, murmelte Lukas, der direkt neben ihr stand. »Da ist Eleni.«

»Wer zum Teufel ist Eleni?«

»Sagen Sie bloß, Sie kennen Eleni nicht?«

»Würde ich dann fragen?«

»Sie ist Deutschlands erfolgreichste Beauty-Bloggerin. Mit ihrem Insta- und YouTube-Kanal macht sie Millionen.«

»Aha. Schön für sie.« Voss unterdrückte ein weiteres Seufzen.

Sie hatte Position auf der Galerie vor dem großen Saal bezogen, direkt neben dem Stand, auf dem die Veranstalter Wein und Sekt an die Kellnerinnen und Kellner ausgaben, die hier überall herumschwirrten. Was Jens Runge, der am anderen Ende der Galerie stand, mit einem Grinsen kommentiert hatte. Von ihren jeweiligen Positionen aus hatten sie einen guten Überblick über die Menge, denn jeder, der den Saal betreten wollte, musste zwischen ihnen hindurch.

»Ich denke ja immer noch, dass wir umsonst hier sind«, sagte Lukas. Er stand neben Voss und betrachtete genau wie sie die Gesichter der ankommenden Gäste.

Voss lockerte ihre verspannten Schultermuskeln. Sie trug ihre Lederjacke, um die Waffe unter ihrer linken Achsel zu verbergen. Ihr war warm, sie war angespannt, und sie neigte dazu, Lukas recht zu geben. In Gedanken ging sie die letzten Tage durch – und damit all die Ermittlungen, die ihren jungen Kollegen zu seiner Bemerkung veranlasst hatten.

Sie hatte tatsächlich innerhalb eines Tages einen Durchsuchungsbeschluss für die Räume von YouGen bekommen und auch sofort ein Team dort hingeschickt. Die Auswertung der dabei gewonnenen Erkenntnisse allerdings lief noch.

Nachdem in ihr der Verdacht gereift war, es könne außer Jegor vielleicht noch weitere, bisher unbekannte Mitglieder von Prometheus geben, hatte sie natürlich als Erstes Myers dazu befragt. Vergeblich. Er hatte seine Mauertaktik nicht aufgegeben. Sie hatte Ben darangesetzt, Myers' familiären Hintergrund zu durchleuchten, in der Hoffnung, dadurch auf Hinweise zu stoßen. Ebenfalls vergeblich. Ethan Myers besaß offenbar keine Freunde außerhalb seiner Firma, und seine Eltern waren beide schon vor Jahren gestorben. Geschwister hatte er keine.

Zähneknirschend hatte Voss also die letzten zwei Tage benutzt, um persönlich noch einmal jeden bei YouGen zu befragen, Nina Falkenberg, Maren Conrad und auch Tom Morell eingeschlossen. Aber all diese Bemühungen hatten zu nichts geführt, außer zu der Tatsache, dass sie ziemlich erschöpft war. Und zu dem mulmigen Gefühl, dass hier und heute irgendwas passieren würde.

Sie konnte allerdings verstehen, dass Lukas dieses Gefühl nicht teilte. Seit sie ihm gesagt hatte, dass er heute Abend mit ihr Dienst schieben musste, war er schlecht gelaunt und aufsässig. »Myers' Motiv war der Kampf gegen Antibiotikaresistenzen«, maulte er jetzt. »Das geht aus dem Bekennervideo ganz eindeutig hervor. Prometheus würde sich also ins eigene Fleisch schneiden, wenn er ausgerechnet hier und heute Abend die Leute vergiften würde.«

Was nicht von der Hand zu weisen war. Ein tödlicher Anschlag auf diese Gala mit all den Bundestagsabgeordneten, die in Kürze über das neue Antibiotikaresistenzbekämpfungsgesetz entscheiden sollten, war nicht die klügste Idee. Denn damit wäre alle Arbeit, die Max Seifert und seine Leute sich gemacht hatten, umsonst gewesen.

»Man bringt nicht einfach die Menschen um, die man seit Monaten auf seine Seite zu ziehen versucht«, brummelte Lukas.

»Vermutlich nicht.« Voss vergrub die Hände in den Taschen ihrer Jacke.

Und doch … war da ihr Bauchgefühl. Wer wusste schließlich schon, wie diese Leute tickten? Es hatte sie einige Mühe gekostet, Tannhäuser dazu zu bringen, ihren, Runges und Lukas' Einsatz zu genehmigen, aber am Ende hatte er seufzend eingestanden, dass dieser Mistkerl Myers viel zu selbstzufrieden in seiner Zelle in Karlshorst einsaß. Dass er noch ein Ass im Ärmel hatte, von dem sie bisher nichts ahnten.

Wenn sie nur einen Anhaltspunkt gehabt hätte, wo und wann er zuschlagen würde.

Sie folgte mit dem Blick einer Gruppe von Männern in dunklen Anzügen, die entspannt schwatzend die geschwungene

Treppe hochkamen. Der Mann in der Mitte der Gruppe, ein kleiner, energiegeladener Kerl mit Millimeterhaarschnitt und Hugo-Boss-Anzug, war Sandro Griese, Bundestagsabgeordneter und Fraktionsvorsitzender der FDP, dessen geschicktem Taktieren während der Corona-Krise es zu verdanken war, dass die Partei sich nach einem langen, frustrierenden Tief wieder im Aufwind befand. In natura wirkte der Kerl noch großspuriger und wichtigtuerischer als im Fernsehen, fand Voss.

»… und ich meine noch zu ihr, sie soll sich besser warm anziehen«, hörte sie ihn sagen, als die vier bereits an ihr vorbeigingen. »Wetten, die macht da wieder einen Fall von weiblicher Diskriminierung draus? Mimimi …« Griese lachte laut, und die drei anderen fielen geflissentlich ein.

»Arschloch!«, sagte Lukas leise. »Der ist doch nur hier, weil er Publicity will!«

Voss grinste und konzentrierte sich dann auf die nächsten Neuankömmlinge, diesmal eine gemischte Gruppe. Unter ihnen befand sich Volker Ahrens, ein leicht übergewichtiger Mann mit der Ausstrahlung eines radioaktiven Meilers. Der Mann war Partei- und Fraktionsvorsitzende dieser neuen Kleinpartei im Parlament, der GPD. Voss hörte ihn lachen, als eine der Frauen in seiner Begleitung einen Scherz machte.

Den Mann, der kurz darauf am Arm einer elegant in ein schmales dunkelblaues Kleid gehüllten Frau die Treppe heraufkam, hätte sie im ersten Moment fast nicht erkannt.

Sie blinzelte verblüfft. *Wow!*, dachte sie. In seinem dunklen Anzug und mit Krawatte sah Tom Morell völlig verändert aus. Sein rauer Abenteurercharme wurde dadurch noch betont, was vor allem daran lag, dass er einen Zweitagebart hatte stehen lassen.

Seit Tom Isabelle vor dem Rathaus aus dem Taxi geholfen hatte, war er in einer seltsam zwiegespaltenen Stimmung. Natürlich interessierte es ihn, wie die geladenen Gäste auf seine Tochter reagierten, aber trotzdem wollte er eigentlich nicht hier sein, sondern viel lieber im Krankenhaus bei Sylvie. Seit gestern ging es ihr wesentlich besser. Ihre Vitalwerte entwickelten sich Dr. Heinemann zufolge sehr zufriedenstellend. Zwar lag sie immer noch im Koma, aber mittlerweile hielten die Ärzte es künstlich aufrecht, und es bestand aller Grund, vorsichtig optimistisch zu sein. Darum hatten sowohl Max als auch Dr. Heinemann Tom und Isabelle gebeten, heute Abend hierher auf die Gala zu kommen. Sie hofften darauf, dass die Wirkung von Max' Präsentation durch ihre Gegenwart noch verstärkt werden würde. »Wenn die Leute den Film sehen und sich anschließend mit euch auch noch darüber unterhalten können, wird das jedes Herz rühren«, hatte Max gesagt und flehentlich hinzugefügt: »Bitte, Tom! Es sind nur zwei Stunden, und danach könnt ihr sofort wieder ins Krankenhaus fahren!«

Tom hatte nur widerwillig zugesagt.

Ebenso wie Isabelle. Doch seine Frau schien in der Sekunde ihre Meinung geändert zu haben, als sie vor dem Rathaus aus dem Taxi gestiegen war. Sie hatte Tom in die Seite geknufft, auf einen weltbekannten Schauspieler gedeutet und gewispert: »Guck mal! Der ist auch hier?« Seit diesem Moment schien sie entschlossen zu sein, diese zwei Stunden zu genießen. Sie strahlte regelrecht, und Tom ahnte, dass sie sich darauf freute, die Bewunderung all dieser berühmten und wichtigen Leute entgegenzunehmen.

Was für eine wunderbare Tochter Sie haben …!

Es kostete ihn Mühe, nicht angeekelt das Gesicht zu verziehen. Als er mit Isabelle am Arm die breite, geschwungene Treppe hinaufging und am oberen Ende Kommissarin Voss stehen sah, verspürte er einen Anflug von Unbehagen. »Bitte entschuldige mich kurz«, sagte er zu Isabelle. »Geh schon mal vor, ich bin gleich wieder bei dir.« Er wartete, bis sie weitergegangen war, und wandte sich an Voss. »Sie hier? Gibt es …«

Sie hob eine Hand und brachte ihn zum Schweigen, bevor er die Leute ringsherum beunruhigen konnte. »Nein. Es ist alles in Ordnung«, sagte sie laut. Dann jedoch beugte sie sich dichter zu ihm und senkte die Stimme. »Es gibt keinerlei Hinweise auf einen bevorstehenden Anschlag. Aber ich habe das Gefühl, dass weitere Mitglieder von Prometheus hier auftauchen könnten. Vielleicht erhalten wir Gelegenheit, sie zu identifizieren.«

Sie beobachtete seine Reaktionen genau, das sah er ihr an. In ihren Augen musste er ebenso verdächtig sein wie alle anderen Beteiligten, die sie im Laufe der letzten Tage befragt hatte. Oder ebenso unverdächtig.

Er hielt ihrem forschenden Blick stand. »Ich wünsche Ihnen viel Glück dabei.«

Sie nickte. »Danke. Ist Dr. Falkenberg auch hier?«

Verdächtigte sie auch Nina? Kaum vorstellbar, oder? Immerhin hatte Nina ihr in den vergangenen Wochen mehr als einmal mit ihrer Sachkenntnis und wichtigen Informationen weitergeholfen. »Ich glaube, sie wollte kommen, aber ich habe sie noch nicht gesehen.« Er fuhr sich über Mund und Kinn. Nina war ihm schon vorher nur schwer aus dem Kopf gegangen, aber seit er mit ihr geschlafen hatte, dachte er nahezu ununterbrochen an sie. Er ahnte allerdings, dass eine Beziehung mit ihr zum Scheitern verurteilt wäre. Sein Anblick würde Nina immer an den gewaltsamen Tod ihres Ziehvaters und an all die Brutalität erinnern, die sie erlebt hatte. Er war sich immer noch nicht sicher, ob er ihr das zumuten wollte. Zweimal allerdings hatte er sie angerufen und sich danach erkundigt, wie es ihr ging. Beide Male waren es sonderbar befangene Telefonate gewesen, und die schwer erträglichen Gesprächspausen hatten seinen Entschluss, Nina in Ruhe zu lassen, nur noch wachsen lassen. Die Vorstellung jedoch, sie heute Abend wiederzusehen, erfüllte ihn mit kribbeliger Vorfreude.

»Okay«, sagte Voss.

»Ich halte mit Ihnen die Augen offen«, versprach er.

Voss nickte. »Tun Sie das!«

Als er zu Isabelle zurückkehrte, ertappte er sich dabei, dass er nach Nina Ausschau hielt.

»Hey! Was wolltest du von der Polizistin?« Isabelle hakte sich bei ihm unter, was eher der Tatsache geschuldet war, dass sie Schuhe mit absurd hohen Absätzen trug, als ihrem Wunsch, ihm körperlich nahe zu sein.

»Nichts«, antwortete er. »Nur Hallo sagen.« Er roch Isabelles Parfüm, das mit seiner Sandelholznote ein ganzes Stück aufdringlicher war als der sanfte Duft von Ninas Haut …

Zu seinem Glück merkte Isabelle nicht, wohin seine Gedanken schon wieder drifteten. Sie schien zufrieden mit seiner Antwort und scannte die Menschenmenge auf der Suche nach wichtigen Persönlichkeiten, denen sie sich vorstellen konnte.

Mit ihr am Arm durchquerte Tom einen kleineren Vorraum und betrat den Saal, in dem locker verteilt Steh- und Bistrotische aufgebaut waren. Allesamt waren sie weiß eingedeckt und versehen mit ebenfalls weißen Blumen in kleinen blauen Vasen. Stapel blauer Flyer mit Infos über die Ziele der Pandemic Fighters lagen herum, und vorn auf der Bühne hing eine große Leinwand, auf der die stilisierte Welle zu sehen war, das Logo der Fighters. Eine deutschlandweit bekannte Band, die Max pro bono hatte gewinnen können und die schon seit Wochen auf allen Kanälen Stimmung für ihre Sache machte, stand auf der Bühne und spielte verjazzte Coverversionen bekannter Pop-Hits. Kellner und Kellnerinnen mit knöchellangen schwarzen Schürzen liefen umher und versorgten die Anwesenden mit Getränken.

Da Tom ahnte, dass Isabelles Füße in den High Heels bereits schmerzen mussten, führte er sie zu einem der Bistrotischchen und zog ihr einen Stuhl darunter hervor.

Sie schien angetan von der galanten Geste. Im Hinsetzen lächelte sie ihm zu.

»Ingwertee?«, fragte er. Isabelle trank selten Alkohol, und Ingwertee war eines ihrer Lieblingsgetränke.

»Oh ja! Wenn du einen auftreiben könntest, wäre das großartig!«

»Hey, ich bin Foodhunter, schon vergessen?« Er grinste sie an, aber wie seit Monaten schon prallte der Scherz an ihr ab. Obwohl er sich mittlerweile daran gewöhnt hatte, dass sie nicht mehr über seine Witze lachte, kam er sich vor, als hätte sie ihm kaltes Wasser ins Gesicht geschüttet. »Ich bin gleich wieder da«, versprach er und verließ den Saal, um zu dem Getränkestand draußen zu gehen. Es wäre nicht nötig gewesen, er hätte einfach eine der Kellnerinnen ansprechen können, aber er brauchte einen Moment Abstand von seiner Frau.

Draußen im Vorraum fiel sein Blick auf Dr. Heinemann, der einen Stapel Moderationskarten in der Hand hielt und offenbar dabei war, die Rede, die er gleich auf der Bühne halten sollte, noch einmal durchzugehen. Tom wollte sich an ihm vorbeistehlen, aber der Arzt entdeckte ihn. »Herr Morell!«

»Dr. Heinemann! Ich wollte Sie nicht stören.«

»Tun Sie nicht.« Das Gesicht des Arztes glühte, und Tom konnte sich vorstellen, wie sehr ihm das alles hier gefallen musste. »Ich wollte Sie heute Nachmittag noch angerufen haben, leider bin ich nicht mehr dazu gekommen.«

»Warum?« Sofort schaltete alles in Tom in den Alarmmodus. Gab es schlechte Nachrichten von seiner Tochter?

»Nicht, was Sie denken! Es ist alles gut mit Sylvie! Im Gegenteil: Ich wollte Ihnen sagen, dass sich ihre Werte noch einmal verbessert haben.«

Tom wurden die Knie weich.

Heinemann glühte nun noch mehr vor Stolz. *Kein Wunder*, dachte Tom. Diesem Mann war es offenbar nicht nur gelungen, einem fünfzehnjährigen Mädchen das Leben zu retten. Er hatte darüber hinaus einen hochgefährlichen pan-resistenten Keim mit Hilfe einer bisher stark unterschätzten Heilmethode in den Griff bekommen und damit einen Präzedenzfall geschaffen, der ihn in der Fachwelt mit Sicherheit weltberühmt machen würde.

Da Tom nicht wusste, wohin mit seinen Emotionen, entschied er sich für einen Scherz. »Und? Haben Sie sich schon überlegt, was Sie mit dem Medizinnobelpreis machen?«

Zu seiner Verwunderung huschte ein Schatten über Heinemanns Gesicht, der so gar nicht zu seiner Begeisterung passte. Tom zog die Augenbrauen zusammen. Täuschte er sich, oder war der Arzt da eben gerade zusammengezuckt?

»Ist alles in Ordnung?«, fragte er, und wieder schlugen seine Sinne Alarm.

Und da war es wieder. Ganz eindeutig: Über Heinemanns Gesicht fiel – ganz kurz nur – ein Anflug von schlechtem Gewissen.

»Natürlich. Natürlich!« Heinemann deutete auf die Karten in seiner Hand. »Bitte entschuldigen Sie, ich muss …«

»Klar.« Tom war schon halb auf der Empore vor dem Saal, als Dr. Heinemann ihm nachrief:

»Herr Morell?«

Er blieb stehen. »Ja?«

Und bevor der Arzt sich endgültig seiner Rede zuwandte, sagte er etwas sehr Sonderbares: »Es tut mir leid!«

Nina hatte gleich zwei gute Gründe, warum sie nicht auf der Gala war.

Da war zum einen Tom. Sie fühlte sich unangenehm zerrissen allein bei dem Gedanken daran, ihn zu treffen. Einerseits wollte sie nichts lieber, als diesen Kerl wiederzusehen. Und gleichzeitig schmerzte es jedes Mal, wenn sie auch nur an ihn dachte. Er würde mit seiner Frau da sein, das hatte Max ihr erzählt. Sie würde sich also zusammenreißen müssen, damit niemand merkte, was sie für Tom empfand. Keine angenehme Vorstellung.

Der wahre Grund allerdings, warum sie noch immer hier in Ethans Wohnung am Schreibtisch saß, war ihre Arbeit. Seit heute Vormittag schon schrieb sie an ihrer Reportage, und sie kam gut voran. Sie hatte genau den richtigen Tonfall gefunden, einen, der den ganzen schwierigen Stoff nach den neuesten Erkenntnissen der Wissenschaftskommunikation aufbereitete. Sie konnte jetzt nicht einfach aufstehen und auf diese Gala gehen, weil sie dann mit Sicherheit den Flow verlor.

Wem machte sie hier eigentlich was vor? Schon indem sie an die Gala dachte, war sie schließlich aus dem Flow.

Seufzend zwang sie ihre Gedanken zum hundertsten Mal zurück zu ihrer Arbeit. Für den Mittelteil der Reportage hatte sie die Videoaufnahmen auf ihrem Notebook gesichtet, die sie von den Mitarbeitern bei YouGen gemacht hatte. Sie hatte einige der Leute gebeten, ihre Arbeit für Laien verständlich zu erklären, was mal mehr, mal weniger gut gelungen war. Jetzt, beim Durchgehen der Aufnahmen, musste sie schmunzeln. Fast allen war das Unbehagen anzusehen, mit dem sie in die Kamera starrten. Wie viele Wissenschaftler, die Nina kannte, waren auch Ethans Leute völlig ungeübt darin, sich in die Köpfe von Laien hineinzudenken; entsprechend fielen ihre Beiträge aus, die mit Fachbegriffen nur so gespickt waren. Mit der richtigen Fragetechnik jedoch war es Nina gelungen, ein paar eingängige Zitate und bildhafte Vergleiche zu erhalten, die sie gut verwenden konnte.

Das letzte Interview, das nun noch übrig war, war eines, das sie mit Ethan geführt hatte, kurz vor seiner Verhaftung durch die Polizei. Sie klickte es an.

Ethan war es gut gelungen, für Nichtwissenschaftler verständlich zu erklären, was genau sie eigentlich getan hatten. Mit der ihm eigenen Art von Eigenmarketing natürlich. »Wir arbeiten hier sozusagen am Heiligen Gral der Phagenforschung«, hatte er mit einem selbstbewussten Lächeln in die Kamera gesagt. »Intravenös verabreichte Phagen, die über die Blutbahn auch Infektionsherde tief im Körper des Kranken erreichen und angreifen können. Dazu war es notwendig, bei den Phagen, die wir Sylvie Morell verabreichen wollten, einen extrem hohen Reinheitsgrad zu erreichen, und wir haben das geschafft, indem wir in kürzester Zeit eine hochinnovative neue Methode dafür entwickelt haben.« Während er ganz lässig und selbstverständlich in die Kamera sprach, deutete er auf die unspektakulär aussehende schlanke Reinigungssäule in der sterilen Clean-Bench hinter sich.

»Kommen wir doch mal zu dir«, hörte Nina ihre eigene Stimme von hinter der Kamera. »Viele Gründer, die wie du ein innovatives Start-up auf die Beine stellen, sind schon früh für ihr Thema entflammt. Wie war das bei dir? Hattest du schon als Jugendlicher ein Labor in der Garage deiner Eltern?«

An dieser Stelle lachte Ethan. »Ich fürchte, damit kann ich nicht dienen. Im Gegenteil, ich bin so was wie ein Spätberufener. Ich habe erst angefangen, Wirtschaftswissenschaften zu studieren, bevor ich bei der Mikrobiologie gelandet bin.« Er kratzte sich an der Unterlippe.

»Interessant«, sagte Nina auf der Aufnahme. »Warum hast du gewechselt?«

»Keine Ahnung.« Er grinste sie an. »Vielleicht fand ich die Frauen interessanter, die Biologie studiert haben.«

»Hör auf, mit mir zu flirten, und beantworte meine Fragen!«

»Yes, Ma'am!« Lässig salutierte er.

Nina tippte auf das Trackpad des Notebooks und hielt die Aufnahme an.

Irgendwas hatte ihren journalistischen Instinkt geweckt. Nachdenklich betrachtete sie Ethans mit halb offenem Mund erstarrtes Gesicht. Dann zog sie den Regler ein kleines Stück zurück und ließ die Aufnahme erneut laufen.

»… bin vielleicht so was wie ein Spätberufener. Ich habe erst angefangen, Wirtschaftswissenschaften zu studieren, bevor ich bei der Mikrobiologie gelandet bin«, sagte Ethan noch einmal, und wieder kratzte er sich.

Nina kniff die Augen zusammen. Hatte er an dieser Stelle gelogen? Fast sah es so aus.

Sie dachte daran, wie Kommissarin Voss und ihre Leute ihn abgeführt hatten. Und dann dachte sie an Voss' Befürchtung, Ethan könne noch ein Ass im Ärmel haben und Prometheus sei noch nicht besiegt.

Das Jagdfieber packte sie. Sie rief die Website von YouGen auf und las sich durch, was dort über die Geschichte der Firma stand. Es deckte sich mit dem, was Ethan eben erzählt hatte: Er hatte ein Studium der Wirtschaftswissenschaften begonnen, bevor er seine Leidenschaft für die Mikrobiologie entdeckt hatte.

Mit den Fingerspitzen tippte Nina sich gegen das Kinn. Irgendwie war sie noch nicht zufrieden. Sie rief die Seite des Internetarchivs auf, gab dort die Adresse von Ethans Website ein. Innerhalb von Sekunden hatte sie eine Liste mit früheren Versionen von YouGens Internetauftritt vor sich. Sie klickte eine davon an, und als sie sich dort die Entstehungsgeschichte von YouGen durchlas, nahm ihr Jagdfieber noch zu.

Ethan Myers hat sich schon im Alter von dreizehn Jahren für alles interessiert, was man unter dem Mikroskop betrachten konnte, stand dort.

»Warum hast du gelogen?«, murmelte Nina. Und was noch viel interessanter war: Er hatte nicht nur an dieser Stelle ihres Interviews gelogen. Sondern er hatte auch die Informationen über sich selbst auf der Website geändert.

Warum bloß? Was wollte er damit verschleiern?

Eine Weile lang grübelte Nina über diese Frage nach, dann gab sie sich einen Ruck. Sie wählte eine Nummer, die sie noch von früher auswendig kannte. Gleich nach dem zweiten Klingeln meldete sich jemand.

»De Luca?«

»Costa, ich bin's!«

»Nina! Mein Augenstern! Du hast aber lange nichts von dir hören lassen!« Costa de Luca war einer ihrer Dozenten auf der Journalistenschule in Hamburg gewesen. Er war knapp sechzig, ein paarmal im Leben mächtig auf die Nase gefallen und arbeitete nun schon seit Jahren für eine Boulevardzeitung, die Nina nicht mal mit der Kneifzange angefasst hätte. Aus irgendeinem Grund hatte Costa sie in sein riesiges Herz geschlossen, und als Quelle bei Recherchen hatte er sich schon öfter als nützlich erwiesen.

»Ich weiß, Costa. Und jetzt rufe ich auch nur an, weil ich deine Hilfe brauche.«

»Die Welt ist schlecht!«, beklagte der ältere Journalist sich. Dann kicherte er. »Sprich, Mädchen! Womit kann ich dir helfen?«

»Es geht um Ethan Myers.«

»Diesen Kerl, den sie wegen der Bioterroranschläge in Berlin verhaftet haben?«

»Ja. Deine Kollegen haben ihn doch nach seiner Verhaftung bestimmt durchleuchtet, oder? Weißt du jemanden hier in Berlin, der mir sagen könnte, ob seine Mutter noch lebt? Und vor allem, wo?«

»Hm. Bestimmt. Woran sitzt du? Du klingst nicht, als würdest du an einem weiteren von deinen langweiligen Wissenschaftsartikeln schreiben.« Costa war ihr eine Weile regelrecht böse gewesen, dass sie sich gegen eine Karriere bei seiner Zeitung entschieden hatte.

»Weiß ich noch nicht genau«, wich sie aus. »Im Moment folge ich nur einem vagen Gefühl.« Allerdings: So vage war das Gefühl mittlerweile gar nicht mehr. Je länger sie über Ethans Lüge nachdachte, umso sicherer war sie, dass sie etwas von Bedeutung entdeckt hatte.

»Du hattest schon immer einen guten Riecher«, sagte Costa. »Ich rufe dich gleich zurück.«

Nur fünf Minuten später hatte sie ihn wieder am Telefon. »Seine Eltern sind schon lange tot«, begann er ohne Umschweife. »Und Geschwister hatte er nicht.« Nina wollte schon resigniert seufzen, doch er fuhr fort: »Aber meine unfassbar guten Kollegen in Berlin haben eine Schulfreundin von ihm ausfindig machen können. Eine Frau namens, Moment … Carla Buhrow. Scheint seine erste Liebe gewesen zu sein. Das volle Programm, Knutschen und Fummeln, du weißt schon. Die Frau hat uns ein paar sehr pikante Details erzählt. Wenn du willst, gebe ich dir ihre Nummer.«

»Das wäre wunderbar!« Sie kritzelte die Zahlen auf ein Stück Papier. Eine Schulfreundin, noch dazu eine, mit der er offenbar etwas gehabt hatte, konnte ihr vielleicht mehr darüber sagen, wie Ethan als junger Mensch getickt hatte. Zwar hatte sie keine Ahnung, wohin sie das führen würde, aber sie folgte jetzt einfach der Fährte, deren Witterung sie aufgenommen hatte. Sie musste grinsen. Vermutlich hatte Costa recht und sie wäre wirklich eine gute Boulevardjournalistin geworden.

»Hast du das?«, fragte ihr ehemaliger Mentor, nachdem er ihr auch die letzte Zahl genannt hatte.

»Ja. Danke.«

»Wenn du an was Heißem dran bist, erfahre ich es aber zuerst, ja?«

»Versprochen!« Nina bedankte sich und legte auf. Ein Blick auf die Uhr zeigte ihr, dass die Gala in einer Viertelstunde beginnen würde. Sie starrte auf das Kleid, das sie sich dafür auf ihrem Bett zurechtgelegt hatte, und schüttelte den Kopf über sich selbst. Dann wählte sie die Telefonnummer, die Costa ihr gegeben hatte.

Tom hatte nicht viel Zeit, sich über Dr. Heinemanns seltsame Worte zu wundern, weil Kommissarin Voss auf ihn zukam und ihn ansprach. »Eins habe ich eben vergessen. Ich dachte, das interessiert Sie vielleicht: Die Kollegen in Tiflis haben Jegor festgenommen. Offenbar hat er sich nach dem Mord an diesem Riesenbaby entschieden, das Land zu verlassen. Wir lassen gerade über das Auswärtige Amt klären, ob er an Deutschland ausgeliefert werden kann. Wenn das passiert, wird der Staatsanwalt Ihre Folter in seine Liste der Anklagepunkte mit aufnehmen.«

»Das ist gut. Sehr gut!« Warme Befriedigung überkam Tom. Heute schien der Tag der guten Nachrichten zu sein, und das versöhnte ihn beinahe mit der Tatsache, dass er hier sein musste, statt am Bett seiner Tochter zu sitzen.

»Sie sollten sich darauf gefasst machen, dass man für weitere Zeugenaussagen auf Sie zukommt.« Kurz glitt Voss' Blick über seine Schulter hinweg. »Ich muss jetzt wieder zurück auf meinen Posten.«

»Und ich muss meiner Frau was zu trinken bringen.« Er bedankte sich bei der Kommissarin und machte sich auf die Suche nach einer Kellnerin, die er um den Tee bitten konnte. Nachdem er eine gefunden, seine Bestellung aufgegeben und erklärt hatte, wo er und Isabelle saßen, kehrte er zu seiner Frau zurück.

»Da bist du ja endlich!«, sagte sie. »Wo warst du denn so lange? Es geht gleich los!«

Er ignorierte den vorwurfsvollen Tonfall. »Dein Tee kommt gleich«, sagte er und setzte sich. Den Spruch, dass Foodhunting eben seine Zeit brauchte, verbiss er sich. Heute war offenbar nicht nur der Tag der guten Nachrichten, sondern auch der der scherzhaften Fehlzündungen bei ihm: Dass Isabelle nicht über seine Witze lachte, kannte er ja schon, aber auch bei Dr. Heinemann war er mit seinem flotten Spruch von dem Medizinnobelpreis gerade eher ins Fettnäpfchen getreten. »Ich habe eben Dr. Heinemann gesprochen. Er sagt, dass die Werte bei Sylvie sich weiter vielversprechend entwickelt haben. Er glaubt jetzt, dass er sie retten kann.«

»Oh, Tom! Das ist wunderbar!« Schlagartig schossen Isabelle

Tränen in die Augen und erinnerten ihn daran, wie sehr er diese Frau einmal geliebt hatte. Sie drückte seinen Arm.

»Ja, das ist es.« Tom entdeckte, dass Maren Conrad nur ein paar Tische weiter saß. In der Hand hielt sie eine schlanke Sektflöte, mit der sie ihm zuprostete.

Tom grüßte sie mit einem Nicken. Sie sah ungewöhnlich blass aus, fand er und ließ den Blick weiter schweifen.

Von Nina immer noch keine Spur. Wo blieb sie bloß?

Vorn auf der Bühne trat Max ans Mikrofon. »Guten Abend!«, begrüßte er die anwesenden Gäste, bevor er sich räusperte. Tom konnte sehen, wie nervös er war. »Verehrte Bundestagsabgeordnete, meine geehrten Damen und Herren. Sehr verehrter Herr Dr. von Zeven. Wie wunderbar, dass Sie alle kommen konnten.«

Bei der Nennung des letzten Namens reckte Tom den Hals. Ganz vorn hatte ein Mann Platz genommen, den er nur von Fotos kannte. Er war an die siebzig, großgewachsen und schlank. Seine Haare schimmerten schneeweiß, und er strahlte eine Menge Selbstbewusstsein und Würde aus. *Da weiß jemand genau, dass er in seinem Leben Großes geleistet hat*, dachte Tom.

»Das ist Frederic von Zeven«, flüsterte Isabelle ihm ins Ohr. »Der Milliardär. Er finanziert das hier alles!«

Tom nickte.

Ob Kommissarin Voss den Mann immer noch verdächtigte, Ethans Auftraggeber zu sein? Er verbannte diese Frage aus seinem Kopf und konzentrierte sich auf die Veranstaltung.

Die gemauerte Gartenlaube mit der Nummer 63 lag hinter einer mannshohen Hecke vor Blicken gut verborgen. Was Nina zugutekam. Sie hatte am Telefon kurz mit Ethans Schulfreundin, dieser Carla Buhrow, sprechen können. Nachdem sie der Frau klargemacht hatte, dass sie nicht an Ethans Verbrechen interessiert war, sondern dass sie, ganz im Gegenteil, an einer Reportage arbeitete, die seine Verdienste darlegen würde, war Carla etwas gesprächiger geworden.

»Hat Ethan sich schon als Jugendlicher für Biologie interessiert?«, hatte sie die Frau gefragt.

Die hatte aufgelacht. »Und wie! Manchmal hat das echt genervt, wenn er wieder mal nicht mit mir und der Clique ins Kino konnte, weil er irgend so ein wichtiges Experiment überwachen musste.«

»Dann hatte er damals schon ein eigenes Labor?«

»Klar! Er war superstolz drauf.«

»Auf der Website seiner Firma steht, dass er zuerst Wirtschaftswissenschaften studiert hat«, sagte Nina, und Carla stieß einen verwunderten, kleinen Kiekser aus.

»Wirtschaftswissenschaften? Das kann nur ein Fehler sein! Ethan hatte nichts anderes als dieses Labor im Kopf, und das, seit er dreizehn war!«

Also doch!

»Wo befand sich dieses Labor?«, fragte Nina mit mühsam unterdrückter Erregung. Sie erwartete, etwas zu hören wie: *In seiner Garage natürlich!* Aber sie täuschte sich.

»Seine Mutter wollte dieses ganze Zeug damals nicht in ihrer Nähe haben«, sagte Carla. »Darum hat Ethan es in einer Laube aufgebaut, die seiner Familie gehört hat. Stunden, manchmal ganze Tage hat er dort verbracht, das können Sie mir glauben!«

»Wissen Sie, wo sich diese Laube befand?«

»Klar. Wir haben da ja oft rumgemacht.« Carla hatte leise gekichert an dieser Stelle und sich offenbar in ihren Erinnerungen verloren. Nina hatte auf die Antwort warten müssen. »In der Schrebergartenanlage am Tempelhofer Flughafen«, hatte Carla schließlich geantwortet, und auf Ninas Nachfrage hatte sie ihr sogar die Nummer der Parzelle genannt, auf der die Laube stand. Nina hatte sich bei der Frau bedankt und sich auf der Stelle ein Taxi gerufen.

Und hier stand sie nun. Ihr Herz klopfte angestrengt, und sie kämpfte gegen das Engegefühl in der Brust an. Warum hatte Ethan seine Biografie geändert? Was gab es für einen Grund dafür?

Nina dachte daran, wie Kommissarin Voss und ihre Kollegen YouGen durchsucht hatten, um dort Hinweise auf Ethans Terroristentätigkeit zu finden. Ob das vergebliche Mühe gewesen war? Weil Ethan seine Anschläge hier vorbereitet hatte? In einer Gartenlaube, deren Existenz er mit allen Mitteln versucht hatte zu verschleiern?

Sämtliche Fenster des kleinen Gartenhauses waren von innen mit schwarzem Karton zugeklebt.

Nina rieb sich die vor Aufregung verkrampfte Nackenmuskulatur. Zögernd hakte sie die Gartenpforte auf und betrat das ungepflegte Grundstück, das inmitten all der anderen spießig aufgeräumten wie ein Fremdkörper wirkte. Ein Wunder, dass der Kleingartenverein Familie Myers noch keine Kündigung geschickt hatte. Nina umrundete die Laube einmal auf der Suche nach einem Weg hinein. Natürlich gab es keinen. Sämtliche Fenster waren nicht nur zugeklebt, sondern auch sorgfältig verschlossen.

Ihr Blick fiel auf einen faustgroßen Stein, der auf der Rückseite der Laube in einem der verwilderten Beete lag.

Sollte sie?

Sie brauchte nur kurz, um ihre Skrupel zu überwinden. Sie packte den Stein, zerschlug damit eine der rückwärtigen Fensterscheiben, griff hindurch und öffnete den Riegel. Nur Sekunden später stand sie im Inneren der Laube. Düsternis umfing sie, aber Nina standen trotzdem die Haare im Nacken zu Berge.

In der Laube roch es nach Lindenblüten.

Nach den üblichen langweiligen Begrüßungsreden verschiedener Honoratioren, die auf einer Veranstaltung wie dieser vermutlich obligatorisch waren, kündigte Max den Hauptteil des

Abends an. »Meine Damen und Herren, ich darf Ihnen nun Dr. Helge Heinemann vorstellen. Er ist Professor für Infektiologie und Pneumologie und leitender Arzt am Loring-Klinikum, und er wird Ihnen eine kurze Einführung in das Thema der Antibiotikaresistenzen geben. Dr. Heinemann. Bitte.«

Heinemann trat auf die Bühne.

In Toms Augen wirkte er seltsam nervös für einen Mann, der gewöhnlich Vorlesungen vor Studenten hielt. Trotzdem hörte Tom nur mit halbem Ohr zu, als Heinemann zu reden begann. All dieses Zeug über neue resistente Keime in aller Welt, über zu viele Antibiotika in der Landwirtschaft und über Superkeime in den Kliniken hatte er schon so oft gehört, dass er den Vortrag hätte mitsprechen können. Darum ließ er seinen Blick schweifen und versuchte, sich ein Bild davon zu machen, wen Max und seine Leute bereits in der Tasche hatten und wen noch nicht.

Die anwesenden Bundestagsabgeordneten, Sandro Griese eingeschlossen, hörten zu, auch wenn sie das eher routiniert als begeistert taten. Ein paar von ihnen immerhin schienen mit Heinemanns Worten einverstanden zu sein. Tom sah immer wieder einmal jemanden beifällig nicken. Die TV-Sternchen dagegen schienen sich genauso zu langweilen wie er selbst. Sie unterhielten sich wispernd miteinander. Eleni, die Erfolgsbloggerin, vertrieb sich die Zeit damit, ihren Instagram-Account zu checken. Maren unterhielt sich leise flüsternd mit Frederic von Zeven. Max selbst saß angespannt auf seinem Platz ganz vorn an der Bühne und fieberte auf seinen Part in dieser durchgeplanten Inszenierung hin.

Kommissarin Voss hatte sich hinten im Saal an der Tür postiert und überwachte alles von dort aus. Als ihre Blicke sich kurz begegneten, nickte sie Tom zu.

Von Nina noch immer keine Spur.

»So viel an reinen Sachinformationen«, sagte Dr. Heinemann

irgendwann. »Ich möchte Ihnen jetzt jemanden vorstellen, der aus Gründen, die Sie gleich nachvollziehen werden, nicht persönlich anwesend sein kann.« Er nahm die Fernbedienung des Beamers zur Hand und drückte darauf.

Auf der Leinwand verschwand das Fighters-Logo, und das Bild einer jungen Frau in einem weißen Kleid erschien. Untermalt von Klaviermusik in Moll ging sie durch ein Kornfeld und ließ ihre Finger durch die reifen Ähren streifen. Ihr Gesicht war nicht zu sehen, da sie von hinten gefilmt war, und obwohl Tom wusste, dass die junge Frau nicht Sylvie war, zog sich sein Herz zusammen.

Auch Isabelle neben ihm holte zitternd Luft.

Die junge Frau verschwand in der Ferne, die Musik schwoll zu einem dramatischen Höhepunkt an und brach ab.

Das Bild wurde ersetzt von Sylvies Gesicht.

»Hallo, Leute«, sagte sie in die Kamera. »Ich fürchte, heute habe ich nicht so gute Nachrichten für euch …«

Die nächsten zehn Minuten folgte ein geschickt aus Schnipseln von Sylvies Vlog zusammengeschnittener Film, der Tom die Tränen in die Augen trieb. Er merkte erst, dass er die Hand auf Isabelles Oberschenkel gelegt hatte, als sie danach griff und sich daran festklammerte. Wie gut, dass die Therapie mit den Phagen anschlug! Er hätte nicht gewusst, wie er diesen hochemotionalen Film überstanden hätte ohne die berechtigte Hoffnung, dass Sylvie leben würde.

Seine Augen brannten dennoch.

Unauffällig sah er sich um. In etlichen Gesichtern spiegelte sich Betroffenheit, vor allem in denen der TV-Sternchen, die das Ganze für ihren Instagram-Account fleißig mitfilmten. Zwei Abgeordnete aus dem Gefolge von Sandro Griese wischten sich sogar verstohlen über die Augen, und Tom sah mehr als einen gestandenen Kerl schwer schlucken. Sandro Griese selbst hingegen schüttelte angewidert den Kopf.

Max würde sich noch ziemlich anstrengen müssen, um ihn zu überzeugen, für das Gesetz zu stimmen, dachte Tom.

Der Film endete mit Sylvies letztem Vlogeintrag und ihren gefasst vorgetragenen Worten, dass sie sich darauf vorbereitete zu sterben. Ihr Gesicht war gezeichnet von der schweren Krankheit. Ihre Augen wirkten riesengroß über den hervorstehenden Wangenknochen. »Ich habe keine Ahnung, ob das hier vielleicht mein letzter Beitrag für euch ist. Falls ja, seid nicht traurig, okay? Denkt immer daran: Im Leben hat alles einen Sinn, auch wenn wir ihn im Moment vielleicht noch nicht begreifen.« Dann wurde die Leinwand schwarz.

Isabelle seufzte schwer. Tom rieb sich die Augen.

Max erhob sich von seinem Platz und stieg zu Heinemann auf die Bühne. Ganz kurz huschte der Blick Heinemanns über die Menge und blieb an Tom hängen.

Es tut mir leid, hallten seine Worte in Tom wider.

Und als er hörte, was Max nun sagte, wurde ihm der Boden unter den Füßen weggezogen. »Du verdammter Scheißkerl!«, flüsterte er.

Nina hatte es in der Sekunde gewusst, als sie den Lindenblütengeruch wahrgenommen hatte, und doch traf der Anblick in der Gartenlaube sie völlig unvorbereitet. In der Luft lag ein leises, stetiges Summen, ganz ähnlich wie in vielen Labors, in denen sie schon gearbeitet hatte. Über einem Schreibtisch an der Wand hing ein Poster: ein halbnackter Mann, der an einen Felsen gefesselt war. Ein Adler auf einem Vorsprung über ihm blickte gierig auf ihn nieder.

Der Kupferstich, den Ethan auf all seinen Botschaften, auf den Flyern und auf dem YouTube-Kanal verwendet hatte.

Prometheus. Der Lichtbringer.

Ihr Magen zog sich schmerzhaft zusammen. Eine innere Stimme warnte sie, dass sie Dinge sehen würde, die sie nicht se-

412

hen wollte, und trotzdem wandte sie sich dem Schreibtisch zu. Ein aufgeklapptes Notebook stand darauf, dessen Bildschirm schwarz war. Als Nina die Maus antippte, wurde der Bildschirm hell und zeigte sich ständig aktualisierende Kurven mit exponentiellem Wachstum. Ganz offensichtlich diente das Notebook als Überwachung für ein noch laufendes Experiment.

Bevor sie sich näher damit befassen konnte, fiel ihr Blick auf einen übergroßen Papierbogen, der direkt neben dem Notebook lag. Ethan hatte mit Textmarkerfarbe ein dickes neonrotes Kreuz quer über die Zeichnung darauf gemalt. Nina betrachtete das Gewirr aus haarfeinen blauen Linien, Zahlen und Buchstaben. Ein Bauplan, der von dem roten Kreuz teilweise überdeckt, aber nicht unlesbar gemacht worden war. Sie beugte sich über die Zeichnung und las die dazugehörige Legende: *Klimaanlage.*

Hauptzuleitung Saal stand in winziger, kaum lesbarer Schrift neben einer dicken doppelten Linie, die sich in vier Richtungen verzweigte. Darüber hinaus gab es nur kryptische Bezeichnungen, von denen *Expansionsventil* und *Hauptgebläse* noch die verständlichsten waren.

Verwirrt blätterte sie den Plan halb um. Darunter kam ein zweiter zum Vorschein, sie sah ganz ähnliche Linien. Eine weitere technische Zeichnung. Diese hatte Ethan mit einem grünen Textmarkerkreuz versehen.

Sprinkleranlage, stand auf diesem Plan.

Auf keinem von beiden war zu erkennen, wo die Anlagen standen, doch in Nina keimte ein Verdacht. Öffentliche Gebäude hatten Klima- und Sprinkleranlagen. Rathäuser zum Beispiel …

Plötzlich war ihr kalt. Sie hob den Blick und heftete ihn auf den wieder dunkel gewordenen Monitor des Notebooks, dann auf einen schwarzen Samtvorhang, der die Wand rechts von ihr bedeckte. Das schwache Summen, das sie schon die ganze Zeit wahrgenommen hatte, kam von dort.

Sie streckte die Hand nach dem Vorhang aus. Um ihn zur Seite zu ziehen, brauchte sie all ihren Mut.

Mit einer Mischung aus kalter Wut und Fassungslosigkeit hörte Tom, wie Max sagte: »Meine sehr verehrten Damen und Herren. Ich möchte Ihnen Sylvie Morell nun persönlich vorstellen.«

Er ließ sich von Dr. Heinemann die Fernbedienung des Beamers geben. Am Rande nur nahm Tom wahr, dass Maren sich von ihrem Platz erhob und den Saal verließ. Wie gebannt hing sein Blick an der Leinwand, auf der erneut seine Tochter zu sehen war. Diesmal jedoch lag sie in den Kissen, und ihr Blick wirkte verhangen. »Hallo, Sylvie«, sagte Dr. Heinemanns Stimme aus dem Off. »Willkommen zurück.«

Sylvies Blick irrlichterte umher, dann schien er das Gesicht des Arztes zu finden. Er fokussierte sich. Ihre Lippen teilten sich, aber sie brachte nur ein Krächzen heraus.

»Sylvie?«, fragte Heinemann, dann zoomte die Kamera auf seine Hand und zeigte, wie sie die von Sylvie ergriff. »Kannst du mich verstehen? Wenn ja, drück bitte meine Hand.«

Zwei, drei Sekunden verstrichen, dann war zu sehen, wie sich Sylvies schmale Finger um die des Arztes schlossen.

Das Bild fror ein.

Mit einem Lächeln sagte Max: »Diese Aufnahmen, meine Damen und Herren, wurden vor einer guten Stunde gemacht.«

Isabelle neben Tom hatte die Hände vor den Mund geschlagen. Jetzt stieß sie ein leises Wimmern aus. »Sie ist wach, Tom! Sie ist wach!«

Ja, dachte er wütend. *Und wir waren nicht bei ihr, als sie aufgewacht ist.*

»Max, du verdammter Scheißkerl!«, wiederholte er. Diesmal flüsterte er die Worte nicht, sondern sprach sie laut aus.

Etliche Gesichter wandten sich ihm zu. In dieser Sekunde vibrierte das Handy in seiner Hose.

Mit weit aufgerissenen Augen starrte Nina auf die beiden silbernen Säulen, die neben mehreren Laborkühlschränken in der Nische hinter dem Vorhang standen. Es waren Fermenter, und sie waren mit zwei DIN-A4-Zetteln versehen. Auf einem prangte ein rotes Kreuz, auf dem anderen ein grünes. In dem mit dem roten Kreuz befanden sich noch zwei Handbreit gelblich-trübe Flüssigkeit. Nur mit Mühe riss Nina den Blick davon los, wandte sich den Wachstumskurven auf Ethans Notebook zu und las nun auch deren Beschriftung. Pseudomonaden. Es waren Wachstumskurven von Pseudomonaden. Mit zitternden Händen verkleinerte Nina das Fenster und entdeckte weitere offene Dateien. Gensequenzierungen. Erneut von Pseudomonas und auch welche von Phagen. Sie schaute genauer hin. Es waren die Phagen von Georgys Probe 12. Ihre Hand glitt über den oberen der beiden Pläne, die neben dem schlanken Computer auf dem Tisch lagen.

Ein rotes Kreuz. Und ein grünes.

Plötzlich ergab alles einen furchtbaren Sinn. Mit zitternden Händen nahm Nina ihr Handy, wählte Toms Nummer. Es klingelte und klingelte und gerade, als sie schon fürchtete, er würde nicht rangehen, tat er es doch. »Nina? Ich kann jetzt n…«

»Es ist die Gala!«, fiel sie ihm ins Wort.

»Ich verstehe nicht …«

»Die Gala, Tom!« Ihr Blick glitt noch einmal zu den beiden markierten Fermentern.

Einer mit einem roten Kreuz.

Und einer mit einem grünen.

Sie streckte die Hand nach dem Bildschirm des Notebooks aus und hatte Mühe, nicht zu Boden zu gehen. Pseudomonas. Phagen. »Ethan hat einen Anschlag auf die Gala geplant!«

»Was?«, meinte Tom. Und dann: »Moment! Ich gehe mal irgendwohin, wo ich dich besser verstehen kann.« Sie hörte seine Schritte, dann seinen Atem. Er klang laut in ihren Ohren.

Oder war es ihr eigener?

2

Isabelle warf ihm einen finsteren Blick hinterher, weil er ausgerechnet jetzt telefonieren musste, aber dann drehte sie sich wieder nach vorn. Sie wirkte völlig gebannt von dem, was auf der Bühne geschah.

Tom jedoch war eiskalt.

Ethan hat wirklich …, hatte Nina gesagt.

Er hatte sie nur abgehackt hören können. Er rieb sich die Augen – verdammt, warum brannten die immer noch so? –, während er sich durch die Zuschauermenge schlängelte und den Saal in der Hoffnung verließ, draußen auf der Treppe besseren Empfang zu haben.

Voss, die noch immer an der hinteren Wand stand, warf ihm einen fragenden Blick zu. Er bedeutete ihr mitzukommen. Am oberen Absatz der Freitreppe sagte er ins Telefon: »Hörst du mich, Nina?«

»Ja. Ja!«, haspelte sie. »Der Anschlag, Tom! Ich bin sicher, dass er heute Abend stattfinden sollte. Und zwar bei euch im Rathaus.«

»Erzähl!« Er wartete, bis Voss heran war, und schaltete den Lautsprecher ein.

»… bin in Ethans altem Labor. Hier stehen zwei Fermenter, und ich glaube, dass er damit Bakterienkulturen für einen Anschlag auf die Gala hergestellt hat.«

Voss' Unterkiefer klappte herunter. »Es gibt ein zweites Labor? Wir hatten keine Hinweise auf ein zweites Labor!«

»Ja. Er hat sie verwischt. Die Anschläge in den Altersheimen, die Flyer, die Beiträge auf YouTube – sie haben alle nur der Vorbereitung auf das heute Abend gedient. Darum ist Ethan so verdammt gelassen, Frau Voss! Weil seine Komplizen die Sache zu Ende bringen werden. Sie müssen die Klimaanlage kontrollieren, sofort!«

»Wie kommen Sie darauf, Nina?«, schnappte Voss.

»Ist doch jetzt egal! Ich bin ziemlich sicher, dass die Klimaanlage mit Pseudomonaden verseucht ist!«

In Tom krümmte sich etwas. Pseudomonaden? Die Keime, die seine Tochter fast umgebracht hätten?

Fassungslos hörte er zu, was Nina nun erklärte.

»Wir haben gedacht, die Gala kann nicht das Ziel sein, weil das Motiv nicht stimmt«, sagte Nina. »Ethan wollte, dass dieses Gesetz durchkommt, darum ergibt es keinen Sinn, die Abgeordneten dorthin zu locken und sie dann zu infizieren, denn das würde ja bedeuten, dass die wichtige Abstimmung für das Gesetz nicht stattfinden kann. Aber damit lagen wir falsch.«

»Wie kommen Sie darauf?«, fragte Voss.

»Es ergibt durchaus Sinn. Warten Sie, ich schicke Ihnen was, dann sehen Sie es auch.« Voss' Handy meldete den Eingang einer Nachricht.

Sie rief sie auf, starrte sekundenlang auf das Display, wischte zur Seite, starrte wieder. »Was zur Hölle ...?«

»Die habe ich hier gefunden«, drang Ninas Stimme aus dem Lautsprecher.

Tom reckte den Hals. Das Bild auf Voss' Handy zeigte einen Bauplan, der grün durchgekreuzt war. Voss wischte zurück und zeigte ihm auch das erste Foto. Ein weiterer Bauplan.

Ein rotes Kreuz.

»Ich kapier's nicht, Nina«, presste er durch die Zähne. Sein Herzschlag hatte sich beschleunigt, und plötzlich fühlte sich das

Brennen seiner Augen nicht nur unangenehm an, sondern regelrecht beängstigend. »Was hat das zu bedeuten?«

»Ihr könnt das auf dem Foto vermutlich nicht lesen, aber das rote ist der Plan einer Klimaanlage. Das grüne ist eine Sprinkleranlage. Ich habe hier zwei Fermenter gefunden. Auch sie sind markiert, mit einem roten und einem grünen Kreuz. Ich habe auf Ethans Notebook eine Menge Unterlagen gefunden. Demnach wurden in dem rot markierten Fermenter Pseudomonaden vermehrt, in dem grünen Georgys Phagencocktail Nummer 12.«

Tom blieb die Luft weg, als ihm klar wurde, was Nina ihnen zu sagen versuchte. »Du glaubst ...«

»Ethan hatte Zutritt zur Hochisolierstation im Loring-Klinikum, Frau Voss! Da muss er sich Sylvies Keim besorgt haben, vielleicht schon lange bevor ich bei ihm aufgetaucht bin und ihn um Hilfe gebeten habe. Himmel, er muss sich vor Lachen über uns beinahe ...«

»Moment!«, fiel Voss Nina ins Wort. »Der Reihe nach: Sie glauben, dass Ethan Myers vorhatte, *die Gala* über die Klimaanlage mit den Pseudomonaden zu verseuchen?«

»Ja! Haben sie den Film über Sylvie schon gezeigt?«

»Eben gerade«, sagte Tom.

»Also haben die Leute die Auswirkungen von Pseudomonas mit eigenen Augen gesehen. Pseudomonas dringt über Schleimhäute in den Körper ein: über Mund, Nase und über die Augen.«

»Über die Augen ...«, wiederholte Voss und blickte Tom an. Er sah die Erkenntnis in ihrer Miene aufleuchten und biss die Zähne zusammen.

Nina schnappte nach Luft. »Ja. Spürt ihr etwa schon irgendwas da bei euch? Normalerweise verlaufen Pseudomonasinfektionen nicht so schnell ... und wir hätten noch Zeit.«

Die Frage hing zwischen Tom und Voss. Tom schüttelte den Kopf.

»Nein«, sagte Voss ganz ruhig. »Bisher nichts.«

»Das ist gut! Vielleicht ist es dann noch nicht zu spät, das Ganze noch zu stoppen. Immungeschwächte oder Menschen mit Wunden infizieren sich leichter, und unter den Abgeordneten sind etliche, die über sechzig sind, sie …«

»Ich kapiere aber immer noch nicht, warum er die Gala verseuchen wollen würde!«, unterbrach Tom.

»Ethan wollte offenbar, dass die Abgeordneten die Erfahrung machen, wie es ist, mit einem multiresistenten Keim kontaminiert zu sein …«

»Sie haben eben selbst gesagt, dass das nicht in seinem Sinne wäre, weil es die Abgeordneten von der Abstimmung abhalten würde«, warf Voss ein. »Das ergibt immer noch keinen Sinn!«

»Doch. Und zwar, wenn man den Inhalt des zweiten Fermenters mit einbezieht. Was ich vermute, ist, dass Ethan vorhatte, eine Weile nach der Freisetzung der Pseudomonaden auch Georgys Phagen freizusetzen. Das passt absolut zusammen. Er verteilt Pseudomonas über Aerosole in der Klimaanlage. Die Phagen hingegen könnte er über den feinen Sprühnebel einer Sprinkleranlage ausbringen – sozusagen als hochwirksame Neutralisationswolke.«

»Womit er gleich zwei Fliegen mit einer Klappe schlagen würde«, murmelte Voss. »Zum einen versetzt er die Abgeordneten in die Lage, am eigenen Leib zu erfahren, was es bedeutet, mit dem Keim kontaminiert zu sein. Und gleichzeitig demonstriert er die Wirkungsmacht dieser neuartigen Phagen.« Sie schüttelte den Kopf. »Aber ich verstehe ehrlich gesagt nicht, warum Sie so aufgeregt sind, Frau Falkenberg. Wenn das, was Sie sagen, wirklich der Plan war, dann sind die Menschen hier doch im Grunde nicht in Gefahr – abgesehen davon vielleicht, ein paar Stunden in Angst zu verbringen.«

»Phagen sind kein Wundermittel«, widersprach Nina. »Ja, sie wirken gegen den Pseudomonas, aber es spielen unendlich viele Faktoren eine Rolle. Wenn Sie mich fragen, dann hat sich Ethan eingeredet, dass am Ende alles gut ausgehen würde, aber im Grunde nimmt er mit diesem doppelten Anschlag den Tod oder zumindest die schwere Erkrankung von vielen dort bei Ihnen im Rathaus billigend in Kauf. Wie gesagt: Etliche Abgeordnete sind nicht mehr die Jüngsten. Und bei Vorerkrankungen oder offenen Wunden ...«

»Okay«, murmelte Voss. »Hab schon verstanden.«

»Hören Sie«, sagte Nina. »Die Pseudomonaden und die Phagenlösung, die Ethan hergestellt hat, sind vermutlich längst irgendwo bei Ihnen im Rathaus. Sie sollten also besser so schnell wie möglich die Hauptverteilung der Klimaanlage suchen.«

Tom begriff. »Du glaubst, dass Ethan Komplizen hat, die den Plan zu Ende bringen, aber Frau Voss hat mir gerade gesagt, dass Jegor in Tiflis verhaftet worden ist ... Wer ...« Ihm wurde kalt, als in seinem Hinterkopf eine Stimme erklang. Worte, die er in der Nacht in Bos Wohnung gehört hatte.

Wenn die Typen mal sehen, wie es sich anfühlt, selbst in Gefahr zu sein, schaffen sie es vielleicht, die richtigen Entscheidungen zu treffen.

Konnte es sein, dass ... Nein! Unmöglich!

Er sah Voss grimmig nicken. »Wen verdächtigen Sie, Nina?«

»Ich weiß es nicht. Es könnte jeder sein, der das gleiche Interesse hat wie Ethan. Dr. Heinemann. Dieser Vorsitzende der GPD, dieser Ahrens. Von Zeven natürlich ...« Nina stockte.

»Oder Max Seifert«, ergänzte Tom tonlos.

Mit angespannten Sinnen rannte Tom zusammen mit Kommissarin Voss, ihrem Kollegen Lukas Lau sowie einem weiteren Polizisten in Uniform durch die schier endlosen Gänge des Charlottenburger Rathauses. Sie folgten dem Hausmeister, einem alternden Mann, der sich ihnen als Werner Ritter vorgestellt hatte. Voss' Kollege, Kommissar Runge, war unterdessen damit beschäftigt, so unauffällig wie möglich alle anwesenden Polizisten über die Möglichkeit zu informieren, dass ein Anschlag kurz bevorstand oder sogar bereits im Gange war. Für den zweiten Fall gab er die Anweisung, dass vorerst niemand das Gebäude betreten oder verlassen durfte. Darauf hatte Nina gedrungen. »Wenn ihr dadrinnen wirklich mit Sylvies Pseudomonas verseucht seid«, hatte sie gesagt, »dann seid ihr eine Gefahr für die ganze Stadt.«

Eine Gefahr ...

Das alles hatte etwas Surreales für Tom. Er blinzelte. Seine Augen tränten. »Was passiert mit Seifert und den anderen Verdächtigen?«, erkundigte er sich im Laufen bei Voss.

»Vorerst gar nichts, um sie nicht zu warnen. Mein Kollege sorgt aber dafür, dass sie beobachtet werden und uns nicht entkommen können.«

Es fiel Tom schwer zu glauben, dass Max zu Prometheus gehörte. Das passte einfach überhaupt nicht zu ihm. Aber was wusste er schon? Er kannte Max gerade einmal ein paar Wochen.

Er zwang seine Gedanken zur Ruhe und konzentrierte sich auf das Telefon in seiner Hand. Seit er oben vor dem Saal Max' Namen genannt hatte, war Nina beunruhigend still gewesen.

»Nina?«, rief er in das Gerät.

Es knisterte in der Leitung. Der Hausmeister war dabei, sie eine lange Treppe hinab ins Untergeschoss zu führen, und die Verbindung wurde von Sekunde zu Sekunde schlechter.

»Nina! Kannst du mich noch hören?«

»Ja ... ich ... macht ihr?« Die einzelnen Worte wurden zerhackt von den Störungen in der Übertragung.

»Wir sind auf dem Weg zur Klimaanlage«, informierte Tom sie. »Wir stoppen das noch, Nina. Alles wird gut werden ...« Als sein Handy ihm signalisierte, dass der Empfang unterbrochen war, hoffte er, dass Nina ihn überhaupt noch hatte hören können. Und er hoffte, dass er sie nicht gerade angelogen hatte.

Als der Hausmeister sie um eine Ecke führte, rang Lukas Lau plötzlich um Luft.

Nina fühlte sich, als wäre in ihrem Kopf ein aus schwerfälligen Zahnrädern bestehender Mechanismus zum Stehen gekommen. Während sie zuhörte, wie Tom und Voss durch die Eingeweide des Rathauses liefen, war sie zu den beiden Fermentern gegangen. Ihr Blick fiel auf die Laborkühlschränke, und ihr ging plötzlich auf, dass es eigentlich keinen Grund dafür gab, warum die Dinger liefen.

Die Fermenter waren weitgehend leer, alle nötigen Versuche, die zur Herstellung von Pseudomonas und den Phagen nötig gewesen waren, waren abgeschlossen. Die Biostoffe mussten längst im Rathaus sein. Warum also liefen die Kühlschränke? Sie fühlte sich, als hätte ihr eine eiskalte Hand ins Genick gefasst. Zögernd steckte sie ihr Handy weg, streckte die Hand nach einem der Kühlschrankgriffe aus und zog daran.

Der Kühlschrank war voll mit Hunderten kleiner Ampullen in metallenen Ständern. Nina nahm eine davon zur Hand. Die Schrift darauf kam ihr bekannt vor, doch im ersten Moment weigerte sich ihr Verstand zu begreifen, was sie sah.

Und dann setzten sich die Räder in ihrem Kopf mit einem Knirschen wieder in Bewegung.

Die Schrift auf der Ampulle ... Sie war von ... und das bedeutete ... Nina keuchte auf.

Max und alle anderen, die sie soeben verdächtigt hatte, waren völlig unschuldig. Nina wusste jetzt, wer Ethans Komplize war. Ihr wurde schlecht. Sie kramte hastig ihr Handy wieder hervor und wählte Toms Nummer. Vergeblich. Es meldete sich nur die automatische Ansage, die ihr sagte, dass der Teilnehmer zurzeit nicht erreichbar war.

Beunruhigt starrte Tom auf das Display seines Telefons, das ihn darüber informierte, dass er jetzt gar keinen Empfang mehr hatte.

Lukas war etwas zurückgeblieben. Tom konnte sein trockenes Keuchen durch den Gang hallen hören. Er wollte schon zu ihm zurück, um nachzusehen, aber in diesem Moment rief der Hausmeister: »Da ist sie!« Er deutete auf eine sehr altmodisch aussehende Anlage, bei deren Benennung Toms technischer Verstand sofort versagte. Was er sah, war ein großer Metallkasten, von dem etliche armdicke Rohre ausgingen und sich unter der Decke in alle Richtungen verzweigten. An einer Seite gab es Lüftungsschlitze, hinter denen sich ein großer Ventilator drehte.

Die Klimaanlage.

Der Hausmeister umrundete den Kasten. Umständlich und von seinem Bierbauch ziemlich behindert, beugte er sich vor. »Was zur Hölle …?«, hörte Tom ihn murmeln.

Als der Mann sich wieder aufrichtete, war er leichenblass.

»Was?«, blaffte Voss ihn an. »Reden Sie!«

Aber er öffnete und schloss den Mund nur tonlos, also schob sich Voss an ihm vorbei und ging in die Hocke. Zwei Sekunden verstrichen, in denen sie einfach nur schaute. Drei. Vier Sekunden.

Fünf.

Tom grub die Fingernägel in seine Handflächen.

Endlich erhob Voss sich wieder. Auch sie war jetzt blass. Ihre Lippen wirkten wie schmale, blutleere Striche. »Sehen Sie selbst«, forderte sie Tom auf.

Ungefähr auf Oberschenkelhöhe befand sich in der Seite der Anlage eine fünfzig mal fünfzig Zentimeter große Öffnung. Eigentlich hätte sie mit einer Metallplatte verschlossen sein sollen, doch die stand gegen die Wand gelehnt da. Als Tom vor der Öffnung in die Knie ging, stieß er mit dem Fuß gegen eine Schraube. Mit einem metallischen Klicken rollte sie gegen den Fuß der Anlage.

Hinter der Öffnung befand sich ein Hohlraum ungefähr von der Größe einer Mikrowelle. Direkt darüber, das konnte Tom erkennen, als er den Hals entsprechend verrenkte, drehte sich ein weiterer Ventilator und saugte Luft in eine dicke metallene Zuleitung, die in der Kellerdecke verschwand.

Direkt unter dem Ventilator stand ein schwarzes Gerät von der Größe einer Autobatterie. Es war über einen Schlauch verbunden mit einem milchweißen Kanister, den ein dickes rotes Kreuz aus Klebeband markierte. Und während Tom noch überlegte, was er da vor sich hatte, stieß das Gerät ein hörbares, aber eindeutig trocken klingendes Zischen aus.

»Fuck!«, murmelte er und sprang zurück.

»Was ist das für ein Apparat?«, fragte der Hausmeister.

Tom kannte die Antwort – es war ein sogenannter Hazer. Ein Gerät, mit dem man in Clubs für Partynebel sorgte. Jemand hatte ihn so umgebaut, dass er die Flüssigkeit, die sich in dem Kanister befunden haben musste, zu feinem Aerosol zerstäubte. Und der Tatsache nach zu urteilen, dass der Kanister völlig leer war, lief das Ding schon seit geraumer Weile. Vermutlich seit die Gala begonnen hatte.

»Okay«, meinte Voss und massierte sich mit den Fingerspitzen die Stirn. »Okay. Bleiben wir alle ruhig! Wenn Dr. Falkenberg richtigliegt mit ihren Vermutungen und ich es korrekt verstanden habe, dann befindet sich das Gegenmittel schon hier im Gebäude, oder?« Sie sah Tom an, und er kam sich vor, als wäre er von einer Sekunde auf die nächste zu Ninas Stellvertreter in Sachfragen befördert worden.

»So habe ich es auch verstanden, ja.«

Bevor Voss wieder das Wort ergreifen konnte, hatte der Hausmeister endlich begriffen, was hier geschah.

»Das Zeug da in der Klimaanlage … Ist das … das war … *ein Anschlag*?« Sein Unterkiefer klappte herunter und verwandelte sein Gesicht in eine dickliche Version von Munchs *Schrei*. »Das Ding da stammt von Prometheus, oder?«, wisperte er.

424

»Vermutlich«, sagte Tom so ruhig, wie er konnte.

»Bitte behalten Sie die Nerven!«, ergänzte Voss. »Wir wissen, was zu tun ist. Wir haben die Sache im Griff!«

Es dauerte, bevor das Gesagte den Verstand des Mannes erreichte. »Ich … ähm … okay. Klar. Knorke!«

Knorke? Schon seit Tom den Hazer in der Klimaanlage gesehen hatte, hatte er dieses irre Gefühl, lachen zu müssen. Bildete er es sich ein, oder konnte plötzlich auch er nur noch mühsam atmen?

Reiß dich zusammen! Du bist kurz davor, in Panik zu geraten.

»Erzählen Sie mir was über die Sprinkleranlage!«, verlangte Voss von dem Hausmeister.

Der fuhr sich mit der Zungenspitze über die Lippen. »Es … es handelt sich um eine historische Anlage aus den Fünfzigerjahren, die aber noch voll funktionstüchtig ist. Sie besitzt einen von einer Pumpe angetriebenen Einkubikmetertank, der zuerst geleert wird, wenn die Anlage auslöst. Erst wenn der Tank leer und der Brand dann noch nicht gelöscht ist, wird die Wasserzufuhr über die öffentliche Wasserleitung zugeschaltet.«

»Was das Ding für Prometheus' Zwecke geradezu ideal macht«, sagte Tom trocken.

Voss sah ihn strafend an. »Wo finden wir diesen Wassertank?«, fragte sie den Hausmeister.

Der hatte sich jetzt vollends wieder im Griff. »Kommen Sie mit! Ich führe Sie hin.«

Der Tank und die Pumpe befanden sich in einem anderen Bereich des weitläufigen Rathauskellers. Der Hausmeister ging vor und geleitete Tom, Voss und den mittlerweile wieder einigermaßen ruhig atmenden Lukas durch gefühlt drei Kilometer unterirdischer Gänge. Ihren uniformierten Kollegen hatte Voss bei der Klimaanlage zurückgelassen – zusammen mit dem Auftrag, niemandem Zugang dazu zu gewähren.

Der Tank selbst wirkte wie etwas, das aus der Zeit gefallen war – ein glänzender, auf der Seite liegender roter Zylinder aus emailliertem Metall. An der höchsten Stelle seiner Rundung befand sich ein Einlassstutzen, durch den man offenbar früher Wasser aufgefüllt hatte, nachdem die Anlage ausgelöst worden war. Tom biss die Zähne zusammen. Jedes einzelne Detail hier passte exakt zu dem Szenario, das Nina skizziert hatte.

»Wenn es stimmt, was Dr. Falkenberg gesagt hat«, meinte Voss, »dann finden wir hier auch so einen Kanister wie bei der Klimaanlage.«

»Nicht nur einen«, sagte Tom. Er hatte den Tank umrundet und direkt vor ihm stand ein ganzer Stapel leerer Kanister, die allesamt mit einem grünen Kreuz markiert waren.

Voss trat neben ihn, starrte auf die Behälter, als würde sie sie durchzählen. Dann wandte sie sich zu dem Tank um. »Wie es aussieht, hat unser unbekannter Komplize alles perfekt vorbereitet.«

Tom verspürte den drängenden Wunsch, das Weite zu suchen. Sein Brustkorb zog sich angestrengt zusammen. Er bekam immer weniger Luft. »Was jetzt?«, fragte er. »Lösen wir die Sprinkleranlage aus, um die Leute da oben zu retten?«

Voss wiegte den Kopf. »Erstmal müssen wir rausfinden, ob Dr. Falkenberg richtigliegt und sich in dem Ding da«, sie deutete auf den Tank, »wirklich diese Phagen befinden und nicht etwa ein weiterer hochpotenter Gefahrenstoff.«

»Und wie wollen Sie das machen? Sie können unmöglich jemanden hier reinholen, um das zu checken, solange wir nicht wissen, ob die Luft immer noch verseucht ist.«

»Doch. In einem Hochsicherheitsschutzanzug.« Voss kniff die Augen zusammen. »Den zu besorgen, plus einen Labortechniker mit der nötigen Expertise, könnte allerdings dauern. Aber wenn mich nicht alles täuscht, haben wir doch eine Phagenexpertin bei der Gala, oder etwa nicht?«

426

»Maren Conrad!«, entfuhr es Tom. »Natürlich!«

Voss trat hinter dem Tank hervor. »Lukas«, befahl sie. »Hol Dr. Conrad hierher. So schnell es geht.«

Lukas nickte. »Mache ich.«

»Ich komme mit Ihnen«, sagte Tom.

Die Melodie der telefonischen Warteschleife, in der Nina feststeckte, schmerzte in ihren Ohren. Mindestens fünf oder sechs Mal hatte sie jetzt schon Toms Nummer gewählt. Jedes Mal vergeblich. Immer wieder hatte ihr Telefon sie darüber informiert, dass der Angerufene im Moment nicht zu erreichen war, und auch die Nachricht, die sie ihm geschrieben hatte, wurde nicht zugestellt. Also hatte Nina sich an den Notruf der Polizei gewandt, hatte der Frau am anderen Ende ihren Titel und Namen genannt und sie darüber informiert, dass sie wichtige Informationen über einen gerade stattfindenden Terroranschlag im Charlottenburger Rathaus hatte. Daraufhin hatte man sie in die Warteschleife gelegt, und da hing sie noch immer.

Ungeduldig umklammerte sie die Kopfstütze des Beifahrersitzes vor sich und musste sich zusammenreißen, nicht frustriert daran zu rütteln. Weil ihr nicht viel anderes blieb, beugte sie sich vor und blaffte den Taxifahrer an: »Machen Sie doch schneller!«

Der Fahrer warf ihr im Rückspiegel einen genervten Blick zu. »Ich kann ja die Autos da vorne nicht wegbeamen!«

Womit er natürlich recht hatte. Genervt warf Nina sich in die Polster zurück, während der Fahrer an der nächsten Ampel schon wieder halten musste.

»Runge!«, bellte da eine Stimme dicht an ihrem Kopf.

»Kommissar Runge!« Erleichtert presste sie das Handy fester ans Ohr. »Gott sei Dank!«

»Man hat mir gesagt, dass Sie Informationen über den Anschlag haben, der hier gerade läuft.«

»Der Anschlag läuft schon …?« *Tom! Um Himmels willen!* Sie schloss die Augen, riss sie wieder auf.

Der Taxifahrer hatte sich halb zu ihr umgewandt und starrte sie erschrocken an.

»Fahren Sie!«, herrschte sie ihn an, weil er nicht bemerkt hatte, dass die Ampel längst auf Grün umgesprungen war. Dann konzentrierte sie ihre Aufmerksamkeit auf Runge. »Hören Sie, ich glaube, ich habe inzwischen auch rausgefunden, wer Prometheus' Komplize ist, den Sie und Frau Voss suchen.« Ihr Magen drehte sich um. Bis eben hatte sie die Erkenntnis von sich fernhalten können, die sie in Ethans Schrebergartenlabor wie ein Blitz getroffen hatte. Aber jetzt brach alles mit Wucht über sie herein.

Es passte perfekt zusammen. Alle drei Kühlschränke waren voll mit Ampullen gewesen, und auf jeder einzelnen hatte sich ein Aufkleber von Georgys Institut in Tiflis befunden. Nina hatte die kleinen Fläschchen eine nach der anderen in die Hand genommen. Mit jedem war ihr Entsetzen gewachsen. Georgys Therapiephagensammlung – sein wertvollster Schatz, von dem Nina geglaubt hatte, er sei bei der Explosion des Instituts unwiederbringlich vernichtet worden – lagerte hier in Kopie. Jede. Einzelne. Probe.

Georgy hatte sich in den Wochen vor seinem Tod also nicht getäuscht, als er gespürt hatte, dass etwas nicht stimmte. Jemand hatte nach und nach all seine Phagen kopiert und aus dem Institut geschmuggelt. So ein Diebstahl brauchte seine Zeit. Und vor allem: Um ihn durchzuziehen, brauchte man unbeschränkten Zugang zu den Labors des Instituts.

Als Nina begriffen hatte, was das bedeutete, war es ihr wie Eiswasser durch die Adern geschossen. Es gab eine Person, die diesen Zugang besessen hatte. Jemand, der überaus eng und vertrauensvoll mit Georgy zusammengearbeitet hatte. Jemand, den er niemals im Leben verdächtigt hätte …

»Frau Falkenberg?«, drang Runges Stimme an ihr Ohr. »Reden Sie mit mir! Sie wissen, wer den Anschlag durchgeführt hat?«

Ja. Ja, verdammt! In ihrer Erinnerung befand Nina sich wieder in der Laube. Sie hatte eine der Ampullen noch in der Hand gehabt, als ihr aus dem Augenwinkel etwas aufgefallen war. An der Metallseite des einen Kühlschranks war mit einem Magneten ein Foto befestigt, und das hatte ihr den Boden unter den Füßen weggezogen.

Ethan selbst war darauf zu sehen gewesen, in der Hand hielt er einen knallbunten Cocktail mit einem Schirmchen und einem Strohhalm. Seinem Aussehen nach zu urteilen, musste die Aufnahme mindestens fünf oder sechs Jahre alt sein.

Und neben ihm, mit Ethans Arm in einer zärtlichen Geste um die Schultern gelegt ...

»Maren Conrad«, presste sie hervor. »Es muss Dr. Conrad sein.«

Die Treppen, die aus dem Keller ins Erdgeschoss des Rathauses führten, ließen Tom ziemlich keuchen. *Verdammt!* Er fühlte sich um Jahre gealtert.

Pseudomonas konnte auch schwere Lungenentzündungen hervorrufen oder Blutvergiftungen, das hatte er schließlich bei seiner Tochter miterlebt.

Was, wenn ... *Konzentrier dich!*

Zusammen mit Lukas durchquerte er das Erdgeschoss, von wo aus er einen Blick durch die gläsernen Eingangstüren auf die Otto-Suhr-Allee erhaschen konnte. Dort waren mehrere Einsatzwagen der Polizei zusammengezogen worden. Blaues Licht zuckte über den Gehweg und die gegenüberliegenden Hausfassaden. Bewaffnete Einheiten eines Sondereinsatzkommandos hatten sich vor dem Eingang aufgebaut. Logisch. Man ging davon aus, dass hier drinnen ein gefährlicher Bioterroranschlag stattgefunden hatte. Solange man nicht wusste, wie die Lage einzuschätzen war, würde niemand dieses Gebäude verlassen.

In Tom keimte das Gefühl, sich in einem Endzeitthriller zu befinden.

Der Saal selbst wurde an beiden Ausgängen bewacht, sodass die Galagäste keine Chance hatten rauszukommen. Lukas wandte sich an einen der Polizisten neben dem Haupteingang, dessen Hand auf der Waffe ruhte. »Kommissarin Voss will, dass wir Dr. Conrad nach unten bringen.«

Der Polizist nickte und ließ sie durch.

Im Saal schlug eine sonderbare Stimmung über Tom zusammen. Die Galagäste standen in Gruppen beieinander und diskutierten mehr oder weniger leise miteinander. Tom sah einige der Bundestagsabgeordneten in einer Nische neben der Bühne stehen. Ihre Personenschützer vom BKA hatten sich um sie herum aufgebaut, ein Anblick, der Tom schon wieder dieses irre Lachen im Hals hochtrieb.

Vergesst es, Leute! Gegen die Gefahr, die euren Schützlingen droht, helfen weder eure Muskeln noch die Knarren an eurem Gürtel!

»Sie können uns hier nicht einfach so festhalten!«, hörte er jemanden rufen. »Das ist Freiheitsberaubung!« Und eines der TV-Sternchen, eine junge Frau in einem tief ausgeschnittenen pinkfarbenen Abendkleid, sagte zu ihrer Nachbarin: »Ich weiß auch nicht. Irgendein Anschlag, haben sie gesagt …«

Den Rest blendete Tom aus. Er ließ seinen Blick durch die Menge schweifen, gleichzeitig auf der Suche nach Maren Conrad und seiner eigenen Frau. Er entdeckte Isabelle zuerst, und in der gleichen Sekunde, in der er sie sah, bemerkte sie ihn auch. Wie von einer Rakete angetrieben, schoss sie auf ihn zu. »Tom! Gott sei Dank! Wo warst du denn die ganze Zeit? Irgendwas ist passiert, die halten uns alle hier …«

»Ich weiß, Isabelle!« Er nahm ihren Arm und zog sie ein Stück weit von den anderen Gästen fort. So leise wie möglich erklärte er ihr: »Es hat einen Anschlag gegeben. Wie es aussieht, wurde die Klimaanlage mit einem gefährlichen Keim verseucht, aber die Polizei hat schon ein Gegenmittel dagegen. Du musst das unbedingt für dich behalten, okay? Es darf hier drinnen nicht zu einer Panik kommen.«

Aus Isabelles Wangen wich alles Blut. »Ein Anschlag …«, flüsterte sie.

»Behalt es bitte für dich!« Er fragte sich, ob es klug gewesen war, es ihr zu erzählen. Schlagartig wirkte sie, als würde sie im nächsten Moment auseinanderfallen. »Hast du Dr. Conrad irgendwo gesehen? Das ist die Mikrobiologin, die geholfen hat, die Phagentherapie für Sylvie zu entwickeln.«

Isabelles Miene wurde misstrauisch. »Hast du etwa deine Hände im Spiel bei der ganzen Sache?«

»Ich helfe der Polizei, ja.« Er hielt seinen Unmut im Zaum und sah sich um. Lukas Lau hatte Maren entdeckt. Während der junge Polizist zu ihr ging und mit ihr sprach, wandte Tom sich wieder seiner aufgelösten Frau zu. »Ich bin gleich wieder bei dir!«, sagte er, und als Lukas Maren aus dem Saal führte, ließ er Isabelle einfach stehen und rannte den beiden nach.

Endlich hielt das Taxi vor dem Rathauseingang in der Otto-Suhr-Allee. Nina sprang auf den Gehweg und umkurvte mehrere Einsatzwagen.

»He!«, hörte sie den Taxifahrer protestieren. »Was ist mit meinem Geld?«

Sie achtete nicht einmal auf ihn. *Tom!*, hämmerte es in ihrem Schädel, wieder und wieder und wieder.

Er war dort drin. Genau wie all die anderen Menschen, die Maren mit Pseudomonaden … Nina wäre beinahe über ihre eigenen Füße gestolpert, doch der schwerbewaffnete Polizist, der den Eingang bewachte, trat ihr entgegen und fing sie auf. »Verzeihung, aber Sie können da jetzt nicht rein!«

Nina hielt inne. Natürlich. Es wäre völlig unverantwortlich gewesen, sich der verseuchten Luft in diesem Gebäude auszusetzen. Von hier draußen konnte sie vermutlich weitaus besser helfen, die drohende Katastrophe noch zu verhindern.

An dem Polizisten vorbei spähte sie durch die Glastür. Eine Treppe lag vor ihr und dahinter die Eingangshalle mit ihren auffällig gemusterten Fliesen.

Gleich darauf sah sie Tom. Der junge Partner von Kommissarin Voss, dessen Namen sie vergessen hatte, war bei ihm. Und Maren! Alle drei steuerten auf einen Treppenabgang zu, der in den Keller des Gebäudes führte. Noch während Nina durch die Scheibe starrte und fieberhaft überlegte, was sie nun tun sollte, blieben alle stehen und wandten sich um. Ein weiterer Mann eilte ihnen nach – Kommissar Runge. Es war offensichtlich, dass er nach den dreien gerufen hatte.

Nina sah mit an, wie er etwas sagte und seine Hand dabei nach der Waffe unter seiner Achsel griff.

Und dann ging alles rasend schnell.

Tom hatte sich umgedreht, als Kommissar Runge seinen Namen gerufen hatte. Aus dem Augenwinkel bemerkte er, dass Nina draußen vor der Glastür stand, aber er hatte keine Zeit, sich darüber zu wundern. Runge schien in maximaler Alarmbereitschaft.

»Keine Bewegung!«, befahl er und zog die Waffe.

Tom sah Maren erstarren, aber nur für einen Sekundenbruchteil. Im nächsten Moment lag eine kleine Pistole in ihrer Hand und richtete sich … direkt auf seine Brust.

In ihm sackte etwas durch. Wie die Karikatur eines Filmhelden hob er langsam die Hände auf Schulterhöhe. »Was …?«

»Nehmen Sie die Waffe runter!«, schrie Runge. Lukas Lau reagierte leicht verzögert, aber dann zog auch er seine Pistole. Mit einem Anflug von irrationaler Klarheit erkannte Tom, wie die Mündung zitterte.

»Nehmen Sie sofort die Waffe runter, Dr. Conrad!«, wiederholte Runge.

Doch Maren dachte nicht daran. Sie umfasste ihre Pistole mit beiden Händen und umrundete Tom zu einem Viertel. Um sie nicht aus den Augen zu lassen, machte er die Drehung mit. An Marens Schulter vorbei konnte er nun Nina vor dem Gebäude sehen. Sie gestikulierte aufgeregt und schien mit einem Polizisten zu diskutieren, der sie daran hindern wollte, hier reinzukommen.

Halt sie bloß auf!

»Maren, was geht hier vor?«, fragte er so ruhig und fokussiert, wie er konnte. In seinen Eingeweiden jedoch brannte grelle Panik.

»Sie ist es!«, stieß Lukas aus. »Sie gehört zu Prometheus, oder? Sie hat den Anschlag durchgeführt, und ...«

»Lukas, halt den Mund!«, schnitt Runge ihm scharf das Wort ab.

Voss kam die Treppe herauf und erfasste die Lage mit einem Blick. Sie hatte die Hand unter ihrer Lederjacke, um nach der Waffe zu greifen, nahm sie jedoch wieder heraus.

Toms Blick huschte von Marens Pistole zu ihrem Gesicht und wieder zurück. Würde sie wirklich auf ihn schießen? Er wusste es nicht.

Er wusste gar nichts mehr. Er fühlte sich wie unter Wasser. Eiskaltem Wasser, das ihn jeder Empfindung beraubte. Seine Hände waren ein Stück nach unten gesunken, und er hob sie wieder höher.

Sekundenlang standen sie alle erstarrt. Dann hörte Tom eilige Schritte. Hohe Absätze. Eine Männerstimme, die rief: »Ich habe gesagt, Sie sollen ...« Eine Bewegung in seinem Augenwinkel. Es kostete ihn Mühe, den Kopf zu wenden. »Isabelle ...!«, ächzte er.

»Tom, was geht hier vor?« Sie erkannte, was geschah, und blieb stehen wie vor eine Wand gelaufen. Ein Polizist, dem sie im Saal entkommen sein musste, erstarrte ebenfalls, dafür gestikulierte Nina draußen auf der Straße umso heftiger. Und dann packte sie kurzentschlossen die altertümlichen Türgriffe, zerrte daran, und zu Toms Entsetzen öffnete sich die Tür tatsächlich.

Nina schlüpfte hindurch.

Der Polizist, der sie vorher am Eintreten gehindert hatte, sah ein, dass es zu spät war. Eilig zog er die Tür wieder zu, um so wenig von der verseuchten Luft wie möglich rauszulassen.

»Nein!«, flüsterte Tom, als Nina die Stufen zu ihnen hocheilte. »Warum hast du das getan?«

Nina fühlte sich, als hätte sich ihr Verstand vom Rest ihres Körpers abgekoppelt. Dass Maren zu Prometheus gehörte, hatte sie auf der Fahrt hierher irgendwie verarbeiten können. Sie aber nun hier stehen zu sehen – in der Hand eine Waffe, mit der sie Tom bedrohte, und auf dem Gesicht ein Ausdruck, der irgendwo zwischen Entschlossenheit und Verzweiflung schwankte –, fühlte sich völlig falsch an.

Maren! Ihre Freundin Maren. »Was tust du?«, fragte Nina so behutsam, wie sie nur konnte.

Kommissar Runge umfasste seine Waffe fester.

»Sie kennen sich gut«, erklärte Kommissarin Voss ihm. Und an Nina gewandt befahl sie: »Reden Sie mit ihr, Dr. Falkenberg!«

Mit aller Kraft, die sie aufbringen konnte, zwang Nina sich, Ruhe zu bewahren. »Also gut. Rede mit mir, Maren! Was soll das hier? Warum die Waffe?« In einer weit ausgreifenden Bewegung umfasste sie das ganze Gebäude. »Warum das alles hier?«

Marens Lippen waren blutleer. »Georgy …«, krächzte sie.

In Ninas Körper flatterte jeder einzelne Nerv. »Was ist mit ihm?«

»Er wollte seine Phagen der Menschheit schenken.« Der Ge-

434

danke allein schien Maren zu schütteln. »All die Jahre harte Arbeit. Unsere gemeinsame Arbeit! Und dann hat er einfach allein darüber entschieden, was damit geschehen soll. Ohne mich auch nur zu fragen!«

Nina verspürte das dringende Bedürfnis, die Augen zu schließen. In schneller Reihenfolge fügten sich die einzelnen Mosaiksteinchen zu einem Bild zusammen. Maren, die ihr in Georgys Institut entgegenkam. Georgy. All das Blut. Und dann: der Umstand, dass Maren die Bombe rechtzeitig entdeckt hatte, sodass sie mit dem Leben davongekommen waren.

Es war kein glücklicher Zufall gewesen!

»Du wusstest, dass die Bombe da ist, oder?«, flüsterte Nina.

Mit wildem Blick fuhr Marens Kopf zu ihr herum. »Du solltest an dem Abend nicht da sein! Aber du warst da. Und ich konnte dich doch nicht … in die Luft sprengen …«

Sie hat dir das Leben gerettet, dachte Nina. Dann jedoch dachte sie: *Nein. Sie hat entschieden, dass du leben darfst, während sie Georgy zum Tode verurteilt hat!*

»Um Himmels willen, Maren!«, flüsterte sie.

Maren senkte die Waffe ein wenig, sodass sie nicht mehr direkt auf Tom zeigte, der kerzengerade und still dastand.

Kommissar Runge machte einen halben Schritt nach vorn, aber Maren bemerkte es und hob die Waffe wieder.

Nina hätte schreien mögen.

»Reden Sie weiter!«, drängte Voss sie.

Sie fuhr sich mit der Zunge über die Lippen. »Du wusstest, dass diese Russen an dem Abend im Institut waren, weil du selbst sie dahingeschickt hast.« Ihre Freundin war verantwortlich für den grausamen Tod ihres Ziehvaters. Sie wollte etwas empfinden, aber es ging einfach nicht. In ihr war plötzlich alles kalt und dunkel. Die Worte sprudelten jetzt nur so aus ihr heraus. »Du hast Georgys Phagensammlung gestohlen. Du warst diejenige, von der er sich die ganze Zeit verfolgt gefühlt hat. Du hast jede einzelne Phagenkultur kopiert und aus dem Institut geschmuggelt. Für Ethan, nicht wahr? Ihr habt euch nicht erst auf dem Flughafen kennengelernt.« Sie dachte an das Foto an dem Laborkühlschrank. »Ihr kanntet euch schon seit Jahren. Darum wart ihr so schnell so vertraut miteinander. Stimmt es?«

Maren nickte knapp.

»Warum?«, hauchte Nina.

»Weil er all die viele Arbeit einfach verschenken wollte!«, schrie Maren. »Verschenken! Weißt du, was die Phagensammlung wert ist, vor allem wenn die Bundesregierung dieses Gesetz durchwinkt und die Phagentherapie in Deutschland offiziell zugelassen wird? Dann folgen vielleicht bald auch andere westliche Länder. Dann sind die Phagen Milliarden wert. Und das alles wollte Georgy einfach so verschenken! Er …«

»Es ging dir also nur um Geld?«, fragte Tom fassungslos.

Maren zuckte zusammen, als hätte er sie geschlagen.

Nina starrte die Frau an, die sie für ihre Freundin gehalten hatte. Täuschte sie sich, oder traf Toms Vorwurf Maren härter als alles andere, was sie selbst bisher gesagt hatte? Sie tauschte einen kurzen, aber extrem intensiven Blick mit Tom.

Er schwankte, aber er rührte sich keinen Millimeter, auch nicht, als Maren die Waffe wieder hob und nun direkt auf sein Gesicht zielte.

»Bitte!« Eine wimmernde Frauenstimme erklang hinter Nina. Toms Frau Isabelle stand noch immer an der Stelle, an der sie beim Anblick all der gezogenen Waffen erstarrt war. »Bitte! Tun Sie meinem Mann nichts!« Sie holte zitternd Luft. »Ich weiß doch nicht, was ich ohne ihn machen soll!«

Nina sah Tom schlucken. Keine Zeit jetzt für Gefühlskram! »Maren!«, sagte sie eindringlich, aber ihre Freundin reagierte nicht darauf, sie starrte Tom weiter genau in die geröteten Augen. Ihre Hände am Griff der Waffe waren plötzlich ganz ruhig, und das jagte Nina weitaus mehr Angst ein als ihr Zittern zuvor.

»Es ging uns nicht nur ums Geld!«, sagte Maren mit hohler Stimme, und dann, als hätte sie jetzt erst begriffen, was genau Tom ihr vorgeworfen hatte, schrie sie: »Aus Geldgier hätte Ethan nicht alles versucht, dass dieses beschissene Gesetz durchkommt! Wir ...« Ihre Stimme kippte weg. »Ethan ... Prometheus war seine Idee ... er wollte ... Er ... Ich wollte nicht, dass Georgy sterben ...« Sie wimmerte. »All diese vielen Toten! Ich wollte das nicht ... ich ...«

»Es wird alles in Ordnung kommen«, versprach Kommissarin Voss. »Wenn Sie uns nur Ihre Waffe geben!«

Runge trat einen weiteren halben Schritt vor, streckte Maren die Hand entgegen. »Geben Sie mir die Waffe, bevor noch jemand sterben muss. Ich verspreche Ihnen ...«

»Nein!«, kreischte Maren ihn an. »Bleiben Sie, wo Sie sind!«

Runge wich wieder zurück. »Okay, okay!«

Marens fahle Lippen wurden noch schmaler. Ein entschlossener Ausdruck erschien in ihren Augen.

Nina sah es kommen, aber sie konnte es nicht verhindern. »Nein!«, schrie sie.

Doch es war bereits zu spät.

Mit einem blitzschnellen Ruck presste Maren den Lauf der Waffe unter ihr Kinn. Und drückte ab.

3

Tom konnte sich nur mit Mühe aufrecht halten, als Marens Kopf nach hinten schnappte und ihr Körper zusammensackte. Kein Blut wie bei den beiden Polizisten, dazu war das Kaliber ihrer Pistole zu klein.

»Verdammt!« Mit dem leise ausgestoßenen Fluch steckte Runge seine Waffe weg, und auch Lukas senkte den Lauf.

Jemand flog auf Tom zu, ein Körper presste sich schluchzend an ihn, Arme umschlangen ihn.

Nina?

Er roch das schwere Aroma von Patschuli und Sandelholz.

Nicht Nina.

Isabelle.

»Scht!«, machte er in das duftende Haar seiner Frau, und während er die Arme um sie legte, um sie zu stützen, wanderte sein Blick über ihren Kopf zu Nina.

Die stand noch immer an der Stelle, an der sie mit Maren geredet hatte. Ihr Unterkiefer war heruntergefallen, und der Anblick der toten Frau, die sie für ihre Freundin gehalten hatte, schien alle Energie aus ihr zu saugen. Tom wollte sie festhalten und stützen, aber Isabelle klammerte sich an ihn wie eine Ertrinkende, und so musste er tatenlos zusehen, wie Nina sich Halt an einem Treppengeländer verschaffte.

Lukas eilte ihr zur Hilfe, doch sie wehrte ihn ab.

»Geht schon!« Vorsichtig ließ sie das Geländer los, stand einen Moment schwankend da, dann ging sie mit steifen Schritten

438

auf Marens Leiche zu. »Warum hast du das getan?«, flüsterte sie. Bis auf das Blut, das aus der Wunde an ihrer Kehle sickerte, sah Maren aus, als schlafe sie nur.

Voss, die sich auf ein Knie hatte sinken lassen und nach Marens Puls tastete, schüttelte stumm den Kopf.

Als Kommissarin Voss sich erhob und die Lage überblickte, umklammerte Nina sich selbst mit beiden Armen. »Lukas!«, befahl die Kommissarin. »Bring Frau Morell nach oben in den Saal. Wir anderen kommen gleich nach. Ich muss hier nur noch ein paar Dinge klären.«

Lukas, der vom plötzlichen gewaltsamen Tod Marens genauso geschockt war wie Tom, schien froh, eine Aufgabe zu haben. »Natürlich. Kommen Sie, Frau Morell.« Er machte Anstalten, nach Isabelle zu greifen.

Sie schaute zu ihm auf. »Tom?« Ihre Stimme war die eines ängstlichen, kleinen Mädchens. Er war sich Ninas Gegenwart überdeutlich bewusst.

»Ihr Mann kommt gleich hinterher, Frau Morell«, versprach Voss. »Zuerst brauche ich hier noch ein paar Minuten seine Hilfe.«

»Geh schon mal«, sagte er. »Ich komme gleich nach.« Er kam sich vor wie ein Dreckskerl, weil er Voss dankbar dafür war, seiner Frau für ein paar Minuten zu entkommen. Als Isabelle fort war, wollte er sich an die Kommissarin wenden, aber sie hatte sich demonstrativ ihren Kollegen zugewandt und war dabei, Anweisungen zu geben. Also beschloss Tom, die Gelegenheit zu nutzen, die Voss ihm verschafft hatte. Er zog Nina ein Stück zur Seite. »Es tut mir alles so schrecklich leid«, murmelte er reichlich unbeholfen.

»Ja.« Sie schwankte noch immer. »Ja. Mir auch.«

Er berührte sie am Ellenbogen, zu mehr Nähe war er gerade nicht fähig. »Warum bist du reingekommen?« Er hätte sich ohrfeigen können dafür, dass das so anklagend klang.

Es macht mich irre, Angst um dich zu haben.

Bevor diese Worte unkontrolliert aus seinem Mund purzelten, streckte Nina die Hand nach ihm aus und berührte seine Wange. »Deine Augen«, murmelte sie.

Er musste sich räuspern, bevor er mit einigermaßen ruhiger Stimme sagen konnte: »Sie brennen ziemlich, ja.«

»Das kann eine Reaktion auf die bakterielle Infektion sein. Normalerweise kann der Keim eine gesunde Hornhaut nicht angreifen, aber vielleicht sind deine Augen noch in Mitleidenschaft gezogen von den Misshandlungen der Russen.« Mit einem Ruck wandte sie sich zu Voss um, die sich hinter ihnen leise geräuspert hatte. Plötzlich wirkte sie völlig fokussiert.

»Lungenentzündung. Schleichende Sepsis, Hirnhautentzündung«, zählte die Kommissarin die Folgen einer Pseudomonas-Infektion auf, die sie, wie alle anderen in diesem Gebäude, vorhin in Max' Präsentation gesehen hatte. »Sind das alle Auswirkungen des Keims?«

Nina schüttelte den Kopf.

Tom verspürte den unbändigen Wunsch, sie zu packen und nach draußen an die frische Luft zu zerren, aber er wäre nicht weit gekommen. Die Polizei schien mittlerweile das Gebäude zur Sperrzone erklärt zu haben. Soeben klebte ein Polizist in Uniform schwarz-gelbes Absperrband über die Tür. Ein zweiter SEK-Beamter mit Maschinenpistole hatte davor Stellung bezogen. Das blaue Licht des Streifenwagens zuckte noch immer über den Bürgersteig, und einmal mehr fühlte Tom sich wie in einem Katastrophenfilm.

»Es gibt noch etwas, das der Keim auslösen könnte«, erklärte Nina. »Es nennt sich Ulcus corneae serpens, eine Art Hornhautgeschwür. Es zerstört innerhalb von wenigen Stunden bis zu ein paar Tagen die Hornhaut. Im Normalfall wäre es recht einfach mit einem Antibiotikum behandelbar, aber unter diesen Umständen …«

»Erblindung?«, fragte Tom.

Nina nickte. Ihr Blick ruhte schwer auf ihm. Sekundenlang sagte keiner von ihnen ein Wort. »Was denkst du?«, erkundigte sie sich.

Er antwortete nicht, und als könne sie seine Gedanken lesen, brauste sie auf. »Nein, Tom! Es ist *nicht* ausgleichende Gerechtigkeit, wenn ausgerechnet du an Sylvies Keim erblindest! Denk so was nicht mal!«

Es berührte ihn, wie gut sie ihn bereits kannte, denn genau das war es gewesen, was er gedacht hatte. Genau genommen hatte er sich insgeheim sogar über diesen Treppenwitz des Schicksals amüsiert. »Mache ich nicht!«, behauptete er.

Sie sah ihn strafend an. »Du bist so ein schlechter Lügner!«

Ninas Kehle fühlte sich trocken und rau an, als Kommissarin Voss und Kommissar Runge mit ihr und Tom zum Haupteingang des Rathauses gingen, um die Lage zu besprechen. Mittlerweile war Kriminaloberrat Tannhäuser draußen eingetroffen. Runge hatte ihn ans Telefon geholt und auf Lautsprecher gestellt, weil sie natürlich die Glastür nicht öffnen durften.

»Okay«, sagte Nina, nachdem sie sich alle gegenseitig auf Stand gebracht hatten. »Wir haben zwar eine Ahnung, welchen Erreger Maren über die Klimaanlage verteilt hat, aber wir brauchen trotzdem so schnell wie möglich einen Labornachweis. Wir müssen auch wissen, wie hoch die Konzentration davon in der Luft hier ist. Und wir müssen das Wasser in dem Tank testen und rausfinden, ob darin wirklich die Phagen sind.«

»Wir haben die Jungs von der Abteilung Bioterrorismus der Bundeswehr informiert, aber die kommen aus München«, erklärte Tannhäuser. Es irritierte Nina ein wenig, ihn durch die Glastür reden zu sehen, seine Stimme aber aus Runges Handylautsprecher dringen zu hören. Sie sah zu, wie er einen Mann heranwinkte, der aussah, als hätte man ihn aus dem Bett geklingelt:

Seine Haare standen wirr in alle Himmelsrichtungen ab, und er hatte seine Kleidung nur nachlässig übergestreift. »Das hier ist Dr. Klemm. Er leitet das Spezialistenteam vom ZBS hier in Berlin.«

ZBS stand für *Zentrum für Biologische Gefahren und Spezielle Pathogene*. Es war eine Abteilung des Robert Koch-Instituts, deren Mitarbeiter in Fällen von biologischen Gefahrenlagen die Behörden unterstützten – allesamt Wissenschaftler, deren Job es war, mögliche Gefahrenquellen zu identifizieren, zu beseitigen und dadurch eine Weiterverbreitung von hochpathogenen Stoffen und den dadurch verursachten Krankheiten zu verhindern.

Dr. Klemms knarzige Männerstimme ertönte aus dem Lautsprecher. »Guten Tag, meine Damen und Herren.« Zu Ninas Verwunderung sprach er sie sofort persönlich an. »Herr Tannhäuser sagte mir, dass Sie die Vermutung hegen, dass die ganze Festgesellschaft mit Pseudomonas aeruginosa kontaminiert ist, Frau Dr. Falkenberg. Korrekt?«

»Ja«, antwortete Nina.

»Und Sie sind dadrinnen am besten mit den Implikationen einer solchen Lage vertraut?«

Implikationen.

Nina warf Tom einen Blick zu. Er gab sich alle Mühe, ausdruckslos zu schauen.

»Ich weiß um die Gefahr besonders für die älteren oder vorerkrankten Menschen hier drinnen, ja«, sagte sie. »Und ich weiß auch, was für Konsequenzen eine gleichzeitige Kontamination so vieler Menschen mit diesem Keim hat.« Jeder, der in den vergangenen Stunden der verseuchten Luft ausgesetzt gewesen war, würde im Nasen-Rachen-Raum mit dem Keim kolonisiert sein. Das bedeutete zwar nicht, dass jeder dieser Menschen auch tatsächlich erkranken würde, aber etliche von ihnen würden als potenzielle Überträger dort draußen herumlaufen, und die Gefahr bestand, dass sie den resistenten Keim verbreiteten. Traf der dann auf Men-

442

schen mit Immunschwäche oder einer Sekundärinfektion, konnte Pseudomonas bei ihnen schwerste Krankheitsverläufe auslösen. Sylvies Fall hatte mehr als deutlich gezeigt, wie so was lief.

Und schlimmer noch: Sollte dieser pan-resistente Pseudomonas hingegen gar auf eine Grippewelle treffen – was angesichts des kommenden Herbstes nicht auszuschließen war –, wäre das eine Katastrophe, denn das Grippevirus würde dem Keim im schlimmsten Fall bei Hunderten von Menschen Tür und Tor öffnen und schwerste oder gar tödliche Lungenentzündungen auslösen.

Sie mussten also dringend dafür sorgen, dass das auf keinen Fall geschah.

Klemms Blick suchte durch die Glastür hindurch den von Nina. »Herr Tannhäuser meinte, Sie sind Mikrobiologin?«

Sie kam sich taxiert vor. »Das stimmt, allerdings liegt meine Zeit im Labor eine Weile zurück. Aber außer mir ist auch noch Dr. Heinemann hier drinnen. Er ist Arzt am Loring-Klinikum und behandelt Menschen, die an multiresistenten Keimen leiden.«

»Gut, gut.« Klemm brummelte einen Moment lang unverständliches Zeug. Hinter ihm tauchten zwei Menschen in weißen Hochsicherheitsanzügen auf. Klemm räusperte sich. »Also. Als Erstes werde ich gleich jemanden zu Ihnen reinschicken und Proben von der Luft und dem Wasser aus der Sprinkleranlage nehmen lassen, damit wir feststellen können, ob Sie mit Ihrer Vermutung richtigliegen.«

»Wie wollen Sie vorgehen?«, fragte Nina.

»Wir gehen über die Schnelldiagnostik unserer Spezialabteilung und PCR-Nachweise aus Umweltproben.«

Nachvollziehbar, dachte Nina. PCR-Tests, die die Erbinformation des Bakteriums und der Phagen identifizierten, wären in dieser Situation am sichersten. Sie hatten allerdings einen wesentlichen Nachteil.

»Für zuverlässige PCR-Tests brauchen Sie vierundzwanzig Stunden«, warf sie ein. Sie sah Tom ins Gesicht. Seine Augen waren feuerrot, und sie war sich nicht sicher, ob er diese vierundzwanzig Stunden hatte.

Klemm schien nicht begeistert über ihren Widerspruch. Im Gegenteil. Er klang verschnupft, als er erwiderte: »Je nachdem, welchen Erreger wir haben, sind wir unter Umständen auch sehr viel schneller mit unserer Diagnostik. Bei Bacillus anthracis zum Beispiel liegen wir bei vier Stunden …«

»Wir haben es hier aber nicht mit Bacillus anthracis zu tun, sondern mit Pseudomonas aeruginosa!«, fiel Nina ihm hitzig ins Wort. »Mit einem pan-resistenten Stamm davon, und …«

»Ach, und das hat Ihnen wohl ein kleines Vögelchen geflüstert, oder was?«

Wütend über sich selbst biss Nina sich auf die Lippe. Sie war dem Mann auf den Schlips getreten, hatte seine Expertise angezweifelt. »Dr. Klemm«, versuchte sie, ihn zu besänftigen. »Wenn Sie sich die Unterlagen von Dr. Myers ansehen, die er in seiner Gartenlaube auf dem Computer hat, wissen Sie, mit welchen Erregern wir hier drinnen zu tun haben!«

»Alles schön und gut!«, unterbrach nun Klemm seinerseits sie. »Sie dürfen gern weiter Ihre Wildwestmethoden anwenden, aber bevor ich hier irgendwas in die Wege leite, *werde* ich die nötigen Tests durchführen lassen.« Er machte eine kurze Pause. »Sagen Sie mir also nicht, wie ich meine Arbeit zu machen habe, Dr. Falkenberg!«

Obwohl sie wusste, dass es vergeblich war, unternahm Nina einen letzten, resignierten Versuch, ihn zu überzeugen. »Glauben Sie mir, es ist Pseudomonas!«

»Dann werden die Tests uns das zeigen.«

Nina gab sich geschlagen, aber in diesem Moment platzte Tom der Kragen. »Dr. Falkenberg weiß, was für Zeug wir hier gerade einatmen!«, brauste er auf. »Und sie weiß auch, was die Rettung ist! Warum nehmen Sie nicht endlich Ihren Kopf aus dem Arsch und lassen uns einfach diese Sprinkleranlage auslös...«

»Herr Morell!«, unterbrach Tannhäuser ihn. »Die Kollegin Voss hat mir ausführlich erzählt, welche Rolle Sie in diesem Fall gespielt haben, und ich habe vollstes Verständnis dafür, dass Sie ungeduldig sind. Aber ich werde den Teufel tun und einen meiner Leute diese Sprinkleranlage auslösen lassen, bevor ich nicht sicher bin, dass darin das Gegenmittel ist und nicht etwa noch ein zweiter, potenziell noch gefährlicherer Keim!«

»Dr. Falkenberg ist ...«

»Dr. Falkenberg ist mit Sicherheit eine kluge und patente Frau, aber wir werden streng nach Vorschrift vorgehen und unsere Experten ihre Arbeit machen lassen.«

Tom schnaufte bei dem *streng nach Vorschrift*.

Aus seinen roten Augen sah er Nina an, und sie spürte seine Angst zu erblinden. Sie empfand schließlich dasselbe. Sie räusperte sich. »Dr. Klemm! Phagen sind intelligente Medikamente. Sie greifen nur ihr Wirtsbakterium an und machen keinen weiteren Schaden ...«

»Alles schön und gut!«, sagte der Mann vom ZBS. »Aber Sie sind Wissenschaftlerin. Sie wissen, dass Herr Tannhäuser recht hat. Wir müssen uns sicher sein, dass Sie sich mit Ihren Annahmen über den Inhalt der Sprinkleranlage nicht täuschen. Und darum bitte ich Sie, uns jetzt einfach unsere Arbeit machen zu lassen!« Klemm gab seinen beiden Leuten in den Schutzanzügen einen Wink, und sie kamen auf die Tür zu.

Tannhäuser wandte sich an Voss. »Tina! Sorg dafür, dass Klemms Männer oben im Saal Luftproben und Wasserproben aus der Sprinkleranlage nehmen können. Informiert die Leute über die Lage. Sorgt dafür, dass niemand in Panik gerät und dass alle ruhig bleiben, bis wir mehr wissen! Ich melde mich bei euch, sobald ...«

»Herr Tannhäuser?«, fiel Nina ihm ins Wort.

»Ja?« Er klang genervt.

»Schicken Sie wenigstens jemanden zu Ethans Gartenlaube! Da finden Ihre Experten alle nötigen Infos über Pseudo… über das Zeug, das wir hier gerade einatmen.«

Ein Anflug von Erheiterung flog über Toms Miene, weil sie sich in ihrer Ungeduld seine völlig unwissenschaftliche Redeweise zu eigen gemacht hatte.

»Also gut.« Kurz redete Tannhäuser mit jemandem, der bei ihm war, dann kehrte er an den Apparat zurück. »Sagen Sie mir, wo die Laube ist.«

Nina nannte ihm die Adresse der Schrebergartenanlage und die Parzellennummer.

»Wir melden uns wieder«, sagte Tannhäuser.

Der SEK-Mann, der die Tür bewachte, trat einen Schritt zur Seite. Die Wissenschaftler in ihren Schutzanzügen bauten sich dicht vor der Tür auf, damit beim Öffnen der Tür so wenig Luft wie möglich nach draußen gelangte.

Tom verdrehte seufzend die Augen. »Kontrollverlust«, hörte Nina ihn murmeln.

»Kontrollverlust«, wiederholte Tom, als er und Nina zusammen mit Voss und einem der beiden Wissenschaftler vom ZBS die geschwungene Treppe hoch zum Festsaal gingen. Der andere war zusammen mit Runge und dem Hausmeister unterwegs zum Wassertank der Sprinkleranlage.

»Wir werden streng nach Vorschrift vorgehen!«, imitierte Tom, was Tannhäuser gesagt hat. »Ich sag's ja! Schalte die Polizei ein, und jedes bisschen gesunder Menschenverstand wird in den bürokratischen Mühlen zermahlen.«

Der Mann vom ZBS warf ihm durch die durchsichtige Folie seines Schutzanzugs einen ausdruckslosen Blick zu.

»Die Vorschriften haben durchaus ihren Sinn«, widersprach Voss.

»Klar. Ihnen Ihren Arsch zu retten, wenn hier irgendwas schiefgeht. Dann können Sie sich nämlich schön auf die Vorschriften berufen und sind …« Er hielt inne, als sie ihm einen warnenden Blick zuwarf. »Ach, machen Sie doch, was Sie wollen!«, grummelte er. »Machen Sie ja sowieso!«

Nina beteiligte sich nicht an der Diskussion. Plötzlich empfand sie den Schock von Marens Tod mit einer Heftigkeit, die ihre Hände zittern ließ. Die Frau, die ihre beste Freundin gewesen war, hatte ihren Ziehvater nicht nur bestohlen, sondern ihn grausam ermorden lassen …

Um sich von diesem niederschmetternden Gedanken abzulenken, überlegte sie, wie viele Gäste wohl auf dieser Gala waren. Hundert bis hundertzwanzig, schätzte sie, als sie hinter der Kommissarin und dem Wissenschaftler den Saal betrat. Dazu das Servicepersonal und Mitarbeiter des Rathauses. Zusammengenommen vielleicht hundertfünfzig bis hundertachtzig Menschen, die allesamt als Träger eines pan-resistenten Superkeims eine Gefahr für die restliche Bevölkerung Berlins darstellten.

Der Anblick des ZBS-Mannes verursachte Unruhe unter den Anwesenden, und Nina konnte es ihnen nicht verübeln. Es war wirklich ein beunruhigender Anblick, mit anzusehen, wie der Mann in seinem Astronautenanzug einen mitgebrachten Probenrucksack abstellte und eine Handsaugpumpe sowie mehrere Probenentnahmeröhrchen hervorholte. Eines der Röhrchen koppelte er an die Pumpe und befüllte es mit der Luft aus dem Saal. Dann schraubte er es behutsam zu, steckte es in eine Vorrichtung in seinem Koffer und machte sich daran, den Vorgang an anderer Stelle im Raum zu wiederholen.

Nina sah zu, wie Voss sich kurz mit ihren Kollegen absprach, dann zu Dr. Heinemann ging und ihn informierte, was geschehen war. Heinemann wurde blass. »Das ist eine Katastrophe!«, entfuhr es ihm. Ein paar der Anwesenden warfen ihnen besorgte

Blicke zu, doch bevor es zu größeren Tumulten kam, kletterte Kommissarin Voss auf die Bühne und trat an das Mikro.

»Ist das an?«, ertönte ihre Stimme über die Lautsprecher. »Ah. Gut. Meine Damen und Herren, darf ich um Ihre Aufmerksamkeit bitten?« Sie wartete, bis das Stimmengewirr zu einem unterdrückten Gemurmel geworden war. »Wir haben Grund zu der Annahme, dass hier drinnen heute Abend ein Anschlag mit einem Krankheitserreger stattgefunden hat, der ...« Das Gemurmel hob wieder an, steigerte sich zu einem Tumult, den Voss nur unterbinden konnte, indem sie, so laut sie konnte, »Bitte hören Sie mir zu!« in das Mikrofon schrie. Es gab eine hässliche Rückkopplung, und die wirkte, als hätte Voss ihre Pistole gezogen und in die Decke geschossen. Schlagartig war es totenstill. Nur irgendwo weiter hinten konnte Nina das mühsam unterdrückte Schluchzen einer Frau hören. »Noch haben wir keine gesicherten Erkenntnisse, aber wie Sie sehen ...«, Voss deutete auf den Mann im Schutzanzug, der eine weitere Probe nahm, diesmal ganz vorn im Saal, nahe der Bühne, »... wurden bereits Spezialisten informiert, die sich kümmern. Sie alle dürfen versichert sein, dass wir alles in unserer Macht Stehende tun, damit Sie gesund nach Hause zurückkehren können. Leider wissen wir zurzeit noch nicht, wie lange das dauern wird, darum bitten wir Sie um Geduld und darum, Ruhe zu bewahren ...«

»Was genau ist das für ein Krankheitserreger?«, rief ein Mann im vorderen Drittel des Saales. Sein Haar war militärisch kurz geschnitten, und der Anzug, den er trug, schien von Hugo Boss zu sein. Nina kannte ihn aus dem Fernsehen, es war Sandro Griese.

»Das werden die Spezialisten so schnell wie möglich rausfinden«, antwortete Voss ausweichend.

»Und darf ich fragen, was Sie ermächtigt, uns hier einfach festzuhalten? Das ist Freiheitsberaubung, und ich verlange ...« Griese unterbrach sich, weil einer seiner Begleiter sich zu ihm beugte, ihm etwas ins Ohr flüsterte und ihm dazu sein Handy vor die Nase hielt. Griese klappte die Kinnlade herunter.

Oh, oh, schoss es Nina durch den Kopf. *Was kam jetzt?*

»Prometheus steckt hinter diesem Anschlag, oder? Die ganze Gala hier diente nur diesem einzigen Zweck, uns in eine hinterhältige Falle zu locken, damit ...«

»Stopp!«, donnerte Voss über das Mikrofon. Etliche Gäste zuckten zusammen, aber Griese war nur mäßig beeindruckt.

»Das wird Konsequenzen haben!«, drohte er, bevor einer der Polizisten auf Voss' Wink hin neben ihn trat und ihn mit der ganzen Autorität seiner Uniform aufforderte, den Mund zu halten.

Griese fügte sich, aber seine Worte konnten nicht ungesagt gemacht werden. Nina hörte, wie sie von Mund zu Mund weitergegeben wurden. Sie spürte die Unruhe, die wie eine Welle durch die Menge lief und dabei stetig zunahm.

»Prometheus hat uns mit dem resistenten Keim von diesem Mädchen verseucht?«, wisperte eine Frau ganz in ihrer Nähe.

Auf der Suche nach seiner Frau ließ Tom die Blicke über die aufgebrachte Menge schweifen. Ein junger Mann, den die lange schwarze Schürze als Kellner auswies, stand schweratmend und mit Schweiß auf der Stirn da. Eine ebenso junge Kollegin kümmerte sich um ihn.

Scheiße!

»Das ist nur eine Panikattacke«, sagte Nina, die sich dicht bei ihm hielt. »Der Keim kann so schnell noch keine Atemnot auslösen, dazu ist es noch viel zu früh.«

Er konnte nur hoffen, dass sie recht hatte. Tatsächlich schienen die meisten Anwesenden noch nicht wirklich besorgt darüber zu sein, dass sie hier festgehalten wurden, sondern eher verärgert.

Er hatte das Gefühl, als hätte er plötzlich Sand in den Augen.

»Tom!« Max hatte sie entdeckt und steuerte durch die Menge

auf sie zu. »Stimmt es?«, schnappte er. »Ist es Sylvies Keim, der ...« Ihm wurde bewusst, dass er zu laut sprach, und er zog den Kopf ein.

»Ja«, antwortete Nina. »Es deutet alles darauf hin.« In zwei, drei knappen Sätzen erklärte sie ihm, worin Ethans Plan bestanden hatte und dass Maren tot war und sie zu Prometheus gehört hatte.

Er brauchte einen Moment, um das alles zu verarbeiten. »Maren? Was ...? Ich ... Und du glaubst, dass die Phagen ...« Er schüttelte den Kopf. Hinter seiner Stirn rotierte es, dann rasteten seine Gedanken an einer Stelle ein. »Das Ganze ist ein Desaster! Eine richtiges Scheißdesaster. Wir wollten die Abgeordneten mit Argumenten überzeugen, nicht mit ... Was hat Ethan sich nur dabei gedacht? So ein verdammter Idiot! Jetzt werden die Politiker das Gesetz erst recht kippen!«

Wie konnte er jetzt nur an sein bescheuertes Gesetz denken?, schoss es Tom durch den Kopf. Der Mann vom ZBS verließ den Saal. Im gleichen Moment kam Bewegung in die Menge. Wie auf ein unsichtbares Zeichen drängte alles plötzlich in Richtung der Ausgänge, wo jedoch die Polizisten standen und die verschlossenen Türen bewachten.

»Ich will hier raus!«, hörte Tom jemanden kreischen. Die Stimme erhob sich schrill und panisch über alle anderen.

Die Polizisten an den Ausgängen hatten Mühe, die aufgebrachte Menge zur Besinnung zu bringen.

Bis ein schriller Pfiff alle erstarren ließ. Er stammte von Nina. »Hören Sie mir zu!« Sie hatte die Bühne geentert und sich das Mikrofon gegriffen. Genau wie Kommissarin Voss trug sie keine Abendgarderobe, sondern Jeans und dazu einen schmalen Blazer, und sie sah großartig aus. »Hören Sie mir zu«, wiederholte sie eindringlich, und tatsächlich schaffte sie es, damit die Aufmerksamkeit der Menschen auf sich zu ziehen. »Im Moment besteht für keinen von Ihnen akute Gefahr! Ja, es kann sein, dass wir es bei dem Keim, dem Sie ausgesetzt wurden, mit demselben zu tun haben, den Sie vorhin in diesem Film gesehen haben.« Sie deutete auf die Leinwand über sich. »Aber für Menschen mit intaktem Immunsystem ist dieser Keim zunächst nicht besonders gefährlich …«

»Zunächst?«, warf Sandro Griese ein, der sich nun zum Sprecher der Menge gemacht zu haben schien. Tom war sich sicher, dass der Kerl eben auch die Fluchtreaktion hin zu den Ausgängen ausgelöst hatte.

Nina tat das einzig Richtige: Mit ruhiger Stimme parierte sie den Einwurf. »Wenn Sie mich ausreden lassen, werde ich Ihnen alles erklären. Mein Name ist Dr. Nina Falkenberg, ich bin Journalistin und spezialisiert auf medizinische Themen. Ich habe die Polizei als Sachverständige dabei unterstützt, Prometheus zu finden, und ich werde Ihnen jetzt sagen, was wir tun müssen, damit all das hier gut endet.« Während sie begann, den Menschen mit einfachen Worten das weitere Vorgehen der Spezialisten zu erklären, suchte sie in der Menge nach Tom. Als sie ihn fand, senkte sich ihr Kopf zu einem kaum wahrnehmbaren Nicken.

Was wollte sie ihm sagen?

»Zunächst werden die Ärzte hier im Saal Nasen-Rachen-Raum-Abstriche bei Ihnen vornehmen, ganz ähnlich wie Sie das noch von Corona kennen. Bis die Ergebnisse der Tests vorliegen, wird man Sie isolieren …« Während Nina sprach, hob sie den Blick mehrmals zur Decke.

Tom spürte, dass sie ihm etwas sagen wollte. Als sie das nächste Mal nach oben schaute, begriff er, dass sie dort keineswegs den Text ihrer Rede abzulesen versuchte, sondern …

Schlagartig begriff er.

An der Stelle, zu der sie wieder und wieder schaute, befand sich eines der Auslassventile der Sprinkleranlage.

Toms Augen weiteten sich. *Bist du sicher?*, formte er lautlos mit den Lippen.

Sie nickte erneut.

Er schob seine Hand in die Hosentasche und krampfte sie um das Einhornfeuerzeug.

Die Sekunden, die folgten, nachdem Tom endlich begriffen hatte, was sie ihm sagen wollte, rauschten an Nina vorbei wie ein Hochgeschwindigkeitszug. Sie sah, wie er die Hand in die Tasche schob. Mit einem Satz, der die Umstehenden vor Überraschung aufschreien ließ, sprang er auf einen der Bistrotische und hob den Arm. In seiner Hand lag sein Feuerzeug.

Nina glaubte, das leise Ratschen des Rädchens zu hören, was allerdings bei dem augenblicklich entstehenden Tumult schlichtweg unmöglich war. Eine kleine gelbe Flamme sprang auf. Tom reckte sich.

»Stopp!«, donnerte Voss.

Tom erstarrte, und auch der Rest der Szenerie gefror, als er sich im Fadenkreuz gleich mehrerer Polizeiwaffen wiederfand. Die von Voss eingeschlossen.

»Zwingen Sie mich nicht, mich schon wieder anschießen zu lassen«, sagte er trocken.

Nina glaubte, ihren Ohren nicht zu trauen. Würde er … auch auf die Gefahr hin …?

Voss' Miene spiegelte den Widerstreit, der in ihr tobte.

»Sie nehmen sofort das Feuerzeug runter!«, befahl Kommissar Runge, doch in diesem Augenblick hatte Voss eine Entscheidung getroffen.

Langsam schüttelte sie den Kopf. »Jens, nimm die Waffe runter!«

»Tina, was …«

Sie ließ Runge nicht ausreden. »Waffen runter!«, befahl sie, mit schärferer Stimme diesmal. »Alle! Auf der Stelle!«

Ihre Kollegen gehorchten einer nach dem anderen, Kommissar Runge als Letzter.

Voss legte den Kopf in den Nacken und sah zu Tom auf. »Tun Sie es!«

»Sicher?«

»Sicher!«

Da hob er die freie Hand in Richtung Schläfe, es sah aus, als wolle er allen Ernstes salutieren. Er reckte, sich so hoch er konnte, und näherte die Flamme dem Auslöser des Sprinklers.

Den Schatten sah Nina nur aus dem Augenwinkel.

»Nein!«, schrie sie. Jemand flog auf Tom zu. Prallte gegen ihn, und Nina sah, wie er von dem wackeligen Tisch gefegt wurde.

»Lukas!«, donnerte Voss. »Verdammt nochmal!«

In hohem Bogen flog das pinkfarbene Feuerzeug durch die Luft. Tom krachte mit dem Rücken auf einen zweiten Bistrotisch, der unter ihm zu Bruch ging.

Dann löste der Sprinkler aus, und kaltes Wasser klatschte ihm ins Gesicht.

4

Montag.

Tom stand an einem der hohen Fenster des Rathaussaales und blickte in den morgendlichen Himmel über Berlin. Seine Augen brannten unerträglich heftig, und er musste ein ums andere Mal blinzeln, um der Tränen Herr zu werden. Jedes Mal fühlte es sich an, als würden seine Lider über Sandpapier reiben. Täuschte er sich, oder sah er in den letzten Stunden zunehmend unscharf?

Seine Rippen schmerzten von dem Aufprall auf dem Bistrotischchen.

Ein Rettungswagen fuhr vorbei, das eingeschaltete Blaulicht verschwamm vor Toms Blick. Wäre das Brennen seiner Augen nicht gewesen, hätte sich das hier angefühlt wie ein Déjà-vu, dachte er. Wie lange war es her, dass er das letzte Mal voller Anspannung einem Rettungswagen hinterhergestarrt hatte? Es kam ihm vor wie ein Jahrzehnt. Damals hatte er kurz danach von Dr. Heinemann die Hiobsbotschaft erhalten, dass seine Tochter kaum noch zu retten war. Jetzt jedoch befand sich Sylvie auf dem Wege der Genesung, während er selbst darauf wartete, gesagt zu bekommen, ob er an einem potenziell tödlichen Keim litt.

Oder daran erblinden würde.

Seltsamerweise hatte er keine Angst. Im Gegenteil. Alles, was zwischen jenem Tag damals und heute passiert war, verlor an Bedeutung angesichts dieser einen Tatsache. Sein kleines Mädchen würde leben.

Er schloss die Augen, aber dadurch wurde das Brennen so unangenehm, dass er sie wieder aufriss. Er wandte sich um. Die Lage im Festsaal ähnelte mittlerweile eher einem Flüchtlingslager als einer Galaveranstaltung. Ein paar Stunden, nachdem er gestern Abend auf Ninas Geheiß hin die Sprinkleranlage ausgelöst hatte, waren die Jungs von der Abteilung Bioterrorismus der Bundeswehr eingetroffen und hatten mit nahezu unheimlicher Präzision und Effektivität die Regie übernommen. Man hatte die Galagäste darüber informiert, dass sie für die nächsten vierundzwanzig Stunden das Gebäude nicht verlassen durften – bis das Ergebnis der PCR-Tests des ZBS vorlag und man sicher wusste, ob sie alle wirklich einem pan-resistenten Pseudomonas ausgesetzt gewesen waren. Jeglichen Protest hatten die aufgerödelten Kerle in ihren Tarnfleckanzügen, die anstelle der Berliner Polizei draußen vor den Eingängen Position bezogen hatten, durch die pure Energie ihrer Erscheinung unterbunden. Als Erstes hatte man dafür gesorgt, dass alle Anwesenden trockene Klamotten bekamen – was dazu geführt hatte, dass Tom und alle anderen sich mittlerweile in dunkelblaue Sportklamotten aus Bundeswehrbeständen gehüllt wiederfanden. Einige Bundestagsabgeordnete und auch diese Bloggerin, diese Eleni, hatten sich anfangs geweigert, die hässlichen Trainingsanzüge überzustreifen, aber im Laufe der Nacht waren sie alle klug geworden und hatten ihre nasse Kleidung gegen die wärmenden Anzüge eingetauscht. Ferner hatte die Bundeswehr Feldbetten in den Saal geschafft, Decken und auch genug Essen, um die hundertachtzig Menschen hier für vierundzwanzig Stunden zu verköstigen.

Trotz aller Bemühungen machte sich im Saal ab und zu Genörgel breit, und auch gerade schien es wieder mal so weit zu sein.

»Wann lassen Sie uns denn endlich hier raus?«, rief eine Frau mit sich überschlagender Stimme.

Kommissarin Voss versuchte, sie zu beruhigen, aber die Frau schien mit ihrer Geduld völlig am Ende. Sie schrie und keifte und versuchte sogar, um sich zu schlagen. Schließlich brauchte es die vereinten Überredungskräfte von Voss und Nina, um sie dazu zu bringen, sich auf eines der Feldbetten zu setzen und Ruhe zu geben.

Nina setzte sich zu ihr und sprach noch eine Weile auf sie ein. Dabei fiel ihr Blick auf Tom am Fenster. Sie richtete ein paar letzte, beruhigende Worte an die Frau, stand auf und kam zu ihm herüber.

»Man könnte meinen, alle haben sehr viel weniger Grund, ungeduldig zu sein als du«, sagte sie leise. Ihr Gesicht war fahl, Schatten lagen unter ihren Augen, die von einer weitgehend schlaflosen Nacht herrührten. Sie hob die Hand und berührte ihn an der Wange. »Deine Augen«, murmelte sie.

Er widerstand dem Versuch, ihr zu versichern, dass es ihm gutging. Sie wusste, dass Dr. Heinemann ihn noch in der Nacht untersucht und eine schwere Augenentzündung diagnostiziert hatte. Und er hatte auch noch allzu gut im Ohr, wie sie und der Arzt anschließend über die Zerstörung seiner Hornhaut und seine drohende Erblindung gesprochen hatten. An der Art, wie seine Umwelt jetzt immer wieder vor seinem Blick verschwamm, erkannte er nur zu genau, dass die beiden nicht übertrieben hatten.

»Darf ich dir eine Frage stellen?«, meinte er.

Sie nickte.

»Das gestern Abend. Dass du mir das Signal gegeben hast, die Sprinkleranlage auszulösen …« Er überlegte, wie er es am besten formulieren sollte. Er wollte sich nicht lächerlich machen. »Hast du es deswegen getan?« Er deutete auf seine Augen. »Warum hast du mich diesen Stunt durchziehen lassen, obwohl du genau so gut die Testergebnisse von diesem Dr. Klemm hättest abwarten können?«

Ninas schwieg. Er konnte sich in ihren Pupillen spiegeln.

»Du wolltest damit verhindern, dass ich erblinde«, sagte er ihr auf den Kopf zu. »Aber das hat nicht funktioniert.«

Sie presste die Lippen aufeinander. Sie sah ihm noch einige Sekunden lang in die Augen. Er spürte ihre Angst um ihn, aber auch die Tatsache, dass sie vor diesem Gefühl zurückschreckte. Mit einem Ruck wandte sie sich ab. »Dr. Heinemann!«, rief sie.

Der Arzt von Toms Tochter saß auf einem der Bistrostühle in der Nähe der Bühne und schien tief in Gedanken versunken. Nina musste ein weiteres Mal nach ihm rufen, bevor er den Kopf hob, schließlich aufstand und zu ihnen trat.

»Wir müssen etwas gegen Toms Entzündung tun!«, sagte sie. »Und zwar schnell! Die Dosis der Phagen aus der Sprinkleranlage scheint seine Infektion nicht ausreichend bekämpfen zu können.«

Der Arzt musterte Tom. »Offenbar.« Er nickte. »Aber solange wir hier nicht raus…«

»Die Apotheke in Ihrem Klinikum muss doch noch Phagen von Sylvies Behandlung übrig haben. Können Sie nicht dort anrufen und darum bitten, dass man eine Augenspüllösung für Tom herstellt? Es muss doch möglich sein, die hier reinzuschaffen, wenn Sie …« Sie verstummte.

Heinemann rieb sich die Stirn. Auch er war blass und wirkte unendlich müde. »Ich sehe, was ich tun kann«, murmelte er, griff zu seinem Handy und entfernte sich ein Stück von Nina und Tom.

Nina nahm Toms Hand und drückte sie. »Das wird schon!«, sagte sie leise.

Tom zwang sich zu einem Lächeln. »Da bin ich sicher.«

»Frau Dr. Falkenberg?« Ein Abgeordneter der Grünen stand plötzlich hinter Nina. »Dürfte ich Sie kurz sprechen?«

Nina wandte sich zu ihm um. »Natürlich. Moment.« Noch

einmal drückte sie Toms Hand, dann ließ sie ihn los und ging mit dem Mann fort.

Tom schluckte. Er hatte seit Stunden keine mehr geraucht, und die Gier nach einer Zigarette war mittlerweile übergroß. Er ließ den Blick durch den Raum schweifen und suchte seine Frau. Isabelle saß auf einem der Feldbetten, hatte die Hände im Schoß um ein Papiertaschentuch gekrampft und die Augen angstvoll aufgerissen.

Er verspürte einen eigenartigen Widerwillen, zu ihr zu gehen, obwohl sie zu seiner Verwunderung seit dem Anschlag kaum Vorwürfe gegen ihn erhoben hatte. Ganz im Gegenteil. Sie hatte immer wieder fast flehentlich seinen Blick gesucht, als bräuchte sie seinen Halt und seine Zusicherung, dass alles gut werden würde.

Bitte tun Sie meinem Mann nichts. Ich weiß doch nicht, was ich ohne ihn machen soll! Das hatte sie gesagt, als er in die Mündung von Marens Waffe gestarrt hatte.

Ich weiß doch nicht, was ich ohne ihn machen soll …

Er blickte sie an und konnte dabei zusehen, wie sich ihre Augen mit Tränen füllten. Die Angst stand in ihrem Gesicht wie ein Ausrufezeichen. Da gab er sich einen Ruck. Er ließ sich neben ihr auf dem Bett nieder und zog sie in seine Arme. Augenblicklich fing sie an zu weinen.

»Es wird gut ausgehen«, sagte er. »Nina ist sicher, dass die Phagen aus der Sprinkleranlage den Erreger …«

»Nina.« Mit einem Ruck löste sie sich von ihm und sah ihn so forschend an, dass er sich vorkam wie gegen den Strich gestreichelt.

»Was?«, fragte er. Es klang aggressiver, als er geplant hatte.

»Was hast du da eben mit ihr besprochen?«, wollte sie wissen.

»Nur was man gegen meine Augenentzündung tun kann.«

Isabelle schien nicht überzeugt. Und dann verfiel sie in die alten Muster. »Warum gehst du nicht zu ihr?«, fragte sie in ihrem üblichen anklagenden Tonfall.

458

Er atmete durch. »Ich bin hier bei dir«, sagte er so sanft wie möglich.

Sie lächelte matt, und eine Weile lang saßen sie schweigend nebeneinander.

»Du hast irgendwie überhaupt keine Angst«, stellte sie nach einer Weile fest.

Von wegen!

Er lauschte in sich hinein. Nina sprach immer noch mit dem Grünenpolitiker und erklärte ihm irgendwas.

»Wir nennen sie *Good Bugs*«, hörte Tom sie sagen.

»Und diese lytischen Phagen, von denen Sie gesprochen haben, können im Körper wirklich keinen Schaden anrichten?«, fragte der Mann.

»Nein. Weil sie nur ihren passenden Wirt zerstören, das schädliche Bakterium, und wenn sie damit fertig sind, verschwinden sie.«

Tom dachte daran, wie Nina genau das Gleiche zu ihm gesagt hatte. Ein warmes Gefühl durchflutete ihn, und ihm ging auf, dass er sie anstarrte. Und dass Isabelle es mitbekam.

Der vorwurfsvolle Blick seiner Frau klebte förmlich an ihm, und die Energie, die von ihr ausging, trieb ihn auf die Füße. Fluchtartig rettete er sich zurück ans Fenster und starrte hinaus.

In seinem Inneren tobten eine ganze Handvoll unterschiedlichster Gefühle, darum dauerte es eine Weile, bis er bemerkte, dass jemand neben ihn getreten war.

Er riss sich zusammen, als er sah, dass es Max war. Max, der ihm die ganze Nacht hindurch erfolgreich ausgewichen war und wie alle hier drinnen unfassbar müde wirkte. Nein, nicht müde. Total erschossen. Er ähnelte einem Mann, dessen gesamtes Lebenswerk in einer einzigen Nacht zu Scherben zerschlagen worden war.

»Du siehst scheiße aus«, sagte er zu Tom.

»Danke.« Tom wusste nicht, ob Max die schicken Bundeswehrtrainingsanzüge meinte, die sie beide trugen, oder sein vermutlich bleiches und schmerzverzerrtes Gesicht. Er verkniff es sich, das Kompliment zurückzugeben. Eins jedoch konnte er nicht auf sich beruhen lassen. »Eigentlich müsste ich dir noch die Fresse polieren.«

Max begriff sofort, worum es ging. »Du wärest gern dabei gewesen, als Sylvie aus dem Koma erwacht ist, oder?«

»Du hättest mich fragen müssen, ob du ihr Aufwachen an die Öffentlichkeit zerren darfst!«

»Stimmt.« Max ließ eine unangenehme Pause entstehen. »Hättest du es erlaubt?«

»Nein.«

Max nickte. »Eben.«

»Du bist bereit, wirklich alles deinem Ziel unterzuordnen, oder?«

Da lächelte Max traurig. »Unsere Sache ist zu wichtig, um zimperlich zu sein. Immerhin geht es um viele Menschenleben!«

»Glaubst du wirklich, dass der Anschlag deine ganze Mühe zunichtegemacht hat?«

Max zuckte mit den Schultern. »Ehrlich? Keine Ahnung! Ich weiß, dass seit RAF-Zeiten gilt, dass sich der Staat nicht erpressbar machen darf. Darum hoffe ich, dass die Debatte darüber, ob der Bundestag gegen den Bundesrat stimmt und das ARBG doch noch durchbringt, auf jeden Fall stattfinden wird.« Ein fast verzweifeltes Lächeln glitt über seine Züge, bis sein Blick auf Nina und den Grünenabgeordneten fiel. Da entspannte sich seine Miene etwas. »Wie die Abgeordneten jetzt entscheiden werden, weiß nur der liebe Gott. Vorher war ich mir wenigstens einigermaßen sicher, aber jetzt …«

Tom spürte, dass da noch etwas auf seiner Seele lag. In Gedanken ging er all die Situationen durch, die er und Max gemeinsam überstanden hatten.

»Was ist?«, fragte Max.

Tom zögerte. »Kurzzeitig waren wir sicher, dass du Teil von Ethans Team bist.«

Max schnaubte. »Echt?« Dann starrte er Tom in die Augen. »Du auch?«

»Ich weiß es nicht, ehrlich gesagt. Ich denke auch, dass der Anschlag eher gegen das gearbeitet hat, was du die ganzen letzten Monate aufgebaut hast.« Er grinste düster. »Außerdem denke ich, dass du nicht fähig wärest, einen Mord zu begehen. Zu so was wie mit Sylvie *bist* du fähig. Zu Mord nie im Leben.«

Max senkte den Kopf. »Ich verstehe das mal als Kompliment«, murmelte er.

Tom war sich nicht sicher, ob er es so gemeint hatte, aber er beließ es dabei. Er versuchte, die Schmerzen in seinen Augen zu ignorieren. »Du tust mir leid.«

Max sah überrascht aus. »Ich tue dir leid? Wieso, um Himmels willen?«

Tom antwortete ihm nicht.

»Mir tut es leid, dass du nicht dabei sein konntest, als Sylvie aufgewacht ist«, sagte Max leise.

»Ja. Ja, mir auch.«

Max schob die Hand in die Tasche seines Trainingsanzugs. Als er sie wieder hervorzog, lag darin Toms Einhornfeuerzeug. »Das hast du verloren, als dieser Jungspund dich dahinten vom Tisch gecheckt hat.«

Tom nahm es.

Max lachte leise. »Ich wünsche dir, dass das dein letzter Stunt in dieser ganzen Geschichte war.«

Tom wollte mitlachen, aber er war zu kaputt dazu, also nickte er nur. Mit dem Daumen strich er über das kitschige Einhorn, bevor er das Feuerzeug wegsteckte.

Es ging bereits auf den Abend zu, als ein Mann in einem Hochsicherheitsschutzanzug den Saal betrat.

»Darf ich bitte um Ihrer aller Aufmerksamkeit bitten?«

Tom, der wieder auf dem Feldbett neben seiner Frau saß und die letzten zwei Stunden vor sich hingedöst hatte, hob den Kopf. Isabelle war schneller als er. Sie war bereits auf den Beinen, als er noch nach der Kraft suchte aufzustehen.

Der Mann im Schutzanzug wartete, bis sich alle Blicke auf ihn gerichtet hatten, und erst als er sich vorstellte, erkannte Tom ihn wieder.

»Mein Name ist Dr. Klemm, ich bin leitender Infektiologe am Zentrum für Biologische Gefahren und Spezielle Pathogene des Robert Koch-Instituts. Wie Sie alle wissen, waren Sie gestern Abend über mehrere Stunden lang einem bis dahin unbekannten Erreger ausgesetzt. Wir konnten diesen Erreger nun zweifelsfrei als Pseudomonas aeruginosa identifizieren …«

»Das ist der von dem Mädchen«, hörte Tom jemanden keuchen. Es kostete ihn Mühe, sich auf Dr. Klemm zu konzentrieren.

»Frau Dr. Falkenberg hier«, Klemm wies auf Nina, die ganz in seiner Nähe stand, »hat mir gesagt, dass Sie alle bereits über die Wirkung dieses Keims informiert sind, darum spare ich mir längere Erklärungen dazu und komme sofort zu den Maßnahmen, die nun ergriffen werden müssen. Mehrere meiner Mitarbeiter werden gleich hier reinkommen und bei jedem von Ihnen einen sogenannten Nasen-Rachen-Abstrich vornehmen. Damit werden wir testen, wie stark jeder Einzelne von Ihnen mit dem Keim kolonisiert ist.«

»Und wie lange dauert das dann wieder?«, rief Sandro Griese. Er hatte sich in den Vordergrund geschoben, als Dr. Klemm angefangen hatte zu reden, und nun verschränkte er wütend die Arme vor der Brust.

Klemm war von der Aggressivität in seiner Stimme kurz aus dem Konzept gebracht. »Es … Nun … Wir werden Ihre Abstriche mittels PCR-Methode testen, und …«

»Also nochmal vierundzwanzig Stunden?«, empörte sich Griese. »Sie wollen uns nochmal …«

»Bitte hören Sie mir zu!«, fiel Klemm ihm ins Wort. »Sie alle hier sind möglicherweise Überträger eines Keims, der Ihnen selbst vielleicht nicht gefährlich werden kann. Aber Sie könnten ihn übertragen – auf Ihre alte Mutter, einen krebskranken Partner oder sogar auf Ihr neugeborenes Kind. Und jeder von denen könnte an diesem Keim sterben. Ich bin sicher, dass niemand von Ihnen das will!« Er machte eine wirkungsvolle Pause und wartete, bis mehrere Menschen ringsherum zustimmend genickt hatten. Dann fuhr er fort: »Na also! Ich versichere Ihnen, dass meine Leute und ich so schnell arbeiten, wie wir nur können. Sie werden trotzdem alle hier noch weitere vierundzwanzig Stunden ausharren müssen.« Über das diesmal entstehende Murren ging er hinweg, indem er die Stimme hob. »Wir haben bereits veranlasst, dass die Herren und Damen von der Bundeswehr Sie mit allem Nötigen versorgen, um Ihnen die Zeit so angenehm wie möglich zu machen.« Er warf einen Blick in die Runde. »Ich danke Ihnen für Ihre Aufmerksamkeit«, sagte er und machte den Abgang. Noch während er auf dem Weg zur Tür war, kamen mehrere seiner Mitarbeiter herein und machten sich an die Arbeit.

Nina beobachtete, wie die Männer und Frauen von ZBS und Bundeswehr mit den ersten Abstrichen begannen, aber sie wurde abgelenkt, weil Dr. Heinemann sie ansprach. »Das hat mir eben einer der Polizisten gegeben.« In der einen Hand hielt er eine Flasche mit einem grünen Plastikaufsatz und einem Apothekenetikett. Obwohl Nina das Etikett nicht auf Anhieb lesen konnte, wusste sie sofort, was sie vor sich hatte: eine Augenspülflasche. Ihr Herz machte einen Satz. Dr. Heinemann hatte es tatsächlich geschafft, die Phagenlösung für Toms Augen hier hereinzubekommen!

Mit einem Lächeln fragte der Arzt: »Wollen Sie Herrn Morell das Mittel verabreichen, oder soll ich?«

Sie nahm ihm die Flasche ab. »Das mache ich!« Sie wollte schon zu Tom eilen, doch der Arzt hielt sie zurück.

»Sagen Sie ihm aber, dass er mir seine Unterschrift auf sämtlichen Formularen hierfür nachreichen muss!«

»Mache ich auch!« Suchend schaute sie sich um, ob sie Tom irgendwo entdeckte. Sie fand ihn ganz im vorderen Teil des Saals, links neben der Bühne, wo sich eine kleine Nische befand. Er stand dort zusammen mit seiner Frau und hielt sein Smartphone in der Hand, auf das sie beide schauten. Nina spürte augenblicklich, dass sie störte, aber es war ihr egal. Tom musste so schnell wie möglich diese Lösung verabreicht bekommen.

Sie räusperte sich vernehmlich.

Tom blickte von dem kleinen Bildschirm auf. Seine Augen wirkten noch roter als die ganze Zeit schon, und aus irgendeinem Grund wusste Nina, dass er diesmal wegen seiner Gefühle gegen die Tränen ankämpfte.

»Tom …?«

»Komm her!«, bat er sie.

Zögernd trat sie neben ihn und ignorierte den bösen Blick, den seine Frau erst ihm und dann auch ihr zuwarf. Tom drehte das Handy so, dass sie nun alle drei daraufschauen konnten.

Ninas Herz stockte.

Sylvie war auf dem Bildschirm zu sehen. Tom hatte sie mittels Videocall angerufen. Sie saß aufrecht im Bett, aber sie sah fahl und zu Tode erschöpft aus.

»Schatz, Nina ist hier«, sagte Tom zu ihr.

»Oh. Hallo, Frau Falkenberg!« Sylvie winkte matt. Obwohl sie sich alle Mühe gab, fröhlich zu klingen, spürte Nina die schreckliche Erschöpfung des Mädchens wie ihre eigene.

»Hallo, Sylvie«, sagte sie. »Schön, dass es dir besser geht!«

»Ja, oder, Frau Falkenberg?«

464

»Nina. Warum sagst du nicht Nina zu mir, was meinst du?«

»Okay. Nina. Können Sie … ich meine, kannst du meinem Vater mit seinen Augen helfen?«

Tom sah aus, als hätte ihn jemand geohrfeigt, und Nina ahnte, was es mit ihm machte, dass Sylvie sich mehr um ihn als um sich selbst sorgte.

Sie hob die Augenspülflasche. »Und ob ich das kann!«

Freitag.
Der Tag der Bundestagsdebatte

5

»Hey Paps, guck mal!« Die Stimme seiner Tochter erreichte Toms Ohr, bevor er in Panik darüber ausbrechen konnte, dass er beim Eintreten in ihr Krankenzimmer ihr Bett leer vorgefunden hatte.

Sylvie stand in dem kleinen Bad vor dem Spiegel. Sie musste sich zwar mit beiden Händen festhalten, weil sie noch reichlich schwach auf den Beinen war, aber sie hatte den Weg vom Bett bis ins Bad nur mit ein wenig Unterstützung von Schwester Tanja gemeistert.

»Das ist großartig!«, murmelte er. Ihr Anblick überwältigte ihn so sehr, dass seine Augen feucht wurden, und obwohl die Spülungen, mit denen Nina noch im Festsaal des Rathauses begonnen hatte, seitdem dreimal am Tag durchgeführt worden waren, hatte er auch jetzt noch dieses leichte Fremdkörpergefühl. Dr. Heinemann selbst hatte ihn heute Morgen aus der Klinik entlassen. Er war gesund. Die letzten Tests hatten keine Belastung mit Pseudomonas bei ihm mehr nachweisen können.

Schwester Tanja strahlte ihn an. »Ich lasse Sie mal allein«, sagte sie. »Passen Sie auf, dass sie nicht hinfällt.«

»Mache ich.«

Sylvie wartete, bis die Schwester die Zimmertür hinter sich zugezogen hatte. Dann ließ sie das Waschbecken los und machte einen Schritt auf Tom zu. Aber die Kräfte verließen sie. Sie fiel ihm förmlich in die Arme, und sein Herz floss über, als er sie hochhob und behutsam in das Bett legte. Kurz fühlte er sich genau so wie früher, als er sie jeden Abend schlafen gelegt hatte. Nur der Kittel, den er nach wie vor tragen musste, störte den Eindruck ein wenig.

Aber der würde auch bald Geschichte sein.

Sylvie würde von diesem fiesen Keim, mit dem er sie angesteckt hatte, wieder ganz genesen. Er sah ihr ins Gesicht. Der kleine Ausflug ins Bad hatte sie erschöpft. Als sie die Augen schloss, konnte er ihre Lider flattern sehen.

»Ruh dich aus«, bat er.

»Ich will wieder mit dir wandern gehen«, flüsterte sie.

»Das werden wir.«

»Gut.« Sie riss die Augen auf. »Erzählst du mir nochmal, was auf dieser Gala und danach passiert ist?«

Er hatte ihr die Geschichte schon mindestens dreimal erzählt, aber sie konnte nicht genug davon bekommen. »Ich habe den Sprinkler ausgelöst«, sagte er.

»Der Polizist hat dich vom Tisch gecheckt.« Wie früher, wenn er beim Märchenerzählen ein Detail ausgelassen hatte, korrigierte sie ihn mit einem leicht vorwurfsvollen Ton.

Tom grinste. »Das hat er. Mir haben die Tage danach die Rippen ganz schön wehgetan, das kannst du glauben.«

»Aber du hast die Sprinkleranlage ausgelöst und die ganze Festgesellschaft bis auf die Knochen nassgemacht.« Sie kicherte. »Ich hätte zu gern gesehen, wie Miss Oberwichtig Eleni wie ein begossener Pudel dasteht.«

»Sie fand es nicht mehr ganz so scheiße, als sich später rausgestellt hat, dass das Wasser sie vor einer gefährlichen Infektion bewahrt hat.«

»Ja, das kann ich mir vorstellen. Sie postet seitdem eine Menge Infos über Medizin und diesen ganzen Kram.« Sylvie gähnte. »Und wie ging es danach weiter?«

Seine Gedanken schweiften zu dem Abend und den darauffolgenden Tagen zurück. Die PCR-Tests, die Dr. Klemm und seine Leute von den Rachenabstrichen der Galagäste gemacht hatten, hatten wirklich noch einmal vierundzwanzig Stunden gedauert, und Voss und ihre Kollegen hatten alle Hände voll zu tun gehabt, die genervte und gelangweilte Menge von einer Meuterei abzuhalten. Nachdem dann am Dienstag klar war, wer von den Anwesenden von dem gefährlichen Keim besiedelt war und wer nicht, hatte ihre Kasernierung endlich ein Ende gehabt. Diejenigen, bei denen der Keim nachgewiesen werden konnte – darunter Frederic von Zeven, mehrere Abgeordnete der Grünen, die Bloggerin Eleni und auch Sandro Griese –, waren auf die umliegenden Infektionsabteilungen der Berliner Krankenhäuser gebracht worden, wo man über ihre Therapie debattiert hatte. Dr. Heinemann, der inzwischen offiziell als so was wie ein Experte in der Behandlung mit Phagen galt, hatte für den Einsatz von Sylvies Phagencocktail plädiert, und tatsächlich war es ihm gelungen, bei den Zulassungsbehörden eine Sondergenehmigung dafür zu erhalten. Die Tatsache, dass es hier um die Eindämmung eines bei einem Terroranschlag ausgebrachten resistenten Erregers ging, hatte dabei wesentlich geholfen. Tom mochte sich gar nicht ausmalen, wie viele offizielle Stellen am Ende mit dieser Sache befasst gewesen waren. Den Patienten waren mit den Phagen versetzte Gurgellösungen verabreicht worden, die sie, genau wie Tom seine Augentropfen, dreimal am Tag anwenden mussten. Und im Laufe der vergangenen Tage hatte man dann einen nach dem anderen entlassen können. Tom selbst, Griese und von Zeven waren heute Morgen die Letzten gewesen.

»Deine Phagen haben spektakulär gewirkt«, sagte er zu Sylvie. Er wusste, dass es das war, was sie hören wollte.

Sie lächelte. »*Meine* Phagen.«

Georgys Phagen, dachte er, und kurz schoss ein wehmütiges Gefühl durch ihn hindurch.

Sylvie gähnte. »Papa?«

»Du solltest jetzt wirklich schlafen!«, bat Tom.

468

Sie schloss die Augen wieder. »Bleibst du bei mir, bis ich eingeschlafen bin?«

Es schnürte ihm so sehr die Kehle zu, dass er nur stumm nicken konnte. Ohne die Augen zu öffnen, tastete Sylvie nach seiner Hand. Ihre Haut war warm und weich. Ihr Brustkorb senkte sich gleichmäßig und ohne die mühevollen Qualen der letzten Monate.

Tom sandte einen stummen Dank an Nina. Wieder fühlte es sich an, als würde Wehmut seinen Körper fluten.

»Worüber denkst du nach?«, hörte er Sylvie murmeln.

»Ach, über nichts.«

»Du lügst!«

Er schwieg. Wenn er Glück hatte, wäre sie eingeschlafen, bevor sie eine inquisitorische Befragung starten konnte. Er hatte kein Glück.

Sie schlug die Augen noch einmal auf. Ihr Blick war vom nahenden Schlaf bereits verschleiert, aber sie schien nicht vorzuhaben, Tom davonkommen zu lassen. »An diese Nina, oder?«

»Hmhm«, machte er.

Sie lächelte vielsagend. Er wusste, sie durchschaute ihn. Nina hatte sie in den vergangenen Tagen ein paarmal besucht, das hatte sie ihm erzählt. Er hätte zu gern gewusst, worüber die beiden gesprochen hatten, aber er traute sich nicht zu fragen.

»Ich habe mich vorhin mit Schwester Tanja unterhalten«, erzählte Sylvie. »Sie hat gesagt, dass nichts im Leben ohne Grund passiert.« Ihre Augen waren ganz groß und hell. »Wenn du nicht diesen Keim aus Indien mitgebracht hättest, hättest du Nina ...«

»Scht!«, machte er automatisch, aber sie ließ sich nicht abhalten.

»Ich mein ja nur, dass du dir keine Vorwürfe mehr wegen mir machen sollst.« Sie grinste übertrieben fies. »Das macht immerhin Mama schon.«

Da musste er lachen. »Womit du wohl recht hast.«

»Sie ist nett.«

»Wer? Mama?« Er wusste natürlich genau, dass seine kluge Tochter nicht von Isabelle sprach.

»Du denkst oft an sie, oder?« Sylvies Stimme klang jetzt zunehmend undeutlich.

Er beugte sich über sie, küsste sie auf die Stirn. »Schlaf, Schätzchen.«

»Ja. Aber du musst hierbleiben.« Das letzte Wort verging in einer Art Seufzen, mit dem sie einschlief.

Tom suchte sich eine einigermaßen bequeme Position, die es ihm ermöglichte, weiter Sylvies Hand zu halten. Er würde ihren Schlaf bewachen. Er lächelte bei dem Gedanken.

Es ging auf die Kaffeezeit zu, als sich die Krankenzimmertür öffnete und Isabelle hereinkam.

»Hallo, Tom«, sagte sie. Sie klang ungewöhnlich sanft für seine Ohren.

Mit einigem Bedauern zog er seine Finger aus Sylvies Hand und stand auf. Er und Isabelle hatten verabredet, sich an Sylvies Krankenbett abzuwechseln. Das hier war also eine Schichtübergabe, doch offensichtlich hatte Isabelle gerade einmal nicht vor, sich an ihre selbstaufgestellten Regeln zu halten. Sie trat vor ihn hin.

Wann hatte er sie das letzte Mal so befangen gesehen? So sanftmütig?

»Ich habe dir noch gar nicht gedankt«, hörte er sie murmeln.

»Wofür?«

»Dafür, was du alles getan hast, um Sylvie zu retten.«

Ach? Plötzlich gar keine Vorwürfe mehr, weil ich sie überhaupt erst angesteckt habe? Er schluckte die bitteren Worte hinunter. Sie wären für ihn ebenso schmerzhaft gewesen wie für sie.

Sie streckte die Hand aus, berührte seine Seite ungefähr dort, wo ihn die Kugel gestreift hatte.

470

Er schluckte schwer.

Isabelle blickte ihm direkt in die Augen und machte Anstalten, ihm einen Kuss zu geben.

Nur mit dem Oberkörper wich er zurück.

»Ich will, dass du wieder nach Hause kommst«, sagte sie. Die Worte waren ebenfalls sanft gesprochen, und im ersten Moment überraschten sie Tom. Doch dann begriff er, was genau sie da eben gesagt hatte.

Ich *will* ...

Sie würde sich nie ändern.

»Wir werden sehen«, murmelte er.

Ich weiß doch nicht, was ich ohne ihn machen soll, hatte sie gesagt.

Zehn Minuten später stand er draußen auf der Straße und lauschte, wie sein Herz mühsam schlug. Er hatte das Bedürfnis nach einer Zigarette, und als er das pinkfarbene Feuerzeug mit dem Einhorn herausnahm, glitt ein Lächeln über seine Lippen. Mit dem Daumen strich er über das Fabeltier. Der Strassstein saß locker. Lange würde er nicht mehr halten.

Er zündete sich eine Zigarette an, steckte das Feuerzeug wieder weg und machte sich auf den Weg. Er hatte noch einen Termin.

Das Café, in dem er mit Kommissarin Voss verabredet war, lag direkt am Landwehrkanal und war eins dieser privat geführten Hinterhofcafés, von denen nur ein Bruchteil die diversen Lockdowns der Corona-Pandemie überlebt hatte.

Dieses hier besaß antike Stühle und Tische und Geschirr, bei dem kein einzelnes Stück dem anderen glich. In der Luft lag der aromatische Geruch von frisch gemahlenem Kaffee und stark gewürztem Chai. Tom glaubte, einen Anflug von Muskatblüte zu riechen. Spontan beschloss er, den Gewürztee zu probieren.

Voss war bereits da, und vor ihr stand ein großer Kaffee. Als

Tom sich zu ihr gesetzt und seine Bestellung aufgegeben hatte, kam sie sofort zur Sache. »Ich dachte, es interessiert Sie, dass es uns gelungen ist, über das Auswärtige Amt dafür zu sorgen, dass Tiflis uns Jegor überstellt. Er ist gestern hier angekommen, und er hat bereits angefangen, mit uns zu reden.«

»Das ist gut.« Tom versuchte, auf dem antiken Stuhl mit den filigranen Beinen eine einigermaßen bequeme Position zu finden.

»Was wir bisher wissen, ist Folgendes: Offenbar kannten Maren Conrad und er sich schon seit Kindertagen. Jegor ist mit seiner Mutter in den Neunzigern nach Deutschland gekommen, seine Mutter ist Spätaussiedlerin. Über den Vater hat man nicht viel gefunden, die Kollegen in Tiflis vermuten, dass er im Auftrag des FSB in Georgien stationiert war und bei einem Einsatz für den Geheimdienst starb. Seine Leiche wurde nach allen Regeln der Kunst zu Brei geschlagen aufgefunden, da war Jegor gerade vierzehn geworden. Er und Maren Conrad sind zusammen zur Schule gegangen. Maren hat danach Karriere als Mikrobiologin gemacht, aber er hat die Kurve nicht gekriegt. Wir wissen, dass er über die übliche Kleinkriminalität immer weiter abgerutscht ist. Wie auch immer. Er hat uns erzählt, dass Maren über einen ziemlich langen Zeitraum hinweg Anasias' Phagen gestohlen hat, um sie zu Geld zu machen. Als sie rausbekam, dass Anasias ausgerechnet die wertvollsten Ergebnisse ihrer gemeinsamen Forschung der Allgemeinheit schenken wollte, musste sie handeln. Da erinnerte sie sich an ihren alten Jugendfreund.«

»Sie hat ihn beauftragt, die zwölf Superphagen zu beschaffen«, vermutete Tom.

»Ja. Aber er ist dafür nicht selbst nach Tiflis gereist, sondern benutzte ein paar Verbindungen. Er brachte einen alten Kumpel, Victor Wolkow, ins Spiel. Wolkow war spezialisiert auf Sprengstoffaufträge. Maren beschloss, zwei Fliegen mit einer Klappe zu schlagen. Über Jegor beauftragte sie Wolkow, das Institut in die Luft zu jagen. Vorher aber sollte er ihr das Journal und eben diese Superphagen besorgen. Jegor vermutet, dass die ganze Sache stark aus dem Ruder lief, weil Anasias anders als geplant an dem bewussten Abend nicht allein im Institut war.«

»Nina war bei ihm.«

»Genau. Sie war überraschend für Maren in Tiflis aufgetaucht. Anasias wurde getötet, das Institut in die Luft gesprengt, und die zwölf Phagenproben waren auf dem Weg hierher nach Berlin.«

»Und Nina auch.«

Die Bedienung kam und brachte Toms Chai. Er schmeckte gut, aber nicht besonders spektakulär.

»Und Nina auch«, wiederholte Voss, nachdem auch sie einen Schluck von ihrem Kaffee genommen hatte. »Wiederum über Jegor schickte Maren Victor Wolkow und Misha hierher nach Berlin, denn Nina war entschlossen, Anasias' letzten Willen zu respektieren und die Superphagen der Menschheit zu schenken. Das konnte Maren nicht zulassen.«

»Glauben Sie, dass sie Jegor beauftragt hat, Nina zu töten, sobald er die zwölf und das Laborjournal in den Fingern gehabt hätte?«

»Da Maren tot ist, werden wir das vielleicht nie erfahren. Ich vermute aber, eher nicht. Trotz allem war Maren immerhin so was wie Ninas Freundin.«

»Schöne Freundin«, murmelte Tom.

Voss lächelte. Es sah verblüffend mitfühlend aus, und auch ihr Tonfall änderte sich, als sie erklärte: »Maren muss Nina ziemlich gemocht haben. Jegor hat uns nämlich erzählt, dass sie es war, die ihn von Ihnen zurückgepfiffen hat.«

»Zurückgepfiffen?«, fragte Tom.

»Ja. Er konnte es sich nicht anders erklären, dass Maren ihm verboten hat, den Ort des Laborjournals mit seinen, hm, üblichen Methoden aus Ihnen rauszuholen. Er glaubt, dass Maren wusste, was Sie Nina bedeuten.«

Seine üblichen Methoden. Tom dachte an Ninas toten Ziehvater und die tote Antiquarin, wobei er die mittlerweile gut
verheilte Platzwunde an seinem Jochbein berührte. »Nina …«,
murmelte er.

»Ja.« Voss nickte, dann kehrte sie zu ihrem sachlichen Ton
und zu dem Fall zurück. *»All diese vielen Toten!* Erinnern Sie
sich: Das hat Maren gesagt, kurz bevor sie sich umgebracht hat.
Wir vermuten, dass sie Anasias' Tod nicht geplant hatte. Jegor
hatte Victor Wolkow den Auftrag gegeben, aus dem Professor
rauszuholen, wo die zwölf Phagenproben sind, und dann das Institut zu sprengen. Seiner Aussage nach sollte dabei niemand zu
Schaden kommen.«

»Tja. Blöd gelaufen, würde ich sagen.«

Diesmal lächelte Voss nicht. Tom verspürte einen Anflug von
Sympathie für sie. »Wir vermuten, der gewaltsame Tod von Anasias brachte die Dinge dann ins Rollen. Als gesichert gilt, dass
Maren Ethan Myers schon früher von Jegor erzählt hat. Seiner
Aussage nach hat sie die beiden irgendwann mal miteinander
bekannt gemacht. Als Maren Jegor den Auftrag gab, die Superphagen zu beschaffen, war Myers schon länger dabei, diese Pro-
metheus-Anschläge zu planen. Offenbar hielt er Jegor für den
perfekten Mann für die Drecksarbeit. Er hat ihn beauftragt, die
Quarkspeise zu kontaminieren und die Spritze auf dem Wasser-
behälter in dem zweiten Altersheim zu platzieren. Es war Ethan
Myers in jedem einzelnen unserer Verhöre überaus wichtig zu
betonen, dass er nicht wollte, dass Menschen dauerhaft zu Schaden kommen. Er wollte nur ein, ich zitiere, *Szenario der Bedrohung* schaffen, in dem sein Anschlag auf die Gala die gewünschte
Wirkung entfaltet.«

»Offenbar war er anders als Dr. Seifert der Meinung, dass ein
solcher Terrorakt der Verabschiedung des ARBG zugutekommt«,
sagte Tom.

Wer von beiden recht behielt, würde sich heute noch herausstellen, dachte er und sah auf die Uhr. Die entsprechende Debatte im Bundestag lief bereits.

»Wusste Maren, dass Ethan hinter Prometheus steckt?«

»Tja. Das ist eine gute Frage. Myers behauptet, dass er mit ihr darüber gesprochen hat. Dass er ihr seinen Plan erklärt hat und sie offenbar keine Einwände hatte. Ich habe darüber mit einem Polizeipsychologen gesprochen. Es wäre durchaus möglich, dass der Tod von Georgy Anasias eine Art Realitätsverlust in Maren hervorgerufen hat. Dass sie von dem Moment an widersprüchlich agierte, fast als hätte sie zwei verschiedene Persönlichkeiten.«

»Darum konnte sie bei Sylvies Rettung mithelfen!«

Voss nickte. »Der Psychologe vermutet, dass ihr Unterbewusstsein extrem altruistisches Verhalten als eine Art Wiedergutmachung wertete. Das ist wohl eine Strategie, mit der eigenen Schuld umzugehen. Auf Außenstehende wirken Menschen mit diesem Problem oft massiv selbstlos, dabei ist ihr Motiv alles andere als das.«

Tom verscheuchte den Gedanken, dass das irgendwie auch nach ihm klang. Voss trank einen weiteren Schluck Kaffee, und das gab ihm Gelegenheit, über einen Punkt nachzudenken, den sie bisher noch nicht erörtert hatten.

»Glauben Sie, dass mit Marens Tod Prometheus endgültig zerschlagen ist?«

An dieser Stelle lehnte Voss sich auf dem antiken Stuhl zurück. »Tja. Da kommen wir zu dem einzigen Punkt, den wir nicht zufriedenstellend erhellen konnten. Die Wahrheit ist: Wir wissen nicht, ob dort draußen immer noch Anhänger von Myers rumlaufen.«

Etwas rieselte Tom kalt über den Rücken. »Sie glauben, es gibt weitere Beteiligte, die ihre Finger im Spiel hatten?«

»Wie gesagt: Wir wissen es nicht.« Tief atmete sie durch. »Offiziell geht man davon aus, dass Prometheus ein Trio war: Myers, Jegor und Maren Conrad.«

»Offiziell«, wiederholte Tom.

Sie nickte nur. »Die Akten sind geschlossen und der Staatsanwaltschaft übergeben worden. Soweit es das LKA betrifft, ist die Sache vorbei.«

»Sie verdächtigen immer noch Frederic von Zeven, oder?«

Sie zuckte mit den Schultern. »Ich habe noch ein bisschen in seine Richtung ermittelt. Soweit es mir möglich war, jedenfalls ohne allzu viel Staub aufzuwirbeln. Ich konnte keinen einzigen Hinweis darauf finden, dass er mit Prometheus in Zusammenhang steht. Ich denke, wir können nichts anderes tun, als es darauf beruhen zu lassen. Die Hauptverantwortlichen haben wir schließlich. Gehen wir also davon aus, dass wir der Schlange den Kopf abgeschlagen haben.«

»Klar.« Er musterte sie. »Sie scheinen nicht überzeugt.«

Sie grinste. »Hinter jedem extrem großen Vermögen steckt ein Verbrechen«, zitierte sie. »Habe ich von einem ziemlich klugen Mann, und ich denke, er hat recht.«

Tom lachte. »Lassen Sie das bloß nicht Kommissar Runge hören, sonst weigert er sich, demnächst noch mit einer linksextremen Polizistin zusammenzuarbeiten!«

Auf dem Weg nach Hause – in seine Pension – dachte Tom darüber nach, was Kommissarin Voss ihm alles erzählt hatte. Besonders die Tatsache, dass Maren Conrad Ninas wegen verhindert haben sollte, dass die Russen ihn folterten, ging ihm nicht mehr aus dem Kopf.

Nina …

Er war so tief in Gedanken an sie versunken, dass er zusammenzuckte, als sein Telefon klingelte. Max war dran. »Sie haben es verabschiedet«, sagte er ohne Begrüßung. Er klang atemlos. Ungläubig, fand Tom und konnte es nachvollziehen. Genau wie Max hatte er selbst nicht damit gerechnet, dass die Bundestagsabgeordneten sich nach diesem Anschlag tatsächlich dafür entscheiden würden, den Einspruch des Bundesrates zu überstimmen und das Gesetz zu verabschieden.

»Obwohl die Fraktionsdisziplin bei den größeren Parteien überall aufgehoben worden war, haben die Abgeordneten der Grünen geschlossen für das Gesetz gestimmt«, erklärte Max. »Damit brauchte es die Stimmen von SPD und FDP gar nicht mehr, aber trotzdem sind auch von denen einige bei Ja aufgestanden.« Er lachte auf. »Griese hat getobt«, fügte er vergnügt hinzu.

»Das ist gut.« Tom verspürte eine tiefe Befriedigung bei dem Gedanken, dass es in Zukunft zumindest einfacher werden würde, resistente Erreger mit Phagen zu bekämpfen.

Max lachte spöttisch. »Ich kann es immer noch nicht fassen, dass Ethan am Ende genau das erreicht hat, was er wollte. Und das, obwohl Nina und du sich den Arsch aufgerissen haben, um es zu verhindern. Das ist total absurd, oder?«

Ja, dachte Tom, *ist es*.

»Wenn sie selbst betroffen sind, können Politiker eben ganz leicht Entscheidungen treffen«, sagte Max. »Das hat Ethan mal zu mir gesagt. Und irgendwie hat er damit am Ende wohl doch recht behalten.«

Tom nahm einen Zug von seiner Zigarette und verzichtete darauf, Max darauf aufmerksam zu machen, dass er selbst diesen Spruch gemacht hatte – in Bos Wohnung war es gewesen. Er dachte an sein Gespräch von eben mit Kommissarin Voss, und als er blinzelte, hatte er wieder dieses unangenehme Störgefühl in seinen Augen.

So behutsam, als habe er Angst, es zu zerbrechen, legte Max das Handy neben der Tastatur auf den Schreibtisch. Eine Weile lang blickte er aus dem Fenster hinaus auf den Schillerpark.

An den neuen Monitor hatte er sich immer noch nicht gewöhnt.

Ob er sich einen Kaffee …

Er zuckte zusammen, als das Handy klingelte. Die Nummer war unterdrückt, aber er wusste trotzdem, wer anrief.

»Herr von Zeven«, sagte er. »Wie geht es Ihnen?«

Der Großindustrielle ging über die Frage hinweg. »Max! Warum haben Sie mich nicht sofort informiert, dass die Abstimmung erfolgreich war?« Er klang vorwurfsvoll, aber gleichzeitig freudig erregt.

»Ich habe es selbst eben erst erfahren. Ich hatte schon die Hand am Hörer, um Sie sofort anzurufen. Sie sind mir zuvorgekommen.«

Er hörte von Zeven leise lachen. »Wenn ich ehrlich bin, habe ich nach dieser ganzen furchtbaren Sache im Rathaus nicht damit gerechnet, dass die Abgeordneten das Gesetz durchwinken.«

»Nein. Das hatten wir wohl alle nicht. Es kann einen ein bisschen irre machen, dass Ethan Myers am Ende Erfolg hatte, oder?«

»Hm«, machte von Zeven nur. »Das Gesetz wurde verabschiedet, das ist alles, was zählt.«

Max lehnte den Kopf gegen die Nackenstütze seines Schreibtischstuhls. »Es hat geholfen, denke ich, dass Sie all Ihre Anteile an YouGen in diese neue Medizinstiftung überführt haben.«

»Das war doch selbstverständlich! Ich möchte auf keinen Fall von einem Terroranschlag profitieren!«

Und doch tat er es, dachte Max. Er hatte sein Ziel erreicht: Das Antibiotikaresistenzbekämpfungsgesetz war endlich Wirklichkeit geworden.

»Wie fühlen Sie sich?«, fragte er. Er kannte die Antwort. Die ganze Zeit über war der tragische Tod seiner kleinen Tochter von Zevens Antrieb gewesen.

»Wunderbar! Jetzt endlich hat Emmas Tod einen Sinn für mich.«

Max schloss die Augen und rieb sich die Lider. »Dann werden Sie sich jetzt vermutlich für eine Weile auf Ihre private Yacht zurückziehen, oder?«

Von Zeven lachte ein leises, grollendes Lachen. »Von wegen! Jetzt fängt unsere Arbeit doch erst an, Max!«

Max öffnete die Augen wieder. »Wie soll ich das verstehen?«

»Na, Deutschland hat jetzt ein Antibiotikagesetz, aber viele andere westliche Länder noch nicht.«

»Sie wollen ...?«

»Natürlich will ich! Wenn wir es geschickt anfangen, Max, kann dieses neue deutsche Gesetz diesen Ländern als Vorbild dienen. Es gibt unendlich viel zu tun. Haben Sie Lust, nach Brüssel zu gehen?«

»Sie ...«

»Ich will, dass Sie mich bei meinen Bemühungen dahingehend unterstützen.«

Max richtete die Lehne auf, bis er kerzengerade saß. Von Zeven bot ihm hier einen Job, der ihm vermutlich bis zur Rente ein stattliches Auskommen ermöglichte, aber das war es nicht, was ihn elektrisierte. Es war die Aussicht, weiterhin eine Arbeit zu tun, die einen höheren Sinn hatte. »Ob ich Lust habe?«, stieß er hervor.

Erneut lachte von Zeven. »Dann haben Sie den Job.« Er hielt inne. »Aber, Max? Eine Frage müssen Sie mir vorab noch beantworten, und ich bestehe auf absoluter Ehrlichkeit!«

»Natürlich, Herr von Zeven.«

»Die Polizei hat mehrmals bei mir nachgefragt. Ich gehe davon aus, dass sie vermutet, es gäbe noch weitere Unterstützer von Prometheus, und mich für einen davon gehalten hat.«

»Absurd!«, schnaubte Max.

»Ja.« Von Zeven zögerte. »Es gibt keine Möglichkeit, das Folgende angemessen zu tun, darum frage ich Sie ganz direkt, Max: Haben Sie Ethan Myers bei der Vorbereitung des Anschlags auf die Gala unterstützt?«

Max blieb die Luft weg. Sekundenlang wusste er nicht, was er sagen sollte. »Denken Sie etwa so über mich?«

»Ich weiß nicht, was ich denken soll, Max. Antworten Sie mir!«

Max legte eine Hand auf sein Herz. Sie zitterte. »Natürlich nicht, Herr von Zeven. Sie kennen mich: Ich könnte niemals im Leben einem Menschen Schaden zufügen.«

Der Industrielle schwieg. Lange.

Sehr lange.

»Stimmt«, sagte er dann. »Ich kenne Sie. Und ich weiß, dass Sie für eine Sache, für die Sie brennen, durchaus bereit sind, günstige Gelegenheiten zu ergreifen. Die Art, wie Sie Sylvies Erwachen aus dem Koma benutzt haben, hat es nur allzu deutlich gezeigt.«

»Ich habe mit den Anschlägen auf die beiden Altersheime nichts zu tun, Herr von Zeven, und das ist die reine Wahrheit!«

»Das ist gut, Max. Für heute soll es damit genug sein. Melden Sie sich morgen früh bei mir, dann fangen wir mit den Planungen an.«

»Mache ich, Herr von Zeven.« Max verabschiedete sich und legte auf.

Ein leises Lächeln glitt über seine Lippen. Er stand auf, ging zu einem Aktenschrank in der Ecke und öffnete die unterste Schublade. In dem grauen Karton befanden sich nur noch eine Handvoll Flyer. Max betrachtete die Darstellung des nackten Mannes und des Adlers darauf.

»Günstige Gelegenheiten muss man ergreifen«, murmelte er noch immer lächelnd. Dann stellte er den Aktenvernichter an.

Nina saß in der Einzimmerwohnung, die der SPIEGEL ihr zur Verfügung gestellt hatte, damit sie an ihrer Reportagenserie arbeiten konnte, ohne dafür ständig von Hamburg nach Berlin fahren zu müssen. Ihr Redakteur hatte gebeten, ihm ihr Recherchematerial zu zeigen, und nachdem er ihre Aufnahmen gesichtet hatte, war er auf die Idee gekommen, die Serie mit einem Video zu ergänzen. Nina hatte gerade mit einer kleinen Firma telefoniert, die den Schnitt übernehmen würde, als ihr Handy klingelte und Toms lachendes Gesicht auf dem Display erschien. Sie hatte das Bild von seiner Website gezogen und seine Kontaktdaten hinterlegt – ohne es ihm zu verraten allerdings.

Mit leichtem Herzklopfen ging sie ran. »Hey! Wie geht es meinem weißen Ritter?«

»Gut.« Er klang reserviert, und sie ärgerte sich über den blöden Spruch. Ihr Herz schlug plötzlich so heftig, dass sie glaubte, Tom könne es hören.

»Entschuldige«, murmelte sie.

»Kein Grund. Wie geht es *dir*?«

»Auch gut. Ich habe gerade mit einem gewissen Nils Landmark telefoniert. Mein Redakteur will zu Sylvies Fall auch noch einen Videobeitrag, und er wird vielleicht den Schnitt übernehmen.«

»Das klingt gut.«

»Ich habe mit Max gesprochen. Der Bundestag hat den Bundesrat überstimmt. Das Gesetz ist damit durch.«

»Ja«, sagte Tom. »Ich weiß.«

»Ich kümmere mich gerade auch um Georgys Vermächtnis. Alles soll in eine Stiftung überführt werden, damit seine Forschung tatsächlich der Allgemeinheit zugutekommt. Herr von Zeven unterstützt mich dabei, er ist wirklich ein sehr besonderer Mensch. Er hat …«

»Nina …«, fiel Tom ihr ins Wort.

Etwas in ihr spannte sich. Was würde nun kommen? Sie wusste, sie musste etwas sagen, wenn sie nicht wollte, dass es hier zu Ende ging. Aber was?

»Isabelle hat mich gefragt, ob ich wieder bei ihr einziehe«, hörte sie ihn sagen.

Es war, als zöge er ihr den Boden unter den Füßen weg. »Oh«, murmelte sie. »Und? Wirst du es tun?« Die Stille summte in ihren Ohren.

»Ich weiß es nicht, Nina.«

Sie schloss die Augen. »Manche Dinge brauchen Zeit«, sagte sie.

»Ja. Das stimmt wohl.«

»Also dann ...« Ihre Finger hatten angefangen zu zittern.

»Nina?«

»Ja?«

»Danke.« Er atmete tief durch. »Für alles.« Bevor sie noch etwas erwidern konnte, legte er auf.

* * *

Glossar

Antibiotika
Verbindungen, die von Mikroorganismen produziert werden und andere Mikroorganismen abtöten

Antibiotikaresistenz
Eigenschaft von Mikroorganismen, die Wirkung von Antibiotika auszuschalten

Agar
Agar ist ein Galactose-Polymer – ein Vielfachzucker – aus den Zellwänden von Rotalgen, das Gallerte bildet. In der Mikrobiologie werden Nährböden für Mikroorganismen mit Agar verfestigt.

Dirty Dozen
Im Jahre 2017 veröffentlichte die Weltgesundheitsorganisation (WHO) eine Liste von zwölf gefährlichen Bakterien, gegen die Medikamente am dringendsten benötigt werden. Die Liste soll für Forschung und Pharmaindustrie Prioritäten setzen. (Link unter Quellen)

Drei-Impfösen-Ausstrich
Ein in der Mikrobiologie eingesetzter Verdünnungssausstrich auf einer Agarplatte zur Vereinzelung von Kolonien einer Bakterienkultur

Gramnegative Zellwände

Bestehen aus nur einer dünnen Schicht (Murein), die sie für Penicillin nicht angreifbar macht. Sie erscheinen bei der Gramfärbung schließlich rot, da die blaue Farbe herausgewaschen wird, beispielsweise beim Bakterium *Escherichia coli.*

Grampositive Zellwände

Enthalten mehrschichtiges Murein, das bei der Gramfärbung die blaue Farbe festhält. Die Zellwände sind gut durchlässig für Antibiotika, wie beispielsweise bei *Staphylococcus aureus.*

Horizontaler Gentransfer

Übertragung von genetischer Information in Form von DNA von einer Organismenart auf eine andere

Isolat

Bezeichnet in der Mikrobiologie einen oder mehrere Mikroorganismen, die aus einer Probe, wie z. B. infiziertem Gewebe oder Körpermaterial, »isoliert« werden. Die Isolation ist eine wichtige Voraussetzung für die Erregerbestimmung.

MRSA

Die Abkürzung steht für *Methicillin-resistenter Staphylococcus aureus.* Es gibt viele Staphylokokken, aber MRSA ist gegen bestimmte Antibiotika resistent, was den Keim so gefährlich macht.

Multiresistente Erreger

Einige Bakterien sind unempfindlich gegenüber vielen Antibiotika. Man spricht von multiresistenten Erregern – MRE. Der bekannteste Erreger ist MRSA.

Pan-resistent
Der Begriff bezieht sich auf Krankheitserreger und bedeutet »resistent gegenüber allen gängigen Antibiotika«.

Phage
Bakteriophagen oder kurz Phagen: verschiedene Gruppen von Viren, die auf Bakterien als Wirtszellen spezialisiert sind und sie töten, um sich zu vermehren.

Pseudomonas aeruginosa
Gramnegatives, stäbchenförmiges, bewegliches Bakterium, das allgegenwärtig in der Umwelt vorkommt, besonders in feuchten Lebensräumen und im Boden. Bei Mukoviszidose-Patient*innen spielt der Keim durch seine Widerstandsfähigkeit gegenüber Immunabwehr und Antibiotika durch Schleimproduktion eine besondere Rolle.

Polymerase-Ketten-Reaktions-Test (PCR)
PCR (English *polymerase chain reaction*) ist die wichtigste Labormethode zur Untersuchung und Vervielfältigung der Erbsubstanz (Desoxyribonukleinsäure, DNA), in der der individuelle genetische Code eines jedes einzelnen Lebewesens enthalten ist.

Sputum
Ausgehustetes Sekret der Atemwegsschleimhaut und beigemischter Zellen, das weiter untersucht werden kann

Superbug
Wissenschaftlicher Jargon: Bezeichnung für einen Bakterienstamm mit besonders ungewöhnlichen Eigenschaften wie beispielsweise Resistenzen

Zoonose

Erkrankungen, die durch Viren, Bakterien, Pilze, Protozoen oder andere Parasiten von Wirbeltieren auf den Menschen und umgekehrt vom Menschen auf Wirbeltiere übertragbar sind

Tipps zur Vertiefung in das Thema

Martin J. Blaser: *Antibiotika Overkill*. Verlag Herder. Freiburg im Breisgau, 2017

Thomas Häusler: *Gesund durch Viren. Ein Ausweg aus der Antibiotika-Krise*. Piper Verlag. München, 2003

Steffanie Strathdee and Thomas Patterson: *The Perfect Predator*. Hachette Books. New York, 2019 (Ausgabe in Englisch)

»Mikrobenzirkus« – Keine Angst vor Bazille, Virus & Co. Blog von Susanne Thiele unter www.mikrobenzirkus.com

Zum Fall Achaogen
https://www.ndr.de/fernsehen/sendungen/panorama_die_reporter/Das-Ende-der-Antibiotika,antibiotika570.html

Resistance Fighters – Die globale Antibiotikakrise (2019), Dokumentarfilm von Michael Wech

WHO Dirty Dozen – Im Jahre 2017 von der Weltgesundheitsorganisation veröffentlichte Liste von zwölf Bakterien, gegen die dringend neue Medikamente benötigt werden. https://www.who.int/news/item/27-02-2017-who-publishes-list-of-bacteria-for-which-new-antibiotics-are-urgently-needed

Nachwort (Vorsicht, Spoiler!)

Als wir uns 2019 zusammengetan haben, um diesen Roman zu schreiben, war uns klar, dass wir Realität und Fiktion darin ständig miteinander abgleichen müssen. Wir haben uns vorgenommen, die mikrobiologischen und politischen Gegebenheiten der Geschichte so realistisch und dicht an der Wahrheit wie möglich zu gestalten. Leider gehört die Gefahr der Antibiotikaresistenzen, die wir im Buch skizzieren, zu unserem Alltag. Die gefürchteten multiresistenten Keime breiten sich seit den 1940er-Jahren aus. Bis zu 95 Prozent der *Staphylococcus*-Stämme in Kliniken – bekannter unter der Bezeichnung MRSA oder auch Krankenhauskeim – sind schon resistent. Viele Umstände haben das begünstigt: von falschen oder vorzeitig abgesetzten Medikamenten bis zum landwirtschaftlichen Masseneinsatz von Antibiotika in der Viehzucht. Kritisch wird es, wenn Medikamente, die von der Weltgesundheitsorganisation (WHO) als »Reserveantibiotika« für den Menschen eingestuft sind, in der Tiermast eingesetzt werden und auf diese Weise in die menschliche Nahrungskette gelangen. Die Antibiotikakrise ist zu einer globalen Bedrohung geworden. Es ist eine potenziell explosive Lage, eine Zeitbombe – allerdings eine, die in Zeitlupe explodieren wird. Weltweite Epidemien mit multiresistenten Erregern seien nicht mehr auszuschließen, stellte die WHO im Jahr 2014 fest.

Wir haben für das vorliegende Buch das reale Szenario eines panresistenten Pseudomonas-Bakteriums gewählt. Die Menschen sind mobil, sie reisen, und all das führt dazu, dass wir

Keime mit gefährlichen Multiresistenzen, die wir in und an uns tragen, aus Ländern einschleppen, in denen Antibiotika unregulierter verschrieben werden. Wenn diese Bakterien dann ihre Resistenzgene mit anderen multiresistenten Erregern tauschen, werden sie zur Gefahr. Dass in der Folge pan-resistente Erreger entstehen können, gegen die alle gängigen Antibiotika nicht mehr wirken, ist bisher zwar noch selten, aber leider Wirklichkeit.

Aber stehen nicht viele neue Medikamente bereit, um der Krise zu begegnen? Laut einer NDR-Recherche 2019, die unsere Buchanfänge begleitete, haben fast alle großen Pharmakonzerne die Entwicklung neuer Antibiotika gestoppt, da sie nicht mehr lukrativ genug ist – ein dramatischer Schritt und gesellschaftliches Versagen. Dabei liegt eine Lösung der Antibiotikakrise nicht allein in der Entwicklung neuer Medikamente, die oft zu lange dauern. Auch die Suche nach Alternativen wird immer dringlicher.

Die in unserem Thriller eingeführten Bakteriophagen oder kurz Phagen gehören neben anderen Ansätzen zu den aussichtsreichen alternativen Kandidaten für ein »postantibiotisches Zeitalter«. Diese speziellen Viren sind die natürlichen Feinde der Bakterien und töten sie ab, um sich zu vermehren – auch die gefährlichen multiresistenten Erreger.

In Osteuropa wird die »Phagentherapie« seit mehr als einhundert Jahren erfolgreich bei Patienten eingesetzt. Das Eliavia-Institut in Tiflis existiert und ist das weltweit erste Institut für Phagenforschung. Bewährte Virenmischungen gibt es in Georgien in der Apotheke zu kaufen.

Die Wirkweise der Phagen ist im Thriller ebenfalls realistisch dargestellt, so ist eine erfolgreiche Phagentherapie an einer lungenkranken, siebzehnjährigen Mukoviszidose-Patientin aus Großbritannien wissenschaftlich publiziert. Dieses Mädchen litt allerdings nicht an *Pseudomonas*, sondern an resistenter Tuberkulose, und ihr Fall ist ein glücklicher Einzelfall. So sind die in unserem Thriller gefundenen Phagen gegen den panresistenten

Pseudomonas-Stamm von Toms Tochter Sylvie leider ein fiktives Element und bisher nur eine schöne Hoffnung der Medizin. Die Etappen der Therapie mit intravenösen Phagen im Thriller sind inspiriert von einer wahren und lebensrettenden Therapie von Thomas Patterson gegen einen multiresistenten *Acinetobacter*-Stamm, wie im Buch *The Perfect Predator* dokumentiert.

Trotz vieler Jahre Erfahrung in der Phagentherapie dürfen die Bakteriophagen in der EU bisher nur zu Forschungszwecken eingesetzt werden. Es fehlt noch an den erforderlichen klinischen Zulassungsstudien. Einen Schritt weiter ist Belgien: Seit Anfang 2018 können dort Patienten in Einzelfällen mit individuell für sie hergestellten Phagenlösungen behandelt werden. In Deutschland setzen vereinzelte Mediziner Phagen mit Sondergenehmigungen schon gegen resistente Klinikkeime ein. Auch die Forschung dazu schreitet weiter voran: Wissenschaftler*innen des Leibniz-Instituts DSMZ-Deutsche Sammlung von Mikroorganismen und Zellkulturen in Braunschweig forschen zum Einsatz der Phagentherapie bei Lungeninfektionen.

An einer Stelle im Thriller haben wir uns zugunsten der Dramaturgie entschieden, die Realität etwas zu biegen. Ein Einsatz von Phagen als Inhalationstherapie für Menschen mit einer potenziellen Pseudomonas-Infektion, wie am Ende dieses Romans im Nachgang der Gala im Charlottenburger Rathaus, ist ein rein fiktives Element, dessen medizinische Wirksamkeit bezweifelt werden darf. Bisher sind solche »Begasungen« mit Phagen nur in der Lebensmittelverarbeitung in den USA, Kanada, Neuseeland und den Niederlanden im Einsatz, um die Kontamination von Milch- oder Fleischerzeugnissen z. B. mit Salmonellen zu reduzieren. Aus Gründen der Lesbarkeit haben wir die wissenschaftlichen Bezeichnungen der Mikroorganismen nur bei Erstnennung kursiv gesetzt.

Susanne Thiele und Kathrin Lange, im März 2021

Danksagung

Ein Roman wie der vorliegende entsteht nicht im stillen Kämmerlein. Wir hatten bei der Arbeit daran unendlich viel Hilfe und Unterstützung von einer Menge Menschen, bei denen wir uns an dieser Stelle bedanken wollen.

Ein erstes, großes Dankeschön geht an Christine Rohde vom Leibniz-Institut DSMZ-Deutsche Sammlung von Mikroorganismen und Zellkulturen für ihre Unterstützung unserer Thrilleridee von Anfang an. Christine forscht mit großer Leidenschaft seit über dreißig Jahren an Bakteriophagen und hat mich (Susanne Thiele) während meiner Pressesprecherzeit an der DSMZ mit der Faszination für diese Viren angesteckt. Liebe Christine, vielen Dank für Deine Geduld, auch unsere fiktiven Plotwendungen mit Deiner Fachkenntnis zu begleiten.

Wir danken Olaf Kaup vom Klinikum Bielefeld-Rosenhöhe für viele humorvolle Telefonate, um uns mikrobiologische Fragen zur Klinikdiagnostik zu beantworten. Falls sich trotzdem sachliche Fehler in das Buch eingeschlichen haben sollten, sind diese ganz allein uns Autorinnen anzulasten.

Ein herzliches Dankeschön geht an Thomas Häusler, Leiter der Wissenschaftsredaktion des Schweizer Radio und Fernsehens (SRF) und Autor des Sachbuches *Gesund durch Viren* für den interessanten Gedankenaustausch zur Etablierung der Phagentherapie in Westeuropa.

Wir danken Ute Bertram und Franz Rainer Enste für die Hilfestellung, die entsprechenden politischen Rahmenbedingungen in diesem Roman zu entwerfen, und für das mehrmalige geduldige Erklären des deutschen Gesetzgebungsverfahrens.

Außerdem danken wir Karola Meling für ihre psychologische Expertise, die – wie immer – eine große Bereicherung bei der Entwicklung unserer Figuren war. Wir danken Karin Wehner, die uns an ihrem Fachwissen über Intensivstationen hat teilhaben lassen, und Olaf Schilgen, der erneut sein Wissen über Sprengstoff mit uns geteilt hat.

Nils Landmark ist für uns mit endloser Geduld durch Berliner Einkaufszentren gelaufen, hat Fahrtwege und Straßen gecheckt, als wir selbst es coronabedingt nicht durften. Und Yulia Kühne hat das Russische überprüft und uns eine kleine Einführung gegeben, wie man in dieser Sprache richtig flucht. Auch diesen beiden gilt unser herzlicher Dank.

Unseren besonderen und herzlichsten Dank verdient Helga Thiele-Messow, Sprecherin der AG Literatur bei der Braunschweigischen Landschaft. Wenn Helga nicht überzeugt gewesen wäre, wie gut wir beide harmonieren, und uns nicht miteinander bekannt gemacht hätte, wäre dieses Buch niemals geschrieben worden. Liebe Helga, wir drücken dich beide ganz fest!

Wir danken Tina Voss dafür, dass wir unserer Kommissarin ihren Namen geben durften, und vor allem für ihre spontane Begeisterung, als wir sie um die Erlaubnis dazu fragten.

Außerdem natürlich bedanken wir uns bei unserer Literaturagentin Petra Hermanns, die von Anfang an verstanden hat, worauf wir mit diesem Roman hinauswollten, und die ihn mit großer Begeisterung an den Verlag gebracht hat, sowie bei dem Team des Verlags Bastei Lübbe, hier besonders bei Martina Wielenberg und unserem Lektor René Stein für die gute Zusammenarbeit.

Und, last not least, danken wir einzeln:

Susanne Thiele: Mein größter Dank gilt meinem Mann Stefan und meinen Kindern Johanna und Lukas für ihr Verständnis und die entbehrte Zeit, die sie mir gaben, um an diesem Buch mitzuschreiben – und das auch noch in diesem herausfordernden Jahr der Corona-Pandemie.

Kathrin Lange: Wie immer möchte ich Stefan danken, meinem Mann, und auch meiner ganzen Familie. Bei diesem Buch war es besonders hart, die angespannte und unsoziale Autorin an eurer Seite auszuhalten. Danke, dass ihr es trotzdem jedes Mal wieder schafft!

Wie weit darf Klimaschutz gehen?

Tom Roth
CO2 – WELT
OHNE MORGEN
Thriller
528 Seiten
ISBN 978-3-7857-2706-5

Zwölf Kinder aus zwölf Nationen, Teilnehmer eines Klima-Camps in Australien, werden entführt. Fortan soll jede Woche ein Kind sterben, wenn die Weltgemeinschaft nicht bestimmte Forderungen der Kidnapper zum Klimaschutz erfüllt. Während die ganze Welt zum Ablauf des ersten Ultimatums gebannt den Atem anhält, streiten die Regierungen der betroffenen Länder um Lösungen. Bald wird klar: Bei diesem Wettlauf geht es um weitaus mehr als das Leben Einzelner – und die Zeit kennt kein Erbarmen ...

Lübbe